金牌教练

蝶之灵 著

从此以后

师父将作为国家队的总教练

在幕后排兵布阵、出谋划策，

而徒弟将继承师父的打法

率领国家队的选手们征战世界舞台。

中国言实出版社

图书在版编目(CIP)数据

金牌教练 / 蝶之灵著 . -- 北京：中国言实出版社，
2023.2

ISBN 978-7-5171-4378-9

Ⅰ. ①金… Ⅱ. ①蝶… Ⅲ. ①长篇小说 – 中国 – 当代
Ⅳ. ① I247.5

中国国家版本馆 CIP 数据核字（2023）第 026719 号

金牌教练

责任编辑：张馨睿
责任校对：王战星

出版发行：中国言实出版社
    地 址：北京市朝阳区北苑路180号加利大厦5号楼105室
    邮 编：100101
    编辑部：北京市海淀区花园路6号院B座6层
    邮 编：100088
    电 话：010-64924853（总编室） 010-64924716（发行部）
    网 址：www.zgyscbs.cn 电子邮箱：zgyscbs@263.net

经 销：新华书店
印 刷：德富泰(唐山)印务有限公司印刷
版 次：2023年2月第1版 2023年6月第1次印刷
规 格：710毫米×1000毫米 1/16 24印张
字 数：374千字

定 价：65.00元
书 号：ISBN 978-7-5171-4378-9

小裴，

收你当徒弟，是师
父当年做过的最正
确的决定。

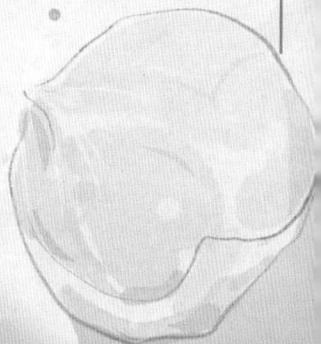

裴封从他手里接过奖杯

轻轻拥抱了一下师父

然后高高地

将奖杯举过了头顶

虽然只是新星杯的冠军奖杯

可这一幕画面

却让很多 ACE 战队的粉丝

感动到落泪

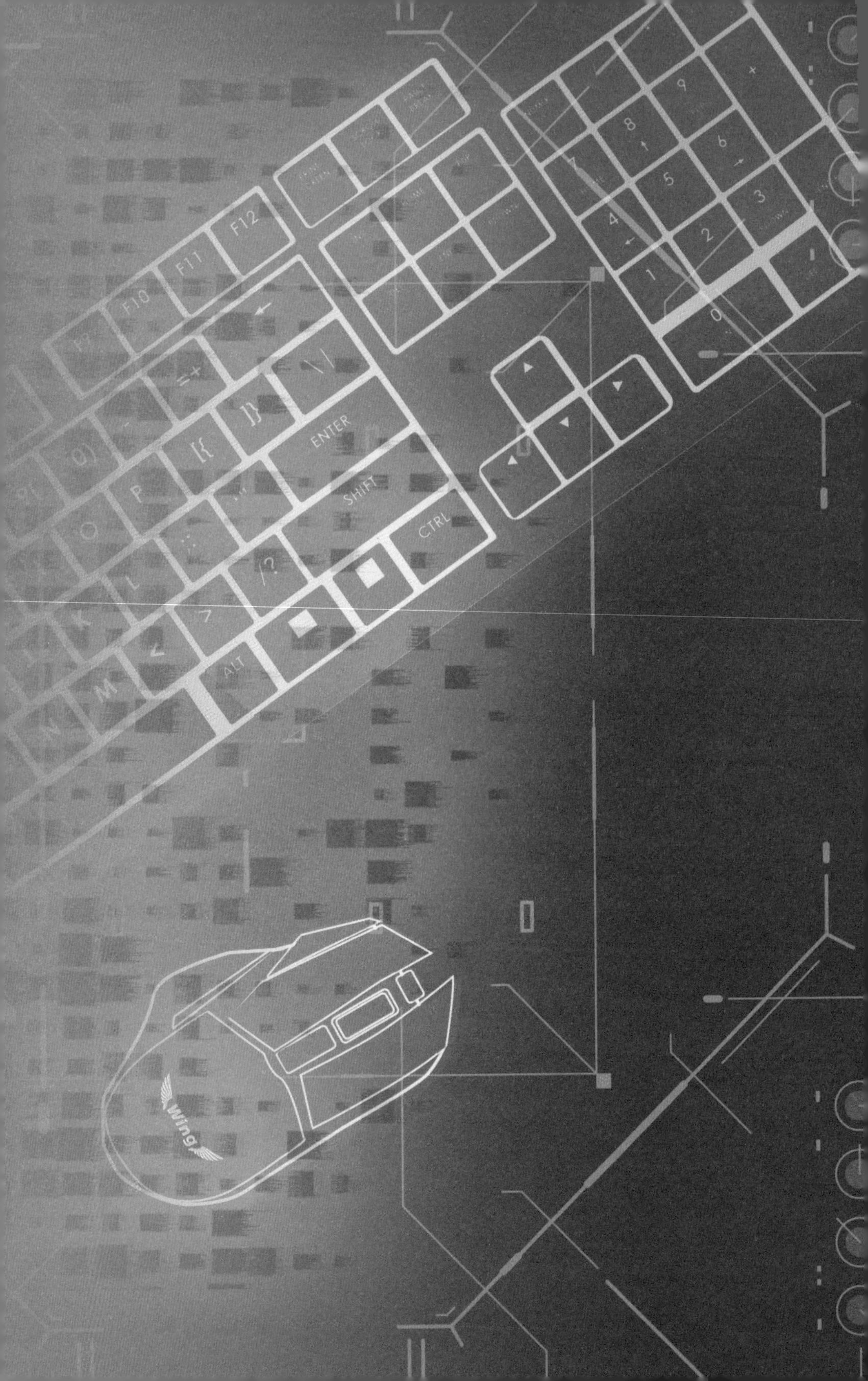
F9
F10
F11
F12
ENTER
SHIFT
CTRL
ALT
Wing

目录

contents

裴封想让坐在台下的师父知道——

你的教导，我从未忘记。

我会成为最令你骄傲的徒弟。

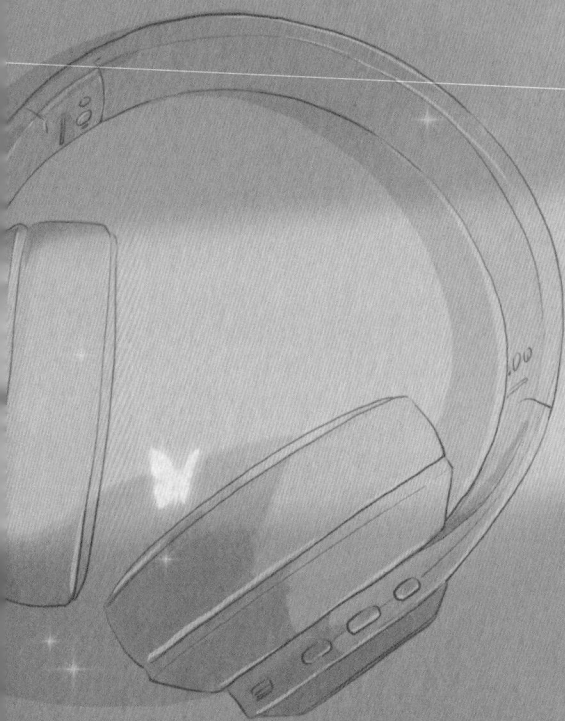

GOLD
MEDAL
COACH

第一卷
回归的狙神

GOLD MEDAL COACH
Gold medal coach

第一章　受邀执教

早晨八点，加州私立医院门诊大厅，一个身材高瘦的青年款步走进电梯。

青年穿着黑色大衣，戴了顶鸭舌帽，脸上戴着墨镜和口罩，全身上下裹得严严实实。

走进电梯后，他转身站去角落，伸手按下了四楼。那只手白皙修长，指尖圆润，指甲修剪得整齐干净，十分好看。

打扮成这样，是明星吗？

电梯里的人们好奇地朝他看去。青年始终低着头，直到耳边传来"叮"的声音，电梯门开了，他立刻走了出去，只留给众人一个高瘦的背影。

今天来医院面诊的病人并不多。青年刚从外面走进来，身上还带着风雪的寒意。他快步来到接诊台，声音清冽道："你好，我是江绍羽，约了周医生复诊。"

今天在免疫科坐诊的医生名叫周洋，男性华裔，临床医学系博士。江绍羽在加州的这几年一直找他看病，两人渐渐成了朋友。

护士看了他手机里的预约信息，立刻将他带进医生办公室。

周洋正跟人打电话讨论病例，看到江绍羽后，他给了对方一个"先坐"的手势，继续跟电话那边的人说话。江绍羽自顾自地脱下外套挂在旁边的衣架上，在医生对面的位置坐下。

周洋很快挂掉电话，抬起头笑着对他说："来复查了？"

江绍羽点了点头，摘掉口罩和墨镜，露出一双明亮如星的眼眸。他的眼睛很好看，只是目光冷冽，微微上挑的剑眉让五官略显锋利。明明看上去是薄情的长相，嘴唇却很饱满，唇角有一颗极小的红痣，中和了这股锐利的气质。

周洋一边快速敲击键盘查阅他的电子病例，一边关心地问道："最近身体怎么样？"

江绍羽道："还好。"

周洋看了眼他递过来的检查报告，眉头紧锁。

江绍羽的身体情况不太稳定，他属于过敏体质，一旦引发哮喘，甚至有可能危及生命。这些年，他一直留在加州接受治疗，长期服药来控制病情。

周洋一边低头记录，一边叮嘱道："平时注意饮食，减少对过敏源的接触……"

这样的叮嘱江绍羽已经听了很多遍，他点点头："嗯，我知道。"

江绍羽走出医院门诊大楼时已经上午九点半了。

街道上没有一丝绿色，满目萧条，潮湿的空气像是能浸透人的骨髓似的。一阵冷风刮过，吹起地上的枯叶直往人脸上扑，江绍羽皱着眉裹紧外套，快步朝停车场走去。

这些年他一个人在国外生活，想做什么就做什么，不用管别人，也不会被人管，无拘无束，潇洒自在。

等天气好转，不如开着房车带上豆豆去旅行？

江绍羽正想着，手机突然响起，弹出一条来自未知号码的短信。

1300XXXX001：阿羽，我是俞明湘。这个号码是你的吗？你有没有考虑过回国？

江绍羽微微一怔。俞明湘是当初 ACE 战队的领队，自从他退役后，两人就没有联系了。时隔几年突然找他，是有什么事吗？

江绍羽：俞姐，我暂时没有回国的打算。您找我有什么事吗？

俞明湘：我跟领导们推荐了你，想请你回国担任教练。

看到她的话，江绍羽挑了挑眉。

江绍羽：您在开玩笑吧？让我一个退役选手当教练？

俞明湘发过来一大段文字。

俞明湘：我没有开玩笑。当年 ACE 战队之所以能创造奇迹，就是因为有你这位队长。所有的战术都是你安排的，比赛也是你在指挥，你是我见过的战术意识最出色的选手，我相信你有担任教练的能力。

外面天气太冷，江绍羽走到了自己的车旁，他拉开车门，坐进驾驶座，按下暖气开关，车里循环的暖风总算让他舒服了些。他摘下帽子和口罩，搓了搓冻僵的手指，拿起手机快速打字回复。

江绍羽：别给我戴高帽子了，我早就离开电竞圈，战术意识那都是过去的事情了。

俞明湘：但你一直在关注"枪王"不是吗？前几天我还看到你的小号登录了国际服务器。

江绍羽：无聊随便打打而已。

俞明湘：你走以后，ACE战队就解散了，几个老队员都过得不太好。叶子被禁赛，老林打算退役，小辰在当替补。还有小裴，你还记得你这个徒弟吗？

江绍羽沉默了。

他当然记得。

俞明湘连续发来两条信息——

俞明湘：他没有当职业选手，拒绝了所有豪门战队的邀请。

俞明湘：他一直在等你回来。

江绍羽记忆里的俞明湘留着一头长发，笑容亲切温柔，给人的第一印象是个很好相处的姐姐。

不过，温柔只是她的表象，这个女生其实很厉害，伶牙俐齿、能说会道，当年ACE从草根战队起步，也是在她的努力下才能拉到那么多的赞助。

江绍羽叫她"俞姐"，也一直将她当姐姐看待。只是当年他退役匆忙，没来得及好好告别，到了加州以后，网络社交账号和手机号也全都换成了新的，他跟过去的朋友们彻底切断了联系。

不知道俞明湘是从哪打听到他在国外的新号码的？

江绍羽没有深究，冷静地打字回复。

江绍羽：小裴的情况我不清楚。作为师父，能教他的我都教了。他已经成年，选择做什么是他自己的事情，我没必要干涉。

俞明湘：那老林退役你也不管吗？

看到"退役"二字，江绍羽依旧很平静。

江绍羽：电竞选手总有一天会退役的。以他的年纪，差不多该休息了。

俞明湘：那小辰呢？以前你俩关系那么好，你把他当亲弟弟看。他被教练雪藏，只能坐冷板凳，你不觉得很可惜？还有叶子，被联盟禁赛半年。

这些熟悉的名字让江绍羽一时有些恍惚。想起当年他突然离队时，几个人哭成一团的场景，江绍羽的心脏如同被一双手用力地攥紧，疼痛感顺着胸口传来。

老林、叶子、小辰、小周……还有他亲手教出来的徒弟裴封。

他对这几个人，始终心存愧疚。

ACE战队是他组建的，所有的队员也是他一个个找来的。

第三赛季，他们从一穷二白的草根战队起家，踏上了电子竞技的职业道路。当时的ACE战队连个教练都没有，江绍羽兼任队长和教练。俞明湘把自己家一套闲置的房子改成了训练室，摆上几台电脑，几个少年就在这样艰苦的环境下练习，练累了就去隔壁卧室睡觉。卧室都是上下铺的高低床，布置得十分简陋。整套房只有一个洗手间，洗漱、上厕所都要排队。

那段时间很艰难，但也很快乐。

几个少年从全国城市联赛开始打，一路打进次级职业联赛，很争气地获得了次级职业联赛的冠军，拿到了顶级职业联赛的参赛席位。

俞明湘费尽心思拉到一笔赞助，他们也终于有了自己的训练基地。

他还记得大家搬进宽敞明亮的训练室那天，少年们的脸上都露出了激动灿烂的笑容。

老林哽咽着说："我们总算不是一无所有的草根战队了！我们也有了属于自己的基地，以后不用再睡上下铺，每个人都有独立的卧室，条件真好啊！"

叶子笑眯眯地摸着下巴说："这才刚刚开始，我们的目标可是年度冠军。等拿到冠军，我们就是冠军队的选手了，以后的待遇会越来越好的。"

小辰性格腼腆，红着脸站在江绍羽的身后，小声问："羽哥，联赛史上从来没有过次级职业联赛打上来的队伍直接拿冠军的先例，我们能做到吗？"

众人回头看向江绍羽。

江绍羽很坚定地说："当然能。"

他很自信，队员们也很相信他。

从次级职业联赛打上来的五个人，是网友口中的"杂牌军"，在那么多强队的包围之下，他们怎么可能拿到顶级职业联赛的冠军？

然而，他们做到了。

那一年的 ACE 战队，势如破竹。

面对那些老牌强队，他们毫不畏惧，以新颖多变的战术、默契十足的配合和不怕死的拼劲儿，在强敌环伺的职业联赛中杀出了一条血路！

那段时间，陪伴着他们的总是游戏里震耳欲聋的枪声和爆炸声，赛场上的激情和热血，赛场下的汗水和欢笑……

最后登上冠军领奖台时，五个人抱在一起激动痛哭的画面，经常在江绍羽的梦境中重现。短暂的一年时光，成了他从小到大最珍贵的回忆。

出乎所有人的预料，ACE 战队拿下了"枪王"职业联赛第三赛季的年度总冠军！

江绍羽获得年度 MVP，即"最有价值选手"，被玩家们称为"狙神"。

可就是这样一个创造了奇迹的人，在拿下冠军后却莫名其妙地宣布退役。

在他走后，投资方想要卖掉 ACE 战队狠赚一笔钱，俞明湘想过各种办法挽救，但她只是一个势单力薄的领队，无法力挽狂澜。

ACE 战队最终解散了，队员们各奔东西。

这支战队，在"枪王"职业联赛的历史上昙花一现，只留下一段传说。

后来很多网友都在遗憾，是不是因为 ACE 战队的名字取得不吉利，才会以悲剧收场？

ACE，在电竞比赛中的意思是"团灭"。

当年接受采访时，江绍羽曾说，取名 ACE 战队，是想让对手团灭落败，他喜欢听系统播报出"ACE"的音效。

但最终的结果，却是这支战队分崩离析，彻底消失不见。

回忆在脑海中快速闪过，江绍羽看着手机里的信息，沉默了很久。

俞明湘果然厉害，短短几句话就勾起了他深埋在心底的愧疚。

他将这些人带进电竞圈，却没有帮这些人找到一个好的归宿。当年的队友们年纪太小，他这位队长突然离开，队友们也都不知道该怎么办，加上背后资本的推波助澜……导致他们的才华被埋没，确实很令人惋惜。

江绍羽深吸一口气，回复信息。

江绍羽：俞姐突然提起叶子和小辰他们，难道是拉到了赞助，想重组 ACE 战队，让我回去当教练？

俞明湘：不是重组，我们想邀请你担任国家队的教练。

江绍羽一愣。

国家队？开什么玩笑！

江绍羽以为自己看错了，低头又看了一遍。

没错，俞明湘的信息中，确实提到"国家队"三个字。

看见江绍羽发来的省略号，俞明湘干脆打了个电话过来。

江绍羽接通电话，耳边传来熟悉的温柔女声，带着明显的哽咽："阿羽，我刚在联盟总部开完会，我们请你回来也是没办法中的办法。这届国家队在世界大赛的首轮就被淘汰出局，成绩很差，张教练当场辞职，华国已经没有人能接任下一届教练了。

"联盟本来打算请北美赛区的凯尔特来担任主教练，但他开口就要八千万的年薪，远超出我们的预算。网友们听说要请外籍教练，都来微博骂我们——难道华国就没人了吗？连一个电竞教练都找不到，非要卑躬屈膝求外国人帮忙？

"请他过来，如果成绩好，国外的媒体肯定会说这都是外籍教练的功劳；如果成绩不好，他们又会说，是华国的选手太差了带不动。

"国家队这五年来已经连续换了五个教练，之前的教练都被骂怕了，不想再带队，新教练又不敢接这个烫手山芋。思前想后，我们才决定邀请你。虽然你没有执教国家队的经验，但你曾经当过 ACE 战队的教练，带出过联赛历史上最强的黑马战队，我们相信你的能力。

"阿羽，请你好好考虑一下吧。很多人都在等你回来。"

江绍羽听着她哽咽的声音，皱了皱眉，一时不知道如何回答。

现在的国家队，处境确实很艰难。

俞明湘表面上说得好听，其实就是"破罐子破摔"的做法。国内已经找不到更好的教练了，如果请外籍教练，一方面会被网友们骂，另一方面外籍教练的薪水又特别高，加上语言不通很难交流，还不如请出他这位退隐的"传奇"来拼一把。

他应该回国吗？以教练的身份，回到那个久违的赛场？

江绍羽看着窗外萧条的景色，心底五味杂陈。

他离开赛场已经五年了。曾经叫他"羽哥"的少年们现在已经是出道多年的老选手，有人被战队雪藏，有人因犯错被禁赛，甚至还有人准备退役。

国家队鱼龙混杂，一旦他接任教练，他将承受前所未有的巨大压力——来自观众、选手、电竞局的领导、各大战队……方方面面的难题都要他去克服。

他年纪轻，资历浅，也没有执教正规战队的经验，很难服众。

如果成绩不好，他会被骂得更惨。

不过他并不怕挨骂。当年退役的时候圈内有一些偏激的人把他骂得狗血淋头，他都无动于衷。

这届国家队在世界赛一轮游，连八强都没打进去，成绩已经糟糕到了极点，不能更差了。他当教练之后，花时间重新磨合，总不至于连小组赛这道坎都迈不过去吧？

况且，听俞明湘的意思，现在叶子被禁赛，小辰被雪藏，老林要退役，裴封居然没当职业选手。他当初走得匆忙，扔下这些人不管，终究是欠他们一个交代。

他不能再逃避了。

想到这里，江绍羽终于下定决心，果断说道："我可以回来，但我有两个条件，你去跟领导们商量一下，看看能不能同意。"

俞明湘激动得声音发颤："什么条件？我们会尽量配合的！"

江绍羽冷静地说道："第一，我担任国家队教练后，新一届国家队的选拔方式和最终队员名单，由我说了算；第二，平时的训练内容，比赛时的排兵布阵，谁当主力，谁去替补，都由教练组来决定，希望领导们不要干涉太多。"

俞明湘愣了愣。简单总结一下江绍羽提出的条件，其实就是"外行不要指导内行"，一旦领导们对他的执教方式指手画脚，他肯定会施展不开。

这样能从源头上避免外界的干预，拿到属于教练的"话语权"。

看来江绍羽认真了！

俞明湘急忙说道："我明白你的意思，我会转达的。其实，电竞联盟的领导也换了一批人，副主席很欣赏你，应该能同意你的要求。"

江绍羽问道："俞姐，你现在是在国家队工作吗？"

俞明湘笑着说："没错，我是下一届国家队的总领队。等你成了国家队教练，我们又可以并肩作战了！"

江绍羽听着她雀跃的声音，想起当年跟俞明湘一起带领 ACE 战队夺冠的往事，语气不由得温和了些："我这边还有些事情需要处理，处理完我会尽快回国的，等见面再说吧。"

俞明湘道："好的，我等你回来！"

挂断电话后，江绍羽呼出一口气，指尖轻轻摩挲着手机，若有所思。

国家队教练，这可是"地狱级别"的高难度工作。

这么多年过去了，不知道国内还有没有人记得他的名字？

华国"枪王"电竞联盟总部大楼，会议室内。

俞明湘收起手机，回头看向旁边的男人，眼里满是喜悦："齐主席，他同意了！"

齐恒笑声爽朗："我就猜到他会同意！他这几年一直在关注'枪王'，国内还有他放不下的人，你这感情牌打得不错。只要他回来，一切就好办了。"

俞明湘蹙了蹙眉，有些担忧地说："可是阿羽提出条件，要绝对的教练话语权。不管是国家队队员的选拔方式，还是赛场上的阵容安排，都要由教练说了算。联盟总部能答应他的要求吗？这牵扯到的人和事可不少吧？"

齐恒的眸中浮起一丝冷意，说道："这件事我会想办法。国家队的问题太多，也是时候好好理一理了。上一届，赞助商砸钱让明星选手进队，结果呢？比赛打得稀烂，丢人丢到世界大赛去了！"

俞明湘深有同感。

齐恒所说的"砸钱进队"的人，是上一届国家队的主力狙击手莫涵天。他是国内顶级职业联赛的"最佳新人奖"得主，在职业联盟注册的选手 ID[①]为"Devil"，意思是"魔王"，粉丝们也称他为"狙击手大魔王"。

---

① ID：玩家在游戏中使用的名字，也指职业选手在比赛中使用的名字。

莫涵天才刚十八岁，长相帅气，粉丝众多。联盟拿到巨额赞助后表示"我们要树立电竞选手的优良形象"，于是让他担任"枪王形象大使"，拍摄了不少宣传广告。

莫涵天一时风头无两，大街小巷都张贴着他的海报，却在世界大赛上发挥得极差。倒不是因为他能力不行，而是心态太差，被粉丝们天天捧着，还真以为自己天下无敌，输了两场比赛后就崩溃了。

华国队在世界赛的小组赛便频频受挫，就是因为莫涵天这个狙击手一直发挥不出作用。

但最后比赛失利，观众们反倒全在怪罪张教练。张教练也很难，根本管不住这些选手，只能辞职谢罪。

电竞选手大多年轻气盛，尤其是那些粉丝众多的明星选手，随便发个日常动态都有无数留言点赞，在赛场上打得再差都有粉丝夸赞。他们被吹捧得久了，难免飘飘然，甚至忘记了当初打电竞的初衷。

想要镇住这帮人，需要一位厉害的教练。

前几届的教练脾气都太过温和，而且自身的游戏水平并不高。某些职业选手嘴上不说，心里却会想：你游戏打得那么差，凭什么指导我？

而外籍教练，语言不通，薪酬又高，即使拿到了好成绩，还要被国外媒体冷嘲热讽，说都是外籍教练的功劳。

齐恒和俞明湘私下讨论后，想到了江绍羽——那位亲自带出过联赛史上最强黑马战队的队长兼教练，他作为电竞选手的名字"Wing"，至今还刻在职业联盟的荣誉墙上。

他离开电竞赛场整整五年，如今依旧有不少关于这位"狙神"的传言。他在电竞领域内有着很大的影响力，是无数老玩家的偶像。

虽然他已经退役多年，可从他在国际服务器的战绩来看，他的游戏水平甚至比国内的某些职业选手还要高。让他当教练，足以让这帮职业选手们心服口服。

唯一令人担忧的是，他没有加入任何一家战队，当年的 ACE 战队也是草根出身。国家队教练这个职位，想破格录用他会很困难。

俞明湘先打电话得到江绍羽的同意，剩下的事就要交给齐恒来运作了。

想到当年江绍羽率领 ACE 战队夺冠的往事，俞明湘深吸一口气，很有信心地说："我有种预感，阿羽担任国家队教练的话，下一届的国家队，很可能成为世界大赛的一匹黑马！"

齐恒笑道："我也这么觉得。放心，我会想办法解决接下来的困难。实在不行，就请我那位老朋友出面当赞助商，这样就没有后顾之忧了。"

凌晨，两人商量好接下来的方案，一前一后离开了联盟总部。

路过一楼的荣誉墙时，齐恒看见了贴在墙上的五年前的照片。照片里的少年眉眼清冷，表情僵硬地抱着奖杯，好像很不喜欢被人围观拍照。

他就是 ACE 战队的队长江绍羽，曾经是齐恒最强的对手。

当年，江绍羽率领的 ACE 战队和齐恒率领的 BM 战队在总决赛相遇。那场决赛打得无比激烈，在最关键的决胜局中，其他队员相继倒下，双方都只剩下一名狙击手，便是江绍羽和齐恒。

比赛地图中，两人一路换着掩体快速移动，谨慎地搜索对方的位置。街巷地形复杂，到处都是障碍，稍有不慎就会被对手射杀。最终，两个人同时找到了机会，不过齐恒出手比江绍羽慢了零点一秒，被江绍羽干脆利落地一枪"爆头"①。

齐恒对此一直耿耿于怀，还想着下个赛季再向江绍羽"复仇"。

然而他没想到，江绍羽夺冠后就退役了。

他们之间，再也没法分出胜负。

当年的江绍羽才十八岁，而齐恒已经是二十一岁的老将。没过多久，齐恒也退役了，去了联盟总部工作，慢慢爬到了副主席的位置。虽然他在联盟总部的权力有限，但他是唯一一位选手出身的联盟高层，还是很有分量的。

江绍羽离开后，"枪王"才开始举办世界大赛。

这几年，华国国内的顶级职业联赛办得热热闹闹，也出现了不少天赋突出的新秀，可国家队每年在世界大赛的表现都不尽如人意，齐恒很想改变这种混乱的局面。

让江绍羽担任教练是一步险棋，不破不立，希望他的回归，能彻底打破眼前的僵局。

齐恒抬头看着荣誉墙上的照片，低声道："阿羽，我相信，你一定能再次创造奇迹，也不枉我一直把你当成最强的对手。你说呢？"

江绍羽的车开得很慢，到家时已经中午十一点了。刚打开门，一只可爱的棕色小狗就亲热地朝他扑了过来。

这只小狗是江绍羽来到加州那年收养的。

棕色的泰迪犬，像个卷毛玩偶，天天跟在他的屁股后面摇尾巴，十分可爱黏人。它的眼睛就像是两颗黑色的豆豆，江绍羽就给它取了个名字，叫"豆豆"。

_____

① 爆头：在电子竞技游戏中使用枪支射中敌人头部，使其受到致命一击。

他来加州五年，豆豆跟着他慢慢长大，如今正好五岁了。

江绍羽将豆豆抱起来，摸了摸它的脑袋，去给它喂了一碗狗食。

江绍羽的亲叔叔在加州工作，所以他退役后在父亲的安排下来到加州投奔叔叔。这几年，他一直住在叔叔闲置的房子里调理身体，平时打打游戏、遛遛狗，日子过得清闲自在。如果不是俞明湘突然打电话找他，他原本的计划是，等天气好一些，就开着房车带上豆豆去旅行。

如今看来，旅行的计划要暂且搁置了。

他得尽快整理好这边的事情，带着豆豆回国。

江绍羽想到这里，先给叔叔打电话说明了情况，然后又打给医生周洋。

周洋关心地问："怎么了，阿羽？"

江绍羽道："周医生，我想明天再来一趟医院，你给我多开一些药吧。我需要一年的剂量，带回国去。"

周洋听到后很是惊讶，问道："回国？怎么突然想回国了？"

"有些事情必须回去处理。"江绍羽道。

周洋顿了顿，道："你要回国，我也不能拦着你。不过，你最好在国内找一个免疫科的专家，将病历带回去给他，以后也要定期复查。"

"我知道。我在国内有熟悉的医生。"江绍羽沉默片刻，认真说道，"周医生，这几年，谢谢你的照顾。"

"客气了。"周洋笑着说，"明天下午来医院找我，还有什么需要帮忙的，尽管跟我说。"

"好的，那我明天下午三点来医院拿药。"

挂断电话后，江绍羽坐在电脑前打开浏览器，订了下周回国的机票，紧接着转身去厨房做饭。他每天中午吃得都很简单，煮一些面条，打一个荷包蛋，再搭配几片绿色的菜叶，就算一顿午餐。

江绍羽很快煮好了面，坐在桌前慢慢吃。豆豆在旁边陪着他，埋头狼吞虎咽地啃着碗里的肉骨头。

一人一狗的简单日子，就这么过了五年。可惜，这种平静的生活终究还是被打破了。

江绍羽看向豆豆，温柔地说道："放心，我不会扔下你，下周就带你回国。以后可能有很多人跟我们一起生活，你要乖一点，别上蹿下跳拆了国家队基地。"

豆豆也不知听没听懂，"汪汪"叫了两声。

江绍羽性情冷淡，对旁人漠不关心，只会对自己的小狗露出几分温柔神色。这只小狗也很亲近他，大概是把他当作爸爸了。

江绍羽扬起嘴角，轻轻揉了揉小狗的脑袋，迅速收拾好餐桌，回到电脑前，打开"枪王"的官方网站，找到"华国区服务器"点击下载。

既然要回国当教练，他得先了解一下华国现在的游戏环境和流行的打法。

这几年他一直在国际服务器玩"枪王"，游戏界面全是英文。他很久没登录过华国区服务器了，此时看着下载界面的中文提示，倒是倍感亲切。

游戏软件很大，江绍羽让电脑自动下载，转身去卧室收拾行李。等他收拾好回国要带的东西，来到电脑前时，游戏已经下载好了。

江绍羽回忆了一下自己当年在华国区服务器的那些账号，记得有一个账号是用邮箱注册的。他输入账号密码，果然顺利登录了第一区。

眼前画面一闪，弹出科技感十足的蓝色系统提示框——

亲爱的玩家"随随便便"您好，欢迎您回归战场！您离开这里已经有1815天了，雇佣兵军团给您发放了回归福利，请到邮箱查收！

"枪王"是当下最受欢迎的一款射击游戏，世界范围内玩家数量超过十亿，每个赛区都有独立的服务器。游戏里有海量的地图，丛林、荒漠、雪山、城市、岛屿……场景效果非常逼真，能让玩家身临其境地体验到惊险刺激的枪战世界。

作为枪战游戏，"枪王"不仅有非常丰富的主线剧情，还有非常公平的竞技系统，也就是"雇佣兵积分排行系统"。

雇佣兵竞技场简称"排位赛"，进入排位赛的玩家的初始积分都是0分。

0-500分获得称号"实习佣兵"。

500-1000分获得称号"初级佣兵"。

1000-1500分获得称号"精英佣兵"。

1500-2000分获得称号"专家佣兵"。

2000-2500分获得称号"大师佣兵"。

2500分以上可晋级"传奇佣兵"并获得金色的徽章。

此外，还有个荣誉段位"枪王"。"枪王"的称号是限定颁发的，只有每赛季，每个服务器排名前一百名的玩家才有资格获得。在华国区服务器，打排位赛的玩家有几千万，全国排名前一百名的难度可想而知。

江绍羽的这个账号原本不是用来打竞技场的，所以没有加任何好友。

尘封五年的账号被启动，右上角弹出一大堆系统信息，全是各种活动通知。江绍羽将所有系统信息统统删除，再点进邮箱，果然看到了回归礼物。

"AWM-冰焰"（狙击枪）三十天限时使用卡。

"AK47-冰焰"（步枪）三十天限时使用卡。

"泰坦双星-冰焰"（步枪）三十天限时使用卡。

"毒蜂匕首"（近战武器）三十天限时使用卡。

"排位保护卡"五张。

系统给的奖励还挺丰厚。江绍羽关掉邮箱，打开自己的武器库，枪械和刀具密密麻麻地陈列在面前，使用期限全是永久。

这个名为"随随便便"的账号是他当年为了研究武器而专门注册的，他还把商城里的武器全部买了回来。"枪王"在上架每一把武器之前，都会对武器的弹道、射速、后坐力、伤害值等数据进行仔细调整。官方每年只出一把新武器，平时更多的是出武器皮肤。

武器皮肤不影响游戏内的数值，只是操作手感和特效不一样。喜欢某把武器的玩家，自然会去收集皮肤，官方也因此赚得盆满钵满。

江绍羽的目光扫过武器库，最终定格在一把狙击枪上面。

MSG-极光

弹匣容量：20发。

描述：MSG是本款游戏目前在世界范围内最精密的半自动狙击枪。改良之后的枪身更加轻便，在开镜①的状态下，可以快速、连续射击，适合移动作战。

注：极光皮肤，第三赛季华国职业联赛MVP选手ACE-Wing专属冠军皮肤。

获得方式：第三赛季限定购买，目前暂无获得途径。

这是江绍羽当年拿下国内联赛的MVP后，官方专门为他打造的冠军限定皮肤。一经出售，销售额破亿，江绍羽也分到了千万元级别的高额奖金。

这款皮肤的设计很有特色，铮亮的枪身上雕刻着利落的白色线条，科技感十足，一枪爆头时的特效，如同白色的极光瞬间穿透脑袋，凌厉又帅气。

比起那些花花绿绿的枪械皮肤，江绍羽很喜欢这把枪简洁利落的外观和轻盈流畅的手感。

他右手轻点鼠标，按下"选定主武器"按钮。

———————

① 开镜：在射击类游击中特指打开狙击枪的瞄准镜。

系统提示：是否选择"MSG-极光"作为主武器？

江绍羽按下"是"。

系统提示：请选择副武器。

江绍羽挑了把手枪，又带上系统刚送的"毒蜂匕首"。

在"枪王"游戏中，每人可携带三把武器进入比赛。

武器类型有枪械武器、近战武器、投掷武器和防御武器。

枪械武器包括狙击枪、突击步枪、冲锋枪、手枪等，可根据自己的喜好选择；近战武器以冷兵器为主，有匕首、刺刀、锤子等，通常用于近身肉搏或者潜行暗杀；投掷武器有手榴弹、闪光弹、烟雾弹等；防御武器有医用绷带、急救箱、金属护盾、防弹光板等。

具体怎么搭配武器，每个人都有自己的习惯。

江绍羽将"枪王"的武器系统研究得非常透彻，所有的武器数据、使用技巧，他都烂熟于心，这也是他当年能率领 ACE 战队夺冠的关键。

选好武器后，江绍羽回到大厅，点进排位赛房间。

系统提示：欢迎进入雇佣兵竞技场。检测到您上个赛季没有参加过竞技比赛，请先进行定段赛。

"枪王"的定段赛是打人机模式，玩家跟电脑 AI 对战，系统会根据玩家的表现来评定段位。江绍羽进入定段赛，干脆利落地连赢了五把。

系统提示：恭喜，您在定段赛表现优异，新赛季的段位为 1500 分段"专家佣兵"，请您再接再厉，期待您创造新的传奇！

1500 分的专家分段，已经是系统能给予的最高段位评级了。接下来想要升段位，就得自己去打竞技场。

江绍羽开了局"血战模式"的排位赛，很快就匹配到了队友。

用一张小狗图片作为头像的玩家"豆豆同学"一进来就开了语音。他声音清脆，听上去年龄挺小："你们先选位置吧！"

"枪王"的排位赛模式有五个位置：冲锋员、突击手、侦察员、医疗兵、狙击手。

冲锋员和突击手通常负责在前方开路。冲锋员作为冲锋陷阵的战士，需要靠火力压制打开局面，由于走在最前面，常常会面临敌人的扫射，很容易牺牲；突击手则更像灵的战士，在冲锋员的掩护下快速移动，击杀敌人，打出优势。

侦察员，是全场游走的自由人，负责潜伏、观察敌人的动向，当队友牺牲时他能暂时补上位置空缺，有时候也需要配合队友的战术，绕后去攻击敌人的后方。

医疗兵可以救活濒死的队友，还能帮队友抗伤害、挡刀，通常显得没什么存在感。但优秀的医疗兵，可以扭转战局，让负责输出的队友们没有后顾之忧。

狙击手是唯一的远程位置，需要以最快速度占领地形高处，架枪、守点，掩护队友行动。不管是进攻还是防守，狙击手都至关重要。近战枪械的攻击距离有限，只有狙击枪的射程超过一千米，能瞬间狙杀超远距离的敌人，对敌方威胁巨大。

职业联赛会有严格的战术体系和位置安排，而游戏里 1500 分段的玩家，配合意识并不强，选位置也没那么讲究。

江绍羽率先选下了狙击手，玩家一也选了狙击手，玩家二、玩家三为突击手，玩家四则补了个冲锋员。

这是五个输出的阵容，在低端局比较常见。虽然没有侦察员和医疗兵，无法布置精密的战术，但这毕竟只是 1500 分段，随便选什么都能打。

游戏地图载入完毕，这局随机到的地图是中级难度的"工厂废墟"。

地图中的工厂早已废弃，到处都是高矮不一的凌乱箱子，地面上布满干涸的血迹，角落里还堆积着腐烂的尸骸。

排位赛"血战模式"将对局双方分为红色方的"潜伏者"和蓝色方的"守卫者"。规则很简单：杀光对面的五个人就算赢下一小局，五局三胜制。

枪战游戏的节奏非常快，会玩的人可以慢慢拉扯，打游击战；不会玩的人，往往几分钟就会被击毙，结束战斗。

比赛开始。

江绍羽随机到的是红色方的"潜伏者"。

队友们争先恐后地冲了出去，江绍羽则走在最后面。

他在障碍物之间快速穿梭，很快就灵活地攀爬到了这张地图的制高点，架好狙击枪，眯起眼盯着远处的通道。

队友"豆豆同学"是个话痨，开着麦说："兄弟们冲啊！"

话音未落，耳边突然响起清脆的枪声。

砰——

"随随便便"使用"MSG极光"一枪爆头击杀了"排位五连跪"！

"豆豆同学"的声音卡壳了一秒，急忙喊道："兄弟厉害了！"

话没说完，旁边传来一阵"砰砰砰"的连续枪响，他跟敌方的突击手狭路相逢，连忙狂按鼠标键盘，手中的冲锋枪凶猛地扫出一排火舌。

对方倒地不起，但系统提示却不是他拿的人头。

"随随便便"使用"MSG极光"一枪爆头击杀了"我是王炸"！

突然有人从侧翼钻出来，两枪击杀了残血的"豆豆同学"。其他三个队友也跟敌方玩家打成一团，乱七八糟的枪声、爆破声不绝于耳，屏幕上的系统消息弹个不停……

转眼间，队友就死光了，他们如同葫芦娃救爷爷，一个接一个地送死，不出半分钟就连续死了四个。

江绍羽看了眼队友们死亡的位置，立刻将武器切成匕首，快速跳下制高点，闪身朝侧方移动。对面的人都包过来了，他将独自面对三个敌方玩家。

江绍羽修长的手指在键盘上飞快敲击。

如果此时游戏里有旁观视角，就可以看到，身材清瘦的青年在工厂废墟内高低起伏的箱子之间快速穿梭，如同灵活的鱼钻入大海，连残影都无法捕捉。

突然，他在一处掩体后面停了下来，将手中的武器切换回狙击枪，竖起耳朵仔细去听。

周围传来很轻的脚步声，有两个人走了过来。

另一边，蓝色方"守卫者"的语音频道里，负责指挥的队长问道："对面的狙击手呢？"

队友道："刚才还在这的。"

话音刚落，两人的侧后方突然传来清脆的枪响——

砰砰！

"随随便便"使用"MSG极光"一枪爆头击杀了"睿哥"！

"随随便便"使用"MSG 极光"一枪爆头击杀了"龙战八荒"！

两人应声倒地，甚至连这位"随随便便"的位置都没有找到！

"睿哥"的脊背升起一丝凉意，咬牙道："快杀了那个狙击手！"

队友兴奋地喊："他在十点钟方向的箱子后面，等他冒头我就杀了他！"

周围安静得连针掉落在地上的声音都能听清。江绍羽等待两秒，突然闪身从箱子后面往右移动，敌方狙击手果然朝他开枪，江绍羽就地翻滚，同时打开瞄准镜，抬头向上，果断扣动扳机。

枪声一前一后响起，系统消息随之弹出——

"随随便便"使用"MSG 极光"一枪爆头击杀了"瑞思拜"！

第一小局结束，红色方"潜伏者"获胜。

"豆豆同学"愣了一下，紧接着开始吼："我的天啊！大神①好厉害，真的太帅了！一个人打对面五个人，一通乱杀！"

江绍羽被吵得皱了皱眉。

同学，你的声音的攻击性可比你的枪法强多了。

这是要用语音吵死对面吗？

江绍羽这五年住在美国加州，一直在国际服务器的高分段打排位赛，遇到的队友和对手全是世界级高手。由于国际服务器的玩家来自世界各国，语言不通，交流通常只靠简单的英文打字和局内信号标记，语音频道很安静，几乎没人说话。

但华国区服务器不一样，玩家都是本国人，没有语言障碍。这也是"豆豆同学"在语音频道开麦说话的原因。

只不过，这位"豆豆同学"的精力实在太过旺盛，叽叽喳喳如同麻雀，真是"输出全靠吼"的典型。

刚才那场狭路相逢的团战，江绍羽在高处看得很清楚，"豆豆同学"扛着威力十足的冲锋枪，"砰砰砰"一通胡乱扫射，子弹喷出的火焰直接把墙体给烧焦了，看上去很凶，实际上子弹全部偏移，只扫到对手的衣角，毫无杀伤力。

江绍羽及时补枪，解决掉敌方玩家。此时，"豆豆同学"应该立刻转移，

---

① 大神：对电竞圈中实力超群的玩家的称呼。

他却站在原地发呆，结果被侧翼绕过来的敌方突击手给击杀了。

对面五人团灭①后，第一小局结束。

屏幕上弹出 Round 2（第二局）的红字。

双方所有玩家重新出现在了各自的出生点，分别位于地图两端。

第二小局，江绍羽依旧算准了时间和路径，以最快速度抢下制高点，在隐蔽的位置架起狙击枪。

敌方玩家一左一右冲过来，江绍羽快速转换视角，观察他们的位置。

开镜、瞄准、射击！

清脆的枪声在破旧的工厂里回荡。

敌方玩家刚从箱子后面冒头，就被江绍羽解决掉了两个。敌方狙击手发现了他的位置，立刻朝他开枪。江绍羽闪身躲掉对方射过来的子弹，抓准机会反杀了狙击手，接着利用地形优势，从高处往下射杀。

屏幕中间连续弹出五条信息。

"随随便便"使用"MSG 极光"一枪爆头击杀了"我是王炸"！

"随随便便"使用"MSG 极光"一枪爆头击杀了"排位五连跪"！

"随随便便"使用"MSG 极光"一枪爆头击杀了"瑞思拜"！

"随随便便"使用"MSG 极光"一枪爆头击杀了"龙战八荒"！

"随随便便"使用"MSG 极光"一枪爆头击杀了"睿哥"！

耳机里传来特殊音效："ACE！"

红色方"守卫者"竟然被江绍羽一个人团灭了！

队友们全都惊呆了。他们甚至还没看清江绍羽是如何出手的，五条击杀信息就弹了出来。

这就是"躺着也能赢"的感觉吗？

枪战游戏没有那么多技能需要释放，玩家只需要开枪射击，射出去的子弹如果打中对手的手臂、双腿、胸口等部位，会减少对手的血量；而击中脑袋的"一枪爆头"则会直接击杀。

游戏里的玩家不是原地静止的靶子，他们大部分时间都在快速移动。能精确锁定快速移动中的目标，并一枪击中对手的脑门，可没那么容易！

———————————

① 团灭：电竞游戏团战中，某一方参战队员全部阵亡。

"睿哥"看着屏幕中一连串的"一枪爆头"系统提示,头皮发麻,忍不住愤愤道:"这是哪来的高手?"

同为狙击手的"瑞思拜"道:"他的反应也太快了!"

"龙战八荒"质疑道:"枪法这么准,是不是开了外挂①啊?"

"睿哥"道:"官方查外挂查得那么严,应该没人敢这么嚣张,直接用自动锁定的外挂吧?"

众人回道:"也是。"

为了维护游戏的公平性,"枪王"官方严厉打击使用外挂的行为,一经发现永久封号。经过一段时间的彻查,如今的游戏环境中,外挂几乎已经绝迹了。

"瑞思拜"苦着脸道:"看来是遇到了高手。这局没得打,对面有个狙神,我打不过他!"

"睿哥"道:"'随随便便'?这名字取得也太随便了些,一看就是小号。"

"该不会是职业选手的小号吧?"

"有可能,咱们还是投降吧。"

排位赛是五局三胜制,他们在零比二落后时直接按下投降,不想打第三局了。

与此同时,江绍羽的屏幕中弹出一行字。

系统提示:恭喜您,雇佣兵,您在战场上表现优异,本局评价S+(最高级),获得积分80分,目前积分1580分,请再接再厉!

"枪王"的排位系统会根据每个人的表现给予不同的积分奖励。正常情况下赢一局加50分,打得好的可以拿到80分,提升段位的速度会非常快。

江绍羽退出房间,右下角弹出一条申请信息。

豆豆同学:大神你还缺粉丝吗?我可以当你的忠实粉丝!能不能加个好友,带我打游戏!

江绍羽顺手通过了申请。

他不喜欢叽叽喳喳的队友。只是,这位队友的名字跟他养的小狗豆豆同名,也算有缘。反正1500分段随便打,带一个人也无所谓。

———————

① 外挂:通过篡改游戏原本的设定和规则,大幅度增强玩家的实力,从而轻松取得胜利的作弊程序。

加了好友后，江绍羽将"豆豆同学"拉进好友组队房间。

豆豆同学：大神好！

豆豆同学：刚才那局比赛你打得也太好了！

豆豆同学：大神你还缺什么枪械皮肤吗？我送你几个皮肤，能不能带我上2000分段啊，我卡在1500的专家段位快有一个月了！

随随便便：皮肤不用送。

随随便便：你想打到2000分的大师段位？

豆豆同学：嗯嗯！我室友都上大师段位了，就我一个人还在专家段位摇摆。

豆豆同学：可能是我还不够强吧。

随随便便：把可能去掉。

豆豆同学：大神你说话真不客气啊！

随随便便：你的操作有很大问题。刚才你冲到马路上用冲锋枪一通扫射，原地不动如同活靶子，弹道也偏了。我建议你多去人机模式练习走位，找好每张地图的藏身点，学会移动扫射。不然你即便上了大师段位，也会很快掉下来。

江绍羽打字速度飞快，几秒钟弹出一段话，如同复制粘贴一样。

"豆豆同学"愣了片刻，急忙回复。

豆豆同学：谢谢大神指点，我会认真练的！

江绍羽发过去一个"嗯"字，顺手按下"准备"。

他们接下来又打了几把，都是江绍羽作为狙击手迅速爆头敌方玩家的打法，"豆豆同学"什么都不用做，只需要跟着他就赢了。

时间过得很快，只用了一个下午，江绍羽就打到了2000分段，晋级"大师佣兵"段位。

"豆豆同学"原本就1600多分，跟着大神，每局混个50分，也打到了2000分。

系统提示：恭喜您，雇佣兵，您已晋级"大师佣兵"段位，请再接再厉！

"豆豆同学"都快哭了。他打了一个多月都没能提升段位，每天赢两把、输两把，积分上上下下的，始终保持在1600分左右无法提升。

结果今天走运，遇到这位大神，积分就跟坐了火箭一样飙升，几个小时就打上了大师段位。这种感觉真是太爽了！

豆豆同学：谢谢大神！

"豆豆同学"用感叹号来表达内心的激动。

江绍羽看了眼时间。

随随便便：我去吃晚饭了。

通宵打游戏的"豆豆同学"揉了揉犯困的眼睛，看向电脑右下角显示的上午九点，目瞪口呆。

豆豆同学：晚、晚饭？大神，你大清早的吃晚饭吗？

随随便便：我在国外，有时差。

豆豆同学：哦！那你快去吃吧，大神再见，谢谢大神！

江绍羽飞快地下线了，"豆豆同学"这句话发出去的时候已经是"好友不在线"的状态。他疑惑地挠了挠头，大神在国外，为什么不在国际服务器玩，而跑来华国区服务器呢？

距离那么远，没有网络延迟吗？

大神的世界，他不懂。

"豆豆同学"看着自己连胜的战绩，心满意足地睡觉去了。

身在加州的江绍羽，关掉游戏后便起身去厨房做晚饭。

今天的午饭是面条加鸡蛋蔬菜，晚饭是虾仁海鲜粥。他肠胃不好，吃油腻的东西容易胃疼，只能吃些清淡好消化的食物，买回来的肉骨头都给豆豆吃了。

解决了晚饭后，江绍羽带着豆豆出门溜达了一圈，晚上七点才回家。

加州现在采用的是冬令时，华国比加州早了十六个小时。推算时间，那边应该是中午十一点了。他正想着，电话又响了起来，来电人是俞明湘。

江绍羽接起电话，耳边传来的声音很温柔："阿羽，你之前说的教练话语权的事，领导们商量过后已经同意了。只要你回国，就能马上签订国家队教练的合同。"她深吸一口气，认真地说道，"领导们说，下一届的国家队，全权交给你来负责。"

江绍羽有些意外，道："这么快就决定了？"

俞明湘开心道："是啊！副主席今早在会议上据理力争，加上电竞联盟换了一批领导，也希望国家队能打出成绩。领导们听说了你的故事后，认为你有实力，能镇住国家队的选手，所以很期待你回国执教！"

江绍羽想，事情肯定没这么简单。国家队教练不是两三句话就能定下来的，那位副主席应该花了不少工夫说服大家吧？

江绍羽疑惑道："副主席是谁？"

"你的老熟人，BM战队的前队长齐恒。你还记得他吗？"

"齐队？"

江绍羽当然记得这个人。齐恒是BM战队的队长，是一位非常优秀的狙击手。ACE 战队和 BM 战队当年在总决赛相遇，最后一局的决胜时刻，江绍羽以零点一秒之差，率先开枪击杀了齐恒，惊险地拿下总冠军。

看来，齐恒退役后去了联盟工作，现在成了"枪王"联盟的副主席。难怪联盟会突然把江绍羽找来当教练——齐恒很清楚江绍羽的战术意识和个人实力有多强。

"替我谢谢他。"江绍羽低声道，"我后天回国，直接飞帝都国际机场。"

"太好了，我去机场接你！"俞明湘顿了顿，又说，"对了，上一届国家队的选手名单和资料，我用微信一会儿传给你，你先了解一下。至于这一届到底要选哪些人、怎么选，等你回国了再说。"

"好的。"江绍羽挂了电话。

俞明湘很快就发来一个文档，是第五届国家队的资料，包括所有选手的姓名、性别、身高、体重、职业联赛注册 ID、擅长的位置、比赛时的数据，等等，非常详细。

江绍羽看到了几个熟悉的名字，都是他当年在 ACE 战队的老队友。

ACE 战队是江绍羽一手创建的草根战队，全队只有七个人：领队俞明湘、兼任队长和教练的狙击手江绍羽、冲锋员老林、突击手小周、侦察员叶子、医疗兵小辰，以及唯一的青训生，江绍羽收的徒弟——裴封。

几个队友都是江绍羽从普通玩家里找来的高水平玩家，因此，ACE 战队也被粉丝们称为"路人王战队"。

江绍羽离开后，ACE 战队彻底解散，队员们集体转会^①。其中三人在新战队表现优秀，顺利入选了国家队。但江绍羽在国家队的资料里并没有看到医疗兵小辰和徒弟裴封的名字。

江绍羽想到俞明湘之前在电话里说，老林准备退役，叶子被禁赛，小辰坐了很久的冷板凳，裴封甚至没当职业选手……他不由得蹙眉。

到底发生了什么？看来要等他回国之后才能搞清楚。

"枪王"世界大赛每年举办一届，由每个参赛国选拔出一支国家队，代表国家去参赛。

国家队的选手名额有十一个，包括主力队员和替补队员。其他的工作人员没有人数上限，如领队、教练、助教、队医、后勤等，都可以随队去参赛。很

---

① 转会：选手在签约合同期限内，从某一支战队，转至另外一支战队的过程。

多国家队外出比赛期间，甚至会带上自己的厨师。

"枪王"的比赛模式是两队对决，每队派出五名选手。负责前方开路的冲锋员、近战出击的突击手、灵活游走的侦察员、救死扶伤的医疗兵、远程压制的狙击手——五个位置各司其职，配合方式五花八门。

由于出国比赛期间选手们可能会面临水土不服、生病、状态不佳等问题，大部分国家队都会选择在每个位置带两位选手，一个主力，一个替补，必要时进行轮换。这样就已经占用十个名额了，剩下的第十一人可以灵活安排。

比如去年的世界大赛，M国队就带了三个狙击手，远程火力极强；H国队带了三个侦察员，有时候会上双侦察的阵容，打法更加灵活委琐；欧洲这边的大部分国家风格偏向凶悍，会带更多的突击手和冲锋员，擅长近战压制。

每个国家队教练的想法不一样，选人的策略也会有所不同。

上一届，华国队组成了三个冲锋员、两个突击手、两个侦察员、两个狙击手、两个医疗兵的国家队阵容。

江绍羽是狙击手，他重点看了一下国家队两位狙击手的资料。

第一位是莫涵天，上赛季国内顶级职业联赛的"最佳新人奖"得主，前不久刚过完十八岁生日，正是状态最好的时候；另一位刘少洲，来自BM战队，是BM战队的现任队长，齐队的接班人，打法非常稳。

江绍羽一直在关注国际赛事，上一届世界大赛还全程看了直播。华国队运气很差，小组赛遭遇了劲敌M国队。M国队的狙击手非常厉害，华国队当时派出了莫涵天这位新人。

莫涵天在国内顶级职业联赛的表现十分亮眼，赛场数据很漂亮，刚拿到"最佳新人奖"，又是国家队指定的"枪王形象大使"，不由得有些飘飘然，再加上这是他第一次参加世界大赛，心态不够稳定。第一小局被对面狙击手一枪"爆头"之后，他的心态就崩溃了，接下来连续出现失误。

狙击手发挥太差，守不住制高点，纯靠近战拼抢的话太难打。华国队的第一场小组赛以0:2的比分输给M国队，后面的几场比赛也没能打出好成绩，直接被淘汰出局。

在世界赛上表现糟糕的国家队，果然被网友们骂上了热搜。

张教练压力过大，当场辞职谢罪。

目前，国家队处于"放养"状态，没有解散，也没有新教练接手。

江绍羽继续往后翻资料，除了狙击手的问题，医疗兵实力薄弱的这一点也必须好好解决；还有冲锋员、突击手打得不够冷静；侦察员也不够灵活……毛病真是越看越多。

想要打出成绩，阵容必须大换血。

但是，这份名单里的队员，几乎都是各大战队王牌选手，他们的粉丝非常多、人气非常高，不管换下谁，都会得罪人，想顶着这些压力完成人员更换可不容易。

江绍羽头疼地揉了揉额角。

联盟丢给他一个"烂摊子"国家队，这简直是"地狱模式"的开局吧？

江绍羽看资料一直看到半夜十二点，准时关电脑睡下。

这五年，他为了调理身体，也彻底改变了自己的作息。目前他的作息非常规律，早晨七点不用定闹钟也能醒来。

次日早晨，江绍羽打开游戏登录账号。这时候华国时间是晚上，在线玩家非常多，"随随便便"这个账号已经打到大师段位了，他刚登录，右下角就弹出两条消息。

豆豆同学：大神晚上好！

豆豆同学：啊不对，大神那边有时差，大神早上好！

江绍羽愣了一下。"豆豆同学"昨天说要当他的忠实粉丝，看来真成他粉丝了，上线还主动问好。不过，"豆豆同学"怎么又变成专家段位了？昨天不是刚带他升上大师段位了吗？

豆豆同学：大神，我又掉回专家段位了。

豆豆同学：打排位连着输了两个小时，我是不是很笨啊？

豆豆同学：我果然好笨啊！

江绍羽被他的话逗得扬起唇角，打字回复他。

随随便便：我不是跟你说过了，你目前实力还不够，即使把你带上大师段位也会很快掉下去。

"豆豆同学"继续发哭泣的表情。

随随便便：我再带你几把，你选医疗兵跟在我后面，看我是怎么打的。

豆豆同学：谢谢大神，我跟着你好好学一学！

江绍羽并不是会随便带陌生人打游戏的性格。"豆豆同学"之所以能得到特殊关照，完全是因为他跟江绍羽的狗狗同名，让人觉得亲切。

在别人看来，豆豆只是一条小狗。但对江绍羽来说，这五年，豆豆是陪伴在他身边的唯一的家人。

他们之间相差了一个段位，仍然可以组队打游戏。

江绍羽拉"豆豆同学"进入好友组队房间，很快就匹配到了队友。准备阶段，江绍羽主动选了"豆豆同学"之前玩过的冲锋员，"随随便便"的头像旁边也出现了"冲锋枪"的标志。

豆豆同学：大神不玩狙击手了吗？

随随便便：我什么位置都会，给你示范一下冲锋员怎么打。

豆豆同学：好的好的，大神您也太好了！

枪王 77 号：大神？这局有高手吗？

豆豆同学：没错！这位"随随便便"就是传说中的大神，架起枪"砰砰砰"一通乱杀！

水果派：有这么夸张吗？

布丁果冻：我看了下这人的比赛记录，百分百胜率啊，厉害厉害！

水果派：我已经做好迎接胜利的准备了！

枪王 77 号：大神我可以跟着你吗？

布丁果冻：你们都滚开，大神是来带我打游戏的！

国内的玩家都这么活泼吗？

江绍羽面无表情地按下准备键，迅速更换了自己的枪械。

一共有三个武器格，他带上了"汤姆逊 - 烈焰""沙鹰 - 苍龙"和"烟雾弹"。

"汤姆逊"是威力巨大的冲锋枪，一个弹匣的子弹容量高达七十颗，两个弹匣加起来共一百四十发子弹，可近距离扫射，造成凶猛的火力压制。"烈焰"皮肤在枪身上增加了红色火焰的涂装，喷射出来的子弹也如同燃烧的火焰一样耀眼。

"沙鹰"是很多玩家非常喜欢的手枪，射速快，枪身轻巧，是近战之王，适合在障碍非常多的街道、丛林战斗。

"烟雾弹"不用多说，爆炸后会升起大范围的浓烟，让对手看不清动向。

冲锋员作为比赛中冲在最前面的人，需要凶猛的火力压制和灵活的走位技巧，能冲破敌方的防守，搅乱敌方的阵型。打得好的冲锋员，可以冲破火力封锁，协助队友突进；打得差的……只会冲上去送死。

江绍羽是世界级狙击手，但他曾经也是 ACE 战队的教练。

教练必须对所有位置的武器、操作和作战思路，都有清晰的认知和全面的理解。因此，哪怕退役五年，江绍羽也一直保持着出色的竞技状态，能在国际服务器打到很高的段位。

那些武器知识、地图打法，他一刻都没有忘记过。

比赛开始，地图载入。这局随机到的地图是中级难度的"十字街角"。

这是一张经典的正方形地图，位于繁华都市的十字路口，从高处俯视，整张地图更像是一个"田"字形状，纵、横两条大路，将地图分成东北、西北、东南、西南四个小方块。

每个方块都有一个狙击位，总共四个高处狙击点。同时，建筑物之间有很多小路可以藏身，经常会在转角冷不丁遇到埋伏着的敌人，而被对面射死。由于有大量建筑的存在，远程狙击手的视野会受限，所以这种狭路相逢的街道巷战，需要更多近距离作战的技巧。

这张图很适合突击手、冲锋员、侦察员这些近战选手发挥，狙击手通常进行远程协助，为队友们提供掩护。

职业联赛中，这张地图也很常见，各大战队都针对它设计出了十分复杂的战术。

地图载入完成，双方玩家即将刷新，开始十秒倒计时。

就在这时，江绍羽的队友突然在聊天框打字。

枪王77号：啊啊啊！对面是莫涵天大神吗？我是你的粉丝，下手轻点！

队伍语音频道紧跟着响起一个大叔的声音："在2000分段居然能遇到国家队选手，这是什么运气？"

另一人问："你是说对面的狙击手，名字叫'Devil333'的那个？"

大叔说："对啊，'Devil333'就是职业选手莫涵天的小号！这局我们完了，投降吧！"

"豆豆同学"很天真地问道："莫涵天是谁啊？有我们'随便大神'厉害吗？"

众人无语。

想起昨晚看过的资料，江绍羽提起了兴致，在聊天框打字问话。

随随便便：国家队的莫涵天？

Devil333：你们好，这几天放假，我在练小号呢。

随随便便：哦。

随随便便：加油，好好打。让我看看你的水平。

Devil333：你什么意思？

这位兄弟你的口气有点大啊！

想看国家队选手的水平，还让对方加油？

队友们和对手们全都目瞪口呆。

最蒙的人是莫涵天。

什么情况？

要看我的水平？恐怕你没有那个资格吧！

第二章　葫芦娃小分队

莫涵天这几天心情很不好。世界大赛失利后，张教练被骂得很惨，莫涵天当然也没能逃过网友们的各种"问候"。

外国国家队的狙击手能一枪爆头，我们的狙击手却一枪不中？

看见地铁站贴满他的广告我就恶心，地铁都不想坐了。

"枪王形象大使"？你是故意来恶心"枪王"玩家的吧？

就这稀烂的枪法，怎么进的国家队？连别人的衣角都打不中！

退役吧小莫，去拍个电视剧说不定还有前途！

莫涵天的微博粉丝数量有几千万，粉丝当然会维护偶像，说国家队输了是张教练的战术枪法安排有问题。可依旧有大量网友骂莫涵天枪法稀烂，在评论区和莫涵天的粉丝吵了好几天。那些网友的言论，就像是狠狠扇了他一个耳光，让他坐立不安。

目前，国家队没有新教练接手，也不知道接下来会怎么安排。

莫涵天心情糟糕，这才开着小号随便去游戏里玩玩。作为国家队重点培养的主力狙击手，打游戏里2000分段的排位，就如同数学博士做小学生加减运算，小菜一碟！

他需要通过在排位赛里战胜普通玩家来找回一点自信。

比赛很快开始，江绍羽随机得到的是红色方的"潜伏者"，莫涵天是蓝色方的"守卫者"。

这张地图的"潜伏者"比较难打，对面的狙击手只要在建筑物的高处架起枪，射程几乎能覆盖全地图，厉害的狙击手可以在敌方玩家冒头的那一瞬间就一枪爆头。当然，走位灵活的近战玩家，也可以利用建筑障碍，让狙击手看不到自己。

江绍羽的队友们迅速冲了出去。"水果派"和"布丁果冻"是刚才在队伍语音频道说话的人，他们扛着枪去了左边的道路，另一位队友"枪王77号"

也往左边走去。

江绍羽看了眼队友们的位置，带着"豆豆同学"往右走。他如风一般飞快地潜入建筑群中，"豆豆同学"立刻紧紧地跟在他的身后。

开局不到半分钟，地图西北方向突然传来"砰"的一声清脆枪响——

"Devil333"使用"DSR-天启"一枪爆头击杀了"水果派"！

看来是队友走位不慎，刚冒头就被莫涵天给"秒"了。

"DSR"这把狙击枪的射程非常远，精准度高，是莫涵天最爱的武器。解决掉一个人后，他笑了一下，心想，低分段的玩家果然都实力平平，如此轻松就能将他们一枪爆头。莫涵天眯起眼，迅速调转枪口，想继续"秒"掉跟"水果派"一起冲过来的"布丁果冻"。

然而"布丁果冻"很谨慎，迅速躲到旁边的建筑物后面不敢冒头。

守卫方的两个玩家过去找他，两人左右包夹，转眼间就围住了"布丁果冻"。

屏幕上连续弹出消息。

"布丁果冻"被对面两人集火身亡，死前一通扫射，击杀了敌方的一个突击手。

本方只剩三个人，敌方还活着四个人。

江绍羽并不急。

他根据枪声和击杀信息判断，对面有两个人在左边，右边应该有一个侦察员。

江绍羽灵活走位，在建筑之间飞快穿梭。他所选的这片街道区域正好是狙击手的视野盲区，大量的建筑物可以遮挡他的身体，高处的狙击手很难看得到他。

片刻后，江绍羽藏身在交叉路口的一栋大楼后面，举起了冲锋枪。

侦察员只要来东南方向，必定会经过这个拐角。

江绍羽仔细去听，果然听到一阵脚步声。

砰砰砰砰——

江绍羽手中冲锋枪的子弹如同暴雨一般凶猛地射出。

刚走过拐角的侦察员瞬间被扫成了筛子，全身都是被子弹射出的血窟窿！

"随随便便"使用"汤姆逊-烈焰"击杀了"转角遇到爱"！

"豆豆同学"忍不住笑道："转角遇到爱，一转角就被射死，哈哈哈，这名字太不吉利了。"

左边的战况江绍羽看不到，但屏幕上弹出的击杀信息，让他再次心生警惕——

"Devil333"使用"DSR－天启"一枪爆头击杀了"枪王77号"！

又是莫涵天。

他毕竟是国家队的狙击手，打2000分段的低端局，简直就是实力碾压。左侧的三名队友转眼间已经团灭，就剩右侧的江绍羽和"豆豆同学"了。

队伍语音频道，"水果派"忍不住叹气："投降吧，我们打不过啊。"

有队友发起投降，被杀的三个人迅速点了同意。"豆豆同学"毫不犹豫地按下"拒绝"，江绍羽没有理会投降信息。

比赛中发起投降的一方，必须至少有四个人选择同意投降，投降才会生效。这一轮投降没能成功。

水果派：哥们儿，你还想打吗？遇到国家队的选手你也要坚持？

布丁果冻：就是啊，赶紧投降，开始下一局吧！

随随便便：能打。

水果派：行吧，你加油。

江绍羽刚解决了一个侦察员，对方还剩下三个人，都在地图左侧。

他收起沉重的冲锋枪，切换成手枪。游戏里不同重量的武器会影响玩家的脚步声，手枪、匕首等武器的重量较轻，当玩家拿着轻盈的武器时，游戏里的脚步声也会相应地变成"轻步"，只有近距离的敌人才能听得到。

江绍羽在语音频道低声说："豆豆同学，配合一下。"

"豆豆同学"第一次听见这位大神的声音，不由得一愣。

年轻男性的声音清冷好听，如同山泉一般，能将一切浮躁和不安都压下去，让人神清气爽。"豆豆同学"精神一振，急忙在电脑前坐直身体，像是上课被班主任点名一样，喊了声："到！"

江绍羽声音平静道："竖起防弹光板，往十点钟的方向跑。"

医疗兵作为战场上唯一的救援力量，不能长时间以血肉之躯在枪林弹雨中穿梭。玩医疗兵要带防御装备，"豆豆同学"当然也带了。防弹光板是一块两米高、一米宽的特制金属板，重量中等，可以举起来挡在身前，防住子弹。当然，防弹光板有固定的血量，被敌人的子弹连续射中，血量降到零后就会被击穿，失去防弹功能。

"豆豆同学"虽然游戏水平不高，但他很听话。听见江绍羽的命令，他立刻举起防弹光板，飞快地往十点钟的方向跑。

果然，他的耳边响起枪声。

清脆的枪声，属于超远射程狙击枪"DSR-天启"的特殊声效。

莫涵天一枪击中了防弹光板。

狙击手想要杀医疗兵，只要两枪连续命中防弹光板，就能将盾牌给击穿。莫涵天显然很有自信，医疗兵在他的面前举起了盾牌又怎么样？再厚的盾牌，他照样能给打个对穿！

莫涵天眯起眼睛，用瞄准镜瞄准了"豆豆同学"。

他不知道的是，在他瞄准"豆豆同学"的这段时间，江绍羽已经飞快地从侧翼绕了过来。

江绍羽冷静开口："豆豆同学，十一点钟方向，继续。"

"豆豆同学"再次举起防弹光板，从大楼后面冒头，飞快地往十一点钟的方向冲去。

砰——

枪声再次传来，莫涵天的枪法果然很准，这一枪直接将防弹光板瞬间击穿！

"豆豆同学"手里的光盾碎成渣，失去防弹效果。但他惊讶地发现，就在光盾破碎的那一刻，他正好走到一处建筑的后面，就好像大神早就计算好了他的行动路线一样。

前方是一条大马路，继续往前冲就是送死。他立刻停下来，悄悄蹲在建筑后面，等待大神下一步的指示。

而此时，江绍羽已经利用莫涵天开枪的时机，快速爬上了高处。

枪声会遮盖脚步声，江绍羽就是利用了这一点。

莫涵天的枪口正对着"豆豆同学"的方向，眯起眼睛等待猎物的出现。

但他没想到，自己早已成了别人眼里的猎物。

砰——

枪声利落清脆，在离他非常近的地方响起。

"随随便便"使用"沙鹰-苍龙"一枪爆头击杀了"Devil333"！

聊天框里弹出江绍羽发来的信息。

随随便便：你大意了。

随随便便：我在你身后。

电脑前的莫涵天差点一拳砸烂键盘。

这人是什么时候绕过来的？居然拿着把手枪，一枪击中了他的后脑勺？

冲锋员不是端着枪往前冲的吗？绕后偷袭这不是侦察员的打法吗？！

莫涵天沉着脸盯着电脑屏幕。

看到这里，"豆豆同学"第一次感受到比赛的乐趣！之前，他都是被"随便大神"带着赢的，什么都不用他做，就能获得胜利。但是这次，他也发挥了那么一丁点的作用。

能参与比赛的感觉真好啊！

"豆豆同学"激动地道："大神，我还要怎么走位吗？"

江绍羽道："五点钟方向，反过来跑，我会掩护你。"

"豆豆同学"立刻朝反方向跑。

敌方还剩两个人，听到脚步声后，两人急忙左右包夹去围堵"豆豆同学"，刚要追上他，忽然，一颗手雷从天而降，"轰"的一声爆炸，周围瞬间被白色的烟雾所笼罩！

视野中全是白色浓烟，什么都看不清，两人迫不得已停下了追击。

"豆豆同学"急忙找了个建筑物在后面藏好。

而此时，江绍羽已经飞快地从高楼上跳了下去，他潜入地形复杂的街巷，如同灵活的鱼一样快速穿梭，转眼间就从侧翼绕到了刚才升起浓烟的位置。

浓烟散去，那两人还没来得及反应，就听耳边传来一阵枪响。

冲锋枪漆黑的枪管对准了他们，在扇形范围内凶悍地扫射，"砰砰砰"的枪声震耳欲聋，连续几十发子弹喷射而出，枪口甩出绚丽的红色火焰，两人甚至没来得及反抗，身体就被"随随便便"的冲锋枪给射成了筛子！

"随随便便"使用"汤姆逊－烈焰"击杀了"天空海洋"！

"随随便便"使用"汤姆逊－烈焰"击杀了"大地星辰"！

ACE！

"守卫者"团灭，"潜伏者"获胜！

游戏语音频道陷入诡异的安静。

连"豆豆同学"都忘记喊"大神厉害"了，他只觉得有一股热血直冲脑门。

就在三分钟之前，队友们还在考虑投降。但是最终，"随随便便"还是解决掉了对面的敌人，其中甚至有国家队的狙击手！

投降？电子竞技没有投降！

不到最后一刻，什么都有可能发生！

"豆豆同学"终于回过神来，激动地喊道："大神太强了！我就说，大神随便打打就能带我们赢！"

莫涵天坐在电脑前，目瞪口呆地看着这一幕。

"随随便便"用冲锋枪扫射时，子弹居然连一发都没有偏移，几十发子弹将莫涵天队友的血量瞬间清空，队友的身体甚至被暴雨般的子弹打成了"蜂窝"！

他身上兼备侦察员的灵活和冲锋员的凶悍。

莫涵天的脊背突然升起了一股凉意——这个人到底是谁？

就在他不知道该说什么的时候，聊天框里再次弹出文字信息。

随随便便：你是国家队的狙击手？

随随便便：就这水平？

全场的玩家都愣住了。

"随便大神"一枪击穿莫涵天的后脑勺不够，还要打字嘲讽？

莫涵天气得差点摔了键盘，嘴里更是忍不住喊出声："这到底是谁的小号？"

排位赛是五局三胜制。第一小局结束后，江绍羽当然是故意打字嘲讽的。莫涵天这位选手的天赋并不差，最大的弱点是心态不够稳。他倒要看看，莫涵天的心态能差到什么程度。

莫涵天咬了咬牙，深吸一口气，攥紧鼠标。

被"随随便便"偷袭得手，只是因为他大意了而已，第二局再打回来就行。他绝对要以牙还牙，一枪爆头"秒"了这个"随随便便"，让对方知道国家队狙击手的厉害！

"潜伏者"这边，看到江绍羽的犀利操作后，队友们对他无比崇拜。尤其是刚刚发起投降的三个人，心中不由得羞愧。

"水果派"忍不住说："大神厉害了啊！下局你来指挥吧，需要我们怎么做？"

"布丁果冻"急忙附和："没错，我们可以配合您走位！"

既然队友们愿意配合，江绍羽也不再客气，冷静地说："下局散开来打，引蛇出洞。'水果派'往左，'布丁果冻'走中间大路，'枪王77号'在东南角制高点架枪，'豆豆同学'继续跟着我。"

队友们立刻点头道："好的！"

分散式走位，是应对复杂地图的策略之一。

但分散不能散成一盘散沙，队友之间必须保持一定的距离，互相照应、及时支援，这很考验指挥的调度能力。

比赛开始，莫涵天敏锐地察觉到了不对劲。

对面的人集体钻进建筑群中，他连一个人影都看不到，却很快听见了枪响。

东北方向传来枪声，他立刻开镜瞄准，还没来得及看清，西北方向又是一阵杂乱的枪声。莫涵天迅速调转枪口，结果下一刻中路又是一阵枪响，还夹杂着烟雾弹的爆破声响和升腾而起的浓雾！

到处都是枪声。

那位"随随便便"会不会又绕过来偷袭他？

莫涵天紧张地盯着屏幕，飞快地转换视角，利用地形优势快速观察局势。

然而，狙击手的眼睛只有一双，哪怕身在高处，也不可能同时观察到全场所有人的动向。江绍羽就是玩狙击手的，该如何对付狙击手，他当然再清楚不过。

江绍羽的声音再次响起："'水果派'直线向左，开枪把人引走；'布丁果冻'从两点钟方向绕过去。"

两位队友配合走位。敌方玩家果然中计，被"水果派"的枪声引去了左侧，而"布丁果冻"绕过去的那一刻，正好看到两名敌方玩家的后脑勺，他立刻开枪，直接扫死了对方两个人，虽然"水果派"不慎被击杀，但以一条命换对方两条命，不亏！

江绍羽接着说："狙击手，看北面。"

"枪王77号"是狙击手，上一局他连一枪都没能开出来，刚冒头就被莫涵天给"秒"了。此时，听见大神的指挥，他果断将瞄准镜调转到正北方向。

北边传来枪声，同时一颗手雷爆破，升起浓浓的白烟。他目不转睛地盯着那里，等浓烟散去后，果然有一个敌人突然冒头，他扣动扳机，一枪爆头！

但莫涵天的反应也很快，立刻开枪击杀了"枪王77号"。

在江绍羽的语音指挥下，队友们在地图上灵活走位，用"引蛇出洞"的打法飞快地解决掉了"守卫者"的近战玩家。他们牺牲了两名队友，换掉对面四个人，简直赚翻了。

十字街头的地图本就复杂，很多街巷、拐角、建筑物的后方都是狙击手的视野死角。莫涵天飞快地调转视野，想要找到嘲讽他的"随随便便"，送对方吃一发子弹。

结果，四面八方都是枪声，他根本无法锁定"随随便便"的位置！

转眼间，队友死光，"守卫者"只剩他一个人了。

察觉到不妙的莫涵天立刻跳下大楼，将武器切换成"MSG"这把轻型狙击枪。"MSG"是很适合移动作战的武器，枪身更加轻盈，还能在开镜的状态下连续射击，据说是曾经的"狙神"——ACE的队长Wing最爱的武器。

跳下大楼后，莫涵天飞快地潜入建筑群中，想靠游击战来杀光对面剩下的三个人。他快速走位，谨慎观察，可就在他猫着腰经过街道拐角，准备去下一个藏身点的那一刻，一根漆黑的枪管突然对准了他的额头。

砰！

"随随便便"使用"沙鹰－苍龙"一枪爆头击杀了"Devil333"！

上一局是一枪击中了他的后脑勺。

这一局倒好，子弹迎面而来，干脆利落地将他一枪爆头！

莫涵天的心态直接崩溃了。

被当面爆头的心理冲击力，比在背后遭到偷袭还要更大！

"枪王"游戏的视觉效果非常逼真，莫涵天走过转角的那一刻，一把枪迎面指着他的脑袋，他根本没来得及反应，就听见耳边传来清脆的枪声。紧跟着，子弹射出，脑浆迸裂，眼前的屏幕上糊满了刺目的血花。

那喷溅而出的鲜血，就像是对他赤裸裸的讽刺。

看着倒在血泊中的自己，莫涵天忍不住打字质问。

Devil333：你开了透视外挂吧？

随随便便：打你，还需要外挂？

随随便便：随便打打都能赢。

莫涵天气得说不出话来。

"豆豆同学"继续在语音频道给江绍羽助威："大神太帅了，居然猜到他会走这条路！原来国家队选手的水平这么差吗？"

队友们听见他清脆的声音，十分无语。

并不是国家队的选手打得差，而是我方的"随便大神"太厉害了。

游戏里的高手虽然多，但是能连着两局都轻轻松松赢过国家队选手的人可真不多。虽然他们有配合，敌方没配合，这是赢下来的关键。但不得不承认，"随便大神"对敌人位置的预判非常精准，枪法也特别犀利。

估计莫涵天的心态已经彻底崩溃了。

"水果派"忍不住开口问道："大神，你也是职业选手吗？"

江绍羽没有回答。

"布丁果冻"急忙站出来打圆场："喊'大神'就对了，其他的事别瞎打听。"

"水果派"立刻配合地喊："大神，再带我赢一局吧！"

第三局……敌方选择了投降。

莫涵天并不想投降，职业选手在任何比赛中都不能投降，这是联盟的规定。

但是，他的四个队友都投降了。四人投票通过的话，系统会自动判负。

"守卫者"投降。"潜伏者"获胜!

莫涵天用力拍了把桌子，愤愤道："这帮人根本不会配合！一个接一个地送死，还好意思投降？"

比赛结束，所有人自动退出了房间。

莫涵天的血压急速上升，他感觉一股怒火直冲头顶，太阳穴突突地狂跳，像是要爆裂一般。他用力深吸了一口气，还是无法纾解胸口的那一团闷气。那团闷气憋得他呼吸困难，一张脸都涨得通红。

就在这时，有人推门进来。

时小彬看见莫涵天，惊讶地问道："莫哥，你在训练室干吗呢？"

莫涵天咬牙切齿回道："打排位赛！"

时小彬愣了愣，听这语气不像是打排位赛……倒像是打仇人。

莫涵天愤愤道："对面这个人肯定开了外挂！官方虽然查外挂查得严，但总有一些高科技的外挂是查不出来的。不然他怎么能连续两局都一枪爆头'秒'掉我，还能发现我的位置？"

时小彬好奇地凑过来看向电脑，道："你是说，他同时开了透视外挂和锁定外挂吗？"

莫涵天顿住了。

这个理由似乎有些牵强。这么厉害的外挂程序如果连官方都查不出来，大家也就不用玩游戏了。竞技游戏最讲究公平，开外挂会极大地破坏游戏生态平衡。

莫涵天的心脏倏然一颤——难道不是外挂吗？

怎么可能呢？

这个人对他非常了解，连他走位的路径都能预判到，甚至算准了他开枪的时机，仿佛洞悉了他的所有想法。第一局击穿了他的后脑勺，第二局当面爆头，这种"羞辱式"的打法，是跟他有仇吗？

莫涵天深吸一口气，坐直身体，严肃地说："不管他开没开挂，我要跟他单挑一局。如果真有高科技的外挂，直接举报给官方也算是立功了。"

游戏里，刚退出组队房间的江绍羽收到一条消息。

Devil333：有本事单挑啊！

江绍羽轻轻挑眉，他能想象得到电脑前的小少年愤怒的样子。

看来还没给他打服气？

江绍羽顺手通过了好友申请。

莫涵天想了想，站起来把位置让给身旁的队友，说："小彬，你用我的账号来跟他打一把，他就是玩冲锋员的，让他见识一下什么叫国家队的冲锋高手！"

时小彬也提起了兴致，坐下来说："莫哥，这个人在游戏里嘲讽过你吗？"

莫涵天冷冷道："是啊，他说，只需要随便打打就能赢我！"

时小彬目瞪口呆："口气这么大，也不怕闪到舌头？我来会会他。"

游戏里，"Devil333"将"随随便便"邀请至"射击训练场"。

"枪王"的"射击训练场"是自定义模式，玩家可以自己选择地图、队友和对手进行练习。

一进训练场，"Devil333"便打下一行字。

Devil333：您好，我是国家队的冲锋员时小彬，请您多多指教。

江绍羽唇角轻扬。

时小彬，他当然知道，国家队年龄最小的队员，青训时期曾跟莫涵天一起在星城青训基地当过一年的舍友，两人私下关系很好。这两位也是国内联赛近年来表现最出色的新人。

不同于莫涵天的眼高于顶、心态脆弱，时小彬有点呆，还挺懂礼貌的，只是性格过于谨慎，比赛的时候束手束脚，不太敢放开来打。

随随便便：是小莫把你叫来的？

莫涵天坐在旁边看到这句话，不由得瞪大眼睛，道："小莫？叫得这么亲切，我跟他很熟吗？"

时小彬看了怒气冲冲的莫涵天一眼，快速打字。

Devil333：国家队虽然成绩不好，但我觉得您也没必要直接嘲讽我们，这样真的很不礼貌。

Devil333：既然您是玩冲锋员的，我来领教一下吧。

把"你嘲讽我兄弟，我来找你复仇"说得如此彬彬有礼，打架之前还要列出详细的理由，也难怪名叫"时小彬"。

然而，江绍羽根本不按常理出牌。

面对礼貌的时小彬，他毫不客气地打去了三行字。

随随便便：嫌我嘲讽你们不太礼貌？

随随便便：你们打得稀烂是事实，难道还要我夸你们？

随随便便：你举起冲锋枪的姿势很帅，但一枪不中的样子很狼狈，活像个只会给对手描边的"素描大师"。

莫涵天和时小彬全都哑口无言。

037

时小彬的表情也变了。这个一向乖巧礼貌的新人，第一次被气到脸红，咬牙道："这谁啊，完全不把我们国家队放在眼里？居然说我是'素描大师'！"时小彬气呼呼地翻了个白眼，"不把他打到卸载游戏，我以后跟他姓！"

时小彬是国家队的替补冲锋员，本届世界大赛只出场过一次。当时他扛着威猛的冲锋枪冲在最前面，结果该上的时候不敢上，躲起来等待机会，被对面的突击手绕后，慌乱之下开枪射击，射出去的子弹噼里啪啦到处偏移，如同沿着对方的身体轮廓画起了素描。

江绍羽这句"素描大师"，确实一针见血地戳中了时小彬的软肋。

时小彬只觉得胸口一阵闷痛，他深吸一口气，看向电脑的眼神变得无比认真专注，双手飞快地敲击键盘。

Devil333：既然你这么厉害，这局你来选地图吧。

随随便便：还是你来选吧，选个你最擅长的让我瞧瞧。

时小彬一时无语。

莫涵天在旁边提醒他："不要上当。他这是心理战，故意开局嘲讽，想影响你的心态！"

时小彬愣了一下，点头说："有道理，心理战。"

莫涵天说："你选个最适合冲锋员发挥的地图，直接扫死他！"

时小彬打开对战地图库，飞快地锁定了一张地图——乱石阵。

这是一张典型的多障碍地图，其中有无数造型奇特的石头，它们高矮不一，分布杂乱，玩家可以在石头的间隙中快速穿梭，打游击战。这张图非常复杂，什么时候藏身，什么时候开枪，如何走位，都是学问，很考验选手对时局的判断力。

选出这么复杂的地图？看来时小彬认真了。

江绍羽按下准备键，迅速更换武器。

他的主武器依旧是"汤姆逊－烈焰"这把威力巨大的冲锋枪，副武器换成了"镭射激光炮"，这是一把全游戏最重的巨型机枪，子弹数量只有四发，架枪时无法移动，但轰出去的炮弹拥有极强的破坏力，可以摧毁命中的建筑，并对直线路径上的敌人造成恐怖的范围伤害。另外，他还带了投掷类武器"烟雾弹"。

关于三把武器的搭配，每位选手都有自己的风格。

冲锋员的打法其实非常灵活多变，可以根据不同的地图来选择不同的策略。

江绍羽趁着比赛还没开始，在聊天框打字问对方。

随随便便：时小彬，你觉得冲锋员应该怎么玩儿？

时小彬愣了愣，一脸困惑地看向莫涵天，问："莫哥，他是在提问我吗？"

莫涵天翻了个白眼，说："别理他，他以为这是上课啊？心理战而已，他在搅乱你的心智！"

时小彬赞同地点点头，打字回复。

Devil333：我不需要跟你解释，开始吧。

随随便便：好，那就用实战来解释。

比赛开始。

单挑模式很简单，双方自由携带武器，进入选定的地图，杀了对面就算赢。

时小彬这局携带的主武器是"MP5-黑骑士"，是最常见的经典冲锋枪，通体漆黑的枪身如同黑夜里等待出征的骑士，低调又危险。它的射速快，爆发力很强，弹道稳定。

副武器他带的是"沙鹰-苍龙"，常见的手枪，适合在障碍多的地图里灵活射击。

最后一个武器，他拿了投掷类武器"手榴弹"，用于补充伤害或者掩护撤退。

"乱石阵"地图到处都是障碍，造型各异的石头会遮挡人的视线，选手需要在凌乱的石头中间来回穿梭。江绍羽潜入石阵，如同风一样快速走位，时小彬也冲进地图中谨慎地寻找对方的位置。

突然，右前方响起杂乱的脚步声，时小彬精神一振，切换手枪快步往右绕去，刚走几步，前方猛然升起一团白色的浓烟，时小彬立刻闪身躲去石头后面，以防被对方打到。

下一刻，耳边传来一声巨响——

轰！

伴随着震耳欲聋的爆炸声，周围的石块轰然碎裂，在空中乱飞。激光炮的恐怖威力不但将时小彬身后的巨石直接轰成了碎渣，还在地上烧出了一条宽约一米的焦黑的直线！

时小彬立刻转身逃跑。

能入选国家队的队员天赋都不差，走位技巧也很高超。双方开始在乱石阵中展开了你追我躲的捉迷藏游戏。

很快，时小彬再次听到路口传来脚步声。

他藏在石头后方，一个灵活的Z字形走位从侧翼绕出去，果断朝路口开枪！

砰砰砰砰——

冲锋枪射出的子弹无比凶悍，路过的江绍羽被子弹擦中身体，掉了一半的血量。

时小彬双眼一亮。

039

命中了！敢嘲讽他是"素描大师"？看他不把这狂妄的家伙扫成蜂窝！

时小彬急忙追上去，想一通扫射杀掉残血的"随随便便"。

就在此刻，对手突然扔下一枚"烟雾弹"，升起的浓烟让时小彬丢失了视野。

时小彬的脚步微微一顿，对方在快速走位，现在丢出"手榴弹"的话很可能无法命中。要不，还是等到下一个路口直接用冲锋枪解决对手比较稳妥？

他还没来得及想清楚，左后方再次升起浓烟。

时小彬立刻调转方向。

紧跟着，右后方也升起浓烟。

"随随便便"的走位非常快，如同灵蛇一样在乱石之间穿梭。时小彬惊讶地发现，转眼间，四面八方到处都是浓烟，他彻底看不清对手在哪里了。

而同一时间，耳边再次传来"轰"的一声巨响——

一发"镭射激光炮"的炮弹轰过来，直接将时小彬周围的石头全部轰成了碎渣。

时小彬全身都暴露在对手的视野中，如同一个活靶子。

紧跟着，周围响起刺耳的枪声——

砰砰砰砰砰！

枪声震耳欲聋，飞射而出的子弹如同冰雹一样凶狠地砸在时小彬的身上。连续几十发子弹全部命中，几乎没有一发偏移，时小彬的身体瞬间被子弹打得千疮百孔！

他就这样猝不及防地被"随随便便"给扫射死了？

"随随便便"使用"汤姆逊－烈焰"击杀了"Devil333"！

莫涵天一脸呆滞地看着屏幕，喃喃道："输、输了？"

时小彬红着眼眶，颤声道："他、他用激光炮炸光了我周围的掩体！"

这种重型武器——"镭射激光炮"在职业赛场上几乎没有出现过。

因为它是一把非常沉重的重型机枪，炮弹也只有四发，通常被玩家们拿来过一些剧情任务，例如在"丧尸围城"的副本中，一炮轰过去，可以将一群丧尸给炸飞。

可谁会在比赛的时候扛起大炮啊？根本跑不动的好吗！

等你架起大炮，对面的狙击手早就送你归西了。

所以，时小彬完全没有想到，对方居然不按常理出牌，带着"镭射激光炮"进入了竞技场。

莫涵天也是目瞪口呆，疑惑道："这是什么打法？狂轰乱炸的破坏流吗？直接把障碍物全给炸了！"

时小彬脸色苍白，嘴唇微微发抖："没、没见过冲锋员还能这么玩儿的。"

刚才这局打得很难受，时小彬甚至觉得，自己在玩一局"猫捉老鼠"的游戏——没错，他就是那只被逗弄的小老鼠，被对方牵着鼻子走。

那看似毫无章法的打法，其实处处都是细节。

对方早就猜到了时小彬的具体位置，利用烟雾弹作为掩护，架起激光炮炸飞他周围的障碍，让他暴露在自己的视线之下。然后，干脆利落地拿出冲锋枪，将他射成了蜂窝。

时小彬看着灰下来的屏幕，只觉得脊背冒起一层冷汗。

他飞快地打下一行字。

Devil333：你到底是谁？

随随便便：你觉得，冲锋员应该怎么玩儿？

对方再次提出了刚才那个问题，而时小彬却不知道该怎么回答。

少年的脸颊也不知是气得还是羞得，一时间涨得通红。

这一幕，恍惚间让时小彬觉得自己仿佛回到了初中，上课被老师叫起来回答问题，结果不知道怎么答，只能手足无措地站在那里。

随随便便：好好想想。下次见面，希望你能想到答案。

赢完游戏，嘲讽一句，还要留个课后作业吗？

莫涵天和时小彬面面相觑。

片刻后，莫涵天回过神来，忍不住道："他以为他是谁啊，还好意思指导我们！我再去叫几个人来，我就不信国家队没人打得过他！"

莫涵天不敢惊动国家队的主力选手，也害怕被队长骂。他想了想，干脆拿出手机，在国家队替补队员的群聊里发了条消息。

莫涵天：有人踢馆，不把我们国家队的选手放在眼里，有没有人想和他打几局比赛？

时小彬跟着补充了一句。

时小彬：这个人挺厉害的，我估计是某位没能入选国家队的职业选手用小号故意来挑衅，我跟莫哥都被他嘲讽了，他说打国家队的人，随便打打都能赢。

这个群聊，是他们几个年龄相仿的国家队选手私底下建的，名叫"国家队新人群"。

群里队员的平均年龄不到十八岁，全是新人。除了莫涵天是国家队重点培养的狙击手，其他新人都是在世界大赛只出场过一次，甚至没有机会出场的

"替补队员"。

虽然是"替补"，可他们都是各大战队的超人气选手，没两把刷子根本进不去国家队。

莫涵天的这条消息立刻引起了队员们的注意。

随便打打？这么狂妄的吗？

莫哥，拉我去看看！

干脆把游戏房间号和密码发到群里吧。

莫涵天回复他们。

莫涵天：7456 号房间，没有密码。

很快，一群人争先恐后地来到训练室，打开电脑，登录了自己的账号。

游戏里，左上角的系统窗口连续弹出一排信息。

"TKTK"进入房间旁观。

"SS777"进入房间旁观。

"懒得取名字"进入房间旁观。

"这是小号"进入房间旁观。

顷刻间，原本只有两个人的"射击训练场"内，挤进来一群围观者，这些名字一看就是小号。

江绍羽唇角轻扬，快速打字。

随随便便：小莫又去叫人了？

随随便便：这是你叫来的葫芦娃小分队吗？

国家队的队员们面面相觑。

居然说他们是葫芦娃，他们哪里像葫芦娃了？

时小彬呆呆地打字问道。

Devil333：葫芦娃小分队？什么意思？

随随便便：葫芦娃救爷爷，一个接一个地送死。

众人哑口无言。

这人的意思是，他们是一群"葫芦娃"，来排队送死？

他怎么就这么自信，居然敢一个人挑战整个国家队，还敢在赛前嘲讽？

"随随便便"用语言攻击造成的伤害让一群少年们的心态集体崩溃了。

今晚非要灭了这个"随随便便"不可！否则他们国家队选手的脸往哪儿搁？

这"葫芦娃小分队"的名号一旦传了出去，岂不是被人笑掉大牙？

江绍羽看过国家队的详细资料，也看了本届世界大赛上华国队的表现。

这一届国家队能扛起大旗的只有几个经验丰富的老选手，新人们虽然在国内赛场上表现优异，可一到世界大赛就会掉链子。

他们都是十几岁的新人，没经历过大型比赛，第一次出国本来就很紧张，国内的观众们对他们期望越大，他们的心理压力就会越大，比赛时又急于表现自己，沉不住气，连输两场之后，心态便彻底崩溃了。

得好好磨一磨这些小家伙们的锐气，才能让他们迅速成长起来。

随随便便：我很忙，待会儿还要出门。

随随便便：你们谁先来？

江绍羽说话毫不客气，每一个字都带着挑衅的意味，果然挑起了一群少年的怒火。

SS777：我来！

SS777：今天不把你打服气，我跟你姓！

随随便便：已经有两个人跟我姓了。

随随便便：涵天是大娃，小彬是二娃，你想当三娃？

众人无语。

看来这"葫芦娃小分队"的外号是洗不掉了。他居然给大家排号，已经排到了老三？

被叫作"三娃"的夏黎瞪大眼睛，回头问道："真没见过嘴这么毒的人！他实力很强吗？"

刚被打败的"二娃"时小彬挠挠头，心虚地放轻声音说："挺厉害的，你还是别轻敌。"

夏黎兴奋地撸起袖子，飞快打字。

SS777：不说废话，直接单挑，只带手枪，你敢吗？

随随便便：好，你来选地图。

夏黎很快挑了张地图——希望港口。

这是一处废弃的货运港口，因为有大量高矮不一的集装箱的存在，让地图上到处都是可以藏身的掩体，如同一个由集装箱组成的大型迷宫，非常适合近战选手发挥。

既然要求只带手枪进入比赛，江绍羽也配合地换了武器，将主武器换成了"沙鹰"。

一进地图，江绍羽就开始快速游走。

夏黎听见不远处传来的脚步声，急忙跟了上去。

旁观视角的队员们可以看到，两人在集装箱之间飞快地你追我赶，配上时不时响起的枪声渲染出的紧张气氛，如同枪战电影里警方和匪徒在货运港口的终极对决。

夏黎作为国家队的突击手，基础当然不错，手枪这种最常用的武器用得很是熟练。两人绕着集装箱激烈对战，"砰砰"的枪声不绝于耳。

由于两人躲闪太快，射出去的子弹并没有打到对方，倒是在集装箱上留下了不少弹痕。

旁观的队员们紧张地屏住呼吸。

突然，右后方传来"砰"的一声枪响，夏黎急忙蹲下来躲避。一发子弹几乎是擦着她的头皮飞过去，惊出了她一身冷汗。幸亏她躲得够快，不然就被一枪爆头了！

夏黎知道自己暴露了位置，立刻后撤转移。她很快来到一个高约一米的集装箱后面躲好，仔细听着耳边的动静。

很轻的脚步声从侧方传来，夏黎预判好对手的位置，果断跳起来连续射出两发子弹——

砰、砰！

"SS777"使用"泰坦双星"击中了"随随便便"！
"SS777"使用"泰坦双星"击中了"随随便便"！

左右手，双枪齐中！

"跳射"是比较难的操作技巧，在跳跃的同时射击，要计算好弹道的方向，子弹容易射偏。好处是能在射出子弹后立刻回落到掩体的后方，保证自己的安全。

夏黎的操作又快又准，两发子弹都打在了"随随便便"的身上，可惜击中的是身体，只会让对方掉血。此时，"随随便便"就剩不到百分之三十的血量，再来一发子弹就可以击败他。

夏黎快速前进，边跑边打。

手枪射出的子弹带着噼里啪啦的火星，在江绍羽经过的路径上射出了一排鲜明的弹痕。

周围集装箱繁多，地形复杂，夏黎追着江绍羽绕了一大圈，依旧没能命中对方。

就在这时，脚步声突然消失，夏黎立刻警觉地藏在两个集装箱之间的缝隙中，谨慎地竖起耳朵观察四周。

他在哪？躲起来不敢冒头吗？

就在夏黎疑惑之际，头顶突然传来一声清脆的枪响——

"随随便便"使用"沙鹰－苍龙"一枪爆头击杀了"SS777"！

这家伙居然跳到她头顶的集装箱上，卡住了她的视野盲区，从高空送她吃了一发子弹！

夏黎目瞪口呆地看着灰下来的屏幕。

旁观的选手们同样不敢相信，惊呼："怎么可能？"

"他什么时候爬上去的啊？"

一群人议论纷纷。

随随便便：你输了。

随随便便：下一位。

夏黎面红耳赤，这种感觉就像是胸口憋了一团闷气却吐不出来。

国家队的其他人也被这位"嘲讽大师"激起了斗志，立刻有人跳进"射击训练场"。

TKTK：我来领教一下这位高手的刀战水平。

随随便便：好，你选地图。

"TKTK"是国家队替补侦察员唐恺的小号。

他将地图换成了经典的刀战图——黑暗沼泽。

"黑暗沼泽"是水上地图，玩家可以闭气潜入水中，潜入水下之后头顶会出现一个"呼吸条"，"呼吸条"消失就会溺水身亡。因此，玩家潜水、出水的时机一定要把握好，否则容易淹死。当然，对职业选手来说，这些都是基本功。

这张地图光线昏暗，唐恺既然说要刀战，这一场对决自然只能拿刀。

刀战考验的是侦察、潜伏、近身暗杀的技巧。

沼泽里漂浮着的腐烂荷叶可以用于藏身。两人在昏暗的沼泽里潜伏起来，谨慎地搜寻对手的位置。比起震耳欲聋的枪声、爆破声带给人的刺激感，刀战时，整个地图安静得连掉落一根针的声音都能听到。寂静的沼泽池中像是潜伏着两头凶残的鳄鱼，正伺机咬断对手的脖子！

时间一分一秒地过去。

别说是对局中的唐恺，连旁观者都冒出了一层冷汗。

找不到！

哪怕地毯式搜索，也根本找不到"随随便便"到底在哪里。

侦察员在比赛中的作用就是找出对手，能杀则杀，杀不掉就给队友提供信息和视野。一旦找不到对手，那么侦察员在赛场上就毫无用处了。

唐恺脸色发白，继续对这片熟悉的沼泽进行地毯式的排查。

可就在他的"呼吸条"快要消失，脑袋露出水面换气的那一瞬间，一把锋利的刀子闪着雪白的寒光，倏然从背后干脆利落地捅穿了他的胸口！

一刀、两刀！

这是一场凶残的刺杀，对方下手的动作毫不迟疑！

"随随便便"使用"血色利刃"刺杀了"TKTK"！

同时，聊天框里弹出消息。

随随便便：下一位。

所有人都惊呆了。

大家集体看向替补冲锋员陆兴云。

在队友们的注视下，陆兴云皱了皱眉，飞快地打字应战。

他没有废话，直接换好武器进入比赛。他选的地图是——丛林深处。

这一届的国家队带了三位冲锋员选手，时小彬、陆兴云两个新人的风格完全不同，前者小心谨慎，后者热血暴力。时小彬在世界大赛只出场一次，陆兴云作为替补，甚至连一次出场的机会都没有。他迫切地想要证明自己不比时小彬差。

陆兴云选了主武器"乌兹 MAC- 狂热"。"乌兹"系列冲锋枪的射速非常快，一分钟可以射出六百发子弹，威力凶猛，视觉效果华丽，能在瞬间打出极强的火力压制，缺点是每一发子弹的伤害较低，需要大量子弹命中对手才能将对手杀死。

江绍羽将主武器再次换成冲锋枪"汤姆逊－烈焰"。

两人在地图"丛林深处"展开对决。

比赛一开始，激烈的枪声就在丛林深处响起。

陆兴云确实打得更加暴力，手持冲锋枪凶悍地朝前扫射，子弹壳噼里啪啦地不停弹出！

这种重火力压制的打法，让江绍羽一时无法近身。

江绍羽干脆钻进了丛林中，用大树遮挡自己，连续S形走位闪躲。他跑得太快，如同灵活的兔子，陆兴云疯狂射出的子弹只擦中了他的衣角。

"这是小号"使用"乌兹MAC-狂热"击中了"随随便便"！

屏幕中弹出的系统信息让陆兴云信心十足，少年杀得眼睛都红了，一边打一边往前推进。

还差一点，差一点就能解决掉这个人！

只要他杀了"随随便便"，说不定新教练知道这件事后，下次世界大赛能让他当主力呢！

反正国家队的主力冲锋员都要退役了，下一届谁是主力选手还不一定。

一个弹匣的子弹转眼间已经射空，陆兴云立刻躲在树后换弹匣。

咔咔。

换弹匣的清脆声音在耳边传来。

然而同时响起的，还有恶龙咆哮般的凶猛枪声——

江绍羽的时机把握得恰到好处，就在对方换弹匣的那短暂的一秒内，他突然从侧翼杀出来，连续射出的子弹瞬间将陆兴云打成残血。

陆兴云的反应也相当快，一个Z字形走位绕去树后，让大树遮挡住自己的身体，接着回头开枪反杀！

可惜他想多了。

枪战竞技的三大错觉：看不见我、背后没人、我能反杀。

陆兴云没能反杀掉"随随便便"。

就在他冒头的那一刻，一排子弹如暴雨般扑面而来——

"随随便便"使用"汤姆逊-烈焰"击杀了"这是小号"！

旁观的众人面面相觑。

高手对拼，有时候只差那零点一秒的反应，就能分出胜负。

陆兴云冒头想反杀，可惜对面比他先一步开枪。所以，死的是他。

随随便便：下一位。

训练室内陷入了诡异的沉默。

一群人的脸色一阵青一阵白，一时间不知道该说什么。

没有下一位了。

能单独作战的选手们都落败了，总不能让身为团队辅助的医疗兵上去跟他打吧？

始作俑者莫涵天的脸色更是黑如锅底。本以为叫一群人过来，可以将这个嚣张的家伙打到卸载游戏。结果……他们一群人倒真成了"葫芦娃"，一个接一个地死了个精光！

随随便便：送完了？

众人都没勇气再回话了。

从出道开始，就被评价为"最具潜力新人"、"明日新星"、"战队的希望"的新人选手们，都是被粉丝、教练呵护着长大的，虽然打比赛输了会被网友们骂几句，但因为他们是新人，大家都愿意等他们成长起来。

他们从来没有过如此强烈的挫败感！

一群国家队的职业选手，居然搞不定这位不知道从哪儿冒出来的"随随便便"，接二连三地被他击败，这合理吗？

国家队的脸都被他们丢尽了！

随随便便：职业选手的关键，不是"选手"，而是"职业"。

随随便便：你们还是多训练吧，一点都看不出你们的专业在哪里。

发完最后两句嘲讽后，江绍羽干脆利落地退出了对战房间。

训练室内，有人愤怒地摔键盘，有人神色僵硬，也有人红着眼眶似乎快要哭出来了。

他们到底专业在哪里？

他们连一个游戏里的普通玩家都打不过。

他们被一个来历不明的人随随便便地击败，还有什么脸说自己是国家队的选手啊？

就在一群"葫芦娃"垂头丧气的时候，突然有人推门进来，看见整整齐齐垂着脑袋的小选手们，国家队队长老林愣了一下，笑道："哟，一群人还挺认真啊？我记得今天没有训练任务吧，这是集体在游戏里给普通玩家'上课'呢？"

众人一时不知该怎么回答。

他们本来想给别人"上课"，结果反而成了"被上课"的人啊！

国家队队长"老林"，本名林浩彦，今年二十二岁，比赛 ID 为"Laolin"。

当年的林浩彦是 ACE 战队的主力冲锋员，自从 ACE 战队的队长 Wing 退役后，他改签 JZ 战队，后来又成了 JZ 战队的队长。

林浩彦打了五年世界大赛，比赛经验非常丰富，这也是张教练让他担任第五届国家队队长的原因。

只是，电竞选手的巅峰期就这么几年，随着年龄的增长，总要面临反应变慢、实力下滑等问题。他虽然很舍不得赛场，但他真的累了，已经决定于年底退役。

　　国内顶级职业联赛的冠军他已经拿过了，但在世界大赛，别说是冠军，他们连决赛都没有进过。华国队这几年在世界大赛的最好成绩是第四名，一开始林浩彦还觉得国家队的成绩能慢慢有起色，他完全没想到，第四名居然是华国队的巅峰。

　　后来的几年，华国队在世界大赛的成绩越来越差，这个赛季甚至连八强都没能打进去。

　　身为国家队的队长，他失望过，沮丧过，也自责过。但没办法，世界大赛的竞争无比激烈，他们就是打不过国外的选手。反正他年龄也不小了，干脆退役回家过一过安稳日子。他实在不想被国外的选手们轻视，也不想被国内的网友们指着脊梁骨骂了。

　　看着训练室内的少年们，林浩彦强忍住心底的酸涩，故作轻松地笑道："我刚收到联盟那边的消息，新教练过几天就会来基地上任。大家记得在新教练面前好好表现，争取还能入选下一届国家队。"

　　听见他的话，众人心头微微一震。

　　夏黎是个直肠子，干脆地开口问道："林队，下一届你还来吗？"

　　林浩彦摇头："我就不来了。我年纪也大了，准备退役，这是我最后一次担任国家队的队长。你们都是各大战队最有天赋的新人，前途无量，希望有朝一日，你们能捧个世界冠军的奖杯回来，这样……我也就无憾了。"

　　听到林队的话，一群人顿时红了眼眶。

　　退役，这是每个电竞选手都会面临的结局。只是，有些人功成名就，风风光光地退役，就算离开也会被粉丝们惦念着。而有些人，却是带着遗憾和骂名黯然离开。

　　林浩彦无疑属于后者。

　　他是个很豪爽大气的选手，打法凶悍，心态稳定。作为电竞圈的老前辈，他很照顾国家队的这些新人。有些新人第一次出国比赛，水土不服拉肚子，是林队大半夜背着他们去找医生。小组赛失利的时候，也是林队第一个站出来在微博上跟网友们道歉。

　　他在网上被骂了十几万条评论，到现在还有无数人在冷嘲热讽，让他快点滚出国家队。

　　他承受的压力其实比所有人都要多。

　　林浩彦是国家队的队长，也是他们心里的大哥。

　　如今，这位征战世界大赛整整五年的老选手要退役，就仿佛一个时代要结束了。

刚输完游戏的少年们正心情郁闷，听到这个消息后，本就千疮百孔的心脏又被狠狠地扎了一刀。

时小彬红着眼眶，哽咽道："林队你真的要走吗？不考虑再打一个赛季吗？"

林浩彦拍了拍他的肩膀，微笑着说："我已经跟联盟提交了退役申请。以后的冲锋员位置，你跟小陆加油吧。"

陆兴云咬了咬唇，低声道："林队放心，我们会努力的。"

林浩彦的目光扫过众人，道："好了，都回去睡吧，养足精神等新教练过来。"

不知不觉，时间已经到了凌晨三点。

一群人关掉电脑回房间睡觉。

回宿舍的路上，夏黎好奇地问道："林队，您知不知道新教练是什么人？"

林浩彦耸了耸肩："我也不清楚。刚听齐主席说，联盟让新教练全权负责下一届国家队的选拔，应该是个厉害人物吧。"

时小彬小声嘟囔："那我们这届国家队，是不是要解散了啊？"

众人听到这里，心情很忐忑。

他们其实挺喜欢在国家队的基地里待着，这里聚集了各大战队的高手，平时切磋训练，比在各自战队的时候有意思多了。当然，水平不够高的人可能会输到自闭，但大部分人还是喜欢跟高手对局，那样会更加过瘾。

如今，新教练上任，国家队很可能会被解散。他们在这个基地也待不了多久了。

夏黎挠挠头说："世界大赛都打完了，我们留在国家队基地好像也没什么意义。"

陆兴云皱着眉说："战队那边还在催我回去，如果解散的话，我们是不是得早点收拾行李订机票了？"

林浩彦看向他们，语气严肃道："新教练来了以后，不管是直接解散还是继续训练，下一届国家队肯定会重新选拔。你们要做的就是努力提升自己的水平，争取明年再入选。"

众人纷纷点头表示明白。

每届国家队都会从全国选人，选拔的方式五花八门，教练组和联盟高层都有一定的话语权，选拔的过程非常复杂。

他们明年能不能进得来这个国家队基地，只能各凭本事了。

回到宿舍后，陆兴云立刻拿出手机给战队经理发消息。

陆兴云：赵哥，刚才老林说国家队的新教练已经确定了，不知道是谁，你们有没有打听到什么消息？

赵经理：联盟把新教练的身份捂得很严，正式宣布之前什么口风都探不到。

陆兴云：老林准备退役，下一届我应该能成为主力了吧？

赵经理回了一排笑脸表情。

赵经理：老林早该给新人腾位置了！时小彬的天赋也远不如你，下一届国家队冲锋员的位置咱们好好争取一下，肯定能让你成为主力的，放心吧。

陆兴云看着这段话，这才放下心来。

这届国家队带了三个冲锋员，林浩彦是主力，他跟时小彬是替补。他跟林浩彦的风格其实有点像，都是重火力压制的凶悍打法。只不过，他很年轻，不管是反应速度还是操作速度，都比二十二岁的老将要快得多。

林浩彦打了这么多年比赛，状态下滑，确实该退役了。而时小彬过于谨慎，根本放不开手脚。

所以，下一届国家队的主力冲锋员，很可能就是他陆兴云。

陆兴云收起手机，扬了扬嘴角，心情愉快地熄灯睡觉。

051

此时，加州时间正是中午。

江绍羽带了个很大的行李箱开车去医院拿药。周洋耐心地叮嘱了他一些注意事项，还给了他一份电子病历，让他带回去。

江绍羽道了谢，带着药离开医院。

回到家后，他联系了宠物托运公司，安排好豆豆的托运事项，接下来便开始整理行李。

这五年他过得很清闲，陪在他身边的也只有可爱的小狗豆豆。过去那些激动人心的比赛、奖杯、欢笑和眼泪，仿佛是一段尘封在记忆里的梦。

当年离开的时候，他本来下定决心不再参与电竞项目，也跟那个人保证过不再接触电竞战队。没想到，最终还是食言了。

华国队需要一个能扛得住压力的国家队教练。俞明湘和齐恒亲自请他出山，他必须回去。毕竟那里是养育他长大的土地，是他的祖国，他也不甘心看着华国队每年都在世界大赛铩羽而归。

江绍羽目光扫过房间，最后看了眼住了五年的房子，抱起豆豆，说："走了，我们回家。"

次日下午，帝都国际机场。

广播里传来飞机降落的消息，俞明湘和齐恒在出口处焦急地等待。

片刻后，他们看到一个身材高瘦的男人朝这边款步走来。

那人穿了件黑色大衣，戴着口罩、帽子和墨镜，走路时脚步从容，姿态挺拔。他的左右手各拖着一个巨大的行李箱，右手的行李箱上面还放着个宠物笼子，里面是一只可爱的棕色泰迪犬，睁着黑溜溜的大眼睛好奇地四处观望着。

俞明湘一时没敢认。直到那人停在两人面前，摘下了墨镜。

男人的皮肤苍白，显得有些病态，一双眼睛却亮如寒星。他目光冷冽，一看就不太好惹。

几年不见，他比年少时更帅，气场也更强大了。

俞明湘愣了愣，激动地伸出手："阿羽，欢迎回来！"

江绍羽伸出手跟俞明湘握了握，道："俞姐，好久不见。"紧跟着握了握旁边男人的手，"齐队……现在应该叫齐主席吧？"

齐恒哈哈笑道："我就是个副主席，混饭吃的。你的变化真大啊，差点没敢认！"

江绍羽朝两人点点头，道："辛苦两位亲自来接我。我们先去哪？"

齐恒一边帮他拿行李，一边说道："先去联盟总部，把合同给签了，领导们都在等你。"他刚提起箱子，忍不住道："你带了一箱子什么东西，这么沉？"

江绍羽平静地说："药。"

齐恒和俞明湘疑惑地对视一眼。

江绍羽补充道："控制过敏症状的药，带了一年的剂量，所以有点沉。"

俞明湘愣了愣才反应过来，问道："过敏？"

江绍羽淡淡道："你们放心，我的病情控制得很好，不会影响到国家队的训练。"

齐恒听到这里，心底一时五味杂陈。

江绍羽退役那年才十八岁，圈内都默认他是打法最凶悍、最暴力的选手，没想到他居然是过敏体质，需要长期服药，怪不得脸色苍白，一副病弱的模样。

不过，江绍羽虽然长得清隽文弱，齐恒却完全不担心选手们会不听他的话。这位教练可是"枪王"电竞圈的"祖师级"人物，收拾国家队那群小兔崽子，轻而易举！

齐恒看向俞明湘，笑道："这样吧，明湘，你跟基地那边打声招呼，让阿羽住在四楼拐角的单人间，那个房间很安静，风景也好，不会被队员们打扰。"

"知道了，我这就去办。"俞明湘低头看了眼笼子里的小狗，"这只小狗好可爱啊，是阿羽你养的吗？"

江绍羽道："是的，它叫豆豆，五岁了。"

俞明湘试探性地伸出手指轻轻碰了一下豆豆的脑袋，豆豆似乎觉得这位姐姐很好相处，还用头蹭了蹭她的掌心。俞明湘立刻激动地提起狗笼子，带着两人来到停车场。

国家队安排了一辆商务车来接江绍羽，车内的空间非常宽敞。江绍羽坐在后座，车子很快开上了高速。他拉开窗帘，透过车窗看着外面熟悉又陌生的景色，心情有些复杂。

他回来了。

阔别五年，不知道他那些老朋友们过得还好吗？

第三章　新来的教练

车子很快开到电竞联盟总部，齐恒带着江绍羽推门进屋，笑道："不好意思，各位领导久等了，这就是我跟大家说过的江绍羽。阿羽，这是电竞联盟的李主席和章主席。"

江绍羽礼貌地上前跟领导们握了手。

章主席是个四十多岁的中年人，笑眯眯的，看上去挺好说话。他让江绍羽坐下来，热情地问道："江绍羽是吧？你的故事我听小齐说过，很有传奇色彩！我是个外行，不太会玩游戏，既然决定聘请你担任'枪王'国家队的教练，我们就放心地把国家队交给你了！"

江绍羽点头道："谢谢主席认可，我会全力以赴带好国家队的。"

几个领导一开始还觉得齐恒所说的传奇故事，有一部分是添油加醋的吹嘘。一个电竞选手哪怕率队拿下过冠军，能有这么大的本事镇得住国家队吗？

但是今天，见到真人后，大家却有所改观。

这个江绍羽，太冷静了，冷静得如同一个没有情绪起伏的机器人。

看来，这还真是个深不可测的厉害角色！

旁边的李主席微笑着说："江教练，你提的几个条件我们在大会上认真讨论过，下一届国家队的成员选拔、日常训练、比赛安排，都可以由你来全权负责。至于薪水方面……实话说，国家队经费有限，你看就按照上一个教练的标准怎么样？我们给到教练的预算，只能在这个数了。"

江绍羽平静地说："我不要薪水，管食宿和交通费就行。"

一群人愣住，都以为自己听错了。

片刻后，李主席不敢相信地看着他，问道："不、不要薪水？"

"回国任职国家队教练是我自愿的。何况，我没有全职执教战队的经验，如果带不出成绩，也没脸拿那么多钱。只要国家队在世界大赛上拿不到冠军，我就不拿一分钱的薪水。"江绍羽神色严肃，"等拿到冠军，再把我该得的部分作为奖金发给我，我也能心安理得。"

章主席惊讶地挑了挑眉，道："拿到冠军了再发奖金，你这么有信心吗？"

江绍羽点头："是的。全权交给我来选人和带队，我有信心打出成绩。没记错的话，国家队在世界大赛上还没有拿到过奖杯吧？我们要尽快实现这个'零的突破'。"

几个领导对视一眼，纷纷面露喜色。

国家队确实没拿过世界大赛的奖杯，这个"零的突破"他们可盼了太多年了！

敢立下军令状，拿奖再发薪水，不管他是吹牛还是真有本事，光是这份勇气就已经十分难得了！上一届国家队连八强都没打进去，这样的队伍想夺冠可没那么容易。既然他有信心，不妨让他试试，看他能不能再带出一支黑马战队。

几人交换了一个眼神，爽快地答应了江绍羽的条件。

签完合同后，联盟做东给江绍羽摆了个接风宴。

吃过晚饭，江绍羽便跟着俞明湘和齐恒来到国家队的基地。

他是在第三赛季退役的，退役那年，"枪王"还没有举办世界大赛，因此也没有"国家队"这种说法，都是各个俱乐部性质的战队。

第四赛季，第一届世界大赛正式启动，联盟这才着手建立了国家电竞园区。

电竞园区位于帝都东郊，占地面积很大，景色怡人，如同一座公园。整个园区除了选手宿舍楼、食堂、训练室、会议室等必备区域外，还有一片用于跑步的大操场，以及健身房、游泳馆等场所，设施非常齐全，比各大战队的条件要好得多。

车子开进电竞园区，停在宿舍楼前。

江绍羽看了眼面前四层高的大楼，问道："选手们都住在这里吗？"

俞明湘道："是的，选手和工作人员是分开住的。目前国家队的十一个选手都住这，你的宿舍在四楼拐角那间。"

江绍羽点了点头，问："国家队配备队医了吧？"

俞明湘说："当然，队医是一位女性，叫薛薇，是帝都医科大学临床医学专业毕业的。国家队很多选手年龄偏小，可能会面临各种问题，这一点我们也考虑到了，当初聘请队医的时候，就请了一位综合能力比较强的医生。"

江绍羽放下心来。这样的话他就不用单独去找医生了，有问题直接找队医解决。他想了想，道："把薛医生的联系方式给我，我改天去找她咨询一些问题。"

俞明湘点点头，将队医的联系方式发给他。

三人来到404房间，俞明湘输入密码开锁，一边介绍一边推门进屋："这是单人套间，有卧室、餐厅、厨房和独立的浴室，电子门锁的密码是六个6，你待会儿可以用手机重新设置。床单、被套全都换了新的。"

江绍羽看着干净整洁的房间，显然是俞明湘让后勤工作人员专门为他收拾出来的，房间很宽敞，客厅里还摆放着柔软的沙发，就连床单、被套都是他喜欢的深蓝色。

他心里微微一暖，回头道："谢谢俞姐。"

俞明湘笑容温和："客气什么！以后生活上有什么需要，随时联系我。"

江绍羽恍惚间想起当年在ACE战队的时光。

俞明湘是ACE战队的领队，负责后勤工作，她非常细心，每次外出比赛，她都把酒店、行程、饮食安排得妥妥当当。ACE战队能打出成绩，领队俞明湘也功不可没。

这些幕后的工作者，默默无闻，却也在努力为自己热爱的电竞事业贡献出一份力量。

国家队有俞明湘担任总领队，江绍羽非常放心。

他把豆豆安顿下来，给豆豆喂了些吃的，这才转身来到客厅。

客厅的墙上挂着一个时钟，时间指向晚上九点。

齐恒建议道："阿羽，你坐了十几个小时的飞机，回国后又去总部签合同，肯定很累了吧？今晚先休息，调整一下时差，有什么事明天再说。"

"不用，我在飞机上睡了一觉，并不困。"江绍羽看向齐恒，目光平静，"把所有选手叫到会议室，认识一下吧。"

刚来基地，大晚上的召集选手开会，江绍羽还是跟记忆中一样雷厉风行。

齐恒和俞明湘对视了一眼，俞明湘无奈地拿出手机，在群里发了条通知。

俞明湘：新教练过来了，所有选手马上到会议室，九点半开会。

此时，国家队的大部分选手正在训练室里训练。林队说新教练这几天就会过来，大家要在新教练的面前好好表现，给对方留个好印象。

虽然大家都觉得新教练不会连夜找他们，可万一呢？

这就如同学生上晚自习的时候，新来的班主任老师突然到班里视察。如果你在认真写作业，那没关系；一旦抓到你没有认真学习，在聊天甚至睡觉，以后肯定会被老师"重点关照"！

所以，在新教练即将到来的这两天，认真训练，总是没错的。

看到俞明湘发的消息，"国家队新人群"里，几个新人心情忐忑地飞快打字。

唐恺：教练都不用休息的吗？大晚上的召集我们开会？

时小彬：不会直接宣布解散，让我们明天订机票，各回各家吧？

夏黎：怕什么！新教练又不能吃人，解散就解散呗，下一届再来就是了。

陆兴云：国内战队的教练没听说有谁接管了国家队，会不会是请来的外国教练？

夏黎：不知道啊！小陆你打听过吗？

陆兴云：我也不知道。

莫涵天看着群里的消息，心底突然升起一股强烈的不安感。

新教练马不停蹄地赶赴基地上任，一来就召集大家开会，跟上一任温和亲切的张教练很不一样。联盟居然让他全权负责下一届国家队选拔的各项工作，看来，国家队大概率要变天了。

三楼会议室内，陆陆续续走进来一群人，大家在自己的座位上乖乖坐好。

晚上九点半，副主席齐恒和领队俞明湘带着一个人准时来到会议室。众人看见走在最后的陌生人，只觉得眼前一亮——

他好帅啊！这一定是史上颜值最高的国家队教练吧？而且他看上去很年轻，身材高挑，皮肤白皙，五官精致。只是眼神过于冷漠，还隐隐含着……怒气？

一群新人偷偷瞄他，谁都不敢说话。

队长林浩彦却震惊得张大了嘴巴。

他不敢相信地盯着那个人，使劲揉了揉眼睛，低声嘟囔："不是吧……"

坐在林浩彦旁边的选手，在看到新教练后也微微一愣，立刻坐直身体，脊背僵如雕像。

俞明湘微笑着说道："给大家介绍一下，这位就是国家队的新教练，江绍羽。他的选手ID你们应该都听说过，他就是ACE战队曾经的队长，第三赛季的MVP选手——Wing！"

齐恒带头拍了拍手："大家鼓掌，欢迎新教练上任！"

新人们都惊呆了。

这是把"鼻祖级"人物给请来了吗？

　　Wing，传说中的国内第一狙击手，曾经在总决赛一枪爆头击败了齐恒，创造了草根战队拿下顶级职业联赛冠军的神话，所以大多数玩家都称呼他为"Wing神"。

　　他是"枪王"电竞圈无人不知无人不晓的传奇人物，在座的某些人甚至是他的忠实粉丝。

　　莫涵天激动得双眼放光，脸颊都红了。他当初会选择玩狙击手，就是因为Wing神！

　　五年前他还是个小孩子，最喜欢的选手就是Wing，他一直在关注ACE战队的比赛，ACE战队解散的时候他还哭过。

　　没想到Wing神居然重出江湖，以教练的身份来到了国家队！

　　他现在跑去要签名的话，会不会显得很突兀？还是等开完会，偷偷要个签名比较好？

　　莫涵天正激动得不知所措，就见江绍羽的眼神扫了过来。

　　那锐利的眼神，让一群少年瞬间坐直了身体，鼓掌都鼓得心情忐忑。

　　噼里啪啦的掌声停下之后，江绍羽淡淡开口道："人没到齐吗？"

　　会议室里坐着十名选手，确实差了一个人。

　　俞明湘仔细看了眼在座的各位，疑惑地问道："叶子呢？"

　　林浩彦干咳一声，急忙打圆场："估计是没看见群里的消息吧。"

　　他拿出手机刚想偷偷发消信，江绍羽突然看他一眼，道："打电话，开免提。"

　　林浩彦只好硬着头皮打开语音公放。

　　一阵奇奇怪怪的"你到底爱不爱我，爱不爱我"的铃声过后，电话被接了起来，紧跟着传来年轻男性低沉慵懒的声音，似乎还没睡醒："喂，干吗啊，老林？打扰我的美梦。"

　　林浩彦黑着脸压低声音说："赶紧滚过来开会，新教练来了！"

　　对方一边打哈欠，一边懒洋洋地说："帮我请个假吧。我都被禁赛了，下个赛季又不能上场，还开什么会啊？以后国家队的事情跟我没有关系。你问问新教练什么时候解散队伍，我好订机票赶紧回家。"

　　江绍羽目光锐利地盯着手机。

　　会议室内鸦雀无声，林浩彦的额头迅速流下一滴冷汗。

　　兄弟，哥这次真的救不了你了！

　　江绍羽接过林浩彦的手机，冰冷的声音像是被冬天的凉水洗过一遍。

　　他面无表情，一字一句地说道："叶轻名。被禁赛，你觉得很光荣是吧？需要我用八抬大轿，敲锣打鼓去请你来开会吗？"

电话另一头的叶轻名愣了愣。

这冰冷的声音、严厉的语气，怎么有些耳熟？

跟年少时天天教训他的那位 ACE 战队队长有点像啊！

ACE 战队，是很多电竞迷心里的白月光。

五个没有战队背景的选手，在强队如云的职业联赛杀出一条血路，创下了第三赛季黑马战队夺冠的神话。再加上 ACE 战队的成员样貌都不错，自然收获了一大批粉丝。

叶轻名曾经是 ACE 战队的侦察员，比赛 ID 为 "Leaf"，昵称 "叶子"。

他就如同轻盈、灵活的叶子一样在赛场上四处飘荡，协助队友们打开视野，侦察敌人的动向。无孔不入的侦察员，随时都有可能出现在敌人的身后，一刀捅穿对手的心脏。

ACE 战队解散后，叶轻名转会去了 "YY 月影战队"。由于他走位极其刁钻，很难被击杀，战队后来也以他为战术核心，开创出了侦察员绕后、反包对手的打法。

此人向来是放荡不羁的性格，当年在 ACE 战队期间，江绍羽可没少教训他。没想到几年不见，他还是这样死性不改。

江绍羽眯了眯眼，冷声道："马上给我滚过来，我只等你三分钟。"

叶轻名原本在宿舍睡得迷迷糊糊，还以为自己在做梦，听见这个冰冷的声音，顿时给吓精神了，他连滚带爬地下了床，脸都没来得及洗，胡乱套上衣服就往会议室跑。

叶轻名用百米冲刺的速度一阵风似的跑到训练室，顶着一头鸡窝似的乱发，衣服也皱皱巴巴。进屋后，他立刻笑眯眯地凑到江绍羽旁边，如同摇着尾巴的哈巴狗一样殷勤地跟老队长打招呼："羽哥，怎么是您啊？什么风把您给吹来了？几年不见，变化还挺大嘛！"

江绍羽冷冷地看着叶轻名，道："我请你是来开会，不是来叙旧的。"他指了指旁边的空地，"去那边站着。"

叶轻名笑容一僵。

迟到罚站？这熟悉的惩罚手段，还真是一点面子都不给啊！

发现林浩彦在偷偷给自己使眼色，叶轻名迅速站到他身后，低声问："什么情况？他怎么在这？"

林浩彦给了叶轻名一个白眼，压低声音道："你是傻子吗？他回来当国家队教练，你非要往他枪口上撞。"

叶轻名瞪大眼睛，道："教练？"

江绍羽抬眼看向叶轻名，道："说说，现在几点了？"

叶轻名摸了摸鼻子，声音明显底气不足："咳……九点三十三分。"

"我没记错的话，晚上九点到十二点是国家队规定的训练时间。你在干什么？睡大觉？"

叶轻名无言以对。

"违反纪律被联盟禁赛，不知道认真训练、好好反省，居然有脸去宿舍睡觉？"江绍羽挑了挑眉，冷冷看着面前垂下脑袋的老队友，"国家队既然没有解散，你就是国家队的队员！整天游手好闲，在训练时间睡觉，以后打比赛，要不要搬一张床去赛场上，躺在床上打？"

叶轻名低下脑袋，沉默不语。

会议室内的选手们都惊呆了。

叶轻名，全联盟人气最高的侦察员、明星选手，却被这么劈头盖脸地一顿训。新教练一点都不给老队友留面子的吗？

江绍羽目光扫过全场，严厉道："以后开会，希望大家都能准时到场。至于叶轻名，回去给我写一千字的检讨。"

叶轻名欲哭无泪。

他的噩梦又开始了！

几年前队长让他写过的检讨，他还专门珍藏了起来，有厚厚一沓呢！

众人都不敢说话，会议室内一时鸦雀无声。

齐恒在旁边想笑又不敢笑，忍得很是辛苦。

他早就听闻 Wing 神行事风格很冷酷，没想到这么凶，逮住睡觉迟到的叶轻名就是一顿臭骂。叶轻名也是活该，撞到老队长的枪口上，被罚了一千字的检讨。

江绍羽看向林浩彦，说回正题："林队，世界大赛的几场比赛，张教练跟你们复盘过了吧？"

林浩彦急忙坐直身体，严肃地说道："嗯，打完比赛的当天就复盘了。"

江绍羽点了点头，道："你们今年在世界大赛中以 0:2 的比分输给了 M 国队，以 1:2 的比分输给 D 国队，最后又以 1:2 的比分输给 E 国队，小组赛阶段就被淘汰了。这是去打比赛，还是去度假？你们也不嫌丢人。"

国家队在本届世界大赛的战绩确实太差，被国内的网友们骂上热搜，他们也很难受。听到这里，大家纷纷惭愧地垂下头。

江绍羽目光扫过众人，淡淡道："我和之前那些教练的执教方式不一样，我的脾气可没他们那么好。输了比赛还要安慰你们、哄着你们，担心你们心态受影响。开什么玩笑！你们是职业选手，打好比赛是你们应该做的，你们不是国家队请来的祖宗！

"从今天开始，都给我拿出职业选手的态度来！国家队就这十一个名额，你们要是不想好好打，趁早给我走人！我不信华国那么多电竞战队，还挑不出十一个优秀的选手，真以为你们特别厉害，无可取代吗？

"这一届国家队在解散之前，我会再花两周时间好好考察你们的表现。如果你们表现得太差，下一届，你们十一个人，我会全部换掉！听清楚了吗？"

众人被噼里啪啦如同连珠炮一样的话说得头皮发麻。他们出道以来，从没经历过这种暴风雨般的洗礼。

林浩彦、周逸然、叶轻名这三个人都是从 ACE 战队出来的，年少的时候就习惯了队长这种毫不客气的严厉作风，此时听着他冷漠的声音，倒是倍感亲切。

叶轻名揉了揉太阳穴，无奈地想，江绍羽还是没变——说话带刺，戳人心窝！

不过，他虽然不留情面，说的话却是有理有据，让人无法反驳。自己是不是挺"幸运"，成了国家队第一个写检讨书的人？

林浩彦听着江绍羽的声音，突然间鼻子发酸。

060

熟悉的场景仿佛让他回到了 ACE 战队。他莫名相信，由江绍羽担任教练的国家队，肯定能在世界大赛上打出好成绩。国家队的选手们被捧惯了，也该好好敲打敲打了。

只是……自己已经提交了退役申请，怕是没机会再跟老队长征战赛场了，真是遗憾。

林浩彦低着头，心情复杂。

江绍羽训完人后，这才站起来道："不想留在国家队训练的，现在就可以走人。想留下的，跟我去训练室。"

他都这么说了，谁还敢走？

这时候走，别说是得罪新教练，以后的国家队也彻底别想进了！哪怕是刚才在电话里说要走人的叶轻名，也厚着脸皮默默地跟了上去。

以前没接触过江绍羽的新人们，此时脑子里都有点乱。新教练上任，不是应该先做自我介绍，大家其乐融融地互相认识一下，然后吃顿消夜什么的吗？

Wing 神直接召集选手们开会，劈头盖脸一通数落，然后带大家去训练室？

这就如同上学时新来的班主任突然到班上视察，直接发卷子随堂考试一样严厉无情！

一群人心惊胆战地跟着江绍羽前往楼下的训练室。

训练室在二楼，有足以容纳二十人的大型训练室，也有仅能容纳几个人的小型训练室，其中的二人训练室又被选手们称为"小黑屋"，是单独特训用的。

江绍羽刚才上楼的时候俞明湘就给他介绍过训练室的格局。他带众人走进最大的训练室，随便找了个位置坐下来，一边启动电脑一边说道："去射击训练场，先让我看看你们的真正实力。"

齐恒看到这里，默默在心底为国家队的选手们点了一排蜡烛。

江绍羽这是要立威。他毕竟没有执教国家队的经验，如果国家队的选手们不服他，这支队伍也就没法带了。

不服气？那就把他们打到服气。

江绍羽的风格一向这么干脆利落。

国家队的上一任教练张教练，脾气相对温和，年龄也超过了三十岁，技术根本没法和职业选手相提并论，连游戏里的 2000 分段都打不上去。某些职业选手心里会想，教练打游戏的水平这么差，指导我的方法不一定对！

可江绍羽不一样。他本来就是电竞选手出身，又很年轻，这些年一直在国际服务器打排位赛，早就拿到了"枪王"荣誉称号，在世界狙击手战力排行榜能稳定排进前五名。

他天天跟世界级的职业选手对练，竞技状态始终保持在很高的水准，再加上丰富的经验和沉稳的心态，职业选手也不一定能战胜他！

江绍羽很快就打开电脑登录了游戏，指了指身旁的座位，说："迟到的人先来。"

叶轻名愁眉苦脸地走过去，一副"奔赴刑场"的壮烈表情。

林浩彦轻轻拍了拍他的肩膀，道："兄弟，自求多福。"

Wing 神要跟老队友对战了！

新人们双眼放光，纷纷露出看好戏的表情。

据说当年 ACE 战队的几个队员都被 Wing "特训"得苦不堪言，水平也因此进步飞快。几年不见，不知道现在的 Wing 神和叶子单挑，谁会赢呢？

大家并排站在江绍羽和叶轻名的身后，期待地看向电脑屏幕。

在众人目不转睛的注视下，江绍羽登录了自己在华国区服务器的小号，ID 是"随随便便"。

国家队的小选手们都愣住了。

莫涵天目瞪口呆，其他人更是惊掉了下巴！

完了完了完了！

昨天刚在游戏里把他们都收拾了一轮，把他们叫作"葫芦娃小分队"，并且给他们排了"大娃"、"二娃"、"三娃"编号的那位嘲讽大师、神秘高手"随随便便"，居然就是国家队的新教练，Wing 神！

怪不得他对国家队那么了解！

莫涵天的双手瑟瑟发抖，脸色更是苍白如纸。

自己好像还质问对方是不是开了外挂。

他居然在游戏里质疑 Wing 神开外挂，他是不是脑子进了水？

时小彬看到"随随便便"这个 ID，羞愧之下恨不得找个地缝钻进去。他记得自己对"随随便便"说过"你嘲讽我们国家队，这是很不礼貌的行为"。

夏黎也红着脸缩起脖子，像只鹌鹑。自己放了什么狠话来着？"今天不把你打服，我跟你姓！"然后 Wing 神就给她编了个号——三娃。

唐恺和陆兴云的脸上同样一阵青一阵白。没记错的话，唐恺是被"随随便便"绕后一刀捅死的，陆兴云是被"随随便便"用冲锋枪扫射死的。

这下好了，五个"葫芦娃"见到将他们一网打尽的"随随便便"了。

他们要不要集体改姓，直接认爸爸？

江绍羽在游戏里换上了主武器："MSG- 极光"。

这是他最擅长的轻型狙击枪，极光皮肤也是第三赛季他拿到 MVP 冠军的专属皮肤。

昨天，江绍羽用这个名叫"随随便便"的小号逐一击败"葫芦娃小分队"的时候，用冲锋枪解决了两个冲锋员，用手枪击杀了一个突击手，用匕首刺死了一个侦察员，还真是"随便打打都能赢"。

如今，Wing 神拿出了最擅长的狙击枪……

这是想让他们体验一下被世界级狙击手一枪爆头的恐惧吗？

少年们对视一眼，脸色更难看了。

叶轻名对"MSG"这把狙击枪也有心理阴影，当年在 ACE 战队期间，为了让他飞快地进步，江绍羽天天拿着这把轻便灵活的狙击枪在训练场换着地图狙击他，叶轻名后来的刁钻走位可都是被江绍羽这么训练出来的。

叶轻名迅速赶走脑海里噩梦般的回忆，双手放在键盘上敲击账号密码，登录了自己的账号"Leaf 叶子"，加了"随随便便"好友，点进射击训练场，按下准备键。

江绍羽道："十分钟限时赛，地图选'摩天大楼'。"

众人听到这句话，心里同时一惊！

摩天大楼？

这不是世界大赛上华国队对战 M 国队的那一场，M 国队所选用的地图吗？

"摩天大楼"是一张"全狙图"。所谓"全狙图"，就是指分布着大量的狙击点的地图，很适合狙击手埋伏。比如"摩天大楼"这张地图就有将近二十个可以埋伏的狙击点，如果处理不掉敌方狙击手，就会非常难打。

小组赛华国队打 M 国队的那场比赛之所以会输，就是因为 M 国队的狙击手太强，将华国队队员迅速杀光了。

江绍羽选这张图来对战，像是在帮大家回忆世界大赛被 M 国队毒打的那一场噩梦。

叶轻名脊背发凉，但他也不好意思说换一张图，只能硬着头皮迅速装备好枪械。他的主武器是手枪"沙鹰－幻影"，副武器是匕首"玫瑰之刃"，投掷类武器是"烟雾弹"。

侦察员单挑狙击手，关键在于悄悄绕后、潜伏偷袭，装备轻便灵活的武器才有一定的胜算。

江绍羽除了轻型狙击枪"MSG-极光"，还带了把重型狙击枪"巴洛特－裁决"和手枪"沙鹰－苍龙"。他的三个武器格子都装备了枪械，是输出最大化的搭配……这是要打得叶轻名没法还手吗？

地图载入完毕，比赛正式开始。

训练室里鸦雀无声，所有人都紧张地盯着电脑屏幕。

叶轻名的走位非常刁钻，开局先用烟雾弹来迷惑对手，在一片白色浓雾的遮挡下，江绍羽无法判断出他的位置，他就可以潜入建筑群中，飞快地绕路寻找江绍羽。

江绍羽打得也很灵活。他先占领了一个超远距离的狙击点，手中的重型狙击枪射出一枪，清脆的枪声在空旷的城市街头回荡。

听声辨位，这是职业选手的基本功。

叶轻名听到枪声，立刻锁定了江绍羽所在的大致区域，从侧翼往这边绕。

站在两人身后的选手们看得手心直冒冷汗。

这场对决的气氛异常紧张。叶轻名好几次差一点就找到了江绍羽的位置，有一次，两个人的距离甚至只差一个街道转角，叶轻名只要转过来，就能一刀捅死江绍羽！

可是，江绍羽打一枪换一个地方的灵活打法，如同鱼入深海，难以捕捉。

"MSG"本来就是很适合移动作战的轻型狙击枪，江绍羽带着这把武器，快速在建筑之间穿梭，地图上大量狙击点的存在，使他能第一时间找到藏身的位置，保证自己的安全。

两人在建筑群之间你追我赶，飞快穿行，紧张的对战持续了整整七分钟，地图上到处都是叶轻名放出来的浓烟和江绍羽射出来的弹痕。

在身后旁观的新人们，看到江绍羽的第一视角操作，更加心惊胆战。

只见电脑中的画面在疯狂地晃动，镜头像是八倍速快进的电影一样飞快转换，要不是他们有一定的电竞基础，光看这画面就要看得头晕眼花！

突然，周围安静下来，远方升起一片浓烟。

叶轻名终于锁定了江绍羽的位置，利用烟雾弹作为掩护，飞快地绕到了江绍羽的身后！

两人的距离不到五十米，江绍羽即将处于叶轻名的手枪射程范围之内！

就在所有人都以为江绍羽会被叶轻名杀掉的那一刻，江绍羽突然一个闪身跳跃，镜头瞬间调转一百八十度，开镜、瞄准、射击，动作一气呵成——

"随随便便"使用"MSG-极光"一枪爆头击杀了"Leaf叶子"！

叶轻名还是慢了那么零点几秒，被江绍羽利落地反杀。这感觉就如同藏在远处的猎人冷眼看着猎物窜来窜去，等看够了，再一枪打死。

久违的寒意顺着脊椎骨往上爬，叶轻名只觉得头皮发麻。

几年不见，江绍羽还是这么强！这个人简直是魔鬼！

叶轻名脸色难看，沙哑的声音带着一丝不甘："我输了……"

江绍羽淡淡道："天天睡觉，荒废训练，你不输才怪。"

哥，我这就回去写检讨！你能不能别再嘲讽了？我不要脸的吗！

叶轻名垂头丧气地起身离开了座位。

江绍羽问："下一个谁来？"

没人敢应，一群昨天被"教育"过的少年偷偷地后退了一步。

江绍羽回过头，看了眼躲去林浩彦身后的某位熟人，道："小周，你来吧。"

被点名的周逸然脊背一僵，这才缓缓地走过去，在叶轻名刚才坐的位置上坐好。

周逸然，比赛用的ID是"AK周"，昵称"小周"。他曾经是ACE战队的突击手，最擅长的武器是"AK"系列突击步枪。

由于周逸然长相斯文俊朗，温文尔雅，总是面带微笑，也被粉丝们称为"AK王子"。

他将"AK47"突击步枪玩得出神入化，不管是中距离的火力压制，还是游击战的快速射击，他的枪法命中率在全联盟所有突击手中稳居前三，大赛中的失误率极低。

当年在 ACE 战队期间，周逸然挨训的次数屈指可数。他天赋出众，也很认真努力，比赛没有重大失误，江绍羽也挑不出他的毛病，很少训他。

但周逸然还是很怕这位队长。

那是他年少时的噩梦。

被拎出来疯狂训练到想卸载游戏的绝望，即使经过了这么多年，还是无比清晰地印在他的脑子里。对上这位"大魔头"，几位老队友都是本能地心脏一紧。

比赛地图还是"摩天大楼"，周逸然深吸一口气，登录自己的账号"AK 周小周"，快速更换武器。

主武器当然是他最拿手的"AK47- 千变"，副武器是"AK12- 暗夜"，最后一个武器格装备了"手榴弹"。他带了两把"AK"系列突击步枪，加上手榴弹，打法会更加凶悍暴力，显然是要跟江绍羽硬拼了。

江绍羽挑了挑眉，按下准备键。

比赛开始，两人飞快地潜入建筑群中。

周逸然 Z 字形走位，在建筑物之间来回穿梭，以最快速度杀到江绍羽附近。没过多久，他的耳边就响起震耳欲聋的枪声，子弹命中的系统信息开始不断地弹出，身后旁观的众人紧张地屏住了呼吸。

这是真正的高手对决。突击手对上狙击手，就如同凶狠的战士对上暴力的射手，刺激得令人热血沸腾！

两人运用了各种绝妙的操作技巧：距离拉扯、走位牵制、声音干扰……就像在打一场教学表演赛。

新人们瞪大眼睛仔细盯着屏幕，生怕自己错过一秒钟的镜头。

周逸然不愧是江绍羽在 ACE 战队期间最欣赏的队员，这么多年的大赛经验，加上稳定的心理素质，让他在跟江绍羽对战时，打出了国家队选手的风采。

看来，国家队也不全是草包。

江绍羽扬起唇角，快速跳跃，从一处障碍物上面翻了过去。

周逸然果然开枪，"AK"突击步枪凶猛的火力如同喷射而出的一条火舌，紧追在江绍羽的身后，噼里啪啦的子弹如冰雹一样砸过去，在江绍羽的身后扫出了一排黑烟！

看似温文尔雅的周逸然，打起比赛来，冷静又凶悍。

他将突击手近距离战斗的优势发挥得淋漓尽致。

江绍羽的血量只剩百分之三十，周逸然刚才被一颗子弹击中了肩膀，此时也只有一半血量。

两人的对战看得队员们热血沸腾，纷纷猜测周逸然能不能杀掉 Wing 神。

但事实证明……

当年江绍羽能成为 ACE 战队的队长，不是没有理由的。

"随随便便"使用"MSG－极光"一枪爆头击杀了"AK 周小周"！

江绍羽找到了一个绝佳的机会。

他卡住周逸然的视野死角，翻越障碍物后立刻在侧方的狙击点提前埋伏，在周逸然从侧翼绕过来的那一瞬间，开镜狙杀，一枪毙命！

连周哥都输了？周哥可是本届世界大赛华国队表现最好的选手！

少年们的额头直冒冷汗。

周逸然倒是神色轻松，双手离开键盘，微笑着感慨道："还是打不过你。"

江绍羽道："这是'全狙图'，狙击手天然有优势，换张地图或许你会赢。"

这已经是这位严格的教练对选手最大的肯定了。

周逸然起身离开座位，走到林浩彦和叶轻名旁边。

叶轻名拍了拍他的肩膀，低声鼓励道："输了没事，起码你不用写检讨。"

周逸然不客气道："他让你写检讨，还不是因为你自己做错事了？"

叶轻名不说话了。

江绍羽目光扫过众人："下一个谁来？"

一群人全都垂下头，如同上课被老师提问一样，纷纷在心底默念：不要点我的名字，千万不要点我啊！

林浩彦心想，要不还是我上吧？反正叶子和小周都输了，自己再输给前队长，也没什么可丢脸的。可就在他往前一步，刚要开口的那一刻，江绍羽的目光突然定格在缩回后排的莫涵天几人身上，淡淡说道："'葫芦娃小分队'呢？'大娃'不先来吗？"

五个少年瑟瑟发抖。

林浩彦、周逸然和叶轻名一脸疑惑，齐恒和俞明湘也对视了一眼。

齐恒低声问："什么是'葫芦娃小分队'？"

俞明湘一脸困惑道："不知道啊。看阿羽的眼神，好像在叫小莫？"

叶轻名在旁边笑眯眯地幸灾乐祸道："看样子，是某些人惹到这位'大魔王'了啊。"

在一群人疑惑、看好戏的目光中，莫涵天面红耳赤地走了出来。

他从来没有像今天这样羞耻过！此时此刻，别说是找偶像要签名了，他恨不得挖个地洞把自己给埋了。

"葫芦娃小分队"的"大娃"，可不就是他吗？

这件事不就是他惹出来的吗！

在游戏里遇到高手，输就输吧，他还傻瓜一样叫了一群人过来替自己报仇，结果全都成了"葫芦娃"，一个接一个地输了。

江绍羽见他耷拉着脑袋走过来，淡淡地问道："在我身后亲眼看过我的操作了，现在还怀疑我开外挂吗？"

莫涵天快要哭出来了，战战兢兢地说："不、不怀疑。"

江绍羽道："坐吧。'摩天大楼'是'全狙图'，你是国家队的狙击手，让我看看你在这张地图上能发挥成什么样吧。"

时小彬、夏黎等人，纷纷在心里给莫涵天点了根蜡烛。

顺便给自己也点了一根。

他们这支"葫芦娃小分队"，还能看到明天的太阳吗？

本届世界大赛，华国队在小组赛的第一场就遭遇了 M 国队。

M 国的"枪王"职业联赛水平很高，有不少厉害的战队，选出来的国家队明星云集，是本次世界大赛的夺冠热门。华国队打 M 国队本来就赢面不大，张教练让莫涵天这位新人出场，显然是想磨炼一下新人，让他尽快找到比赛的状态。

没承想，直接把莫涵天的心态给磨崩溃了！

M 国有一位非常厉害的狙击手，名叫维斯利，莫涵天对上他几乎没有还手之力，直接被一枪爆头，留下了严重的心理阴影，导致后面的比赛都没打好。

而今天，江绍羽又一次拿出"摩天大楼"这张地图。莫涵天的脑海里不由得回忆起世界大赛的那一幕……

地图载入完毕，熟悉的场景让莫涵天心头一紧。

Wing 神会藏在哪里？

会不会像维斯利那样突然冒出来，也将他一枪爆头？

莫涵天紧张地攥住鼠标，小心翼翼地往西边走去，他藏在建筑物后方，在高楼大厦之间飞快地穿行，然后，他找到了一处狙击点，爬上去藏好，利用高处的地形谨慎地观察四周。

他的视野中看不到 Wing 神的踪影。

他犹豫两秒，爬下大楼去找下一个狙击点。

而此时，站在江绍羽身后旁观的新人们，脊背早已被冷汗浸透。

小莫，江教练刚才看到你了！

你的身影在他的瞄准镜里一晃而过，他已经锁定了你的位置！

莫涵天自认为很谨慎，但其实这张地图的狙击点虽然多，距离出生点最近的也就那么三个，江绍羽开局预判到莫涵天可能会去的位置，找了一个斜角对线的狙击点，提前埋伏。

莫涵天犹豫不决，在那里磨蹭了两秒，开镜观察时露出的一截枪口被江绍羽精确地捕捉到了。

接下来就是守株待兔的游戏。

江绍羽算准莫涵天的移动时间，飞快地绕去下一个狙击位。

当莫涵天来到第二个狙击点，开镜观察的那一刻，刺耳的枪声突然响起，那一发早就等待着他的子弹，从超远距离的斜后方射过来，准确无误地击中了他的脑袋！

"随随便便"使用"巴洛特－裁决"一枪爆头击杀了"Devil333"！

"巴洛特"这把狙击枪更加沉重，不适合移动战，但射程比"MSG"要远得多，能在千米之外，瞬间取人首级。

这才是真正的狙击手！

莫涵天看着灰下来的屏幕，脑子都蒙了。

他根本没有看到 Wing 神的位置！这种看不到敌人，却被敌人一枪击杀的落败方式，让他感到无比耻辱！

莫涵天的眼眶都红了，他双手颤抖着离开键盘。他在 Wing 神手里甚至没活过三分钟……

这张地图果然是他的噩梦！

看着心态崩溃到快要哭出来的少年，江绍羽并没有像以前的张教练那样安慰他，反而冷冷说道："像我这样水平的狙击手，M 国队有三个。你怎么打？"

莫涵天沉默不语。

江绍羽道："回去想想吧，实在打不过，就把游戏卸载了。"

莫涵天退回后排，低着脑袋，攥紧了拳头。

卸载游戏？

他从出道开始就备受国内教练的青睐，是那一届表现最出色的青训生，当时还有很多战队想要和他签约。从来没有人对他说过"你把游戏卸载了"这句话。

结果，他的偶像 Wing 神，今天当着这么多人的面让他卸载游戏？这就如同迎面打了他一个耳光，打得他脑袋嗡嗡作响！

莫涵天脑子里不断地发出疑问：我是谁？我在哪？打游戏怎么这么难啊？

江绍羽淡淡道："下一位，自己出来吧。"

时小彬战战兢兢地走了出来。

他是教练排的"二娃"，莫涵天输完，接着就该轮到他了。

江绍羽挑了挑眉，看着面前畏畏缩缩的少年，问："我这样嘲讽你，是不是不太礼貌？"

时小彬不敢出声。

这是他当初的原话，被江教练原封不动地还了回来。

江绍羽道："自己打得烂，不训你们，还要夸吗？除非有一天，你在比赛中的表现让我挑不出毛病，那我也不会再训你了，明白吗？"

时小彬小声地说："明白了，教练。"

江绍羽说："来吧，准备。"

时小彬一副视死如归的表情，已经做好输得很惨的准备了。

莫涵天刚才被江绍羽击杀，是在比赛开始三分钟的时候。

时小彬坚持得稍微久了一点，五分钟。

倒不是他比莫涵天水平高，而是因为他比莫涵天尿。

他的性格过于谨慎，走位很重视细节，一定要保证自己安全才会挪动脚步，否则他宁愿藏在掩体的后面，有时候甚至会一动不动地藏半分钟。

但藏也没用。江绍羽很快就找到了他，下手毫不留情。

一枪爆头完成击杀后，江绍羽回头看向少年，平静地问："时小彬，你觉得冲锋员该怎么玩儿？"

上次在游戏中的对决他就提出了这个问题，算是留给时小彬的"课后作业"，还说"希望下次见面你能想到答案"。但时小彬并没有在意，当然也没有认真去思考。

此时，听江教练再次提出这个问题，少年面红耳赤，唯唯诺诺地小声说道："我觉得，冲、冲锋员，就是在进攻的时候通过火力压制，冲破敌人的防线，协助队友打开局面；撤退的时候走在最后，用冲锋枪连续射击，阻断追兵，掩护队友安全撤离……有点像其他游戏里'战士'和'坦克'的结合。"

"嗯，理论知识背得不错。实战呢？"江绍羽看他一眼，毫不客气地说道，"躲在墙后面畏畏缩缩不敢出来，你这叫冲锋员？改名叫'龟缩员'算了！"

"龟缩员"？时小彬愣愣地看着江教练，反应过来教练在说他的打法像缩头乌龟，脸颊瞬间涨得通红，迅速退回到莫涵天的身后。

少年缩着头的样子，真成小乌龟了。

"第三个，不用我点名吧？"江绍羽淡淡地扫了夏黎一眼。

"到！""三娃"夏黎很干脆地跑上前来。

夏黎是个女生。这姑娘大大咧咧的，脑袋有点缺根筋，经常打着打着就跟队友失去配合了。

她天赋不错，操作也可以，射击的命中率非常高。只是发挥飘忽不定，有时候有让人眼前一亮的表现，有时候却打得稀烂，就像是第一次玩游戏的新手。这种不稳定的选手会很难带，因为你不知道她什么时候状态好，什么时候状态差。打比赛如同赌博，输赢全靠运气。

这局"摩天大楼"的对决，夏黎的表现就如同一个新手，无头苍蝇一样乱撞。

江绍羽轻松将她一枪爆头，还不忘评价一句："你这是迷路了？需要我给你开个导航吗？"

夏黎迅速缩回手退到一旁。

并不是迷路，她只是太紧张了，走位有些"凌乱"而已……

江绍羽看向唐恺，"四娃"也自觉地走了过来。

唐恺是个比较冷静的选手，作为侦察员，他对地图非常熟悉，走位技巧也比其他人要高超一些。他脸色严肃，手握匕首四处穿梭，跟江绍羽周旋了一阵。

然而，国内水平最高的侦察员叶轻名都打不过江绍羽，唐恺的水平还不如叶轻名。他再怎么绕路，也是徒劳无功。

江绍羽毫不客气地道："你这是意识流打法，能不能找到人，全靠运气？"

唐恺默不作声。

反正所有人都被点评了一遍，也不差他一个！

唐恺红着脸离开座位，陆兴云急忙走过去坐下。

江绍羽唇角轻扬："还挺自觉。"

陆兴云轻咳了一声，认真说道："请 Wing 神指教，我是您的粉丝。"

江绍羽道："哦。那打完这一场，你大概不会再当我的粉丝了。"

面对陆兴云，江绍羽毫不手软。

上一次在"丛林深处"那张地图，两人用的都是冲锋枪，陆兴云差一点就反杀了江绍羽。但是今天，在"摩天大楼"这张地图，他甚至没有机会接近对方。

他根本看不到江绍羽的位置。

狙击枪的射程长达一千多米，而他的冲锋枪射程只有二百米，他只拖到了三分钟，还没来得及靠近，就被江绍羽抓住机会一枪爆头！

陆兴云脸色发白，本想在新教练面前好好表现一下，结果输得更难看了。

他们这群人简直是来搞笑的！

陆兴云输掉对局后，其他几人微微松了口气。

江绍羽又一次连续击败了五名国家队选手！

他们这也算"二进宫"了，送死送得无比熟练。

只不过，上一次隔着电脑屏幕被击败，他们还能私下质疑几句"这人是不是开了外挂""会不会是国外的职业选手"。

这一次，他们自己也不好意思讨论了。

他们之所以会输，就是因为技不如人。

江教练叫他们"葫芦娃小分队"没叫错，他们就是一群笨蛋"葫芦娃"！

江绍羽的目光扫过全场。

国家队有十一个人，他已经赢了七个。

剩下四位，一个是国家队的队长林浩彦，一个是副主席齐恒的亲传徒弟、国家队的另一位狙击手刘少洲。还有两个都是医疗兵，分别叫章越和明溪。

和医疗兵一对一对战没什么必要，至于老林和小刘嘛……还是给他们留点面子吧。

林浩彦见江绍羽的目光在自己身上打转，刚要过来坐下，江绍羽突然起身，淡淡地说道："你们的个人实力真是够差的，网友们说你们也没说错。尤其是某些人，在世界大赛上打输了，就跑去游戏里打低分段的排位赛？身为国家队的选手，打比赛输了，不知道努力提升自己的实力，不知道好好训练总结经验，只能靠战胜普通玩家来找回自信？你们要脸吗？"

五个去游戏里耍威风的新人选手纷纷垂下了脑袋。

教练训得没错。

他们是职业选手啊！

是精挑细选出来的国家队的队员！

在游戏里打低分段的玩家算什么本事？打不过还组队去打，要脸吗？这就如同一群职业篮球队的队员，职业比赛打输了，就跑去赢小学生，还被教练逮了个现行。

莫涵天脸色苍白，眼眶被泪水糊满。后悔、自责、愧疚……复杂的情绪不断地冲击着他的脑海，他恨不得挖个洞把自己活埋了。

时小彬也垂着脑袋不敢说话，他一向没有主见，莫哥叫他去打普通玩家，他也没有多想就去了，还说对方不礼貌。难道他们国家队的选手去游戏里欺负普通玩家就礼貌了？

夏黎、唐恺和陆兴云的脸色同样难看，一个个脑袋都快要垂到胸口了。

江绍羽淡淡道："回头每人写一千字的检讨，明晚九点之前交。"

五人面面相觑，只能默默认罚。

站在一旁的叶轻名忍不住想笑。好家伙，江绍羽新官上任第一天，直接把

071

几个少年教训哭了。一来就罚出了六份检讨书，真不愧是"凶残"的 Wing 神。

就在大家以为，这位新教练刚才已经够狠了的时候，江绍羽突然指了指旁边的座位说："你们收拾一下情绪，打一场训练赛。你们的个人实力我已经很清楚了，让我看看你们的团队配合怎么样。"

众人大吃一惊。

训、训练赛？

以前打训练赛教练都会提前一天通知，让大家做好准备。

哪有这样刚把人训得心态崩溃，连三分钟调整时间都不给，就直接打训练赛的？

江绍羽面无表情地点名——

"一队，冲锋员时小彬、突击手夏黎、侦察员叶轻名、狙击手刘少洲、医疗兵章越。

"二队，冲锋员陆兴云、突击手周逸然、侦察员唐恺、狙击手莫涵天、医疗兵明溪。

"地图选最高难度的'海盗基地'。老林在游戏里建自定义房间，把人都拉进去，我当裁判。"

一群人全部蒙了。

难道这就是传说中的"魔鬼式训练"吗？

先在游戏里把大家打到心态崩溃，训得羞愧难当，紧接着拉他们去训练场立刻打比赛，还选了一张全游戏最难的地图？

这个江教练，绝对是个狠人！

"枪王"这款射击游戏拥有极为丰富的地图库，城市、岛屿、丛林、山脉……各种大小不一的对战地图，也让职业联赛变得更加精彩刺激。

官方将地图的难度分为初级、中级和高级。

初级难度图，是游戏排位赛当中最常出现的地图，简单好记，练习几遍就能记清方位和路径，适合新手玩家入门。

中级难度图常用于职业联赛，例如刚才的"摩天大楼"就是一张中级难度图，地图上有大量的障碍和岔路，方便职业选手走位、周旋，教练也可以根据不同的地图安排战术。

高级难度图，最大的特点是地形复杂和环境干扰。环境干扰包括暴雨、大雾、暴雪、飓风、海浪等，这些地图的不稳定因素比较多，所以在职业联赛中并不多见。

"海盗基地"就是游戏里最复杂的高级难度地图之一。

这是一张海上地图，大海中央漂浮着一艘破旧不堪的海盗船，双方选手分别刷新在船头和船尾。频繁掀起的巨浪会让船身猛烈摇晃，因此选手射出的子弹很容易偏移。选手可以下水潜伏，也可以直接在甲板上正面对抗，或者躲在船舱里打游击。

江绍羽选这么复杂的地图用于训练赛，就是想看看选手们的枪法精准度，以及团队配合和随机应变的能力。

当然，最关键的还是心理素质。

在江绍羽目光的催促下，被点名的十个人飞快地找位置坐好。

林浩彦建了个自定义比赛房间，将其他人拉进来，选好地图。江绍羽的账号以裁判身份进入比赛房间，道："开始吧。"

比赛地图载入，一群人紧张地屏住呼吸。

一队：冲锋员时小彬、突击手夏黎、狙击手刘少洲、侦察员叶轻名、医疗兵章越。

二队：冲锋员陆兴云、突击手周逸然、狙击手莫涵天、侦察员唐恺、医疗兵明溪。

江绍羽分队并不是随便乱分的，两支队伍的实力旗鼓相当。

一队最厉害的是狙击手刘少洲，作为近战的时小彬、夏黎都是"葫芦娃小分队"的成员。

二队最厉害的是突击手周逸然，陆兴云、唐恺也是刚被训过的新人，至于莫涵天……眼眶到现在还红着呢。

综合来看，一队远程选手强，二队近战选手强。鹿死谁手，还要看团队配合。

这张高难度地图在职业联赛中几乎用不上，所以他们平时根本没有练习过，在相对陌生的地图上打训练赛，众人心里都不禁有些紧张。

比赛开始，一队出现在船尾，二队出现在船头。

叶轻名直接跳进海里，想从海水中绕过去侦察。二队的唐恺也是这样想的，同样跳了下去，还凑巧选了和叶轻名同一侧的海域。

两人在水里游了没多久，就迎面撞上了，大眼瞪小眼。叶轻名毫不犹豫，一刀捅向唐恺，唐恺也不甘落后，手中匕首直朝叶轻名的面门袭来……

可惜他慢了一步！

海水很快被鲜血染红。

"Leaf叶子"使用"玫瑰之刃"刺杀了"TKTK"！

从这场决斗中胜出的叶轻名，正好在二队狙击手莫涵天的射程之内。然而莫涵天根本没有注意到队友死亡的位置，更别说看到对手在哪了。

最好的狙击时机，就这么被他错过了。

居然错过了？

江绍羽一脸疑惑，他皱了皱眉，冷着脸继续往下看。

二队开局就死了侦察员，陷入劣势。好在冲锋员、突击手的血量都很多，他们一前一后，不停地开火，朝甲板的方向冲了过去。

反观一队，时小彬作为冲锋员，依旧改不掉谨慎过度的毛病，躲在船舱等待机会，他听见头顶传来的枪声和脚步声，本想在对方靠近的时候突然袭击，然而，他这局的队友是夏黎。

夏黎的打法如同脱缰的野马一样失控，看见敌人在靠近，她直接举起突击步枪就"突突突"地冲了上去，结果一打二，瞬间被对方扫射成了筛子。

时小彬紧跟着冲了上去，也被击杀了。

"小陆"使用"乌兹MAC-狂热"击杀了"夏天的夏"！
"小陆"使用"乌兹MAC-狂热"击杀了"彬彬有礼"！

江绍羽的脸色更冷了。

夏黎和时小彬的行为，无异于"自杀"。

陆兴云在短时间内连续击杀两人，打得还不错，但他为了表现自己，明显有抢功劳的行为，走位太靠前。果然，一队的狙击手刘少洲抓住机会，将他一枪爆头。

"刘总"使用"FR-幽冥"一枪爆头击杀了"小陆"！

屏幕上不断弹出击杀信息，转眼间一队、二队各死四人，只剩下刘少洲和周逸然两个最厉害的选手单挑。

"海盗基地"这张图是夜景，场景光线昏暗，这无疑给狙击手的瞄准增加了难度。刘少洲迅速从狙击点跳了下来，开始跟周逸然打游击战。

砰砰的枪声不绝于耳，眼看周逸然就要追到刘少洲的身后，就在此时，一股巨浪扑面而来，海盗船开始剧烈地摇晃！

周逸然抓住机会，顺着海浪的方向一个翻滚，毫不犹豫开枪射击！

"AK周小周"使用"AK47-千变"一枪爆头击杀了"刘总"！

江绍羽微微眯起眼。

虽然其他人打得稀烂，但刘少洲和周逸然的表现还可以。

他继续看下一局。

第二小局，双方侦察员都没有下水，开始在船上打游击战。

叶轻名潜入船舱，很快就绕去船尾的位置，偷偷摸摸爬上来，一刀戳死了二队的医疗兵！

开局就死了医疗兵，二队又一次陷入劣势。还好周逸然比较冷静，加上他跟叶浩彦是老队友，知道叶轻名神不知鬼不觉的侦察方式，便主动利用船舱埋伏，在叶轻名路过的时候突然开枪解决了他。

但二队的狙击手刘少洲找到了机会，他卡住船舱过道，一枪一个，迅速杀光了一队的其他选手。周逸然一个人无力回天，遗憾落败。

双方 1:1 打平。

第三小局，是最关键的决胜局。

打到这里，双方选手都有些紧张，毕竟这是江教练上任后国家队的第一场训练赛，会影响到江教练对自己的印象。

虽然"葫芦娃小分队"的成员们在江教练的心里印象已经非常糟糕了，可大家还是想稍微挽回一些。

时小彬鼓起勇气，跟夏黎一起往前冲！

莫涵天终于从梦游中回过神来，迅速找到一个狙击点，一枪狙死了冲过来的时小彬。

时小彬一阵后悔：还不如继续"龟缩"呢，冲出去就死了。

夏黎这一局超常发挥，她的状态似乎波动到了顶峰，拿着双枪一通疯狂扫射，居然扫死了对方的冲锋员。

一队的狙击手刘少洲直接爬上船帆，架起枪，连续收掉三个人头。

周逸然的队友已经死光，而他自己也倒在了绕后而来的老队友叶轻名的刀下。

比赛结束，一队获胜。

一队的选手们脸上的表情并没有太多喜悦，尤其是时小彬和夏黎，虽然赢了，但他们知道，能赢全靠队友力挽狂澜，他俩并没有发挥出什么作用。

二队的选手更加沮丧，除了周逸然依旧面带笑容，十分淡定，其他人的脑袋都快要垂到胸口了。

林浩彦偷偷瞄了眼江绍羽的脸色。

江绍羽全程黑脸，紧蹙的眉头一刻都没有舒展过。

看来他对这场训练赛很不满意啊！

完了完了……他大概率又要训人了！

林浩彦脑子里刚冒出这个念头，江绍羽的嘴唇果然动了。他的目光扫过全场，冷冷说道："你们这是在表演什么叫'旗鼓相当的失误'吗？一队有人出现失误，二队也马上陪他一起失误！"

众人吓得动都不敢动。江教练对他们的评价还是这么一针见血。

江绍羽站起来，眉头紧蹙："我都没兴趣复盘这场比赛，打得什么乱七八糟的？如果不是在现场看，我真的不敢相信，这就是国家队的水平！"

一群人都垂下头，连表现比较好的刘少洲、周逸然和叶轻名也面色尴尬。

其实他们也知道，这一场训练赛他们确实打得稀烂。

没有心理准备，地图也很陌生。一群人如同赶鸭子上架，几个年纪小的选手稳不住心态，老选手们也毫无配合，可不就是"旗鼓相当的失误"吗！

江绍羽看向角落里快把自己埋起来的莫涵天，冷冷道："莫涵天你在干什么？第一局，叶子杀掉小唐的时候，他的位置就在你的射程内，你都看不到，你在打比赛还是在梦游？队友死了帮忙收尸都不会吗？

"还有你，时小彬，打个比赛畏首畏尾，被子弹射中的是游戏角色，又不是你本人，你到底有什么好怕的？这么胆小还当什么电竞选手？

"夏黎，只会往前冲，不看队友的位置！

"还有唐恺，在海里遇到敌方侦察员居然发愣？你愣住的那一秒足够对面捅死你十次！

"小陆，打法过于激进，细节一塌糊涂。

"医疗兵救不了队友，反而自己第一个死？急救箱背出来是用来展示的吗？

"配合稀碎，一盘散沙，你们可真是让我大开眼界。"

训练室内鸦雀无声，几个新人头皮发麻，脑子都蒙了。有些脸皮薄的忍不住掉下眼泪，脸皮厚一些的，低着头面红耳赤，琢磨待会儿要怎么写检讨。

"我说话是难听，但我说的都是事实。我不希望我带出来的国家队，如同一群绵羊一样走出国门，被打得毫无还手之力。"江绍羽挑了挑眉，"你们的个人实力不突出，团队配合像杂牌军。散了吧，都回去好好写检讨，明天下午来我办公室交给我。"

一群人垂头丧气地关掉电脑，起身默默地排队离开了训练室。时间已经到了晚上十点半，林浩彦看着江绍羽，欲言又止，最后还是在心底叹了口气，转身跟上了队伍。

这是国家队休息最早的一次。

以前他们都是晚上八点到十一点半训练，然后自己打打游戏，打到凌晨两三点都很正常。今天十点半就结束训练了，可大家一点都不开心。

回宿舍的路上要经过一片操场。众人垂头丧气，默默排队前进，如同被流放的囚犯，眼神里一点光彩都没有。

叶轻名没心没肺地笑道："小家伙们，知道一千字的检讨应该怎么写吗？"

少年们听到这里，立刻回头眼巴巴地看向他。

叶轻名打了个响指，笑眯眯地说："这个问题我有经验。以前在ACE战队的时候，我写过的检讨最多了！"

众人无语。

听这语气，怎么还有点骄傲啊？

"哥教你们一个技巧，可以分成三段来写。第一段先诚恳道歉，认识到自己的错误；第二段仔细说清楚你到底哪里错了，痛心疾首，回顾往昔，字数不够的话就从青训营时期开始反省；第三段嘛，说说将来的计划，表达要洗心革面、重新做人的决心。"

众人都忍不住唉声叹气。

太难了。

他们这群人写个八百字的作文都憋不出来。

一千字检讨？想想都是噩梦。

时小彬小声问："叶哥，检讨是手写，还是打个电子版就可以了？"

叶轻名无情地说："手写，这样才有诚意，懂吗？"

少年们目瞪口呆。

手写一千字？绝望程度翻倍。

周逸然看着一群人惨白的脸色，轻笑了一下，低声安慰道："其实，羽哥并没有坏心，他也是希望国家队能好起来，能出成绩。你们不要记仇，他一直都是这样的脾气，以后犯了错，还会让你们继续写检讨的。"

以后还要写？

少年们更绝望了。

老林附和道："没错。他就是刀子嘴豆腐心，今天训你们训得凶了一点，你们也别往心里去，本来也是你们犯错在先，他教训你们，只是下马威而已，更严格的训练还在后面呢。"

什么？更严格的还在后面？

少年们闻言，心态都快崩溃了。

ACE 战队的老队员们，你们还不如不开口安慰啊！

训练室内，等队员们走完，江绍羽严肃的脸色这才缓和了些。齐恒笑着调侃道：“阿羽，都说新官上任三把火，你这上任第一天就直接把国家队的选手给烧煳了啊！”

江绍羽回头看向他，说道：“下一届世界大赛的形势比我们想的要严峻很多，北美、欧洲、H 国的队伍实力都很强。我不能带着一群‘小绵羊’去跟‘豺狼虎豹’们打比赛吧？”

他透过窗户，看着在操场上垂头丧气排队前进的选手们，淡淡说道：“只有经历过绝望，被打败后还能立刻调整好情绪，爬起来继续打下一局的选手，才有资格站在世界大赛的赛场上。操作一流，心态坚韧；敢打敢拼，思路清晰；不畏强敌，也不惧失败。这就是我挑选国家队队员的标准。”

齐恒和俞明湘对视一眼，心情无比激动。

阿羽说得对！

幸好他回来了。国家队由他担任教练，才有可能彻底蜕变。

真期待他所率领的第六届国家队正式集结完毕的样子。

那一定会让所有人都惊掉下巴。

晚上十点半，江绍羽并不困，齐恒也不着急回家，俞明湘干脆带两人去隔壁的小会议室，聊天叙旧。

俞明湘顺手泡了壶暖胃的普洱茶，一边倒茶，一边笑着说：“阿羽，你的嘴巴还是那么厉害，几个新人都快被你训哭了，估计这会儿正头疼该怎么写检讨呢。不过，叶子肯定不头疼，这业务他熟练。”

齐恒哈哈笑道：“叶轻名这家伙嚣张惯了，也就阿羽能治得住他。至于那群小朋友，在阿羽面前，根本没有还手之力。”

齐恒其实十分赞同江绍羽的带队理念。真到了赛场上，第一局输掉比赛后，裁判根本不会给你时间让你慢慢调整，而是几分钟后马上开始第二局。

职业选手的天赋、操作水平当然重要，心理素质也同样重要。

江绍羽端起茶喝了两口，看向齐恒，问道：“齐主席，这一届国家队，到底是怎么选出来的？”

齐恒听到这个问题，无奈地揉了揉太阳穴，说：“你不在国内，不太了解这边的情况，我正想跟你好好聊聊。这几年，国内的顶级职业联赛办得红红火火，各大战队背后都有资本支持，比赛的收入也是一笔巨额数字。联盟的财务做过统计，去年一年光是大赛门票、官方直播的收入就足够养活大部分战队了。所以，比起成绩一直没有起色的世界大赛，各大战队都更重视国内联赛的这片市场。"

"国内联赛都在大城市举办，粉丝们去现场看比赛自然会产生住宿、餐饮、门票、周边购买等收益，带动整个电竞产业链的发展。收入高了，各大战队也就安于现状。反正国内联赛市场潜力巨大，足够养活他们，世界大赛能不能打出成绩跟他们有什么关系？大不了把比赛失利的原因推给国家队，继续赚钱呗。"齐恒无奈地摊了摊手，"上一届，国内顶级职业联赛总决赛的直播收视率，就比世界大赛的收视率高出一倍还多。"

高出一倍？可见国内的观众们对世界大赛早就失去了信心。

连续五年打不出成绩，热爱电竞的观众们对"国家队"失望透顶，连世界大赛的直播都懒得看，等比赛结束了，再上网瞄一眼结果，然后见怪不怪地说一句"又输了啊"！

或许在很多人的潜意识里，华国国家队的选手就是打不过国外的选手，输了很正常。那就在国内联赛中自娱自乐吧。

这样想的人越多，国家队就越难出成绩。

当"输"成了理所当然，连职业选手都会失去动力。

这一届世界大赛就很明显是这样。打 M 国队的那一场比赛，张教练的战术思路是"反正打不过，派新人上去练练兵"——你都没开始打，就觉得自己打不过，那还有可能赢吗？

江绍羽皱了皱眉，低下头陷入沉思。

国家队的情况远比他想得要更复杂，也更糟糕。

整个国内大环境对华国队在"枪王"世界大赛的表现都没有期待，各大战队背后的资本干预，也让国家队的选拔变得束手束脚、寸步难行。

但江绍羽绝不会允许下一届国家队还继续这样破罐子破摔。

他回来就是为了收拾这些烂摊子的！

江绍羽一针见血道："所以，第五届国家队的选手，其实是各家战队背后的资本选出来的吧？"

齐恒苦笑道："是的。国家队的赞助经费都是战队在出，他们当然希望将自己的选手送进国家队。不管世界赛是赢是输，能进国家队走一圈，也算是一种镀金的经历吧。"

他叹了口气，压低声音说："比如莫涵天，就是被 CIP 战队捧起来的狙击手；陆兴云的背后是 TNG 战队，非常有钱；时小彬打比赛过于谨慎，可 RED

战队的老板很喜欢他，因为他性格乖巧，长得可爱，粉丝遍布全国。凡是与他相关的商品都卖得很火，光一个印了他照片的抱枕就卖出了几百万的流水。"

江绍羽沉默不语，脸色沉了下来。

这届国家队真是烂到根了。怪不得这帮人的实力一个比一个差！

进国家队不是凭实力进，而是靠战队保送？

江绍羽皱着眉道："下一届国家队的成员选拔，既然由我来全权决定，打得不行的选手该换就换，我不怕得罪战队。"

齐恒问道："这届国家队，就没有你看得上的选手？"

江绍羽摇头，说："那倒不至于，刘少洲很不错，毕竟是你带出来的徒弟，综合素质很强，沉稳、冷静，很有齐队当年的风采。"

齐恒被夸得心情愉悦，道："怪不得你跟那么多人单挑，唯独放过了老林和小刘，这是给我留面子呢！小刘的水平确实可以，是目前国内联赛数据最好的狙击手。"

江绍羽称赞道："嗯，他跟其他国家的狙击手也有一战之力。"

俞明湘插话道："那 ACE 战队的几个老队友呢？阿羽你觉得他们怎么样？"

"小周我一直很放心，发挥稳定，比赛失误率很低；老林准备退役，具体情况我还要跟他谈一谈；叶子的个人风格太鲜明，需要专门为他制定以侦察员为核心的战术，他擅长近身格斗的刀战和巷战，如果有适配的队友，可以发挥出奇效。"江绍羽顿了顿，"至于那些新人……看他们后续的表现再说吧。"

下一届的国家队要大换血才行。这群"葫芦娃小分队"最后能留下来几个，还真是未知数。

齐恒摸着下巴问道："关于国家队的选拔方式，阿羽你有什么新的思路吗？我这边也可以提前做些准备。"

江绍羽早就想好了，他看向齐恒，冷静地说："国内优秀的电竞选手都在打职业联赛，下一届联赛开始后，我会关注他们在赛场上的表现，去各大战队巡查，看他们日常训练的录像，根据综合评分，挑一些人进国家队。"

齐恒赞同道："去战队巡查确实很有必要，或许有些实力更强的选手因为人气不够高，跟领导关系不够好等原因，没能获得战队的推荐。"

江绍羽点头："我也这么想，我之所以要去战队看他们打训练赛，就是不希望看到这种人气低、实力强的选手被埋没。另外，游戏中肯定有一些有潜力的玩家，我打算在明年举办新星杯挑战赛，给这些人一个机会。"

俞明湘双眼一亮，道："你的意思是，新星杯只有普通玩家可以参加，不允许职业选手参赛吗？"

江绍羽道："没错。职业选手可以通过战队来详细了解，但有实力、有潜力的普通玩家，需要一个途径让我发现。还有那些对电竞感兴趣却没有签约战队的高手，也可以通过这个赛事成为职业选手。"

俞明湘心情激动，她突然想到了一个人，那位没有当电竞选手、拒绝了所有战队邀请的天才，阿羽的亲传徒弟——裴封。

当年，裴封把各大战队都得罪了个遍，彻底断了自己成为职业选手的路。或许，他也能通过新星杯拿到国家队的门票？

江绍羽看了眼摆在办公桌上的日历，问道："每届国家队，是不是要等职业联赛结束之后才会确定名额？合队集训的时间有多长？"

俞明湘回过神来，忙说："国内顶级职业联赛打到十月底结束，十一月国家队正式集合，然后合队训练一个月，就去打世界赛，每年都是这样的。"

江绍羽眉头紧皱，道："合队集训的时间太短。把五个厉害的选手组成一队打比赛，不一定能赢，团队竞技，配合和默契才更加重要。怪不得刚才他们在训练赛上配合得那么糟糕，各打各的，一盘散沙，原来选手之间的默契根本就没培养起来。"

他们都是临时选进国家队的，哪能在短短一个月的时间内就培养出默契？

别看莫涵天、时小彬这些人在国家队打得稀烂，其实他们在自己的战队，跟非常熟悉的队友一起打比赛，都表现得挺好的。

只是在国家队，他们身边的队友都很陌生，比赛节奏也完全不一样，所以才频频失误。

要将来自不同战队的选手融合成一支默契的团队，可没那么容易。

江绍羽严肃地说："下一届我会提前确定国家队的人选，至少留出三个月的集训时间。"

齐恒赞同道："有道理。多磨合磨合，才能在世界赛上打出成绩！"

俞明湘紧跟着说："对了，国家队还有一个工程师和两个助教，明天要不要让他们来见见你？有什么需要帮忙的，你可以让他们分担。"

江绍羽点头道："好，明天上午九点，让他们来我办公室吧。"

堂堂国家队总不能只有江绍羽一个"光杆司令"。他今天晚上才到基地，直接来见选手们，都没来得及去见这些同事。明天他正式上任，也该好好理一理"教练组"这个团队。

次日清晨，江绍羽去食堂吃过早餐，便带着豆豆在电竞园区转悠。

豆豆回国后第一次出门遛弯，面对全新的环境，兴奋地跑来跑去。

夏黎透过窗户，看见江教练牵着一条狗在操场上遛弯，她愣了愣，急忙在"国家队新人群"里发消息。

夏黎：江教练这么早就起床了，他还养了只小狗！

选手们纷纷透过窗户往外看去。

只见身材挺拔的青年穿着简单的白衣黑裤，手里牵着遛狗绳，正在操场上悠闲地散步。一只可爱的泰迪犬在他的前方撒腿奔跑，清晨金色的阳光洒在他和小狗的身上，这一幕画面，居然有种温馨的感觉。

想不到，江教练还是个很有爱心的人，养了只可爱的小狗。

他对小狗也很严厉吗？会不会骂它是笨蛋呢？

众人好奇极了。

莫涵天回过神，在群里回复。

莫涵天：夏黎今天起得这么早？这才七点吧。

夏黎：怎么可能早起，我这是通宵没睡！

时小彬：我也没睡，检讨还差二百个字，正在努力写。

陆兴云：我刚改完电子版，准备手抄。

唐恺：我只差一点就写完了，加油啊！

众人揉了揉酸涩的眼睛，继续埋头写检讨。

江绍羽昨晚睡得很好，早上起来神清气爽。

上午九点，俞明湘带着几位同事来到教练办公室正式跟他见面。

国家队的工程师叫秦博，是计算机系毕业的，他戴着一副黑框眼镜，穿着格子棉衬衫，是典型的程序员打扮，出于对电竞的热爱来国家队任职。

他的手里有世界各国选手的详细数据资料，还做了很多曲线图和表格，可以综合评判每一个选手的实力。另外，国家队的网络训练平台、软件，也是他负责研发的。

两位助教，一个叫安娜，外语系高才生，精通多国语言，负责协助主教练的各项工作，比如出国比赛时的采访、翻译等事务。

另一个是四十岁的老崔，他的执教经验非常丰富，是电竞圈的老前辈了，负责监督选手们的日常训练，给选手们做心理辅导。

教练组的人是少了些，但少而精。

这几个助手各有特色，能力也都挺强的。

江绍羽主动跟他们握了握手，说道："以后还请大家多多帮忙，我们一起管理好国家队吧。"

众人纷纷表示："一切听江教练安排！"

江绍羽见完助理后，又私下找来了队医，把电子病例交给她，另外给了她一些药，说道："薛医生，我是过敏体质，需要长期服药治疗，以后外出期间，麻烦您在药箱里随身携带这些药物。万一我忘带了，或者出什么意外，紧急情况下，可以用你这边备用的药。"

薛医生看着他苍白的脸色，有些心疼。长期吃药对身体的负面影响其实挺大的，然而，面前的男人坚强冷静，一点难过的情绪都看不到。她接过药盒放进随身的药箱里，柔声说道："我明白了，江教练，你有任何不舒服随时找我，我的电话二十四小时待命。"

江绍羽点了点头，道："这件事，我希望你不要跟选手们说。俞姐和齐主席那边我已经说过了。"

薛医生立刻承诺道："明白，我不会多嘴的。"

江绍羽建好微信群，把这些同事全部拉进来，并将群命名为"第六届国家队幕后工作组"。

新一届国家队的筹备，从这天开始，正式迈出了第一步。

中午十二点，国家队的选手纷纷来到食堂。写检讨的新人们看见江绍羽，如同老鼠看见猫一样都垂下脑袋急匆匆地躲着走，生怕自己被逮住了又挨一顿训。

倒是叶轻名厚着脸皮凑了过来——写检讨这种事他太熟练了，凌晨三点写完，睡到中午十一点起床，出门前他还特意刮了胡子、洗了澡，梳好头发，换了身干净衣服。

昨晚叶轻名迷迷糊糊地接了老林的电话，被江绍羽冰冷的声音吓醒，匆忙之下脸也没洗，顶着一头乱蓬蓬的头发去开会，如同"丐帮帮主"。今天他收拾整齐之后，倒是显得英俊非凡。

叶轻名有一双含情脉脉的桃花眼，温柔微笑的时候很容易让人心软。但江绍羽早就习惯了这家伙的厚脸皮，见他笑眯眯地凑过来，立刻用筷子敲了敲桌面，道："坐远点。"

叶轻名往旁边挪了挪，故作委屈道："你对老队友就这么无情吗？我又不是细菌。"

江绍羽淡淡说："吃完饭来办公室找我。"

叶轻名眨了眨眼，道："叙旧？"

江绍羽说："交检讨书。"

叶轻名被他的话噎了一下。

江绍羽又说："顺便聊聊，你为什么会被禁赛。"

叶轻名蒙了。这是又要训他一顿的意思？

周逸然和林浩彦看见熟悉的"叶子挨训"画面，忍着笑走了过来，本想跟老朋友叙旧，结果，江绍羽抬眼看了看他们，冷静地说："老林，小周，你们吃完饭后也到办公室来找我。"

两人面面相觑。

怎么有种撞到枪口的不妙感觉？

饭后，三个人组队来找江绍羽。

训练大楼顶层的角落有一间办公室，门口写着"国家队教练办公室"，可以预料到，以后这里会成为国家队的队员们最害怕来的地方。

林浩彦上前敲门，听见里面传来清冷的声音："进来。"

三人走进屋里。

江绍羽在上任第一天，就雷厉风行地把办公室给收拾好了。

宽敞的桌面上放了两台电脑，一台是配置高端的台式机，一台是轻薄的笔记本。身后的书架上整整齐齐摆着一排文件夹，里面是国家队选手和各大战队的资料。他的手边还放了个黑色牛皮封面的笔记本，显然是随手记录用的。

以后无论谁犯了错，都会被他记在本子上……那就自求多福吧。

三人如同学生时代去办公室找教导主任一样，脸色严肃地并排站好，齐声道："江教练。"

就差鞠个躬了。

这三位，如今都是一线战队的主力选手，战队队员们都听他们的话，会尊敬地叫他们一声"哥"。可是在江绍羽的面前，他们依旧是"小弟"。

江绍羽指了指旁边的沙发，道："坐吧，不用这么严肃。我找你们来，是想好好聊聊。"

三人对视一眼，转身在沙发上坐下。

江绍羽昨天当着那么多人的面，不好徇私，拿叶轻名开刀也是因为叶轻名自己先犯了错。但是现在，私下跟老队友聊天，他也没必要摆出教练的架子。

他站起来，给几人倒了茶，看向叶轻名，问道："叶子为什么会被禁赛？我刚才打电话给联盟，齐主席给我的答复是，你在国外参加采访的时候跟一个记者吵了起来，还摔了人家的摄像机，影响太过恶劣。你这么做的原因呢？"

叶轻名接过茶杯，苦着脸挠了挠头，似乎不知道怎么开口。

老林主动说道："其实这件事也不能只怪叶子，那个记者说话太难听。"

江绍羽挑眉："哦？有多难听？"

老林轻咳一声，捏着嗓子，学记者用阴阳怪气的语调说道："请问叶子，从 ACE 战队出来的人是不是都这种水平，连对手的衣角都打不中，这是 Wing 教你们的吗？有没有想过提前退役，去跟老队长 Wing 团聚呢？"

江绍羽眉头微蹙，没有说话。

叶轻名烦躁地抓乱了头发，又顺手捋了捋，道："那场比赛正好老林、我、小周都上场了，那个记者一直对 ACE 战队心怀恶意，他说我水平差，我能忍，可我忍不了他诋毁整个战队，还把咱们老队长拖下水。你都退役多少年了还被他们拉出来冷嘲热讽！

"当时输了比赛，我本来就心情差，他还一直拿摄像机对着我的脸拍个不停，我一气之下就把摄像机给砸了……"他越说声音越小，显然是没什么底气。

林浩彦在旁边当和事佬说道："羽哥，你别生气，叶子也是想维护你。在我们心里，你的实力一直是毋庸置疑的。那个记者对 ACE 战队冷嘲热讽，叶子一时没忍住火气，把人家的摄像机给砸了。现在摄像机已经赔给对方了，叶子被禁赛半年，也受到了处罚。"

江绍羽冷静地说："当年就有很多人对 ACE 战队不友好，我以为你们早就习惯了。叶轻名你也太冲动了，当着媒体记者的面发脾气，他们回头肯定又要说你坏话。"

叶轻名耸肩道："随便吧，反正在他们眼里，我就是玩世不恭、放荡不羁、不懂礼数的反面典型。老子不在乎。"

江绍羽沉默片刻，转移话题："那位记者不是说，让你们早点退役跟老队长团聚吗？"

三人抬头看向江绍羽。

他的脸色很平静，完全看不出生气的样子。叶轻名正疑惑自己这次为什么没有挨训，就听江绍羽补充道："那你们就争气一点，来跟老队长团聚吧。"

三人愣了愣。

团聚？什么团聚？

周逸然很快反应过来，道："你是说……国家队？"

江绍羽道："没错。老队长现在成了国家队的教练，你们有本事的话，下一届继续打进国家队——我们在国家队团聚。"

三人齐齐瞪大眼睛。

ACE 战队早就解散了，但他们年少时培养出来的感情却很深厚，他们不仅是并肩作战的好兄弟，还是"家人"一样的存在。

在国家队团聚？

ACE 战队的成员，真的可以再次团聚吗？

林浩彦的心脏微微一颤，握紧拳头，声音沙哑地道："可是，我、我已经退役了……"

"你的退役申请表，我今天刚拿回来。"江绍羽转身从抽屉里拿出一张表，递给老林，"联盟没批准，没盖章，手续也没走完，你还不算正式退役。"

林浩彦惊讶地接过申请表，看着自己在上面亲手签下的名字，他一时不知道说什么才好。

江绍羽走到他面前，轻轻拍了拍他的肩膀道："我看了你的训练录像，你现在的操作和反应速度确实不如十几岁的年轻选手，但你的优势是心态稳定、经验丰富。打比赛也不是全靠技术，经验丰富的老将同样会有一席之地。"

林浩彦激动地看着他，说："你的意思是，我还有机会再进国家队吗？"

江绍羽道："机会肯定有，就看你能不能把握住。再给自己一年时间吧，你也不差这一年，是不是？"

老林激动地用力点头，说："好！那我再打一年！哈哈哈，早知道你是下一届国家队的教练，我就不交这个退役申请表了。"

他当场地把申请表给撕成了两半。

叶轻名和周逸然对视一眼。

老林之前打算退役，他俩怎么劝都没用。结果羽哥一开口，两句话就说服了？

江绍羽看向三位队友，声音平静地道："我现在是国家队教练，你们虽然是我的老队友，但我不能徇私将你们直接选进国家队。下一届国家队，每一个位置的队员都会公平选拔。所以，我才让你们凭实力来跟我团聚。"

三人听到这里，心底突然燃起了久违的热血和斗志！

凭实力打进国家队吗？

ACE 战队当年从零起步，一路逆袭拿下联赛冠军；如今的国家队成绩差到了极点，在新教练江绍羽的带领下，能不能再次创造当年的奇迹？

一定能！

他们一直都相信这位队长！

林浩彦眼眶泛红，这位一向豪爽大气的选手，已经很久没这样眼含热泪了。他用力攥住拳头，哽咽着说："我明年一定重新打进国家队！"

叶轻名和周逸然齐声道："我也是！"

叶轻名顿了顿，突然皱眉说："可是小辰他……他都很久没打过比赛了。今年的国家队，他也没能拿到推荐资格，他们战队推荐进国家队的医疗兵是章越。"

章越，训练赛第一个被杀死的那位医疗兵吗？

江绍羽微微眯起眼，道："小辰是在 TNG 战队对吧？"

叶子无奈道："是的。TNG 战队财大气粗，当初把小辰买过去的时候承诺让他作为主力医疗兵，后来为了捧新人，又让他退位让贤。小辰的性格你也知道，不敢跟人说话，也不敢为自己争取，就坐了很久的冷板凳。"

小辰性格腼腆，当年在 ACE 战队的时候接受采访也只会躲在江绍羽身后，江绍羽一直把他当弟弟看待。看来自己走后，小辰受了不少委屈。

江绍羽面色一沉，冷声道："这件事，我会去 TNG 战队调查清楚。"

三人神色一喜。

小辰知道羽哥回来，肯定会超级开心吧？

江绍羽沉默两秒，紧跟着问："裴封呢？我听俞姐说他不打职业了，怎么回事？"

提到裴封，三人的脸色都有些复杂。

ACE 战队当年其实有六个选手，除了五位主力之外，还有个唯一的青训生——年龄最小的裴封，他也是江绍羽的徒弟。

江绍羽见他们不说话，看向脾气最好的周逸然："小周你说。"

周逸然摸摸鼻子，声音温和道："羽哥，你当初退役之后不是把队长之位交给小裴了吗？我们原本计划让小裴接任你狙击手的位置，另外四个人位置不变，继续打联赛，只是……老板不这么想。小裴是当年的青训生状元，各项数据都排名第一，又是你亲自带出来的徒弟，圈内教练都认为他会是你的传人，有实力率队夺冠。所以，当时所有的豪门战队都在抢他，快要抢破头了，开价突破一千万的战队至少有三家。"

江绍羽挑眉："一千万转会费，挖一个新人？他们疯了？"

这可是一线电竞选手的转会价格。这帮经理看来是真的信了"Fred 是 Wing 神带出来的传人"这种说法，以为把裴封挖过去就能夺冠。

叶轻名道："那可不？当时好多战队经理天天往 ACE 战队打电话，争着抢着让小裴转会，开出的条件一个比一个好，咱们老板也没什么远见，看见眼前的巨大利益，就想卖了小裴狠狠赚一笔钱。"

林浩彦感慨道："可惜，小裴的脾气倔得跟驴一样，太重情义。他说，他的技术都是师父教的，他不可能去别的战队反过来打 ACE 战队，也不会在赛场上对我们几个开枪。他跟老板闹得很僵，还把圈内各大战队都得罪了一遍。"

上千万的转会费，说不要就不要？

前途一片光明的职业生涯，就因为"讲义气"、"重感情"而白白断送了？

这孩子真是太傻了！

如果自己退役之前没有跟裴封说"师父走了以后，ACE战队就交给你了"，他或许不会这么固执，和那些战队闹到鱼死网破。

江绍羽揉了揉太阳穴，问："后来呢？"

林浩彦道："小裴执意不肯去别的战队，我们几个人也跟老板或多或少闹了些矛盾，干脆集体转会了，要走一起走。"

叶轻名摊了摊手："是的。我们不想留下一个面目全非的ACE战队，不如散了。"

江绍羽听到这里，心脏微微刺痛。

他对这几个人始终心存愧疚，这也是他回国的原因之一。

后来的ACE战队有投资商、有老板，他们几个选手当时年纪太小，根本没有话语权。

江绍羽离开的时候安排裴封接任队长。裴封是他的传人，跟ACE战队的几个队员都很熟，配合也很默契。由裴封率队再夺冠军，这是他预想的最好的结局。

可惜世事难料，他们这些十几岁的少年，终究斗不过战队背后的资本。

他们唯一能决定的，就是离开ACE，让这支曾经的传奇战队，永远成为历史。而不是眼睁睁地看着ACE被其他战队，甚至是江绍羽亲自培养出来的徒弟打败，成绩下滑，沦为笑柄。

也正是这种鱼死网破的做法，才让ACE战队成了很多电竞迷心里的"白月光"，成了永远没有战队可以超越的传奇存在。

江绍羽在心底叹了口气，低声问道："裴封不当职业选手，他现在在做什么？"

周逸然微笑着说："你这个徒弟可有出息了，他现在是网络上人气最高的明星主播。一千万转会费算什么？他一个季度的收入都不止这个数。"

江绍羽有些惊讶道："主播？"

裴封不当职业选手，原来是改行当了主播？

第四章　师徒重逢

裴封是江绍羽手把手带出来的徒弟，他当然很清楚裴封的实力。如果裴封当年继续打职业的话，一定能成为世界级的狙击手。

只是裴封年纪小，把感情、义气看得比自己的职业生涯更加重要。

他不想去别的战队回头对付 ACE 战队，不想在赛场上击杀老队友。在他心里，ACE 战队是师父的心血，是他的家。所以，性格倔强的少年干脆改行当起了主播。

游戏打得好的人，除了当电竞选手之外，当职业主播也是条不错的出路。

林浩彦遗憾地说："其实我们也觉得很对不起小裴，他当时年纪那么小，得罪了一群人，和'星网直播'签的合同也非常苛刻，拿到的报酬低得可怜，但他还是咬牙挺了过来，日夜不停地直播，短短一年，就成了网络上人气最高的游戏主播，跟直播平台重新签约，待遇这才变好了些。"

周逸然补充道："他拿到游戏主播盛典年度第一名的时候，在采访中公开表示自己的技术都是 Wing 神教的，狠狠夸了你一通，还说你是他最敬佩的选手。"

江绍羽听着队友们的叙述，心情复杂。

多年不见，如今的小徒弟成了最有人气的主播，拥有极高的人气。

主播的日子可比职业选手舒服多了。尤其是顶级主播，收入很高不说，时间还很自由。

裴封能走到今天也不容易，他会舍弃现在轻松、优越的生活，重新来当职业选手吗？

职业选手每天都要花费大量的时间训练，反反复复地走位、射击，单调又枯燥。比赛时还要承受巨大的心理压力，输了又得挨训……他愿意吗？

江绍羽心里并不确定。

周逸然似乎看穿了江绍羽的想法，微笑着说道："羽哥你放心，小裴一直很崇拜你，只要你开口，他一定会马上跑来国家队的。"

江绍羽轻轻摇头，说："我不能用师父的身份给他施压，逼着他回来。他已经是成年人了，他的人生，应该由他自己来决定。"

周逸然愣住，道："你的意思是，不想直接找他？"

江绍羽沉默片刻，冷静地说："我会给他机会。明年的新星杯挑战赛，是国家队监督举办的民间赛事，如果他想当职业选手，可以去参加比赛，光明正大地入选国家队。如果他不想，我们也不要强迫他。明白我的意思吗？"

三人对视一眼，都理解地点头道："明白。"

小裴当年为了 ACE，断送了自己的职业生涯，从零开始摸爬打滚，好不容易混成今天的主播界顶流，他们不能再道德绑架，说什么"你师父回来当教练，你也一定要回来当职业选手"之类的话……这对裴封太不公平了。

阿羽说得没错。小裴是成年人，应该给他选择权，让他自己来决定他未来的道路。

江绍羽叮嘱道："我成了国家队教练的事先不要跟他说。我会暗中接触他，了解他的实力和想法。职业选手和游戏主播的实力要求根本不是一个层级，他长期没有进行系统性训练，现在的他，还不一定能承受得住比赛的压力。"

裴封离开赛场已整整五年，虽然作为游戏主播，他每天都在打排位赛，但他的竞技水平有没有下滑，面对世界级职业选手时能不能撑得住，目前还是个未知数。

江绍羽会给徒弟选择的权利。同样，他也会根据裴封的表现，再决定要不要吸纳裴封成为国家队的选手。

三名 ACE 战队的老队员离开后，江绍羽坐回椅子上，皱着眉陷入沉思。

当年裴封是 ACE 战队唯一的青训生。他大着胆子直接跑到战队基地自荐，说自己是 Wing 神的粉丝，想拜 Wing 神为师，学习狙击手的打法。

少年满脸的青涩稚嫩，染了一头银灰色的头发。

然而，少年的眼睛黑亮清澈，叫师父的声音诚意十足，抬头看着江绍羽的模样，就像是一只可爱的小狗在摇着尾巴恳求主人收留。

江绍羽带他去测了电竞天赋。他的反应速度、操作速度、动态视力……测试成绩全部满分。

见裴封天赋不错，也诚心想要学习，江绍羽便留下他，收了他当徒弟。

他自封为"Wing 神头号忠实粉丝"，天天寸步不离地跟着江绍羽，声音清脆地喊着师父，都快变成江绍羽的挂件了。

江绍羽亲自教他，从分析地图、如何走位，到如何架枪、开镜狙杀的时机……手把手地教。

裴封很聪明，稍微点拨一下就能融会贯通。

他跟着师父征战赛场，每次江绍羽比赛的时候，裴封在台下鼓掌鼓得最为起劲，有时候还拿个大喇叭坐在观众席，带领粉丝们一起喊："ACE，加油！"

这个活泼开朗的小徒弟，是江绍羽回忆中最温暖的一抹色彩。

裴封是江绍羽这些年见过的新人里，最有天赋的一个，不但学习能力强得可怕，更难得的是，裴封在电竞中的大局观非常优秀，能十分敏锐地找到获胜的机会。

他的枪法，继承了师父的凌厉果决，又多了几分年少轻狂的凶悍。

在队友的配合下，他甚至能做到以一人之力杀光敌方全队的高难度"狙核"（以狙击手为核心的）打法。

大局观强的指挥型人才是非常难得的。

这也是江绍羽退役时将队长的位置交给裴封的原因。

他希望裴封担任队长后，能尽快通过历练，成长为一名优秀的电子竞技职业选手。

可惜世事难料，裴封现在居然走上了职业主播这条路。

江绍羽收回思绪，打开电脑，在网页搜索裴封的资料，很快就搜到了一条简介——

裴封，ID：Fred，ACE 战队前队长 Wing 唯一的徒弟。

星网直播平台人气最高的游戏主播，本年度"最受欢迎游戏主播"和"网络直播盛典金奖"得主。

江绍羽看着资料里的照片，不由得怔了怔。

裴封成熟了不少。

照片里的年轻男人留着清爽利落的黑色短发，穿着简单干净的白色 T 恤，眉眼舒展，鼻梁高挺，带着笑的眼眸温柔又深邃。

记忆中的小徒弟已经成年，五官渐渐长开，变得英俊硬朗，头发也染回了自然的黑色，显得成熟稳重了许多。

091

帅气的五官，再加上顶尖的游戏技术，也难怪他会有那么高的人气。

江绍羽顺着链接去星网平台注册了一个小号，关注了裴封的直播间。

只见直播间挂着一条公告。

下午两点开始直播，不见不散。

这条公告下面有上万条留言。

已经订好闹钟了，等你哦！

封哥最近的作息还是这么不规律啊，下午两点才睡醒吗？

他昨天直播到了凌晨三点。

赛季末了，他这几天每天都直播到半夜，要打进排行榜前一百名，拿"枪王"称号！

每个赛季都能拿到"枪王"称号，Fred 果然是技术流主播啊！

他不是娱乐主播吗？

评论区十分热闹。江绍羽扫了眼时间，正好是下午两点，屏幕右下角弹出一个提示框。

你关注的主播"Fred"上线了。

直播间果然亮了起来，裴封非常守时。

他在星网直播的房间号是 1024，直播主界面是"枪王"的游戏画面，右下角是主播形象展示框，正开着摄像头。

江绍羽刚才只看见了裴封的照片，如今真人出现，他发现裴封比照片里还要帅一些，哪怕摄像头近距离对着脸拍，也拍不出什么缺点。

年轻帅气的男人调整好摄像头的角度，微笑着朝网友们招了招手："大家好，我来了，今天请继续夸奖 Fred 主播的准时。"

直播间顿时出现了一片密密麻麻的弹幕——

太准时了！

职业主播准时不是应该的吗？有什么好夸的？我只会夸你的颜值！

给你 99 分，差 1 分怕你骄傲！

老公，今天中午吃的什么？

老婆，今晚打"巅峰赛"吗？

怎么能管 Fred 叫老公或者老婆？我直接叫爸爸！

无数弹幕如同雪花一样糊满了屏幕。

这帮网友一直挺有趣的，裴封扫了眼弹幕区，轻笑一声，说道："别乱叫，我还单身呢，哪来这么多老公、老婆、儿子、闺女？"

一群人在弹幕区也跟着发"哈哈哈"。

江绍羽看了眼直播间的说明。

送两个"星舰"，可以进"高级粉丝群"；送五个"星舰"，可以加裴封为游戏好友，一起打排位赛。

"星舰"全称"星河战舰"，是星网直播平台的礼物。

江绍羽挑了挑眉，点开赠送礼物按钮。

屏幕上的"星河战舰"不断飞过，金灿灿的特效闪个不停，直播间的网友们都惊呆了。

惊现有钱人！

Fred 还不出来接待！

这位大哥的名字很陌生，是新来的老板吧？欢迎老板！

老板一来就冲上礼物榜的榜首，这就是金钱的力量吗？

这些礼物裴封自然看见了，他清了清嗓子，微笑着说："谢谢'7766501'送出的一百个星舰，老板霸气。"

屏幕上弹出一行醒目的特殊弹幕。

7766501：送五个星舰就能一起打排位赛？

裴封道："是的。老板想打排位赛吗？您是什么分段呢？"

7766501：国际服务器，2500 分段。

直播间的网友们顿时蒙了。

国际服？ 2500 分段？

我从没见过这么高分的选手！

很多国内玩家去国际服务器都会被打得自信全无，这位老板果然不一般啊！

老板该不会是职业选手吧？

封哥真厉害，居然有人让你带他打国际服务器 2500 分段的排位赛。

国际服务器 2500 分段的玩家的实力，远比华国区服务器的同段位玩家高出一个档次。

裴封也没想到会有人提出这样的要求。国际服务器的玩家来自世界各地，高手云集，可不是一般人能带得动的。

裴封疑惑道："老板，您都已经打到这么高的分段了，还需要我带您一起打排位赛吗？难道是想拿国际服务器的'枪王'称号？"

7766501：嗯。

7766501：怎么样？以你的水平，敢带吗？

裴封轻笑着开口道："没有不敢带的，老板您别说是打国际服务器，就是打外星人我都跟着您，给您喊加油。"

直播间的粉丝们在弹幕区发满了"哈哈哈"。

裴封收起玩笑，正色道："老板把账号 ID 发给我，我加你好友。"

镜头里，男生修长有力的双手飞快地敲击键盘，进入国际服务器，登录账号，私信江绍羽加好友。

江绍羽在国际服务器的小号名字就是一堆数字，跟他在星网注册的小号名字一致。裴封在国际服务器的小号名叫"Sniper002"，是"2 号狙击手"的意思。

江绍羽通过好友验证，被裴封拉进组队房间。

"老板好，我通常玩狙击手，老板喜欢玩什么位置？"裴封开着队伍语音问道。

江绍羽正好戴上了耳机，耳边传来的声音低沉好听，带着暖暖的笑意。

裴封已经过了变声期，声音跟记忆中的可爱少年完全不一样了。五年不见，已经成年的裴封让江绍羽忽然觉得有些陌生。

小徒弟，毕竟长大了啊。

让师父看看，你这几年到底有没有进步。

江绍羽没有打开语音麦克风，飞快地打字。

7766501：我玩侦察员辅助你，开始吧。

国际服务器的 2500 分段，相当于华国区服务器最高水平的"巅峰赛"，很有难度。

然而，"枪王"不像多人在线战术竞技游戏那样，需要玩家在对局内积累一定的金钱和装备，这种快节奏的射击游戏更看重玩家的枪法和意识。有时候哪怕遇到队友死光，需要自己以一敌多的残局，只要会躲子弹、会走位，同样有可能逆转胜负。

两人按下准备键后很快匹配到了队友。裴封锁定了狙击手，江绍羽选择了侦察员，其他三个队友犹豫片刻，各自选了医疗兵、冲锋员和突击手的位置。

这一局随机得到的地图是"幽灵古堡"。看到这张西幻风格的阴森古堡图标出现，直播间内的网友们顿时发出一条条弹幕。

幽灵古堡，我看见这张图头皮都发麻！

玩家投票选出的最讨厌的地图之一，Fred 这局运气有点差啊？

这张图的背景音效太瘆人了，时不时传来的乌鸦叫声如同恐怖电影拍摄现场。

Fred 这局能赢吗？

带着老板输游戏可就丢人了。

江绍羽关掉直播间，飞快地更换武器。他这局玩的是侦察员，带了手枪"沙鹰－苍龙"、匕首"血色利刃"和投掷类武器"烟雾弹"，装备轻便，利于行动。

裴封也迅速更换武器，他的主武器带的是重型狙击枪——"巴洛特－丛林猎手"。

熟悉的武器，让江绍羽不由得回忆起当年的场景。

五年前，裴封正式拜师没多久，师徒两人在游戏里一对一对战，江绍羽见小徒弟拿出"巴洛特"，不由得问道："'巴洛特'的枪身非常重，后坐力很强，射出子弹后屏幕会有一到两秒的剧烈晃动，不适合新手入门，你为什么要选这把枪？"

裴封认真说道："因为这把枪的皮肤很帅，而且我很喜欢它的名字，丛林猎手！狙击手就像隐藏在丛林里的猎人，需要在最恰当的时机，干脆利落地开枪狙杀目标。师父，我想当一个像猎人一样的狙击手！"

江绍羽很是意外。没想到裴封小小年纪还挺有想法，不跟风拿当时最流行的入门枪械，反而选了把"巴洛特"来入门。

虽然作为重型狙击枪，"巴洛特"的上手难度很高，可如果掌握好了操作技巧，它就是游戏里最具杀伤力的超远射程狙击枪！

别说是一枪爆头，就算狙中肩膀、腰部等位置，也能将对手一枪打穿，非死即残。

　　江绍羽不会将自己的打法和理念强加给徒弟，他不需要自己的复制品，他更想培养出一个有独立意识和自我风格的徒弟。

　　因此，裴封并不是师父的模仿者，他也有自己的打法和特色。

　　相比江绍羽轻巧多变的移动战，裴封的远程压制能力更加凶悍。

　　"巴洛特－丛林猎手"外形霸气，尽显锋芒，漆黑的枪身上涂有墨绿色的迷彩外观和野兽图腾，如同蛰伏在森林里的猎人。这把重型狙击枪也渐渐在裴封的手中发挥出威力，成了他的成名枪械之一。

　　几年不见，裴封还在用这把枪当主武器。

　　他选的副武器是师父亲自教他使用的"MSG"轻型狙击枪，皮肤也是"极光"。

　　第三个武器格，裴封带了"烟雾弹"。

　　队友们也纷纷换好武器，按下准备键。

　　三十秒倒计时结束后，开始载入地图。裴封和江绍羽这局是蓝色方"守卫者"。

　　国际服务器很难用语音交流，通常都是用局内信号，我方冲锋员在三点钟方向打了个进攻信号，显然要去右路。突击手去了九点钟方向，朝左路突进，医疗兵跟了突击手。

　　江绍羽切了手枪，飞快地潜入建筑群中，消失不见。

　　裴封扫了眼队友们的位置，武器切成烟雾弹，Z字形走位闪身潜入古堡。

　　古堡内有大量被毁坏的残破雕像，这些雕像造型各异，像是古老的西方国度在举行什么奇怪的祭奠仪式。古堡的墙壁上还有很多血手印，昏暗的光线，破败的环境，营造出一种非常诡异的氛围。

　　没过多久，右前方突然传来一阵枪声，惊飞了古堡内的乌鸦。乌鸦四处乱飞，嘎嘎的叫声和冲锋枪噼里啪啦的开火声在寂静的古堡中响起，震得人头皮发麻。

　　蓝色方冲锋员和红色方冲锋员狭路相逢，双方同时开枪射击，屏幕上不断出现子弹命中的系统消息。

　　弹匣内的子弹消耗殆尽后，两位玩家立刻走位，躲藏起来，准备更换弹匣。

　　就在此刻，屏幕上弹出击杀消息——

　　"Sniper002"使用"巴洛特－丛林猎手"一枪爆头击杀了"SorryA"！

　　远处的裴封恰到好处地补了一枪，将敌方想要转身逃跑的冲锋员瞬间射杀！

　　重型狙击枪的优势是射程远、威力强、伤害高，劣势是换子弹速度慢、后坐力明显。所以玩家一定要把握好开枪的时机，一旦子弹射偏，就会暴露自己的位置。

因此，使用重型狙击枪，每一发子弹都非常重要，不能随便乱开枪。

裴封打得非常冷静。他第一时间占领了"守卫者"的制高点，爬到雕像上面藏起来等待机会。在右侧传来枪声的那一刻，他立刻眯起眼，打开瞄准镜，飞快地调转枪口，对准了前方交战的位置，如同猎人在等待猎物出现。

果然，下面的玩家们噼里啪啦火拼一阵，却没能打死对手。裴封果断补了一枪解决了敌方冲锋员，然后立即将瞄准镜调转方向，对准了地图左侧的一处。

如他所料，敌方突击手跟我方突击手正好在这个位置相遇了。

突击步枪清脆的声音传来。紧随其后的，是"巴洛特"砰的一声低沉枪响——

"Sniper002"使用"巴洛特－丛林猎手"一枪爆头击杀了"Adrian"！

超远距离外，一颗子弹精准地命中了对手的脑门，停留在附近的乌鸦被惊吓得四处乱飞。

裴封又完成了一次击杀。

直播间的粉丝们激动起来。

左右开弓，二连杀，厉害啊！

Fred 不愧是游戏水平最高的主播，我要给 Fred 送礼物！

"巴洛特"这把枪特别难用，在 Fred 的手里却准得跟开了外挂一样！

看来这局稳赢了，封哥强啊！

江绍羽这局并没有出手，他躲在安全的位置，就是为了看徒弟裴封的操作。

"幽灵古堡"这张地图只是乌鸦飞过的音效和到处都是血手印的环境背景有些瘆人而已。对职业选手来说，这张图其实并不难打，尤其是"守卫者"，只要守住关键的狙击点，就能左右开弓把"潜伏者"迅速击杀。

裴封显然用最快的速度在关键的狙击点架起了枪。他这个位置，射程正好能覆盖双方必经的"咽喉要道"，只要做好预判，反应够快，就能解决掉敌方冒头的"潜伏者"。

来一个杀一个，裴封开局连杀两人。

敌方玩家也感受到了威胁，纷纷开始刁钻走位，想绕后暗杀作为狙击手的裴封。

一时间，地图上硝烟四起，对方侦察员借着烟雾对视野的干扰，从侧翼绕了过来。裴封当然不会原地不动，他立刻跳下雕像，将手中武器切成"烟雾弹"，飞快地往侧面移动。

江绍羽看见，小地图上代表裴封的蓝色圆点，正在快速赶来跟自己会合。

耳边紧跟着响起男生带着笑的声音："老板，我来保护你。"

江绍羽一时无语。

裴封只是嘴上开开玩笑。实际上，他往江绍羽那边走，是因为他预判到敌方侦察员会从那边的小路过来。保护队友是一方面，杀掉敌方侦察员才是关键。

裴封找了个刁钻的位置停下脚步，跟江绍羽保持一定的距离，提前架好枪。这样一来，只要江绍羽在他的射程范围内就会很安全，哪怕敌方侦察员绕过来偷袭，他也可以一枪狙死对手。

果然，没过几秒，江绍羽听见一阵轻盈的脚步声。

他当然可以解决掉对方。但他没有动手，他想看看徒弟会怎么做。

下一刻，敌方侦察员拿着手枪从雕像后面拐了过来，结果跟一直蹲在这里的江绍羽迎面撞上。那位玩家还没来得及开枪，就听耳边传来"砰"的一声枪响——

"Sniper002"使用"巴洛特 - 丛林猎手"一枪爆头击杀了"floor"！

裴封的开枪速度显然比对手快了不少。江绍羽看着倒在血泊中的侦察员，心道：还行，反应速度及格，枪法也够精准。

对面死了三个人，只剩下狙击手和医疗兵。

裴封卡住地图最关键的制高点，很快就找到了他们的位置，连续两发子弹射出，干脆利落地结束战斗。

"Sniper002"使用"巴洛特 - 丛林猎手"一枪爆头击杀了"Bluesky"！

"Sniper002"使用"巴洛特 - 丛林猎手"一枪爆头击杀了"Bluesea"！

ACE！

"潜伏者"团灭，"守卫者"获胜。

这一局结束得很快。

裴封用的是当年江绍羽教他的"架枪守点"打法。守住关键的狙击点，提前架枪蹲守，等敌方玩家一个接一个地冒头，就能来一个杀一个。在某些特定的地图中，这种打法效果显著。

由于狙击手的射程很远，对面玩家往往近不了身，就会被狙杀。

第二小局，对面意识到裴封是个厉害角色，开始四人一起突围，用"四包一"的战术想绕后刺杀狙击手。

但裴封很快改变了策略。他换上"MSG-极光"这把轻型狙击枪，开始快速移动，打游击战。

他打一枪就换一个地方，杀完人，立刻撤离。

这是典型的"风筝流"打法，先用枪声吸引敌人注意，将敌人引出来，再利用地图上的雕像作为掩护，快速移动、躲藏，抓住机会反杀掉敌方走位不慎的玩家。

他就如同潜伏在城堡里的猎人，没有人能找到他的位置。

然而，他的冷枪，却能从四面八方射出致命的子弹，一枪爆头结束对手的生命！

五条击杀信息连续出现在屏幕上，象征着死亡的血红色的骷髅头图标不断闪烁。裴封这个无处不在的狙击手，让对面玩家还没来得及反应，就被杀了个精光。

快速移动，精准射击，干脆利落地取得胜利！

这场灵活的游击战，颇有他的师父"Wing神"当年的风采！

敌方玩家眼看打不过，干脆选择了投降。

直播间的网友们疯狂地发出许多条弹幕，各种称赞的话语充满了屏幕。

裴封看着赛后结算界面的MVP图标，微笑着问道："老板，对我的表现还满意吗？"

电脑前的江绍羽挑了挑眉，打下一句"还行"发了出去。

网友们全都震惊了。

只是还行？老板要求好高啊！

这是个没有感情的老板，给你送礼物就不错了，还指望老板夸你？

就是，老板是花钱让你带他打游戏的，又不是花钱来夸你的！

Fred对老板的服务一定要好一点哦！

网友们觉得他要求高，却不知道，对一向严格的江绍羽来说……没训人，说你打得还行，这已经是非常高的评价了。

毕竟他对国家队狙击手莫涵天的评价是：就这水平？不如卸载游戏吧。

裴封能拿到MVP，打出"五杀"的战绩，关键还是利用了地图优势。"幽灵古堡"这张图本来就对"守卫者"一方比较有利，只要敌方的配合不够默契，找不到狙击手的位置，就很难突围成功。

但如果遇到的是配合默契的职业战队，裴封就不可能这么轻松获胜了。

他利用敌方都是普通玩家，配合不足的缺点，引蛇出洞，分头击破。江绍羽这句"还行"是比较客观的评价。跟普通玩家打，也看不出裴封真正的实力，除非遇到同样强的对手。

国际服务器的匹配机制是按胜率和分段来的，江绍羽这个小号的分段不低，胜率很高，两人刚刚又组队赢了一把，下一局大概率会匹配到更强的敌人。江绍羽想到这里，便按下准备键，打了几个字。

7766501：再来一局。

裴封也按下了准备键。

比赛很快开始，两人依旧选择了狙击手和侦察员，将其他三个位置留给队友。

这局比赛随机得到的地图居然是"摩天大楼"，一张中级难度的"全狙图"。

这不是最出名的"迷路图"吗？

今年世界大赛的小组赛，M 国队选的好像就是这张图？

居然有人看世界大赛？看华国队输得有多惨吗？

就是，还不如看我们 Fred 打打排位赛，国家队那帮废物的水平简直低得吓人。

不要骂人！主播和职业选手不是一种打法，你们想骂，去国家队的官方微博骂！

裴封是网络上人气最高的游戏主播，直播间难免鱼龙混杂，会有些不怀好意的人故意骂国家队来挑起争端。

其实关注裴封比较久的粉丝都知道，国家队有几位选手跟裴封关系很好——叶轻名、林浩彦和周逸然这三人都是他在 ACE 战队的老队友。也正因为这几个人在国家队，裴封从不转播世界大赛，毕竟输了也不好对他们做出评价。

地图载入完毕，江绍羽和裴封都没有更换武器。

比赛很快开始。

"摩天大楼"这张地图的打法非常复杂，由于地图障碍多、岔路多，同队的五个玩家想要打出配合会很有难度。这局，他们随机得到的是蓝色方"潜伏者"，通常的打法是分左、中、右三路突进。

我方冲锋员去了左路，突击手和医疗兵一起去右路，裴封在中路狙击点架枪，谨慎地观察敌方动向。

很快，左前方十一点钟方向传来枪声，裴封预判敌人的位置，调转枪口，迅速开镜瞄准。

"Sniper002"使用"巴洛特－丛林猎手"一枪爆头击杀了"Seven777"！

敌方冲锋员刚刚冒头，就吃了裴封的一发子弹，迅速倒下。

同一时间，右侧传来突击步枪清脆的射击音效。显然是我方突击手和敌方突击手撞了个正着，双方展开火力对拼，我方突击手率先倒下，医疗兵扛着防弹光板急忙上前去救援。

但敌方突击手不会给他救人的机会，用凶悍的火力压制，激射而出的十几发子弹很快将防弹光板给打穿了！

我方医疗兵玩家的反应很快，将重伤的队友拖到建筑后面使用急救箱。

急救箱能恢复队友的全部血量，但使用后需要等待两秒才会生效。

眼看医疗兵就要救起突击手，就在此刻，两声清脆的枪响突然从超远距离的侧翼传来——

砰、砰！

"Robert444"使用"FR-猩红"一枪爆头击杀了"koko"！

"Robert444"使用"FR-猩红"一枪爆头击杀了"momo"！

敌方狙击手瞬间击杀了我方两名队员！

"koko"和"momo"这两位玩家应该是组队一起打排位赛的，他们的头像是两条对称的金鱼，名字格式也一样，在对局中一直互相照应，结果却一前一后，被敌方狙击手一锅端了。

裴封察觉到不对，立刻闪身躲避。

果然，下一刻就听见"砰"的一声枪响，一颗子弹几乎是擦着他的耳朵飞了过去，在他身后的建筑上射出一个清晰的弹洞。

敌方有高手，还是个很厉害的狙击手。

裴封急忙收起沉重的"巴洛特"，换上烟雾弹，迅速跳下狙击点，潜入建筑群中寻找下一个狙击位。

他暴露了。

狙击手最怕的就是位置暴露。

他不知道对面的狙击手躲在哪里，但对方显然发现了他，并且狙了他一枪。

若不是他跑得快，刚才差点就把小命留在那里。

裴封一边快速走位，一边观察小地图。

我方突击手和医疗兵已经死透，冲锋员藏在左侧路口的建筑后面，血量只剩百分之二十。作为侦察员的老板倒是没有受到敌方的攻击，他绕了个大圈，正在右前方两点钟方向按兵不动。

裴封在一栋大楼的后面藏好，警觉地听着周围的动静。

就在这时，一个坏消息从屏幕上弹了出来——

"Robert444" 使用 "FR-猩红" 一枪爆头击杀了 "Ulrica" ！

我方残血的冲锋员刚冒了个头，就被敌方的狙击手一枪击杀了。

江绍羽看到冲锋员被杀，微微眯起眼。

江绍羽对敌方狙击手 "Robert444" 的名字非常眼熟。他使用的枪械是 "FR-猩红"——一把命中率很高的狙击枪，枪身通体涂抹着血红色的喷漆，如同一个嗜血狂魔。

这把枪，再加上熟悉的名字……

他该不会是 M 国队的狙击手罗伯特吧？

罗伯特这位狙击手的游戏风格非常暴力，喜欢采用"戏耍对手"的屠杀式打法，他往往会在敌方打出优势后再锁定敌人的位置，后发制人，出其不意地完成连续击杀。

本届世界大赛，他作为 M 国队的替补狙击手，共出场两次，表现亮眼。

现在是十二月中旬，世界大赛已经结束，M 国"枪王"国家队估计也解散了。很多职业选手闲着无聊，会去国际服务器打排位上分，拿"枪王"称号。

倒是巧了。

江绍羽刚想着打普通玩家看不出裴封的真实水平，就来了一个世界级的对手。

他耳边传来裴封的声音："老板，对面还剩四个人，我们要不要配合一下？"

他们人数不占优势，让裴封独自面对世界级的狙击手，也有些为难他了。江绍羽想了想，打字回复他。

7766501：好，我去解决其他人。

江绍羽打完字后立刻如风一般潜入建筑群中。他这局玩的是侦察员，行动非常灵活，转眼间他就 S 形走位从侧翼绕了过去，找到敌方躲起来的医疗兵，一刀解决掉对方。

敌方突击手正好和医疗兵离得不远。

江绍羽飞快走位，一边躲避对方突击步枪扫射过来的子弹，一边扣动扳机——

砰、砰！

连续两枪精准射击，敌方突击手直接被江绍羽给爆头击杀了！

"7766501" 使用 "血色利刃" 刺杀了 "Angel"！

"7766501" 使用 "沙鹰－苍龙" 一枪爆头击杀了 "Gavin"！

如此干脆利落的绕后连续击杀，让看直播的网友们都惊呆了。老板不是被人带上 2500 分的普通玩家吗？上一局他一动不动就被裴封带着赢了游戏，这一局怎么突然变得这么厉害？难道刚才他是在隐藏实力？

老板太帅了！

我好喜欢老板。我宣布从现在开始，我就是老板的粉丝了！

老板还缺打杂的吗？保姆、家政、司机，我都可以做的！

你们走开，我要当老板的挂件！

弹幕数量疯狂增长，网友们第一次看到操作如此犀利的老板。

裴封也有些惊讶，这位老板说动手就动手，毫不拖泥带水，瞬间击杀了敌方两人。原本二打四的对局，变成了二打二。

就在这时，远处炸起一排浓烟，显然是敌方侦察员发现了江绍羽的动向，来绕路偷袭他了。敌方侦察员之所以制造出浓烟，就是为了隐藏自己位移时的身形，避免被裴封一枪爆头。

裴封立刻调转枪口，连续射出几发子弹，封锁敌方侦察员前进的路线，同时开口提示道："老板快撤！"

江绍羽在裴封的保护下迅速撤退。

下一刻，裴封立刻跳下狙击点。

果然，一发子弹 "砰" 的一声擦着他的头皮飞了过去！

敌方的侦察员和狙击手也在打配合。裴封如果保护江绍羽，必定要冒头开枪，那么敌方狙击手就可以立刻锁定他的位置反杀他。如果不保护，江绍羽被杀，就会变成裴封独自面对两个人的残局。

显然，敌方侦察员的走位和狙击手的位置有所策应，两人的配合意识都很强。

怪不得敌方狙击手开局就迅速杀掉了我方三人，原来是躲在建筑群的侦察员为他提供了完整的视野。

这种厉害的侦察员搭配狙击手的组合，可不好打。

裴封挑了挑眉，将手里的武器切成轻型狙击枪，闪身躲去建筑物后面等待机会。

就在这时，屏幕中再次弹出文字信息。

7766501：二打二，我们也配合一下。

裴封有些意外，但还是开口回应道："好的，老板。"

江绍羽本来还想着解决掉其他人，看裴封和罗伯特两个狙击手单挑。战胜普通玩家没什么意思，跟世界级的高手单挑，才能看出裴封真正的实力。

然而他没想到的是，高手不止一个。敌方的侦察员"KillerJ"，是H国选手金敏智的小号。他是以"委琐""阴险"著称的世界头号侦察员，就像幽灵一般潜伏在地图中，就连江绍羽都没有发现他的存在。

而罗伯特可以看到小地图上队友的圆点坐标，因此，两位来自不同国家的职业选手，很默契地打出了配合。

高手之间不需要语言交流，看走位和信号提示就能明白对方的意思。

"枪王"从来不是单挑游戏。

团队作战，更重要的是配合。

时隔多年，他们师徒再次并肩作战，能打得过M国和H国的两位职业选手吗？

江绍羽并不确定。

但他想试试，顺便也看看裴封在游戏中能不能跟得上他的步伐。

江绍羽一边快速走位，一边飞快地敲击键盘。

7766501：东南方向，平行搜点。

看见老板打下的这句简短指令，裴封愣了一下。

"平行搜点"是侦察员和狙击手最精妙的位移配合战术。

侦察员在前、狙击手在后，狙击手的射程可以覆盖到侦察员的位置，保护侦察员不被击杀；而侦察员可以帮狙击手提供地图视野，观察对手的动向。

两人的行动需要保持一致。你走一步，我就立刻走一步；你躲起来，我也马上躲起来。一前一后，一近一远。同步移动，互相策应。

如同两条同时移动的平行线，因此这种战术被称作"平行搜点"。

两人一起对几百米的范围内展开地毯式的搜索，直到侦察员暗杀掉对手，或者狙击手狙死对方的关键目标。

这样精妙的双人配合，只会在职业联赛中出现。

曾经，ACE战队叶轻名和江绍羽的"平行搜点"战术，打败了无数职业联盟的一线选手，在赛场上被叶轻名暗杀、被江绍羽狙死的人数不胜数。这样的远近搭配打法，非常适合在人少的残局中使用，也让很多战队的教练头疼无比。

裴封心中疑惑，他跟老板今天才认识，能打得出这么难的配合吗？

他总觉得这位老板有些古怪。

第一局老板原地不动，被队友带着赢下比赛。

第二局刚开始时老板也原地不动，看见对面有高手之后才行动起来，绕后

103

双杀敌方玩家，扭转了不利的局面。由此可见，他的实力其实很强。

这么厉害的人还需要他带着赢吗？

见老板打了个信号，往东南方向移动，裴封立刻收起笑容，目光变得专注起来。

他迅速切换出适合移动作战的轻型狙击枪"MSG-极光"，跟老板保持好距离，朝着同样的方向快速前进。

"平行搜点"战术的关键在于两个选手步调节奏的一致性。一前一后的两人，如果配合脱节，就很容易被对面给分头击破。

狙击手必须保证自己的射程始终能覆盖住侦察员队友，保护队友不被杀死。同时，一旦侦察员帮自己找到了敌方玩家的位置，狙击手也要做到第一时间开枪狙杀，稍微慢个一秒，或许就是队友被对方反杀。

江绍羽潜入侧面的建筑群中，裴封看见地图上的小圆点，立刻跟了上去。二人保持着能互相策应的距离，如同两条平行线一样，飞快地往东南方向移动。

就在这时，江绍羽突然停了下来，裴封也立刻停下脚步。下一刻，前方升起一团白色的浓烟，敌方侦察员又用烟雾弹作为掩护绕了过去，裴封下意识地想开枪射击保护老板。然而，他刚冒头，一发子弹从侧后方忽然袭来。

"Robert444"使用"FR-猩红"一枪爆头击杀了"Sniper002"！

裴封愣了愣。

敌方二人这是声东击西啊！看上去像要包围老板，其实，真正的目标是引出他。

裴封无奈地一笑："老板，我失误了。"

江绍羽平静地打字，提醒他注意走位。

裴封点点头："好的。"

身为狙击手的裴封一死，江绍羽独自一人也没能支撑多久，第一小局很快就输了。

排位赛是五局三胜制。

第二小局开始后，裴封跟江绍羽从开局就打起了配合，江绍羽潜入建筑群中帮裴封提供视野，裴封也够争气，锁定敌人的位置，干脆利落地开镜狙杀，连杀三人！

敌方也是相似的打法。侦察员金敏智提供视野，狙击手罗伯特迅速杀人，同样杀掉我方三名玩家。

局面又变成了二打二。

江绍羽和裴封再次尝试配合。然而，金敏智、罗伯特毕竟是职业选手，不管操作还是反应速度，都是世界级的水准，金敏智不知道从什么位置绕了过来，手中双枪飞快射击，两枪都命中了江绍羽！

"KillerJ"使用"泰坦双星"击中了"7766501"！

裴封见老板血量下降，立刻开枪保护。他眯着眼睛一枪狙过去，金敏智反应很快，闪身躲避，裴封只狙中了对方的肩膀。但由于"巴洛特"这把枪威力巨大，金敏智被瞬间打得倒地。

江绍羽此时只剩百分之二十的血量，他果断绕了过去，给躲在墙后的金敏智补了一刀。

"7766501"使用"血色利刃"刺杀了"KillerJ"！

裴封忍不住赞道："老板厉害！"

杀掉敌方侦察员后，两人继续配合搜索，用"包饺子"的策略杀掉了敌方狙击手。

比分来到1:1，裴封和江绍羽扳回了一局。

第三小局，金敏智的走位更加小心，开局没多久，就突袭绕后击杀了我方医疗兵；罗伯特开枪击杀了我方冲锋员和突击手，直接将局面变成五打二的碾压优势。

江绍羽和裴封快速配合，连续杀掉敌方三人。

但他们击杀其他三人的这段时间，很容易暴露位置，金敏智锁定了裴封的位置，悄无声息地绕后，直接用手枪偷袭，将他杀死，江绍羽也被罗伯特击杀。

比分变成2:1，敌方率先拿到了赛点。

江绍羽趁着对局还没开始，在队伍频道打字。

7766501：节奏慢了。

裴封愣了一下，开口道："老板是说，平行搜点时，我的动作还要再快些？"

7766501：嗯，拿出你最快的速度来。

7766501：不要老想着保护我，我可以自保。

裴封脑海里突然晃过年少时在ACE战队训练的画面。曾经有一个人，也是这样简单干脆地指出他的缺点——

"节奏慢了。"

"注意走位。"

"别瞻前顾后，开枪要果断。"

那个人冷静的声音，就像是黑夜里的明灯，总是在裴封迷茫的时候为他指引方向。也是在那个人的耐心指导下，裴封才会进步神速，只用了短短半年的时间，就成了那一届最出色的青训生。

师父……

不知道那个消失多年的人，现在在哪里，过得还好吗？

屏幕上弹出下一局即将开始的倒计时，裴封深吸口气，将手指轻轻放在键盘上。

他的目光渐渐变得犀利。

节奏更快是吗？知道了。

他会拿出当年跟师父配合时的速度，打出真正的"平行搜点"！

第四局是"守卫者"的赛点局。

金敏智和罗伯特的配合越来越流畅，他们一个是M国国家队的替补狙击手，一个是H国国家队的主力侦察员，虽然来自不同的国家，私下也不认识，但高手的嗅觉是非常敏锐的，打了几局，两人也都认出了彼此。

他们在打配合。

江绍羽和裴封同样在打配合，并且，两人是组队状态，可以通过语音交流。

江绍羽打字，让裴封来当指挥。

裴封轻笑着说："好的，老板，十五点方向侦察。"

江绍羽立刻一个翻滚，迅速从岔路口绕过去，往十五点方向侦察。

裴封果断跟上，飞快地调转手中轻型狙击枪的镜头，一边掩护江绍羽，一边观察周围。

他们移动、翻滚、停步观察，确认安全后继续向前，走走停停，平行搜点。

在这一刻，师徒两人的行动，终于变得一致起来！

江绍羽步伐飞快，他这局带的武器都是轻型武器，裴封也同样换成了"MSG"这把适合移动作战的轻型狙击枪，在远处跟上江绍羽。两人一前一后，对地图展开地毯式的搜索。

金敏智从侧翼绕了过来，江绍羽在发现他的那一瞬间，立刻跳跃闪躲！

耳边响起尖锐的枪声，显然，罗伯特也发现了江绍羽的位置。

裴封道："四点方向，撤！"

江绍羽一个翻滚后撤回来，用建筑物保护自己，同时丢了个烟雾弹隐藏自己的身形。

同一时间，裴封果断开枪——

砰！

属于"MSG"轻型狙击枪的清脆枪声响起，金敏智被裴封一枪爆头！

紧跟着，师徒二人开始包抄去找罗伯特。裴封开枪将罗伯特逼下了狙击点，罗伯特非常谨慎地跳进建筑群中，本想切枪打游击，却没想到，等待他的是江绍羽锋利的匕首。

他被江绍羽绕后刺杀。

这一小局，"潜伏者"获胜！

比分再一次被扳平，变成了 2:2。

直播间的观众们紧张地屏住呼吸。

没想到老板和 Fred 随便打打国际服务器的排位，居然打得这么刺激！

裴封微笑着说："老板，加油，到决胜局了。"

江绍羽打来一个"嗯"字。

直播间的粉丝们激动得嗷嗷叫，不少人已经粉上了这位"人狠话不多"的老板。

第五局，决胜局。

经过第四局的激烈对战，裴封已经掌握了跟老板配合的节奏。熟悉的感觉，让他仿佛回到了 ACE 战队，他跟师父开着人机模式练"平行搜点"的时期。

什么时候快速移动，什么时候停下观察，什么时候放烟雾弹走位、开枪射击……

当两个人的行动完全一致时，对手很难找到他们的漏洞！

裴封开着语音，很方便指挥。

最后这局一开始，他便主动说道："老板，先搜西北方向吧。"

江绍羽在游戏内按下收到键，飞快地潜入地图的西北区域。

侦察员可以为狙击手提供视野，发现对手的位置。狙击手可以提供火力掩护，保护侦察员的安全。

两人保持着一定的距离。江绍羽往西北方向走的这段时间，裴封切换成射程最远的重型狙击枪，目光通过八倍瞄准镜一直跟随着他。

江绍羽走位非常灵活，转眼间，他就发现了敌方蹲在一起的突击手和医疗兵。他丢了个烟雾弹快速绕后，这两个玩家被他连杀了四局，已经被杀出了心理阴影，看见他过来就疯狂开枪扫射，结果连江绍羽的一片衣角都没有扫到。

烟雾散去的那一刻，等待他们的，是江绍羽的绕后突袭和裴封超远距离的精准狙杀！

清脆的手枪声和低沉的狙击枪声几乎同时响起。

砰、砰！

"7766501"使用"沙鹰－苍龙"一枪爆头击杀了"Gavin"！

"Sniper002"使用"巴洛特－丛林猎手"一枪爆头狙杀了"Angel"！

敌方医疗兵根本来不及救援，就被两人瞬间击杀。紧跟着，江绍羽处理掉附近的敌方冲锋员，而他的三个队友此时也被金敏智和罗伯特联手击杀。

最后一局，再次变成了二打二的残局。

对方有两个职业选手。我方想要赢，只能靠更加默契的配合。

裴封主动指挥："老板，五点钟方向后撤，我掩护你。"

江绍羽立刻撤回来。几乎同时，耳边响起尖锐的枪声，一发子弹擦着他的头皮飞了过去！

显然，敌方侦察员金敏智已经锁定了他的位置。

裴封开枪掩护，连续几枪过去，封锁了金敏智的走位。

江绍羽飞快地撤到安全地带。

裴封冷静地说："包抄过去。"

两人配合，反过来将金智敏包围。

裴封不断开火，将金敏智给逼退，江绍羽假装撤退，却从另一侧绕到金敏智的身后。金敏智反应极快，几乎在江绍羽冒头的那一瞬间就朝他开枪射击。

但江绍羽反应更快，同样开枪射击。

金敏智需要转身、开枪，江绍羽本来就是绕后偷袭，掌握了主动权，比他少一个"转身"的操作。

高手对决，输赢往往只差在零点几秒，江绍羽的枪比金敏智的更快，金敏智被瞬间射杀！

当然，他临死之前开出的枪，也令江绍羽的血量下降了很大一截。

裴封跳下狙击点，开始向右侧转移。

男生阳光率直的声音在语音频道传来："东北方向平行搜点，杀狙击手！"

江绍羽再次按下收到键。

两人从西北方向往东北方向同时转移，此时如果有旁观视角，就可以发现，他们的行动居然完全一致！就像是两条同时移动的平行线，从地图左侧向右侧飞快地延伸。

他们同时走，同时停，仿佛同一个人在操作两个角色。

罗伯特这局很狡猾，藏身的位置不太好找。

江绍羽飞快地在建筑群中穿梭，估计自己进入了对方的射程范围，他故意卖了个走位破绽给对面。罗伯特看见他出现在岔路口，以为自己终于找到了机会，果断开枪射击。

然而下一刻，一发子弹破空而出，伴随着呼啸而来的风声，一枪射穿了他的后脑勺！

"Sniper002"使用"巴洛特－丛林猎手"一枪爆头击杀了"Robert444"！

螳螂捕蝉，黄雀在后！

裴封把握住了机会。

江绍羽故意卖破绽引出敌方狙击手的瞬间，裴封果断开枪，杀掉最后一人。

"守卫者"团灭，"潜伏者"以 3:2 的比分获胜！

江绍羽和裴封的精彩配合让网友们看得目瞪口呆，忍不住发出许多条弹幕——

怎么有种世界大赛的紧张感！

双人配合也太帅了！啊啊啊！

老板和 Fred 真的很有默契。

我已经彻底变成了老板的忠实粉丝！

刚才他们的配合确实很惊险，江绍羽血量很低还敢这么大胆，直接走进罗伯特的射程，如同一个活靶子。他以自身为饵，引出罗伯特，一旦裴封把握不住机会，他就白死了。他这样做，也是想看看，裴封在面对世界级高手时的反应能力。

事实证明，裴封没有让他失望。

裴封做到了！

当时只有不到零点二秒的反应时间，罗伯特伏的位置并不确定，只有个大概的范围，裴封需要飞快地调转镜头听声辨位，第一时间锁定罗伯特的位置，并开枪狙杀。

他不但做到了，还做到了一枪爆头的击杀！

高手在关键时刻的反应是骗不了人的，这就如同刻在肌肉里的条件反射。

江绍羽心中不由得震撼。

小裴离开训练场整整五年，怎么可能有这么快的反应速度和这么精准的枪法？

江绍羽退役多年，依旧能做到跟职业选手单挑不落下风甚至更胜一筹，是因为他一直没有荒废过训练。

难道……小裴也是，五年来一直都在坚持训练？

这个令人震惊的念头刚冒出来，江绍羽就见裴封关掉直播屏幕，给他发来两条信息——

Sniper002：老板。

Sniper002：你到底是谁？

直播间突然黑屏，正在看直播的网友们顿时有点蒙。

弹幕区刷出一大排问号。

是我断网了还是主播断网了？

黑屏了！有什么是我们不能看的吗？

主播跟老板打完两局就黑屏，这是什么情况？

Fred 你偷偷摸摸做什么呢，举报了！

裴封此时根本没心情理会网友们的调侃。一个疯狂的念头忽然在他的脑子里冒了出来——这位老板，熟悉的语气，熟悉的走位，甚至熟悉的配合。一切都那么像他的师父！

第一场比赛，老板全程没动，看不出什么。但是第二场，不管是老板突然绕后双杀的利落操作，还是两个人配合默契的"平行搜点"战术，都让裴封恍惚间以为自己回到了 ACE 战队的训练室，看到了那个熟悉的身影。

"节奏慢了。"

"注意走位。"

就连对他的点评，也是同样简单利落、惜字如金。

会是那个人吗？

裴封的心脏剧烈地跳动起来，放在键盘上的双手微微发颤。

他不敢确定自己的猜测对不对，也不好贸然对着老板叫"师父"，他只能发消息过去试探。

对方沉默两秒，才发来回复。

7766501：什么意思？

7766501：给你送个礼物，还要报上姓名？

Sniper002：我不是这个意思。我只是觉得老板实力很强，还以为老板是职业选手。

7766501：哦。其实我是个电竞星探。

7766501：你有兴趣成为职业选手吗？

裴封愣了一下，电竞星探？

电竞圈确实有不少星探专门在游戏里挖掘高水平的玩家，测试他们的电竞天赋，一旦发现有潜力的好苗子，就会推荐去战队当青训生，培养个一年半载，签约成为职业选手。

各大战队都有星探专门负责去游戏里挖人，裴封以前也遇到过这种星探……

但是，这位老板怎么可能是星探？

如果连星探的实力都这么强，那战队的选手得强成什么样？

裴封并不相信他的身份，试探性地聊了下去。

Sniper002：老板居然是星探？

Sniper002：哪个战队的？

7766501：我想自建战队。你来吗？

Sniper002：自建战队？老板有魄力！

Sniper002：不过，我暂时没有当职业选手的计划。

电脑前的江绍羽挑了挑眉。

暂时没有计划？

通过今天的试探，江绍羽发现裴封的实力不仅没有下滑，还比当年更加精进。哪怕是职业选手，一段时间荒废训练，突然被拉去打比赛，也会出现"手生"的情况，跟不上比赛的节奏。

但是，小裴跟上了。面对世界级的狙击手，他立刻把握住机会，在江绍羽故意露出破绽的那一瞬间，开枪狙杀了敌人。

他能有这样快的反应速度，足以说明这些年来他并没有荒废训练，一直在以职业选手的高水平要求自己，基本功非常扎实，这才能形成条件反射一样的肌肉记忆和瞬时反应。

职业选手的训练是相当枯燥的，每天都要反反复复练走位、练补枪、在竞技场射靶子，有时候一练就是好几个小时。就算在教练的监督下，有些年轻的选手也会忍不住偷懒。

更何况是没人监督，只靠自觉的练习呢？

裴封是怎么坚持下来的？他为什么要一直保持职业选手的训练强度？难道是不甘心吗？

江绍羽试探性地说出成为职业选手的提议，裴封的回复如他所料，却又让他更加疑惑。

7766501：暂时没有？

7766501：以后会有当职业选手的计划吗？

这次消息发出去，裴封长达半分钟没有回音。

江绍羽不知道的是，裴封正在疯狂地群发消息给ACE战队的老朋友。

裴封：叶哥，你知道我师父在哪吗？

裴封：周哥，你知道我师父在哪吗？

裴封：老林，你知道我师父在哪吗？

收到裴封连环轰炸的一群人，此时正在国家队训练室里训练。

叶轻名率先发现了私信，急忙压低声音问坐在身旁的两人："小裴突然问我他师父的事情，羽哥该不会是跑去游戏里打徒弟了吧？"

周逸然拿起手机，看见消息后忍着笑说："应该是吧，不然裴封不会突然发消息打听他师父。"

林浩彦头疼道："那我们怎么回复啊？总觉得瞒着小裴有种罪恶感。"

叶轻名想了想，出了个主意："羽哥不是说，他当国家队教练的事情暂时别告诉小裴吗？咱们就装不知道吧。"

另外两人对视一眼，点了点头。

三人迅速拿出手机回复信息。

叶轻名：不清楚。

周逸然：不知道哦。

林浩彦：不晓得。

电脑前的裴封微微眯起眼。

你们的回复倒是整整齐齐，就像坐在一起商量好要怎么回的一样。

叶轻名、周逸然、林浩彦都入选了本届"枪王"国家队。

前段时间国家队在世界大赛小组赛淘汰出局，回国后被网友们骂上热搜，裴封由于跟这几人关系要好，不论直播还是其他场合，他都给国家队留了面子，没有发表任何评论。

但他知道叶轻名被禁赛，林浩彦准备退役，周逸然是最让人省心的，下一届会继续打。

国家队的张教练已经辞职了，照理说最近国家队的管理比较松散，前天他还看见国家队的几个选手在打排位赛消磨时间，可见教练辞职后他们并没有安排统一的队内训练。

下午两点半，叶轻名通常在睡觉，周逸然会随便打游戏，林浩彦应该在准备退役的事情。

然而，三条信息却几乎是同时回复的。

怎么可能这么巧？

三人正好同一时间看到他的信息，同一时间回应？

除非……他们正好在一起，然后出于某种原因，商量好了怎么回复。

裴封的心跳越来越快，脑海中浮现的猜测也越来越清晰。平时他给叶轻名发消息，过了很久对方才会慢吞吞地回复。今天提到师父，他却立刻回复了？

真是师父回来了吗？

所以 ACE 战队的几个人才表现得这么反常？

裴封发信息问这三个人，并不是为了得到明确的答案，而是为了看他们的反应。

这几人的反应也间接证实了他的猜测。

裴封的脑子一时有些混乱。

五年了，他还以为那个人会永远消失。

他不记得这些年有多少次梦见年少时的画面，他跟在那人的身后，声音清脆地喊着师父，跟那人学习怎么玩狙击手，还信誓旦旦地说："师父，我要成为一个优秀的职业选手！"

但是后来，他没能信守当初的承诺，成了主播。

不知道师父会不会责怪他？

想到当年江绍羽离开时的场景，裴封的眼眶微微一热。

他强忍着复杂的心情，打开游戏界面，发现老板又给他发了条消息，问他以后会有成为职业选手的计划吗？

Sniper002：抱歉老板，我刚刚去倒了杯水。

Sniper002：我跟星网的合同明年才到期。以后的事，我也说不准。

Sniper002：老板再打一局？

7766501：好。

直播间再次打开。裴封对网友们的解释是："抱歉，刚去倒了杯水，我们继续。"

网友们立刻发弹幕欢迎 Fred 上线。

江绍羽没有察觉到不对，继续按下准备键。

两人很快匹配到了队友和对手。

裴封笑着说："老板，这局我玩侦察员，你玩狙击手怎么样？"

江绍羽来直播间找裴封就是为了考察徒弟的实力有没有下滑，还能不能打职业。听到这里，他果断打字。

7766501：还是你玩狙击手吧，我辅助你。

裴封没有勉强，顺着他说："好，听老板的。"

是怕被我认出来吗?

毕竟师父的狙击手打法太有特色了。

比赛开始,裴封依旧选狙击手,这局的侦察员被队友给抢了,冲锋员和突击手也没了,江绍羽只好选了个医疗兵。

随机得到的地图又是熟悉的"幽灵古堡",只不过,这局他们是"潜伏者",比较难打。

比赛一开始,江绍羽就跟在了裴封的身边。医疗兵跟着狙击手,可以打双人游击战。有医疗兵保护的狙击手相当于有了两条命,必要的时候医疗兵也可以主动引出对面的敌人,让狙击手射杀。

这局的敌方狙击手水平不错,开局就在中路架枪守点。三位队友没多久就死光了,江绍羽根本救不过来。他无奈之下只好放弃,只保裴封一人。

这张地图,"潜伏者"想要突围,必须端掉对面的狙击点。江绍羽快速打字。

7766501:我去把敌方狙击手引出来,你注意开枪时机。

裴封说:"好的,老板,你去吧!"

然而……

江绍羽扛着防弹光板往旁边跑,引出了敌方狙击手。本以为裴封会抓住机会杀了对面,结果,他刚跑两步,就见屏幕上弹出一条信息。

"Linda"使用"巴洛特-夜色"重伤了"Sniper002"!

江绍羽十分疑惑。

他看到队友数据面板,裴封的血量瞬间掉到百分之五的濒死状态,就差一口气了。

耳边传来裴封的声音,还挺委屈:"老板,救我。"

听着耳机里带点撒娇语气的声音,江绍羽眉头紧皱,不客气地打字。

7766501:你在梦游?

刚才江绍羽明明确定了敌方狙击手的位置,扛着防弹光板出去,对面的狙击手只要冒头,裴封就可以立刻狙杀对方。结果,裴封急着冒头,被对面反杀了?

想什么呢!不是提醒你注意时机了吗?

直播间的网友们看到这里,再次惊呆了。

老板在骂 Fred 吗?

你在梦游?哈哈哈!

哈哈哈我第一次看见 Fred 挨训,有点开心是怎么回事?

这位老板好凶哦，害怕！

老板继续骂他！出去送死还好意思让医疗兵救？不要救他！

Fred 心想，老板，快扶我起来，我还有救。

网友们开心坏了，第一次见到如此好玩的老板和主播。老板怼人可真不客气，Fred 让他救，他直接来一句"你在梦游？"。

江绍羽看不到直播间的弹幕，他只是下意识地批评了裴封的糟糕走位。

裴封作为狙击手，连和医疗兵最基本的配合都没能打出来，这么低级的错误不应该犯。是不是上一局赢了，心态就飘飘然了？不好好打？

江绍羽没有想到，裴封刚才的走位失误是故意的。他在试探老板的反应。

此时，坐在电脑前的裴封手指都在微微发颤。

真是熟悉的语气啊……

当年跟师父一起排位的时候，他不注意走位，被对面开局击杀，江绍羽就是这么说他的。

"你在梦游？"

这个人是 Wing ！

绝对是他师父！

裴封强忍着扑上去喊师父的冲动，声音因为激动而微微发颤："我错了，老板，我这就好好打。"

Fred 刚才的声音有些不对劲！

好家伙，被训哭了？

哈哈哈 Fred 你也有今天！

老板表示这主播真菜，退回礼物钱！

笑死我了！这位老板简直是 Fred 的克星，我们大主播也有不敢还嘴的时候。

裴封当然不是被训哭了。他只是太激动，激动到声音气息都有些不稳。察觉到自己的失态，他立刻轻咳一声，微笑着说："老板，扶我起来，我还能杀人。"

江绍羽翻了个白眼。

游戏里的医疗兵江绍羽扛着防弹光板，冒着枪林弹雨，跑回去救笨蛋徒弟。

医疗兵到位，裴封瞬间满血。

下一刻，裴封像是突然觉醒了游戏天赋，他换了把轻型狙击枪"MSG- 极光"，飞快地闪身躲去雕像后面，调转枪口，回头果断射出一枪！

"Sniper002"使用"MSG- 极光"一枪爆头击杀了"Linda"！

解决掉敌方狙击手后，裴封快速游击，转眼间杀光了敌方所有人。

江绍羽怔了怔，什么情况？这徒弟的水平，怎么忽上忽下的？

这一局结束，裴封再次拿到 MVP。

裴封认真地问道："老板，我打得怎么样？"

江绍羽犹豫了两秒，还是只发给他一句"还行"。

裴封轻笑起来，声音低沉温柔："谢谢老板的好评。"

熟悉的"还行"。

师父，您终于回来了。

裴封当年从师父评价的"打得稀烂"到"打得还行"，花了整整两个月的时间。

年少的裴封接触"枪王"这个游戏后，看的第一场比赛就是 ACE 战队在次级职业联赛跟一支一队战队的对决，Wing 在队友们死光的情况下以一敌五，大逆风翻盘，干脆利落地完成五杀！

那一刻，少年裴封的心中像是有一股热血在翻滚。他忍不住道："这个人好帅啊！"

从那天开始他就成了 Wing 的死忠粉，一直关注 ACE 战队的比赛，订好闹钟一场不落地看。他亲眼见证了这支不被人看好的"草根战队"在次级职业联赛神挡杀神、佛挡杀佛，一路杀进顶级职业联赛，拿到了进入顶级职业联赛的资格。

裴封大着胆子跑去 ACE 战队的基地自荐。

那天，裴封第一次近距离见到传说中的"Wing 神"江绍羽，跟镜头前一样，那人眉眼精致好看，脸色却冷得吓人，冰冷的目光透着一股"别惹我"的严厉气场。

裴封厚着脸皮说："Wing 神，我是您的死忠粉，我想拜您为师，跟您学狙击手！"

江绍羽意外地看他一眼，挑了挑眉，不可思议地回头问俞明湘："这孩子从哪来的？"

俞明湘笑着说："他主动找到基地，非要拜师。他还说，你不肯收徒，他就跪在基地门口，直到你收下他为止。"

江绍羽沉默不语。

那天天气很热，头顶烈日高悬，江绍羽上下打量着满头大汗的少年，就在裴封以为江绍羽心软要收徒的时候，对方冷冷地说出一句话："电视剧看多了，产生幻想了？"

裴封不知该如何回答。

偶像无情的话语，把裴封浇了个透心凉，事情的发展出乎他的预料。

俞明湘在旁边笑个不停："小裴啊，阿羽可不会随便收徒的，更不会因为你跪两天他就能心软，打比赛没你想得那么简单……要不这样吧，阿羽，他大老远跑来找你，也不能让他白跑一趟，带他去测试看看？"

江绍羽沉默片刻，点了点头，叫上裴封去测试。

裴封傻乎乎地跟着江绍羽去了一个训练室，做了些电竞选手反应能力的测试，成绩全满分。

江绍羽看了眼成绩单，淡淡道："天赋还行，你暂时留下，如果你能在ACE战队坚持待一周还不想走，我再正式收你当徒弟。"

这是传说中的收徒前测试吗？电视剧里都是这么演的！

裴封激动地答应："我一定能！别说是一周，只要ACE战队在一天，我就在ACE战队待一天！"

他当时觉得坚持一周算什么？ACE战队难道还能吃人？

但事实证明，江绍羽给他安排的"魔鬼式训练"过于恐怖。

刚开始的第一天，江绍羽让他在竞技场打移动靶，快速移动的靶子晃得他快吐了，怎么也射不中；第二天是空中三百六十度随机出现的目标，需要全部射完才能结束训练，无处不在的目标就算他飞快地调转枪口也射不完，裴封的眼睛快要瞎了；第三天是走位练习，裴封在高级难度的地图里彻底晕了。

头晕眼花持续三天后……第四天，江绍羽把他拉去竞技场，让他跟叶轻名单挑。他被叶轻名用"血色利刃"捅死了五十次。

第五天，他被周逸然用"AK47"射杀了六十次。

第六天，他被林浩彦用冲锋枪扫成了马蜂窝……

裴封被打得毫无还手之力，如同一个不断送死的新人玩家。

就在裴封以为这已经够绝望的时候，最后一天，"大魔王"Wing神亲自出场，拿出狙击枪，干脆利落地用"一枪爆头"的方式，将裴封连续射杀了一百次——整整一百次！

到后来，裴封在游戏里都死到麻木了，仿佛一个失去意识、任凭抽打的破布娃娃。可怜的少年被"大魔王"打得失去信心，怀疑人生，只想卸载游戏，甚至变成双眼空洞、灵魂出窍的状态，直勾勾地盯着电脑屏幕发呆。

然后，江绍羽冷静地问他："你还想拜师吗？"

裴封回过神来，含着眼泪，坚定地点头说："想！我要学狙击手！"

江绍羽挑眉："哪怕以后天天都要这样给我们当'陪练'？"

裴封咬了咬牙："没事！死了，我还能爬起来继续死！"

看着身边这个被"教育"了一周还不肯退缩的少年，江绍羽的语气难得温和了些，说道："好，叫'师父'吧。"

裴封瞪大眼睛看着他。

叶轻名在旁边起哄："Wing神要收你当徒弟了，还不敬茶？"

林浩彦拍拍他的脑袋："发什么呆呢？"

周逸然则贴心地将提前倒好的茶放在了桌上。

反应过来的裴封激动地转身端起茶杯，恭恭敬敬地双手捧到江绍羽的面前，兴奋地叫道："师父！"

那脆生生的声音，让一向冷漠的江绍羽也不由得微微扬起了唇角。他接过茶杯抿了两口茶，说道："想成为优秀的狙击手，首先要有坚定的心性，就算被对手一枪爆头，你也要立刻调整好情绪，马上以最好的状态开始下一局。这就是师父给你上的第一课。不要怕输，从哪跌倒，就从哪爬起来。你做到了，小裴。"

裴封愣愣地看着面前的人。

原来，这几天师父在考验他的抗压能力。如果他被打得失去信心，从而萌生退意，江绍羽是不会收他当徒弟的。

职业选手并不好当，每天都是枯燥乏味的训练，有时候输了比赛，还会被网友们骂，心态很容易崩溃……

但是，每一次失败后，都要原地爬起来，继续前进。

这才是职业选手！

裴封理解了师父的意思。

从那天开始，他跟着江绍羽认真学习。

最开始，师父没少训他，骂他走位像梦游，骂他枪法稀烂……裴封天天被骂，天天在游戏里被击败，他渐渐习惯了师父那一针见血的评价，飞快地成长起来。

一个月后，师父骂他的次数少了。

两个月后，一次单挑，他差一丁点就赢了师父，得到江绍羽的评价——还行。

裴封激动得差点下楼去放烟花。

还行！

他知道对一向严厉的江绍羽来说，"还行"就意味着非常优秀！

他的师父虽然性情冷淡，不爱笑，对他却是极好的。

从坚定的心性，到高超的操作技术，再到出色的赛场意识，江绍羽全面地培养他，一点一滴、手把手地教他，面对他提出的各种最简单的问题也会耐心地解释。

倾囊相授，毫不保留。

他何其幸运能遇到这么好的师父？

想到那些刻骨铭心的往事，裴封的心里顿时涌起一股非常复杂的情绪。

对他而言，江绍羽是他的恩师，是他心里最敬佩的人。哪怕当年江绍羽不顾众人的挽留突然退役，这些年音信全无，但裴封总觉得师父会回来。

他一刻都不敢荒废训练。

除了每天固定时间直播之外，剩下的时间，他都会点开电脑里一个叫"ACE 小黑屋"的软件。那是当年在 ACE 战队期间，所有队员每天都要做的基础练习。

反反复复地走位、射击、躲避流弹……这些单调又枯燥只有职业选手才会做的基础练习，裴封每天都在强迫自己坚持做。

他总是忍不住想，如果有一天师父回来了，自己却水平下滑了，师父会不会嫌弃他？然后说："我教出来的徒弟，就这水平？"

那样的话，他有什么脸面再去见师父？

哪怕当了主播，这些年，他也一直以职业选手的水平来要求自己。

因为他是 Wing 神的徒弟。

他不能给师父丢脸，更不能辜负师父的栽培。

裴封深吸口气，将眼里的热泪逼回去，在游戏里打下一行字。

Sniper002：老板，我们加个好友可以吗？

江绍羽没有多想，将自己的微信号发给他。

裴封的账号还是原来那个，头像是他自己画的"Fred"四个字母。江绍羽的社交账号在出国之后就换了，现在用的是新号码，头像是他养的泰迪犬。

裴封看到小狗头像，愣了一下，跟人打招呼。

裴封：老板，您的头像是您养的小狗吗？

江绍羽：嗯，泰迪犬。

裴封：挺可爱的。

师父以前并未养过宠物，五年不见，看来是新养的？他点进朋友圈，看到对方设置了"只显示最近三天的朋友圈"，一条消息都没有，跟以前一样。

江绍羽极少发朋友圈。

裴封沉默片刻，才不动声色地问对方。

裴封：老板只打国际服务器，是在国外吗？以后需要调整时差的话，我可以专门抽时间带老板一起打排位赛。

119

江绍羽：不用调整，我在国内。

裴封心脏一颤。

他果然回来了！

从叶子、周哥和老林的反应来看，师父的回归他们三人显然是知道的，否则天天睡懒觉的叶子今天怎么回消息回得这么快？电竞圈能治得住叶子的只有Wing 神！

不知道师父为什么没有直接找自己，而是换了个身份来直播间跟他组队打排位赛。

师父这么做，一定有特殊的原因，但是裴封不想等。

他真的太想念师父了。

这么多年，他一直盼着师父回归，ACE 战队的解散是他心底永远无法抹去的遗憾。不管是重建 ACE 战队，还是建一支全新的战队，只要师父一句话，裴封可以立刻抛下一切，重新成为职业选手，他一直做好了这样的准备！

现在的他已经不怕什么资本了。他有足够的能力，可以协助师父了却所有的愿望。

裴封深吸口气，迅速打开手机软件，在订票页面订了明天飞往帝都的机票。

他要见到江绍羽，当面问个清楚。

江绍羽完全不知道自己的身份已经不知不觉地暴露了。他给裴封发了条消息。

江绍羽：你继续直播吧，我这边还有些事要处理。

裴封：好的，老板明天见。

他说的明天见，是真的明天见。他订了上午的航班，中午到帝都，正好去国家队瞧瞧 ACE 战队的老朋友们。

裴封这雷厉风行的做法也是得了师父的真传。

此时，国家队教练办公室内，江绍羽关掉电脑，抬头说道："进来。"

正好下午三点，"葫芦娃小分队"的检讨书送到了。五个人垂着头排队走进门，如同中学生去办公室接受教导主任的批评。

带头的莫涵天怯怯地说道："教、教练，我们来交检、检讨。"

江绍羽接过他们的检讨书仔细一看。

莫涵天的字，如同鬼画符，凑一千个字真是难为他了；时小彬的字迹非常工整，一笔一画的，像是印刷体，看上去赏心悦目，他对自己的错误进行了深刻的剖析，文笔还不错。

夏黎，豪放派女孩，一手凌乱的草书快要飞出纸张了，大部分内容都看不懂。

陆兴云和唐恺检讨写得也很认真，至少没有涂涂改改的痕迹，证明他们先在电脑里写了一遍，改好之后才手抄的，这估计是叶轻名传授的经验。

江绍羽放下检讨书，看向眼前的五人，淡淡说道："我这次罚你们，是因为你们太让我失望了。既然交了检讨，你们也认识到了错误，以前的事情我可以不追究。从今天开始，拿出你们职业选手的态度来，听到了吗？"

五人齐齐点头："听到了！"

江绍羽道："下一届国家队选拔队员的决定权在教练组。我不管这一届你们是怎么进来的，下一届的每一个选手都要堂堂正正地打进来。不想被刷掉的话，就给我认认真真训练。"

五个人点头如捣蒜，动作十分整齐。

江绍羽摆摆手："去吧。"

五个小家伙立刻灰溜溜地跑了。

江绍羽看着他们逃跑的背影，轻叹口气。

这群新人下一届能留下几个？还得看他们后续的表现。

江绍羽目前最在意的还是裴封。从今天的接触来看，裴封是有打职业比赛的实力的，加上出色的大局观和指挥意识，如果裴封愿意的话，江绍羽很想将他培养成国家队在世界大赛的总指挥。

只是，他不想用师父的身份给裴封施压。

还是再看看吧。毕竟裴封现在当主播也挺好的，他没道理让裴封放弃现在舒适轻松的生活，跑来承受更多的压力。

江绍羽揉了揉太阳穴，转身朝训练室走去。

江绍羽来到训练室时，所有国家队的队员都坐在电脑前开着训练软件。就连一向放荡不羁的叶轻名今天也特别乖，目不转睛地盯着电脑画面，手指飞快地敲击键盘，一副心无旁骛、全神贯注的模样。

副教练崔荣见江绍羽过来，走到他旁边，低声说："江教练，今天大家练得都很认真。"

江绍羽淡淡道："毕竟刚写完检讨，不想继续写吧。"

选手们听见他的声音，脊背同时一僵，脸上的表情更严肃了，纷纷瞪大眼睛，恨不得把电脑盯出个洞来。

江绍羽看了眼他们训练的内容，微微蹙眉。

国家队用的训练软件是工程师自主研发的，已经用了五年。选手们用内部账号登录软件后可以自己选择训练项目，包括闪避练习、射击练习、地图练习等，每一个小项目又分为不同的难度。

这套训练体系，跟当年 ACE 战队的差不多。但放在如今的世界大赛，已经明显落伍，跟不上时代的节奏了。

江绍羽走到时小彬身后看他练习，时小彬察觉到教练靠近，立刻紧张地绷直脊背，握住鼠标的手指微微一颤，一个靶子从他面前飞了过去，被他给漏掉了。

江绍羽没说什么，走了一步来到莫涵天身后，小莫正在练走位闪避，感觉到教练站在自己背后，他脊背莫名有些发冷，按键盘的手一滑，屏幕里的小人就被一颗地雷给炸死了。

我有那么吓人吗？你们一个个的，看见教练靠近就操作失误？江绍羽挑了挑眉，没理会这几个新人，转身来到周逸然身后。周逸然还是很稳定的，就算江绍羽站在他旁边，他也神色自若，手里的"AK"突击步枪飞快地射击四下，将周围冒出来的气球全部射爆。

江绍羽回头一看，叶轻名正在潜入水下反复练习呼吸节奏，这是水战的关键。

只是，他桌上为什么放着一部手机？他们训练还带手机？这不就跟考试的时候带手机进考场一样离谱吗？

江绍羽冷冷地说："所有人，手机上交。"

众人听见这话，纷纷从口袋里掏出手机，生怕自己掏慢了会被教练批评。副教练崔荣飞快行动，将大家的手机集中收起来，放在训练室门口的柜子上。

江绍羽道："以后都自觉点，进训练室就把手机静音放在门口。带上手机容易分心。"

众人纷纷点头表示知道。

江绍羽目光扫过训练室，又说："你们的训练内容太简单，国家队的要求应该更严格一点。我会跟工程师讨论改进国家队的训练软件和训练模式。当然短短几天也改不完，下一届再用新的。你们当中肯定有人要来下一届吧？提前做好心理准备。"

听到这里，不少人额头冒出冷汗。江教练所说的"更严格"大概是"地狱级难度"吧？真为下一届的国家队队员们捏一把汗。

等等，自己要是下一届再来的话……那就提前给自己捏把汗吧！

江绍羽在训练室转了一圈，如同学生时期考试时教导处的巡考员一样。在他巡查期间，所有人都脊背挺直，目不转睛地盯着屏幕，江绍羽也懒得看这些人装样子，走完一圈后就转身回到办公室，在国家队工作组的群里发了条消息——

江绍羽：大家半小时后来办公室找我，开个会。

收到通知的助手们很快来到主教练办公室，他们进门时，江绍羽正在黑色封面的本子上写写画画。他抬起头，指了指前面的沙发道："坐吧。这一届国家队的管理太过松散，我有几个计划跟你们商量。"说罢就放下笔，问工程师，"秦博，日常训练的软件可以重做吗？"

秦博道："当然可以。江教练您想怎么做？"

江绍羽平静地说："射击练习场的移动靶最高速度调整成十倍速；再做一个程序，三百六十度全方位随机出现游戏内人物头像，头像设置成不同的性别、发型、皮肤颜色，按游戏里的人物模型来复刻。人物头像出现的速度越来越快，最快每零点一秒就出现一个随机人物头像，射中全部才能离开，漏掉一个就重新来过，把他们关进小训练室里给我练反应速度。"

几个助理目瞪口呆。

这么可怕的训练模式，国家队的选手们以后会不会做噩梦？被无数随机出现的不同形象的人物头像包围，简直像鬼片拍摄现场。漏掉一个就要重开，打不完还不许出来，这也太难了吧？他们已经能预料到国家队的选手们今后在日常训练中会有多崩溃了。

秦博推了推鼻梁上的眼镜，问道："是设计成递进式的关卡，每通过一关就加快速度？"

江绍羽道："嗯，速度可以每隔一秒逐步变快，给他们一个适应的过程。"

秦博点点头说："好的，这两个程序不难做，我回头就做出来。"

江绍羽继续说道："另外，将地图库里的所有地图做好三维图形，每个狙击点、埋伏点、关键路口都用坐标来显示，我需要他们把所有的地图模型都清晰地刻在脑子里。比赛的时候，指挥一说，就能立刻走到相应的位置。"

空间感不好的选手估计要跪下了。但身为职业选手，对每张比赛用图都了如指掌，这也是应该做到的。

秦博犹豫片刻，道："地图库的话，因为地图数量太多，想全部修改，需要一段时间。"

江绍羽说："这个不急，明年三月之前做好就行。"

秦博道："那没问题。"

江绍羽看向副教练崔荣，说道："老崔，我这边要处理的事情有点多，以后选手们的日常训练你来帮我监督，每天的训练任务必须看着他们一秒不差地完成，完不成的人，不吃饭也要加训。要让他们知道，国家队可不是来享福的地方。"

崔荣立刻说道："江教练放心，这个我熟练。"

江绍羽又看向旁边的女生，道："安娜，你多关注国外的赛事，尤其是 M

国、欧洲和 H 国的比赛，你的外语比我们好，听得懂赛事解说，将精彩的比赛录下来给我们看，也多看看国外媒体对选手们的评价，比赛数据就交给秦博那边做分析。"

安娜笑容灿烂地回道："明白，我每周总结一份国外的比赛视频和选手数据给你们看！"

江绍羽点了点头，继续说："下赛季顶级职业联赛开始后，我会在国内战队进行一轮巡查，秦博跟我一起去，把战队的选手数据拿回来分析。安娜留在基地，继续关注国外的情况，有什么赛事方面的新闻也及时告诉我们。辛苦各位了。"

三人对视一眼，纷纷点头表示明白。

这一届国家队早就可以解散了，江绍羽之所以留下他们，只是为了考察下一届的人选。再过一周，新年之前，江绍羽会正式解散第五届国家队，开始物色下一届的人选。

想带好一支国家队可没那么简单，方方面面都要考虑周全。

风格重复的选手其实没必要带上两个。世界大赛上主力选手生病、让替补选手上场的概率其实很低，替补选手在大部分情况下没法出场，很多替补都是来当陪练的。

江绍羽的理念是，既然好不容易打进了国家队，那么每一个选手都应该有机会在世界大赛上发光发热。

替补，并不该只坐在冷板凳上，等主力生病或者状态不好的时候再去替换。像这一届国家队，好几个替补选手在世界大赛根本没有出场的机会，白白出国一趟，心里肯定会留有遗憾。

在江绍羽看来，每一个替补选手，都能发挥自己的作用。

教练存在的意义就是挖掘出每一个选手最大的潜能，让他们变得更强，并且根据不同选手的风格和特色，凝聚成一支最有默契的队伍。

既然接下了"国家队教练"的头衔，他就得尽全力做好自己分内之事。

江绍羽给几个助手安排好分工，简单的会议在十分钟内就结束了。

出门时，安娜看向两位同事，笑着说道："江教练开会可真干脆，噼里啪啦就安排完了。"

崔荣感慨道："我在国家队当了五年副教练，他确实是我见过的主教练里办事最利落的那个。"

秦博推了推眼镜，说："新的训练模式，应该会成为下一届选手们的噩梦吧。"

他们都迫不及待想看新一届国家队的队员们被教练训哭的样子了！

江绍羽在办公室看了一下午资料。晚上，他回到宿舍打开电脑，本想去找裴封随便打两局排位，结果，裴封的直播间却挂着一条公告。

这两天家中有点事，暂时停播，开播时间待定。

大主播就是任性，说停播就停播？江绍羽刚想退出直播平台，却见右上角的信件标志在闪烁，有好几条未读消息。

他疑惑之下点开了站内信件——

高手你好，我是 TNG 战队的星探，今天看了你和 Fred 一起打排位的录像，发现你很有打游戏的天赋，操作也特别出色，请问你有兴趣成为职业选手吗？

你好，不知道你有没有兴趣成为电竞选手？我是 CIP 战队的，我们战队正好在侦察员的位置上有空缺，你的侦察员玩得特别好，不如来我们战队试训看看？我们很有诚意邀请你加入，具体的薪资待遇，通过试训之后可以再谈哦！

你好，我是 RED 战队的星探……

这些战队居然主动找上门来。江绍羽本想冒充星探去抓裴封，结果，招惹了一大堆的"真星探"。这些人还挺敬业的，连国家队教练都不放过。

不过，星探应该不会蹲在裴封的直播间才对，裴封早就拒绝过这些战队了，以裴封现在的身价，这些战队想挖也挖不动。那么，他们是怎么知道自己的？

江绍羽带着疑惑上网随便一搜，结果就见一条视频赫然挂在微博首页。

知名主播跟神秘老板联手，击败国际职业选手！

江绍羽点进微博一看，正好是他和裴封下午在国际服务器打游戏，撞到罗伯特和金敏智的那一场录像。

原来，当时 H 国的选手金敏智也在开着直播，身在 H 国的华国留学生看到了他的直播，又正好看到裴封的直播，因此把视频录下来发到了网上。

这场游戏的精彩片段，再配上热血的音效，吸引了很多人观看，尤其裴封将对手一枪爆头时的慢动作回放，视觉效果堪称完美。

评论区好多粉丝在嗷嗷尖叫。

老板和 Fred 太厉害了吧，居然赢了金敏智！

金敏智不是号称世界最强侦察员吗？结果被神秘老板一刀捅死了？

我是 M 国留学生，我确定"Robert444"就是罗伯特的小号！

这么说老板和 Fred 干掉了两个世界级的职业选手？

老板这技术我感觉比国家队的某些草包强多了。

看封哥一枪秒掉罗伯特好爽啊啊啊，很久没这么神清气爽了！

这个视频在短时间内被广泛转发，引起了各大战队星探的注意。于是，这些星探去看了裴封的直播录屏，顺藤摸瓜找到江绍羽在直播平台注册的账号，问他有没有兴趣成为职业选手。

江绍羽哭笑不得。徒弟的人气太高，随便一局排位赛的录像都能上热搜。不过，这个视频之所以会被顶上热搜，不仅是因为他跟裴封打了一局排位赛这么简单。

关键在于——他们赢了国外的职业选手。

很长一段时间，国内的舆论都是"我们打不过国外选手，输是应该的"。

但是这局，师徒两人通过默契的配合，击败了罗伯特和金敏智两位外国国家队的选手。

今天能赢的关键，在于他们可以随时交流，裴封直接开口说话，指挥江绍羽行动，两人的配合效率更高。而 M 国和 H 国的两位选手语言不通，对游戏的理解也不一致。

评论区虽然有些人在冷嘲热讽，但大部分网友还是激动点赞，夸裴封和神秘老板很厉害。视频被转发了十几万次，有两条点赞比较多的留言被顶到了前排。

要是国家队能有这俩人一半厉害，我就烧高香了。

国家队？别抱期望了，那群草包只会去世界大赛丢人。

江绍羽看着这些评论，心情复杂。

连续几年在世界大赛上的糟糕表现，让国内的观众对"枪王"国家队失去了信心。

但是，没关系。

从现在开始，你们失去的信心，我会帮你们一点一点地重新建立。

华国"枪王"国家队，总有一天，会在世界大赛上，堂堂正正地赢回来。

次日一早，裴封打车前往机场。他这次去帝都行李不多，只带了一套换洗衣服。他临时出发，决定匆忙，甚至没来得及通知他的经纪人。

到机场时才早上八点，裴封果然接到了经纪人的电话，祁惠声音激动地问："小裴你怎么停播了？直播间挂公告说家中有事，评论区全是粉丝们的留言，你家里是出了什么大事吗？"

裴封温言说道："惠姐放心，没什么大事，我这边临时有点私事，要去见一个非常重要的人。我这个月的直播时长已经播够了，请假休息几天。"

祁惠疑惑道："私事？"

"嗯，这几天平台那边的问题麻烦您先帮我处理一下。我马上登机，先挂了啊。"

祁惠理解地说道："好的，那你处理完了尽快回来。"

广播里传来登机提示，裴封推了推鼻梁上的墨镜，戴好口罩，提起行李箱，快步走进贵宾通道，上了飞机。

到达帝都机场后，裴封坐上提前约好的车直奔酒店。

他订的酒店就在国家电竞园区附近，隔着一条街。到酒店放好行李后，裴封立刻拿出手机给国家队领队俞明湘打电话："俞姐，我来帝都出差，很久不见，晚上请你们吃饭吧？叶哥他们还在国家队吗？"

听着电话里年轻男人的声音，俞明湘愣了愣，有些不敢相信，问道："小裴？你怎么突然跑来帝都出差啊？"

裴封笑道："我接了个广告，需要配合商家宣传，要在帝都待一周。我知道你们都很忙，但中午总要吃饭的吧？你们不用赶路，我直接过来国家队找你们，电竞园区旁边的那家私房菜馆我已经订好了位置，你把叶哥、周哥和老林都叫上吧，好久没见了，咱们一起聚聚。"

俞明湘脑子里十分茫然。什么情况？小裴怎么直接找到国家队来了，这件事阿羽知道吗？让她叫上 ACE 战队的老队员，唯独没提他师父，看来他还不知道他师父回国的事。

电话另一头的俞明湘陷入沉默，似乎有些为难。

裴封心想，果然有问题。要不然，上一任国家队教练辞职，这几天队里又没训练任务，老朋友随便吃个饭，有必要纠结吗？

裴封深吸口气控制住加速的心跳，故作平静地问："怎么了，俞姐，有什么不方便吗？"

俞明湘犹豫片刻道："这……我先去问问他们有没有时间吧。"

裴封好脾气地笑道："好的，我等俞姐回复。"

此时正是上午十一点半，叶轻名刚刚起床，正在刷牙，俞明湘的电话突然打了过来："叶子，小裴来了，说中午请我们吃饭，到底怎么回事啊？"

叶轻名噗的一声差点把牙膏给吃下去，他急忙漱了漱口，道："什么？小裴来了？"

"他说他来出差，要请我们吃饭，还说订好了国家队基地附近的餐厅。"

叶轻名头疼地抓了抓头发，道："肯定是我们昨天回消息的时候不小心露出了马脚。这家伙以前就特别机灵，现在更难对付。完了完了，羽哥说了别告诉他的，怎么办？他都杀到国家队门口了！"

俞明湘疑惑道："你在念叨些什么呢？"

叶轻名深吸口气，这才恢复冷静，道："这样吧，我们不能表现得太反常，我们就假装不知道羽哥的事情，去跟小裴吃顿饭，整个饭局都不要提起羽哥，明白了吗？"

"为什么？他们师徒分开这么多年，小裴知道师父回来，肯定很开心的。"

叶轻名无奈道："这是羽哥的意思！他不想让小裴知道他当了国家队教练，更不想给小裴任何压力，他在考察小裴还能不能打职业，我们别扰乱他的计划，明白了吗？"

俞明湘恍然大悟道："哦！昨天上热搜的那个神秘老板，难道是阿羽的小号？"

叶轻名叹气："显然就是他啊。"

俞明湘哭笑不得。

阿羽你这个小号真的能瞒得过小裴吗？俞明湘总觉得小裴没那么好骗。而且，小裴突然来国家队请吃饭，真是接了广告来出差这么巧吗？

既然江绍羽暂时不想让裴封知道自己担任国家队教练的事情，她也不好直说，只能发消息给裴封。

俞明湘：小裴，我问过叶子他们了，中午十二点半，我们过来找你。

裴封：好的俞姐，待会儿见。

裴封收拾了一下，快步走到国家队基地门前等待。

没过多久，他就见俞明湘和叶轻名、周逸然、林浩彦一起朝门口走了过来。

裴封笑着朝他们招手："这边。"

几人看见面前身材高大的男生，心情一时有些复杂。

江绍羽离开的这几年，他们其实也很少见到裴封。主播和电竞选手没有太多的交集，裴封又不接官方的解说邀请，从来不去比赛现场。大部分时间，叶轻名他们都在打顶级职业联赛，裴封在星网平台开直播，很难在现实中见面……

倒是他们在网上一直保持着联系，朋友圈经常互相点赞，逢年过节的也会互相问候一声。

林浩彦率先走上前去，笑着跟裴封拥抱了一下："大主播，都快一年没见了吧？"

周逸然道："上次见到小裴，还是去年'星网主播大典'的时候，我跟老林正好是嘉宾。"

叶轻名眯起眼道："我跟小裴也一年没见了，这小子倒是越长越帅了嘛。"

裴封微笑着说："大家平时都忙，很难见一面。所以我来这边出差，第一时间就来找你们，想请你们吃饭。"

叶轻名心道，恐怕你是"醉翁之意不在酒"吧？

几人一起过了马路，来到附近的私房菜馆，裴封已经点好菜，他在 ACE 战队跟这些人相处过一年，知道他们的口味，点的菜也都是大家最爱吃的，非常贴心。

四人也尽量表现出老朋友聚会的喜悦，开开心心地聊了起来。

饭局上，裴封不经意间问道："我之前听说老林要退役了，是吗？"

林浩彦差点被茶水呛到，急忙拿起纸巾擦擦嘴巴，解释道："我原本打算退役的，不过后来仔细想了想，还是再打一年吧。国外年龄最大的选手都二十四岁了，我今年才二十二岁，还没到必须退役的时候。"

裴封的嘴角依旧挂着笑容，说道："我也觉得，没必要急着退役。我看你状态还好，下一届要继续去国家队吗？"

林浩彦摸摸鼻子，道："咳，拼一把试试吧，能不能进还不一定呢。"

以裴封对他的了解，林浩彦并不是轻易做出决定的人，做出的决定也不会说改就改。当初他决定退役的时候，不仅叶轻名和周逸然劝他，裴封也劝过，都没用。如今他又不想退役了，肯定有原因。

是什么人让他改变了想法？

那个名字呼之欲出。

裴封的心脏微微发颤，表面却强作镇定，假装好奇道："你们这届国家队还没解散吗？世界大赛都打完了，教练也不在，你们还留在基地做什么呢？"

林浩彦下意识地说道："等新教练上任呗。"

周逸然道："留在基地训练。"

叶轻名却说："暂时不想回去。"

三人几乎同时开口，答案却是南辕北辙。

俞明湘一时无语。

你们的默契呢？能不能提前串好口供？

裴封假装没有意识到他们的不自然之处，眯了眯眼，继续问："新教练上任了吗？"

俞明湘急忙主动圆场："还在谈，你也知道国家队现在比较难管理，新教练选不好的话，下一届国家队又要被骂。"

裴封微笑着说："也是。来，不聊这些了，吃饭吧。"

他装作若无其事地继续吃饭，主动用公筷给四人夹菜，十分热情体贴。另外四人却食难下咽，他们对裴封一直心中有愧，也知道裴封当年断送自己的职业生涯，都是为了保住 ACE 战队的名誉。

他们没能保护好这位年龄最小的队员，反而让裴封经历了那么多的波折，从底层主播一步一步摸爬打滚，好不容易有了今天的成绩……结果，明知道裴封心心念念的师父回来了，他们却要瞒着。

俞明湘的眼眶有些酸涩，但江绍羽的性格向来说一不二。如果背着他偷偷问裴封"你师父现在是国家队的教练，你要不要考虑来国家队"，江绍羽肯定会生气，他最讨厌别人打乱他的计划。

所以……只能先瞒着吧。

他们师徒的事情，交给他们自己去解决。

一顿饭在纠结当中吃完了。

裴封主动将四人送到国家队门口，他透过栅栏看了眼电竞园区，开玩笑道："国家队基地还挺大的，看上去条件不错，我能进去参观一下吗？"

俞明湘急忙说："基地是封闭式管理，工作人员都有门禁卡，外人不能随便进的。要不……等国家队放假了，你想参观的话跟我说，我再带你进去？"

裴封点头道："好的，俞姐。那你们去忙吧，我也有事先走了。"

四人转身走进园区，裴封也假装转身离开。

等四人走远后，裴封又从拐角处转回来，看着他们的背影，若有所思。

这几人今天饭局上的反应十分奇怪。刚才他提到去基地参观的时候，俞明湘也很紧张。

难道，师父就在国家队基地？

裴封只知道师父回来了，却无法判断师父到底回来做什么、人在哪里。他只能通过 ACE 战队的老队友打听消息，然而这几个人守口如瓶，根本没和他透露任何关于江绍羽的信息。这显然是江绍羽授意的，否则，他们也没有隐瞒的必要。

为什么呢？师父你为什么唯独瞒着我？

裴封想了想，转身来到基地门卫，礼貌地问道："您好，我是江绍羽的家人，有急事找他，请问可以进去吗？"

门卫愣了一下，说："基地不让进的。你有急事找他的话，可以打电话让他出来。"

裴封一时沉默。

门卫负责登记访客，自然知道园区里有哪些人在。

对方的回答并不是"我们这里没有叫江绍羽的"，而是"打电话让他出来"！

江绍羽真的在国家队基地！

怪不得 ACE 战队的几人这么反常，难道，他们提到的国家队新教练，会跟师父有关？如果是这样的话，就能解释老林为什么不想退役，叶子又为什么不睡懒觉了。

裴封的心脏剧烈地跳动起来，他故作为难地说道："我的手机没电了，能借用一下您的电话吗？"

门卫道："好的，你用这个座机打吧。"

国家队基地门卫厅的电话可以直通工作人员的办公室，方便处理紧急事件。

江绍羽刚吃完午饭回到办公室，桌上的内线电话突然响了，他顺手接起来："喂，请问哪位？"

耳边传来的声音比记忆中更加清冷，可裴封还是瞬间认了出来。

是江绍羽。

真的是他回来了！

裴封强忍着鼻间的酸涩，低声问道："师父，您为什么不肯见我？"

江绍羽脊背一僵，大脑顿时有些空白。

耳边响起的声音阳光温暖，跟昨天打排位时主播 Fred 的声音一模一样。

师父？

这个世界上会这样叫他的人只有一个！

江绍羽惊讶地挑起眉："小裴？你怎么会有我办公室的电话？"

裴封说道："我就在国家队基地门口。"

江绍羽沉默了。

裴封顿了顿，声音透出一丝委屈："我都亲自找上门了，您还不肯见我吗？"

江绍羽不知该怎么回他。

成年后裴封的声音成熟了许多，委屈的语气倒是跟记忆中的小徒弟一样。当年每次江绍羽训得狠了，裴封就会委屈地哽咽着说："师父，我下次一定改正。"

江绍羽心一软，只好作罢。

没想到小裴居然雷厉风行地找上门了？

他怎么知道自己在国家队基地？是 ACE 战队那几个家伙说漏了嘴？

江绍羽陷入沉默。

裴封没有催促，耐心地等他回应。

片刻后，江绍羽轻叹一口气，说道："好吧，你在门口等我。"

江绍羽穿上外套，转身来到园区门口，目光扫过周围。

很快，他就看见一个身材高大的男生正靠在一棵树旁等他。男生穿着浅咖色的大衣，一头短发清爽帅气，眉眼深邃，五官俊朗，跟记忆中的少年完全不一样了。

那个跟在身后天天喊"师父"的小孩子，如今已长大成年。身材颀长，比他还要高出半个头。

江绍羽一时没敢认。

他刚叫了声"小裴"，裴封就大步流星地走过来，哽咽着对他说："师父，您终于回来了。"

江绍羽脊背一僵。

他想起了许多与裴封有关的回忆。当年，每次 ACE 战队打完比赛，如果赢了，裴封就会在后台激动地跑过去抱住江绍羽说"师父打得太帅了"。如果输了，他也会跑过来抱住江绍羽说"师父没关系，下次再赢回来"。

江绍羽不太喜欢跟人身体接触，唯独对小徒弟狠不下心。每次对上小徒弟仰起头看着他时崇拜的目光，他的脑子里就忍不住浮现……小狗朝主人摇尾巴的画面。

当年的裴封毕竟只是个小孩子，黏人也很正常。他小小年纪离开父母，到人生地不熟的地方当青训生，江绍羽身为师父，多照顾他一些也是应该的。

于是，在江绍羽的纵容下，裴封扑过去抱师父的动作愈发熟练。

彼时的裴封还是个小孩子，喜欢冲过来拥抱师父也没什么不妥，师徒之间的感情，更像是亲情。然而现在，裴封长大成年了，个子也比自己高出半个头，已经不再是那个整天围着师父团团转的小徒弟了。

裴封声音委屈地说道："师父，这几年你从来不联系我，回国了也不找我。你是不是生我的气，不肯认我这个徒弟了？"

听着裴封难过的声音，江绍羽在心底叹了口气，他伸出手轻轻拍了拍徒弟的肩膀，道："怎么会不认你呢？我没找你，当然有我的原因……我们找个地方再慢慢聊。"

裴封认真地看着他说："这么说，师父还认我这个徒弟？"

江绍羽无奈道："当然，我只收过你一个徒弟。"

裴封脸上立刻浮起笑容，关心地问道："师父吃过午饭了吗？"

江绍羽说："吃过了。"

裴封想了想说："那我们去对面的咖啡厅吧？坐下来随便点些喝的，慢慢聊。"

江绍羽跟上裴封，两人并肩过了马路，来到街角的咖啡厅，他们找了个安静的包间坐了下来。

服务员上前问："先生，喝些什么？"

裴封说道：“两杯拿铁，不加糖，谢谢。”

江绍羽喜欢喝原味的咖啡，入口苦涩，裴封当年学着师父的喝法，第一次喝差点苦得吐出来，后来倒也渐渐喝习惯了。每次 ACE 战队点咖啡外卖，就他们师徒两个口味一样。

服务生很快将咖啡端了上来。

裴封仔细看着面前的人，说：“师父好像瘦了很多。”

江绍羽确实瘦了，这些年他一直服药，肠胃功能不太好，即使天天清淡饮食，有时候还会消化不良，身体也在慢慢变差。反观裴封，典型的倒三角模特身材，脱掉外套挽起袖子时，露出的小臂上还有漂亮的肌肉线条，和当初的少年判若两人。

江绍羽很难将面前的成年男人跟记忆里的小徒弟画上等号。他深吸口气，调整了一下情绪，迅速让自己接受了成年版的裴封，转移话题道：“你怎么知道我在国家队？叶子告诉你的？”

裴封忙说：“叶哥没有透露你的信息，是我猜出来的。”

江绍羽疑惑道：“猜？”

能直接猜到国家队？

就在这时，裴封拿起手机发了条消息。江绍羽的手机紧跟着响了，他打开一看，是社交软件中的“Fred”发过来的，只有简单的两个字“老板”。

江绍羽愣了一下，脸色略微尴尬，轻咳一声：“你早就认出我了？”

“嗯。师父的风格很鲜明，我跟你配合‘平行搜点’的时候就怀疑你的身份了。第三局我走位失误，你还说我梦游。”裴封轻笑一声，“以前，你也是这么说我的。”

江绍羽沉默许久。

看来，他在徒弟面前的“伪装”完全没有意义。

被徒弟当面识破“伪装”，江绍羽倒也不介意，冷静地问道：“你怀疑‘老板’是我，于是私下找了 ACE 战队的几个朋友打听，然后跑来国家队求证？”

“是的。他们虽然没说你回来了，但通过他们的反应，我就猜到你在这里。”

江绍羽轻轻揉了揉太阳穴。

他实在是低估了徒弟对自己的了解。

裴封曾经形影不离地跟着他整整一年，对他的说话习惯、生活习性都一清二楚。他在裴封面前很难伪装下去，更何况他本身也不是演技特别好的人。

就在这时，裴封突然收起笑容，低声说道：“师父，对不起。”

江绍羽轻轻蹙眉疑惑道：“为什么道歉？”

裴封垂下眼睛，用力攥住拳头，道："我没能保住 ACE 战队，我不是个合格的队长。"

看着眼前垂下脑袋、一副认错态度的青年，江绍羽的心底微微一软。

他下意识地伸出手想摸摸徒弟的头，可反应过来对方已经是成年人了，他又将手收回来，放在裴封的肩膀上轻轻拍了拍，语气也难得温和了些："不用内疚，我没有怪过你。"

裴封抬起头，对上一双冷静的眼眸。

"ACE 战队解散的事，我已经听他们几个说过了，并不是你的错。你当初年纪那么小，不可能斗得过各大战队。这些年，为了 ACE 战队，你一定受了很多委屈，师父都知道。"

一句"师父都知道"，胜过千言万语的安慰。

裴封强忍着鼻间的酸涩，低声说道："师父当年离开的时候那么信任我，把队长之位交给了我，可惜，我没能还给你一个完整的 ACE 战队……"

江绍羽声音平静道："没关系。ACE 战队是我创建的，在你手里结束，也算是另一种方式的圆满。解散了，留下一段传说，总比被资本拿去愚弄粉丝要好。你当年已经尽了全力，没必要愧疚。是师父离开得太匆忙，交给你的担子太沉重了。"

他看向面前的青年，一字一句地道："小裴，过去的事，就放下吧。"

裴封微微舒了口气。

多年的心结，在这一刻，终于被师父彻底解开。

他最怕的就是师父会责怪他。

当年的他确实能力有限，没能保住师父的心血。但正如江绍羽说的那样，当初的他们只是无权无势的职业选手，不可能跟战队斗下去，他们已经尽力了。

他收拾好情绪，微笑着说道："师父这次回来，是有什么计划吗？"

江绍羽道："你能猜到我来国家队是为了什么吗？"

裴封试探性地问道："跟新教练的上任有关？"

江绍羽点了点头，道："嗯，我已经接任了国家队主教练的职务。"

主教练？裴封微微瞪大眼睛，这个他还真没猜到。本以为师父只是顺便去国家队给俞姐帮个忙……没想到居然接任了主教练？还是国家队的主教练？

反应过来之后，裴封忍不住道："我师父就是厉害！"

江绍羽无语地看着他。

裴封收起笑容，认真问道："师父瞒着我，是因为联盟暂时还不让宣布新教练，对吧？"

江绍羽沉默片刻，说："其实我开小号去直播间找你，是为了看看你现在的实力，以及你还有没有兴趣当职业选手。"他顿了顿，又解释道，"没直接告诉你我的身份，就是不想给你任何压力。"

裴封听到解释，心里顿时被一阵暖意包裹。

原来，师父担心自己知道后会有心理压力才开着小号过来，以"战队星探"的身份问他有没有打职业的计划，而不是直接以师父的身份命令他做出选择。

师父看似冷漠，其实是个很温柔的人。他虽然要求严格，却总是给裴封充分的尊重和自由，而不是摆出师父的架子吩咐徒弟做事。

裴封问道："师父这算是突击考试吗？那经过考察，对徒弟的表现还满意吗？"

江绍羽道："还行。"

裴封忍不住抱怨："又是这句评价。"

江绍羽挑眉："在我看来，你现在的实力确实是勉强及格，距离优秀还很远。"

裴封立刻摆出学生认真听讲的姿态，道："我以后继续努力，争取达到优秀！"

江绍羽沉默片刻，看向面前的人，认真地问："小裴，既然把话说开了，师父今天正式问你一句，你还想当职业选手吗？"

裴封沉默下来。

"你不用管我是不是国家队的主教练，你只需要说出内心真实的想法。"江绍羽低声道，"我知道你现在是一位非常成功的主播，能有今天的地位也很不容易。主播的生活相对轻松自由，收入又高，回来当职业选手的话，需要承受更多的压力。所以，师父希望你仔细考虑之后再做出决定。"

江绍羽真心希望裴封能进国家队。裴封是他心目中大局观最强、战术意识最敏锐的选手，他很想将裴封培养成国家队的总指挥。但是，他也很心疼这个徒弟。

当年的裴封，从零粉丝的底层主播，一路摸爬打滚，才终于成为八千多万粉丝的顶级主播，这期间，他一定付出了很多常人无法想象的努力，也吃了很多的苦。好不容易才有了今天的成就，没道理师父回来了他就一定要改行。

江绍羽还是希望裴封能理智地做出选择。

毕竟这是裴封自己的人生，任何人都不该干涉。

裴封听着对方的话，心底暖暖的。

师父果然是全世界最好的师父，一直都这么尊重他的决定。他没再犹豫，果断地说："我已经考虑好了，既然师父是国家队主教练，那我就想办法打进国家队。"

江绍羽蹙眉："你不要冲动，也不要因为我的原因影响自己的前途。"

"师父，我是成年人，我会为自己的决定负责。"裴封的目光很冷静，一点都不像意气用事，"当主播，从来都不是我的终极目标，而是当年迫不得已的选择。何况，主播没有年龄限制，我以后想当也随时可以当。但电竞职业选手的巅峰期就这几年，我现在状态正好，再不打比赛，不就永远错过了吗？"

江绍羽听着他的解释，一时无法反驳。

因为裴封说得很对。

就算将来退役了，他也可以继续当主播。但职业选手是吃青春饭的，裴封现在状态极佳，如果再耽误两年，他想当职业选手都当不成了。

"你跟平台签了主播合同，解约不会很麻烦吗？"江绍羽担心地问道。

"师父放心，我跟星网的合同正好明年到期，不续约就行。之后我会专心准备国家队的选拔。师父既然担任了主教练，我相信，下一届国家队的选拔一定能做到公平、公正，我会靠自己的实力，堂堂正正地成为国家队的选手。这些年我从来没有荒废过训练，就是希望有一天当机会摆在我面前的时候，我能立刻抓住它。"裴封微微一笑，坚定地说，"师父，我一定会来国家队见你的，我保证。"

面前的男生说这段话的时候，脸上的笑容很自信，也很耀眼。

徒弟果然长大了。他对自己的将来有着清晰的规划，也做好了重新成为职业选手的准备，了却他当初的遗憾。

如果认为他为了师父就冲动地改变自己的人生规划，那才是看轻他。

江绍羽唇角微扬，看着面前的青年说："好，那师父就在国家队等你。"

第五章　春节假期

下午两点，裴封送师父回了国家队。

虽然他还有很多话想跟师父说，可如今，师父是国家队教练，他不能耽误对方太多时间。况且，他这边也有很多问题需要解决。

师徒两人来到基地门口。裴封透过栅栏看向电竞园区，问道："师父，国家队基地看着还挺大的，环境也不错，不让外人进是吗？"

江绍羽说："你想参观的话，我可以带你去转转。"

裴封笑着摇头："不用，我还是等将来以国家队选手的身份进去吧。你现在是教练，带着徒弟参观园区，被其他选手看见了影响不好。将来我进国家队，他们还以为我是靠师父的关系才进来的。"

江绍羽看向裴封说："那我先进去了？有事随时联系。"

裴封点头："师父再见。"

两人在门口道别。

裴封一直目送师父的背影消失在基地，这才转身离开。回到酒店后，他立刻给经纪人拨了个电话。

"惠姐，你在不在帝都？"

"在啊，怎么了？"

"我下午来找你吧，关于合同的事情，想和你当面谈谈。"

"好，我一直在公司，你直接来我办公室就行。"

裴封挂掉电话，俯身从行李箱里翻出他跟星网的签约合同。

当年他拒绝了各大战队的邀请，改行当了主播。星网是国内最大的直播平台之一，尤其是"枪王"游戏专区，人气火爆，流量高，主播众多，但同样也意味着，新主播想要出头会是"地狱级"难度的开局。

最初跟星网谈合同的时候，由于他是 ACE 战队出来的青训生，经纪人祁惠给他出了个主意："反正 ACE 战队已经解散了，你正好拿这个作为卖点来宣传，直播间挂上'Wing 神亲传徒弟 Fred'的名号，把你师父的粉丝全部吸引过来。"

裴封毫不犹豫地拒绝了她的提议。

当时江绍羽已经退役，ACE 战队的粉丝根本不认识裴封，毕竟他连一场比赛都没有打过，网友们也不知道 Wing 神还有个亲传徒弟 Fred。裴封不想打着师父的旗号为自己拉拢人气，更不希望 ACE 战队的粉丝们出于同情来关注他这位新人。

他不想利用师父的光环，他要靠自己闯出一片天地。

祁惠觉得裴封很傻。师父人气那么高，借用一下师父的名气又怎么了？非要靠自己硬闯吗？

但是，裴封非常固执。他隐瞒了自己是 Wing 神徒弟的事实，决心从零开始，靠自己慢慢往上爬，当时他跟星网签的合同待遇低得可怜。他心里只有一个想法——他已经把 ACE 战队弄解散了，辜负了师父的信任，他不能再利用师父的人气，更不能给师父丢脸。

星网平台的游戏主播多得数不清，从零开始真的很难。裴封日夜不停地直播，播得嗓子都哑了，从最开始的毫无关注，慢慢有了一些路人观众。

有人跑进直播间嘲讽他"打得这么菜，还当游戏主播"。

也有人问他"长得挺帅的，不如去演戏吧"。

来自陌生人的恶意很多，但也有一些可爱的网友会鼓励他"主播打得不错，加油""这是个新主播吗？打游戏好认真啊，关注了"。

他每一局都是单排，靠自己的实力拿下了那个赛季的"枪王"称号，成了星网平台所有主播当中巅峰赛积分排名最高的一个。

他亲手证明了，电子竞技，最重要的是实力。

不靠师父的名气，他照样能混出头！

裴封从三月份开始直播，到五月份的时候直播间的粉丝数量就已经突破了五百万，人气如同坐了火箭。星网老板立刻找来裴封，想跟他签长期合约。

裴封虽然年纪小，但很有主见，当初签约的时候只签了一年，到期后重新谈，第二版合同的条款全部修改，经纪人祁惠为他争取到了顶级主播的待遇，签约期是三年，如果不解约，则自动续约一年。

裴封看着手里的合同，心情复杂。

这几年的辛苦，他没有跟任何人提起过。他非常感谢师父江绍羽，当初教了他整整三个月，培养出他坚韧的心性。

遇到困难不要退缩，跌倒了爬起来继续往前——这是师父教给他的道理，也是他能坚持下来的关键。

虽然他现在光鲜亮丽，是"枪王"直播界的顶级主播，每个季度的收入能轻松突破千万元，比很多职业选手还要高……可他的心底依旧留有遗憾。

他不能亲自去比赛现场，体验在赛场上对战的激情。

默契的配合，精妙的战术，顺风局一枪爆头对手的爽快，逆风局瞬间翻盘的热血，这些，都只有在职业赛场上才能体验得到。

他最大的梦想，还是成为职业狙击手。

如今，机会来了。

下午三点，裴封准时来到星网大厦的办公室。

祁惠是一位三十岁左右的女性，是个非常可靠的主播经纪人，见到裴封，她微笑着指了指前面的沙发示意他坐下："小裴，你不是说要见一个很重要的人吗？见完了？"

裴封转身坐下来，道："嗯，已经见过了。"

祁惠见他面带笑容，心情不错的样子，看来私事办得挺顺利。她放下心来，从抽屉里拿出一份合同递给裴封，说："这是续约协议，我跟老板商量过，给你的待遇，比以前再提高百分之五，你看一下，没问题的话……"

裴封低声打断她："惠姐，我不想续约了。"

祁惠愣了愣，不敢相信地抬头看他，问："什么？"

裴封的脸上依旧挂着笑容，声音却很冷静："我说，我不续约了，跟星网的合同明年一月份到期，咱们好聚好散吧。"

祁惠猛然站了起来，说道："你在开什么玩笑！"

裴封收起笑容，神色严肃道："我没开玩笑。当主播并不是我的目标，我想回去当职业选手。"

祁惠眉头紧皱，说道："职业选手的薪水还没你高呢！再说你当年把各大战队都得罪了一遍，就算你吃回头草，他们也开不出你期待的价格吧？开低了，你自降身价，不划算。开得高，战队也没法承受。"

裴封耸肩，说道："无所谓，我既然要回去打比赛，当然不是为了薪水。"

祁惠的脸色有些难看。裴封的人气这么高，不能和他续约可是直播平台的一大损失！

可是，她从裴封坚定的眼神中看不到丝毫转圜的余地，正如当初她建议裴封借用 Wing 神的名字拉拢人气时，同样也被少年坚定地拒绝。

她当了他五年的经纪人，知道这位大主播的脾气非常倔强。一旦做出决定，真是八匹马都拉不回来。祁惠的头都快炸了，试探性地问道："就没得商量吗？我们把条件再提高呢？"

裴封笑道："除非平台同意不限制我的直播时长。"

祁惠按住额头道："你在说笑吗？职业主播不限直播时长，给你充分的自由，这不就跟娱乐公司签下了一个不想演戏的演员一样？没有直播，就没有观众、没有收入！老板不可能同意的。"

裴封道："所以我才说，干脆解约，对大家都好。"

祁惠沉默了很久，才轻叹口气，劝道："小裴，你要考虑清楚，你花了五年时间，好不容易在星网积累了这么高的人气，真的要放弃吗？其实，成为职业选手和继续做主播并不冲突，各大战队也会跟直播平台签约，你完全可以按照战队的时间安排来进行直播。"

裴封当然知道这一点，只是，他不想去任何一家战队。

他想进的是国家队。

江绍羽是国家队教练，不可能允许队员们在训练期间还三心二意地开直播。国家队的队员，需要更加专注，集中精神准备比赛。

想到这里，裴封微笑着说道："谢谢惠姐为我考虑，但还是先解约吧，以后如果我还想当主播，我们再重新签协议。"

祁惠无奈道："我跟老板商量一下，三天内给你答复。"

走出星网大厦之后，裴封轻轻呼出口气。没有什么割舍不下的，这一次，他只想陪在师父的身边，跟着师父一起，完成年少时的梦想。

此时，星网集团顶楼办公室内。张总听见祁惠的汇报，顿时暴跳如雷："这个裴封是疯了吗！他到底在想什么？不限时长，他以为星网是他家开的，他想怎么样就怎么样？"

老板被气得太阳穴突突直跳，大叫道："我看他是被粉丝们惯坏了，以为自己真是主播界的大明星，无法取代了！行，不续约就不续约，咱们平台高人气的主播又不只他一个，以后砸资源去捧别人，我就不信捧不出第二个 Fred！"

祁惠听着老板的咆哮，欲言又止。

裴封是凭实力一步步爬到如今这个位置的，可不是靠平台捧红的。

她有种直觉，星网如果不肯答应裴封的要求，真的不与裴封续约，他们一定会后悔。

江绍羽回到办公室后，接到了齐恒的电话："阿羽，你说的新星杯挑战赛的比赛规则和宣传方案，我已经让秘书起草了一份初稿，发到你邮箱了。你回头看一下，有什么需要修改的再跟我说。"

"好的，我这就仔细看看，明天给您答复。"

齐恒又问道："对了，你接任国家队教练的事情，联盟这边的想法是，趁着一月一号新年当天公布这个好消息。新年新气象嘛，你觉得呢？"

江绍羽点头道："没问题，我会配合宣传的。"

"你那个'ACE-Wing'的微博账号要启用吗？还是注册一个新的？"

江绍羽想了一下，说道："用新的吧。我已经不是 ACE 战队的队长了，没必要拿'ACE-Wing'的账号炒冷饭，以后用新的身份来配合国家队的宣传。"

结束通话后，江绍羽打开了微博。

"ACE-Wing"这个账号目前有三千万粉丝。在"枪王"刚开始举办职业联赛的那几年，江绍羽的粉丝超过五千万，在当时的职业选手中排名前三。

只是这个账号整整五年没有登录过，粉丝掉了一大批，剩下的，除了一些比较长情的粉丝之外，还有忘记取关的、发广告的和许久没登录的账号。

他点进评论区，看到最后一条留言的时间是在上周。

点击链接领取一百元优惠券，享受八折活动。

再往前翻，是粉丝在去年十月份的留言。

Wing神生日快乐，不知道你在哪里，希望你一切都好。

这个账号，就作为珍贵的回忆吧。

没必要让网友们涌进来对早已解散的ACE战队冷嘲热讽。

江绍羽点击右上角的"立即注册"，输入身份资料，注册了一个新账号，名字就叫"教练江绍羽"，注册完后，他将账号信息发给了齐恒。

距离新年只剩一周时间。

接下来的一周，江绍羽根据秦博发来的训练数据，将目前这一届国家队的选手详细列了个评分表，他的评分包括五项内容——操作技术、反应速度、稳定性、战术意识和心理素质。

这个本子，以后也会作为新一届国家队选手的日常评分记录本。

为期一周的训练结束后，正好到了年底。江绍羽召集国家队的选手再次开会，会议内容只有一个："这次是欢送会。第五届国家队，今天正式解散。"

听到教练冷静的声音，在座的选手们神色各异。有人庆幸噩梦终于结束了，有人却心情忐忑，不知道自己下一届还能不能再入选。

江绍羽的目光扫过全场，道："下一届的要求会更严格，欢迎你们再来。"

众人面面相觑。

更严格是有多严格？听起来挺可怕的。

也不知道秦工程师的新版训练软件做完了没有。

江绍羽站了起来，道："你们收拾行李，各自回去吧。后天就是新年了，给你们彻底放假，也提前祝你们新年快乐。希望新的一年，你们都能有所进步。"

简短的会议结束后，一群人垂着头往宿舍走。

江教练上任的短短一周时间，他们每天都过得提心吊胆，生怕自己又被拎过去挨训写检讨……可如今，国家队解散，要离开了，却突然有些舍不得。

明年，还能再来吗？

谁的心里都没底。

但他们都有种预感，下一届的国家队，一定会比他们这一届厉害，不会再像他们一样去世界大赛丢人，打完小组赛就滚回来。

几个新人在宿舍门口拥抱道别，眼眶都红了，哽咽着互相鼓励。

"希望明年还能见到你们。"

"大家加油，一定会再次入选！"

叶轻名似笑非笑地插了一句："欢迎大家明年再来国家队写检讨。如果说这一周是'噩梦模式'，明年可就是'地狱模式'了吧。"

众人一时无语。

你能不能别说话？

周逸然继续认真补充："听说，秦博那边在设计全新的训练软件，以我对江教练的了解，如果日常训练不把大家'折磨'得叫苦不迭，那就不是他了。"

众人都被他的话吓到了。

老林也补充了一句："没错，不完成训练，他连饭都不让你们吃。"

几个少年对视一眼。

要不，咱们下一届还是别来了？

十二月三十号那天，国家队的选手们纷纷收拾好行李，准备离开电竞园区。

临走之前，时小彬在宿舍楼下依依不舍地拍照留念。夏黎在阳台看见他四处拍照，干脆打开窗户，探出脑袋问道："时小彬你怎么跟毕业留念似的，明年你不打算来了啊？"

时小彬神色失落，摇了摇头，说："我总觉得，明年我没法入选国家队了。"

莫涵天提着行李箱下楼的时候，正好听见这句话。他心脏一颤，脸色不禁微微发白。

其实，"葫芦娃小分队"在游戏里排队挑战江绍羽的事，就是他这位"大娃"给引出来的，他现在无比后悔当时的冲动，早知道随便打个排位赛会撞到Wing神这尊大佛，他宁愿去射击训练场被地雷炸死一百次，也不去游戏里打什么低分段排位赛。

可惜世上没有后悔药。

他们这批人已经给江教练留下了极其糟糕的印象。

看着时小彬失落的样子，莫涵天有些内疚，小声在他耳边说道："也不一定吧？别太悲观了，你们老板那么喜欢你，下一届肯定会继续推荐你的。"

时小彬挠了挠头，心里很不安。战队推荐，在江教练这里恐怕会起到反效果吧？还是别推了，他怕老板把他推进火坑。

时小彬看了眼莫涵天的行李，转移话题问："莫哥，你几点的飞机？"

莫涵天说："十点。"

时小彬说："我十点十五分的飞机，那我们一起去机场吧。"

莫涵天和时小彬是同一个青训基地出来的，关系比较好。如今国家队放假，他们要返回各自的战队，既然航班时间接近，莫涵天自然不会拒绝，说："我提前约了车，走吧。"

两人刚要转身离开，就听二楼的窗户里响起夏黎的声音："我十点半的飞机，等我一下啊，我搭个顺风车！"

刚说到这里，唐恺也正好走下楼，道："那顺便带上我吧，我也十点半的飞机。"

江绍羽在四楼的宿舍，能清清楚楚地听见他们的对话。

这群"葫芦娃"去个机场都要组队一起去，还挺可爱。几个小孩的本性其实不坏，就是心理素质太差，如果不尽快成长起来，是没法入选下一届国家队的。

片刻后，TNG 战队的陆兴云和章越一起提着行李出来。

TNG 战队就在本市，战队很贴心地派了专车来接他们。剩下的人，也一个接一个地离开了，叶轻名、林浩彦和周逸然不约而同地留到了最后。

三人一起来到江绍羽的宿舍敲了敲门。

江绍羽穿着睡衣，打开门就见三个人如同柱子一样整整齐齐地立在门口。他挑了挑眉，道："怎么，你们也要组队去机场？"

周逸然很有风度地伸出手，道："羽哥，我们会努力再来国家队跟你团聚的，走之前，还是想跟羽哥道个别，下次见面都不知道是什么时候了。"

叶轻名一脸讨好的笑容说道："羽哥，我以后一定听话，不给你让我写检讨的机会！" 〔148〕

林浩彦哈哈笑道："你对写检讨这种事不是轻车熟路了吗？都可以出一份'检讨攻略'了。"

熟悉的说笑声仿佛又回到了当年在 ACE 战队的时候。

江绍羽的脸色温和了些，看向三人说："你们要回战队训练，还是直接放假回家？"

周逸然说道："我先回战队，我们战队还没正式放假。"

林浩彦说："我也是。"

叶轻名叹了口气："我就不一样了。毕竟我被禁赛了，下个赛季暂时没法上场，所以，战队直接给我放了长假，让我自己滚回家去好好反省，明年再说。"

说起禁赛这事，叶轻名倒是一脸无所谓的样子。

江绍羽沉默片刻，看向叶轻名说："禁赛半年而已，世界大赛明年十一月份才开始，你只要努力打进国家队，就能在世界大赛出场。不过，你们 YY 战队还有别的侦察员吗？下赛季的顶级职业联赛你不能上场，得让替补上了。"

叶轻名笑道："是有一个小孩，天赋不错，我亲自带出来的，下赛季让他顶上就行。"

江绍羽点了点头："嗯，你放假期间也别荒废训练。还有，以后收一收你的脾气，别动不动就对记者发火。"

叶轻名抓了抓脑袋，一副诚恳认错的态度，说："知道了。"

三人对视一眼，林浩彦道："羽哥，那我们先走了？"

江绍羽点点头："嗯，去吧。"

三个人并肩下楼，选手和教练居住的这栋楼转眼间变得空荡荡。江绍羽在宿舍的阳台目送这批队员离开，明年，这里又会有新人入住，又会变得热闹起来，他感觉自己还真像是送走一批学生，又迎来一批新生的教导主任。

江绍羽弯了弯嘴角，转身抱着豆豆去操场遛弯。

片刻后，齐恒开着车进了园区，跟他一起来的还有联盟的宣传部工作人员。齐恒看见江绍羽在遛狗，笑着走过来说："阿羽，明天就正式宣布国家队新教练了，你是想直接放自己的照片呢，还是先不露面？"

江绍羽道："不用露面吧？教练是幕后工作者，没必要放照片大肆宣传。"

齐恒想了想，点头道："也是，那宣布的时候就先不放照片。不过，世界大赛的赛事直播，还是需要你露脸的。我今天带了摄影师过来，顺便给你拍两张正式的宣传照，以后总要用到。"

江绍羽说："行，那就拍吧，需要穿西装吗？"

"最好正式一点。"

国家队教练，走出国门就代表着国家队的形象，不能太随便，江绍羽抱着豆豆回宿舍去换了一身西装。他虽然瘦了些，但由于身材匀称，身高腿长，穿上西装还挺好看的。

摄影团队立刻行动起来，灯光打在他的脸上，给他拍了好几张不同姿势的宣传照。照片里的江绍羽目光淡漠，脸上没有丝毫笑容，冷冷瞧着镜头的模样，一看就很严厉。

齐恒看着照片，忍不住道："你拍个照，怎么还自带杀气啊？"

几个工作人员也在打趣："江教练长得真帅，就是太严肃啦！"

"教练嘛，严肃一点才能带出一支好团队啊。"

"没错，严师出高徒嘛！"

"我觉得这张就很不错，到时候放出来，犀利的眼神能吓对手一跳。"

江绍羽本就不爱笑，一被摄像头对准，更加笑不出来，拍出来的照片确实很严肃。就这样吧，反正他也不靠脸吃饭，没必要对着镜头笑得多灿烂。

拍完照片后，齐恒给江绍羽递了份文件，说："这是明年新星杯挑战赛的策划书，我让秘书抓紧时间写出来的初稿，你先看一下，有哪里需要改动的话直接跟我说。"

江绍羽有些惊讶地接过文件，道："这么快就写出来了？"

齐恒笑道："咱们早点搞定策划书，递交申请，联盟就能早点批准，也好提前筹备。"

江绍羽点头："嗯，我仔细看一下，回头我们再商量细节。"

十二月三十日晚，"华国枪王国家队"的官方微博发布了一条消息。

今年即将结束，第五届国家队正式解散，选手们已经离开了国家队电竞园区，很开心能在国家队认识这么多朋友，祝大家未来前程似锦！

网友们看到消息，纷纷拥进来评论。

这届国家队早该散伙了。

国家队养着这群草包到底是干什么用的？当花瓶也不够好看啊。

前程似锦？别了吧，我看他们根本没有前程。

求求这帮人了，明年别再来国家队。

不如咱们自娱自乐，放弃世界大赛的参赛权吧？免得出国去丢人。

国家队官博每次发微博都会被骂，宣传部门已经被骂习惯了。

一月一日，凌晨零点。

被骂了几万条评论的国家队官方微博，居然厚着脸皮跳了出来，又发了一条新的宣传微博。

新年新气象，祝大家新年快乐！在这里，我们还有个好消息要宣布，第六届"枪王"国家队的教练已经正式确定为江绍羽，欢迎江教练接任"枪王"国家队主教练！希望新的一年在江教练的带领下，国家队能以全新的面貌出现在大家的面前！

网友们蒙了一下，很快又拥过去留言。

兄弟姐妹们，是先走程序，还是直接开骂？

换教练有什么用，这都换了五个了，成绩还是一样烂。

应该换的是那帮选手，水平一个比一个差！

145

江绍羽是谁啊？没听说过。

不是说要请外籍教练吗？

这帮草包别说请外教，你就是请个外星人都没用。

新教练的微博一片空白，也从没在国内的比赛上见过他，该不会是哪来的关系户吧？

裴封在江绍羽注册微博的那天就点了关注，是师父新账号的第一个粉丝。

除了裴封之外，关注江绍羽的人还有国家队领队俞明湘、"枪王"联盟副主席齐恒这些管理层人员，以及叶轻名、刘少洲、林浩彦、周逸然、莫涵天、时小彬等这些上一届国家队的队员。

众人点进"教练江绍羽"的粉丝列表，顿时惊呆了。

关注他的人都很有名气啊！

这帮人显然早就知道了新教练的账号，提前关注了。

官方微博发布新闻之后，江绍羽转发了这条微博。

他没有评论任何字，只是简单地转发，连一句"我会努力带好国家队"、"我们一起加油"之类的话都没有说。他一向不喜欢说这些官方话，转发一下，就已经是配合宣传了。

紧跟着，拥有八千八百万微博粉丝的顶级主播裴封也转发了江绍羽的微博，还附上了一句"欢迎江教练上任"。

裴封的粉丝们一头雾水。

国家队宣传新教练，关你什么事啊？

等等，江绍羽，这个名字……好像有些耳熟？

立刻有粉丝去搜，很快就搜出来一大堆几年前的新闻——

恭喜 ACE-Wing（江绍羽）荣获第三赛季 MVP 选手大奖！

ACE-Wing（江绍羽）率队斩获第三赛季总冠军，ACE 战队成为联赛历史上的最强黑马！

官方定制 ACE-Wing（江绍羽）专属冠军皮肤"MSG-极光"即将在游戏商城限定销售……

很多网友翻开自己在游戏里的武器库，看到"MSG-极光"的皮肤描述，果然是"第三赛季 MVP 选手 ACE-Wing 冠军专属限定皮肤"，如今早已绝版。

粉丝们顿时惊呆了。

我的天啊，这个新教练是 Wing 神吗？

Fred 都转发微博了，肯定就是他啊！

啊啊啊封哥的师父当了国家队教练！

我刚刚还去国家队官方微博下面骂了两句新教练，我这就去删掉！

"枪王"顶级职业联赛，所有选手 ID 的后面都会备注上真实姓名。比赛时，会打出"Wing（江绍羽）"这样的简介。

江绍羽既然用的是真名，也就没打算瞒着自己是 Wing 这件事，毕竟国家队的选手们已经知道了新教练是 Wing，这消息肯定也传遍了各大战队，没有藏着掖着的必要。

他只是没直接用"ACE-Wing"的认证微博账号，换了个新身份而已。毕竟，现在的他已经不是 ACE 战队的队长 Wing，而是教练江绍羽。

裴封的粉丝们激动地涌入国家队官方微博，一个个的仿佛也来拜师了。

拜见师父！

赶紧抢占前排粉丝位置！

这就是传说中 Fred 的师父？是不是比 Fred 还要厉害？

Fred 采访的时候说，他的技术都是师父教的，他最尊敬的选手就是 Wing！

封哥的粉丝前来报到，师父好！

师父好，师父看我一眼！

我就不一样了，我直接叫师祖！

紧跟着，江绍羽微博下面又出现了一大堆闻风而来的 ACE 战队的粉丝——

天呐，Wing 神回来了？我没眼花吧！

真是没想到，Wing 神居然当了国家队教练？

Wing 神您终于回来了！

羽哥羽哥，我好想你，你退役以后我都没看过比赛了！

ACE 战队粉丝欢迎队长荣耀归来！

Wing 神要当国家队教练？我有勇气看下一届世界大赛了！

网友们目瞪口呆，他们眼睁睁看着"教练江绍羽"的微博关注量蹭蹭上涨，转眼间就从十几个变成了十几万……那坐火箭一样的粉丝上涨速度实在是有些吓人！

很多最近两年才关注"枪王"比赛的路人纷纷疑惑，"Wing神"是谁啊？怎么有这么多粉丝？

看到国家队发布的官方微博，圈内各大战队的教练、经理们，同时紧张起来。

这位不好惹的祖宗怎么被请回来了！

联盟到底想干吗？怎么有种后背一凉的不好预感？

国家队官方微博的宣传，发出去不到半个小时，就被粉丝们顶上了热搜。裴封的粉丝实在是太多了，排队叫师父的都发了几万条评论。

裴封当年从零起步，靠实力一路爬到如今的地位，"游戏实力最强主播"的名号广为流传，加上长得帅，说话又幽默，忠实粉丝遍布整个网络。

只不过，从新主播开始缓慢积累人气的过程中，他从没利用过师父的影响力，而是靠自己的实力获得认可。直到他拿下"年度主播盛典"的金奖，他才在采访中公开表示"其实，我的技术都是我师父Wing神教的，我最敬佩的人就是我师父"。

后来，连他在网络上的简介都写了"ACE-Wing唯一的亲传徒弟"，也正因此，他的粉丝对"Wing"这个名字自带滤镜。

Fred这么厉害，他的师父肯定更厉害吧？

一些不太了解ACE战队往事的新粉丝，跑去网上搜索江绍羽的大名，很快也被他当年的风采所折服。

率领草根战队一路逆袭拿下顶级职业联赛总冠军，这传奇的经历，不愧是师父！

他当教练，国家队说不定还有救？

一时间，江绍羽的微博下面，留言欢迎他回归的网友多得数不清。

当然，也有些人跑进来冷嘲热讽。

退役几年怎么又回来了？脸皮可真厚。

ACE战队的粉丝可真会颠倒黑白！

他当年说退役就退役，这么不负责任的队长如今当了国家队教练？

国家队要完蛋了。

江绍羽的粉丝战斗力很强，不知道是不是和江绍羽学的，也一条条地反驳回去。

退休都能返聘，退役就不能重返赛场？

什么叫不负责任？他退役前把 ACE 战队安排得好好的，解散明明是老板的问题！

ACE 战队的几个人都没怪过队长，轮得到你们这些外人操心？

完蛋了？羽神要求那么严格，下届国家队的队员们可确实是要完蛋了。

那些网友错误估计了这位新教练的粉丝数量，寡不敌众，只好溜了。

电竞圈内的战队经理们围观江绍羽的微博，也都惊呆了。

没想到，一个退役五年的人，对电竞圈居然会有这么大的影响力？他的粉丝多得数不清。甚至把很多 ACE 战队解散后不再关注电竞的那些视频剪辑师、画师都给炸了出来！

Wing 神在比赛中的精彩操作集锦，还有手绘头像，开始在微博上大量出现。

Wing 不愧是"狙神"。怪不得联盟会请他回来担任教练，这是想靠他的影响力彻底整治国家队吧？

这一夜，注定会有很多人失眠。

119

TNG 战队选手宿舍内，看到官方宣传消息的舒辰忍不住瞪大眼睛——羽哥？真的是他吗？ ACE 战队的前队长，待自己如亲哥哥一样的 Wing 真的回来了？

想起当年在 ACE 战队的点点滴滴，舒辰鼻间不由得一阵酸涩。

羽哥走后，ACE 战队的几个人都发展得挺好的，叶子、小周和老林各自成了所在战队的顶梁柱，小裴成了顶级主播，只有他舒辰——ACE 的医疗兵，本身就是最不起眼的一位队员，如今的处境也最是尴尬。

他已经当了很久的替补，被 TNG 战队的教练组按在冷板凳上雪藏，正准备退役……他给 ACE 战队丢脸了，都不好意思去联系羽哥。

舒辰坐在电脑前发呆，手机突然亮了，是一条新的好友申请。

对方的头像是只小狗，验证信息：Wing。

舒辰指尖一颤，立刻按下通过。

对方发来一段语音："小辰，我这段时间很忙，一直没来得及找你。你的事情我听说了，别难过，我会调查清楚，还你一个公道。"

耳边传来的声音清晰冷静，跟记忆中相差不大。

舒辰眼眶发酸，哽咽着回复道："羽哥，你终于回来了！"

江绍羽听见他带着哭腔的声音，有些心疼，发过去几个"拥抱"的表情包。

舒辰有重度社交恐惧症，是 ACE 战队性格最软的一个，每天都认认真真打游戏，极少说话，别人逗他一下他就脸红，甚至不敢跟人对视。叶轻名还开玩笑说，小辰很像是一个会打游戏的智能机器人。

每次 ACE 战队出席什么活动，他都会躲在江绍羽的身后。

他是个孤儿，从小就很胆怯，电竞天赋却极高，被江绍羽从游戏里发掘后拉过来打职业比赛。江绍羽一直很照顾他，把他当亲弟弟对待。ACE 战队的其他队员都写过检讨，就舒辰没写过，可见江绍羽对舒辰的表现有多满意。

当年联赛进行到后期，各大战队疯狂针对江绍羽，很多次都采用围剿狙击手的战术先找机会击杀江绍羽，是舒辰冒着枪林弹雨，不顾自己牺牲，一次又一次地救活了江绍羽，给了江绍羽逆风翻盘的机会。

他是个默默无闻的医疗兵，甚至在全联盟所有职业选手中，他的场均死亡次数都是最高的，但他也是 ACE 战队最强大的后盾。

有他在，ACE 战队的所有人，都可以有两条命。

就因为他胆子小，好欺负，就遭遇 TNG 战队的无情打压，坐了这么久的

冷板凳？电子竞技什么时候有了"谁人气高谁上场"的规定了？

江绍羽早就将这件事记在了心里，等过段时间，国家队教练会巡查各大战队。

TNG 战队就是第一站。

他倒要看看，TNG 战队的教练组是怎么对待队员的。

这个新年，电竞圈过得很是热闹。

各大战队的高层管理人员知道 Wing 神担任国家队主教练的消息后，纷纷紧急开会，思考应对的策略。例如：战队还能向国家队推荐选手吗？需要给多少赞助费？下一届该推荐谁呢？这位主教练似乎不好惹，不如我们先静观其变？

短暂的三天新年假期，江绍羽和齐恒开会讨论出了新星杯挑战赛的详细计划。

举办全国性的赛事可没那么容易，宣传方案、赛事奖金、比赛场地、工作人员、裁判组等方面都要考虑周全。这是江绍羽第一次以"国家队"的名义举办民间赛事，可不能搞砸了。

江绍羽查阅了国内所有赛事的奖金，目前国内奖金最高的是顶级职业联赛，冠军队奖励三千万现金加冠军限定皮肤销售额百分之十的分成；其次是次级职业联赛，冠军队奖励五百万元。民间的赛事和商家赞助的比赛，奖金都在五十万元以内。

江绍羽道："新星杯的冠军奖金就给一百万吧，总不能太寒酸。"

齐恒睁大眼睛，道："可新星杯是个人赛，不是团队赛！个人赛一百万的奖金可从没见过啊！国内非职业联赛的大型赛事，五人团队拿到冠军的奖励也才五十万吧？"

江绍羽道："我想把新星杯办成一个长期存在的赛事，以后可以通过这个赛事选拔一些优秀的好苗子，建立国家青训营，培养综合实力出色的选手，送去各大战队打顶级职业联赛，或者送出国打洲际赛、邀请赛，为国家队培养源源不断的新生代后备力量。"

齐恒惊讶地瞪大双眼。

国家青训营？

由国家队教练江绍羽亲自执教的国家青训营吗？

这样的话，那些十几岁的少年，还没有经过战队训练的"白纸"一样的好苗子，就能在江绍羽的培养之下茁壮成长！

以后的国家队，再也不用担心什么"青黄不接"了，有天赋的新人不断地加入，后备力量源源不绝，这样一来，还愁国家队出不了成绩吗？

江绍羽认真说道："想彻底改变国家队的现状，要从根基上改，而国家队的根基，就是那些像白纸一样有天赋的孩子，他们是国家队的未来。"

新星杯挑战赛一旦成为国家队选拔新人的招牌赛事，就会吸引越来越多有天赋的孩子去参加比赛，从这项公平公正的赛事中脱颖而出，国家队的新生代后备力量，就会不断地壮大。

老一代选手的丰富经验，中生代选手的无畏果敢，新一代青训生的无限潜力……

这样有"梯度"的人才培养计划，才能让一届又一届的国家队选手平滑过渡，不再出现实力断层，从而让华国成为真正的电竞强国。

齐恒对未来充满了信心。

两人敲定最终的策划方案后，将新星杯挑战赛的最终策划书交给了联盟审核。

他们将比赛时间提前到了二月份，因为江绍羽考虑到很多学生会在二月份放寒假，正好可以参加比赛。春节过后，先用线上比赛的方式进行初赛和复赛，最终的总决赛再统一安排到帝都电竞中心现场打。

场地租借、比赛服务器的协调、裁判组人员安排等，这些都交给联盟那边的赛事委员会去搞定。江绍羽会亲自到总决赛现场担任总裁判，迎接第一批从新星杯脱颖而出的年轻选手。

一切都井然有序地进行着。

今年的春节是一月二十日，国家队园区在一月十五日正式放假。忙了一整

151

年，大家确实该休息几天，江绍羽在假期没有安排任何工作，让大家好好放松，国家队基地很快就人走楼空。

俞明湘在离开之前去宿舍看望江绍羽，问道："阿羽，你今年在哪过年，还不走吗？"

江绍羽说："俞姐先走吧，我最后再走，我在帝都过年。"

俞明湘看着江绍羽，欲言又止。

江绍羽从没提到过自己的家人，回国之后也没有任何家人前来探望他。当年他退役得很突然，其实，ACE战队的众人心里都有个疑惑……他的退役，会不会跟他家人有关？

然而，江绍羽是那种"我不想说的事情，你们不要追问"的骄傲性格，他当初只说是"私人原因"，具体什么原因并没有细说，众人也不敢刨根问底。

俞明湘犹豫了一下，道："那我先走了？提前祝你新年快乐。"

江绍羽道："嗯，俞姐也新年快乐。"

俞明湘离开后，就剩江绍羽还留在基地。

他看着空空荡荡的园区，转身摸了摸泰迪犬的脑袋，道："豆豆，又剩下我们两个了，今年就我们两个一起过年吧。年夜饭想吃什么？"

豆豆睁着一双黑溜溜的眼睛，"汪汪"叫了两声，朝着江绍羽使劲摇尾巴。

江绍羽温言道："知道了，你最爱的肉骨头，我回头就去买。"

正说着，手机提示音突然响起，江绍羽拿起桌上的手机看了一眼。是裴封发来的消息。

裴封：师父，国家队放假了吧？

江绍羽：嗯，今天刚放假。

裴封这几天刚忙完解约的事情，此时正好回了帝都。

裴封：师父今年在哪过春节？

江绍羽：就留在帝都。

裴封：我爸妈嫌这边冬天太冷，出国旅游去了，让我春节自己过。

裴封：师父可以收留我吗？

江绍羽没有回话。

裴封厚着脸皮继续发消息。

裴封：师父，求收留。

江绍羽看着他连续发来的撒娇话语，无奈地回复。

江绍羽：我在帝都也没有家，怎么收留你？

裴封：那我收留你吧！

裴封：我在国家队基地门口，开车来的。师父你收拾行李去我家过年，我在门口等你。

怎么又跑来基地门口了？

这位行动能力很强的徒弟每次都直接杀到门口，让江绍羽连拒绝的机会都没有。

不过，看着空空荡荡的电竞园区，江绍羽突然觉得，一人一狗待在这里过年也挺无趣。既然裴封也是一个人，他们师徒互相做个伴，一起过个春节也好。

想到这里，江绍羽便回头收拾了几件换洗衣服，把药放进箱子底部，顺便带上自己的电脑，抱着豆豆一起来到国家队门口。

他刚走出大门，就见一辆酷炫的黑色越野车停在那里。裴封摇下车窗，笑容灿烂地朝他招手："师父，这里。"

江绍羽拖着行李朝车子走过去，裴封立刻下车帮他提起行李放进后备厢，他好奇地看了眼江绍羽怀里的小狗，伸出手摸摸小狗的脑袋，说："这就是师父养的小狗吧？跟你的头像一样。"

"嗯，它叫豆豆。"

裴封亲热地握住小狗的爪子，跟小狗打招呼："豆豆你好，我叫裴封。"

豆豆冲他"汪汪"叫了两声。

裴封笑道："豆豆真聪明，带你去过年好不好？"

豆豆又"汪"了一声。

裴封摸摸小狗的脑袋说："乖，豆豆坐后排，我负责开车。"

江绍羽一脸无语。

这一人一狗还聊上了？

裴封将豆豆抱进车里，放在后排，拉开前面的车门道："师父坐副驾驶位吧。"

江绍羽点了点头，上车系好安全带。

裴封笑着侧头看他："我正愁今年一个人要怎么过春节，师父也在帝都，真是太好了，咱俩刚好做个伴。"

江绍羽淡淡道："我在国外的这几年也不怎么过春节，对这些节日不是很在意。"

裴封并没有问师父的家人在哪，为什么一起过节。他体贴地开了暖气，说道："没关系，既然回国了，还是感受一下传统节日的气氛。我给师父包饺子吃，你还没尝过我的厨艺吧？"

江绍羽有些惊讶，道："你还会做饭？"

裴封一脸骄傲道："那当然，我这些年都是自己做饭，厨艺也有了长进！"

徒弟确实变化很大。

以前的小裴可是个"厨房毁灭者"，还记得当年在 ACE 战队，有一次大家赢了比赛，小裴自告奋勇要给大家烤肉串，差点把厨房给烧了，灰头土脸地跑出来……

想起当年的糗事，江绍羽轻扬起唇角，随口问道："你现在是定居帝都了吗？"

"也不算定居。我在这边买了套房子，偶尔回来住。平时都在亚安，我更喜欢那边的气候。"裴封顿了顿，开玩笑道，"等师父以后退休了，也可以去那边养老。"

豆豆跟着"汪汪"叫了几声。

裴封回头看了豆豆一眼，说："你看，豆豆都同意了。"

江绍羽一时无语。

还听得懂狗语？

两人一路闲聊，很快，裴封就将车子开到近郊，停在一栋别墅门前。他下车去后备厢拿行李，江绍羽站在别墅门口观察了一下四周。帝都的冬天树木萧条，原本的人工湖也结了一层厚厚的冰，但看得出小区的园林设计得挺不错。在帝都这种寸土寸金的城市，独栋别墅肯定价值不菲，看来裴封这几年赚了不少钱。

豆豆非常兴奋地跑去花园里撒腿狂奔，裴封提着行李带江绍羽进门。

客厅空间十分宽敞，摆着柔软的布艺沙发，装修风格并不奢华，更偏向于温馨的感觉。此时正是上午十一点，阳光透过窗户照进来，洒在沙发上，给整个屋子都染上了一层暖意。

裴封俯身帮江绍羽拿了双新的拖鞋："师父不用拘束，家里没外人，就我们两个。你有什么不习惯的地方，直接跟我说就行。"

江绍羽"嗯"了一声，换上拖鞋进门。

裴封很热情，带着江绍羽在家里简单地转了转，将他的行李提到二楼的客房，说道："师父这几天就住在客房吧，这间房平时也没人住，床单和被套我全都换了新的。套房自带浴室也比较方便。"

他的本意是，师父爱干净，床单和被套都是新的，让师父放心睡。结果，江绍羽却从中捕捉到了关键，挑眉看向裴封道："床上用品都换了新的，你早知道我要来吗？"

裴封支支吾吾："这……"

说漏嘴了！

江绍羽看向徒弟，无奈道："你早就准备好要把我接到你家过年是吧？"

裴封厚着脸皮说道："咳咳，被你发现了……"

江绍羽并不爱热闹，过不过春节对他而言无所谓，但裴封却将他记挂在心上，问他今年去哪里过节，还提前收拾好客房，亲自去国家队接他回家。

这个徒弟，对他确实很上心。

江绍羽心里微微一暖，道："反正来都来了，就当给你做个伴吧。"

裴封立刻笑容满面道："师父不用客气，就把这里当自己家！放假的这些天好好休息。过完年后国家队还有一大堆事情等着你处理，你也没必要大年三十都待在国家队基地吧？"

江绍羽点头："嗯。我先换身衣服，屋里有些热。"

裴封退了出去，体贴地关上门："师父你换吧，我去准备午饭。"

家里的暖气开着，温度十分舒适。江绍羽脱掉外套，换了身简单舒适的白色居家服。他下楼来到厨房的时候，裴封正围着围裙做饭，男生脸上带着笑，挽起袖子飞快炒菜，还挺有居家好男人的模样。豆豆在旁边围着裴封打转，大概是以为这人在给它准备吃的。

江绍羽看着这一幕，忽然觉得有些温馨。他推开厨房门进去，问道："小裴，你这里有生肉吗？我给豆豆做些吃的。"

裴封一边翻炒锅里的鸡翅，一边说道："旁边那个储物柜里，我给豆豆买了很多肉罐头。"

还真是准备齐全，连豆豆的狗粮都买好了。江绍羽转身打开柜子，满满一柜子的犬类专用肉罐头，够豆豆吃半个月的。

他拿了个罐头，带着豆豆去外面喂食，裴封则在厨房继续炒菜。

可乐鸡翅、清蒸鱼、干煸娃娃菜和蒜蓉西蓝花，两荤两素再加一碗紫菜虾仁汤，对两个人而言已经算丰盛了。

裴封热情地给江绍羽夹过去一块鸡翅，一脸"求表扬"的笑容道："师父，尝尝我的手艺。"

江绍羽尝了一块，赞道："挺好吃的。"

裴封想夹过去第二块，却被江绍羽拦住："不用，我吃不下这么多。"

裴封愣了愣，不由得疑惑道："这鸡翅不合你口味吗？"

江绍羽解释道："鸡翅挺好吃的。是我肠胃不太好，吃多了不容易消化。"

裴封看着他略显苍白的脸色，微微皱了皱眉。

几年不见，师父确实瘦了一整圈，是……生病了吗？

以前在 ACE 战队的时候江绍羽虽然饮食清淡，但排骨、鸡翅、牛肉这些他也能吃得下。今天，裴封自认为这盘鸡翅味道还不错，可惜江绍羽只尝了一块。

155

师父的肠胃差到这个地步了吗？见江绍羽不是说笑，裴封给他夹了块鱼肉过去，说："那你多吃点鱼。清蒸鱼好消化，我没放太多调料。"

江绍羽"嗯"了声，低下头专心吃鱼。

裴封看着师父淡定的神色，若有所思。他知道师父的脾气，想说的事情他自然会说，不想说的任何人都问不出一句话。当年到底发生了什么，才会导致师父突然退役，才会让他这些年出现了这么大的变化？是家里的原因，还是身体的原因？又或者，二者兼有？

一顿饭很快结束了。

裴封收拾好餐桌，回到客厅问江绍羽："师父，我能拉个聊天群吗？把ACE 战队的人都拉进来。"

江绍羽点头同意。

裴封很快行动，先把师父拉进去，紧跟着把叶轻名、周逸然、林浩彦、俞明湘和舒辰都拉进群里，群的名字就叫"ACE 战队重逢版"，他率先在群里冒头，发来一排笑脸表情。

裴封：大家好，欢迎咱们 Wing 神回归！

其他人看见群消息，纷纷发来鼓掌的表情。

一位领队，五个选手，再加一个青训生，这就是 ACE 战队当年的全部成员了。

俞明湘不太放心江绍羽，关心地问他。

俞明湘：阿羽，你还留在基地吗？

江绍羽：没有。小裴接我来他这里了，我们一起过年。

俞明湘心底松了口气。江绍羽的性格过于冷淡，从不在乎节日。可是大过年的，他总不能一个人留在国家队基地吧？有小裴陪着，她放心很多。

林浩彦：小裴，你跟星网解约了吗？我刚看见微博消息。

裴封：是的，合同到期。

叶轻名：大主播这是找到下家了？

裴封的微博在今天早晨发布了消息。

主播 Fred 和星网的合同到期，决定不再续约，感谢星网这些年来的关照，祝星网直播越来越好。

这条消息很快引起轰动，被裴封的粉丝们顶上了热搜。

大家纷纷猜测裴封是不是找好了下家，准备跳槽，想拿一笔天价主播签约费。其他的直播平台，早就在暗中行动想挖裴封，可惜由于合同问题一直挖不动，如今正是机会！

裴封：暂时不直播了，我要专心训练，准备今年国家队的选拔。

周逸然：你也想进国家队吗？

林浩彦：以小裴的实力肯定没问题！

叶轻名发来一排偷笑的表情。

叶轻名：想进国家队，先给你师父交一份检讨。

裴封：那是，我都提前写好检讨书的大纲了。

江绍羽看着他们的对话，一时无语。

众人在群里热热闹闹地聊天，就仿佛 ACE 战队从来没有解散过。

舒辰的社交恐惧症很严重，每次群里聊天的时候他都默默围观，偶尔发个"偷偷观察"的表情。

江绍羽主动找话题把舒辰叫了出来。

江绍羽：辰辰，TNG 战队放假了吗？

被点名的舒辰只好冒头说话。

舒辰：羽哥，我们今天刚放假。你今年在哪过年？我打算回星城，去看看我们院长。

舒辰是在星城孤儿院长大的，当职业选手的第一年赚到的钱他都捐给了孤儿院。他无亲无故，ACE 战队的这些人就是他的家人。只可惜，ACE 解散后大家去了不同的战队，也没人顾得上他。加上他从不主动跟人聊天，等大家知道他被战队雪藏的时候，已经晚了。

哪怕周逸然、叶轻名是豪门战队的队长，但也干涉不了其他战队教练组的决定。

江绍羽有些心疼他，又不知道说什么才好。

裴封看了眼师父的脸色，主动在群里说话。

裴封：辰哥，假期有空了一起打排位赛吧。

舒辰：嗯嗯，好的。

叶轻名：带上我！我被禁赛了，接下来的半年，只能委屈自己打打普通排位赛了。

林浩彦：你委屈个鬼，还不是自己作的。

叶轻名回了他一个"大哭"的表情。

江绍羽看着群里的热闹，心情复杂。自己当初退役太匆忙，留下一个烂摊子。但 ACE 战队的这些人，从来没有责怪过他。

他们对队长，始终是无条件地信任和支持。

等以后找个合适的时机，还是跟他们交代清楚当年退役的原因吧。

结束群里的对话后，江绍羽顺手打开微博，看见裴封那条宣布不和星网续约的微博下面已经突破了十万条留言，粉丝们纷纷猜测他会去哪个直播平台。

封哥去哪家？我马上去注册！

我在星网只看你的直播，你走了，那我也跟你去新平台吧！

快点交出新账号，Fred跳槽，我也要跟着跳！

所有人都以为裴封会跳槽。

毕竟他是最有人气的顶级主播，哪有彻底放弃直播事业的道理？

江绍羽想了想，看向徒弟，认真道："小裴，你在直播行业能有今天的地位也不容易，没必要放弃自己好不容易积累的人气。国家队的很多队员都有直播合约，只要不影响训练和比赛，职业选手同样可以抽空开直播的。"

这一点裴封当然知道。大部分战队都会跟直播平台签约，选手们开直播，多一项收入来源，对战队来说也多了个宣传途径。

职业选手的合同，对直播时长的限制比较宽松。

但裴封要求的"每个月不限时长，完全自由"还是很难谈拢。

对上师父关心的目光，裴封微微一笑，道："师父放心，我心里有数。我并不是完全放弃当主播，只是我开出的续约条件太高，跟星网没谈拢。"他压低声音，告诉了江绍羽一个秘密，"我决定带上我的经纪人，一起跳槽。"

江绍羽有些惊讶，道："跟经纪人一起跳槽？"

裴封道："嗯，她叫祁惠，这些年帮了我不少忙。星网的老板目光短浅，一直以为我是靠星网捧红的，还经常拒绝我经纪人的提议，她早就不想干了。只不过，经纪人带主播跳槽，牵扯到的事情比较麻烦，她那边正在跟新平台谈判，很快就会有结果。"

裴封这段时间一直在忙这件事。他原本的计划是不当主播了，专心当职业选手，但后来，祁惠劝了他很多次，当主播和成为职业选手并不冲突，只要平台能答应他的条件，给予他充分的自由，他没必要彻底放弃。

何况以后成了国家队选手，他还可以利用自己顶级主播的身份给国家队做一些正面的宣传。

两人私下谈好后，决定一起跳槽。

最近几年想挖裴封的直播平台非常多，具体怎么谈，就要看经纪人的专业能力了。

似乎是为了印证裴封的话，手机突然响了，是祁惠的来电。

电话那边的声音明显带着喜悦："小裴，我跟小熊 TV 的老板亲自谈了几次，他们同意了你的要求，不限制你每个月的直播时长。你的直播合同按年度来算，只要一年内播满四百个小时就可以，具体的直播时间由你自己随意安排，平台的活动你如果没空也可以不参加。他们想让你作为招牌主播吸引用户，把'枪王'这个游戏的直播专区给做起来，所以，给的分成条件和签约费都很不错。"

裴封唇角轻扬："辛苦惠姐。合同细节方面，你跟律师帮我把把关，没问题了再寄给我。"

挂掉电话后，裴封看向江绍羽，道："师父，以前我还是个没有名气的小主播的时候，不管去哪个平台，都要小心翼翼地跟他们谈条件，没什么话语权。可现在不一样了，并不是他们选择我，而是我选择他们。我开出的条件，星网不同意，自然会有别的平台同意。"裴封顿了顿，笑眯眯地说，"师父不夸我几句吗？没给你丢脸吧？"

江绍羽无奈地看着他。

裴封这模样，还真像是摇着尾巴求主人表扬的大型犬。

他表扬道："不错。你的新东家有了着落，等以后进了国家队，你也可以利用闲暇时间开一开直播，只要不影响训练和比赛就行。"

裴封立刻说："那是当然，全听师父安排。"

对上徒弟微笑的目光，江绍羽心情复杂。

裴封能在主播圈有今天的地位，这些年一定很不容易吧？

以后有师父为你保驾护航。

你总说，师父是你心目中最优秀的选手，其实，你也是师父最值得骄傲的徒弟。

下午的时候，裴封带着江绍羽去小区里转了一圈，名为"饭后散步"，实为"牵绳遛狗"。

两人并肩走在结冰的湖边，裴封牵着狗绳子，随口问道："师父什么时候养的豆豆？"

江绍羽道："出国那年收养的，它今年正好五岁。"

裴封笑着看向前面撒腿奔跑的豆豆，道："不愧是师父教育出来的狗，长得可爱不说，还很乖，也不拆家。刚才我在厨房做饭，它就围着我转，摇尾巴找我要吃的，都快成精了。"

都说泰迪犬精力旺盛，战斗力强，但豆豆是难得一见的比较乖的泰迪犬。

它喜欢跑来跑去，但不会上蹿下跳破坏家具，饿了就找主人要吃的，吃饱了自己去玩，十分省心。

这些年它在国外陪着江绍羽，在江绍羽的心里跟家人一样重要。

看着豆豆活泼的背影，江绍羽心情很好，问道："小裴，你跟新平台的合同还没签，这几天不开直播，有什么计划吗？"

裴封说："这段时间难得清闲，不如我们一起去H国区服务器，随便打打排位赛吧。"

江绍羽停下脚步，道："H国区？"

裴封道："嗯，其实我这些年一直在H国区服务器打游戏。H国的电竞实力很强，仅'枪王'项目就有好几个世界闻名的选手。那天我们在国际服务器遇到的金敏智，我也认识。"

他说到这些的时候，脸上的神色很认真，看向江绍羽的目光也很专注。这让江绍羽不由得想起当年，裴封每次跟师父请教电竞相关的问题时也会这样专注。

徒弟从来没有放弃过"电竞选手"这个梦想。

江绍羽道："那就去随便玩玩，正好了解一下H国那边高分段对局的打法套路。"他顿了顿，紧跟着问，"你既然随时准备回去打比赛，为什么拖了这么多年？要是师父不回来，你还要继续拖着？"

裴封笑着摇头，说："我本来的计划是重新建一支战队，就像当年的ACE战队一样，从头开始，一步步打进顶级职业联赛。不过现在师父回来了，我就不折腾了，专心跟着师父打世界大赛吧。比起国内联赛的自娱自乐，能在世界大赛中打出好成绩，意义更加重要。"

江绍羽看着他自信的样子，心底颇有种"我家徒弟初长成"的欣慰。

五年时间，师徒两人的变化都很大，但有些珍贵的东西还是没变。比如，裴封对电子竞技的热爱和坚持，还有他们之间互相信赖的师徒情谊。

遛完狗回到家后，裴封带着江绍羽去了负一楼。

这里被裴封装修成了十分酷炫的电竞专用房间，屋顶有科技感十足的蓝色吊灯，两台配置高端的电脑并排放在桌上，旁边摆着机械键盘和鼠标，还配了一对很专业的电竞椅。

江绍羽发现键盘和鼠标上分别刻着"Wing"和"Fred"的字样，低调又精致。他有些惊讶，问道："这套设备，是你特意准备的？"

裴封拉开黑蓝配色的那把电竞椅，笑着说："师父请坐。这是我前几天自己组装的游戏台式机，键盘和鼠标是找厂家定制的，刻了你的比赛ID，就当是送给师父的小礼物。"

江绍羽心头微动，在电竞椅坐下来，双手轻放在键盘上敲了敲，声音清脆，回弹利落，手感非常舒适。右下角的"Wing"两侧还有一对好看的小翅膀，象征着"羽翼"。

Wing 本来就是羽翼的意思，裴封设计的这个专属标志，也真是用了心，银色的雕刻图案十分精致漂亮。既然是定制的键盘鼠标，那肯定不是一两天就能完成的，显然，裴封早就做好了请师父来过年的准备。

裴封在旁边黑红配色的电竞椅上坐下，顺手开了机。

"枪王"的官方网站有各大赛区的服务器提供下载，只要家里的网络够好，玩家可以去任何赛区的服务器打排位赛。H 国区服务器的安装包挺大，需要下载十几分钟。

等待下载的这段时间，裴封开口说道："H 国队最近两年很重视侦察打法，经常采用绕后突袭的策略。上一届世界大赛，金敏智和金珉皓的双侦察员偷袭战术直接端掉了 M 国队的狙击点，击溃了 M 国队的后方。那一场要不是 M 国队迅速调整策略，靠冲锋员突围，差点就输了。"

上一届的世界大赛，最终由 M 国队拿到冠军，H 国队亚军，欧洲赛区的 D 国队拿下季军。

这些年，"枪王"世界大赛的奖牌，几乎都被这些国家包揽。华国队在世界赛场的成绩一直很差。

江绍羽还以为徒弟只专注于主播事业，没想到，他一直在关注世界大赛。

裴封接着说道："世界大赛的节奏比国内联赛快得多，战术也更丰富。如果我们不去吸取别人的经验，固步自封，那华国队在世界大赛上就永远抬不起头来。"

江绍羽点了点头，道："我也这么认为。国家队的配合不够默契，战术不够丰富，选手随机应变的能力太差，别人稍微用一些新的战术，我们的队员就不会应付，跟梦游似的。"

裴封回头看向他，道："师父，联盟交给你的，可真是个烂摊子。"

"我知道。所以下一届，我会从选人开始从头调整。"

裴封笑了笑："我相信，下一届国家队有师父在，肯定能调整好。到时候有什么需要帮忙的，徒弟一定全力以赴。"

江绍羽沉默片刻，突然说："其实我有些战术理念想要试试，正好没人陪我试验。不如我们去 H 国区服务器开小号练一练？你依旧玩你的狙击手，我用其他位置，看看怎么配合。"

裴封干脆地点头道："好啊。"

两台电脑的客户端都下载完毕。裴封打开手机备忘录，找到 H 国区服务器的账号注册邮箱，他俯身过去飞快地帮师父输入了账号密码，登录账号。

两个账号的名字分别叫"winner01"和"winner02"。

常用的武器和皮肤也都买齐了。

服务器提示信息全是 H 国文字，江绍羽看不懂，好在右下角最大的那个按钮，一看就是排位赛的入口。两人点进竞技场，裴封建了个队伍，把师父拉进来。

由于"枪王"的比赛中，脚步声、枪声都非常重要，可以用来判断敌人的位置。两人很默契地一起戴上耳机，打开组队语音。

"师父来指挥，我配合你。"

"好。"

一月份正好是赛季初，所有玩家的段位重新调整，两个账号都降级到了1500 分段。师徒两人按下准备键，很快就匹配到了对手。

队友的 ID 都是各种看不懂的 H 国文字，他们在聊天框里打字发消息，裴封看了一眼他们聊天的内容，简单翻译说："师父，二号玩家要玩冲锋，三号玩家也只会冲锋，两个人正在吵架。"

162

果然，低段位玩家爱吵架是全世界范围内都会出现的难题。

吵架的最终结果是，队里有两个人选了冲锋员。

江绍羽道："不管他们，这局我拿医疗兵，我们打双人游击战。"

裴封点头道："收到。"

三个 H 国玩家，两个在吵架，一个在劝架。混进来的裴封和江绍羽锁定了狙击手和医疗兵的位置，偏偏一号玩家也是玩医疗兵的，结果就变成了双医疗兵、双冲锋员和一个狙击手的奇怪阵容。

开局没多久，吵架的人按下投降。江绍羽虽然没看懂右上角弹出来的 H 国文字提示框是什么意思，但他一概无视。

裴封笑道："他们要投降了，师父。"

"不管他们，专心打。"

双人游击战，这是江绍羽当年在 ACE 战队时开创的全新战术，核心在于医疗兵和狙击手的配合。冲锋员、侦察员和突击手在前面开路，吸引敌人火力，医疗兵不计代价保护好狙击手收拾残局。

开局的时候，医疗兵会先躲起来，狙击手开枪狙杀对面露头的玩家，这样一来，狙击手会暴露自己的位置，非常危险。但是有医疗兵在，狙击手并不怕死，医疗兵可以随时竖起防弹光板保护狙击手。两个人快速移动，对方一旦无法同时杀掉两个人，那么，医疗兵就可以不断地用急救箱来复活狙击手。

狙击手死一次，医疗兵就能救一次，相当恶心。

当年舒辰和江绍羽的双人配合游击战，就曾以二敌五，逆风翻盘击败强敌。

只是最近几年，在国内的顶级职业联赛上，医疗兵基本都是跟着近战队友走的。毕竟跟着近战，医疗兵可以救三个人，远程只有狙击手一个人，再加上默契度高的医疗兵、狙击手双人组合并不多见，这种卖掉近战队友打残局的双人游击战术，几乎已经绝迹了。

裴封和江绍羽配合得很流畅。

裴封的耳边不断响起江绍羽冷静的指挥："十一点方向有人。"

"收到。"

对面一露头，等待他的便是裴封凶狠的一枪狙杀！

"九点方向，顺时针绕过去。"

"明白。"

两人保持距离一起绕过去，裴封连续两枪解决掉两个敌人，直接击溃了对手的后方防线。剩下两位玩家也被裴封架枪守点，迅速击杀。

象征着"一枪爆头"的骷髅头标志在屏幕中间连续弹了五次。

聊天框里打字吵架的三位 H 国玩家莫名发现，在他们吵架的这段时间，己方狙击手已经把敌人杀光了。

第一局，"守卫者"胜！

三人有点蒙，聊天框里很快出现一大堆 H 国文字。

裴封给江绍羽翻译："他们在说，这是哪来的高手？还说，想加我们好友。"

江绍羽疑惑道："你懂这么多 H 国语言？"

"这几年一直在 H 国区服务器打游戏，简单的日常用语我都学了些，可以无障碍交流。"

行，以后打 H 国队就靠你了。

这一局毫无悬念，以 3:0 的比分赢下，裴封拿下 MVP，江绍羽拿到"最佳助攻"。

两人继续下一局。

一整个下午，师徒两个就在电竞房打排位，尝试双人游击战术。江绍羽发现徒弟的反应速度确实非常快，枪法也很稳，他不由得问道："你在 H 国区服务器的最高积分是多少？"

裴封道："巅峰赛 3500 分，上赛季结算排名是第十六名。"

这么高？这可比 H 国的某些职业选手还要高。裴封时间有限，也不是天天在 H 国区服务器打游戏，能打到前二十名已经非常了不起了。

裴封笑眯眯道："有不少 H 国电竞战队给我发私信，邀请我去打职业比赛，我都用‘没兴趣’回绝了。他们还以为我是 H 国人呢，其实，我是‘卧底’。"

江绍羽扬起唇角，赞道："不错。"

还以为他只是当主播，居然偷偷跑到 H 国区服务器打到这么高的排名。H 国境内的很多战队，都以为这是个民间高手吧？没人会想到，他居然是华国的主播。

换成别的主播，肯定拿"H 国区服务器排行前二十"当噱头来吸引粉丝。

裴封却很低调。他这么做不为别的，只为保持自己高水平的竞技状态，顺便了解 H 国的高端局战术风格。

如他所说，如果我们固步自封，在世界上就永远抬不起头。

师徒两个一路连胜，当晚直接冲上 2500 分。

2500 分相当于王者段位。接下来，他们很可能会撞到职业选手。此时已经晚上十二点，裴封刚想再打两局，江绍羽突然说："我要睡了。"

裴封愣了一下，电竞选手哪有十二点睡觉的？师父什么时候成了这种作息？

江绍羽很干脆地关了电脑，裴封也只好关掉电脑，跟他一起一边上楼，一边叮嘱："浴室有热水，洗发水沐浴露我都买了新的，师父洗个澡再睡，记得吹干头发。"

164

江绍羽道："好，晚安。"

裴封的主卧就在江绍羽对面，江绍羽很快洗澡睡下，裴封却睡不着。

师父比以前瘦了很多，作息也彻底变了，难道真的生了什么病吗？他心里总觉得不安，辗转反侧，凌晨两点好不容易睡着，又被噩梦惊醒。

他梦见江绍羽全身是血，被救护车拉去医院急诊。

裴封揉了揉太阳穴。这梦有些吓人，他的心跳到现在都快得离谱。他抬眼看了看手表，时间是上午八点。师父昨晚十二点睡，这会儿应该起来了吧？不如问问他早餐想吃什么，肠胃不好的话，就给他煮些粥？

裴封洗完脸，去对面卧室敲了敲门。里面似乎传来什么声音，他以为师父让他进来，推门一看——江绍羽坐在床边，就着水吃下一片药。

裴封站在原地，疑惑地看着江绍羽。师父在吃什么药啊？应该是调理肠胃的药吧？

江绍羽抬头，见裴封站在门口发呆。他淡淡地问道："你看见了？"

裴封回过神，走到江绍羽旁边问："师父，你肠胃不好，以后我慢慢帮你调理，给你做些清淡的食物。是药三分毒，别一直吃药，万一有副作用呢。"

江绍羽没有纠正他的说法。

他以为这是胃肠药？

早晨九点，师徒两人在餐厅面对面吃饭。

江绍羽拿起白色的瓷勺，坐在餐桌前慢条斯理地喝粥。他吃饭的动作非常文雅，看着赏心悦目，原本苍白的唇色被粥沾湿后也变得红润了许多。

裴封见师父神色自若，不由得关心道："师父，我认识一位消化内科的专家，等过完年，带你去好好检查一下吧？"

江绍羽看他一眼，道："不用。我的身体情况没你想的那么差。"

裴封心中疑惑，却没敢多问。他收拾掉碗筷后，就将江绍羽叫到电竞专用房间，继续打排位赛。

两人的账号昨天已经到了 2500 分，赛季初的这个分段几乎都是高手。他们昨天练了一整天的双人游击战术，今天江绍羽改变策略，说："我当侦察员，你继续玩狙击手，我们试试远近配合的打法。"

裴封欣然同意："好，听师父的。"

师徒两人进入比赛后，江绍羽顺利绕后，给裴封提供视野。裴封连续几枪狙杀敌人，赢下比赛。两人的配合越来越流畅，又一次连胜三局。

江绍羽回头问："如果换成叶轻名玩侦察员，你跟他配合怎么样？"

裴封想了想，说："叶哥走位比较飘逸，我可能跟不上他的节奏。不过，我们可以私下练习多磨合几次，肯定能培养出默契，毕竟我当年也是 ACE 战队出来的，知道他的打法。"

江绍羽若有所思道："叶轻名的风格很特殊，到时候再看吧……如果你们都能进国家队，我会再调整。"

接下来的时间过得特别快，师徒两人仿佛又回到了 ACE 战队时期，每天都心无旁骛地一起训练，讨论战术，他们对很多事情的看法一致，两人又找回了当年的默契。

在师父的辅助下，裴封进步飞快，反应速度不输于当年巅峰状态的江绍羽，每一局都能击杀三个以上的敌人，次次 MVP，不愧是江绍羽手把手带出来的徒弟。

腊月二十八这天，裴封接了个电话，有快递送上门，是一份厚厚的文件。

他打开一看，果然是经纪人帮他整理好的合同。裴封坐在沙发上一页一页地仔细翻看，豆豆好奇地在旁边围着他转，裴封笑着摸了摸豆豆的脑袋，说："乖，哥哥跟新平台签约，能拿到一大笔钱，到时候给你买好吃的。"

豆豆兴奋地摇着尾巴："汪汪！"

江绍羽坐在他旁边，随口问道："他们给了你多少签约费？"

裴封也没隐瞒，直说道："六千万签约费，礼物分成和订阅分成另算。"

165

江绍羽惊讶道："这么多？"

裴封笑着说："师父，我现在的身价差不多就是这个数。他们签我，也是为了我的名气。趁着国家队还没正式选拔，我会在新平台直播一段时间，帮他们吸引用户，做做宣传。"

"嗯，世界大赛十一月才开始，时间还长。你想直播就直播吧。"

裴封看向他，说："师父，我一直想当面跟你说一声谢谢。"

江绍羽疑惑道："谢什么？"

裴封目光诚恳，道："当年，我是因为你才喜欢上'枪王'这个游戏，没有你，就不会有今天的我。你教我的那些游戏技巧，我一刻都没有忘记过。"

有些徒弟在成名之后，会觉得自己很有本事，对领他进门的师父的感情越来越淡。裴封却很重情重义，对他而言，江绍羽是他的恩师，也是伯乐。

他很清楚，自己能有今天的成就，师父功不可没。不管是当年培养他坚毅的心态也好，还是手把手地教会他狙击手的打法也好——没有 Wing，就没有 Fred。

这也是他一直都很敬重江绍羽的原因。

江绍羽拍了拍徒弟的肩膀，说道："我知道你多次在采访中提到我。不过小裴，你能有今天，关键还是靠你自己。所以，不用老是把师父挂在嘴边，你早就出师了。"

裴封轻笑着摇头："我不出师，你永远是我师父。"

江绍羽无奈地看着他，裴封顿了顿，突然认真地说："师父，你知道我在国际服务器的账号为什么叫'Sniper002'吗？"

江绍羽愣了一下。

"Sniper"是狙击手的意思，"Sniper002"就是"2号狙击手"。

裴封接着说："因为师父才是'Sniper001'。我注册了两个账号，1号是留给师父的。"

江绍羽这才明白他的意思。

裴封的意思很明显，他实力再强、人气再高、粉丝再多，在江绍羽面前，他永远是第二名。在他心里，师父才是世界第一狙击手。

真不愧是"Wing 神头号忠实粉丝"。

江绍羽没再多说。裴封既然把师父当作偶像，那就当吧，反正也没什么坏的影响。他年少时就是因为看了江绍羽在比赛中的表现才喜欢上"枪王"这个游戏，成为了狙击手。

他的眼里，对江绍羽的滤镜有十层厚。

当天下午，裴封将合同签好字，同城快递回去。小熊 TV 的总部就在帝都，对方收到合同后，立刻让经纪人安排裴封首次直播的事宜。

首播的时间定在大年初二。

新年新气象，大主播 Fred 既然跳槽换平台，那一定要宣传造势，给足排面！

腊月二十九这天，裴封带着江绍羽一起去超市买菜。

今年除夕只有他们两个人一起过，但年夜饭不能将就。裴封推着购物车，两人并肩逛超市。明天就是除夕，超市里人山人海，音响里播放着"欢欢喜喜过大年"的喜庆歌曲，很多小孩子都穿着红色的衣服。

江绍羽在国外生活了五年，已经很久没感受过春节的热闹气氛了。看着周围的人脸上洋溢的笑容，他的心情也渐渐好转。他虽然爱安静，但这次回国，身边有朋友、有徒弟，总比他在加州只跟豆豆一起生活要有趣很多。

两人买了一车的蔬菜水果，裴封还买了副对联。

当天晚上，裴封提前准备包饺子用的材料，将年夜饭当天要吃的鱼、排骨也都处理好了冻在冰箱。他在厨房忙碌着，江绍羽就跟豆豆一起在客厅里看电视。

裴封收拾好食材走出厨房的时候，看见江绍羽正在阳台打电话。

"我今年在一个朋友家过年……嗯，你也新年快乐。我回国当教练的事情，先别告诉他……放心，我身体还好，最近挺稳定的……嗯，有空再见，挂了。"

裴封走过去，随口问道："师父，是家里人打来的电话吗？"

江绍羽道："我哥，打电话问我在哪过年。"

裴封以前从没听江绍羽提到过他的家人，没想到师父还有个哥哥？

江绍羽补充道："父母不在国内，我哥目前在星城。他有老婆孩子，我不想过去打扰。"

裴封"哦"了声，没再多问，说道："那正好，我们俩一起过年。"

当天晚上，两人继续组队打游戏，打到凌晨十二点，江绍羽便按时去睡觉了。

走进卧室后，江绍羽突然觉得鼻子一阵发痒，紧跟着呼吸困难，如同被人扼住了喉咙一般，胸口传来的强烈窒息感让他的脸上瞬间失去了血色。

他三两步扑到床边，飞快地从床头柜里翻出一盒药，生吞了下去。

裴封听见隔壁卧室传来的响动，担心之下推门进来："师父，你怎么了？"

然而，眼前的画面却让他触目惊心。

只见身材清瘦的男人倒在床边，张开嘴剧烈地喘息着，男人的脸色苍白如纸，手里紧紧地捏着一个药瓶，手背上青筋暴起，如同濒死的人抓住了救命稻草。

他的额头上满是冷汗，衣服也被汗水给浸透了，那痛苦、挣扎的眼神，让裴封的大脑顿时一片空白。

裴封第一次见到江绍羽如此狼狈的模样。

倒在地上拼尽全力呼吸的男人，仿佛随时都会死去……

裴封的心脏如同被一双手紧紧地攥住，他回过神来，立刻跑到江绍羽的旁边，声音都在微微发抖："师父，你怎么了？我送你去医院！"

说着就要伸手去抱江绍羽。

江绍羽却用力抓住裴封的手，一边剧烈地喘息着，一边小声说："不……不用去医院……我……我行李箱里……有应急的气雾剂，你帮我拿……拿过来……"

裴封手忙脚乱地去行李箱里翻找，果然在夹层的袋子里找到了气雾剂，他转身将药递给江绍羽，扶着他半坐起来靠在床尾。江绍羽熟练地接过瓶子，连续几次深呼吸后，苍白的脸色这才渐渐好转，呼吸也慢慢平复下来。

裴封担心地看着他："师父，真的不用去医院吗？"

江绍羽摇了摇头："不用。"对上裴封担忧又心疼的目光，他轻轻闭了闭眼，低声道，"吓到你了吧？"

裴封心有余悸。刚才那一幕确实给他造成了极大的视觉冲击，在他心里，师父一向冷静淡然，他还是第一次看到师父差点窒息的痛苦模样。

他无比心痛，又不知道该怎么帮助师父。

那一刻，他突然明白了那些在手术室外面等待着的家属的心情，大概也是这样焦急、担心又无助吧？

裴封颤抖着伸出手，轻轻抚摸着江绍羽的背，帮他平复呼吸，轻声问："你……没事了吗？"

"没事了。"江绍羽的脸色已经恢复了平静，他起身坐在床边，擦了擦额头的冷汗，解释道，"我是过敏体质，可能刚才不慎接触到了过敏原，哮喘发作，控制住就好了。"

裴封心疼地看着江绍羽。

过敏性哮喘，如果治疗不及时，是有可能致命的！

他当年突然退役，难道是……

想起江绍羽刚才蜷缩着身体、脸色苍白、拼命喘息的痛苦模样，裴封的心脏一阵阵收紧，他用力攥住拳头，低声问："这种病发作起来很危险吧？"

江绍羽道："我一直随身带着药，没关系的。"

裴封还想多说什么，江绍羽却打断了他："去睡吧，我想休息了。"

裴封对上江绍羽平静的眼神，只好点了点头："那……师父早点休息……对了，你在手机里把我的号码设置成紧急联系人，有什么事，可以第一时间联系我。"

裴封干脆接过江绍羽的手机，将快捷拨号的"1"键设置成了自己的号码，这样江绍羽以后遇到什么麻烦，打电话给他就会很方便。

设置好后，他将手机递回给江绍羽，扶着师父上了床，盖好被子，这才转身离开。

回到自己的卧室后，裴封的脑子里一团乱麻。

怪不得江绍羽比以前瘦了很多，原来是一直被疾病困扰着。

过敏性哮喘，这是很特殊的一种免疫系统疾病，很难根治。患者平时跟正常人没有区别，可一旦接触到过敏原，处理不及时，甚至会有生命危险。

师父在国外的这些年，一定过得很辛苦吧？

如今选择回国，也是为了帮助跌进低谷的国家队重拾信心。

裴封知道师父是个很冷静也很坚强的人，既然做出决定，就不会轻易改变。江绍羽已经签了担任国家队教练的合同，如今，裴封能做的，也只有全力以赴打进国家队，协助师父，率领华国队在世界大赛上取得好成绩。

以后，他会陪在师父的身边，照顾好师父。

师父常用的那些药，他也要备一份，随身带着。

裴封这一觉睡得很不安稳，往外一看，居然下雪了。纷纷扬扬的雪花在空中飘舞，在暖色路灯的照射下，像是从天而降的金色粉末。

这是入冬以来的第一场雪，外面气温很冷。师父这种特殊的体质，绝对不能感冒，想到这里，他又跑去厨房，找到燃气炉，把暖气的温度调高了两度。

师父住在二楼的客卧，半夜如果想喝水的话，起来倒水会不方便，不如买个饮水机放到师父的床头柜上……

次日上午九点，江绍羽迷迷糊糊醒来的时候裴封已经做好了早餐，是江绍羽爱吃的鱼片粥，他直接将早餐端到了江绍羽的床边。

过了片刻，他又拿来一个新买的小型饮水机放在江绍羽的床头，饮水机是一升的容量，小巧精致，可以设置恒温，即开即饮，非常方便。

江绍羽看他来回忙活，心底不由得一暖，道："谢谢。"

裴封笑着说："师父昨晚没睡好吧？都有黑眼圈了。你今天好好休息，年夜饭我来负责。"

江绍羽道："我没什么胃口，年夜饭不用做太多。"

裴封道："好，我去包几个饺子。"

下午的时候，ACE战队的群里弹出了很多信息。

叶轻名：新年快乐！

周逸然：给大家拜年。

林浩彦：家人们春节愉快！

俞明湘：祝大家新年心想事成，万事如意。

裴封也主动发了个红包让大家抢。

片刻之后，舒辰也跟着发了条消息。

舒辰：羽哥呢？

裴封看了眼躺在床上的人，打字回复。

裴封：师父在睡觉。

众人纷纷送上关心。

叶轻名：他怎么了？

林浩彦：生病了？

俞明湘：阿羽什么情况？

裴封：昨晚没睡好，正补觉呢。

俞明湘：小裴，你照顾好你师父。

裴封：放心吧，刚给他做了些好消化的粥，我这会儿去包饺子。

群里众人聊了片刻后，各自去吃年夜饭。裴封也下楼去准备年夜饭，还带着豆豆去院子里把对联贴上，顺便给豆豆穿了一身新衣服。

师父今天精神不好，大鱼大肉肯定吃不下。裴封包了些饺子，做了四样清淡好消化的菜，再弄一碗鱼汤，连调料都放得很少。

晚上八点的时候，电视里开始播联欢晚会。

裴封端着菜来到楼上，江绍羽睡得迷迷糊糊，听见脚步声后挣扎着睁开了眼睛，裴封搬了个小桌子放在床边，摆好碗筷，低声说道："师父，吃饭了。"

江绍羽今天没什么精神，豆豆倒是精神得很，在旁边摇着尾巴叫个不停。江绍羽抬头一看，只见豆豆身上穿着一件十分喜庆的红色小衣服，上面写着"新年快乐"。

裴封顺着他的目光看过去，笑着解释说："我给豆豆买的新衣服，可爱吧？"

江豆豆"汪汪"叫了几声。

裴封道："豆豆说它很喜欢。"

江绍羽的脸上带了点笑意。

小裴和豆豆倒是相处愉快，豆豆穿着这一身衣服，确实挺喜庆的。

裴封将筷子递给江绍羽，说："师父，来吃饺子，我包的三鲜馅饺子，有新鲜的虾仁。"

江绍羽尝了一口，确实很好吃，皮薄馅足，虾仁清甜爽口。

几样素菜也搭配得很好，再加上一碗鱼汤，这顿年夜饭虽然简单，却做得十分用心。

除夕夜，别人家都是大鱼大肉，摆满整整一桌，他俩却在卧室床边的小桌子上吃着简单的年夜饭，旁边是穿着红色衣服围着两人转的小狗。

江绍羽一边吃，一边低声说："昨天去超市买了那么多的食材，今天也没用上。这个年过得很让你扫兴吧？"

昨晚他突然哮喘发作，一整夜没睡好，今天也不太舒服，昏昏沉沉睡了一整天，别说帮裴封做年夜饭，反倒成了需要裴封照顾的病人。

裴封声音温和道："别这么想。除夕夜怎么过，形式并不重要。重要的是，跟谁一起过。"

江绍羽抬头，对上裴封带着笑的眼睛。

他认真地说："师父能陪我过年，我真的很开心。"

江绍羽心头微动。这也是他几年来度过的最温馨的一个春节。

他的身边没有家人，却有一只穿着喜庆衣服的小狗，还有一个不论发生什么都信任他、敬重他、从来不会责怪他的徒弟。

记得当年在 ACE 战队的时候，有一次，裴封感冒发烧，江绍羽悉心照顾了他一夜。

如今裴封长大成年，倒学会主动照顾他了。

小裴，收你当徒弟，是师父当年最正确的决定。

江绍羽轻轻扬起唇角，不知为何，胃口也变好了些，将一盘饺子吃了个精光。

凌晨的时候，窗外的天空中突然绽开了大量的烟火，无数彩色的烟花装点着天幕，将夜空照得如同白昼一般通明。

江绍羽起身下床，站在窗边看着远处的烟火，这才切实感受到了节日的热闹。

裴封走到他身边，轻声说："师父，新年快乐。"

江绍羽道："你也新年快乐。"

两人对视一眼，相视一笑。

就在这时，裴封的电话突然响了，他接起来道："惠姐，新年快乐啊。"

祁惠激动地说："小裴，新年快乐！你那边是什么情况，首播的宣传微博怎么一直不转发呢？有空转发一下啊！"

裴封摸了摸鼻子，道："抱歉，我忙忘了，我这就去转发。"

他今天下午在厨房做年夜饭，又忙着照顾师父，确实没来得及转发官方的消息。挂掉电话后，裴封打开手机登录微博，看到了"小熊 TV"发布的消息。

欢迎主播 Fred 入驻小熊 TV！大年初二下午两点，小熊 TV 直播间 1024，主播 Fred 和你不见不散！

裴封转发了这条微博。

初二下午两点见，我在小熊 TV 等你们哦！

这条微博很快就被顶上热搜，裴封的粉丝们纷纷激动地评论——

封哥居然跳槽去了小熊 TV 吗？
我这就去小熊 TV 注册账号！
粉丝团火速前来报到！评论区前排给我留个位置呀！
我发现小熊 TV 的界面风格好可爱啊，礼物都是甜甜圈、巧克力棒！
期待大年初二的直播，我要给 Fred 送礼物！

172

在主播圈，裴封是真正的"大明星"。不但粉丝多，游戏水平也是数一数二的。他打游戏非常厉害，直播风格轻松好玩，很多"枪王"玩家闲下来都会点开他的直播间学习操作技巧。

他在小熊 TV 的 1024 号直播间，开通的短短一天内关注量就已经突破了三百万，为他开通年度会员的人更是多得数不清，可见他的影响力有多大。

小熊 TV 的老板看着火箭般飙升的数据，眉开眼笑。

一开始花那么多钱签下 Fred，他还觉得肉痛。但经纪人说了一句话"我们小裴以后会成为小熊 TV 的门面，让贵站'枪王'分区的收入提升一个台阶"。

每个网站都有招牌主播，裴封就是典型的可以帮网站吸引观众、提升收入的顶级主播！

小熊 TV 的高层管理人员经过多次开会商讨，最终给出了让业内震惊的签约待遇。

有记者发了条通稿。

主播 Fred 以六千万天价签约费跳槽小熊 TV！

这么高的签约费真是羡煞旁人，自然也引来了不少主播的嫉妒。小熊 TV

原本的几位签约主播，在私人小群里偷偷说风凉话。

这么高的签约费，能赚得回来吗？老板脑子进水了？

很多主播跳槽后就会跌落神坛，Fred说不定也会水土不服。

他是被星网捧红的，红了就跳槽，这种人红不长久，等着看好戏吧。

星网直播的老板听说这个消息后，冷笑道："他们是不是疯了！等着赔钱赔死吧！"

顶级游戏主播Fred跳槽的消息很快就传遍了主播圈，也传遍了"枪王"电竞圈，跟裴封关系比较好的叶轻名、周逸然、林浩彦等人都帮他转发宣传。

舒辰的微博从来不发消息，但也偷偷点了个赞。

俞明湘是国家队的领队，身份特殊不方便出面，私下给裴封发了条消息。

俞明湘：恭喜小裴换了新东家，新年开播顺利！

裴封回了个抱拳感谢的表情。

次日醒来时已经中午十二点了，裴封洗漱完去对面敲门，卧室里没人，床单铺得整整齐齐，裴封愣了愣，还以为师父偷偷走了，急忙跑下楼，结果却见江绍羽正在厨房做饭。

今天的江绍羽看上去很精神，穿了套干净的居家服，围着围裙，脸上依旧是平时的冷漠神色。锅里煮了面条，他用勺子舀起来一勺汤尝了尝咸淡。察觉到身后的脚步声，江绍羽回头，对上裴封的目光。

裴封上前一步，关心道："师父身体好些了吗？怎么自己做饭？"

江绍羽道："嗯，好多了。午饭我做好了，准备吃饭吧。"

这段时间住在裴封家里，天天让徒弟照顾，江绍羽心里也有些过意不去。他昨天休息了一整天，今天倒是神清气爽。

裴封端着午饭来到桌上。师父做了面条，打了荷包蛋，还配了几根新鲜青菜。大过年的吃这种蔬菜面虽然太清淡了，可这是师父亲手做的啊！

你们谁能尝到Wing神亲手做的面吗？不能。

裴封吃得十分满足，连续吃了两大碗，一边吃一边夸："师父做的面条真好吃。"

江绍羽说："我也只会熬粥和煮面条，不会炒菜。"

裴封摆摆手道："没事，我会，师父想吃的话我随时给你做。"

两人面对面吃完午饭，裴封主动起身收拾碗筷，江绍羽拦住他："我来吧。你今天不是开直播吗？快去准备，不要影响工作。"

江绍羽是个很有原则的人，犯错了就该挨训写检讨，但不犯错的话，他对人的态度其实挺好的。尤其是裴封昨天忙前忙后地照顾了他一整天，今天还要去新网站直播，肯定要做很多准备工作，所以他提前把午饭做好了。

裴封转身去房间调试设备，接上摄像头，顺便找来几个从出道开始就一直跟着他的、知根知底的粉丝作为直播间的管理员。他今天跳槽去新平台直播，肯定会有不怀好意的人来找茬，管理员是他信任的人，可以维持直播间的秩序。

很快到了下午两点——裴封在新平台直播的时间。

提前蹲守的粉丝们纷纷点进直播间，短短一分钟内，在线观看人数迅速飙升到百万，有很多是从星网跟过来的粉丝，也有很多小熊 TV 的用户闻讯而来，围观这位以天价签约费跳槽过来的大主播。

家里有暖气，裴封穿了件简单的短袖 T 恤，干净清爽，笑容明朗。他对着摄像头跟大家打招呼："各位老朋友，还有小熊 TV 的新朋友们，大家新年好，我是主播 Fred，欢迎大家来到我的直播间。"

弹幕区热闹起来，密密麻麻的白色弹幕如同雪花。

欢迎 Fred 入驻小熊 TV！

哇，这就是传说中的 Fred，很帅嘛！

我来围观一下刷新了签约费纪录的顶级主播。

主播长得帅，声音好听，不得不说小熊 TV 的老板还真是有眼光啊。

观众们送给他的礼物在屏幕左下角不停地弹出。小熊 TV 的风格跟星网完全不同，站内留言区全是可爱的表情，礼物也是"荧光棒"、"甜甜圈"、"气球"、"巧克力"这种可爱的风格。

礼物太多了，裴封看得有些眼花。

管理员在帮他整理送礼物的网友名单，裴封也很客气地依次感谢。

这些粉丝能从星网跟过来，确实很给他面子。

Fred 的直播间转眼间就登上小熊 TV 实时人气排行榜！

客厅里，江绍羽拿起手机看徒弟直播的画面。这么高的人气，是徒弟一步一步打拼出来的，放弃就太可惜了。

还好裴封很有主见，直接从星网跳槽去了小熊 TV，签的合同非常自由，一年四百个小时的直播时长，有时间就多播几天，没时间还能随时请假，也不会影响日后国家队的训练和比赛。可以说是双赢的结果。

就在这时，弹幕区的风向突然变了。

不知道从哪冒出来的弹幕，在那里冷嘲热讽。

这就是传说中的 Fred？被星网捧红后立刻跳槽来了小熊 TV？

背叛老东家，真是厉害啊！

星网给你那么多资源，说走就走，估计在小熊 TV 也待不久吧。

既然主播这么快就从星网跳槽到小熊 TV，不如明年再跟鲸鱼 TV 签约，把三大直播平台都体验一遍。

右侧的系统提示框弹出来一排禁言消息，然而这些恶意的弹幕太多了，显然有人故意在裴封直播的时候捣乱。

江绍羽眯了眯眼。

他注册账号，点击关注，赠送礼物。

"7766501"向主播 Fred 赠送了"守护之心"！

连续几十条赠送礼物的消息出现，屏幕左下角的心形护盾闪瞎了围观群众的眼睛。

惊现有钱人！

没记错的话，这位老板实力很强，跟 Fred 在国际服务器双排过的。

老板好！老板居然也跟来小熊 TV 了？

啊啊啊老板我是你的粉丝！

老板今天跟 Fred 一起打排位赛吗？好喜欢看你们打配合！

裴封看到之后，急忙开口道："谢谢老板的六十六个'守护之心'，感谢捧场。"一边说，一边拿出手机给江绍羽发消息。

裴封：师父别送了，太破费了。

江绍羽：没事。你今天第一次在新平台直播，我送礼物支持一下。

裴封：谢谢师父。

刚才看见那些恶意弹幕，裴封挺烦的，想让管理员直接把那几个账号给永久封禁了。可是，师父送给他的六十六个"守护之心"，将那些乌烟瘴气的弹幕全部压了下去。

裴封的心情别提有多好了。他轻咳一声，笑着说道："我今天来一场狙击手的细节教学，感谢大家支持。"

裴封直接点进自定义模式，教大家狙击手的操作技巧。

他打开了游戏里的剧情篇章，这个剧情副本出了名的难，顺利通关后可以获得永久的武器奖励，无数玩家在这个副本留下了心理阴影。

裴封一边更换枪械，一边解说道："这一章，可以利用移动狙击的技巧，大家注意我这个位置，卡在这个敌方瞄准，连狙三枪，可以杀掉那边的三个精英怪物。精英怪物死了之后，剩下的普通怪物可以用冲锋枪扫射全部解决掉。"

屏幕中，穿着黑色背心的青年，开镜、瞄准——

砰、砰、砰！

干脆利落的连续三枪，居然瞬间击杀了三个不同方位的目标？！

观众们目瞪口呆。

我们玩的是一个游戏？

传说中的教学主播不但打竞技场，还教人怎么通过副本？

关注主播了！这章的剧情我到现在还没通关，原来是那几个精英怪物在作祟！

"枪王"的游戏背景设定得非常完善，末日世界中的人类幸存者、变异人、丧尸、雇佣兵，各大势力的博弈精彩纷呈。每隔半年，游戏官方会推出新的剧情篇章，并且做出一系列主线任务，玩家完成任务后可以获得稀有的武器奖励。

裴封今天示范的这个副本，正好是新年期间刚出的剧情副本"第七军团"，讲述的是第七军团被变异人围攻、玩家协助突围的故事。

裴封笑道："这个副本我单人就能通关。技术不那么好的玩家，可以组满五人小队，狙击手定点击杀精英怪物，冲锋扫射普通怪物，挺好通关的。"

什么叫技术不那么好的玩家？

你直接说水平差得了！

不要怀疑我们的水平，我们真的很笨！

弹幕区的网友又开始活跃了。裴封跟网友们一边聊天一边打副本，短短半小时内，就将新剧情的几个副本全部单挑打通关，紧跟着他又去了竞技场。

江绍羽坐在客厅沙发上，拿着手机，不知不觉看了一个多小时。

裴封的直播风格确实轻松有趣，怪不得会吸引那么多的观众。

等以后他进了国家队，一定会让粉丝们大吃一惊吧？他将是史上第一个靠实力打进国家队的主播。

GOLD MEDAL COACH

GOLD MEDAL COACH
Gold medal coach

第六章 ACE传奇永存

　　裴封每天下午都会开直播，他在小熊 TV 的直播间短短几天就冲上了游戏区主播排行榜的第一名，大量老粉丝跟过来支持，也有不少被他直播风格吸引的新粉丝，直播间关注量的增长速度如同坐了火箭。不到一周，他的直播间各项数据横扫排行榜第一。

　　这就是大主播的影响力。

　　后台显示，小熊 TV"枪王"专区的观众人数突破新高，新增注册用户数更是让老板眉开眼笑。而星网的老板听说这一切后，心底突然升起一股强烈的不安——他放走裴封，该不会放错了吧？不行，得抓紧时间培养出一个能跟裴封抗衡的主播。

　　江绍羽这几天没有去负一楼打扰徒弟，他白天带着豆豆在小区里遛弯，用手机看看视频和新闻，日子过得轻松自在。

　　大年初三这天，江绍羽早上起来收拾了行李，说道："小裴，我想提前回基地，还有些事情要处理。"

　　裴封知道师父是个很有原则的人，工作上的问题没得商量。他主动下厨做了一桌丰盛的饭菜，跟江绍羽一起吃了午饭，便开车送对方回基地。

　　江绍羽带走了裴封送给他的定制键盘和鼠标，还有给豆豆买的没吃完的罐头。来到基地门口时，豆豆回头朝着裴封汪汪叫，尾巴摇个不停。

　　裴封摸了摸它的脑袋说："乖，以后会再见的。没吃完的肉罐头也全部给你带来了。"

　　豆豆十分兴奋地叫了几声。

　　江绍羽这几天经常见裴封和豆豆"无障碍交流"，已经见怪不怪了，他看向徒弟，道："我进去了，你也早点回去，下午还要开直播。"

　　裴封看向空荡荡的基地，蹙眉道："厨师上班了吗？你吃饭的问题怎么解决？"

　　江绍羽道："工作人员过几天正式上班。门口就有超市，我买点菜自己煮粥喝。"

裴封担心地看着他。

"放心，以前我在加州的时候，也是自己做饭的，饿不死。"

裴封没再纠结，目送师父走进电竞园区。

当天晚上，"华国枪王职业联盟"的官方微博发布了一条消息——第一届全国新星杯挑战赛将于二月一日正式开赛！

裴封看见首页关注的好友"教练江绍羽"紧跟着转发了微博。

师父也转发了？看来，这个赛事跟国家队有关。

裴封立刻点开公告看赛事说明。

新星杯是全国性的赛事，没有战队合约在身的非职业选手都可报名参赛，不限年龄。比赛是一对一的个人赛，初赛、复赛采用线上赛的形式，五局三胜制，每场比赛双方选手自选地图各一张，随机地图三张。打十场，胜七场者晋级下一轮，以此类推。

最终的决赛轮，会选出胜率最高的十六强选手，去帝都电竞中心参加线下比赛。国家队教练组会亲自到场作为裁判。

冠军奖金一百万元，亚军五十万元，季军三十万元，晋级十六强的每名选手各奖励五万元。

晋级复赛的选手可获得永久期限的"冰焰"系列武器皮肤，任选一件。

裴封继续往下看，出现了加粗加红的一条规则——新星杯挑战赛的冠、亚、季军，若年龄在二十一岁以下，可以进入国家队青训营，表现优秀者将入选国家队主力阵容。

显然，这是国家队朝普通玩家开放的选拔渠道！

江绍羽果然有魄力，新官上任三把火，他一来，就改变了过去"战队推荐进国家队"这种非透明的选拔模式，直接朝普通玩家打开了进入国家队的大门！

新星杯挑战赛禁止职业选手报名，可以报名的都是各地还没混出头的青训生、热爱"枪王"的学生群体和大量的民间高手。

个人赛不需要找队友，自己就能报名，无数民间高手都会纷至沓来，不管是为了一百万现金奖励也好，还是为了入选国家队也罢，这都是一个非常好的渠道。

裴封的心底像是有一股热血在翻腾。

他的师父可是国家队主教练！

下一届国家队，每一个队员肯定都要经过精挑细选，作为江绍羽的亲传徒弟，裴封一定要入选，不能给师父丢脸。

裴封按捺住激动的心情，发消息问江绍羽。

裴封：师父，我可以去参加新星杯吗？

江绍羽：当然。你不是职业选手，能光明正大地通过新星杯拿到国家队的门票。

裴封：我这就去报名！

他之前还在想自己到底要去哪家战队才能拿到推荐，毕竟年少的时候得罪了不少人，实在不好选择。如今看来，师父考虑得非常周全，这样的公开赛事，就是专门给那些没有签约战队的高手准备的！

其实，民间有不少高手不喜欢打职业联赛，又或者因为各种各样的原因没有被各大战队发掘。这些好苗子如果能选进国家队，由江绍羽亲自培养，国家队的整体实力和后备力量都会得到质的提升。

果然，这条消息宣布之后，立刻引起了轰动。

新官上任三把火，这位新教练直接一把火烧到了全国！

这是我见过的奖金最高的民间赛事了，个人赛的冠军奖金居然有一百万！

我已经报名了！进复赛拿个皮肤，不亏。

假期在家正好闲着，我也报名了，万一进了十六强呢？大学四年的学费就赚出来啦！

等等，你们看那条加粗的说明，江教练这是要搞国家队青训营吗？

一时间，关于青训营的事，网上众说纷纭。

新教练搞这么一出，不过是噱头罢了，做样子给大家看的，最后国家队还不是他说了算？

拉一批人去青训营，给战队的职业选手陪跑而已。

我不信，他真敢把没有比赛经验的新人带去世界大赛？

国家队的名额不是早就内定了吗？

莫某陆某唐某，这些大明星不去国家队，轮得到毫无背景的普通玩家？

有质疑的声音很正常，毕竟"枪王"国家队内部选拔的模式已经持续了整整五年。几乎每一年选出来的国家队最终名单，都是网友们耳熟能详的那些战队高人气明星选手。

像上一届的莫涵天、陆兴云、唐恺、时小彬、夏黎这些新人，全是各大战队力捧的选手，他们入选国家队，粉丝当然很开心，战队再趁机宣传，拉拉赞助，拍拍广告，卖卖衍生商品，赚得盆满钵满。

至于成绩……国家队在世界大赛的成绩不好跟战队有什么关系？是你国家队教练组不行。连续五年，国家队的主教练被骂跑了五个。

江绍羽要举办新星杯挑战赛的消息一放出来，各大战队同时紧张起来，私下议论纷纷。

这位祖宗是要彻底打破格局，从民间选人吗？

不是吧？他如果选出一支杂牌军，会被网友们骂死！

战队本身就吸收了大量有天赋的新人，他不可能忽略战队，不给我们名额。

不知道他要给战队留多少名额？

我们TNG战队怎么说也是上一届国内联赛的冠军，起码能分到两个名额吧。

我听说联盟那边的意思是，这一届的国家队选拔，全权由江教练负责。

全权负责？联盟这么信任他吗？

一时间，各大战队人心惶惶。

而当时在国家队写过检讨的"葫芦娃小分队"成员们更加忐忑不安。

国家队总共也就十一个名额，这也就意味着，只要有一个人从新星杯挑战赛中脱颖而出进入国家队，就要占掉一个珍贵的名额，降低他们进国家队的可能性。

陆兴云皱着眉联系自家战队的经理："赵哥，这届教练选拔方式跟以前不一样，要不要提前打探一下消息？我们还是像上一届那样，赞助国家队吗？"

赵经理回复道："我正在跟联盟那边谈，放心，你应该没问题。"

陆兴云道："嗯。老林要退役，时小彬水平也远不如我，各大战队的冲锋选手当中，我的数据是最好看的，我还是很有自信的。"

赵经理道："那是！小陆，你这一届肯定能成为主力。"

虽然江绍羽搞了一堆噱头，要弄什么新星杯赛事，但是，他不可能完全无视各大战队的存在。毕竟国内大型战队非常多，想打职业比赛的年轻人几乎都会签约战队。他如果不从战队选人，也不可能选出一支能出征世界大赛的国家队。

职业选手的天赋很重要，比赛经验也同样重要。

陆兴云是上一届的替补冲锋员，没能在世界大赛上场，因为华国队在世界大赛就打了三场小组赛，林浩彦出场两次，时小彬出场一次，表现都很烂。

如果让他上的话，虽然不一定能赢，但他觉得自己肯定会比这两个人表现得优秀。

陆兴云信心满满。

就在这时，"国家队新人群"里，时小彬突然发来一排流泪的表情。

时小彬：看到消息了吗？江教练要办新星杯从民间选人！我们怎么办啊？

夏黎：怕什么，报名就是了。

唐恺：夏姐，新星杯不允许职业选手报名。

夏黎：哦哦，我没仔细看。

陆兴云：你们也不用杞人忧天。新星杯选的是青训生，进国家青训营，表现优秀才能进国家队。难道你们觉得，自己会比这些没接受过专业训练的草根高手差吗？

众人仔细一想，也对，哪怕江教练从民间选出一些有天赋的青训生，可是这些人没有打比赛的经验，没经历过正式的职业化训练，在他们这些真正的职业选手面前，岂不是会输得很惨？

业余挑战专业？那肯定没戏啊。

最后还是职业选手们进国家队的概率更大。

时小彬：陆哥说得对。但我还是很担心。

陆兴云很烦时小彬，每天都小心翼翼的，像是担心自己受到攻击的小乌龟，躲在壳子里不肯出来，就这性格，还打冲锋员的位置？

江教练说得没错，时小彬更像个"龟缩员"，顶着个壳子上场，缩起来等队友死光了再给队友收尸。

莫涵天默不作声地看着群里的聊天记录。不知不觉间，他们这个群也产生了分歧。

其实这个群本来就不算特别和睦，一开始他建群的时候只是觉得大家年龄差不多，又都是第一次参加世界大赛的新人，会有很多共同语言……可让他难受的是，这个群里从来没有过关于比赛经验、训练心得方面的交流。选手们天天都在倒苦水，讨论别人的私事。

莫涵天沉默片刻，发了条消息。

莫涵天：大家讨论这些也没有意义，新星杯跟我们关系不大，战队这边具体怎么选人，消息还没出来呢。

夏黎：新星杯跟我们关系大不大我不知道，但跟你关系很大！

莫涵天：什么意思？

夏黎：Fred 报名了。

莫涵天：Fred？

时小彬：是 Wing 神的徒弟，那个前几天刚跳槽去小熊 TV 的主播。

唐恺：他报名的消息一发出来，评论区有好几万条留言，人气真高啊。

莫涵天一时不知说什么好。

Fred，裴封，江绍羽的亲传徒弟，传说中游戏实力最强的主播。

他玩的是狙击手。

莫涵天也是狙击手！

国家队的狙击手名额只有两个，Fred 跟他是最直接的竞争关系。怪不得夏黎会说，跟他关系很大。

陆兴云一边看好戏，一边假意安慰。

陆兴云：没事的莫哥，你毕竟打了一年比赛，经验丰富。就算裴封入选了国家队青训营，你俩单挑，你还不是轻松赢他？江教练也不可能因为他是自己徒弟，就徇私选他进国家队吧。

莫涵天陷入沉思。

道理是这样没错。可心底强烈的不安是怎么回事？

莫涵天点进微博，就看见首页热门中出现一条微博，是报名新星杯后自动

转发的。

Fred：我报名参加了新星杯挑战赛。

评论区的粉丝们已经激动得快要疯了。

封哥居然也参赛吗？

Fred 参赛了啊啊啊！这一届新星杯好看了！

听说星网那边的几个主播也报名了。

封哥加油，看好你！

距离新星杯开赛还有三天时间，却已经有两条消息被刷上了微博首页热搜。一条是官方宣传，一条是 Fred 参赛的信息。

莫涵天看得心惊胆战。

他的预感果然没错，从 Wing 神回来担任国家队主教练的那一刻……

"枪王"电竞圈就要彻底变天了。

新星杯挑战赛的报名通道开启后，网上报名的玩家越来越多，官方显示的

报名人数很快突破了十万。

裴封参赛没多久，星网直播平台人气第二的主播林海也报名参加了。

当初裴封还在星网的时候，各项数据都压着林海，林海不管人气榜、礼物榜都是万年老二。如今裴封跳槽，他终于荣升了"星网第一游戏主播"的宝座，老板也重点给他宣传，到处打广告。最近几天，林海整个人神清气爽，直播时间疯狂增加，从中午播到凌晨三点，吸引了一大批裴封走后没有跟着离开星网的粉丝。

很多人开玩笑说："海哥你要继承 Fred 留下来的遗产？"

两位主播一向不和，很难说林海是不是故意报名新星杯，想抢裴封的风头。

他甚至把自己的直播间标题改成了"直播新星杯挑战赛"。

在小熊 TV 和星网的两位大主播都参赛之后，陆陆续续又有一些小主播跟着报名。反正报名又不要钱。不管能不能拿到名次，光是直播新星杯就能吸引一大批观众。

江绍羽也没想到，裴封的报名居然带动了主播界的竞争，越来越多的游戏主播或是报名参加新星杯，或是以旁观的角度解说新星杯，一时间将新星杯的人气带到顶峰，几乎所有的"枪王"玩家都知道了这个赛事。

各地青训营那些本就想成为电竞选手的青训生也开始争相报名。中学、大学放寒假的学生们也纷纷提交了报名申请。

三天的报名时间很快过去，经过官方统计，最终的报名人数居然高达三百五十万！这几乎成了"全民赛事"，在如此大规模的宣传下，应该不会再有高水平的玩家被遗漏。

江绍羽看到官方发来的消息，满意地点了点头，道："能从这么多参赛者中杀出重围的选手，水平不会弱。"

副教练崔荣笑道："这是我见过参赛人数最多的全国性电竞赛事了！"

为了保证选拔的公平，赛事组委会为单挑能力弱的医疗兵位置单独开辟了一个赛区，所有玩医疗兵的选手放在一起比，最终选出两个人进十六强线下赛。

医疗兵内战，就是互相消耗，谁活到最后谁就是赢家。

这个规则也得到了医疗兵选手们的认可。

大年初七下午两点，新星杯的初赛正式拉开了帷幕。

所有玩家登录"枪王"游戏后，右下角都会出现一个很明显的"新星杯挑战赛"比赛服务器入口，报过名的玩家可以直接进入服务器参加比赛。

很多玩家第一次进比赛服务器，看到武器库里满满当当的武器和五花八门的皮肤,都激动地截图发朋友圈。

终于见识到了传说中的比赛服务器,所有武器开放使用,皮肤也可以任选!感觉像是乡下人进城,我最爱的武器皮肤已经绝版了,在这里都可以用!

比赛时并不会对选手装备、武器皮肤有所限制,毕竟皮肤不会影响比赛数据。新星杯结束后,这个服务器就会被关闭,所以比赛服务器的武器库,甚至角色外观商城都是全面开放的。

有些喜欢漂亮外观的玩家立刻开始打扮自己,穿上漂亮的衣服,戴上墨镜、首饰……也有些玩家一头扎进武器库,对着琳琅满目的武器,琢磨自己该带什么进赛场。

半个小时的准备时间过去,下午两点半,参赛者的屏幕上同时弹出系统信息。

新星杯初赛即将开始,正在为你匹配对手,倒计时三十秒后进入比赛房间。

此时,江绍羽正在国家队基地以旁观视角看裴封的直播间。

新星杯初赛和复赛都是线上比赛,官方并不禁止直播,裴封就开着直播打比赛。不过,由于担心匹配到的对手认出他后,会跑来直播间偷偷观察他在比赛地图上的位置,他的直播画面比真实的游戏画面延迟了三十秒。

第一场遇到的对手打一半掉线了,系统直接判裴封晋级。

裴封笑着说:"白送一局啊,谢谢这位朋友!"

第二场,碰到一位水平还不错的玩家,但还是被裴封干脆利落地一枪狙杀。

第三场……第四场……裴封赢得都很轻松。

七连胜后,他的屏幕中弹出提示。

恭喜参赛者"Fred"顺利晋级下一轮比赛,请于明天下午两点登录比赛服务器,等待裁判通知。

江绍羽注意到,裴封今天的比赛自选图用的都是"摩天大楼"这张中级难度的"全狙图"。

新星杯是五局三胜赛制,两位玩家可以自选一张地图,后面的三局是系统随机选择地图,这样的设定,也是想考验选手们对地图的综合掌握能力。

裴封用一张地图连续打了七场,真是够懒的。

江绍羽发了条信息给他。

江绍羽:明天换地图打。

收到消息的裴封立刻坐直身体。

裴封：是，师父！

裴封：师父在看我直播吗？

江绍羽：嗯，无聊看看。

裴封：我不会让师父失望的！

第一天的比赛在晚上十一点结束，十场七胜的晋级规则直接淘汰掉了将近百分之七十的玩家。

第二天下午继续比赛，能进第二轮的玩家明显强了许多，裴封也认真起来，既然师父在观察他的表现，裴封有意秀一下操作，今天选的地图类型更加丰富，打法也更显露锋芒，几乎都是以"一枪爆头"的凶悍方式解决掉对手，又一次取得七连胜。

第三轮，裴封延续了之前的连胜，以百分百胜率的战绩晋级了复赛！

江绍羽观察了两天，对徒弟的表现还算满意。他回头问国家队工程师秦博："有没有百分百胜率的选手？给我列一下，重点观察。"

秦博的后台跟官方数据库连着，能直接获取到所有选手的参赛数据。他很快就用程序列出个表格，说："有一百多人目前维持着百分百的胜率，其中几个比较特殊的我都给您标红了。主播除了裴封，还有星网的林海目前是全胜战绩。另外，有一位年龄三十二岁的玩家也是百分百胜率，不知道他是不是填错了资料。"

江绍羽愣了一下，问："三十二岁？"

秦博点开这位玩家的信息给江绍羽看，说："资料显示三十二岁，看面相挺年轻的，目前没法判断身份信息是不是填错了，他玩的是医疗兵的位置，在医疗兵专区胜率百分百。"

江绍羽若有所思地看着屏幕中的青年，道："先观察，看一轮复赛再说。"

秦博拉出来的这份表格当中，目前有上百位百分百胜率的参赛者，其中大部分都是十七八岁的少年，二十岁的裴封已经算年龄比较大的了。

如今，比赛官方对电竞选手的年龄上限没有限制，国外最大的选手有二十四岁的，裴封状态正好，再打两三年也不成问题，不过……三十二岁就有些太大了。他为什么还来参加新星杯呢？为了拿奖？

江绍羽记下了这位大龄参赛者的名字。

另外，他还看到一项有趣的数据，有一位玩冲锋员位置的选手，在初赛轮连胜的二十一场比赛当中，大量使用了包括烟雾弹、闪光弹、催泪弹、手榴弹等投掷类武器，并且有好几局是用手榴弹炸死对手的。他的投掷类武器伤害值数据是所有参赛者中的第一名。

这些风格特殊的选手都被江绍羽记下，让工程师继续关注。

复赛很快开始，竞争更加激烈。

裴封依旧保持着连胜。

他的粉丝们看直播看得热血沸腾。

Fred 已经二十八连胜了！

三十五连胜！

四十二连胜！

照这个势头，他是要连胜到决赛去拿冠军吗？

Fred 加油，我看好你！

同一时间，星网直播平台，主播林海的粉丝也激动地发弹幕为他加油。

海哥加油！连胜进决赛！

连续几天的新星杯挑战赛几乎成了全网关注的赛事。不少人打进复赛拿到了官方奖励的永久皮肤，也有人激动地说自己打进了决赛！

为期一周的线上赛，很快落幕。

总决赛的名单也在官网放了出来，比赛时间定在二月十五日，地点是帝都电竞中心。官方报销所有十六强选手的往返机票和住宿费。

裴封收到了官方发给他的电子版参赛卡，可以打印带去现场。

参赛卡

姓名：裴封

比赛 ID：Fred

赛事：新星杯挑战赛决赛

地点：帝都电竞中心一楼 A 区

时间：二月十五日下午两点

裴封打开书房里上了锁的抽屉，最底层安静地摆放着一张参赛卡。

那张卡片保存得很完好，就像是全新的一样。右上角是打印的彩色照片，照片里的少年神色冷淡，面无表情，十八岁的他，身上的青涩还没有完全褪去，少年看向镜头，目光冷锐。

参赛卡

姓名：江绍羽

比赛 ID：Wing

战队：ACE

赛事：“枪王”顶级职业联赛总决赛

地点：帝都电竞中心

时间：十一月十五日下午四点

裴封的手指轻轻滑过参赛卡上那张青涩的脸。

这是师父当年的模样。

五年前，ACE 战队在帝都电竞中心的那场总决赛结束后，裴封在后台问：“师父，你的参赛卡可以给我吗？我想留作纪念。”

江绍羽顺手将卡片递给了他。

没想到，这一收藏，就是整整五年。

裴封将两张卡片摆在一起。

一张是师父当年参加顶级职业联赛决赛的参赛卡，一张是自己参加新星杯决赛的参赛卡。

前一张，是江绍羽职业生涯的终点。

后一张，却是裴封职业生涯的起点。

裴封扬起唇角，对着照片说：“师父，我来了。”

你不再当职业选手，成为了国家队教练。

我来补上狙击手的位置，让大家都知道，Wing 神的打法从来都没有失传。

帝都电竞中心是上下两层楼的大型赛事场馆，足以容纳十几万名观众，往年的顶级职业联赛总决赛就在这里举办。新星杯的观众当然没有那么多，比赛现场也只开放了一楼。

国家队教练组的一行人，吃过午饭后就提前来到了现场。

这是江绍羽第二次来到帝都电竞中心。

看着面前熟悉的双层场馆，他恍惚间想起当年带着 ACE 战队打进总决赛的场景。当时的他只有十八岁，带着队友们走进场馆时，周围全是粉丝们震耳欲聋的尖叫声。

转眼间，五年过去。

如今重返这个赛场，却是以国家队教练的身份。

江绍羽在门口停留了片刻，当年的他，带着背水一战的心情和队友们一起走进这里，ACE 战队最终赢下总决赛，创造了一段草根战队击败豪门战队的传奇故事。

今天，他带着选拔好苗子的想法来到这里，见证新一代电竞选手的诞生。

其中就包括他亲自培养的徒弟裴封。

他相信，华国还有很多电竞天赋突出的新人会从这个赛场，走向世界。

一行人来到最前排的嘉宾席坐下。

下午一点半，观众们陆陆续续走进场馆，裴封的粉丝很多，大主播的影响力果然不可小觑；林海的助威团也非常庞大，甚至专门做了荧光棒、海报之类的应援物品。

让江绍羽意外的是，还有一位选手的粉丝也挺多，他们举着巨大的海报，上面写了一行五彩斑斓的字："花花任你飞，花粉永相随。"

江绍羽不由得疑惑道："这些是谁的粉丝？"

秦博早就将决赛选手的底细查了一清二楚，听到这里，便说："这位参赛选手是游戏里大型玩家公会'铁血军团'的团长，这些举着海报的观众，应该就是公会玩家。"

江绍羽挑眉："铁血军团？"

秦博补充说道："就是您之前关注的，打法很特别的那位'花花大少'。"

江绍羽点了点头，他对"花花大少"这个 ID 确实有印象，目前胜率百分百，喜欢用投掷类武器，比赛风格十分特别，狂轰滥炸，毫无章法，居然能一路连胜打进决赛轮……

挺有意思。

江绍羽从观众席收回视线，拿起平板电脑，低头继续看秦博发给他的数据分析。

此时，比赛后台的休息室内。

一位戴着口罩的中年人正在低声叮嘱林海："Fred 最厉害的就是远距离狙击，咱不跟他打正面，近身战的话你的优势非常大。总决赛是七局四胜制，咱们选图的机会有两次，这两场拿下，随机地图再赢一两场就稳了。"

林海自信满满道："嗯，我知道该怎么打。"

中年人道："张总今天也亲自到了现场，你可别让他失望。"

林海轻笑着挑眉："放心吧程教练，能不能拿冠军我不保证，但赢下 Fred，问题不大。"

自从裴封走后，林海一下子成了星网平台人气最高的主播。这次报名参加新星杯，他特意找来了一位豪门战队的专业教练，来给他做针对性的训练。

裴封声称自己是"技术流"主播，但在国服积分榜的排名跟林海相差并不大。即便他曾经是 ACE 战队的青训生，是 Wing 神的徒弟……可是，他离开 ACE 都五年了！

电竞选手一周不训练都会跟不上比赛节奏，他一个五年没训练的主播，还能保持职业选手的水平吗？不可能。

林海这一周的特训，全都是针对裴封来安排各种战术方案，就连地图，也是跟教练商量后精心挑选的。

他这次参赛的目标有两个。

第一是提升人气，将裴封跳槽后还留在星网的粉丝吸纳过来；第二，就是击败裴封。

至于国家队，他没兴趣，主播的收入可比国家队的青训生高太多了。

裴封刚刚跳槽，脚跟还没站稳，只要他在新星杯击败裴封，让裴封在这里摔个大跟头，以后想爬起来可没那么容易。裴封倒了，"枪王"的顶级主播会变成谁，还用问吗？

林海扬起唇角，心情十分愉快。

就看待会儿的抽签能不能抽到裴封了，希望他别那么快被人干掉。

下午两点整，主持人走上舞台："各位观众下午好，欢迎来到第一届新星杯挑战赛的决赛现场！让我们以热烈的掌声欢迎来自全国各地，打进决赛轮的十六强选手登台亮相！"

现场响起热烈的掌声，还有粉丝和亲友团拿着喇叭高喊这些人的名字。

裴封是最后一个上台的。他今天穿着简单的牛仔裤和黑色长袖 T 恤。二月份的帝都依旧很冷，但场馆开了暖气，他这么穿倒是显得帅气又干练。

裴封在舞台站定，目光扫向台下，果然在最前排的嘉宾席看见了那个熟悉的身影，他朝江绍羽微笑了一下。江绍羽脸上没什么表情，只回了他一个平静的眼神。

裴封收起笑容，乖乖在台上站好。

旁边的林海主动跟他打招呼："Fred，好久不见。"

裴封也礼貌地点了点头道："嗯，海哥好。"

台下的观众席爆发一阵尖叫——

"Fred 必胜！Fred 加油！"

"海哥必胜！海哥加油！"

双方粉丝打起了擂台，江绍羽被吵得头疼，揉了揉耳朵，将目光放在大屏幕上。

屏幕中显示出参赛选手的信息，主持人依次介绍选手，接着宣读比赛规则："决赛轮是七局四胜的淘汰赛制，所有人随机抽签进行比赛，每个选手可自选两张地图，系统随机得图三张，率先赢下四小场比赛的选手将获得这局比赛的胜利!

"医疗兵也加入匹配队列,如果匹配到医疗兵选手,则采用'限时赛'的方式,如果医疗兵存活十分钟,判定为医疗兵胜利;如果医疗兵在十分钟内被击杀,则判定对方胜利。

"接下来进行第一轮的抽签,请系统随机匹配选手!"

大屏幕上随机出现十六强选手的名字,很快,屏幕定格。

决赛轮第一场:"Fred"对战"海哥"。

全场哗然,观众席的双方粉丝激动地尖叫。

大屏幕切换到直播画面,两位解说朝着镜头笑容灿烂。

"欢迎来到新星杯挑战赛总决赛的直播现场,我是官方解说小狐。"

"我是解说阿岩。"

小狐道:"第一场抽签结果已经出来了,是 Fred 和海哥的对决,嗯……两位都是人气非常高的主播,这次新星杯也一路过关斩将,以百分百的胜率杀进了决赛。"

阿岩点点头:"没想到两人会在决赛的第一轮相遇。"

小狐继续道:"是的,由于决赛是淘汰赛制,输掉的人直接出局。我相信两位选手谁都不想出局,这一场比赛肯定会很精彩,让我们拭目以待!"

听说决赛轮的第一场直接匹配到了 Fred 和海哥的对决,官方直播间的收视率瞬间飙升几十倍,两位主播的粉丝迅速打开直播软件,密密麻麻的白色弹幕顿时充满了屏幕。

第一场直接两位大主播内战吗?

这下好玩了!

Fred 加油,看好你,干掉那个海哥。

我押海哥胜!

这两位以前都是星网力捧的主播,但两人从来没有正式交过手,哪怕排位也没有偶遇过。所以,林海的粉丝说他是主播圈"第一突击手",裴封的粉丝说他是"技术最强的狙击手"……到底谁更强?今天就能见分晓。

此时,另一边的贵宾观众席,星网老板和戴着口罩的程教练正在低头聊天。

"张总放心,林海这段时间参加特训的效果非常好,他本来就有打职业比赛的水准,我专门研究过 Fred 的打法,针对性地选了两张地图。提前撞上 Fred,其实是好事,只要淘汰掉他,以后林海在主播圈的地位绝对能远超 Fred。"

"嗯，辛苦程教练了。"星网老板张睿明笑眯眯地说道。

Fred 跳槽，对星网的影响非常大。

他也没想到"枪王"分区人气骤降，比上个月下降了百分之十五，用户流失严重，这是非常可怕的现象。星网必须抓紧时间捧一个比 Fred 人气更高的顶级主播，才能挽回老用户，并吸纳新用户的注册。

新星杯，正是最好的机会。

林海和裴封一前一后走向主舞台，两位主播颜值不分上下，至于实力，他们并没有交过手，但从巅峰赛的积分排名来看其实相差不大。

张总还是挺有信心的，毕竟林海这段时间一直在跟着豪门战队的程教练学习，专门针对裴封研究出了一套打法，胜算非常大。

两人各自走进隔音房，坐下来调试设备。

这次比赛允许选手携带电脑的外部设备，裴封就带了他那套定制的键盘和鼠标，跟江绍羽的同款不同色，键盘的右下角和鼠标正中间都刻着"Fred"的银色标志，为了跟师父的"Wing"保持一致，他的"Fred"两边也长了一对可爱的翅膀。

两人戴上耳机，裁判确认双方选手的电脑没有问题，挥手示意比赛开始。

解说席，两位解说立刻打起精神。

小狐道："比赛马上就要开始了，让我们进入 Fred 和海哥的第一局对决！"

阿岩详细解释道："狙击手对战突击手，狙击手射程远，但子弹数量少，很依赖地形条件，必须找到适合藏身的狙击点。而突击手对地形的要求没有那么高，打法更加灵活！"

小狐点点头，说："是的。比赛开始，双方随机抽签，海哥抽到了先手！"

阿岩道："让我们期待第一局海哥的自主选图，他提交的地图是……"

两人同时喊出声："回形走廊！"

这个地图一出现，全场哗然。

直播间的弹幕更是雪花一样地飘过。

这个图根本没有狙击点吧！

这是密室图，特别适合冲锋员、突击手、侦察员这些位置发挥。

打狙击手，选个狭窄的密室图？这个海哥可真恶心！

赛制规定就是选手可以自己选图啊，海哥选自己擅长的图有问题吗？

林海一脸微笑，非常自信。

这张图是很简单的低级难度地图，但对需要藏身、找狙击点的狙击手来说，这是噩梦。

　　"回形走廊"，顾名思义，是一个"回"字形的通道，东南西北四条走廊首尾相连，有四个拐角。选手之间如果要爆发战斗，只能在走廊的拐角处。

　　在拐角处怎么狙击啊？

　　等你开镜、瞄准，别人早就把你打成马蜂窝了！

　　狙击手的优势是超远距离的狙杀，只要占领视野高点，就可以在对方无法近身的情况下一枪秒掉对手。然而，像"回形走廊"这种地形狭窄、空间逼仄又有四个拐角的正方形密室，狙击手几乎没有发挥的空间。

　　林海选这张地图也是很有针对性了。

　　解说小狐不由得担心起来，说道："这张图，对狙击手来说非常不利啊。"

　　阿岩道："是的，纯近身战的地图，根本无法架枪开狙。"

　　小狐道："就看 Fred 怎么应对了。"

　　裴封的表现很从容，他看见这张地图后，只是轻轻地笑了笑，眉都不皱一下。

　　地图选定，双方选手更换枪械。裴封飞快地换上"AK12-暗夜"这把轻巧的突击步枪，副武器带的是"毒蜂匕首"，刺伤敌人后附带中毒效果，第三个武器是"烟雾弹"。

　　小狐愣了愣，道："他……他不带狙击枪吗？"

　　阿岩回过神来，说："这张图带狙击枪的话根本没法发挥，带突击步枪更好打。只不过，我听说 Fred 是非常厉害的狙击手，他的突击步枪玩得怎么样啊？"

　　小狐摇摇头："不太清楚，我很少看他玩步枪。"

　　林海才是主播界的"AK 步枪之王"，主播圈最强的突击手。

　　裴封在林海的面前玩突击步枪？有没有搞错？

　　所有人都发出了这样的质疑。

　　只有台下的江绍羽面色平静，似乎早就料到了结局。

　　俞明湘笑着说："小裴看来要动真格了呀？大家估计不知道，当年你在ACE 战队让队员们轮番'教育'他，他早就掌握了各种位置的玩法。"

　　江绍羽靠在椅背上，目光冷锐道："我带出来的徒弟，哪有那么容易被针对？"

　　当年江绍羽收徒时，教裴封的第一课是：从哪跌倒，就从哪爬起来，轻易放弃的人不配成为电竞选手。第二课则是：想要击败你的对手，必须充分地了解你的对手。

　　若想知道如何击杀敌方的突击手、冲锋员、侦察员和医疗兵位置的选手，你得自己先清楚这些位置该怎么玩。

　　这也是江绍羽让叶轻名、周逸然、林浩彦他们轮番训练裴封的原因。

江绍羽退役多年，依旧能做到用不同的打法逐个击败国家队的那群"葫芦娃"。作为江绍羽的亲传徒弟，裴封怎么可能连基本的枪械操控都没掌握？

裴封当然是一位非常优秀的狙击手。

但他……不是只会用狙击枪。

比赛很快开始。

地图载入完毕，两位选手分别刷新在地图左上角、右下角的对角位置。

由于作战思路简单，这样的地图更加考验选手的反应速度和操作技巧。

回形走廊内光线昏暗，需要听脚步声来判断敌人的方位。

林海一开局就直接切换了一把"AK47"突击步枪，稳扎稳打地朝着顺时针方向前进，而裴封手里拿的是更加轻便的烟雾弹，同样按顺时针方向往前走。

两个人方向一致，如同在操场上按同一个方向跑圈，短期内不会相遇。

林海打得非常谨慎，很快，他就来到了右上角的拐角处，这种地图在路过拐角时一定要格外小心，很容易一转身就被埋伏的敌人一枪爆头。他举着枪，一边缓慢地挪动脚步，一边仔细听着周围的动静。

没人？

从时间判断，如果裴封也是跑这条走廊，应该到了附近才对。

回形走廊是密闭空间，脚步声会非常明显。既然没听到任何脚步声，那就说明，裴封的方向并不是这边，他很大可能是顺时针方向走去了左边的走廊。

林海唇角一弯，立刻回头，在拐角处架起枪，守株待兔。只要裴封敢路过这个拐角，等待他的，将会是"AK47"突击步枪暴雨般的凶悍扫射！

此时，旁观视角的观众们可以发现，裴封正拿着烟雾弹，十分谨慎地路过了左上角，也就是林海刚才的出生点。

他在拐角处停顿了两秒，然后飞快地朝这边跑了过来。

眼看两人即将在右上角的拐角处遭遇，林海早已在拐角处提前做好了埋伏，裴封的粉丝们的心都提到了嗓子眼，纷纷在脑子里默念——不要过去啊！拐角有人！

由于林海原地不动，裴封听不见任何声音。

相反，林海听到了裴封的脚步声。

一步、两步……越来越近！

林海微微眯起眼，左手轻放在键盘上做好准备，如同蓄势待发的猎人。就在裴封路过拐角的那一瞬间，林海猛地敲击键盘鼠标，游戏中的突击手扣动扳机——

砰砰砰砰！

"AK47"突击步枪的清脆枪声在回形走廊里产生了震耳欲聋的回响！

噼里啪啦射出的子弹，带着呼啸的火星，如猛兽一般扑向裴封。

然而，屏幕中并没有林海击中裴封的任何提示！

解说小狐看到这里，分析道："Fred 刚才只是虚晃了一下，用了'回闪走位'的高超操作技巧！他的身体并没有来到拐角这边，而是利用拐角处的地形遮挡，出现一下后瞬间归位，是经典的'骗枪'动作！"

解说阿岩附和道："是的。海哥开枪了，却没有扫到 Fred 的一片衣角！"

"骗枪"是职业选手的基本功，是指故意现出行踪，骗对手开枪，反而让对手暴露位置的操作技巧。这个操作一定要反应够快，否则，在你冒头的那一刻，很可能就被埋伏着的对手给瞬间击杀了。

只要你比对手快，在他开枪之前回到掩体的后方，他的子弹就打不到你。

裴封刚才就是极速敲击键盘，操控游戏中的角色在拐角处使用了一个灵活的"回闪走位"，即使林海火力凶猛，也打不到他一片衣角。

紧跟着，裴封切换武器，朝着拐角处丢过来一颗烟雾弹——

轰！

烟雾弹爆炸产生的大范围白色浓烟，让林海顿时丢失视野，根本看不清裴封在哪。

林海心头一震，立刻转身往右下角跑去。

"回形走廊"这张地图的空间异常狭窄，一条走廊也就十几米的长度，快速跑步的话几秒就能到达下一个拐角。

此时，林海手里端着枪，一边后退一边瞄准，以防对手追过来。

裴封并没有追着林海往右下角跑。

丢了一发烟雾弹逼退林海后，裴封居然转身，朝着相反的方向跑去。

走廊是一个回形的圈，不管怎么跑，都能遇到对手。

裴封舍近求远，到底想干什么？

观众们都很疑惑。

林海很快来到右下角，而裴封却逆时针朝左下角前进。

林海发现裴封并没有追过来，他立刻在右下角的拐角处停下脚步。他手中的"AK"突击步枪快速调转镜头，时而对准右方，时而看向左侧，左右观察，不管裴封从哪边过来，他都能以最快速度做出反应。

阿岩赞道："海哥近身战的经验丰富；在这样狭窄的地图，一旦占据拐角处的有利地形，对手不管从哪边过来，都会进入突击步枪的射程当中。"

小狐道："没错，突击步枪的射程能覆盖整条走廊，Fred 很难突围。"

话音刚落，就见左下角的拐角处突然炸开一颗烟雾弹，紧跟着，大片白色的浓烟在眼前散开，似乎有一个人影从烟雾中冲了出来。林海神色一凛，果断朝着那人影开枪！

震耳欲聋的枪声在密闭的走廊内响起，林海凶悍的打法颇有将对手射成马蜂窝的气势！

观众们紧张地屏住了呼吸。

然而，屏幕上却突然弹出提示——

"Fred"使用"AK12-暗夜"击杀了"海哥"！

观众们一脸茫然。

海哥提前埋伏没能击杀 Fred，怎么反被 Fred 给击杀了？

"AK12-暗夜"的皮肤特效非常低调，子弹带出的不是常见的火星，而是一排黑色的浓烟。从林海的视角来看，就是一排黑色浓烟如同巨龙一样猛地从白色雾气中扑了过来，在空中扫射，瞬间将他的血量清空！

怎么可能？

林海不敢相信地看着灰下来的屏幕。

明明是他先开的枪，却被裴封击杀了？裴封在烟雾中根本看不清他的位置啊！

直播间的弹幕区也出现大量疑问。

明明是海哥先开枪，为什么 Fred 反倒先命中了？

对啊，Fred 根本没有视野，从浓烟中胡乱扫射都能射中吗？

这不科学！他隔着浓烟都能打死海哥，自己却没掉一滴血！出现 bug（游戏漏洞）了吧？

要不是官方比赛，我都怀疑他开了外挂！

两位解说对视一眼，小狐急忙让导播打开慢镜头回放。随着大屏幕中出现刚才那一幕的慢镜头回放，观众们才渐渐察觉到了不对。

小狐惊讶地说道："Fred 刚才的操作，是'AK'步枪最难的'神龙漂移'打法？"

阿岩确认道："没错，确实是'神龙漂移'！"

小狐激动地提高了音量："这就是利用高超的走位技巧，完美避开对面火力的同时，手中的突击步枪进行如同赛车漂移时甩尾的操作，利用人物移动的惯性，扫出一条蛇形的子弹，覆盖对手的站位，击杀对手！"

"神龙漂移"是最高端的枪法操作技巧之一。

能掌握这个操作技巧的选手，整个职业联盟都屈指可数！其中最出名的就

197

是 ACE 战队曾经的突击手，被粉丝们称为"AK 王子"的周逸然。

玩过赛车的都知道，当高速运行的赛车在弯道突然调转方向，车子会因为惯性而产生漂移。

"神龙漂移"的枪法利用的也是这套原理，就像一条巨龙在快速飞行时摆动尾巴，会产生气流漂移，当飞速移动的选手以极快的速度开枪时，射出的子弹路径也会因为惯性而产生弹道偏移。

想打出这样的操作，需要达到极速走位和射击精准度的协调统一。

否则，打出去的子弹就是乱扫一通，自己也会被对方命中。

裴封刚才在白色的浓雾中预先判断出对手的站位，在看不清对手的情况下，利用 S 形走位的惯性，让射出去的子弹形成"漂移"路径，如同一条甩出尾巴的巨龙，大面积覆盖对手的位置。同时，自身也用 S 形走位的技巧，快速闪避子弹，躲掉了对面关键的火力输出！

林海一通疯狂扫射，没能击杀裴封，却被裴封利落地反杀！

游戏中的角色"Fred"手中的突击步枪射出去的子弹带着黑色的浓烟特效，如同巨龙摇摆的尾巴，狂风般席卷了"海哥"所在的位置，"海哥"被大量的子弹打成了马蜂窝。

第一局，Fred 胜！

隔音房内，裴封脸上带着微笑，收回双手，轻轻揉了揉手指。

以为这样狭窄的地图就能针对我？以为正面对决，我会落入下风？

林海，你想多了。

解说小狐道："恭喜 Fred 拿下第一局。刚才不管是拐角处的'回闪走位'还是最后的'神龙漂移'飞快扫射，他的操作都非常熟练，很有 HW 战队的突击手周队的风采啊！"

阿岩道："是的，周队最喜欢的皮肤也是'AK12- 暗夜'系列。Fred 选择这套皮肤，会不会是有意的呢？"

小狐道："第二局是 Fred 的主场，让我们期待一下他会选择什么地图。"

大家都知道裴封最擅长的位置是狙击手，海选、复赛阶段他用得最多的地图就是最适合狙击手发挥的"摩天大楼"，他打这张图很有心得，一路过来几乎是轻松击败对手，粉丝们都以为他会继续选这张图。

Fred 的摩天大楼又要来了，海哥做好被一枪爆头的准备！

第一局海哥选个狭窄的密室地图，逼着 Fred 不能使用狙击枪，第二局 Fred 不要客气，一枪狙死他！

全狙图，全狙图！

期待摩天大楼！

弹幕区百分之九十九的观众都猜测他会选择"全狙图"。

然而，裴封却飞快地锁定了一张地图——"水晶溶洞"。

两位解说微微一愣，小狐率先开口道："他居然选'暗杀图'？这张地图更适合刀战啊！"

"溶洞的地形复杂，光线又很昏暗，很难架枪狙击。而且由于溶洞中会有回声，选手的脚步声产生回响，会影响对敌人位置的判断，很适合潜伏偷袭。"

林海看到这张地图也蒙了。

裴封不是最擅长狙击吗？选个近身拼刀的"暗杀图"是什么意思？

由于地图中的"水晶溶洞"位于地下，炸弹轰炸有可能导致地下溶洞塌陷，因此，进这张图的玩家不能携带手榴弹，但可以携带其他非攻击性的投掷类武器，如烟雾弹、闪光弹等作为掩护工具。

这个溶洞有大量造型各异的钟乳石障碍物，步枪扫射出的子弹很容易被障碍物给挡掉，发挥的空间不是特别大。但只要卡住关键的路口，也能利用步枪防范对手的偷袭。

林海皱着眉飞快地换上武器，他的主武器依旧是"AK47"突击步枪，副武器换了把手枪，第三个武器则是烟雾弹。

反观裴封，他这局携带的武器非常奇怪。

主武器"沙鹰-玫瑰皇后"，副武器"死神之吻"，第三个武器"玫瑰之刃"。

解说小狐愣了一下，说道："这个……怎么那么像叶轻名的武器带法？"

阿岩道："叶队打这种地图，就很喜欢带这三把武器！而且，'玫瑰'系列皮肤还是YY战队的冠军限定皮肤！"

鼠标点击"玫瑰之刃"就可以发现，下方有一条说明。

玫瑰之刃，第四赛季华国职业联赛MVP选手YY-Leaf专属冠军皮肤。

江绍羽退役后，原ACE战队侦察员选手叶轻名转会至YY战队。

第四赛季，YY战队以难以捉摸的侦察偷袭战术，拿下了国内顶级职业联赛的冠军，叶轻名也荣获当年的赛季MVP。

这是"枪王"职业联赛历史上，第一位也是唯一的一位侦察员MVP选手。

官方为他打造的匕首限定皮肤就是"玫瑰之刃"，匕首的手柄处有精致华丽的玫瑰雕花，盛放的花瓣，像是被鲜血滋养着一般。被这把匕首命中后，会造成"流血"效果，如果没有医疗兵及时救援，会不断流血而亡。

直播间的观众们渐渐困惑了。

Fred这是在做什么？他要模仿叶子的打法吗？

第一局用周队的"神龙漂移"技巧，第二局难道要打出叶队的"影袭战术"？

作为ACE战队粉丝，我真的想哭！

他选这套皮肤肯定是故意的啊啊啊！

坐在台下第一排嘉宾席上的江绍羽，心情复杂地看向隔音房内的青年。

小裴，你这是在做什么？

你想告诉师父，你这些年一直没有荒废训练？

还是想告诉所有人，你从未忘记过，自己曾经是ACE战队的青训生？

此时，ACE战队的聊天群里，林浩彦激动地冒了出来。

林浩彦：你们看小裴打新星杯的比赛了吗？

周逸然：正在看。

林浩彦：他刚用的"AK12-暗夜"是你最爱的皮肤，还用了你最擅长的漂移打法！

周逸然：看到了，打得很棒。

林浩彦：这局他用了叶子的冠军皮肤。叶子，快来看啊！

叶轻名：什么情况？我刚睡醒。

叶轻名因为被禁赛的缘故，不需要参加战队集训，这几天每天熬夜到凌晨三点，睡到下午才起床。他当然知道今天是新星杯决赛轮的日子，也订了闹钟爬起来看，只不过，他没想到第一轮就是裴封和林海的对决。

看到群里的消息后，叶轻名都没来得及洗脸，便飞快地跑到电脑前坐下，观看直播。

第二局的比赛地图即将载入，官方直播间的弹幕已经多到看不清了。

ACE战队粉丝前来报到！

为了看小裴，我重新下载了直播软件。

听说Fred刚才模仿了周周的打法，这局要玩叶子的影袭战术？我好激动！

Fred加油！

叶轻名揉了揉惺忪的睡眼，仔细看向屏幕。

屏幕中是熟悉的"水晶溶洞"地图。

当年叶轻名曾在这张图击杀了裴封几十次，但是，小小年纪的裴封非常倔强，即使死了一遍又一遍也会爬起来继续和叶轻名对战，他渐渐地摸清了这张图的对战套路，甚至学会了叶轻名的打法。

叶轻名是最难模仿的一位选手，他走位飘逸，行动如风，在比赛中的进攻节奏忽快忽慢，十分随心所欲。但裴封的学习能力极强，在被 ACE 战队的几人轮番"教育"的过程中，他飞快地掌握了不同位置的玩法。

外界只知道裴封是 Wing 神的传人，是个厉害的狙击手。

事实上，裴封是 ACE 战队全员一起教出来的最强青训生！

比赛开始，观众们紧张地盯着屏幕，叶轻名也打起精神，专注地盯着比赛画面。

裴封的游戏角色出现在了地图的最左边，林海在最右边。

"水晶溶洞"是一张长条形的洞穴类地图，从最左到最右的距离约一千米，在狙击枪的射程范围内，然而，洞穴中布满了大量的钟乳石障碍物，根本不可能从远距离击中对手，必须近身战。

两位选手飞快地朝着洞穴中间走去。

裴封切换出匕首"玫瑰之刃"，血色的匕首在黑暗的洞穴中散发着幽冷的杀意。林海切换出一把轻便的手枪，快速 Z 字形走位，利用钟乳石的掩护边走边躲。

转眼间，双方都来到了洞穴中央的区域。

水晶溶洞的中央区域面积较为宽敞，呈扁圆形结构，密布的钟乳石让这里每隔两三步就是一处障碍，石块之间只允许一两人通过，地形相当复杂。

林海听见周围响起凌乱的脚步声。

由于洞穴内会有回音，脚步声被放大并产生了回响，明明只有裴封一个人，可这一刻，他却觉得自己像是被很多个人包围了一样，四面八方，到处都是脚步声！

林海立刻架起枪，朝着左侧"砰砰砰"一通扫射！

刚才有人从那边经过，他看到了。

他出手又快又果断，屏幕上也出现了信息——

"海哥"使用"沙鹰 - 黑鬼"击中了"Fred"！

林海心头一喜，命中了！

虽然对方只掉了百分之二十的血，但这次命中让林海信心倍增，他追着对方的残影边跑边打，一时间，幽暗的洞穴深处响起了激烈的枪声，子弹射中钟乳石，擦出噼里啪啦的火星。

突然，一个黑影悄无声息地出现在他身后。

血色红光在眼前闪过的那一刻，林海只觉得脊背一凉，他几乎是条件反射一样回头，却见面前空无一人，而他的身上，却被锋利的匕首捅出了一个窟窿。

"Fred"使用"玫瑰之刃"刺伤了"海哥"！

游戏中，他操控的角色"海哥"的血量开始下降，玫瑰之刃附带的"流血"效果虽然不会在短时间内造成大量伤害，可是，他的血量一直下降，周围又没有医疗兵，一旦裴封躲着不出来，他的血量就会慢慢归零。

这样的慢性死亡太让人难受了。

必须尽快干掉裴封。

林海紧张地攥住鼠标，飞快地搜索着裴封的位置。

幽暗的洞穴内，脚步声杂乱无章。

裴封用了非常高端的走位技巧，如同四处飘荡的风，每当林海看到对方在的时候，刚要开枪，对方却瞬间消失不见，周围大量的障碍物让裴封如鱼入深海，根本就无法捕捉他的身影。

解说小狐激动地喊道："这是叶轻名的'影袭战术'！走位快如风，身形如同残影，让对手根本来不及捕捉！"

叶轻名有多快？跟他单挑过的人都会心有余悸。往往你看不到他在哪，他就会像影子一样突然出现在你的身后，给你致命的一刀。

从旁观视角可以看见，此时，裴封正以林海所站的位置作为圆心，飞快地绕着他转了一整圈，快速移动形成的残影如同密不透风的陷阱一样包围住了中心的猎物。

在林海调转枪头观察的那一刻，裴封立即把握好时机，飞快近身。

手中锋利的匕首，干脆利落地刺向对方的胸口！

利刃划破血肉的声音在耳边响起，紧跟着，屏幕上绽开两朵鲜艳欲滴的玫瑰花。

这是独属于"玫瑰之刃"的华丽击杀特效！

"Fred"使用"玫瑰之刃"一击毙命刺杀了"海哥"！

林海的粉丝都蒙了。这个裴封怎么神出鬼没的？

大家都没看清他在哪，他突然冒出来一刀刺死了海哥？他到底是怎么走位的？

解说小狐兴奋地说道："这种打法颇有叶子的风采啊！"

解说阿岩道："叶子的打法确实飘逸灵动，没想到 Fred 模仿他的'影袭战术'，居然做到了百分之九十的还原度。"

屏幕中出现慢镜头回放，这时候大家才看清裴封刚才的走位有多可怕。

他围着林海转了整整一圈，而林海却根本没发现他的位置！

几乎每一次转弯，他都卡住了对方的视野死角。所以，林海只能听见他的脚步声，却看不见他的身影。这种把对方当成猎物一样围起来的"影袭战术"，给予对手的心理压力，比干脆利落的一枪爆头还要可怕！

电脑前的叶轻名微微扬起唇角，赞道："不错，哥当年没白教你。"

第二局，裴封获得胜利，比分来到 2:0。

林海这时候已经有些慌了。

第三局是他的主场，程教练早就跟他商量好了用什么地图。可是现在，他突然不太确定了……程教练找出来的都是针对狙击手的打法，现在还有用吗？

裴封根本不选狙击手！

第三局倒计时开启，裴封依旧面带微笑，林海的额头却开始渗出冷汗。临时换地图？他没这个勇气，毕竟这张地图他之前专门练习了很久……

林海咬牙选下主场地图。

小狐道："海哥选了'丛林深处'？这也是一张适合近距离作战的地图，没有任何狙击点！"

阿岩猜测道："Fred 会带什么武器呢？"

很快，裴封就告诉了大家答案。

主武器"乌兹 MAC- 嗜血"，副武器"汤姆逊 - 烈焰"，第三个武器"手榴弹"。

小狐激动起来："两把冲锋枪加上手雷，这是老林的打法吗？"

阿岩道："没错，老林是全联盟打法最暴力的冲锋员！"

直播间内，ACE 战队的粉丝看到这里，忍不住热泪盈眶。

第一局小周，第二局叶子，第三局老林。

裴封这是在致敬啊！

他要把 ACE 战队所有人的打法都用一遍吗？

他在告诉大家，他是 ACE 战队的最强青训生，他从来没有忘记过 ACE 战队吗？

而此时，电脑前的林浩彦早已红了眼眶，一向豪爽的男人用力拍了把大腿，低声道："之前还想退役呢！羽哥回来当教练，小裴也回来了，我怎么好意思退役！"

说到这里，他不由得哽咽起来。

ACE 战队是他们最美好的青春回忆，是他们打电竞的初心！

比赛现场，林海的脸色已经很难看了。裴封到底什么意思？一直不选狙击手，这是要他玩他吗？随着比赛地图的载入，林海深吸口气，迅速冷静下来。

这一局他必须拿下，他的主场如果再丢掉，裴封可就连赢三局了！

"丛林深处"作为经典的野战地图，空间极为宽敞，有大量树木作为遮挡，狙击手不好发挥，但冲锋员、突击手这些近战选手在这张图能打出气势、打出血性！

空旷的视野便于面对面拼枪。

由于树木较多，想要一边藏身一边射击，对走位和反应速度的要求很高。

在这种地图必须带投掷类武器作为掩护，否则你一路狂奔，对手追着你一路扫射，会将人射成筛子。

林海这局打得非常主动，他一开始就丢了枚烟雾弹，白色的浓烟遮挡了视野，他趁机飞快地横向位移，找到一棵大树，在树后藏身，并仔细听着周围的动静。

然而还没等他听到什么，就见一颗手榴弹从天而降。

201

手榴弹，简称"手雷"，作为枪战游戏中的大范围杀伤性投掷武器，能炸翻周围的一群人，击杀血量见底的对手，扔得准和扔不准，完全是两种效果。当然，手雷的爆炸需要时间，林海看见脚下出现的圆滚滚的黑色手雷，脸色一白，急忙一个翻滚，向旁边滚了过去！

只听"轰"的一声，周围的灰尘和落叶被炸得四处乱飞！

他跑得快，没有受伤。但紧跟着，震耳欲聋的枪声就在耳边响起——

砰砰砰砰！

"乌兹 MAC-嗜血"这把冲锋枪是全游戏射击速度最快的枪，弹匣容量非常大，一秒钟能射出十发子弹。虽然它有着射程短、伤害性低的缺点，但暴力射出的子弹可以压制住对手，使其暂时失去反抗能力，只能撤退。

这也是林浩彦擅长的"近身压制"打法。

不管伤害性高不高，打得你抱头鼠窜就对了！

"乌兹 MAC-嗜血"这款皮肤设计得相当帅气，枪身用的是血红色的喷漆，射出的子弹如同飞溅的血花一样，从旁观视角来看，就如夹杂着鲜血的暴雨，铺天盖地朝着敌人砸去！

林海只觉得头皮发麻。他只听说裴封是一位非常冷静的狙击手，从没想过，裴封还会如此暴力的冲锋员打法？

林海在游戏中的角色的血量转眼间被扫射得减少了一半，他被压制得一时不敢冒头，躲在树后紧张地等待机会。

然而，裴封并不会放过对手。

他扛着冲锋枪疯狂扫射后，又丢了颗手雷过去。林海迫不得已利用烟雾弹做掩护，从树后跑出来，飞快位移，朝着裴封疯狂地射击。

突击步枪和冲锋枪的枪声混在一起，在树林里回荡。两人的血量都不足一半，就在这时，观众们看见裴封做了一个出人意料的操作——他换了一把武器。

"汤姆逊－烈焰"，这把枪的射击速度没有那么快，但伤害更高。

周围突然安静了下来，林海听见"咔嚓"一声，那是换枪的声音。他心头一喜，果断借着烟雾弹的掩护，扣动扳机朝着树后连续射击，"AK"突击步枪的子弹扫出一排噼里啪啦的火星。

但同一时间，裴封突然从树后跳了出来，对着林海的面门一通扫射。

哒哒哒——

"汤姆逊"这把冲锋枪的枪声很像是清脆的打字机声音。

此时，两人的血量相差不大。但"汤姆逊"这把枪在近距离造成的伤害更大！

"Fred"使用"汤姆逊－烈焰"击杀了"海哥"！

林海的血量被迅速清空。

他眼睁睁看着自己倒在一片血泊之中，而 Fred 的血量也只剩最后的百分之五。

就差那么一丁点！

林海不甘心地攥住鼠标，恨得牙痒痒。

解说小狐激动地提高了音量："Fred 精确地计算好了双方的血量差距和武器伤害值！"

阿岩道："没错，他先用射速最快的'乌兹 MAC'凶悍地压制住对手，将对手的血量压低，再换上威力更大的'汤姆逊'，正面交锋，利用微弱的血量优势获得了胜利！"

刚才裴封突然从树后出来，顶着对手的子弹，跟对手面对面同时开枪，看上去很鲁莽，其实胸有成竹。他已经计算好了血量，只要他的子弹全部命中，林海会比他先死！

真正的高手对决，有时候就是这百分之五的血量差距决定胜负！

林浩彦激动得拍大腿大叫："漂亮！小裴太帅了！"

大屏幕上，比分变成了3:0。

林海的脸色越来越难看。

台下嘉宾席，俞明湘早已热泪盈眶，只有江绍羽始终神色平静。

这是他的徒弟。

谁说他的徒弟只会玩狙击手？

作为 ACE 战队的青训生，学会 ACE 战队所有队员的打法，不是应该的吗？

看着 3:0 的比分，隔音房内的林海脸色越来越难看，像是被针扎一样坐立不安。他在游戏里从没跟裴封交过手，但是，他的巅峰赛的排名明明跟裴封差不多啊？他一直以为，两人的实力相差不大。

裴封主玩狙击手，林海主玩突击手。一个擅长远距离狙杀，一个擅长近距离突围，各有大量粉丝。

如今裴封跳槽去了小熊 TV，林海摇身一变成了星网人气最高的主播，老板有意让他顶替裴封的位置，这次新星杯，他还专门请了豪门战队 FAD 的程非凡教练帮忙分析裴封的打法，制定针对性的战术……结果这一切努力都没用！

裴封前面三局根本没选狙击手，用别的职业都能赢他。

林海甚至对自己的实力产生了怀疑。

坐在台下的星网老板张睿明脸色铁青，对着程教练说道："你不是说，阿海的胜算很大吗？"

程教练额头冷汗直冒，小声说："这……还，还是有希望的。"

张总翻了个白眼，说："0:3 落后的情况下，再来个 4:3 翻盘吗？"

程教练不敢说话。

林海只有连赢四局，才能 4:3 翻盘。

这种可能性微乎其微。

但是，林海最起码得赢个一两局吧？要是 0:4 那就输得太难看了啊！

程教练干笑着说："Fred 这是在秀操作给他师父看呢，江教练就坐在嘉宾席。下一局他应该会选狙击手，阿海还是有希望赢的，我们针对狙击手研究了很多套路。"

张总顺着他的目光看过去，果然见第一排的贵宾观战区坐了几个人，其中就有一位外貌非常出众但神情十分淡漠的青年。舞台灯光的照射下，更显得那人皮肤白皙，一对微微上扬的剑眉透着几分冷锐。

张总疑惑道："江教练？你是说，前段时间上热搜的那位国家队教练？"

程教练点头道："是啊，新星杯就是为国家队选拔青训生的比赛，Fred 突然参加新星杯，肯定要去国家队找他师父，不然他一个主播，参加这比赛干吗？"

张总听到这里，心头蓦地一震。

国家队！

难道裴封当初跟星网解约，提出"自由直播"的条件，是为了去国家队训练？

一旦裴封真的在新星杯拿到前三名，那他将成为"枪王"项目第一位打进国家队的主播。他的师父是国家队教练，下一届世界大赛他肯定能上场。一旦世界赛表现好一点，他的成就和人气，将会令其他主播望尘莫及！

早知道如此，当初就不应该和他解约……

后悔和懊恼的情绪在张总的心底疯狂滋生。他忍不住又看了江绍羽一眼。

江绍羽察觉到侧面投过来的视线，回头给了他一个冷淡的眼神，似乎在问：你有事？

张总心虚地移开目光。

怎么感觉脊背凉飕飕的。

第四局即将开始。

比赛现场，裴封的粉丝们激动欢呼，林海的粉丝各个面色尴尬，甚至有人低声议论："海哥平时打排位吹得自己很厉害，结果就这水平？我都后悔买票来看比赛了。"

现场的直播大屏幕中，小狐笑容灿烂地解说："大家好，欢迎回到新星杯决赛轮的现场！目前的比分是Fred3:0领先，第四局将是Fred的赛点局，而且是Fred的主场。海哥可要小心，我们期待一下他会怎么应对。"

阿岩道："我更好奇的是Fred会选择什么武器呢？前面三局，他分别用了突击手、侦察员、冲锋员的打法，第四局应该选他最擅长的狙击手了吧？"

话音刚落，裴封先提交了地图。

这一局是裴封的主场，他选择的地图是"星光公寓"。

地图一放出来，观众们都有些茫然。

"星光公寓"好像是个"迷宫图"啊！他还是不选"全狙图"吗？

林海也愣了一下，"星光公寓"并不利于狙击手作战，这是一栋"田"字形的公寓楼，里面有很多个小房间，房间之间都是互相连通的，如同大型的方格迷宫。每一个房间都可以躲藏，也可以用于偷袭，打法复杂多变。

难道他又要玩叶轻名的侦察员"影袭战术"？

林海脸色严肃，飞快地更换武器，他带的依旧是突击步枪、手枪加上烟雾弹。

很快，裴封也换好了武器。主武器是"防弹护盾－天使之翼"，副武器是"医用绷带－爱心使者"，第三个武器是"红十字双枪"。

观众们对此十分疑惑。

台下观战的程教练更是直接喊了出来："什么？他这局要玩医疗兵？"

张总的脸色黑如锅底，攥紧的拳头更是捏得咔咔作响。

裴封的这种做法，似乎在说："海哥，赢你，我都不需要选狙击手。"

官方直播间的弹幕区，ACE战队的粉丝们热泪盈眶。

小辰来了啊啊啊啊！

Fred在告诉大家，ACE战队还有一位医疗兵！

呜呜呜，我的小辰离开ACE战队之后一直过得很不顺，好久没在赛场看见他了。

辰辰最爱的"天使之翼"护盾，曾经保护过Wing神多少次啊！

因为这个护盾的造型有一对小翅膀，正好是Wing（羽翼）的意思。

Fred也太好了！他会叶子、小周、老林的打法，他也没有忘掉小辰！

舒辰是ACE战队最不起眼的医疗兵，每次接受采访都会怯生生地躲在队长后面，被人问一声就脸红结巴。可是，多少次的枪林弹雨中，他冒着生命危险飞快走位，在战场上救援队友。比赛中，ACE战队的队员被他救起过多少次，他就牺牲过多少次。

他是第三赛季全职业联盟死亡次数最多的医疗兵，可只要有他在，ACE战队的所有人都可以有两条命！

是的，ACE战队还有个医疗兵。

ACE这个团队，每一个人都是不可或缺的存在！

裴封在第四局选择了医疗兵。他一直以职业选手的高标准来要求自己，每天都在重复ACE战队时期的训练。林海只是游戏主播，没有接受过职业选手的高强度训练。打这样的业余玩家，裴封根本不需要选狙击手。

林海的脸色异常难看。

裴封在第四局的主场选择医疗兵，这是在当面打他耳光。仿佛在告诉他："我跟你根本不是同一个水平的选手。我即便不用最擅长的狙击手，用其他四种职业也能赢你！"

台下，ACE战队曾经的领队俞明湘强忍着眼泪，她拿出手机，在群里叫了声舒辰："辰辰，你在看新星杯吗？"

"在看呢俞姐。"舒辰坐在电脑前，眼眶酸涩，一向不擅长社交的他不知道该说什么来表达自己激动的心情。

他一直都默默无闻。ACE战队解散之后，其他三人都成为了各大战队的顶梁柱，入选了国家队。他却越混越差，成了只能坐在冷板凳上的替补。

新战队的年轻选手也从不尊重他，私下议论他"不就是个上不了场的医疗兵吗"。他每天都坐在训练室里刻苦练习，期盼着自己能够上场，期待着教练能看见他的努力。可教练似乎早已遗忘了他，从来没有点过他的名。

他在战队当陪练，连二队都进不去。

他甚至想，自己的职业生涯是不是到头了，他是不是该放弃了？

可心里还是有一丝不甘。

如今裴封在新星杯选择医疗兵，用的还是他最喜欢的"天使之翼"护盾和"红十字双枪"，像是给他早就冰冷的心底，注入了一股温暖的力量。

他曾经是 ACE 战队的医疗兵，他怎么能放弃！

舒辰紧紧握住拳头，目不转睛地看向屏幕。

当年江绍羽为了磨炼裴封的耐心，让舒辰和裴封在"星光公寓"这个迷宫图单挑，舒辰的生存能力太强，裴封老是找不到他，更打不死他，急得快要捶桌子，有时候甚至在那里大喊："辰哥你别躲了，你给我出来！"

舒辰不管暴躁的小少年，继续躲躲藏藏。

裴封快没脾气了，也是在这样不断的练习之下，裴封学会了如何快速杀掉医疗兵。

当然，他也学会了医疗兵在战场上应该如何自保。

解说席上的小狐和阿岩对视一眼，眼中同时闪过一丝兴奋。他俩作为次级职业联赛的解说，直播过这么多赛事，第一次遇到四局比赛换了四个位置的选手！

太牛了，这一场比赛的录像放出去，绝对能引发热议！

小狐激动地说道："Fred 居然选择了医疗兵！根据比赛的规则，其他职业跟医疗兵一对一单挑，会限时十分钟，如果十分钟后医疗兵没有被击杀，则判定医疗兵获胜！"

阿岩道："是的！看来这局，Fred 是要慢慢跟海哥耗下去，拖够十分钟时间？！"

医疗兵在赛场上最重要的作用就是救援队友。

救援队友的前提是医疗兵自己得活着。

所以，医疗兵选手的生存能力很关键。但同样，其他四个位置的选手，如果无法快速击杀敌方医疗兵，让医疗兵把他的队友全部救起来，那杀掉再多人也没用，因为医疗兵可以复活队友。所以在面对医疗兵时，十分钟生存战是所有玩家默认的规则。

比赛很快开始，裴封和林海的游戏角色同时刷新在星光公寓的两个角落。

林海知道裴封这局肯定是"拖延战术"，便立刻切换成手枪，飞快地潜入公寓内开始地毯式搜索裴封的位置，这公寓虽然地形复杂，好在房间都是直来直去，没那么多弯道。

搜了半张地图，他就听见不远处响起脚步声。

林海毫不犹豫朝着脚步声传来的方向射击——

砰砰！

两枪射出，其中有一枪命中裴封，让他减少了不少血量。

林海继续朝着裴封所在的位置缓缓前进，将手枪切换成火力更猛的"AK"突击步枪。然而，旁观视角的观众们却发现，裴封此时正躲在角落里，给自己使用"医用绷带"。

他带的绷带皮肤"爱心使者"，会让白色绷带上印有红色的爱心形状，也是舒辰最常用的皮肤。绷带的效果让裴封的血量迅速回满。

听见脚步声靠近，裴封举起防弹护盾，闪身躲进另一旁的房间里。

砰砰砰！

枪声响起，几发子弹暴雨一般射到"天使之翼"的雪白护盾上，护盾的血量也在迅速降低。

裴封收起护盾，快速跳跃，又跳进另一个房间。

林海越打越烦躁，每次将裴封的血量压低，他都会鬼鬼祟祟地躲起来，用医用绷带将血量给回满。反复几次后，这一场对决仿佛变成了躲猫猫的游戏。

裴封走位极快，如同灵活的鱼一样在公寓四处穿梭。

右上角的比赛计时已经到了六分钟。再这么拖下去可就输了！想到这里，林海立刻切换出手枪，想抓紧时间赶路，追过去一枪解决掉裴封。

但追上裴封没那么容易。

"星光公寓"内部的小房间实在太多，他一间一间地搜寻，不知不觉，时间到了比赛的第九分钟。

林海气得想骂人。

就在这时，他又一次听见了脚步声，似乎在身后不远处响起。林海猛地回头，毫不犹豫地扣动了扳机。然而，迎接他的，却是两发破空而来的红色子弹！

砰、砰！

清脆的枪声在公寓内响起。

两个红色的十字标记，在林海的脑门正中绽开，飞溅的鲜血顿时糊满了屏幕！

"Fred"使用"红十字双枪"一枪爆头击杀了"海哥"！

观众们目瞪口呆。

所有人都以为，裴封选医疗兵是想拖够十分钟自动获胜。没有人想到，他会在最后关头出现，用"一枪爆头"的利落手法将对手击败。

谁说医疗兵只能救人？

医疗兵也可以杀人。

尤其是 ACE 战队的医疗兵，在队长江绍羽的严格要求下，每天也跟着大家练习枪法。

"红十字双枪"的枪身轻巧精致，上面印着代表救援的红色十字标记，是舒辰最爱的武器。

用这把枪瞄准射击，同样可以将敌人爆头击杀！

裴封微笑着从座位上站了起来，摘下耳机，来到舞台上，朝着观众席鞠躬。

解说小狐声音发颤道："恭喜 Fred 以 4:0 的压倒性优势获得本场比赛的胜利！"

阿岩也激动道："恭喜 Fred 用四种位置不同的打法晋级新星杯八强！"

台下的掌声震耳欲聋。

211

网上看直播的 ACE 战队的粉丝们已经集体哭到难以自控。

第一局，裴封用周逸然最擅长的"AK"突击步枪，完美复刻了回闪走位和漂移打法！

第二局，裴封用叶轻名最爱的"玫瑰匕首"，行动似风般难以捉摸，在对手看不到的情况下一刀毙命！

第三局，裴封装备了冲锋枪，像林浩彦一样打法暴力，与对手正面对决，算好血量有惊无险地获胜。

第四局，裴封又用舒辰最喜欢的"天使之翼"护盾和医用绷带，快速走位拖延时间，最后再用"红十字双枪"干脆利落地将对手一枪爆头！

ACE 战队四个人的打法，重现在了新星杯的赛场上。

裴封在用这种方式告诉所有人，ACE 战队虽然解散了，但属于他们的传奇永存！

台下的嘉宾席上，俞明湘哭得妆都花了。

当年大家把裴封当成弟弟一样照顾，难得的是，裴封一直心怀感恩，这么多年都以 ACE 战队为荣，甚至在新星杯重现了 ACE 战队四名队员的打法。

他唯独没有拿出狙击枪，是因为，这样简单的比赛，还轮不到"狙神"出马！

ACE 战队的聊天群里，众人已经发了许多条称赞的话语。林浩彦、叶轻名和周逸然都被裴封感动了，连舒辰也跟着打了一行字。

舒辰：小裴厉害。

一直神色冷静的江绍羽，此时也难得地嘴角上扬，露出一个微笑。

他抬头看着舞台上帅气的青年，伸出双手，为裴封送上了毫不吝啬的掌声。

小裴，师父为你骄傲。

第七章　新星杯冠军

按照电竞比赛的规矩，胜方要跟败方握手，表示"友谊第一、比赛第二"的竞技精神。裴封朝观众席鞠完躬后，就来到隔音房去找林海。

林海呆坐在电脑前，目光直直地盯着屏幕上鲜明的 4:0 比分。他已经彻底失去了控制表情的能力，嘴唇苍白如纸，五官快要皱成一个包子。

裴封走过去拍了拍他的肩，笑着伸出手道："海哥，打完了，你还不走？"

被裴封的声音唤回神来，林海的脸色青一阵白一阵，似乎不知道该做什么表情。纠结两秒后，他总算挤出个难看的笑容，跟裴封握了握手，道："恭喜。"

裴封微笑回道："谢谢。"

此时，直播间内，网友们纷纷发出了带有嘲讽意味的弹幕——

海哥一局不赢，输得也太难看了吧！

这是去新星杯向全国人民展示自己的实力有多差吗？

就这种水平，还想踩着 Fred 上位？

海什么哥，你改名叫海弟算了！

海弟，以后再说自己是技术最强的主播，直接举报了。

海哥的忠实粉丝这时候也找不到理由为他开脱，纷纷皱着眉关掉直播，免得看见那些令人难受的弹幕。0:4，这个比分实在是太难看了！

不少路人都被裴封四局比赛换四个位置的打法吸引，跑去小熊 TV 关注了他的直播间。

更别说那些回归的 ACE 战队粉丝们，纷纷成了裴封直播间的会员。

谢谢小裴让我梦回当年，这场比赛太令人感动了！

ACE 战队是所有人的初心！你们都在，真好！

Wing 神、老林、叶子、周周、小辰，还有最强青训生 Fred，你们是最棒的！

我又把"枪王"下载回来了，以后 Fred 的每一场比赛我都看！

当年的 ACE 战队，从次级职业联赛打进顶级职业联赛，一路披荆斩棘，最终荣获总冠军，人气也达到了巅峰，光是关注 ACE 战队官方微博的粉丝就有几千万人。

可惜，这支战队如同昙花一现，拿下冠军后很快解散。

有些粉丝伤心之下不再关注电竞，也有些粉丝渐渐将目光转向了别的战队……

但不论如何，对这些人来说，ACE 战队是无可替代的初心。

如今，裴封带着 ACE 战队几名队员的打法回归赛场，粉丝们也纷纷跑回来关注直播。

他们又找回了当年看比赛的感动和热血！

比赛结束后的短短十分钟内，各种剪辑视频满天飞，官方都没来得及放出完整的比赛录像，大量网友看直播时录下来的精彩片段就开始在网上疯狂传播。

Fred 四局比赛用了四种职业！

Fred 在新星杯以全胜战绩击败海哥！

Fred 重现 ACE 战队的经典打法！

213

首页全是这场比赛的相关热搜，比去年顶级职业联赛总决赛的热度还要高。

关注"枪王"直播的网友们目瞪口呆，他们只知道，主播 Fred 平时玩狙击手挺厉害，没想到 Fred 居然玩什么位置都很厉害？他都没拿最擅长的狙击手，就以 4:0 的比分轻松战胜了另一位主播海哥！

裴封在小熊 TV 的关注量疯狂上涨，林海在星网直播间的关注量却在飞快地往下掉。

他在网上也有了一个外号"海弟"。

面对裴封，以 0:4 落败，毫无还手之力的"海弟"。

星网直播的老板张睿明看到这一切，脸色黑如锅底，他咬了咬牙，低声道："林海这个家伙真是烂泥扶不上墙！给他那么多资源，有用吗？对战裴封居然连一局都赢不了？"

教练程非凡尴尬地挠了挠头，一时不知道说什么才好。

以他教练的角度来看，裴封今天打了场"表演赛"，也就是说，在裴封眼里，林海太弱了，杀鸡焉用牛刀？他不需要用狙击手，换其他四种位置的打法也能随便赢下林海。

这强得有些过分了吧？

别说是林海，就是某些豪门战队的主力选手跟裴封单挑，也不一定能赢吧？

程教练正想着，突然感觉有一道冷冷的目光从侧面投过来。他扭头一看，正好对上江绍羽的眼睛。那双眼睛亮如寒星，像是一把锋利的剑扎进人的心里。

那双眼里明明没什么情绪，只是很简单地看了他一眼，程教练却觉得脊背发毛，甚至有种"一切都被对方看透了"的心虚感，慌忙低头避开对方的眼神。

江绍羽没见过他，怎么可能知道他是 FAD 战队的教练呢？而且他还戴了口罩，江绍羽不可能认出他来。

程教练这样安慰着自己。见张总沉着脸转身离开，他立刻起身跟了上去。

旁边嘉宾席，江绍羽靠在椅背上，淡淡问道："跟星网老板在一起的那个人挺面熟，能查出是谁吗？"

秦博立刻从数据库各大战队的资料中进行对比，很快得出结果："FAD 战队的主教练，程非凡。身高、体形、五官都符合。"

虽然戴了个口罩，但是在天天整理资料的秦工程师面前，戴口罩也没有用。这个胖乎乎的身材轮廓，电竞圈也没几个啊！

江绍羽轻轻挑眉，道："FAD 战队的教练？各大战队的集训已经开始了，他这么闲吗？跑来新星杯看比赛？"

旁边，俞明湘整理好情绪，笑着说道："估计是星网老板请来针对小裴的，他们 FAD 战队也跟星网签了直播合同，这位程教练跟星网的老板很熟。小裴跳槽后，星网迫切地想捧出来一个新的顶级主播。如果能在新星杯击败小裴，林海在圈内的地位就稳了。"

江绍羽若有所思道："哦？所以他们就请一位专业的教练，单独培训林海，想靠针对性的战术赢下小裴？"

看来，这位程教练私下和林海商量了一大堆针对狙击手的打法，主场地图也全选择了狙击手很难发挥的图。结果裴封根本没用狙击手，他俩白费了一番工夫。

江绍羽觉得有些好笑。

想赢我徒弟？除非剪掉网线让他掉线。

裴封在热烈的掌声中离开了大舞台。

来到后台后，他走进休息室，从经纪人手里接过手机，坐下来给师父发消息。

裴封：师父，我刚才打得还行吗？

本以为江绍羽这次依旧是冷冷淡淡的"还行"。

结果，师父的回复却变了两个字。

江绍羽：挺好。

裴封：谢谢师父夸奖。

江绍羽看到熟悉的笑脸表情，唇角也忍不住弯了弯。小裴不管在外人面前多凶多狠，在他师父面前，却像是一只摇着尾巴求表扬的小狗。

他真的很在意师父对他的评价吧？

江绍羽心底微微一软，又补了一句。

江绍羽：不愧是ACE战队的青训生，没白教你。

裴封看到这条回复，比中了彩票还要激动。

师父这张嘴一向冷硬，大部分时间都在训人，少部分时间没有情绪，听他夸人简直比登天还难。今天，师父不仅夸了句"挺好"，还补了一句"没白教你"，看来，师父对他的表现非常满意。

裴封心情愉快地收起手机，抬头看向大屏幕。

比赛继续进行。

后面两场都是路人玩家的对决，打得远不如裴封精彩，也没有太多的亮点。放在游戏里，他们算是民间高手，但打职业比赛的话还是差了点天赋和灵气。

江绍羽一边看一边在本子上记录。

就在这时，主持人走上舞台说道："下一场，系统匹配的结果是，'世事无常'对战'阿峰'！有请两位选手上台。"

江绍羽翻开平板电脑里的资料列表，感兴趣地问道："这个'世事无常'就是三十二岁的那位……常荣轩？"

秦博道："是的江教练。我查过了，他的身份证信息并没有填错。今天选手入场的时候，工作人员也查验过身份证，他确实已经三十二岁了。"

江绍羽抬头看了眼款步走向舞台的男人，有些意外，道："长得还挺年轻。"

俞明湘道："他看上去也就二十来岁，跟刚毕业的大学生似的。对了，他是做什么工作的？"

秦博说："资料填的是网吧老板。"

江绍羽心中疑惑，这么大年龄还来参加新星杯，是为了奖金，还是因为对电竞的热爱？总不至于还想进国家青训营吧？

电竞选手的巅峰期通常在十六到二十岁的这个阶段，超过二十二岁就会状态下滑。有些选手的状态能维持得比较久，国外就有二十四岁还打职业比赛的选手。可是，超过三十岁，反应速度、手眼协调能力，都会控制不住地下滑，这很难避免。

这位三十二岁的大龄选手，居然通过新星杯的预赛和复赛，打进了全国十六强，确实让人刮目相看。

江绍羽坐直身体看向大屏幕。

比赛很快开始，解说小狐兴奋地说："这位'世事无常'，是本次新星杯参赛选手中年龄最大的一位，今年已经三十多岁了，却依旧没有放弃对电竞的热爱！"

阿岩道："是的，能从全国三百万参赛玩家中出线，一路打进新星杯十六强，确实很不容易！让我们期待一下他在决赛轮的表现。"

小狐道："比赛已经开始！第一局，'世事无常'抽到了先手，他选择的地图是……'地下城E区'！"

阿岩道："这是个大型迷宫，地形非常复杂！"

小狐道："看来，这位选手要采用拖延战术，拖到十分钟获胜！"

这张地图是建立在荒野之下的地下城，是人类幸存者在末日最安全的家园。

地下城分为 A-H 区，E 区是住宅区，游戏里的地图做成了地下迷宫，如果是五对五的团队作战，这张图会是五层楼的立体迷宫。一对一的地图缩小，只留下最底层。

常荣轩很快更换了武器。

主武器"医用绷带"，副武器"急救箱"，第三个武器"烟雾弹"。

他这样的搭配，是彻底舍弃了攻击武器，以自保、拖时间为主吗？

江绍羽低声跟旁边的秦博道："他在初赛、复赛也没带枪械吗？"

"嗯，从官方后台的数据来看，常荣轩是所有参赛选手中生存时间最长的一位。几乎每一局，他都能拖到十分钟，让系统自动判定医疗兵胜利。"

俞明湘好奇道："他不带防弹护盾怎么躲子弹？"

江绍羽道："靠地形来躲。"

拖延战术，听起来简单，能做到却很难。

狙击手、冲锋员、突击手、侦察员的手里都有枪，医疗兵想要在这些人的火力压制下存活下来，不但要有非常出色的走位技术，还要精确地判断时机。什么时候举盾牌挡掉子弹，什么时候用绷带回血，什么时候丢烟雾弹逃跑……

一旦比赛节奏出了问题，就会被对手的子弹扫射死。

他这局不带防弹护盾，显然是地图的原因。

地下城是迷宫图，他可以依靠对地形的了解，利用各种墙壁掩体来遮挡身形。"医用绷带"可以缓慢回血，没有使用时间限制；"急救箱"能瞬间将血量提升，但需要隔一段时间才能再次使用。

他带了两种回血装备，这是要将治疗进行到底？

比赛开始后，常荣轩就拿着烟雾弹飞快地潜入迷宫中，找了个死角躲起来。

为了避免有玩家进入比赛后故意不动，从而影响对局的公平性，"枪王"

有个规定，玩家两分钟内不挪动位置则判定为"消极比赛"，会遭到系统惩罚。常荣轩一动不动地躲在那里，躲了正好两分钟，然后他动了，换去另一个角落继续躲起来。

他的对手在地图上到处找人。常荣轩则竖起耳朵听着对方的动静……一旦脚步声近了，他就会飞快地逃跑，然后找下一个安全地点躲起来。

观众们被他这种特别的打法惊到了。

在后台看比赛的裴封忍不住笑道："他这是玩捉迷藏游戏吗？"

官方直播间的弹幕区，网友们也纷纷发出疑问。

这位选手真够猥琐啊！

这是枪战游戏还是躲猫猫游戏？

他的对手一直找不到他呀！

他不会就这样躲十分钟吧？这样打比赛有意思吗？

右上角的比赛倒计时数字逐渐减少，很多观众觉得无聊，纷纷发弹幕表示不好看，江绍羽却微微眯起眼睛。这种一直避战的"猥琐"打法，可不是谁都能掌握的。

你以为，每一次对手靠近的时候都能顺利躲起来，是一件很容易的事？

这当中的细节太多了！

这名选手通过脚步声判断对手位置，卡住视野死角，计算出对手的距离和移动速度并提前逃跑。这样的打法如同猫捉老鼠的游戏，一旦被"猫"捉住，"老鼠"是很难活下来的。可是灵活的"老鼠"，不会给"猫"捉住它的机会。

十分钟到了。

第一局，"世事无常"胜！

看到屏幕上的系统消息，观众们集体无语。

他居然真的躲了整整十分钟，没让对手找到他！

而他的对手，此时更是满脸茫然。

人呢？

我在玩单机游戏吗？

常荣轩赢下第一局后，第二局到了对手"阿峰"的主场。

江绍羽看过所有十六强选手的资料，"阿峰"是帝都青训营的青训生，全名刘锐锋，主玩突击手，目前还没跟任何战队签约。他来参加新星杯，大概是想直接进入国家青训队，去打世界大赛。

这位少年的枪法和基础操作都不错，但打比赛的灵性不足，比如刚才那局，对手躲起来，他四处找人，整整十分钟都没能找到，完全被对方牵着鼻子走。

第二局，刘锐锋很快提交了地图，是适合近战选手发挥的地图"地铁站7号线"。

这张地图十分宽阔，地铁站内有不少柱子能用来藏身，地铁车厢内同样可以发生战斗。

常荣轩看到地图后，迅速更换了武器。

这局他带上了"防弹护盾"，副武器是"急救箱"，再搭配"烟雾弹"，还是没带任何具有攻击性的枪械。

比赛一开始，刘锐锋就飞快地朝对面的出生点赶了过去。等他过去的时候，那里空空荡荡，没有任何人影。刘锐锋又回头去车厢找，还是没有找到人。

刘锐锋脑子里有些茫然——怎么又变成单机游戏了？

这位医疗兵跑得比老鼠还快啊！

此时，旁观视角的观众们却可以看见，常荣轩当时就藏在地铁车厢的一处座位下面。

他趴在座位底下偷偷摸摸地观察四周，路过的刘锐锋由于是直行，视野平视前方，并没有看到座椅底下藏着个人，他就这么从对手的面前……路过了。

直播间内，网友们笑得很开心。

枪战游戏还能这么玩？

刺激！这可真是"猫捉老鼠"游戏！

刚才我的心都提起来了，生怕躲起来的"世事无常"会被找到！

我在地铁站这张图玩了上百次，居然不知道座位下面还能藏人？

趴在座椅底下也行？哈哈哈，我要去试试！

江绍羽看到这里，冷静地说："这张地图是对手选的，他还能躲在视野的死角，看来，他专门研究过每一张地图该怎么躲藏。"

秦博说："嗯，这张图的三维建模我也做好了。7号车厢有一排座椅的高度，确实可以趴着躲进去。"

刘锐锋在整个地铁站跑了一圈，依旧没能找到人，他都有些怀疑自己的眼睛是不是出了问题。

人呢？敢不敢出来单挑！躲起来算什么本事？

此时，比赛时间正好来到两分钟。

"枪王"规定选手一动不动两分钟会被判为消极比赛，所以，常荣轩终于动了，刘锐锋也终于听见了不远处传来的脚步声——对方就在7号车厢！

他立刻快步追过去，手中的突击步枪朝着车厢门口就是一通疯狂扫射！

砰砰砰！

常荣轩竖起了防弹护盾。

子弹射到金属护盾上，擦出的火星四处飞溅，护盾的宽度正好能卡住车厢门口。

刘锐锋一怒之下干脆将护盾一口气打爆了！

护盾倒在地上，摔成了碎渣。刘锐锋穿过护盾去打人，结果发现人又不见了。

他击破护盾只花了短短五秒的时间，对手怎么可能跑得那么快？

俞明湘忍着笑说："这个'世事无常'跑得真快，故意把护盾丢在那里迷惑对手。"

医疗兵的护盾使用起来非常灵活，可以举着盾在枪林弹雨中穿梭，也可以将护盾留在某个地方，作为掩体，保护自己或者队友。

护盾是可以"放置"的装备，常荣轩就故意在门口摆了个盾，吸引对方去攻击他的护盾。他本人早就像老鼠一样从另一节车厢窜了出去，找了个柱子躲了起来。

然后，又是两分钟一动不动。

刘锐锋快要气疯了，他又一次对地铁车厢展开了地毯式的搜索，依旧看不到那位医疗兵的身影，他觉得好累。

原本应该刺激热血的枪战对决，被玩成了你追我躲的"捉迷藏"游戏！

两分钟后，刘锐锋好不容易根据脚步声锁定了对方的位置，结果，一颗"烟雾弹"丢过来，趁着白色浓雾大面积扩散，常荣轩再次逃跑，刘锐锋也再次失去了视野。

等烟雾散开，对方又没影了。

刘锐锋气得说不出话。

直播间的网友们快要笑死了。

这位大叔太逗了吧？就只会躲吗？

他是靠躲猫猫躲进决赛轮的？那也很厉害了。

我都同情他的对手了，心态已经要崩溃了吧？

随着比赛时间来到八分钟，刘锐锋的心态确实要崩溃了。他遇到过各种各样的对手，偷袭的、正面决斗的、远距离狙击的……但他从没见过把枪战游戏玩成捉迷藏的！

从始至终，他都没能打到这位"世事无常"的一片衣角。

两分钟后，第二局结束，"世事无常"获胜！

两位解说面面相觑。

小狐忍着笑说："恭喜'世事无常'，又一次躲过了十分钟，获得第二局的胜利！"

阿岩道："他这种打法也算是合理利用了比赛规则，医疗兵只要活够十分钟，就会被系统判定为胜利，其他的选手遇到这样走位狡猾的医疗兵，确实很难在十分钟内杀死他。"

小狐道："没错！他带的急救箱可以瞬间回满血量，烟雾弹释放的浓烟让对手看不到他的位置，他趁机快速走位，利用障碍物藏身来拖延时间，也算是一种很新奇的策略了！"

阿岩感兴趣地问道："第三局是他的主场，不知道他会选什么地图？"

很快，屏幕中出现了常荣轩提交的地图。

小狐哭笑不得："这次是'黑暗沼泽'，一张水战图。"

刘锐锋看到这张地图，顿时眼前一黑！

这张地图百分之九十的区域都是水域，需要玩家藏身于水下行动。由于沼泽池中有大量腐烂的荷叶，可以用于藏身，按照这位"世事无常"的作风，一旦找片荷叶藏起来，那又是一场"躲猫猫"游戏！

果然如他所料，从开局到最后，他根本没能找到对手躲在哪里。

他在沼泽池里游啊游，周围一片寂静，偶尔传来水波流动的声音，或是人体接触荷叶的窸窣声响，可每当他飞快地赶过去的时候，总是找不到对手的位置。

刘锐锋强忍着摔键盘的冲动，在沼泽池中游了十分钟。

他的心态快要崩溃了！这局比赛也太难打了吧？他一直在找人，却从未找到！

解说小狐忍不住笑出声来："恭喜'世事无常'获得第三局的胜利！"

直播间内，网友们也开始发弹幕调侃。

真是世事无常啊！

我以为我玩枪战游戏是要跟人比拼枪法，没想到还要跟人比游泳？

我要是阿峰，我恨不得把这位医疗兵揪出来揍一顿！

这位大叔是来搞笑的吗？

第四局，刘锐锋直接暴躁地选了"喷泉广场"地图。

这张地图是一个空空荡荡的广场，中央有一处音乐喷泉，周围没有任何障碍物。

刘锐锋心想，看你还往哪躲！

结果，常荣轩巧妙运用烟雾弹爆炸产生的烟雾和"急救箱"的治疗效果，硬是将比赛拖了八分钟。

刘锐锋好不容易找到机会，一通扫射，总算将对手击杀，扳回一局。

比分来到 3:1。

第五局是系统随机地图，系统抽到的地图是"工厂废墟"。

这是一张到处都是货物箱子的地图，有大量障碍物可以躲藏。结果如何可想而知。刘锐锋又一次拼命搜找对手的身影，找了整整十分钟。

他看着灰下来的屏幕，大脑一片空白。他真是从没见过这种"躲猫猫"打法。

隔音房内，常荣轩站起来，走过去跟面前的刘锐锋握了握手，笑眯眯地说道："小朋友，你还是太年轻了。"

刘锐锋一时无语。

常荣轩很有风度地朝着台下鞠躬，比赛现场响起热烈的掌声。

解说小狐："恭喜'世事无常'晋级新星杯八强！"

江绍羽低声说道："把这一场的比赛录像带回去分析。"

秦博立刻说："好的，江教练。"

江绍羽看着大屏幕上 4:1 的比分，若有所思道："他的走位很奇怪，视野死角卡得很好，看得出来，他对游戏的每一张地图都非常了解。"

俞明湘有些疑惑道："可是，医疗兵光会躲也没用，得配合队友救援才行吧？"

医疗兵的生存能力非常重要，一旦医疗兵死得太早，会导致整个队伍失去后期保障，容易被对手击杀。可如果医疗兵还活着，哪怕队友已经死光了，医疗兵仍可以偷偷救人，甚至将四个队友全部复活。

第三赛季就有一场比赛，舒辰在队友全部阵亡的情况下，先救起叶轻名，让叶轻名去干扰敌人，再救起林浩彦和周逸然，让他们开火掩护，最后救起江绍羽，占领制高点，远距离打出击杀。敌方原本的战术是想包围舒辰，结果反而让舒辰找到机会一个一个将队友复活起来，将他们逐个击败！

优秀的医疗兵，一直都是赛场上非常重要的一环。

会走位，会躲伤害，这只是玩医疗兵的基础，保护队友才是医疗兵在比赛中的首要任务。

江绍羽喜欢有攻击能力的医疗兵，他当年天天逼着舒辰练枪，所以舒辰的枪法也非常准。

不过，这位大叔的风格跟舒辰完全不同。他不带攻击类武器，只带纯防御、治疗类装备，将拖延战术进行到底，躲到最后就是胜利。

这种打法很容易搞崩对手的心态，不管你枪法多准、走位多快，找不到敌人的位置又有什么用呢？一直找不到人，对手就容易变得暴躁。如果这样的医疗兵融入团队战斗当中，可以极大地干扰敌方的比赛节奏。

　　江绍羽仔细思考了一下国家队的配置，这种打法，可以作为出奇制胜的战术，在关键的对局当中使用。

　　不过，这位选手已经三十二岁了，反应速度和随机应变的能力，很可能跟不上那些年轻选手。

　　因为他这一场遇到的对手从没见过他这种打法，所以被他打蒙了。

　　如果遇到裴封，他活不过五分钟。

　　江绍羽回头问秦博："能找到他的社交账号吗？"

　　秦博上网搜了一下"世事无常"的ID，很快就在一个专业的陪玩网站看到了一位同名的玩家，只见置顶介绍里写着一段话。

　　专业医疗兵陪玩，一局五十元，给老板全方位的守护！不管老板死在哪个角落，我都能救活你哦！

　　后面紧跟着一条。

　　暂停接单一个月。我报名参加新星杯，已经打进十六强了，嘿嘿，最起码能拿到奖金。

　　看来是同一个人。

　　俞明湘惊讶道："他居然是个陪玩？"

　　"枪王"诞生多年，以游戏为生的各种职业也相继崛起，民间最多的就是"代练"和"陪玩"。

　　"代练"是官方明令禁止的行为，替玩家登录账号打排位赛如同"替人考试"，被抓到了会封禁账号。职业选手一旦有"代练"行为，将会被联盟禁赛，成为职业生涯的污点。但"陪玩"相当于"我陪你一起打游戏，你付给我辛苦费"的模式，并没有被官方禁止。

　　没想到这位"世事无常"在陪玩届的名气还挺大。他在陪玩平台的注册时间长达九年之久，接单数量已经超过了五千单，客户们给了他不少五星好评。

　　意识出色的医疗兵并不好找，大部分医疗兵玩家只会当队友的跟班，跟在后面加血，能全场游走、救援队友的医疗兵非常珍贵。那些自身水平还行的玩家，想找人一起打排位赛，带个医疗兵保护自己是不错的选择。

　　"世事无常"是个"陪玩"，也就意味着，每一局游戏，他的队友都有可能不一样。

　　他会接触各种职业、各种风格的队友，并且迅速调整自己的节奏来跟上对方。

　　这样的人，适应能力会很强。

　　江绍羽想了想，说道："等打完比赛，联系一下他，这可是个难得一见的人才。"

这种适应性很强，对地图的了解非常全面，走位刁钻，生存能力堪比蟑螂的医疗兵玩家，确实是个人才！

可惜他已经三十二岁了，确实错过了打电竞的黄金年纪，反应速度会跟不上大赛的节奏。

别看他在新星杯表现出色，真到了高水平的世界大赛，不管是遇到擅长搜查的侦察员，还是能一枪爆头的世界级狙击手，他都很难靠这种躲躲藏藏的打法取胜。

但他可以极大地提升国家队选手们的走位能力和对地图的了解程度。

如果以后的国家队训练当中，加入寻找"世事无常"的"躲猫猫"游戏，等到了世界大赛，还怕找不到对面的医疗兵吗？

他正是江绍羽最需要的助手。

江绍羽举办这次新星杯挑战赛，主要目的是从民间选拔有潜力的玩家，这位三十二岁的"大叔"算是意外的收获。前四场除了裴封和常荣轩表现亮眼，其他人都不太行。

第五场和第六场，几个选手的表现也令人失望。

江绍羽将目光放在最后的两场比赛上。

第七场是"排位不连跪"对战"小鬼"。

前者是一位路人高手，后者是青训生，全名归思扬，据说是本届最强的青训生，玩的正好是狙击手。

江绍羽翻了翻资料，感兴趣地道："这个归思扬，也来自星城青训基地？"

没记错的话，莫涵天、时小彬这两位前国家队成员，同样来自星城青训基地。星城有国内最大的青训基地，很多梦想成为电竞选手的少年都会去那里参加集训。

只不过，星城青训基地教的都是些基础操作，例如走位、拼枪、火力压制等，具体的战术意识和团队配合，还要加入战队之后再进一步提升。

也就是说，这位 ID 为"小鬼"的少年，目前还是一块未经雕琢的璞玉。

秦博说道："我看了这届各地青训生的成绩单，评分最高的有两个人，一个叫归思扬，ID 小鬼，来自星城青训基地；另一个叫徐飞，ID 飞鸟，来自帝都青训营。一南一北的两位最强青训生，据说都收到了不少战队的邀请，但他们没有跟任何一家签约，直接来打新星杯，应该是想进国家队吧。"

江绍羽点了点头，他喜欢这种有想法的孩子。

当初，年少的裴封也是直奔 ACE 战队基地来找他拜师的，目标非常明确。做事有明确的目标，总不是坏事。

江绍羽抬头看向大屏幕。

归思扬不愧是本届最强的青训生，在青训基地的长期练习之下，基本功相当扎实，打路人赢得也很轻松，他用"一枪爆头"的干脆方式杀了对手整整四局。

4:0顺利晋级后，少年来到舞台中间，朝观众席鞠躬。

他还礼貌地看了眼国家队教练组所在的位置，额外鞠了个躬。

俞明湘小声问："阿羽，这个青训生你觉得怎么样？"

江绍羽道："还行。"

俞明湘道："他也是玩狙击手的，跟小裴比呢？"

江绍羽想了想，说："没有可比性。"

几位同事默认了他的说法。

看来，十六强选手当中，江教练最满意的就是裴封，其他人跟裴封没有可比性。

这一届的冠军很大概率就是裴封，他的实力确实是强得过分。

俞明湘笑着说道："最后一场了。"

江绍羽"嗯"了一声，抬头看向大屏幕。

十六进八的最后一场，不用系统匹配，就是最后剩下的两个人打。

其中一位就是秦博刚刚提到的ID为"飞鸟"的青训生，大名徐飞，来自帝都青训营。

另一位"花花大少"江绍羽早就关注了，他今年十八岁，是个大学一年级的学生，同时也是游戏里"铁血军团"的玩家公会会长。这个玩家公会规模庞大，只招募大学生，目前人数近千人，从1500分的低段位玩家到2500分的高手都有。

能管理上千人的公会，还打进新星杯十六强，这位大学生看来有些本事。

他穿了身破洞牛仔裤和彩色毛衣，头发染成了紫色，看起来十分花哨。

俞明湘笑道："他皮肤挺白，染紫色头发倒是蛮好看的。要不然，皮肤黑的人配一头紫发就是灾难了。"

秦博道："他叫花然，这头紫发确实很有辨识度。"

江绍羽没有评价。

电竞选手怎么打扮无所谓，在赛场上的表现才是重点。

解说席，小狐微笑着说："接下来是十六进八的最后一场对决！让我们有请'飞鸟'和'花花大少'来到对战席！"

阿岩道："选手'飞鸟'主玩突击手，而'花花大少'是冲锋员，这两个擅长近距离作战的职业的对决应该会很精彩。"

两位选手走进隔音房，调试好设备。

比赛很快开始。

第一局，花然抽到了先手，他提交的主场地图是"乱石阵"。

这张地图是一个由大量石头组成的小型迷宫，确实很适合近战发挥。

江绍羽当初打"葫芦娃小分队"的时候，时小彬也选过这张地图。江绍羽的策略是使用"镭射激光炮"，将乱石给炸掉，然后出其不意地扫射死对手。

不知道花然会怎么打？

江绍羽感兴趣地盯着直播屏幕。

地图确定后，双方开始更换武器。

徐飞很快就挑选了武器。主武器"AK47"系列突击步枪，副武器"沙鹰－冰焰"手枪，再带个"烟雾弹"用于掩护，是很常规的突击手装备带法。

花然携带的装备却不走常规路线——

主武器"UMP－变色龙"，副武器"手榴弹－七彩虹"，第三个武器"烟雾弹－樱花飞舞"。

"UMP"这把冲锋枪威力巨大，伤害值非常高，缺点是它的弹匣只能容纳二十五发子弹，两个弹匣就是五十发子弹，比一般的冲锋枪携带的子弹要少得多。但由于这把枪威力巨大，被子弹射中之后，血量会掉得非常快。

使用这种枪械，对选手的命中率要求很高。它不能像其他的冲锋枪那样疯狂扫射，打出火力压制的效果，因为它弹匣容量少，扫两下就没子弹了。但只要把握好时机，子弹精准命中敌人，就能迅速打出击杀。

他选的皮肤是"变色龙"，枪身上有变色龙图案，可以根据环境改变颜色，十分独特。

至于另外两个武器格，他带了两种投掷武器，也是他的特殊打法。

秦博在后台统计过，这位"花花大少"是所有选手当中使用投掷武器最多的一位。只不过，他带投掷武器居然还要换上好看的皮肤，一个七彩虹手榴弹，一个樱花飞舞特效的烟雾弹，真是将"花里胡哨"运用到了极致。

比赛很快开始，地图载入完毕。

徐飞看见花然选这么多投掷武器，心底挺不屑的，像手榴弹这种范围轰炸性武器，滚到脚边后延迟爆炸，大部分反应快的选手都可以躲掉。花然不但带了两个投掷弹，还带了一把子弹最少的"UMP"，他的火力够吗？别打到一半就没子弹了。

徐飞觉得这把应该稳赢了。他快速潜入石林中，找了块石头躲在后方，一边观察，一边仔细听周围的动静，他选的这个路口在非常关键的位置，不管对

225

手从哪边过来，这里都能听到脚步声并迅速做出反应。

果然，没过多久，他就听见一阵轻盈的脚步声在右前方响起。徐飞立刻切枪，"AK47"乌黑的枪口对准了石头中间的空隙。只要花然从那里路过，就得吃他一排子弹，不死也要没了半条命。

然而，就在脚步声越来越近的那一刻，前方突然传来"轰"的一声巨响！

只见无数浅粉色的樱花，像是暴雪一样四处飞舞，密密麻麻的樱花花瓣形成了粉色的浓雾，遮挡住前方的视野，整个石林都被樱花所覆盖，一时间，紧张刺激的枪战游戏，莫名变成了电视剧里浪漫的约会场景。

徐飞愣了一下，立刻转移位置。

而此时，旁观视角的观众们可以发现，花然利用樱花迷雾的掩护，飞快地从石阵旁边路过，转眼间就绕到了徐飞的背后，手中的"UMP-变色龙"果断射出一排子弹——

砰砰砰！

刺耳的枪声在背后响起，徐飞下意识地快速闪躲，但还是有几发子弹射到了他的后背。

徐飞的血量被这几发子弹打下去一半，可见，"UMP"这把冲锋枪的威力有多可怕。他意识到不对，立刻Z字形走位躲去石头后方，仔细听着对方的脚步声。

他刚听见对方脚步声的位置，想调转枪头去追击，结果不远处又传来"轰"的一声响，熟悉的粉色樱花再次从天而降，彻底遮住了徐飞的视野。

而同一时间，一颗圆滚滚的手雷滚到他脚下。徐飞还没来得及反应，就听耳边再次传来"轰"的一声巨响，如同彩虹一样的炫目光效瞬间炸开，紧跟着就是徐飞连同周围的石头全被手榴弹炸飞了出去！

被闪得睁不开眼的徐飞十分无语。

又是樱花又是彩虹的，你这是玩枪战游戏，还是玩电影特效？

花然并没有罢休，趁着徐飞被手榴弹炸飞，他立刻跳过去，对准徐飞的方向就是一通凶悍扫射。

砰砰砰！

"UMP"的特殊枪声在石阵中响起，下一刻，就看见徐飞倒在了一摊血泊之中。

第一局，花然胜！

两位解说面面相觑，小狐率先说道："咳，恭喜'花花大少'拿下第一局！"

阿岩道："这真是……狂轰滥炸般的打法。"

官方直播间看比赛的网友们，纷纷在弹幕区发言。

樱花特效的烟雾弹还挺好看的，这个皮肤要多少钱啊？

我也要做一个花里胡哨的玩家，这就去买皮肤！

哈哈哈，彩虹特效的手榴弹，我真是服了！

这位选手是经典的视觉系风格吗？

网友们在关注投掷类武器的特效，而江绍羽关注的却是他的走位技巧。

看到花然出其不意地赢下第一局，江绍羽低声评价道："他的打法看上去狂轰滥炸、毫无章法，其实有不少细节。比如，用烟雾弹做掩护，吸引对手的注意力，再用手榴弹炸飞对手，紧跟着利用对手被炸飞后无法行动的时间，开枪扫射，击败对手，他这一套连续轰炸的操作，衔接得挺流畅，甚至算好了手榴弹爆炸的时间。"

这位选手的风格确实很特殊。

且不提他花里胡哨的投掷武器的皮肤特效，光看他的打法，也跟一般的冲锋员完全不同。

秦博笑道："他确实挺有特色。一般的冲锋选手，会用冲锋枪开火逼退敌人，再找机会击败敌人；他是先狂轰滥炸，把对手给炸飞之后再用冲锋枪。对他来说，冲锋枪反倒像是副武器。"

花然的投掷类武器玩得特别好。

大部分选手只把投掷武器作为辅助走位的手段，丢一颗烟雾弹来掩护队友撤退，或者丢一颗手榴弹范围轰炸逼对手走位，解决掉对面血量较低的敌人。

然而，花然却将投掷类武器当成主武器来使用。

在他的手里，烟雾弹是走位时必须要放的，几乎每次走位他都要放一波樱花特效的浓雾；手榴弹是用来炸对手的核心输出手段，他扔手榴弹的角度和时机都很有讲究。

这种轰炸式打法，虽然看上去毫无章法，却很容易打乱对手的节奏。

江绍羽感兴趣地坐直身体，继续看第二局。

第二局是徐飞的主场，他选的地图是经典枪战图"丛林深处"。这张图，所有的近战选手都知道该怎么打。首先找树木躲避，然后抓准时机开枪射击，就看谁的反应快、谁的枪法准，打法简单粗暴。

但花然不这么玩。

比赛一开始，他就放了烟雾弹掩护他快速移动，转眼间，对手就被他樱花特效的烟雾所包围，根本看不清他的位置，紧跟着，又是从天而降的手榴弹连续轰炸。

轰，轰！

左右各一颗手榴弹几乎同时爆炸，大范围的轰炸带来了彩色浓烟，让整片树林变成了两军交战的前线。明明只是两个人的单挑对决，他却打出了千军万马的气势！

徐飞被炸得脸色难看，飞快走位闪躲。

他手中的"AK47"朝着脚步声传来的方向疯狂扫射，结果只扫到对手的一片衣角。而花然却不知道从哪里突然钻了出来，对着他的身后就是一通暴力射击！

本就被炸得血量不满的徐飞，再次倒在了血泊之中。

第二局，花然胜！

徐飞眉头紧锁。

这都什么乱七八糟的打法？

江绍羽看到这里，不由得赞道："这个'花花大少'挺有意思。"

他用狂轰乱炸、花里胡哨的打法，让正规青训基地出身的徐飞难以招架。

其实论实力，徐飞应该比花然强一些。但花然不按常理出牌，徐飞不知道该怎么应对，一时被打蒙了。

228　　江绍羽眼里满含欣赏道："这是典型的'捣乱式'打法。可以让对手的节奏崩盘。"

国家队就需要一些新颖的打法，而不是循规蹈矩地规定某个位置必须怎么玩。

以前的华国队，就是战术思路太过死板，不懂变通，因此在世界大赛中遇到国外的新鲜打法时，选手们不知道该怎么应对，很容易被打得措手不及。

但是这一届，江绍羽想组建一支战术丰富、思路灵活的队伍。

以后的世界大赛，让其他国家的选手，遇到华国队之后不知道该怎么应付，这样岂不是更有趣吗？

徐飞0:2落后，脸色不由得难看起来。

他是这届新星杯的夺冠大热门之一，外界都说，他跟归思扬两位南、北最强青训生参加比赛，最后的冠军很可能在两人中诞生。

没想到，半路杀出个裴封还不够，又来了一个打法离奇的花然！

第三局是花然的主场，紫发少年很快提交了地图"火场废墟"。

这是一张暗黑风格的经典地图，天空中乌云密布，一座小型村庄在遭遇了大火后，到处都是损坏的建筑，墙壁上还残留着被火烧过的焦黑痕迹。

这张地图的关键特色在于可以采用爆破式打法。

由于大火烧坏了房屋，村庄的屋子本来就不太结实，被炸一下就很容易倒塌。

徐飞看到这张地图，心底升起很不妙的感觉。

该不会又来狂轰滥炸吧？

他刚想到这里，就见花然突然更换了主武器"镭射激光炮"。

这是"枪王"中轰炸能力最强的大炮，可以瞬间炸毁一栋房子，同样也能将玩家炸得粉身碎骨！

但它的缺点也很明显，它非常重，扛着跑的话角色的动作会像蜗牛一样慢。而且它只有四发炮弹，需要原地架枪，使用武器时不能移动，很容易变成活靶子。

当初江绍羽跟时小彬的对决中，就曾用"镭射激光炮"炸掉过石块障碍。这种携带不便的重型武器，极少在职业联赛中出现。没想到，花然居然在今天的新星杯赛场拿了出来。

江绍羽赞道："这位选手的思路果然很新颖。"

俞明湘哭笑不得，说道："他这是要将'狂轰滥炸'打法发挥到极致吗？连大炮都拿了出来？"

徐飞看到对面选择的"镭射激光炮"，不由得愣了愣。这种用来过副本、轰炸丧尸群的大炮，他们在青训营的训练当中并不需要掌握，职业联赛也没人用。你扛着大炮，像蜗牛一样慢慢往前挪，简直就是敌方狙击手的靶子！这位选手可真会哗众取宠。

徐飞皱着眉飞快地选好武器，继续带他最擅长的"AK"突击步枪进入比赛。

比赛一开始，花然依旧是前两局的套路，先丢一发烟雾弹，利用烟雾的掩护来走位，紧跟着连续扔出手榴弹，逼着徐飞去躲避手雷爆炸的伤害。

徐飞经过前两局的比赛，也发现了这位选手以轰炸为主的打法。

"枪王"游戏中，每把枪械都有子弹数量限制，例如上局的"UMP"就只有五十发子弹。

手榴弹这种投掷类武器，一局比赛只能带五颗，所以使用的时候一定要找准时机。只要不被手榴弹给炸到，血量就不会下降，那花然的输出就不够了，他这局甚至没带冲锋枪。

徐飞上一局被炸飞出去，这局早就学乖了，看见手榴弹滚过来，他就飞快地逃跑。转眼间，花然已经扔出了三发手榴弹，而徐飞如同灵活的鱼一样到处穿梭，顺利地躲掉了三发手榴弹爆炸的大范围伤害。

徐飞躲在一栋房子后面，微微松了口气。

还剩两颗，等你扔光手榴弹，你不就是任人宰割？

徐飞调整好状态，刚想主动出击，耳边突然传来一声巨响，那声音震耳欲

229

聋，伴随着彩色的浓烟升起，前方的屋子轰然倒塌，倒塌的墙壁直直朝着他压了过来！

被瞬间埋掉的徐飞瞪大双眼。

直播间内，网友们快要笑死了。

哈哈哈房子炸塌了！

真是狂轰滥炸，我要是他对手我心态都要崩溃了！

打法这么独特的冲锋员真是没见过！

同情一下被埋掉的对手。

花然这颗手榴弹扔得非常刁钻，它并没有滚到徐飞的脚下，所以徐飞没能第一时间发现它的位置。它只是滚到旁边，炸塌了房子而已。

被埋在房子下面其实并不致命，爬出来就是了。致命的是，被埋起来之后，迎接他的是威力巨大的炮弹！伴随着一声轰然巨响，花然在远处架起"镭射激光炮"，直接将徐飞在游戏中的角色轰成了碎片。

直播间弹幕一片感叹声，大家都觉得不可思议。

还能这么打？

江绍羽一眼就看懂了花然的思路——不断使用手雷轰炸，逼迫对手走位，然后，早就架好的"镭射激光炮"就可以发挥威力，一炮轰死对手。

这其实跟江绍羽当初打时小彬的那局很像。逼对手走位，彻底打乱对手节奏，让对手落入自己的圈套之中，再一击必杀，如同赶着羊入羊圈。

秦博评价道："徐飞的节奏完全乱了，被对面逼着逃跑，他其实应该主动出击，才能赢吧？"

江绍羽道："嗯。花然的捣乱式轰炸看似毫无章法，实际上手榴弹、烟雾弹的衔接非常流畅，对手完全被他带着节奏走。这样的选手，在团战当中会很难处理。"

不躲他的炸弹，会被炸伤；一直躲炸弹，则容易被他带乱节奏。

江绍羽紧跟着指出一个缺点："不过，他这种打法如同双刃剑，扰乱对手的同时也很容易干扰队友，大部分选手跟不上他乱七八糟的游戏节奏。"

秦博笑道："这确实属于'孤狼打法'了，只顾自己开心，不管队友死活。国家队有人能跟他配合吗？"

江绍羽顿了顿，道："倒是有两个人，可以跟他形成配合。"

俞明湘好奇问道："谁？"

江绍羽道："叶轻名，还有小裴。"

叶轻名是主力侦察员，打法飘逸灵动，走位如影似风，谁都不知道他会出现在哪里，其他选手想要配合他会非常难，所以大部分情况下，叶轻名都是"自己玩"。

花然同样是一位"自己玩就很开心"的选手，他不用管队友在哪里、在干什么，冲上去就是烟雾弹加手榴弹的狂轰滥炸，让对手彻底乱了阵脚。

这样两位节奏各有特色的选手，需要搭一个适应能力极强的远程狙击手来稳住局面。

江绍羽心目中最好的人选就是裴封。

裴封由于当年被 ACE 战队的队员们轮番训练，熟悉了各种位置的打法，他能跟上叶轻名的节奏，再加一个狂轰滥炸的花然，到时候，敌人不管追着花然，还是针对叶轻名，裴封都可以远距离迅速瞄准，将敌人一枪爆头。

江绍羽总结道："这是典型的'两动一静'三角打法。花然作为冲锋员，在队伍最前面狂轰滥炸干扰对手的节奏；叶子见缝插针、绕后偷袭，骚扰对手的侧翼和后方；小裴在远距离收拾残局，掩护队友。由于花然和叶子各玩各的，节奏并不一致，所以小裴需要同时保护左右两边的队友。"

这对狙击手的要求非常高。要反应快不说，还要左右兼顾，一个不留神，叶子或者花然就有可能在前面牺牲了。

俞明湘兴奋地说："这种'两动一静'的打法，听起来很有意思啊！"

两个打法独特的近战选手放在一起，容易和队友脱节，无法形成默契配合，那咱们干脆不打配合了，一左一右，分头将对面的节奏彻底搅乱，再搭一个特别稳定的远程狙击手，不就形成了一个核心点搭配两个动点的"铁三角"组合吗？

将不同选手放在不同的阵容中，发挥出一加一大于二的效果，这就是主教练的作用。以后的国家队，肯定会有各种奇奇怪怪的体系，让对手大跌眼镜！

这一场比赛最终以 4:1 的比分结束。

徐飞在第四局自己的主场扳回了一局，可惜，第五局随机到的是迷宫图，花然利用烟雾弹做掩护，四处逃窜，动不动还扔颗手雷打断徐飞的追击，徐飞完全找不到自己的进攻节奏。最终，他被花然绕到侧翼找到机会，用冲锋枪扫射死了。

比赛结束后，看着面前一头紫发的少年，徐飞的脸色一片苍白。

作为这届最强的青训生，他居然输在了路人玩家的手里？他居然连八强都没打进去，这是有多倒霉？

解说席，小狐微笑着说道："观众朋友们，新星杯十六进八的比赛已经全部结束了！让我们休息一个小时，晚上七点再进行八进四的比赛！"

阿岩道:"今天会决出四强选手,明天晚上七点,则是最终的冠军争夺战和颁奖典礼!欢迎大家提前关注官方直播间。"

直播间开始放广告,现场的观众也陆陆续续出门去吃晚饭。

江绍羽起身,带着秦博和俞明湘一起走向后台。

后台休息区,工作人员已经给选手们发了盒饭。由于十六进八和八进四的比赛安排在同一天进行,主办方也考虑到下午打不完,晚上要继续打的问题,提前准备了晚饭。进了八强的选手吃过晚饭后还要再打一场,被淘汰的选手就可以提前回酒店。

江绍羽来到后台。

裴封并不在大厅,他跟经纪人一起在休息室吃饭。同样,青训生归思扬也不在。倒是花然和常荣轩两位选手面对面坐在一张桌前,聊得正欢。

花然一边开盒饭,一边崇拜地说道:"大哥,你也太牛了吧,躲猫猫居然能躲进决赛轮啊!"

常荣轩笑眯眯地说道:"你也挺厉害啊,我第一次见这种冲锋员打法。第三局你就不怕手榴弹用完了啊?"

"有什么好怕的,输就输呗。"少年扒拉了一口盒饭,问,"大哥你还缺什么皮肤吗?我回头送给你。"

常荣轩愣了一下,道:"皮肤?我玩游戏很少用皮肤。"

花然惊讶地看着他:"是吗?我最喜欢收集皮肤了,我的大号还拿到了'皮肤收集专家'的成就,哈哈哈,我当初刚玩游戏的时候就想,我要做一个花里胡哨的玩家,死也要死得漂亮一点。"

这家伙是个皮肤爱好者?"皮肤收集专家"的称号需要买至少一百二十种皮肤才能拿到。看来,他收集了游戏里百分之九十五以上的枪械和弹药皮肤,估计连"医用纱布"都有好几种颜色。

江绍羽觉得有些好笑,看了他们一眼,转身朝角落的休息室走去。

很快,工作人员送上晚饭,江绍羽和秦博、俞明湘一起吃晚饭。

主办方准备的快餐还挺丰盛,有鸡腿、牛肉、西蓝花和黄瓜四样菜,还有一份紫菜蛋花汤和一份水果拼盘。

江绍羽正夹起鸡腿慢慢吃着,手机突然响起来,是裴封发来的信息。

裴封:师父你在后台吗?我可以来找你吗?

江绍羽:比赛没打完,你还是别来了。我是主办方,要避嫌。

裴封:好的。

裴封虽然很想去见江绍羽,但他是选手,江绍羽是主裁判,这时候见面确

裴封

实不太合适。裴封转移话题继续和江绍羽聊天。

裴封：刚才那个花花大少，打法还挺有趣的。

江绍羽：嗯。如果下一轮你抽到了他，你有信心赢吗？

裴封：当然。烟雾弹不管是红色绿色，还是樱花特效，范围都是固定的，手榴弹的爆炸时间和爆破范围也不会变，而且投掷类武器数量有限，容易规避。他用不同的武器皮肤，看上去花花绿绿的，但取胜的关键其实是扰乱对手的节奏。只要无视他的轰炸，找到他的位置就好办了。甚至可以顶着烟雾冲过去跟他正面对拼。

裴封不愧是他的徒弟，一眼就看穿了问题所在。在个人赛，花然的打法并不难破，他最厉害的地方其实在于团战中对敌方的干扰。而帝都青训营的那位徐飞，被花然炸得乱了阵脚，遇到新奇的打法就不懂变通，居然 1:4 输掉，实在不应该。

江绍羽：如果抽到世事无常那位医疗兵呢？

裴封：医疗兵也好打，当年怎么打辰哥的，怎么打他就行。只要我反应够快，就可以击穿他的护盾。

江绍羽对徒弟的回答十分满意。

职业选手，一定要学会随机应变，不能因为对手用了新鲜的打法就蒙了。

裴封是江绍羽见过的战术思路最灵活、打法也最丰富的选手，如果换成他遇到"躲猫猫"的医疗兵和狂轰滥炸的冲锋员，结局肯定会不一样吧？

不出意外的话，裴封应该能拿下新星杯的冠军。

江绍羽对徒弟的实力很有信心。

晚上七点，晋级八强的选手再次回到大舞台进行抽签。

八进四的比赛规则依旧是七局四胜的淘汰制，双方各选两张地图，系统随机三张地图。

第一个出场的是青训生归思扬，他抽到了一位路人狙击手。两位狙击手的对决更重视细节，归思扬的基本功非常扎实，枪法也很稳，最终 4:1 赢得了比赛，成为第一位晋级四强的选手。

第二场被随机到的是"花花大少"对战"头号杀手"。这位"头号杀手"是之前比赛中表现得比较出色的侦察员，而"花花大少"是胜率最高的冲锋员，两人的对决也很有看点。花然的打法依旧特色鲜明，携带一把冲锋枪作为主武器，两种类型的投掷弹药作为副武器，依靠轰炸打乱对手的节奏，最终主场赢了两局，系统随机图赢两局，4:2 击败对手，晋级四强。

四强名单已经确定了两位，剩下四人的心情愈发紧张起来。

大屏幕上，四人的名字快速跳动，最终定格——

"世事无常"对战"Fred"！

常荣轩看到这里，不由得感慨道："唉，这可真是世事无常啊！看来我只能止步八强了。"

之所以还没打就觉得自己会输，是因为他很有自知之明。他这种"躲到最后就能赢"的策略，对付一般人还行，对付 ACE 战队出来的最强青训生、Wing 神的亲传徒弟，恐怕没什么好果子吃，毕竟 Fred 自己也会玩医疗兵啊，他再怎么躲也会被找出来吧？

解说小狐看到这里，满是期待地说："Fred 在今天下午的比赛中展示过四种位置的操作，最后一局也拿过医疗兵。不知道这局 Fred 会不会选医疗兵？"

阿岩道："医疗兵之间的对决，不会限时间，一直决战到最后，被击杀的一方淘汰出局。"

小狐道："这样的话，'世事无常'必须携带攻击性武器。不过他既然能从医疗兵专区出线，晋级全国十六强，也是按医疗兵专区'决战到最后'的规则打进来的，肯定也会用枪！"

之前那场比赛，常荣轩没带枪，是因为他遇到的对手是突击手，拖够十分钟就能赢。可如果裴封这局也选医疗兵，两个医疗兵一起拖到十分钟是无效的，常荣轩也就必须带枪。

比赛开始，常荣轩抽到先手，主场选图。

他很快就提交了一张地图"悦湖公园"。

这是一张地形非常复杂的地图，按照现实中的公园等比例改造。有水池，有树林，还有花坛、雕像和房间，一对一的话部分区域没有开放，但光开放的区域也是所有一对一地图中面积最大的。

裴封看到地图后，立刻更换了装备。

主武器"乌兹 MAC-嗜血"，副武器"AK12-暗夜"，第三个武器"玫瑰之刃"。

观众们看到这里，满脑子都是疑问。两位解说也面面相觑，小狐惊讶地问道："这是纯输出带法？而且他带了三种类型的武器，一把冲锋枪，一把'AK'突击步枪，一把匕首，这是要把冲锋员、突击手、侦察员的打法结合在一起吗？"

阿岩若有所思地看着屏幕，说道："老林最爱的冲锋枪，周周最爱的'AK'，叶子的冠军皮肤玫瑰之刃？"

ACE 战队的粉丝激动地在直播间狂发弹幕。

这是 ACE 战队三位输出选手合体了吗？

Fred 太厉害了，我第一次看见这么带武器的哈哈哈！

他这么带，到底算冲锋员、突击手，还是侦察员啊？

两位解说也正好聊到这个话题，小狐说："其实'枪王'从来没有规定过某个位置的选手必须带什么武器，只不过在多年的比赛中，为了团队分工合作，才会产生冲锋员、突击手这些主流带法。"

阿岩道："没错！当选手携带不同类型的武器时，是按主武器的属性来判定选手打什么位置的。因为主武器的切换时间最短，威力也最大，副武器的威力会打个折扣，这局 Fred 的带法应该算冲锋员吧？"

小狐道："嗯。他既然带的是纯输出武器，那么跟医疗兵单挑就要遵循十分钟限时赛的规则了。"

阿岩道："我们来看看'世事无常'的应对策略。他带了护盾、纱布和烟雾弹，看来是想拖够十分钟！"

纯输出对战纯治疗，这局比赛也让观众充满了期待。

嘉宾席，江绍羽淡淡说道："小裴的这种带法，严格来说，并不算冲锋员。"

俞明湘和秦博一起回头看向他。

江绍羽神色平静，眼里却是难以掩饰的欣赏，他声音清晰地说道："是自由人。"

秦博愣了一下，道："自由人打法？"

江绍羽道："对，随时补位，任何位置都可以胜任的自由人。虽然他主武器带的是冲锋枪，方便快速打破医疗兵的护盾。但是，副武器的突击步枪和匕首，会让他的打法变得非常灵活。他可以是冲锋员，也可以是突击手，还可以玩侦察员的绕后偷袭。"

俞明湘激动地说道："对啊！我们小裴可是全能的！"

江绍羽微微弯起唇角。自从他回国的那一刻起，他就一直在关注裴封，还开小号去跟裴封一起打排位赛，亲自观察徒弟的水平有没有退步。他之所以这么做，最关键的原因就是裴封可以打自由人位置。

他是国内唯一能胜任自由人位置的选手。

狙击手、突击手、冲锋员、侦察员和医疗兵总能从民间或者各大战队找到优秀的选手，但是，可以玩任何位置，并且每一个位置都能玩得很好的自由人，唯有裴封。

这也源自于江绍羽当初的培养方式。他让 ACE 战队的人轮番训练裴封，本意是想让裴封尽快学会针对各个位置的狙击手的打法，没想到，裴封天赋太过出色，学着学着，居然学会了全部位置的打法。

他跟叶轻名单挑，学会了怎么玩侦察员；跟林浩彦正面对战，学会了冲锋员的压制打法……ACE 战队的大家都很惊讶，这孩子的学习能力也太强了吧？

正因如此，在江绍羽心里，裴封是国家队最重要的一个人选，也是目前世界大赛上还从未出现过的"自由摇摆位"。

第五届世界大赛的时候，M 国队带了三个狙击手，H 国带了三个侦察员，欧洲那边带三个冲锋员的队伍有很多，而华国国家队是三个冲锋员、两个突击手、两个狙击手、两个侦察员、两个医疗兵的配置。

这也是世界大赛各国阵容的主流配置。

几乎百分之九十九的国家队都是每个位置选两个人，一个主力、一个替补，最后的第十一人根据国内选手的表现来定，狙击手厉害那就加一个狙击手，侦察员厉害就加一个侦察员。

目前为止，没有任何国家队可以带摇摆的自由人。

并不是他们不想带，而且他们很少遇到这种全能型的人才。

不出预料的话，裴封会是世界大赛的第一个自由人。

只要裴封加入国家队，那么，华国的阵容搭配和战术思路将让对手无法预测——因为裴封可以作为任何位置上场。在他拿出武器之前，你根本不知道他会打什么位置。

这样一来，江绍羽的战术思路，就可以最大幅度地拓展。

裴封就是他所率领的第六届国家队的战术核心。

他们师徒之间大概也是心有灵犀，这一局，裴封终于拿出了江绍羽期待已久的自由人打法，直接混着带了三把武器，来对付爱"躲猫猫"的医疗兵。

冲锋枪凶悍扫射破盾，突击步枪快速射击打伤害，匕首绕后偷袭。

不管医疗兵怎么躲，只要被裴封逮住，就很难活下来了。

常荣轩看到这里，心里也十分感慨。

他今年已经三十二岁了，关注了"枪王"职业联赛整整八年。

五年前，他亲眼目睹了 ACE 战队的传奇经历，也知道 Wing 神的战术理念有多强，目前，顶级职业联赛的赛场上流行的很多打法，都是 Wing 神当年开创的。

如今 Wing 神的徒弟又回到了赛场，各种位置都会玩的 Fred 绝对是国家队的一员猛将！

常荣轩参加这次新星杯也是带着"反正无聊，来玩玩"的轻松心态，他对输赢倒是不太介意。刚才抽到裴封的时候，他就觉得自己大概率会输。不过，不管输赢，打好每一场比赛，不留遗憾就够了。

十六强都能拿到五万元奖金，还报销往返机票和住宿费用，划算得很！

常荣轩很快就按下准备键。

"悦湖公园"这张图非常复杂，两人的游戏角色分别出现在公园的角落。

常荣轩飞快地走位，最快速度到达池塘，直接潜入了水里。

没过多久，他就听见附近传来轻盈的脚步声。当选手携带冲锋枪、突击枪、重型狙击枪等枪械时，由于枪身重，脚步声也会比较沉重；而匕首、手枪、投掷类弹药的重量较轻，脚步也会相应变轻。

经验丰富的选手，可以根据脚步声来判断对方携带的武器。

裴封显然是切换了匕首，快速找人。常荣轩躲在一片荷叶下面屏住了呼吸，这是一个视野死角，裴封的位置并不能看见他。

眼看裴封从公园水池旁经过，直播间内的粉丝们纷纷发出弹幕。

Fred 别走！荷叶下面有人！

大叔的心理素质很强啊，对手从旁边经过，他都不带喘气的？

又躲在荷叶下面了，这位选手好委琐哦！

拖到十分钟赢？躲到最后就是胜利！

大叔：你带那么多武器有用吗？你找不到我呀！

躲猫猫第一回合，大叔胜！

就在所有人都以为裴封没有发现常荣轩，即将转身离开的那一刻，裴封却突然回头，瞬间切换武器，"AK"步枪的枪口对准水池里的荷叶，子弹如同暴雨般砸了过去——

砰砰砰砰！

子弹在水面上溅起一排涟漪，击穿荷叶，将荷叶射出了一排弹孔！

藏在水下的常荣轩被子弹扫中，他立刻潜入深水，飞快地往岸边游去。裴封的子弹几乎是追在他的身后一路扫射，但他游得很快，裴封这一连串的攻击只将他的血量打下去百分之二十。

池塘里浮起鲜血，转眼间，常荣轩就游到了对岸，找了一个写着"悦湖公园景区"的石块躲在背后，他飞快地拿出医用纱布给自己治疗，将血量回满了。

前面有一个保安亭，常荣轩快步冲进去躲好。

裴封切换了匕首从岸上追过去，因为下水追的话速度太慢了。

很快，他就追到石头这片区域，切换出冲锋枪，对准保安亭的位置又是一通扫射！

237

常荣轩丢下一颗烟雾弹快速逃跑。

裴封毫不犹豫地冲进烟雾区域，听着脚步声的方向继续追赶。

观众们看得目不转睛。这才是真正的"躲猫猫"游戏啊！

之前那场比赛，对手只知道用眼睛来找人，结果，常荣轩躲在凳子底下他都没发现。其实，裴封的这种找人方法才是对的。遇到任何有可能是对手藏身的位置，都应该一排子弹扫射过去，即使没打到人也不亏，反正冲锋枪子弹多。一旦打中了人，就可以将对手给逼出来。

不过，常荣轩的走位也非常灵活，他四处乱窜，见缝插针地"躲猫猫"。凳子底下、树后、凉亭里、花坛中间，只有你想不到，没有他躲不进去的！

即便是裴封，也花了将近八分钟的时间才追上他。

常荣轩举起了护盾，想用护盾挡住子弹，顺便丢下一颗烟雾弹方便自己逃跑。

还差两分钟，坚持到最后就赢了！

不过，裴封好不容易追上他，不可能轻易放过。

裴封切换出冲锋枪一通凶悍扫射，不出三秒就将常荣轩的护盾给击碎了！

紧跟着，他冲进烟雾当中，瞬间切换出突击步枪，朝着大叔逃跑的树林方向 S 形横扫！

砰砰砰砰——

一排子弹带着黑色的浓烟朝着常荣轩的后背呼啸而去！

"Fred"使用"AK12- 暗夜"击杀了"世事无常"！

这又是周逸然的招牌"漂移扫射"打法，子弹快速漂移，如同神龙摆尾，覆盖的区域非常广，常荣轩的后背直接被子弹扫成了马蜂窝，想给自己治疗都来不及。

第一局，裴封胜。

直播间内出现了大量弹幕。

大叔没能躲掉哦！

三十多岁打成这样已经很厉害了。换成我，我有信心在三分钟内死在 Fred 的枪下！

我有信心在一分钟内死掉。

我就不一样了，遇到 Fred 我直接投降了。

江绍羽坐在台下看到这一幕，难得夸奖道："打得不错。"

自由人的打法，关键在于切换武器的时机和不同武器的运用，小裴掌握得很好。

切换匕首追人，切换冲锋枪击碎护盾，切换突击枪打出伤害，裴封刚才追上常荣轩的那一刻，在短短十秒内连续切换了三把武器，反应和操作速度都快得离谱。

这也是很多人无法胜任自由人位置的原因。

自由人，是"枪王"游戏里要求最高的打法。

不但要精通所有的武器，还要熟悉每个位置的不同操作技巧。

裴封今天的表现确实可以，但他的对手是一位三十二岁的路人玩家，反应较慢，操作技术也不是世界顶级。以后遇到世界级的选手，裴封的速度还得再提升。

江绍羽在脑海里思考着针对裴封的训练方式。

裴封的基础操作肯定是没有问题的，这些年一直没荒废训练，状态保持得很好。

不过，反应速度的提升和综合意识的培养，看来，只能由他这个师父亲自特训了。

第二局是裴封的主场。他没有更换武器，选了张适合近战职业正面对决的地图"丛林深处"，不管冲锋员还是突击手，在这张图都会非常好打。相反，医疗兵在树林里很难躲避，毕竟树木的遮挡范围有限。

常荣轩虽然利用烟雾弹走位拖了五分钟，最终还是裴封追上，迅速击杀。

第三局是常荣轩的主场，他提交了一张更加复杂的迷宫地图。他到处躲躲藏藏，裴封找他找了很久，差一点就错过了。还好裴封经验丰富，有惊无险地在游戏进行到第九分钟时找到并击杀了对手。

常荣轩知道自己这种"躲猫猫"的策略在裴封面前没用，第四局也就放弃了挣扎。

最终，裴封以 4:0 的比分获得胜利。

解说小狐道："恭喜 Fred4:0 赢得比赛，晋级四强！"

阿岩道："同样，我们也将掌声送给三十多岁还来参加新星杯比赛并且打进八强的选手——世事无常！"

本届新星杯几乎全是十几岁的小少年，三十二岁的大叔在参赛选手中十分特别。他倒也豁达，输掉比赛后脸上的神色依旧很轻松。

对他来说，能进八强已经出乎预料了，他本来还以为自己会十六强一轮游呢！

裴封礼貌地走过去跟他握手。

常荣轩笑道："恭喜恭喜，不愧是 Wing 神的徒弟，太厉害了。"

裴封认真说道："您也很厉害，对地图的了解都快比得上官方的地图分析师了。"

常荣轩谦虚地摆摆手，笑道："哪里哪里。我这打法纯粹是投机取巧，哈哈，捉迷藏游戏，被抓到就是死。"

两人一前一后走下大舞台。八进四的最后一场对决是来自帝都青训营的青训生林柯和路人"糖糖"，前者以 4:2 的比分获得了胜利。

今天的比赛到这里就全部结束了，最终的四强选手是青训生归思扬和林柯，路人高手花然以及知名主播裴封。

这一届参加新星杯的选手，以全国各地没有签约的青训生和路人高手为主。

十六强当中，有十个是各地的青训生，最终的四强却只留下了两个。尤其是帝都青训营最优秀的选手徐飞，被花然淘汰出局，可以说是爆冷的结果了。

官方公布四强名单的那一刻，各地的战队纷纷开始行动。

归思扬和林柯的电话快要被打爆，有很多战队朝他们伸出橄榄枝，开出不错的薪酬邀请他们加入，归思扬的回答很明确："我暂时不想跟战队签约，我只想进国家队。"

林柯并没有那么坚定，委婉地说："我考虑一下，等新星杯打完再说吧。"

此时，CIP 战队的莫涵天拿起手机刷着新星杯的新闻，心底的危机感越来越强烈。

上一届他能进国家队，是因为有 CIP 战队的推荐。

他是 CIP 战队这两年力捧的选手，由于长得还算帅气，微博人气也非常高，他在队伍的推波助澜下成了上一届的"枪王形象大使"，拍摄了不少宣传片，大街小巷到处都是他的广告，人气如日中天。结果，他在世界大赛上表现稀烂，回国后人气掉了一大截，微博到现在都有人留言说他是不中用的"花瓶"。

雪上加霜的是，他为了排解郁闷的心情，跑去游戏里打低段位排位赛，却撞上了新上任的国家队教练江绍羽，成了"葫芦娃小分队"的大娃，给江教练留下了非常糟糕的印象。

如今，更可怕的来了。

新星杯冒头的几个选手，一个比一个厉害！裴封是江教练的亲传徒弟，没拿出狙击手就打进了四强。他的狙击手有多可怕，目前还没有人知道。

归思扬，来自星城青训基地，也是玩狙击手的，比莫涵天小一岁。他是这一届成绩最好的青训生，而且没有经过战队的培养，目前还是一张纯洁的白纸！

国家队的狙击手本来就只有两个名额，跟这么多人竞争，他怎么争得过？

归思扬的天赋不比他差，江教练会喜欢一张可以亲自涂抹的白纸，还是他这个表现糟糕的"葫芦娃"？

况且还有裴封！

这简直是大雪天寒风吹翻了屋顶，紧跟着取暖的柴火也没了，衣服还破了个洞。莫涵天只觉得全身发冷。

别说国家队，他甚至有可能连 CIP 战队的狙击手主力位置都保不住！

刚才路过办公室时他听见战队经理在打电话联系归思扬，想把这位优秀的青训生邀请到战队……莫涵天越想越害怕，他的职业生涯难道要就此终结？以后别说国家队，他如果连 CIP 战队的主力都打不上的话，会不会像当初的舒辰一样，被教练组抛弃，成为只能坐冷板凳的替补？

强烈的危机感让他坐立难安。

莫涵天深吸口气，干脆打开"枪王账号交易网站"，迅速搜索"H 国区服务器 2500 分段以上"的账号，很快就弹出一长串信息，他挑了一个顺眼的 ID，一边购买账号，一边下载 H 国区服务器。

H 国区服务器 2500 分以上的分段以及巅峰赛的水平都比国内要高。

江教练说，他身为职业选手不该去低分段找存在感，那他就去打 H 国区服务器的高分段，跟那些 H 国的高手切磋交流，说不定能找到一些新的思路，提升自己的意识。

目前，国家队的正式选拔还没有开始，他不能就这么放弃。

微博上很多人说他是"花瓶"、"尿包"……如果这一届进不去国家队，他很可能会被教练组放去坐冷板凳，真的变成无用的"花瓶"。

CIP 战队可以捧他，当然也可以捧别人。比如那个归思扬，长得好看，天赋也不差。他莫涵天已经在世界大赛留下了污点，战队想抛弃他，那也是合情合理的事。

职业选手的竞争太激烈了，只有不断前进，才能不被淘汰！

莫涵天握紧鼠标，脸色严肃地登录了 H 国区服务器。

此时已经晚上十点，主办方开着一辆大巴车，将比完赛的选手统一拉到酒店。酒店距离电竞中心并不远，联盟直接包下一层楼，十六强选手都住在这里。

花然是晋级四强的唯一路人，他跟常荣轩互相加了微信，聊得挺熟络。

两人一边聊一边走进电梯。

常荣轩道："花花，明天的比赛你加油，争取拿个名次。"

花然笑着摆摆手道："名次什么的无所谓，我对国家青训队也没什么兴趣。我这次参加比赛就是想随便打着试试，能进十六强拿到五万元奖金，我已经很满足了，我大学四年的学费就够啦！"

常荣轩好奇道："你是大学生吗？哪个学校的啊？"

花然道："帝都大学美术学院的。"

常荣轩竖起大拇指道："厉害啊！居然是个学霸！？"

帝都大学在全国那也是前三名的存在。

没想到，这位染着紫色头发的少年居然来自高校！

花然挠挠头道："我可不是学霸。美院的录取分没有那么高，我是通过艺考进来的。"

常荣轩道："那也很厉害了，艺考竞争同样激烈。"

花然转移话题问："常哥，您哪里人？什么时候回去啊？"

常荣轩说："我老家在亚安。明天下午的机票，有空来我那边玩，我请你吃海鲜。"

两人正聊着，常荣轩的电话突然响起来，来电显示是个陌生的号码，来自帝都。常荣轩疑惑地接起电话："你好。"

耳边传来一个非常温柔的女声："你好，是'世事无常'常荣轩先生吗？"

听见她准确地叫出了自己的 ID，常荣轩还以为是赛务组的工作人员，忙说："没错。请问您是？"

对方微笑着说："我是国家队的领队俞明湘。我们江教练有事想跟您谈谈，请问您现在有时间吗？"

常荣轩愣了一下。

他八进四的时候被淘汰出局，明天不用打比赛，都已经订好机票准备回去了。这段时间他为了打新星杯，已经一个月没接陪玩了，他得赶紧回去！

不知道国家队的教练找他什么事？

常荣轩带着疑惑问："我有时间。你们找我什么事啊？"

俞明湘道："当面聊吧。方便的话，您现在去酒店三楼的咖啡厅，我们在那里等您。"

常荣轩挂掉电话，一脸困惑。

电梯到达了十楼，花然走了出去，回头看他："常哥，到了。"

常荣轩又按下了三楼，笑着说："我有点事，下楼一趟。你先去休息吧。"

花然道："好的，那回头见。"

片刻后，常荣轩来到三楼的咖啡厅。

他一眼就看见了坐在窗边的那个男人——传说中的 Wing 神，国家队主教练江绍羽。

咖啡厅里流淌着柔和的钢琴曲旋律，男人坐在那，白皙修长的手指正在翻菜单，脸上没什么表情，可那种清冷的气质还是瞬间吸引住了人的视线。

他的旁边坐着一个长发美女，还有一位戴眼镜、穿格子衬衫的年轻男士。

常荣轩走了过去，俞明湘立刻站起来，微笑着伸出手，道："常先生你好，介绍一下，这位是我们国家队的主教练江绍羽，这位是工程师秦博。"

常荣轩急忙笑呵呵地跟两人打招呼。

江绍羽伸出手，说："请坐。"

常荣轩心情忐忑地坐了下来。

江绍羽让俞姐去点咖啡，他收回目光看向面前的人。

常荣轩今年三十二岁，但面相挺年轻，长了张娃娃脸，怪不得秦博当初会误以为他填错了身份证号，他总是笑呵呵的，看上去也挺好相处。

江绍羽直接说道："我们今天找你，是想邀请你加入国家队。"

常荣轩蒙了一下，疑惑地挠挠头，道："啊？我这个年龄打比赛不合适吧？而且我连四强都没进去。"

江绍羽补充道："加入国家队教练组。"

常荣轩瞪大眼睛，惊讶道："教、教练组？"

江绍羽平静地看着他，一字一句地说："目前，国家队的教练组很缺人。我们看了您的比赛，您的'躲猫猫'打法很特殊，这证明您对游戏地图的了解非常深刻。我们的工程师目前正在制作所有比赛的地图建模，需要您的帮助。另外，以后国家队的选手也需要您亲自培训。我相信有您在，他们对地图的了解能提升一个档次。"

常荣轩呆呆地看着面前的人，有些不敢相信。

俞明湘在旁边活跃气氛道："常先生，我们在网上搜索您的 ID，搜到一个叫'世事无常'的陪玩，是您没错吧？"

常荣轩回过神来，干笑着摸摸鼻子说："啊……是我。"

俞明湘半玩笑地说道："您以后来国家队当陪玩吧，这也算是陪玩的最高境界了。"

常荣轩脸上露出十分震惊的表情。

陪玩陪到了国家队，那可真是厉害了！

常荣轩如同被天上的馅饼砸中一般，一时被砸蒙了。他不敢相信地看着江绍羽，问道："你们、你们认真的吗？就我这水平，能去国家队当教练？"

江绍羽道："当然可以，您可以担任国家队的副教练，我们国家队目前有一位管日常训练的副教练，姓崔；您可以协助我们制定针对不同地图的战术，帮选手们提升走位技巧。"

常荣轩激动得不知道说什么才好。

听说 Wing 神一向严肃，不可能跟他开这种玩笑吧？所以这是真的？

想起自己当年四处碰壁的经历，他微微红了眼眶，低声说道："其实'枪王'举办第一届职业联赛的时候我很想当职业选手，可惜当年我已经二十四岁了，去各大战队试训都被拒绝，他们说我年龄太大，来不及成为职业选手了……我也知道自己错过了最好的时机，唉，谁让我生得早呢！"

有时候"生不逢时"是一种遗憾。假如当年"枪王"职业联赛开始的时候，常荣轩是个十几岁的少年，或许他也可以在赛场上成就一番事业。

可惜，他始终跟不上时代的脚步。联赛越来越红火，他的年纪也越来越大。他永远不可能成为职业选手了。

他的心底当然会有遗憾，可又能怎么办呢？错过了就是错过了。

他不想放弃他所热爱的游戏，于是开了家网吧，当起了陪玩。这么多年的陪玩经历，加上从第一届就关注"枪王"职业联赛的丰富观赛经验，让他成了一位"地图分析专家"，甚至自己研究出了"躲猫猫"的医疗兵玩法。

虽然他打比赛的水平不算太强，但是，他对"枪王"这个游戏的地图了解，可以说是"了如指掌"的程度，或许真能帮得上国家队呢！

这位隐藏在民间被埋没了多年的人才，终于被江绍羽发现。

江绍羽目光温和地看着他，说道："您当年错过了当职业选手的机会，如今以教练的身份加入国家队，培养新一代的选手，也算是换一种方式实现了理想。您说呢？"

常荣轩激动得声音发颤："太好了！我加入，我这就加入！"

俞明湘道："您不问问薪水多少吗？"

常荣轩哈哈笑道："应该比我当陪玩高吧？我陪玩一局才五十元钱，你们给我六十元就行。"

江绍羽被逗得扬起嘴角，说道："国家队副教练的年薪不会低的。具体的合同，等新星杯结束了我们再详细跟您谈。"他主动伸出手，对常荣轩说，"欢迎加入国家队。"

常荣轩回到宿舍后，立刻改签了机票，并且给和自己一起合伙开网吧的好友打了一通电话："我先不回来了，网吧那边，你帮我多操心一下啊。"

对方疑惑道："你不是没进四强吗？待在帝都干什么，你不接陪玩单子了？"

常荣轩笑呵呵地说："哥以后不接路人的陪玩单子了，我会变成顶级陪玩，一般人请不动的那种，哈哈哈！"

对方一头雾水，道："什么顶级陪玩？你酒还没醒呢？"

常荣轩卖了个关子："秘密，先不能说，等过几天看新闻吧。反正网吧那边你先帮我操点心，我过段时间再来跟你做个交接，以后我就留在帝都工作了。"

以后，他就是国家队的副教练。陪玩陪到国家队，也算是一种传奇经历吧？

常荣轩心情愉快地躺在床上，想起八年前"枪王"最开始公测的时候，他刚接触这个游戏，被枪林弹雨的热血世界所深深吸引。他喜欢玩医疗兵，背着急救箱穿梭在赛场，靠自己打排位赛冲上了第一赛季的 2500 分段。

能自己单独打排位赛打上 2500 分的医疗兵是很难见到的，正好第一届"枪王"职业联赛开始举办，常荣轩就跑去某家战队自荐。结果战队的教练说："你是有些天赋，可惜年龄太大，不适合打职业。"

他不死心，几乎跑遍国内所有有点名气的战队，却都被拒之门外。

年龄问题没办法改变，他心底的遗憾也永远没法弥补。他只好每年守着时间看比赛，看那些年轻人在赛场上大展身手，他也会跟着开心。

没想到时隔八年，他居然被"伯乐"发掘！

Wing 神说得很对，以教练的身份培养新一代的选手，也算是另一种方式的圆梦。他会尽全力辅助 Wing 神的。

常荣轩心情复杂地打开手机，给江绍羽发去一排感谢的表情。

常荣轩：谢谢江教练的赏识，我真的太受宠若惊了。

江绍羽：不用客气，以后还要您多多帮忙。

常荣轩：那是必须的！到国家队后让我干什么，江教练随便安排！

江绍羽的年龄比他小很多，但他看得出来这是个很厉害的主教练，思路非常清晰。他相信，由江绍羽带领的国家队教练组，也会以全新的面貌，迎接即将来到国家队的新一届选手们。他真是迫不及待地想看到这届国家队的小朋友了！

次日晚上七点，进入四强的选手裴封、花然、归思扬、林柯一起来到了比赛现场。

今天是周末，决赛的观众明显比昨天要多，比赛现场十分热闹，裴封的粉丝举着海报给他助威。还有不少观众举着"ACE 传奇永存"的海报，看来是 ACE 战队的粉丝来给小裴加油的。

江绍羽邀请常荣轩一起坐在教练组所在的嘉宾席，在第一排观看比赛。

四进二的半决赛，由于裴封和归思扬胜率更高，两人被系统分开。

裴封对战林柯，归思扬对战花然。

第一场是裴封跟林柯的对决。

裴封这局选了突击手，跟林柯的突击手打正面。

林柯虽然是这届比较优秀的青训生，可裴封的实力是世界级的，战术思路非常丰富，打法也更灵活，他这场半决赛没有遇到什么困难，顺利晋级。

第二场，归思扬对战花然。江绍羽对这场比赛也很期待。

归思扬是这届综合实力最强的青训生，花然是新星杯冒出来的路人王。

一个狙击手，一个冲锋员，两人的对决会非常好看。

归思扬稳扎稳打，花然狂轰滥炸，视觉效果如同五毛钱特效的枪战大片。

让江绍羽惊喜的是，花然在自己的主场选择了一张地图"迷雾森林"，并且带了特殊的投掷类武器"燃烧弹"。

"枪王"的投掷类武器其实非常多。手榴弹的优点是范围爆破，伤害非常大，如果正好在脚下爆炸，可以瞬间炸死对手。缺点是爆炸的时间有延迟，反应快的话能走位进行躲避。

烟雾弹可以释放范围迷雾，干扰对手的视野。

闪光弹造成的大范围刺眼白光能让对手瞬间丢失视野，是针对狙击手的利器。

燃烧弹造成的大火，可以引燃周围的易燃物，如树木、枯草、汽油桶等，被火烧到的对手会快速掉血。

毒气弹能释放出可扩散的毒雾，缓慢减少进入毒雾范围的对手的血量，但队友如果被毒雾波及，同样会掉血。

催泪弹能在一定范围内使对手持续流泪，从而丢失视野。

六种投掷类武器，每一种的作用和爆炸范围都不一样，想全部熟练掌握可没那么容易。排位赛中最常见的就是烟雾弹和手榴弹，一个能掩护自己走位，一个能对敌人造成高额伤害，不需要多高的操作技巧就能用好。

但职业联赛中，这些投掷类武器其实可以开发出更多战术！

花然今天用的投掷类武器就很有意思。

第一局，他在"迷雾森林"这张地图使用燃烧弹，造成的大火会阻拦对手追击的脚步，他靠燃烧弹的火焰遮挡快速走位，趁机绕后，再拿起冲锋枪，干脆利落地扫射出一排子弹，瞬间击杀了归思扬！

归思扬也很冷静，第二局在自己的主场立刻换了全狙图，不给对手扔各种炸弹的机会，他预判花然的走位，迅速瞄准，一枪爆头终结了比赛。

第三局，花然又带了闪光弹入场，频繁闪烁的刺眼白光让身为狙击手的归思扬根本无法瞄准，再利用烟雾弹的掩护，花然又一次狡猾地绕到归思扬的身后，将其击杀。

第四局是归思扬主场，他将比分扳了回来。

双方打成2:2平，战况相当激烈。

第五局，系统随机到了一张迷宫图，花然带上了毒气弹。毒气弹爆炸后在迷宫内扩散了大量毒雾，让归思扬无法追击，花然因此获胜。

然而第六局，归思扬又干脆利落地扳回比分。

双方居然打成了3:3平，花然在六局比赛中用了大量不同的投掷类武器，时而烈火燃烧，时而毒雾扩散，时而白光耀眼，简直是"战争电影拍摄现场"。

看比赛的媒体记者也很惊讶，私下偷偷议论。

"这位路人选手很有特色啊！他把五花八门的投掷类武器用得特别熟练。"

"不过，他的打法是典型的孤狼打法，很难跟队友形成配合吧？比赛的时候这么丢炸弹容易害死队友。"

"单挑倒是很爽！自己知道炸弹放在哪里，不会踩进去。"

"他在十六进八的比赛中，淘汰了最被看好的青训生徐飞，跟归思扬也能打成平手，确实是新星杯的一匹黑马了！"

最后一局决胜局，系统随机到的地图，是一张有四个狙击点的地图"十字街头"。

这张图的地形较为复杂，因为有大量建筑的存在，近战职业和远程职业都能发挥，胜负关键在于选手对四个狙击点的排查。

两人在地图上周旋了近十分钟，最终，归思扬靠精准的判断，在花然冒头的瞬间狙杀了对方。

4:3，归思扬进入决赛。

花然需要跟林柯再打一场，来争夺季军的归属。

休息十分钟后，季军战开始。花然各种五花八门的投掷类武器把林柯打得有点蒙，最终以2:4的比分输掉。花然居然靠风格鲜明的打法拿下了新星杯大奖赛的季军！

记者们动作神速，网上出现了铺天盖地的通稿。

路人选手"花花大少"拿下新星杯季军。

风格特殊的选手花然，在"枪王"第一届新星杯挑战赛爆冷夺得季军。

帝都大学美术学院新生，居然是隐藏的"枪王"路人高手？

网上各种通稿满天飞，花然的微博也多了许多关注，不少网友纷纷留言——

太喜欢你花里胡哨的打法了。

我也爱买各种皮肤，不过我是个花里胡哨的笨蛋，不像花花这么厉害。

居然是帝都大学美术学院的，好厉害！

小哥哥皮肤白，配紫色头发好好看。

艺术学院的人，不管穿衣打扮还是打比赛，都是一门艺术！

一时间花然人气暴涨，相比本届参加新星杯被淘汰出局的几位青训生，他这位突然杀出来的"路人王"，成了继裴封之后，第二个受到网友们大量关注的人气选手。

台下嘉宾席，江绍羽问："常哥怎么评价花然这位选手？"

常荣轩受宠若惊道："Wing神，你可别叫我哥，哈哈，担当不起！叫我老常就行。"

秦博玩笑道："三十二岁不算老吧？"

常荣轩道："跟这些小朋友比起来，确实老啦！"

江绍羽按他的意思说："好吧，老常。你觉得花然怎么样？"

常荣轩认真评价道："他的打法很有特色，就是很难配合。燃烧弹、毒气弹这些东西，看上去挺有意思的，但放不好的话，很容易影响队友的走位和视野。比如，他丢了颗毒气弹，如果队友不小心走进毒雾里面，那就悲剧了。"

江绍羽点了点头，说："嗯。这些投掷武器确实不好搭配，不过，看得出来他对投掷类的武器很有研究，如果能熟悉队友的走位，多练习配合，做到在不影响队友的情况下干扰对手，倒是能丰富团队赛的战术。"

常荣轩笑道："那是当然。一些特定的地图，用燃烧弹的效果，可比烟雾弹好多了。"

燃烧弹制造的火场不能走进去，会损失血量；但烟雾弹只是制造浓烟，可以穿过去追人。

不同的投掷武器的功能不同。世界大赛上，欧洲那边的队伍其实有很多围绕投掷类武器的打法，华国队这方面的战术开发程度还远远不够。如果花然加入国家队，那么投掷武器这方面的战术，就可以让江绍羽充分地发挥出来。

晚上九点半，新星杯的总决赛终于正式开启。

由本届最强青训生归思扬对阵五年前ACE战队的最强青训生裴封。

两位解说声音激动，小狐说道："观众朋友们，欢迎回来，这里是新星杯挑战赛总决赛的现场！即将开始的冠军争夺战是小鬼归思扬和 Fred 裴封的终极对决！"

阿岩说道："小鬼是青训生的第一名，各项成绩都非常出色，Fred 是 Wing 神的亲传徒弟，这场比赛肯定会很有看点。"

小狐说道："小鬼是玩狙击手的，不知道 Fred 会不会拿出狙击手呢？"

阿岩说道："如果 Fred 使用狙击手的打法，这将是两位新生代顶尖狙击手的对决！"

大舞台上，裴封和归思扬各自坐在隔音房里调试设备。

两人的神色都很平静。

归思扬并不紧张，对他来说，打进决赛，不管拿到冠军还是亚军，都可以进国家队青训营，他的目标已经达到了。只不过，江教练就在台下观赛，他的对手又是江教练的徒弟……不论输赢，他一定要打出自己的水平。

裴封的想法也很简单。

对上狙击手，当然要拿出他最强的狙击手。

师父就坐在台下，他可不能给曾经的"狙神"丢脸！

两人都带着"我一定要打好"的心态按下了准备键。

系统随机，裴封抽到了先手，第一局是裴封的主场。

他很快就提交了地图"摩天大楼"。这是一张"全狙图"！

现场观众激动地欢呼，直播间内的弹幕区更是热闹。

Fred 总算要拿出狙击手了！

等他玩狙击手，我等得花儿都要谢了。

Fred 的狙击手才是最强的！

两个狙击手在全狙图的对决，这下可好玩了！

两位解说也兴奋起来，小狐激动地说："新生代最强青训生小鬼，和狙神的传人 Fred，两位狙击手的终极对决，让我们拭目以待！"

阿岩道："双方正在更换武器，Fred 选择的主武器是……'MSG-极光'"

这是第三赛季顶级职业联赛总决赛 MVP 选手 ACE-Wing 江绍羽的冠军限定皮肤。

在致敬完 ACE 的所有选手之后，裴封将师父留在了最后。

师父的打法，只有总决赛才配出场。

作为 Wing 神的亲传徒弟，他今天就用 Wing 神最爱的武器和专属皮肤，来打这一场新星杯的决赛。

他想让坐在台下的师父知道——你的教导，我从未忘记。我会是让你骄傲的徒弟。

"摩天大楼"这张地图有二十多个狙击点，非常适合狙击手架枪。地图上高楼林立，建筑之间狭窄的巷道也很适合选手藏身、侦察，这类综合性的地图常在团队比赛中出现。

观众们对这张图并不陌生，上届世界大赛，华国队和M国队在小组赛的对决就是用的这张图。

这局比赛，归思扬选用的狙击枪是"DSR-幽冥"。

游戏里的狙击枪有好几种，"DSR"射程远，精准度高，很受玩家欢迎；而裴封选用的"MSG"的优点是开镜后可以连续射击，枪身最轻，适合移动作战。

副武器，裴封带的是"巴洛特-丛林猎手"这把重型狙击枪，归思扬带的是换弹速度快、破坏力更强的"FR-鬼魅"。既然是狙击手的对决，就不用担心对手贴身打近战，胜负的关键在于选手射击的精准度和每一枪的开枪时机。

狙击手单挑，带上两把狙击枪是常规操作。

第三个武器，裴封带了烟雾弹，归思扬带了闪光弹，都是为了干扰对手的视野。

两人准备完毕后，比赛地图载入。

此时，很多战队的职业选手也打开直播间关注着这场比赛。不管是最强青训生小鬼归思扬，还是Wing神的传人Fred裴封，都有职业选手的水平，算是顶级狙击手的对决。

比赛开始，裴封出现在地图左上角，归思扬在右下角。

狙击枪的射程可以覆盖大部分地图，虽然肉眼看不到对方，但只要打开狙击枪的八倍瞄准镜，依旧能观察到对方的位置。所以，两个人的走位都非常谨慎。

裴封Z字形走位快速移动，躲在一栋建筑后面，紧跟着放下一颗烟雾弹掩护走位，快速爬上另一边的狙击点。

归思扬早就找好了狙击位，看到烟雾的方向后立刻架起枪打开瞄准镜。视野里并没有出现裴封，他没有贸然开枪，飞快地调转枪头观察着四周。

两名狙击手之间的距离太远，他们听不见彼此的脚步声。

裴封没有找到对手，果断跳下来，在极短的时间内从左上角转移到右上角，跨越四分之一的地图，紧跟着飞快地爬上高楼，占领右上角的狙击点，架起狙击枪，打开瞄准镜，但依旧没找到归思扬的位置。

比赛进行到第三分钟，地图上没有响起任何枪声。可是，两位狙击手紧张的走位拉扯，早已牵动了观众们的心。

解说小狐说道："Fred 在快速排查，小鬼似乎也察觉到不妙，跳下了狙击点。"

阿岩道："小鬼担心自己暴露位置，开始往左边转移，找了个左侧的狙击位架枪。"

小狐道："Fred 并没有找狙击点，他一直在移动！"

此时，BM 战队的训练室内。有新人低声问："刘队，Fred 这打法怎么跟侦察员似的到处跑？"

BM 战队队长刘少洲微笑着解释："大部分情况下，狙击手都是找好一个位置，架枪守点，如同稳定的远程炮台。但 Wing 神拿到'MSG'这把枪后，可以把狙击手玩成频繁移动的远程炮台。Fred 这局用的就是他师父的'移动搜点'打法，他在向师父致敬。"

新人恍然大悟道："'移动搜点'？这是选手在移动的过程中找到目标，然后瞬间狙杀？"

刘少洲点点头道："是的。当年第三赛季的总决赛，Wing 神就是这样击杀了我师父。"

队员们恍然大悟。

第三赛季对他们而言太过遥远，现在的新人大部分没看过当年的比赛。但刘少洲记得很清楚。当年的他是 BM 战队的青训生，那一场总决赛他也去了现场。

BM 战队前队长、现已是齐主席的齐恒，当年就是死在了 Wing 神的枪下。

今天，归思扬能躲得掉吗？

裴封作为江绍羽的传人，将师父"移动搜点"的战术运用得炉火纯青！

在这张到处都是狙击点的复杂地图上，他如同一条灵活的鱼，带着那把象征师父冠军荣耀的"MSG- 极光"，快速走位，灵活移动，一边走一边搜查对手的踪迹。

转眼间，他居然绕了地图一整圈，不知不觉地绕到了归思扬的侧翼。

他的视野中，看到了归思扬的后脑勺。

而归思扬却没有看见他。

"找到对手的一瞬间，立刻狙杀，反应要快。"

"注意，移动过程中开枪，子弹会因为你移动的方向而产生小角度的偏移。"

"要计算好偏移的路径，不会算就反复去练！"

江绍羽冷淡清晰的声音似乎回响在耳边。师父当年的谆谆教诲，裴封从来没有忘记过。这些年，他每天都风雨无阻地坚持训练，甚至形成了条件反射。

他快速移动搜点，在看到目标的瞬间，立刻开镜狙杀——

"Fred"使用"MSG-极光"一枪爆头击杀了"小鬼"！

归思扬的游戏角色瞬间被子弹击穿了脑袋，那一刻，血花在屏幕飞溅，归思扬的脑子"嗡"的一声，他没找到裴封的位置，甚至不知道子弹是从哪射过来的，却被对手一枪爆头！

归思扬的脊背升起一股强烈的寒意。

玩狙击手的人当然知道 Wing 神有多牛，这位"大魔王"曾经狙杀了无数职业选手，在职业狙击手玩家中的统治地位无人能及。

裴封作为 Wing 神的传人，把师父这套移动战的战术发挥出了九成。

归思扬输得心服口服。

解说席，小狐的声音激动无比："这场比赛 Fred 只开了一枪！也是决定胜负的一枪！"

阿岩赞同道："是的，'移动搜点'，他用的是 Wing 神最擅长的移动狙击战，小鬼没法锁定他的位置，他却率先找到了对手！"

小狐说道："让我们恭喜 Fred 拿下第一局比赛的胜利！"

常荣轩忍不住鼓掌叫道："漂亮！Fred 这个走位真是绝了，看得出他对地图非常熟悉。"

秦博也赞道："他用扇形搜索的方式，没有漏掉任何一个狙击点，在找到对手的瞬间果断开镜狙杀，归思扬都没来得及反应。"

常荣轩道："这换成谁都反应不过来吧？神出鬼没的狙击手才是最可怕的。"

江绍羽听着他们对徒弟的夸奖，心情十分愉悦。

打得不错。

但这只是开始。

第二局是归思扬的主场。

归思扬自知打移动战不是裴封的对手。裴封的走位比他灵活，速度也比他快，能在不引起他注意的情况下猝不及防地狙杀他。这样的快节奏，他确实有些跟不上。

但是，架枪守点，定点对狙，他可不一定输给裴封！

他选择的地图是"十字街头"，共有四个狙击点。定点对狙，谁的命中率更高，谁就更容易赢。

比赛一开始，归思扬就主动寻找机会。他来到右下角的狙击点架起枪，裴封正好去了西北方向的地图左上角，两人位于对角线上，都在彼此的射程之内。

归思扬抢占先机，率先开镜，朝着远处的狙击点射出一枪——

砰！

裴封立刻闪身躲避，子弹几乎是擦着他的头皮飞了过去！

这惊险的一幕也让现场的观众们手心里捏了把冷汗。

裴封刚要冒头，归思扬又朝他射来一发子弹。

砰！

"DSR"清脆利落的枪声在耳边响起，这次是擦着裴封的耳朵飞了过去。

归思扬的定点狙击打得不错，枪法很准。只是裴封躲得太快，两次子弹都擦着头皮过去，他似乎预判到了归思扬开枪的时机。

归思扬这局明显是"定点压制"的打法，裴封知道了他的想法，快速跳下大楼，丢了颗烟雾弹。

归思扬看到烟雾弹，也立刻跳了下来。他想，裴封既然从左上角跳了下来，平行移动，肯定会去右上角的东北狙击点；而他向右下角的东南方平行移动，跑去左下角的西南方，两人依旧是对角位，只不过换了个角度。

对角位互狙是最方便的，这张图对角的狙击点之间没有障碍物遮挡视野。归思扬信心满满，飞快地来到左下角，爬上建筑顶端，在墙壁后面架起枪。

可就在他准备架枪的这一刻，他听见了一声清亮的枪响——

253

"Fred"使用"MSG-极光"一枪爆头击杀了"小鬼"！

归思扬一头雾水。

这都行？怎么可能？

解说席的小狐无奈道："小鬼上当了啊！Fred 刚才只是朝脚下丢了个烟雾弹，造成'我要逃跑了'的错觉，其实他根本没动，又爬回了原地，守株待兔等对手过来呢！"

阿岩点点头，说道："他用烟雾弹迷惑了对手。"

直播间内，网友们纷纷发出弹幕。

心疼小鬼弟弟。

小鬼太单纯了，Fred 心好脏！

Fred：小鬼你还是太年轻了，哥只是丢颗烟雾弹骗骗你。

哈哈哈，Fred 经常用这种方法欺骗对手。太坏了，小鬼不要上当！

你以为我丢了烟雾弹，是要掩护自己往另一个狙击点走位吗？不，我只是做个假动作，让你这样以为罢了。

这就是"我预判了你的预判"的心理战。

作为职业选手，打比赛的思路不能固化，一定要灵活。江绍羽是最灵活的狙击手，他独创的"见缝插针式"灵活狙击战术，让整个地图的任何位置都有可能出现他的子弹。

这种神出鬼没的狙击打法，让地图变得没那么重要。

就算没有狙击点，他也会自己创造狙击点。

江绍羽教裴封的第三课就是："狙击手，不一定非要在固定的位置架枪，那只是一种常规的打法，你要学会变通。只要抓住了机会，在任何位置，你都可以开枪杀人。"

第二局，裴封胜。

归思扬打到现在，虽然努力维持着表情的平静，内心却极为震撼。

他是星城青训营出来的最强青训生，不管反应速度还是枪法精准度，都是这批新人当中数一数二的。可今天连续两局，居然被裴封"教育"了？

第一局是移动战，打不过他认了。毕竟他的移动战水平确实不强，他输得心服口服。

可第二局被骗了走位，他真是不甘心！

归思扬绷着脸迅速按下准备键。

第三局又回到了裴封的主场。他这次提交的地图很有特色，名为"物流园区"。

小狐兴奋地说："物流园区？这是一张'穿透图'。"

阿岩说道："没错，这张地图有大量堆积的箱子，其中一些是铁皮箱，还有一些是纸箱。铁皮箱能够阻挡子弹，纸箱却能被子弹穿透。选手在这张地图一定要注意走位，别以为你躲在箱子的后面就安全了。"

"物流园区"并没有常规的高处狙击点，只有一排排凌乱的箱子可以用于藏身，狙击手在这张图上只能玩游击战。

归思扬知道裴封的移动战很厉害，这局他也提升了速度，丢下闪光弹快速走位，如同风一样在遍地是箱子的物流园区穿梭。

偌大的物流园区里不时响起枪声，让观众们的心都提到了嗓子眼。

砰——

归思扬一枪狙穿了裴封附近的箱子，差一点就打到他。

砰——

又一声枪响，裴封回头狙向交叉路口，逼着归思扬迅速后撤。

不同于近战职业正面作战的激烈扫射，狙击手的每一颗子弹都很关键。两人距离很远，互相看不见，只能用子弹跟对手打招呼。

裴封俯身路过一个箱子，只听"砰"的一声，一发子弹从远处直接穿透箱体射了过来，差点就打中他。裴封扔下烟雾弹走位，根据枪声传来的方向判断对手的位置。

两人在"物流园区"快速转移，打一枪跑一个地方，互相试探，寻找对手。

转眼间，"物流园区"的箱体上到处都是子弹射出的弹孔。

比赛进行到第五分钟，双方各自用了七发子弹，却没有狙杀对手。

就在这时，现场突然安静下来。

裴封目不转睛地盯着远处，而归思扬正在小心翼翼地往前走，他已经判断出了裴封的位置，只要从那边绕过来，就能杀裴封一个措手不及！

局势到了最紧张的时候，观众们都屏住了呼吸。

温暖的阳光透过"物流园区"的窗户射进来，洒下一片斑驳的光影。有人从那排箱子的后面经过，遮挡了一下阳光，让光影产生了细微的变化。

这变化只在短暂的零点几秒之内。

裴封果断打开狙击镜，扣动扳机。

——砰！

属于重型狙击枪的沉闷枪声在耳边响起。

一发子弹破空而出，从超远的距离射过去，瞬间穿透了摆放在那里的纸箱！

然后，一枪射中了归思扬的脑门！

255

"Fred"使用"巴洛特－丛林猎手"一枪爆头击杀了"小鬼"！

从裴封的视角看，明明只能看见前方的一排箱子。归思扬在箱子后面快步前进，距离他很远，他也听不到对手脚步声。

结果，裴封的子弹居然射穿纸箱，瞬间击杀了归思扬？

直播间的弹幕多得跟雪花一样。

不是吧，这都行？

他没视野怎么狙中的啊！

这该不会是透视外挂吧？官方比赛还能开外挂？

除了透视外挂，我不知道该怎么解释他为什么能看到小鬼路过那个箱子。

小鬼的移动速度很快啊，这都能狙中？

嘉宾席，常荣轩擦了擦额头的汗，惊叹道："Fred太厉害了吧！他是看到光影了吗？"

江绍羽微微弯了弯嘴角低声道："是的。"

归思扬以为他找到了裴封，想绕过去杀对手个猝不及防。

可惜裴封也早就判断出了他的位置，换了把重型狙击枪，守株待兔。

他凭借光影的变化，预判了归思扬的位移路径，然后架起狙击枪，一枪击穿对手的脑袋！

这一刻，裴封用的不是师父的打法，而是使用了他自己最擅长的重型狙击枪"巴洛特"。

他精确地判断出对手的位置，凶悍地用火力穿透。

干脆利落地一击毙命！

正如他当年拜师时所说的："师父，我想当一个像猎人一样的狙击手。"

江绍羽的眼底满是骄傲和欣慰。

小裴，你做到了。

这一场比赛，你才是真正的"猎人"。

新星杯的决赛轮都是七局四胜的赛制，裴封已经 3:0 领先，抢下了第一个赛点。

归思扬除非连扳四局，才能赢下裴封，但这种可能微乎其微。

BM 战队训练室内，一群选手挤在电脑前看比赛，有人同情地说道："小鬼 0:3 落后，连续三局被爆头，好惨啊，Fred 这也太凶残了吧？"

"归思扬连扳四局赢下 Fred 是不可能的，看来，这一届新星杯冠军就是 Fred 了。"

"想不到 Fred 离开职业选手的圈子都五年了，一直当主播，居然还能这么强！"

"要是我们刘队上的话，遇到 Fred 应该能赢吧？"

众人正讨论着，刘少洲正好去隔壁的茶水间倒完水回来。听到新人们的议论声后，他微笑着摇了摇头，说道："我上的话，也不一定能赢 Fred。"

新人们纷纷瞪大眼道："刘队你也太谦虚了吧？"

"就是，你毕竟是职业选手，打了这么多年比赛……"

刘少洲道："你们不懂。Fred 表面上是主播，实际上，他一直都是职业选手。"

直播间内，镜头刚好从两位选手的脸上扫过。

赛点局之前，只有五分钟的休息时间，裴封正在调整状态，他拿起水杯喝了一口，神色从容。反观归思扬，虽然尽量保持着平静，可苍白的唇色已经出卖了他的紧张。

刘少洲笑着说："正如我不想给师父丢脸一样，裴封也一直不想给 Wing 神留下任何污点。所以，他对自己的要求非常高，这些年一直在坚持训练。说不定，他日常训练的强度比青训营的新人还要大。"

这种特殊的师徒情谊，没有拜过师的人，或许很难体会吧？

刘少洲能一眼看穿裴封的想法。

因为他同样是徒弟，是 BM 战队的前队长齐恒手把手带出来的。

齐恒也是个很好的师父，当年对刘少洲倾囊相授。他退役后去了职业联盟当副主席，将队长之位交给徒弟，刘少洲这些年一直尽心尽力，带好这支团队，BM 战队在顶级职业联赛的成绩从来没有跌出过前三名。

但裴封不同，裴封的师父退役后，ACE 战队因故解散。

如果 ACE 战队不解散，刘少洲和裴封这两位新生代的狙击手将会是赛场上最强的对手。当年所有人都是这样认为的，可惜世事难料，裴封改行当主播，他们之间也从未分出过胜负。

对于裴封的决定，刘少洲其实非常佩服。如果当年其他战队朝自己伸出橄榄枝，开出上千万元的转会费，自己能做到毅然回绝吗？恐怕不能。

裴封就是有这种魄力。Wing 神对于裴封的意义不仅是偶像、恩师，还是他打电竞的初心，是他心里最重要的存在。

刘少洲轻叹口气，目光复杂地看向屏幕，说道："今天，他的师父就坐在台下的观众席。他绝对不会输。"

别说对手是一个没有大赛经验的青训生归思扬，即便遇到经验丰富的 BM 战队队长、目前的联盟第一狙击手刘少洲，裴封也绝不会让自己在师父的面前输掉比赛。

因为师父在看着他，他输了就是丢师父的脸！

第四局很快开始。

这局是归思扬的主场，也是归思扬获胜的唯一机会。

归思扬深吸口气，迅速调整好状态，提交了比赛地图"喷泉广场"。

这张图是游戏里最简单的地图，也是所有玩家在"新手指导"中会遇到的图，只有东、南、西、北四根大柱子可以躲藏，其余的地方十分空旷，并不适合狙击手发挥。

柱子不能爬上去，只能侧身狙击，拼的是反应速度和枪法的精准度。

台下，常荣轩道："小鬼的想法，是要化繁为简，纯拼技术了吧？"

秦博点头道："嗯，遇到 Fred，他想玩战术确实也玩不过，只能拼一把最直接的'对狙'。"

归思扬的思路还是挺清晰的，状态也调整得非常快，江绍羽对这位新人十分欣赏。

只不过，拼对狙……

难道归思扬觉得自己能拼得过裴封吗？

当年在 ACE 战队的时候，江绍羽和裴封天天练习对狙，裴封一开始被师父打得抱头乱窜，甚至被江绍羽打出了心理阴影，后来才渐渐学会冷静地判断局势、找时机开枪……他的枪法精准度，放在世界上都是数一数二的。

比赛开始，归思扬出现在地图右上角，裴封在左下角，依旧是对角位。

两人飞快地找了根柱子躲起来。

依靠柱子、墙壁等障碍物作为掩体，找机会开枪狙击，这是狙击手的基本功。

当两位狙击手相遇的时候，拼的就是对时机的判断和开枪速度。

小狐感慨道："简单粗暴的'对狙'，更多的是考验选手的操作细节！开枪的时机和反应的速度，哪怕有零点几秒的差距，都有可能造成生与死的不同结局！"

阿岩道："我都紧张起来了！狙击手的对决，很可能就是一发子弹的事情！"

归思扬打得很主动，他先飞快地冒头朝裴封的位置开了一枪。这一枪是盲视野狙击，也就是碰运气，如果裴封正好冒头，说不定能打到。打不到也无所谓，只是试探。

裴封刚要冒头去观察，"砰"的一声枪响，子弹擦着他的头皮飞过，他立刻躲回柱子后面耐心等待。

片刻后，归思扬又射来一枪，子弹的路径变了。

这是在逼他出来？

裴封并没有着急，他一直躲在石柱后方，在归思扬开第三枪的那一瞬间，他突然丢了一发烟雾弹，然后他以风一般的速度在烟雾当中穿梭，同时朝着归思扬所在的位置"砰砰砰"连射三枪！

"MSG"清亮的枪声响起。

观众们震惊地发现，明明裴封是在快速跑动中开的枪，可三发连续射出的子弹，却精确地落在了归思扬藏身的那根石柱附近！归思扬如果敢冒头，很容易被裴封击杀。

看到屏幕中放大的弹痕，直播间的观众纷纷不敢相信。

这都行？Fred 快速跑动射击，射到的却是同一个位置？

他竟然能一边跑一边调整枪口方向，三枪连发，逼得对手不敢出来！

这走位太帅了！

换成是我，连续开三枪，估计会射成天女散花的效果。

移动狙击，这是裴封从师父那里学来的本领。别说是三枪，裴封甚至可以绕着场地快速跑一圈，并且在跑动的过程中连续十发子弹都射中目标。

并不是他数学有多好，能精确计算出射击的角度。他只是在反反复复、日日夜夜的训练中，形成了肌肉记忆。

归思扬被连续射出的子弹压得不敢冒头，等枪声停止的时候，裴封已经转移到了下一个掩体后方。

这次换裴封主动狙击，归思扬一边躲一边找机会。

枪声不断响起，射中石柱，打出飞溅的火星。

不同于前几局两人只开了零星几枪，这一局由于是决胜局，地图太过简单，狙击手之间的当面对狙更加紧张激烈，加上归思扬带着"背水一战"的想法，打得非常主动，转眼间，他已经射出了十四发子弹。

就在这时，一颗烟雾弹轰然在广场中心炸开。紧跟着，Fred 以闪电般的速度从烟雾后方绕过，一口气绕到了归思扬所在的柱子侧翼。

烟雾散尽的那一刻，"MSG- 极光"的银白色枪管对准了归思扬的脑袋。

砰——

子弹呼啸而过，在空中划出的弹道，如同一束雪白的极光。

然后，那束白色的极光，瞬间穿透了归思扬的游戏角色的脑袋。

血花飞溅，一枪爆头！

259

"Fred"使用"MSG- 极光"一枪爆头击杀了"小鬼"！

裴封修长的手指离开键盘，微笑着站了起来。

连续四局的一枪爆头，什么叫大魔王级别的狙击手？这一刻，就仿佛第三赛季的 Wing 神重回赛场！他的徒弟没有让观众们失望！

解说席，两位解说已经激动得声音发颤。

小狐说道："恭喜 Fred4:0 赢下比赛，获得新星杯的总冠军！"

阿岩说道："这一把的'对狙'真是太过瘾了，双方都射出了十几发子弹！小鬼一直在顽强抵抗，但是最终 Fred 抓住了机会，利用烟雾的掩护快速走位，从侧翼狙杀了对手！"

小狐表示赞同："是的！Fred 的移动狙击战真的太强了，颇有 Wing 神当年的风采！"

阿岩说道："恭喜 Fred，同时也将掌声送给来自星城青训基地的小鬼！"

台下掌声雷动，很多 ACE 战队的粉丝激动欢呼。

有观众在喊："Fred 太厉害了！"

还有个女生大吼一声："能教出 Fred 的 Wing 神才是最厉害的！"

引得周围一阵哄笑。

直播间，刚才发弹幕说裴封开外挂的人统统闭了嘴。

开外挂？拥有这样恐怖的实力，裴封有必要开外挂吗？他简直比外挂还要准呢！

归思扬心底有些难过，以 0:4 输掉游戏，连续四局被爆头的结局，几乎彻底击碎了他作为最强青训生的自信。他从没想到，自己会打成这样。

他想赢一场游戏怎么这么难？

归思扬深吸口气，表面上还是维持着风度，等裴封过来握手。

他已经准备好被对手嘲笑了。

没想到，裴封并没有胜利者的嚣张，反而很礼貌地拍了拍他的肩，像是兄长拉着弟弟一样，带着归思扬一起来到舞台的中间鞠躬。

归思扬一脸迷茫地鞠完躬，然后耳边就响起了裴封温和的声音："小鬼，你打得挺好的。只不过，你玩这游戏才玩一年，我玩了五年多，经验比你丰富而已。"

归思扬疑惑地看向他。这是嘲讽，还是安慰？

裴封低声解释道："第三把，你路过箱子后面时，游戏角色的身体遮挡了阳光，引起光影变化，我预判了你的走位路径。最后这一把，我猜到你要换弹匣了，才趁机上前狙杀了你。"

归思扬恍然大悟。

他怎么没想到光影变化？当时他打得很紧张，根本没注意这些细节！

裴封远比他想的还要强。哪怕是联盟第一狙击手——BM 战队队长刘少洲，遇到裴封也不一定能赢吧？

归思扬这么一想，心情顿时变好了许多。对方毕竟是 Wing 神的徒弟，他一个青训生，输了也不算丢人，就是 0:4 的比分有点难看而已。

归思扬红着脸道："封哥，你真是太厉害了。"

裴封开玩笑说："别恨我啊。我师父坐在台下，我也就没给你留面子。要是输掉一局，我怕他让我写检讨。"

归思扬的脸色一僵，道："检讨？"

输了还要写检讨？江教练这么可怕吗？

正好这时主持人走上舞台，激动地说："第一届新星杯挑战赛到这里就全部结束了，下面将进行颁奖环节，有请季军选手花然、亚军选手归思扬、冠军选手裴封来到我们的舞台中央！"

一直在观赛区的花然也快步跑了上去，跟两人站在一起。

男主持人道："有请国家队的主教练，江绍羽先生，为我们获奖的选手颁奖！"

比赛现场响起激动人心的音乐，江绍羽在礼仪小姐的指引下来到舞台上，他先给季军、亚军颁了奖，简单鼓励道："表现不错，再接再厉。"

两人很开心地跟他握了手。

裴封的目光投在师父的身上，从江绍羽上台的那一刻开始，就一直追随着他。

直到最后，师徒两人的目光在空中交汇。

裴封像只摇着尾巴的大狗一样，眼巴巴地看着师父，仿佛在用眼神说："师父，我打得好吧！你是不是该夸我了？"

江绍羽唇角一弯，转身从托盘里接过金色的新星杯冠军奖杯，递给裴封，轻声说："打得很好。"

还行，不错，很好。

师父的夸奖已经连续提升了三个档次！

裴封从他手里接过奖杯，轻轻拥抱了一下师父，然后，高高地将奖杯举过了头顶。虽然只是新星杯的冠军奖杯，可这一幕画面却让很多 ACE 战队的粉丝感动到落泪。

那金色的冠军奖杯，仿佛是一种传承。

261

Wing 神亲自将狙击手的接力棒，安心地交到了徒弟的手中。

以后，师父将作为国家队的主教练，在幕后排兵布阵、出谋划策。

而徒弟将继承师父的打法，带领国家队的选手们，去征战世界大赛的舞台！

这次，我们师徒，一起前行。

第八章　战队巡查

本次新星杯挑战赛的冠军奖金高达一百万元，亚军五十万元，季军三十万元，晋级十六强的每人奖励五万元。比赛赞助方"飞星科技"是华国最大的电子集团，光手机的市场占有额就高达百分之三十以上，实力相当雄厚。这也是齐主席费尽唇舌为国家队拉来的冠名赞助商。

颁完奖杯后，主持人紧跟着说："接下来有请新星杯的冠名赞助商，飞星集团首席执行官许光耀先生，为获奖选手颁发奖金！"

一位穿着西装的中年男人走上舞台，给三位选手每人发了张支票。三人都很开心地接过支票，跟许总依次握手。

直播间内，网友们纷纷表示出了他们的羡慕。

Fred 发财了！

Fred 你还缺儿子吗？我可以当你的继承人吗？

我就不一样了，我想当小鬼的女朋友，这人有前途！

花花是我的，为了配得上花花，我明天就去染紫色头发！

此时，官方微博也发布了新星杯总决赛的结果。

恭喜 Fred、小鬼和花花大少，分别荣获第一届新星杯挑战赛的冠军、亚军和季军！

本次新星杯的关注度不输于职业联盟主办的顶级职业联赛。裴封对林海的那一场换四种职业致敬 ACE 战队队员的比赛，还有总决赛这场狙击手的对决，都被网友们送上了热搜。所有"枪王"玩家都在讨论这一届新星杯，三位获奖的选手也成了名人。

尤其是冠军裴封，微博粉丝数量和直播间关注人数节节攀升。一时间，大量小熊 TV 的主播转发微博"恭喜 Fred"，星网的主播们只能眼巴巴地看个热闹。

此时，星网集团总部，张总的脸色极为难看，他"啪"的一声合上笔记本电脑，打了个电话，咬牙说道："让王经理明天一上班就去找 TNG 战队，签下他们队选手的直播合同，任何条件都可以答应。"

TNG 是电竞圈内人气最高的战队之一，有不少明星选手。上一届国家队的冲锋员陆兴云、医疗兵章越都来自 TNG 战队。两人的外貌在电竞圈能排进前十名，粉丝众多。这支战队背靠大集团，财大气粗，也是上一届国家队的赞助商之一。

他就不信了，星网跟 TNG 战队联手宣传，人气还比不过一个 Fred？

同一时间，TNG 战队里热闹非凡。看到新星杯结果的陆兴云，幸灾乐祸地在"国家队萌新"群里发了条假惺惺的关怀。

陆兴云：莫哥，新星杯的决赛你看了吗？ Fred 和小鬼的狙击手对决，居然 4:0 赢了。

莫涵天沮丧地打下一行字。

莫涵天：看了，Fred 真厉害。

陆兴云：这两位都是你的竞争对手，Fred 还是江教练的徒弟。唉，今年的狙击手竞争可真激烈啊。

莫涵天没有回复。

他看出来了，陆兴云是假装关心，实则幸灾乐祸。

狙击手竞争激烈他当然知道，还用你陆兴云废话！

除了新星杯冒出来的裴封和归思扬，还有 BM 战队的队长刘少洲，顶级职业联赛的其他战队也有出色的狙击手，国家队就两个狙击手的位置，莫涵天也觉得自己很大概率没戏了。

但是他不甘心。上一届他只打了一场世界大赛，那一场确实没打好，他想再打一场来证明自己。如果进不去国家队，他就永远没机会了，"出国变尿包"、"花瓶狙击手"的称号会伴随他一辈子。

莫涵天眼眶酸涩，不知道该说什么。

倒是时小彬傻乎乎地冒出来。

时小彬：陆哥，冲锋员的竞争也很激烈啊，你不担心吗？

陆兴云：担心啊。不过老林退役的话就会放出来一个名额，比去年稍微好一点吧。

时小彬：老林退役好可惜，我觉得他就是压力太大了，去年当国家队的队长被网友们骂了十几万条评论。其实他的水平也没有下滑得很严重，反正比我强多了。

就在这时，时小彬收到一条消息，是莫涵天单独发给他的。

莫涵天：你跟他说什么废话？他巴不得老林退役，他好打上主力。

时小彬：啊？

莫涵天：别聊了，快去训练。这届除了你跟陆兴云，还有新星杯冒出来那个花花大少，他的游戏风格很特别，江教练喜欢新奇的战术，说不定花花大少才是国家队的主力。而且，老林退役的消息一直没宣布吧？万一他不退役呢？你也没戏！

时小彬立刻紧张起来。

时小彬：那怎么办啊！

莫涵天：去 H 国区服务器吧。我在那边玩了两天，H 国人打排位赛的思路跟咱不一样，还能学到点新的东西。你去买个号，有空咱俩一起打排位赛。

时小彬：好的好的，我这就去买号！

他俩是从星城青训营出来的，老家也在同一座城市，虽然去了不同战队，但关系一直很好，时小彬也比较听莫涵天的话。

莫涵天其实有些愧疚。当初他在游戏里撞上 Wing 神，时小彬什么都不知道，出于对他的信任才跑去跟 Wing 神单挑……结果成了"葫芦娃"，一个接一个被 Wing 神击败。

是他把时小彬拖下水的。这家伙虽然胆小如鼠，打比赛像缩头乌龟，但其实很单纯，没什么坏心眼。

莫涵天只是想弥补他，想让时小彬尽快意识到危机。

这一届国家队不仅狙击手竞争激烈，冲锋员的人选也不好说。"花花大少"拿到新星杯第三名，进了国家青训队，江教练肯定很喜欢他这种特殊的风格，那时小彬还有希望吗？

此时，花然在后台狂打喷嚏："阿嚏！阿嚏……谁在想我吗？"

归思扬刚要说话，就见江教练带着三个人来到了后台，他立刻尊敬地打招呼："江教练。"

江绍羽看向三人，说道："走吧，一起吃宵夜，有些话跟你们聊。"

花然疑惑地看向站在江教练身后的常荣轩，用嘴形问道："你怎么在这？"

他不是在十六进八的比赛中就被淘汰了吗？

常荣轩笑呵呵地说："秘密。"

俞明湘早就安排好了接送车辆，一行人坐车来到酒店附近的餐厅，点了些烤串。

江绍羽一日三餐饮食规律，很少吃宵夜，但花然、归思扬这些十几岁的少年，打比赛打到现在肯定饿了，所以他才请吃宵夜，想让小家伙们吃饱了再聊。

几人看着满桌子香喷喷的烤串快要流口水了。归思扬偷偷瞄了眼脸色冷淡的江教练，见江教练不吃，他也不敢动手。倒是花然没心没肺地拿起两根肉串，发现大家都不吃，他又不好意思地放下了。

裴封看向江绍羽，低声问："师父，不吃一点吗？"

江绍羽摇头："你们吃吧，不用管我。"

裴封见师父不吃烤串，转身去找服务员要来一碗清淡的鱼片粥，递给江绍羽，笑着说："喝点粥吧，这个好消化。不然，你坐在这里什么都不吃，其他人也不好动筷子。"

江绍羽想了想，拿起勺子开始喝粥。

其他人这才松了口气，纷纷拿起烤串大快朵颐。

吃完粥后，江绍羽擦干净嘴巴，直说道："找你们来，是想聊聊国家青训营的事。当初报名参赛的时候，你们应该看了公告吧？新星杯的冠、亚、季军可以加入国家青训营，表现好的可以入选国家队，去打世界大赛。"

归思扬和裴封都点头表示明白。花然却一脸纠结地挠了挠头，说道："可

264

是，我没想到自己会拿季军啊。"

江绍羽看他一眼，问道："你的意思是，你并没有想过加入国家青训营？"

花然目光诚恳地看向江绍羽，答道："对啊。我本来是想混个十六强，拿点奖金交完学费再买几个皮肤玩玩的，没想到居然一路赢到四强，还拿了个季军，哎，实在太意外了！这可怎么办啊？"

众人面面相觑。

江绍羽挑眉："还能怎么办？当然是来国家青训营。"

花然道："可我大学没毕业啊！"

江绍羽想了想，说："你可以暂时休学。"

花然纠结地挠头："我好不容易考上了大学，休学的话，我爸妈不会同意吧？帝都大学美术学院很难考啊……"

江绍羽平静地说："休学不等于退学，学校可以保留你的学籍，等你打完比赛再回来上大学也是一样的。如果你加入国家队，拿到世界赛事的奖杯，国内各高校对世界冠军都会有各种优惠政策，说不定能给你特殊的待遇，免除你的一切学费。"

花然双眼一亮，说："是这样吗？"

江绍羽接着说："电竞选手的巅峰期也就这两年，错过的话以后都不能再打比赛了。以加入国家青训营打世界大赛作为休学的理由，你们学校应该不会不同意。至于家长那边，如果他们有意见，我可以亲自去沟通。"

江绍羽看他一眼，最后又补了一句："另外，正式的比赛都是用单独的服务器，所有的皮肤全部开放，你以后不用买皮肤，想玩什么皮肤都可以随便选。"

花然愣愣地看着他。

江教练说得好有道理！而且江教练考虑问题特别周到，人也很细心温柔，还愿意亲自出面跟学校以及他的家长沟通。

加入国家队，要是能拿个奖，那他也算是"为国争光"，学校肯定不会为难他。打完比赛再回去上学也来得及。而且比赛服务器的皮肤全部免费，对皮肤收集党来说就是天堂！

花然激动地说："好！那我回去跟我爸妈商量一下。不过我们学校三月份开学，我得去学校办休学手续，国家队青训生什么时候集训啊？"

江绍羽道："不急。新一届国家队的队员还没确定，你办完手续再来基地。"

花然点了点头："好的！"

俞明湘在旁边看着这一幕，心底不由得好笑：阿羽忽悠小朋友还挺有一套的，花然一脸感动，显然觉得江教练特别温柔，特别为他考虑。

希望以后他在国家队写检讨时不要后悔……

搞定了花然，江绍羽将目光投向归思扬，问道："小鬼你呢？"

归思扬本来就是冲着国家队青训生来的，听到这里马上点头说："我没问题！我回去星城收拾一下行李，随时都可以来国家队报到！"

江绍羽满意地点了点头，又看向裴封，问："小裴呢？"

裴封笑眯眯道："我行李都收拾好了，已经带到了酒店，今晚就可以搬去国家队！"

众人心想，还是你行动神速。带着行李来比赛，真有你的！

花然看了看裴封笑容满面的样子，又看看归思扬一脸期待的神色，心底也不由得激动起来。冠军和亚军一个个都如此积极，看来，国家队可真是天堂啊！

吃过宵夜后，俞明湘让司机师父把裴封、归思扬和花然一起送回参赛选手入住的酒店。

车子停在酒店门口，裴封最后一个下车，他并没有关上车门，而是单手挡着门，上半身探进车里，看向江绍羽说："师父，等我十分钟，我上楼去拿行李。"

刚才还以为他开玩笑，没想到，这家伙居然真的带着行李来打比赛。

对上裴封的眼神，江绍羽没忍心拒绝，点了点头："行，你去拿吧。"

裴封飞快地转身进了电梯。他回房间提起行李箱，拿着门卡到酒店前台退了房，然后就快步来到车旁，单手将行李提上车。

这辆小型商务车可以坐八个人，空间十分宽敞。

裴封上车后主动过去坐在江绍羽的旁边，朝师父露出个笑容。

江绍羽的太阳穴突突直跳。徒弟的行动力一向迅速，之前就有两次直接跑去国家队的门口堵人，让他无法拒绝。如今又提着收拾好的行李来参加比赛，打完立刻搬家去国家队，真是绝了。

坐在前排座位上的俞明湘开玩笑道："小裴你这么积极啊？带着行李来打比赛，这么着急去国家队，一天都不想多等吗？"

裴封解释道："俞姐，我最近正好住在帝都。反正回家也是一个人，我就想着打完比赛后干脆去国家队基地熟悉熟悉环境，这次先带了些洗漱用品和衣服，缺什么，回去再拿。"

他住在帝都，来回确实很方便。

俞明湘热心地说："那正好啊，你是第六届选手里第一个入住国家队基地的。"

江绍羽强调道："是青训生。"

裴封笑着说："知道了江教练，我现在是国家队的青训生，能不能入选正式阵容，还要看后续的表现！"

江绍羽回头看着他："嗯。别以为你是我徒弟，又拿了新星杯冠军，我就会直接把你选进国家队。你跟其他青训生一样需要经过选拔，在下一届国家队名单正式确定之前，不要松懈。"

江绍羽的眼睛很好看，尤其是认真注视着对方的时候，清澈明亮，像是能看进人的心底一样。裴封对上他的眼睛，微微一笑："知道了，我一定听江教练吩咐。"

江绍羽看了他一会儿，挪开视线，看向窗外。

江绍羽嘴上这么说，只是不想让徒弟松懈大意，其实他心里早就确定裴封能入选下一届国家队。裴封是一名非常全面的选手，他的比赛大局观很强，可以担任队伍指挥。而且，他会玩五种职业，能作为自由人，能极大地丰富国家队的战术。

本届新星杯不但收获了裴封这员大将，还有天赋出色的归思扬和花然，以及教练组的常荣轩，可以说是"满载而归"。

江绍羽心情很好，主动给徒弟介绍道："这位是秦博，国家队的软件工程师。"

裴封伸手打招呼："秦哥好。"

秦博笑着跟他握手道："你好，Fred，久仰大名。"

江绍羽接着说："这位是常荣轩，国家队副教练，你打比赛时见过的。"

裴封惊讶地看着面前的人，他刚才就很疑惑这位三十二岁的"世事无常"怎么一直跟在师父身边？如今总算得到了解释，"世事无常"居然是副教练！

师父可真行，打个比赛还能顺便捡个教练！

裴封接着握手道："常教练好，以后多多关照。"

常荣轩笑呵呵道："好，互相关照！"

一行人乘车来到国家队基地的时候已经晚上十一点了，车子在宿舍楼前停下来，大家先后下了车。江绍羽道："老常还有小裴的住处，俞姐你先安排一下吧。"

俞明湘指向前方这栋四层高的楼，说："这一栋就是选手和教练组的宿舍楼，每一层有五间宿舍。目前一到三楼全都空着，四楼也有两个空房间，402和403，两位可以随便挑。"

常荣轩好奇地问道："江教练住哪间啊？"

江绍羽道："我住在404。"

常荣轩道："那我……"

他刚想说"要不我住403？就在主教练的隔壁，有什么事情也方便交流"。

结果裴封突然说道："我能住 403 吗？"

江绍羽回头看向徒弟。

裴封神色无辜道："住得近，有什么问题也方便找师父请教。"

江绍羽轻轻挑眉："行，都是单人间，住哪都一样。"

常荣轩困惑地抓了抓头发，他发现裴封不管干什么都会快人一步。奇怪了，教练的隔壁有那么好吗？选手住在教练隔壁，不就相当于学生住在教导主任的旁边吗？他不怕天天被训？

常荣轩想了想，笑眯眯地道："那我住 402 吧！方便交流，嘿嘿。"

裴封一时无语。左边一个副教练，右边一个主教练，他的房间被两位教练包夹，怎么有种不太好的预感？

俞明湘补充说道："400 号房间住的是助教安娜，401 是副教练老崔。"

裴封轻咳一声："这么说，四楼全是教练组的宿舍？"

江绍羽看了他一眼，道："你现在后悔还来得及。"

裴封摸摸鼻子，笑道："没事，我就住 403。住在教练堆里，才能迅速提高，师父以后训我也更方便。"

众人一脸震惊。

这人是小时候被人教训习惯了吗，不训他一顿心里难受？

电竞园区有两栋宿舍楼，A 座是选手和教练的住处，共计二十间宿舍；B座是领队、工程师、后勤、队医等工作人员的住处，两栋楼距离很近。

俞明湘带着众人上了四楼，安娜和崔荣听见动静也出来打招呼。

安娜扎了一对双马尾，看模样十分可爱活泼。崔荣四十岁上下，长了张圆脸，看着挺亲切和善的。

俞明湘介绍道："安娜是外语系毕业的，精通八个国家的语言，是咱们国家队的助教兼外出比赛的翻译。老崔在国家队待了五年了，对国家队的各个方面都非常熟悉。"

常荣轩和裴封立刻跟他们握手打招呼。

俞明湘看着这些人，心底颇为感慨。国家队的队伍渐渐壮大，等以后这栋楼住满，那就热闹了！

常荣轩惊讶地说："国家队的配置还挺高级啊！翻译、工程师、助教都齐了！"

崔荣笑着握了握新同事的手，说："毕竟是国家队嘛，走出国门就要代表华国，太寒酸会被人笑话的。"

江绍羽道："时间不早了，大家先休息。明天上午十点到我办公室开会。"

众人各自回了宿舍，俞明湘和秦博也下楼回 B 座的宿舍睡觉了。

江绍羽用指纹开了门，刚一开门，一只熟悉的卷毛小狗就飞扑过来，抱住主人的腿"汪汪"地叫个不停。

裴封看见豆豆，只觉得格外亲切，俯身摸了摸它的脑袋，用哄小孩的语气问："豆豆，有没有想我啊？"

豆豆用"汪汪"的叫声回复他。

裴封将它抱起来继续问："最近好好吃饭了吧？给你买的罐头吃完了吗？"

豆豆又"汪汪汪"地叫了几声。

裴封道："好的，明天我再给你买一箱。"

在旁边刚要进门，结果看到这一幕的常荣轩十分疑惑。

裴封能跟小狗无障碍交流？

江绍羽对上常荣轩震惊的眼神，淡淡解释说："这是我养的小狗，叫豆豆。"

豆豆用那双乌黑的眼睛好奇地看着这位陌生人。常荣轩赞道："这只小狗真可爱啊！"他咳嗽两声，说，"那我先进屋了，你们也早点休息。"

"嗯。宿舍让后勤打扫过，你有什么需要的生活用品，可以找俞姐。"江绍羽提醒道。

"好的。"

等常荣轩进屋后，裴封才放下豆豆，打开 403 号房间的密码锁。江绍羽牵着豆豆走进自己房间，回头说："早点睡。"

裴封笑容灿烂地回道："嗯，师父晚安。"

国家队的宿舍条件挺好，是一室一厅的套间，配备了冰箱、空调、微波炉、电视机等常用的家电，卧室空间十分宽敞，床尾还有一张桌子，上面摆着电脑，桌旁有专业的电竞椅。

选手们平时训练结束回到宿舍，也可以自己打打游戏，非常贴心。宿舍配备的电脑都是全新的台式游戏主机，上面有飞星集团的标志，看来这一届的赞助商给国家队统一换了新设备。

裴封将行李箱拖进卧室，先把衣服挂在衣柜里，又将各种洗漱用品整齐地摆好。

他的行李不多，很快就收拾完了。他换上睡衣站在阳台上，看着外面路灯照射下的操场，心情愉悦地扬起了嘴角。

时隔多年，他又和师父像当年那样成为了只有一墙之隔的"邻居"。

五年前在 ACE 战队基地，年幼的他出于对 Wing 神的崇拜跑去拜师学艺，江绍羽为了照顾这位小徒弟，让徒弟住在自己隔壁，从零开始教他学习狙击手的玩法。

如今，他又住在了师父身边。

他朝着自己坚持多年的成为电竞选手的梦想，终于踏出了重要的一步。

作为第一个入住国家队电竞园区的选手，他会跟师父一起，等待越来越多的队员加入。

次日上午十点，江绍羽召集国家队工作组的成员开会，由于裴封起得早，也被师父抓过去旁听。

众人围坐在会议室。江绍羽安排起事情来井井有条："欢迎老常加入教练组，这次新星杯算是圆满收官，大家都辛苦了。接下来有几项工作需要大家尽快完成。第一，秦博那边的地图建模已经做得差不多了，老常你从他那里要来地图模型，研究一下复杂地图便于选手藏身的地形。今后国家队的日常训练中会加入'躲猫猫游戏'，提升选手们的走位意识。"

常荣轩立刻点头道："明白！"

江绍羽看向安娜，问："上赛季各大赛区的比赛录像，都找到了吗？"

安娜道："江教练放心，我把北美、欧洲、东南亚赛区上个赛季的顶级职业联赛比赛视频全部下载了下来。另外，各大网站公布的选手数据，我也整理好发给秦博了。"

江绍羽赞赏道："效率挺高。"他看向裴封，"小裴，你留在国家队，和崔教练一起看各国比赛的视频录像，复盘、总结他们的战术。如果发现了什么特殊有趣的战术，再拿给我看。"

江绍羽是国家队的主教练，非常忙，不能一场不漏地看比赛录像，那样半年都看不完。安娜只是外语比较好，对比赛战术并不精通。所以，让安娜找视频，裴封和崔荣分开看，是最好的办法。

裴封理解地点头道："收到，我会认真看的。"

崔荣说："我跟小裴分开看，尽快把各大赛区去年的录像都看完吧。"

江绍羽接着道："国内的顶级职业联赛下个月就要开始了。秦博和俞姐跟我去巡查各大战队，看看他们日常训练的情况，把战队选手的训练数据都记录下来仔细研究。这一届国家队，可不能再任凭战队推荐了。"

巡查战队，这是江绍羽回国时就定下来的任务。

第五届国家队的成员选拔问题很大，除了刘少洲、叶轻名、林浩彦、周逸然这四个人气很高、水平也很稳定的老选手之外，剩下的新人几乎都是各大战队推荐上来的。

上一届的七个人，在江绍羽的本子上全部是"待定"。

人可以犯错，知错能改还有得救，没有人是常胜将军，永远不输比赛。但你不能同样的错误犯两次，不能输了之后还心态崩盘连累队友一直输。

江绍羽回国后狠狠教训了他们一顿，让他们写检讨。交上来的检讨书倒是一份比一份写得诚恳，有些人或许是认真在检讨，有些或许是做样子给他看。不论如何，他已经敲过一次警钟，给了他们机会，就看他们后续的表现了。

裴封听见师父说要巡查，开玩笑道："师父，那些战队如果知道您这位'大魔王'来巡查，估计都要吓哭了。"

俞明湘笑道："那我跟秦博，就是'大魔王'的左右护法？"

秦博推了推眼镜，正色道："江教练，先巡查哪家战队，需要提前通知他们吗？"

江绍羽说："提前通知就没用了。说好国家队教练会几号过去，他们肯定把训练室打扫得干干净净，选手们认认真真坐在那里练习，摆出特别积极向上的态度给你看。我要的不是这样的惺惺作态，我要看他们日常的训练，这才能最真实地反映选手的态度和水平。"

常荣轩赞同道："没错，咱们搞突然袭击！就跟中学生晚自习的时候，教导处突袭巡查一样，哪些学生在认真写作业，哪些在睡觉、聊天，都能逮个正着。"

那些被逮住的"学生"，脸色肯定很精彩。

江绍羽看向秦博："你随身带一个信号屏蔽器，到时候把他们战队的教练全部叫去办公室，别偷偷发消息通风报信，我要现场看他们打训练赛。"

秦博忍着笑说："知道了，江教练。"

俞明湘问道："阿羽，我们先去哪家战队呢？"

江绍羽翻开一个文件夹，里面是 A 甲职业联赛豪门战队的资料。

顶级职业联赛作为国内最高端的电竞职业联赛，能打进来的队伍都有一定的实力，各大战队的基地分散在不同的城市，距离最近的……就是帝都的 TNG 战队。

江绍羽扬起嘴角，指了指 TNG 战队的队徽说："先去 TNG 战队吧，离得近。"

此时，TNG 战队总经理办公室。

来自星网直播平台的经纪人正在跟战队经理秘密谈判："我们星网想签下 TNG 战队的直播合同，到时候网站肯定会大力宣传。让小陆、小章这些人气高的选手每星期抽空直播五六个小时，粉丝们送的礼物还有会员办卡分成，你们可以拿到八成。运营费用就交给我们平台来负责。"

TNG 战队的赵经理笑眯了眼睛，说："八成啊！看来张总这次是下了血本？"

"那当然，星网目前已经签了好几家战队，TNG战队是我们最为重视的合作伙伴，让利也比较多。如果没问题的话，我们尽快签合同，顶级职业联赛开赛之前来一次首播？"

赵经理干脆地点头道："行。既然你们如此有诚意，那就合作愉快。"

在合同上签下名字的那一刻，赵经理心情愉快地想，裴封从星网这么大的平台跳槽去了小熊TV，星网迫切地需要一些大主播或者明星选手来拉动人气。TNG战队入驻星网后，星网肯定会大力宣传，这是个很好的机会。

陆兴云和章越的外形都很出色，尤其陆兴云，长得帅，打法暴力凶悍，粉丝非常多，以后他们开开直播，收收礼物，不仅能为战队增加很大一笔收入，还能赢得更多的人气，岂不是两全其美？

TNG战队和星网达成合作的消息，很快就在官网放了出来。

星网首页大横幅写着"热烈欢迎TNG战队职业选手入驻星网直播平台"，从首页点进去，就可以看见选手们的直播间。

TNG-Tim，TNG-LU，TNG-Yue，TNG-Sing，TNG-Hug。

这是TNG战队的五位主力成员。

其中，陆兴云也被粉丝们称为"陆神"，由于外形帅气，打法凶悍，是目前职业联盟人气最高的冲锋员，甚至超越了林浩彦。

林浩彦是上一届国家队的队长，最后国家队在世界大赛上的成绩那么差，他的表现也不尽如人意，收到了不少恶评，微博长期被某些不理智的网友辱骂，评论区乌烟瘴气……

而陆兴云的评论区一派祥和，粉丝都在夸他长得帅。还有粉丝认为如果让陆兴云上场，肯定不会像林浩彦一样打得那么差。职业联盟"第一冲锋员"的称号，早该是陆兴云的了。

陆兴云也是这样想的。

林浩彦走后，他就是人气最高的冲锋员，前途无量。

二月二十日，"枪王"顶级职业联赛的官方放出了新赛季赛程表。常规赛第一轮的第一场比赛时间是三月一日，地点在帝都电竞中心，由YY战队对战TNG战队。

TNG战队的教练组和选手们都高兴坏了。

"运气真好，第一轮撞到YY战队，这不是稳赢吗？"

"YY战队能赢比赛，靠的就是叶轻名的偷袭战术，现在叶轻名被禁赛，他们连前四名都打不进去。"

"我们尽量 3:0 拿下吧！"

由于顶级职业联赛是双循环赛制，每一场比赛的比分都非常重要，胜局越多得分越高，3:0 赢下的话可以拿到三分。TNG 全队对这场比赛都信心十足，这几天选手们也没有加强训练，反而把重点放在星网的直播宣传上。

晚上八点，星网平台直播间，TNG 战队的五名主力选手同时亮相。

他们的直播间关注量飙升，尤其是陆兴云的直播间，关注人数转眼就突破了一百万。陆兴云笑容满面，朝大家打招呼："大家好，我是 TNG 战队的陆兴云，很高兴来到星网直播平台。"

刚开直播，人气就如此之高，这就是明星选手的待遇。

而此时，TNG 战队训练室的角落里，一个孤单的身影正打开电脑，来到游戏界面。

原本晚上八点到十一点是战队训练时间，但今天教练说不训练了，要开直播。像舒辰这样没什么人气的选手是没有资格开通直播间的，星网和 TNG 战队签的是明星选手，跟他没关系。主力选手在隔壁的训练室开直播，舒辰就去大训练室自己练习。

他有严重的社交恐惧症，真让他去直播的话估计连话都说不清楚。舒辰点进排位赛房间，开了局 2500 分段的单人排位赛，很快他就匹配到了队友。舒辰快速打字表明自己想玩医疗兵。

队友们纷纷表示不和他抢，想选医疗兵就选。

医疗兵是排位赛中比较冷门的职业，因为医疗兵不能像其他职业那样打出精彩的操作来击杀敌人。

枪战游戏玩的就是刺激，医疗兵有什么刺激的？只能躲在队友身后不能冒头，还要背着急救箱到处救人。救活了队友不会被夸，救不活队友还会被骂。

所以玩医疗的玩家一定要有一颗强大的心脏，要习惯被队友无视甚至嘲讽，默默付出却很少得到称赞。

这一局舒辰果然赢了。他将队友复活了八次，但结束的时候，队伍的聊天频道都在疯狂夸狙击手。

狙击手厉害啊，加个好友！

大神太强了，连续三次击杀真的帅！

舒辰退出游戏房间，继续下一局排位赛。

一直打到凌晨，他才揉了揉酸涩的眼睛，起身关掉电脑。

他每天都是最后一个离开训练室的，习惯性地关灯锁门，然后独自走过空旷的走廊。他不知道自己还能坚持多久，但他不甘心就这样放弃。

裴封不当职业选手，都默默坚持训练了五年，他怎么能轻易放弃呢？

次日下午两点，一辆黑色的商务车悄无声息地停在了TNG战队基地附近的停车场。齐恒跟一位助理来到TNG战队的大门，跟保安说是"联盟主管赛前例行访问"。

经理没有怀疑，立刻让人接他们进来。

每个赛季正式开赛之前，联盟的管理人员都会去各大战队转一圈走个形式，保安也认得齐恒。赵经理客气地将齐恒请进办公室："齐主席大驾光临，也不提前通知一声。"

齐恒心道：提前通知了，你们不就早做好准备了？他跟赵经理握了握手，皮笑肉不笑地说："赵经理，麻烦让教练组的人员来一趟会议室，我有事宣布。"

赵经理还以为是关于赛事的通知，立刻打电话叫人。

片刻后，TNG战队的教练组成员齐齐来到会议室，纷纷跟齐恒打招呼。

然而，大家刚坐好，会议室的门突然被推开。一个身材清瘦的青年，带了一男一女快步走进来，那人皮肤白皙，戴着墨镜、口罩，看不清面容，进屋后他顺手关上门，摘了墨镜和口罩，用清冷的嗓音一字一顿地说："到齐了？"

齐恒笑道："应该没漏。"

江绍羽目光扫过全场，说道："自我介绍一下，我是国家队主教练江绍羽。今天，特地来拜访TNG战队，看一下你们日常训练的情况。"

齐恒笑容满面道："我要通知的也是这件事，国家队教练组巡查，还请各位配合。"

TNG战队的教练组成员全都目瞪口呆。

国家队教练组还搞突击检查？

完了完了，他们今天正好没安排训练！

秦博在进屋的那一刻就打开了信号屏蔽器。这是考试时监考用的，防止他们使用手机作弊，也能防止通风报信。果然，有人偷偷拿出手机想私下发消息通知队员做好准备，结果……短信发送失败，手机没信号！

江绍羽冷冷地看了那人一眼，对方脊背一僵，迅速将手机收起来。

齐恒心里觉得好笑，江绍羽跟各大战队斗智斗勇，连信号屏蔽器都用上了，真是厉害！

江绍羽问："主教练是哪位？"

一个中年男人干笑着举起手："咳，是我。"

江绍羽道："哦……老徐，我对您有印象。"

那可不，第三赛季的时候 TNG 战队被 ACE 战队屡次击败，老徐每天都在想办法针对江绍羽。当时身为选手的江绍羽就给他留下了很大的心理阴影，如今对方成了国家队教练，他的噩梦又来了。

老徐额头冷汗直冒，磕磕巴巴道："哈、哈哈，Wing 神，好久不见。"

江绍羽直截了当地说："召集队员们打一场训练赛吧，我要现场看他们比赛。"

众人全都表情惊讶。

国家队教练组带着信号屏蔽器来到战队突击检查，让毫不知情的队员们直接打训练赛？

还有这种巡查方式？

江教练真的……太有想法了！

TNG 战队的教练组人员面面相觑。

他们第一次见到带着信号屏蔽器来搞突击检查的！

所有人的电话都打不出去，信息也发不出去，一群人被关在这里，心惊胆战，生怕不知情的队员在江教练面前出了差错，给国家队教练组留下坏印象。

虽然 TNG 战队财大气粗，可齐恒副主席也在现场，得罪职业联盟的管理层人员必然没有好果子吃，他随便给战队安个罪名，罚款、处分、资格审查几个月，那就麻烦了。

赵经理很快意识到问题的严重性，他满脸堆笑，看着江绍羽说："这位就是国家队的江教练吧？久仰久仰！您吃过午饭了吗？要不……"

江绍羽打断了他："午饭吃过了。赵经理，麻烦给我接一条网线。"

通信信号被屏蔽，移动数据和无线网络都连不上，但只要有网线接到电脑的端口，电脑依旧可以上网。赵经理看着他冷静的眼眸，笑容微微一僵。

总不能说我们 TNG 战队没有网线吧？

会议室就有网络端口，平时赛前会议、赛后复盘都在会议室进行，需要在线看比赛录像的话也得把网线接到笔记本电脑上，宽带的网速当然会比可移动的无线网络快得多。

他只好皱了皱眉，看向旁边的一位助理吩咐道："把网线接过来。"

助理立刻找来投影屏幕附近的蓝色网线端口。江绍羽朝秦博点点头，秦博打开随身携带的笔记本电脑，接上网线，然后登录了微信。

江绍羽看向徐教练，说："老徐，麻烦您登一下账号。"

老徐神色紧张。

这是要借用他账号的意思？在江绍羽的目光注视下，老徐硬着头皮来到电脑前坐好，登录自己的账号，打开"TNG 选手群"。

然后，江绍羽给了他一个"你可以走了"的眼神，紧接着坐在电脑前，修长的手指飞快地敲击键盘，发去一条消息。

老徐：全体成员，马上到训练室，打一场训练赛。

此时，TNG战队的选手们正在宿舍各玩各的。今天没有安排训练，下午三点到晚上八点，五名主力选手会在星网平台开直播。

在星网的大力宣传下，昨天首次直播的效果很好，陆兴云、章越这两位明星选手，光是一晚上的礼物收入就有几十万元，这简直是"财富密码"。

比起枯燥的日常训练，直播当然更轻松也更赚钱。

他们本想今天继续开一下午直播，结果，教练老徐突然让大家打训练赛。

陆兴云和章越看到群里的消息，十分不解。

陆兴云：老徐，什么意思？我正在直播呢。

章越：不是说今天下午不用训练吗？我也刚打开直播。

其他选手也纷纷冒出来表示不满。

站在一旁的老徐直冒冷汗，他偷偷瞄了眼江绍羽，只见对方眸光冷淡，面无表情地打字。

老徐：十分钟后在训练室集合，迟到的，这个赛季也不用上场了，当主播去吧。

聊天群里的选手们一头雾水，纷纷疑惑地关掉摄像头。

老徐今天发什么神经，这么凶干吗？

陆兴云朝观看直播的粉丝们挥挥手，笑道："不好意思，我们战队这边突然有点事情，今天就先不直播了。谢谢，我结束直播了。"

他黑着脸关掉摄像头，转身来到训练室。

很快，选手们陆陆续续赶到训练室，却没有发现徐教练的踪影。

陆兴云低声抱怨道："搞什么啊？莫名其妙让我们来打训练赛，他自己倒是没来！"

章越忙说："陆哥，你看群里的消息。"

陆兴云打开手机一看，就见群里又出现了一条消息。

老徐：一队的医疗兵、侦察员和狙击手，跟二队换一下，这样两个队的实力更平均。

众人面面相觑。

TNG作为豪门战队，一队的五名选手是顶级职业联赛的主力队员，二队是陪练和替补队员，平时配合一队进行战术训练，要是一队有人身体不适或者状态不好，也有可能让二队的作为替补上去打比赛。还有一支青训队是专门打次级职业联赛的，由此积累比赛经验。

　　TNG 战队的选手非常多。一队的医疗兵、侦察员和狙击手跟二队交换，留下主力冲锋员和突击手，这样一来，两支队伍的实力确实会比较平均。

　　众人心里虽然疑惑，但还是听从教练的安排，迅速换了位置。

　　一队：冲锋员 LU、突击手 Tim、侦察员 Fiay、狙击手 Killer、医疗兵 chenchen。

　　二队：冲锋员 MMP、突击手 Kevin、侦察员 Sing、狙击手 Hug、医疗兵 ZYue。

　　江绍羽早就看过 TNG 战队的资料，因此能将这些 ID 跟选手本人对上号。这一场比赛，他重点关注的是三个人——陆兴云（ID：LU）、章越（ID：ZYue）和舒辰（ID：chenchen）。

　　其他选手他也会观察，看看有没有天赋特别好的。

　　江绍羽继续用老徐的账号发消息。

　　老徐：小陆，建房间拉人。

　　陆兴云很快建好了房间，将选手们全部拉进来，按照队伍分好。

　　老徐：比赛模式："无尽血战"；地图："希望港口"。

　　"希望港口"这张地图是经典的多障碍地图。作为人类仅存的货运港口之一，这里堆积着大量的集装箱，可以作为掩体，选手们在集装箱之间快速穿梭，抓住机会击杀对手。

　　这是一张很适合游击战的地图，对选手们的配合和走位要求较高。

　　在"无尽血战"模式，只要杀光敌方五人就算赢下一小局，五局三胜制。

　　江绍羽安排好后，抬眸对老徐说道："麻烦你登一下游戏，用旁观视角进入比赛房间。"

　　旁观视角也就是裁判使用的第三人称"上帝视角"，江绍羽要直接用裁判视角观赛，每一个选手的表现他都能看得一清二楚。

　　老徐表面上强作镇定，勉强挤出个笑容，其实心虚得很。

　　江绍羽紧跟着说："把团队语音频道打开。"

　　老徐不由得瞪大眼睛。

　　他连选手们在语音频道的交流都要现场听！这不就跟正式的比赛差不多吗？

　　在江绍羽的注视下，老徐硬着头皮登录游戏，切入旁观视角。

　　游戏房间内，一群选手看见"老徐"进入了房间，纷纷冒头打招呼——

　　ZYue：老徐，什么情况啊？

　　MMP：怎么突然打训练赛，你去哪了？

　　Killer：这张图好无聊，都快练过一万遍了，能不能换一张地图啊？

　　Tim：一队和二队换了队员，配合不好怎么办？我跟陆哥从来没配合过啊。

　　LU：训练赛而已，输赢无所谓的。

　　江绍羽微微眯起眼——无所谓吗？这就是你们打训练赛的态度？

　　嬉皮笑脸地说无所谓，还让教练换地图，你们TNG战队的训练赛风气可真是让人大开眼界！

　　老徐在旁边快要急死，恨不得冲去训练室捂陆兴云的嘴。

　　江绍羽用老徐的号在游戏里发送消息，让选手们开始比赛，紧接着就利用裁判权限，直接按下了开始键。

　　一群人话还没说完，就被迫看到了电脑里"比赛地图正在载入"的提示。

　　语音频道里，选手们七嘴八舌地讨论起来。

　　"老徐今天是不是脑子出问题了？"

　　"不说了，兄弟们加油！"

　　陆兴云道："行了，废话少说，听我指挥。"他清了清嗓子，迅速安排道，"侦察员向左走，狙击手向右走，医疗兵跟着我和韩庭。"

　　他跟韩庭（ID：Tim）是一队的冲锋员和突击手，既然其他队友都换去了二队，只能由他们这两个主力队员挑起大梁，带着队友赢。陆兴云打算让医疗兵跟着他们正面突击，直接把对手的近战职业杀光，然后再包抄过去杀掉狙击手。

　　舒辰被换过来跟陆兴云同队，听见他的指挥后，在聊天框里打下了一个"1"表示收到。

　　比赛开始，陆兴云立刻将手中的武器切换成烟雾弹，带着队友韩庭一起向前冲去。这张多障碍的地图利于近战选手发挥，选手们可以俯身蹲在集装箱后面，观察敌人的位置，打游击战，比的就是谁反应更快。

　　当然，狙击手也有可能从侧翼偷袭他们。TNG战队的主力狙击手，也就是被换去二队的小胖（ID：Hug）实力还可以。这局只要避开小胖的远程狙击，那他们就能稳稳获胜。

　　陆兴云在游戏里发出"进攻"的信号："正面突击。"

　　韩庭跟陆兴云搭档一年，两人也有些默契，听见队长的指令后，立刻和他一左一右从集装箱后面绕了过去。

　　此时，两排集装箱的狭窄通道中，二队的冲锋员正蹲在那里，竖起耳朵听着周围的动静。听见脚步声后，他立刻架起枪，朝着路口就是一通扫射！

　　砰砰砰！

　　陆兴云刚转过拐角，就被躲在夹缝里的敌方冲锋员击杀了。

　　陆兴云怒道："这人躲在角落里偷袭，真委琐！医疗兵快来救我。"

　　舒辰快步上前举起防弹光板，将陆兴云拖到掩体后方，用"急救箱"将他复活起来。陆兴云直接从集装箱上跳过去，对准二队的冲锋员疯狂扫射！

他使用的是"乌兹MAC-狂热"，这把射速最快的枪在陆兴云的手里如同狂暴的猛兽。冲锋枪射出的子弹带着炫目的火星，瞬间将对手扫射成了筛子。

"LU"使用"乌兹MAC-狂热"击杀了"MMP"！

韩庭称赞道："陆哥厉害！"

陆兴云笑容满面道："想杀我，想多了吧？走，咱们从侧翼绕过去！"

两人一左一右保持互相策应的距离绕了过去，陆兴云飞快地击杀了敌方突击手，战局变成了五打三的残局，接下来就没什么难度了。陆兴云说："医疗兵上去当诱饵，把小胖引出来。"

舒辰听话地跑出去当诱饵。

敌方狙击手小胖果然朝他开枪，舒辰中了一枪，但他躲得快，没有死，闪身去集装箱后面默默给自己使用绷带恢复血量。陆兴云锁定了小胖的位置，迅速绕后将他击杀了。

第一局，一队获胜。

陆兴云心情愉快，说道："即使换了人，赢比赛还是这么简单啊。"

韩庭道："那是。咱们队有陆哥在，打二队轻轻松松。"

第二局很快开始。

这局他们赢得也很顺利，突击手韩庭不小心被击杀了，舒辰飞快地将他复活，韩庭和陆兴云联手从正面突围出去，将敌方的近战职业全部解决了，再绕后去杀掉狙击手。

第三局是赛点局。

二队的狙击手小胖突然开口说："我们这么打要成3:0了，得换一种策略。侦察员先把陆队引出来，交给我来杀，突击手和冲锋员去联手解决韩庭，他俩一死，我们才有希望赢。"

比赛开始后，二队的侦察员迅速走位，陆兴云看到他后，迅速绕过拐角想直接击杀他，结果下一刻，侦察员纵身一跃，从集装箱上翻了过去，紧跟着，侧面传来一声枪响——

砰！

"Hug"使用"DSR-天启"一枪爆头击杀了"LU"！

陆兴云反被小胖狙杀，急忙说道："医疗兵快救我！"

同一时间，二队冲锋员和突击手联手绕过来，将韩庭包围，震耳欲聋的枪声在希望港口响起，激战中的三人全都受伤，韩庭未能以一敌二，率先倒下了。

此时，舒辰距离韩庭更近，他下意识地先去救了韩庭。因为敌方那两个人的血量都很低，韩庭复活后有可能将他们全部击杀。

韩庭被舒辰复活了，他本该立刻回击，但他没想到医疗兵会救他，愣了一下，反而被敌方那两个人迅速射杀，舒辰也被他们联手解决掉了。

陆兴云大吼道："医疗兵是白痴吗！叫你先救我，你去救韩庭？他被包围了你看不见吗？"

舒辰一时无语。

他没有解释，只是打字道歉。

Chenchen：对不起。

会议室内，以旁观视角看着所有人的表现，并且听到他们语音交流的江绍羽，脸上没有任何表情。

他的眸色沉得像漆黑的深夜，全身都散发着令人心惊的寒意。

老徐额头冷汗直冒。

陆兴云说舒辰的话，江绍羽一句不差地听见了。

齐恒看了眼江绍羽的脸色……这可是暴风雨来临的前兆。

江绍羽在积攒怒气值，你们自求多福吧！

陆兴云所率领的一队原本 2:0 领先，结果在赛点局输了，比分变成 2:1。他认为这是医疗兵的问题，刚才如果舒辰救的是他，结局可就不一样了。舒辰毕竟年纪大了，反应变慢，又是二队的替补，跟不上他的思路也很正常。

陆兴云皱眉道："医疗兵跟紧我，还是之前那种打法，左右突围，先杀他们的近战！"

韩庭说："收到！"

舒辰在聊天框打了个"1"字表示收到。

第四局还是刚才的打法，只不过舒辰这局从一开始就紧紧地跟着陆兴云。

陆兴云从左边绕过去，结果跟敌方侦察员迎面撞了个正着，这时候切换武器已经来不及了，他立刻丢下烟雾弹走位，连续翻越几个集装箱，来到安全地带。等烟雾散去的那一刻，他切换了冲锋枪，刚要回头追杀敌方侦察员，结果，敌方狙击手小胖的子弹突然从侧翼击穿了他的脑袋！

陆兴云急忙喊："医疗兵救我一下！"

舒辰扛着防弹光板一路翻越集装箱，总算将倒地的陆兴云给复活起来，可惜，他刚站起来，就被早已瞄准他的小胖一枪爆头。

陆兴云脸色难看，低声埋怨一句："救人不能快一点？"

他一死，一队其他人也飞快地被二队队员们杀光了。

比分2:2，比赛进入决胜局。

陆兴云意识到自己被针对，心情很糟糕，毕竟二队的狙击手小胖是从一队换过去的，对他很了解。他想了想，说："韩庭，咱俩绕后去杀狙击手，别让小胖活到最后！"

韩庭回道："收到了陆哥。"

舒辰打字问道。

Chenchen：我跟着谁？

陆兴云冷笑一声："你自己玩吧，你跟不上我们一队的比赛节奏。"

舒辰没有说话。

刚才那种情况他确实很难跟得上，陆兴云根本没意识到自己跟医疗兵严重脱节了，直接像猴子一样连续翻过了四排集装箱，这速度就算是神仙都跟不上。

舒辰的速度已经够快了，还扛着防弹光板大老远跑去救人，得到的却是这么一句评价。

江绍羽眯了眯眼，继续看最后一局比赛。

陆兴云和韩庭联手去杀小胖，但小胖反应很快，知道自己的位置暴露后飞快地跑了，两人想追他，被他回头两枪射击阻断了脚步。然而他们并不知道，此时敌方侦察员已经从侧翼绕了过来，悄无声息地把韩庭击杀了。

陆兴云回头扫射杀掉敌方侦察员。

然后，敌方冲锋员和突击手从侧翼包围过来，飞快地联手击杀了他！

2:3，他们居然输了。

陆兴云挑了挑眉，在全局聊天框里飞快打字。

LU：小胖你们今天是专门针对我是吧！

Hug：陆哥你最强嘛，不杀你，没法打。

这句话陆兴云倒是爱听，开玩笑地回复他。

LU：哥回头再收拾你。

众人正嘻嘻哈哈地打字聊天，就在这时，教练老徐突然发了一条消息。

老徐：两队的医疗兵交换位置。

大家都愣了愣，章越率先打字询问。

ZYue：徐教练？你是说，我跟舒辰换过来？

老徐：嗯。

陆兴云早就觉得舒辰跟不上他，毕竟他们没打过配合。听到这里，他立刻用管理员的权限把两人调换了一下位置，这样一来，章越就成了一队的医疗兵。

老徐：比赛模式："极限对决"；地图："幽灵古堡"。再开一局。

会议室内，老徐的头发已经被汗水浸湿。他看着坐在电脑前的江绍羽，小声说道："那个，江教练，既然要打'极限对决'模式，不如把队员们换回去吧？毕竟一队二队都换了人，配合不太默契，也看不出他们真正的实力……"

江绍羽回头看向他，问道："徐教练在教我怎么安排阵容？"

老徐连忙摇头说："不不不，我不是这意思……"

江绍羽的眼睛冷得像是冬天的冰面，没有任何情绪。

老徐被他盯得脊背发毛，立刻闭嘴不再多说。

"枪王"的比赛模式共有三种。

第一种"无尽血战"模式，杀光敌方五人算赢一小局，团灭后重新开局，五局三胜制。

第二种"生死爆破"模式，是枪战游戏最经典的警匪模式，匪方需要在地图固定的A点或者B点安装定时炸弹，炸弹会在倒计时三十秒后爆炸，只要炸弹顺利爆炸，就算匪方赢。警方要及时拆除匪方安装的炸弹，或者在匪方安装炸弹前团灭对手。"生死爆破"模式下，每名玩家只能携带五个投掷类武器，以此避免某一方用手榴弹连环轰炸让另一方无法防守。

第三种"极限对决"模式，没有小局之分，只看击杀分数。击杀对手一次算一分，哪一方先拿到五十分就算赢。极限模式最多允许每名玩家携带十个投掷类武器，枪械子弹同样有数量限制，用一颗少一颗，无法补充。如果开局用掉的子弹太多，打到后面会面临没有子弹的尴尬。这个模式对选手们的心理素质、战术安排和团队配合的要求都非常高。

江绍羽没有给他们废话的时间，直接按下开始键。

地图载入完毕。

陆兴云开口说："小章跟我，韩庭走左边我走右边，狙击手在中路架枪，侦察员注意从外围绕过去，及时汇报位置！我带十颗手榴弹，其他人带烟雾弹。"

二队那边，小胖开始认真指挥："辰辰开局躲好，找时机救人。Sing你去侧翼侦察，还是优先杀陆队！冲锋员带上手榴弹，炸之前发个信号。"

比赛开始，双方很快展开正面对决，陆兴云带着章越这位"贴身保镖"往前冲，他毕竟是TNG战队的队长，还是有点水平的，近身战能力很强，转眼间就扫射死了从雕像后面绕过来的二队的冲锋员和突击手。

"幽灵古堡"里的乌鸦被惊得四处乱飞，陆兴云杀得兴奋，继续往前跑，结果被二队的侦察员偷袭击杀。

章越作为贴身保镖，当然要第一时间救下队长。

他急忙把陆兴云拉到雕像后面的安全位置，用急救箱救人。

就在这时，一把红色的枪管突然对准了他的脑袋，他还没来得及反应，就听见耳边传来清脆的枪响——

"chenchen"使用"红十字双枪"一枪爆头击杀了"Zyue"！

舒辰居然从侧面绕过来，杀掉了医疗兵章越，中断了救援。接着他快步跑过去，用急救箱救起了自己的队友。

此时，大屏幕上两队的分数虽然是2:2。但由于二队的医疗兵舒辰及时救了人，此时队友全部存活，一队却只剩下三个人。

这是一场五打三的残局。

在"极限对决"模式，死亡的玩家会立刻被传送回复活点，但是，陆兴云、章越赶来需要时间。小胖抓住机会，道："干得漂亮！包围他们！"

五个人从四面八方包夹，飞快地将一队的三人给团灭了。

第一轮交锋，一队吃了大亏。

陆兴云复活后也没有等队友，带着章越一起冲过来，躲在雕像后面。但二队的侦察员对他的走位非常了解，很快就找到两个人的位置，在地图上发出信号。

冲锋员直接炸过来一颗手榴弹——

轰！

威力十足的手榴弹在附近爆炸，陆兴云和章越瞬间被得狂掉血量！

陆兴云急忙丢了个烟雾弹掩护走位，章越一边跑一边给他缠绷带加血，倒是没管自己。结果，章越被早就架起枪的小胖一枪爆头，陆兴云也被击败。

两队的分数来到2:7。

电脑前的江绍羽挑了挑眉："只知道一次次地送死，复活后也不看队友的位置都在哪，'极限模式'是这么打的？"

会议室内的众人都不敢说话。

真是没眼看了，今天的陆兴云是什么情况？作为指挥怎么没脑子一样地往前冲？

陆兴云这时候总算冷静下来，深吸一口气，道："下一轮团战，等全员复活了再出去。"

比分来到 4:10。

一队被团灭了两次，全员复活后重新出发。这次陆兴云打得还行，跟韩庭联手击杀了敌方侦察员、冲锋员、突击手三个近战，两人自身也残血了。

可是，二队的狙击手小胖十分会找机会，藏在雕像后面偷偷放冷枪，连续在超远距离狙了三枪，边跑边打，掩护舒辰过去救人，舒辰飞快地从侧翼绕了过去。

"chenchen" 使用 "红十字双枪" 一枪爆头击杀了 "Zyue"！

舒辰先击杀了一队的医疗兵章越，接着竖起防弹光板飞快地救队友，转眼间倒在地上的三个队友都被他复活了。三人反手杀掉陆兴云，又将一队打了一次团灭。

比赛越来越激烈，二队的配合渐渐变得默契。

一队这边，陆兴云越打越暴躁，大声道："先杀敌方医疗兵，这个舒辰太烦了！"

舒辰救起来的队友集合的速度很快，他们的进攻节奏也变快。一队的队员被击杀后是自己回到复活点再慢慢赶回来，而二队队员则由舒辰将他们原地复活……哪队重新集合的速度更快？显而易见！

最能体现医疗兵水平高低的模式其实就是"极限对决"。

陆兴云刚才说了舒辰两句，结果舒辰被教练换去二队，成了他们最烦的敌人。舒辰带的装备也很有意思，除了常见的防弹光板和急救箱之外，他还带了一把红十字双枪！

每次支援，他都是先击杀敌方医疗兵，阻止章越救人，然后把队友复活，反过来包抄一队。

章越也很烦躁，被舒辰连杀两次他都想吐血了。

打着打着，两队的分数变成了 10:20……

14:25……

18:30……

分数差距越拉越大，一队的人也越来越烦躁，陆兴云不断在语音频道爆粗口。

比赛进行到第十五分钟，比分为 35:47。

陆兴云率队猛冲，一通凶悍扫射将二队的近战全部扫死。二队只剩狙击手小胖和医疗兵舒辰，舒辰不知道藏在哪里，一队众人齐齐包围住小胖，小胖也没能活下来。

至此，二队四人阵亡，只活着一个医疗兵舒辰。

陆兴云沉着脸说："找医疗兵，别让他救人！"

众人刚要回头去找医疗兵，却见屏幕上连续弹出系统提示。

"chenchen"使用"急救箱"复活了"MMP"！

"chenchen"使用"急救箱"复活了"Kevin"！

"chenchen"使用"急救箱"复活了"Sing"！

医疗兵每次使用急救箱至少要间隔五秒钟的时间，舒辰居然能卡着这短短的时间快速走位，连续复活三名队友！

陆兴云心头一震，立刻穿过雕像群去追杀舒辰。

然而舒辰就像灵活的鱼一样四处穿梭，一时间对方还追不上他。结果，一队的队员分散开来，反被二队复活的人包围，瞬间团灭。

二队率先拿到五十分，获得了"极限挑战"模式的胜利！

小胖笑眯眯地说："兄弟们太棒了！"

一队这边，陆兴云沉着脸训其他队员："我们根本没配合起来！打得太乱了，你们能不能跟上我？"

他的意思是，二队换过来的人跟不上他的游戏节奏才会输。二队的新人平时也习惯了对陆兴云的恭维，都主动道歉。

"不好意思啊陆哥。"

"我们确实没跟上您。"

他们嘴上这么说，心里却在想，对面为什么能配合好，我们就配合不好？你指挥得稀烂还好意思怪别人！

江绍羽用老徐的账号发来一句话。

老徐：行了，训练赛就先打到这吧。

选手们看见教练的话，纷纷摘下耳机。

会议室内，江绍羽站起来，目光扫过全场，一字一句地说道："TNG战队，这就是你们打训练赛的水平？"

教练组齐齐低下头。

平时都是一队跟二队打，今天突然换人，队员们大概是没习惯？打得挺乱。

江绍羽冷冷道："配合毫无章法，指挥乱七八糟！输了就怪队友，满嘴脏话……真是让我大开眼界。"他看向脸色难看的赵经理，毫不客气地说，"战队的日常管理这么松散，怪不得推荐到国家队的人一个比一个差劲。"

赵经理无言以对。

江绍羽没有理会脸色发青的赵经理，转身道："走吧，去看看这些'厉害'的选手们。"

秦博和俞明湘立刻站起来，如同左右护法一样跟上他。

齐恒也跟了过去，低声问秦博："刚才的训练赛你录像了吗？"

秦博小声道："主席放心，我电脑里内置的屏幕录像软件一直开着。"

众人来到隔壁训练室。

训练室内，选手们正摘下耳机，嘻嘻哈哈地聊天。

"陆哥，今晚去哪吃饭？"

"昨天直播粉丝送的礼物不少吧？陆哥要不要请我们吃大餐啊！"

陆兴云笑容满面地说道："行啊，晚上请你们吃海鲜大餐。"

门外，齐恒的脸色黑如锅底。

打完训练赛不复盘、不反省，商量着去哪吃海鲜？训练室吵得跟菜市场一样，你们还是不是职业选手？

齐恒脾气火爆，忍无可忍，上前一脚将门踢开，只听"砰"的一声，门板撞击墙壁，发出刺耳的声响。

众人都吓了一跳，立刻安静下来，齐齐回头看向门口。

然后，他们看到了黑着脸的职业联盟副主席齐恒，还有站在他旁边的清瘦青年。

那人有一双冰冷锋利的眼睛。他像是看垃圾一样，目光缓缓扫过训练室里的每一个人，最终定格在陆兴云的脸上。

陆兴云的笑容瞬间凝固，脑子里"嗡"的一声。

旁边的章越也猛地一抖。

国家队的江教练怎么会在这？

TNG战队的队员里只有陆兴云和章越在国家队见过江绍羽，其他人并不知道他是国家队主教练。而且这些新人没有看过第三赛季的比赛，只听说过Wing神的大名，并不知道Wing神长什么样。看他跟齐恒一起进来，众人还以为他是职业联盟的工作人员。

舒辰却在看见江绍羽的瞬间，双眼一亮，用力攥住了手指。

是羽哥！

五年没见，他还是第一眼就认出了江绍羽——这位待他像亲弟弟一样的

ACE 战队前队长！

想起当年在 ACE 战队期间江绍羽对他的包容和照顾，舒辰鼻子发酸，不知道该说什么。这样的场合他也不该站出来说话，他只好降低自己的存在感，默默躲在后排低下了头。

齐恒一向脾气火爆，刚才踹门进来，气势汹汹，队员们都被吓了一跳。

赵经理脸色铁青，还没来得及开口缓和气氛，就听齐恒劈头盖脸地训道："原来这才是你们日常训练的状态啊！以前我每次来 TNG 战队巡查纪律，你们都表现得认认真真、勤勤恳恳，是提前接到通知做样子给我看呢？刚才要不是抬头看了眼训练室的门牌，我还以为来到了菜市场！"

队员们白着脸齐刷刷地低下头，身后的经理和教练组也脸色难看。

菜市场？他们吵吵闹闹的样子确实像在菜市场吆喝！

齐恒目光扫过众人，继续道："吃海鲜？没记错的话，三天后你们就有一场比赛，却一点不重视日常的训练时间，打个训练赛全都嬉皮笑脸、满嘴脏话，打完也不知道复盘，商量着去哪吃海鲜？你们可真行！"

相比起齐恒的暴怒，站在旁边的江绍羽却冷静得有些过分。

他的脸上始终没什么表情，不过，淡漠的目光却像利箭一样穿透选手们的心脏，看得这群新人各个脊背发毛，却不敢问他到底是什么人。

赵经理连忙站出来打圆场："咳，齐主席今天跟国家队教练组一起来咱们战队巡查……这位是国家队的江教练，刚才那场比赛他也看了。你们啊，前几天训练到半夜三点，老徐看你们太累，今天好不容易放半天假让你们休息，你们就给我放松警惕，打个训练赛嬉皮笑脸的，确实该骂！"

赵经理不愧是老油条，很快把事情圆了回来。"前几天训练到半夜三点，今天才放半天假"的解释，勉强为 TNG 挽回了一点颜面。当然，齐恒和江绍羽都知道他在撒谎，要是 TNG 战队的队员们有这种刻苦训练的精神，怎么会把训练赛打成这样？

队员们听见赵经理的话，总算明白过来，这个冷冷盯着他们的人就是传说中的 Wing 神，国家队的主教练！

齐恒带国家队教练组突击检查，前者查纪律，后者来干吗的还用问吗？肯定是观察大家的日常表现，来选拔国家队成员的……

完了完了，他们今天的表现一个比一个差劲！

陆兴云的脸色非常精彩，时而通红，时而惨白，勉强挤出来的笑容比哭还难看。

作为"葫芦娃小分队"成员，他曾被江绍羽训过一顿，之后在国家队的训练他也表现得认真努力，检讨书写了满满两页，语气措辞都十分诚恳。

结果呢？这位江教练居然搞突击检查，他的面具被瞬间揭穿，让人防不胜防！

刚才比赛的时候，他不但习惯性地爆粗口，还怪罪舒辰。陆兴云的心底突然升起一股寒意。

江绍羽只给了他一个平静到极点的眼神，然后一字一句地缓缓说道："小陆，我记得我之前跟你说过，职业选手的关键，不在选手，而在职业。'输赢无所谓'？这就是你身为职业选手对待训练赛的态度？"

陆兴云完全不敢回话。

比起齐恒劈头盖脸的一顿臭骂，江绍羽的话说得非常冷静，没有任何情绪起伏，却字字如刀，刀刀见血！

训练赛代表着什么？

代表整个团队的战术实践，互相配合以及指挥协调，职业选手们打训练赛，就是为了从中发现自己的不足，尽快改正错误，提高水平。只有如此，才能在正式的比赛中不犯同样的错误。

而他们在干什么？嘻嘻哈哈如同过家家。

陆兴云甚至说出"训练赛而已，输赢无所谓"这样荒谬的话！

这就如同老师说"平时上课而已，随便教一教无所谓"，医生说"小手术而已，随便割一刀无所谓"。

职业，江绍羽之前已经强调过这个词。

职业选手，你首先要尊重自己的职业！

电竞选手第一条守则就是：尊重电子竞技，认真对待每一场比赛。

你平时就吊儿郎当、三心二意，真到了赛场上，谁相信你会认真去打？

选手们齐齐垂下头。江教练的这句批评，潜台词是"你们不配当职业选手"。

陆兴云的脸色无比难看，他发现自己连一句反驳的话都说不出来。

老徐也知道事情闹大对 TNG 战队没有好处，急忙笑呵呵地打圆场："江教练，您也别生气。他们前几天确实是训练得太晚了，累得够呛，今天放半天假，休息一下，可能是睡到中午，迷迷糊糊的，脑子还没反应过来。"

江绍羽没有理他，走进训练室说："打完训练赛不复盘？行，今天我既然看了这场比赛，我来帮你们复盘。"

众人面面相觑。

当面复盘，这是要把他们的"面具"当着所有人的面直接撕个粉碎吗？

选手们还没反应过来，江绍羽就朝秦博点了点头。

秦博飞快地把笔记本电脑接上训练室内的投影屏幕，将刚才的比赛录像从头开始播放。

选手们都惊得瞪大了双眼。

刚才的比赛，江教练居然从头看到尾，还录了像？怪不得老徐今天怪怪的，也没来训练室，原来当时江教练正跟老徐坐在一起，这一切都是江教练授意的吧？

众人想到这里，只觉得脊背发毛。

江绍羽站在投影屏幕前，淡淡道："先看第一局。"

刚刚的比赛视频在两米多宽的投影屏幕上一帧一帧地清晰播放，甚至还有语音频道的声音。大家听见陆兴云在那里说："这人躲在角落偷袭，真委琐！医疗兵快来救我。"

第一局赢下的那一刻，陆兴云心情愉快地笑道："即使换了人，赢比赛还是这么简单啊。"

韩庭热情地拍马屁道："那是。咱们队有陆哥在，打二队轻轻松松。"

二队的队员们一时无语。

比赛期间选手们只能听见队友的声音，他们也没想到，陆兴云居然目中无人到这种程度。

接下来就是第三小局输掉之后陆兴云的破口大骂："医疗兵是白痴吗？叫你先救我，你去救韩庭？他被包围了你看不见吗？"

安静的训练室里，陆兴云的声音清晰地在众人耳边响起。

陆兴云的脸色已然难看到了极点，他用力攥住拳头，强行忍耐着夺门而出的冲动。江绍羽这样的做法，比当面扇他几个耳光还要让他难受！这就如同当众扒掉他的一切伪装，将他赤裸裸地游街示众！

队友们看向陆兴云的眼神都有些复杂。

舒辰则低着头，微微红了眼眶。

作为一个不起眼的医疗兵，他已经被骂习惯了。可是此刻清晰地听着陆兴云骂他的话，他的心里突然特别难受。当年在 ACE 战队的时候，从来没有人这样骂过他，大家都对他很好，尤其是羽哥，每次都温和地对他说"辰辰拉我一下"、"辰辰辛苦了"、"辰辰干得漂亮"……叶子、老林他们也经常会夸他、鼓励他。

可是，在 TNG 战队，他从来感受不到队友对他的尊重。

"医疗兵是白痴吗"这样的话听多了，他都快麻木了。

江绍羽的目光投向舒辰，看见舒辰低着头的模样，他的心底像是被针刺一般。他最疼爱的弟弟，他亲手培养起来的医疗兵，居然在 TNG 战队被人如此欺辱！

舒辰明明没有犯错，却要承受队友输掉的怒火？

这样的日子，舒辰过了多久？他有社交恐惧症，受了委屈也只会默默忍着，从不跟人倾诉，这些年他到底受了多少委屈？他是怎么坚持下来的？

江绍羽深吸一口气，尽量保持平静。自己现在的身份是国家队教练，不能偏袒舒辰。他按下暂停键，看向秦博道："把刚才的画面换成立体建模，做弹道分析。"

秦博迅速打开软件，将刚才这场团战的每一颗子弹的路径都进行了还原，在使用秦博的专业建模后，他们能将这场团战看得非常清楚。

江绍羽道："陆兴云，韩庭，睁大你们的眼睛仔细看！这场团战，陆兴云走位失误被敌方狙击手瞬间击杀，韩庭跟敌方两人正面遭遇，被二打一扫射死了。这时医疗兵距离韩庭的位置是五米，距离陆兴云十米，你们说，他该救谁？"

陆兴云和韩庭一句话都不敢说。

软件工程师现场建模，做路径分析，真是既科学又精准，稍微懂点比赛的人都能看出这里的问题。

如果舒辰去救陆兴云，距离远、耗时长不说，还会成为敌方狙击手的击杀目标。他离韩庭最近，附近正好有雕像可以作为掩体，救下韩庭是他最好的选择。

江绍羽看向韩庭："韩庭，你在做什么？看到医疗兵带着防弹光板来救你，你复活后应该立刻走位去击杀那两个受伤的敌人，这么简单的配合都不懂吗？医疗兵把你复活了，你却在那里发呆，原地不动当靶子，被对手再度击杀！"

韩庭的头快要垂到胸口了。

当时他确实愣了一下，因为陆兴云在喊医疗兵，他以为舒辰会先去救陆兴云，所以没反应过来，此时回看录像，被复活后愣在那里的自己简直就像个傻子。

江绍羽看向陆兴云，缓缓问道："小陆，你现在还觉得是医疗兵的错吗？"

陆兴云听到这话，瞬间涨红了脸，他没想到自己骂舒辰的这段话会被江绍羽单独拎出来，当着这么多人的面做复盘分析，甚至还将地图重新建模，还原子弹弹道，然后，一点一点指出他的错误，让所有人心服口服。

他没有任何词汇可以反驳。

舒辰没有救错人，如果韩庭跟舒辰配合得好，是可以反杀敌方两个人的。是他走位失误，是韩庭反应太慢，舒辰做得很好，他俩才是白痴！

江绍羽按下播放键，到下一次团战的时候，陆兴云的声音再次传来："你自己玩吧，你跟不上我们一队的节奏。"

江绍羽冷冷说道："走位时不考虑队友的位置，只知道自己往前冲，还怪队友跟不上你？打比赛不知道配合，输了就会怪队友，你这么厉害，一个人单挑敌方五个人不就行了，带队友做什么？"

齐恒在旁边想笑，又忍住了。

江绍羽把人训得心态都崩溃了，陆兴云的脸色已经完全不能看了。

TNG战队的有些队员也在低着头忍笑，不知道为什么，听江教练训陆兴云突然觉得有些痛快。陆兴云仗着有战队的管理人员撑腰，平时在战队作威作福当惯了大哥，打比赛都要队友给他当辅助，赢了都是他的功劳，输了都是队友跟不上……

很多人碍于经理和教练的面子不敢说他，其实私底下，大家看他不爽很久了。当然，他的小跟班韩庭和章越除外，这俩就是陆兴云的狗腿子。

江绍羽复盘完第一场比赛后，紧接着打开第二场的录像说："'极限对决'模式，一队的几个人死了复活后不等队友，冲出去继续送死，走位乱七八糟毫无配合，真是刷新了我对职业选手的认知。如果不是你们在游戏里的角色头上顶着自己的ID，我还以为你们几个是昨天刚接触游戏的新人。"

291

将他们几个职业选手比作刚接触游戏的新人，这句话真是彻底击垮了他们的信心。

江绍羽关掉电脑，道："复盘就到这吧。今天的训练赛表现比较好的选手有三位，狙击手庞宇，侦察员司文辉，医疗兵舒辰，其他的一律不合格。点到名的三位，跟我去隔壁的会议室单独谈谈。其他人……"他的目光扫向陆兴云为首的众人，"你们要吃海鲜是吗？去吧，多吃点，说不定能吃出个联赛冠军。"

可别提海鲜了。

这些选手们现在哪还有胃口去大吃大喝？都被江绍羽训蒙了！

直到江绍羽转身离开，众人才终于回过神来，纷纷看向陆兴云。

他们从没见过一向自负的陆兴云脸色如此难看，那表情简直像是吃坏了肚子又找不到厕所的样子。

韩庭战战兢兢地说道："这个江教练也太凶了，一点面子都不给我们留。陆哥，怎么办啊？"

"你闭嘴吧！被逮个正着还能怎么办？"陆兴云烦躁地抓了抓头发，深吸口气，回头问徐教练，"老徐，什么情况？国家队教练组过来巡查，也不知道和我们提前说一声？"

老徐欲哭无泪，答道："他们带着信号屏蔽器搞突然袭击，把我们叫去会议室，借用我的账号给你们发通知，我想告诉你们也来不及，手机发不出去信息啊。"

这突击检查也太恐怖了吧！他们还带了信号屏蔽器？

一群人都不敢相信。不过，其他选手被训一顿问题不大，他们本来就没抱任何去国家队的希望。陆兴云和章越可就惨了，他们虽然是上一届的国家队成员，但这一届大概率无法入选了。

老徐拍拍陆兴云和章越的肩膀，宽慰道："你们别担心，江教练正在气头上，过几天等他气消了，我们再想办法运作一下……唉，先去训练吧。"

众人只好转身回到座位，垂头丧气地打开电脑。

旁边的小型会议室，江绍羽点名道："庞宇，司文辉，你俩先跟我进来。舒辰稍等一下。"

舒辰乖乖站去旁边，江绍羽带着两位选手走进会议室。

庞宇，ID：Hug，是 TNG 战队的主力狙击手；司文辉，ID：Sing，是主力侦察员。这两人在今天的训练赛中临时被换去二队，表现还不错，输了也没责怪队友，而是想办法改变战术。

他们的侦察员搜点、狙击手秒人战术配合得相当流畅，被舒辰复活后的反应也很快，江绍羽看得出，这俩人的天赋、实力和心态都不错。

不过，庞宇长得胖乎乎的，一张脸圆得快要变成满月，笑起来的时候眼睛眯成一条缝，都快看不见了，十分憨态可掬。

至于司文辉，却瘦得跟麻秆一样，感觉一阵风就能刮跑，论外貌，这两人确实跟陆兴云、章越差得太远。

两人战战兢兢地走进办公室，齐齐给江绍羽鞠了个躬："江教练。"

江绍羽点点头："坐吧。"

两人对视一眼，在沙发旁坐下。

江绍羽道："庞宇今天打得不错，指挥团战时也很冷静，你们 TNG 战队平时打比赛，是你指挥吗？"

庞宇急忙摆摆手说："不不不，不是的，平时是陆哥指挥。"

江绍羽挑眉："陆兴云指挥？那你们怎么赢的？"

这句话问得让人不知道怎么回答。

庞宇干笑着挠头，认真思考措辞。然后，他就听江绍羽一针见血地说道："司文辉走位，侦察敌方动向，你去迅速击杀敌方最关键的人，剩下不太厉害的对手，就交给陆兴云解决，是吧？"

庞宇瞪圆眼睛问道："您、您怎么知道？"

说完后，他又察觉自己说漏了嘴，急忙红着脸低下头。

司文辉在旁边如坐针毡，同样低着头不敢说话。

江绍羽放缓语速说道："放心，我不是你们战队的教练，不会为难你们，有什么话尽管说。其实，TNG战队的五名主力选手里，你们俩才是最优秀的，但战队要捧陆兴云，所以比赛的时候你们只能把功劳都让给他，我猜得对吗？"

庞宇和司文辉面面相觑。

他们没想到，江教练只来了TNG一天，就看穿了他们这支队伍的问题。

庞宇的狙击手水平其实在全职业联盟也能排进前几名，但是战队要捧陆兴云，并不重视他这个其貌不扬的胖子，为了能成为主力，他只好让着陆兴云，当一个"副攻手"。有时候明明自己能将对手一枪爆头，但陆兴云在附近的话，他会先将对手打伤，再让陆兴云完成击杀。

司文辉跟他关系好，两人私下也有这种共识——他们就让着点陆队吧，反正最后TNG战队能赢，大家也不亏。

江教练说得一点都没错。

TNG战队能赢，关键其实是庞宇跟司文辉的配合帮陆兴云扫清了外围的障碍。

庞宇低下头，声音微微发颤："江、江教练，谢谢您对我们的关心，但、但是……我们已经习惯让着他了。"

司文辉也脸色苍白地点了点头，小声附和道："没错，不让着他不行，陆兴云是TNG战队投资商的亲侄子，我们不敢得罪他的。"

江绍羽眯了眯眼，道："亲侄子？怪不得。"他顿了顿，看向庞宇，"你们的实力比他强，却要一直让着他。但是，激烈的比赛中，明明能将对手一枪爆头，却还要给陆兴云让出击杀的机会，你们打得很累吧？一旦队伍出现失误，就很容易输，到时候陆兴云又要怪你们没跟上他的节奏。这样的委屈，你们就想一直受着吗？"

庞宇和司文辉对视一眼，心底五味杂陈。他们这样的普通选手其实没什么人关注，长相一般，又没有任何背景，得不到战队的重视，粉丝也少得可怜，从来没有人为他们发声。

但是今天，国家队的主教练江绍羽居然关心起他们在战队的处境。

就像是在寒冬腊月里冻久了的人，突然被塞过来一个暖炉，两人都有些不知所措。

江绍羽看着他们慌张的样子，在心底轻叹一口气，说："国家队会在今年举办公开选拔赛，你们有兴趣可以来参加。不管最终能不能入选，跟水平相近的职业选手切磋，对你们来说也是一次丰富经验的机会。"

两人的双眼都蓦地一亮。

"我们也能参加吗？"

"是啊，我们能有资格吗？"

江绍羽点头说道："以后国家队的选拔，不用战队推荐，每一个选手都有资格参加。"

两人脸上均露出了又惊又喜的表情。

每一个选手都有资格进入国家队！以前的国家队都是战队推荐选手进去，像他们这样的人根本没有机会，国家队对他们来说遥不可及！但是，江教练居然无视战队的推荐，要公开选拔？他们这些普通选手，也都有了机会！

两人激动得握紧双拳。

能不能选上是一回事，但有没有资格参加选拔，这才是最重要的！所有人公平竞争，凭实力进国家队，而不是凭战队的关系，这才是真正的公平竞技啊！

庞宇朝江绍羽鞠了个躬，说道："谢谢江教练！我到时候一定会参加的。"

司文辉也鞠了个躬，说道："谢谢江教练，我也会去的！"

江绍羽道："嗯，让舒辰进来。"

两人转身离开，在门口遇到了副主席齐恒。

齐恒抱着胳膊靠在门边，压低声音道："每年六月，联盟会开放转会机会，如果有选手不想在自己已签约的战队待下去的话，就可以申请转会，战队不得阻拦。如果合同没有到期，违约金会从转会费中扣除，或者由新签约的战队赔付，这是联盟的规定。"

两人张大嘴巴，震惊地看着齐恒。

齐恒笑了一下："我只是宣读联盟的规则，别的可什么都没说，你们自己悟吧。"

两人点头如捣蒜，道："谢谢齐主席！"

这还悟不了的话，那他俩就是傻瓜了。

齐恒的意思很明显，如果不想在 TNG 战队被埋没，你们可以转会。选手有权主动转会，这是联盟的规定，战队如果恶意阻拦，可以投诉去联盟，有联盟给他们撑腰！

两人如同中了彩票一样兴高采烈地走了。

齐恒看着他们的背影，觉得有些好笑。

这对"胖瘦组合"其实挺厉害的，也确实在TNG战队受了委屈，但他相信，只要这两个小孩不笨，大概率会重新考虑自己的职业生涯问题。

齐恒也是职业选手出身，真是看见这些优秀的孩子被埋没就来气！之前他每次来巡查，TNG战队的选手都表现得特别积极向上、勤奋努力，看来是提前收到风声故意演给他看的。

还是江绍羽有办法，搞一波突然袭击，果然揭穿了某些战队的真面目。

齐恒看向乖乖站在旁边的舒辰，声音温和地说道："舒辰，进去吧，他在等你。"

舒辰轻轻敲了敲门，听见里面传来熟悉的声音："进。"

他推门进屋，对上江绍羽的目光。对方原本冷锐的目光在看到他后，立刻收起了锋芒，变得十分温和。

江绍羽示意他把门关上，紧跟着站起来走到舒辰的面前。

几年不见，江绍羽比当初高了许多，舒辰的头顶只能到他的鼻梁处。见对方在自己面前站定，舒辰低下头，乖乖叫道："江教练……"

江绍羽伸出手，轻轻揉了揉舒辰的脑袋，说："现在就我们两个人，你还叫江教练？"

舒辰的眼眶微微一红，哽咽着叫道："羽哥！"

江绍羽轻叹口气，伸出双臂，轻轻给了舒辰一个拥抱。

这是他亲弟弟一样的人，是他当年挖出来打职业联赛、亲自培养起来的顶尖医疗兵！舒辰是个有社交恐惧症的乖孩子，不会说好听的话，不会为自己争取权利，只知道默默跟在队友的后面履行自己身为医疗兵的职责。

多少次激烈的比赛中，舒辰冒着枪林弹雨，穿过大半张地图救下江绍羽；又有多少次，他顶着对手的炮火，主动出去挨子弹，自己被打成马蜂窝，就为了给江绍羽争取那么一两秒钟的机会。

这么好的医疗兵，凭什么被TNG战队按在冷板凳上欺负！

一想到舒辰每次训练赛都被队友这样对待，江绍羽的心像是被针扎一般，他心疼地揉了揉舒辰的脑袋，低声说："这些年，委屈你了。"

舒辰强忍着眼泪，紧紧地回抱住江绍羽。

一句"委屈你了"，就像在他冰冷的心底注入了一丝暖流。

羽哥还是很关心他的，分开多年，他们当初在 ACE 战队期间建立的情谊依旧没有变过。舒辰是孤儿，在这个世界上没有什么亲人，他心里一直把江绍羽当成亲哥哥。

江绍羽察觉到舒辰的身体在轻轻发抖，更加心疼。他放开舒辰，带着舒辰坐在旁边的沙发上，柔声问道："当初为什么和 TNG 战队签约？"

舒辰结结巴巴地说："他、他们给我开的转会费挺高的，还承诺让我作为主力，我没多想就签了。"

江绍羽问道："然后呢？你打了多久的主力？"

"来 TNG 战队后，我打了一年多的主力，然后章越来到了战队青训营。小章长得很帅，嘴甜会说话，教练们都很喜欢他，一开始让他当我的替补，再然后……"

"你就被扔去坐冷板凳了？"江绍羽问。

舒辰咬着唇点了点头。

其实这样的情况很常见，有了优秀的新选手，老选手就要给新人让位。如果是技不如人，舒辰也就认了，但是自己明明不比章越差啊？

从主力变成替补后，他再也没有上场打比赛的机会。

他很茫然，不知道自己哪里做得不好，只能更加认真地训练，希望教练能看到他的努力。可是，自从坐到替补席的那一刻开始，似乎就注定了他再也没法重返赛场。

他等了很久，也没等到机会。

舒辰低下头说："他们不让我当主力，说我状态下滑跟不上队友的节奏。但是……我觉得我跟得上。"

江绍羽听着他委屈的声音，越听越气！

什么叫状态下滑？都是借口！TNG 战队捧章越的理由很简单——章越长得帅，会说好话，更能吸引粉丝，而且很听陆兴云的话，能跟着陆兴云一起讨好粉丝。

舒辰再努力，再优秀，他们也视若无睹！

江绍羽强忍着火气，问："你跟 TNG 战队的合同什么时候到期？"

舒辰愣了一下，说："今年年底。"

江绍羽道："解约吧，跟我去国家队。"

舒辰豁然抬起头，不敢相信地看着江绍羽："国家队？"

江绍羽轻轻拍了拍他的肩膀："我作为国家队主教练，有权利将选手直接调去国家队青训营。何况你又不是 TNG 战队的主力，你走了，对战队毫无影响。”

舒辰纠结地说道：“但是这样的话，你会被他们说的。他们会说你徇私，把老队友带去国家队……”

江绍羽道：“不用担心，我不会让你直接进国家队。你跟小裴一样先去青训营练习。到时候，医疗兵也会进行公开选拔，我相信你的水平，你可以自己打进国家队，对吗？”

舒辰用力地点点头：“好！我跟羽哥去青训营。”

江绍羽道：“你先回宿舍收拾行李，今天就跟我走。解约的事情，我会让国家队的律师跟他们谈，这个 TNG 战队，你一天都不要多待了。”

舒辰惊讶地看着他。

当天走人，这么雷厉风行的吗？

对上江绍羽的目光，舒辰忍不住笑了起来：“好的，羽哥！我这就去收拾行李跟你走！”

羽哥还是跟当年一样说一不二，直接就把他从 TNG 战队带走了，他真的好开心。

他已经很久很久没有露出过这样发自内心的笑容了。

297

送走舒辰后，江绍羽从办公室出来。齐恒正在门口等他，好奇地问：“舒辰你打算怎么办？”

江绍羽干脆地说：“我会带他走。”

齐恒愣了一下，压低声音：“你就不怕他们背后说你徇私舞弊、滥用职权？”

江绍羽挑眉道：“别人在背后怎么说我，我有必要在意吗？既然当了国家队教练，以后，全国的观众对我都会有不同的评价，不管我选谁进国家队，总会有人不服气。想要堵住那些人的嘴，只有拿出成绩。”

瞻前顾后、畏首畏尾，那不是他江绍羽的风格。

他不怕别人怎么说他、骂他，他自己问心无愧就够了。

齐恒笑着说：“好吧，国家队的事情，由你来决定。”

江绍羽道：“嗯，我们去跟 TNG 战队的教练组打个招呼再走。”

此时，俞明湘和秦博正在旁边的会议室里坐着，赵经理亲自陪同，让助理端茶倒水的，十分热情。赵经理笑眯眯地问俞明湘：“俞领队，国家队现在有几名选手？新星杯比赛的前三名是不是都选进去了？”

俞明湘面带微笑，十分客气地说：“赵经理，这些事情我也不清楚哦，国家队的事还得问我们江教练。"

赵经理不禁在心底咒骂，你又不瞎，宿舍楼住了哪些人你会不清楚？

这位女领队在国家队待了两年，看上去礼貌客气，实际精明着呢！原 ACE 战队那帮跟江绍羽混出来的人也就舒辰像个软柿子，其他的一个比一个难对付。

想到今天陆兴云那个傻子当着这么多人的面骂舒辰，赵经理的额头不禁流下一滴冷汗。陆兴云今天的表现很糟糕，又被江教练逮个正着，进国家队的事可就麻烦了，进不去的话他不好跟投资商交代啊。赵经理有些发愁，正琢磨着怎么挽回，就听外面响起了敲门声。

进来的是齐恒和江绍羽，后者依旧一副镇定从容的模样，淡淡说道："赵经理，TNG 战队有数据分析部门吗？麻烦让数据分析师带电脑过来一趟。"

赵经理忙说："好的！"毕竟是专业战队，当然会有数据分析部门。赵经理当下就拨了电话，让数据分析师带着电脑过来。

江绍羽道："让老徐他们也来一趟吧。"

赵经理非常配合地叫了人，片刻后，TNG 战队的教练组成员又一次来到办公室，不大的会议室里很快坐满了人。

江绍羽目光扫过众人，语气平静道："我今天突然过来，选手们没做好心理准备，训练赛确实打得不好。不过，你们放心，我不会通过一两次训练赛的表现来评价一位选手的真正水平。毕竟，谁都会有发挥不好的时候。"

众人一听，江绍羽这话的意思是还有转圜的余地吗？

老徐急忙跳出来说起了好话："没错没错，江教练您说得太对了！一两次训练赛其实不代表什么，像小陆、小章这些选手，平时特别认真，比赛的战绩也一直挺好的。"

旁边的数据分析师会意，迅速打开笔记本电脑说道："江教练，这是我们TNG 战队上赛季比赛的数据分析表。"

江绍羽道："这个表我能带回国家队吗？方便综合评判你们的选手。"

赵经理急忙点头："当然当然，这是应该的。"

秦博走过去将数据复制进自己的电脑里，带给江绍羽看。

江绍羽扫了眼表格，去年顶级职业联赛期间，陆兴云在常规赛、季后赛的总击杀数，在全职业联盟的选手中排进了前五名，MVP 获得次数也在前五，确实是非常漂亮的数据，怪不得有那么多的粉丝。

但数据并不代表真正的实力，江绍羽已经了解过了，陆兴云的战绩数据好看是因为队友庞宇、司文辉给他帮了不少忙，真正凭实力的话，恐怕他连前十名都排不进去。医疗兵救援他的次数也挺多的，章越基本都跟着陆兴云，给他当贴身保镖。

这种水分很大的数据表没有仔细分析的必要。

江绍羽抬起头看向老徐，问道："有日常训练的数据记录吗？比如，选手们的训练时长，平时在训练赛里的数据，一队和二队的训练赛录像？"

老徐刚犹豫要不要挑着给一些，秦博就主动走到数据分析师的电脑前，说道："麻烦把这些资料也复制一下。"

TNG战队的数据分析师还没反应过来，秦博就把他电脑里一个叫"日常训练"的文件夹全部复制了过去。

江绍羽说："除了正式比赛，选手日常训练中的表现，也是我们国家队选拔时非常重要的参考指标。"

一个学生成绩到底如何，也不能只看期末考试，还要看平时的小测验和作业！

他的话很有道理，让人没法反驳，但老徐却突然预感到不妙。因为陆兴云日常训练的数据并不太好，这家伙平时真的不怎么认真训练……

很快，秦博将复制好的数据交给了江绍羽。

这是TNG战队的内部资料，平时绝不外传，眼看秦博手脚麻利地将资料复制走，经理、数据分析师和教练组此时都有点蒙。

国家队开口要资料，他们也不好意思当面拒绝啊！早知道如此，他们就应该搞个设置多重密码的电脑来单独放这些东西，另外做一份好看的数据资料给国家队交上去。谁能想到国家队还搞突击检查这一套？连资料都复制得如此猝不及防。

江绍羽打开日常训练记录，光是考勤这一项陆兴云就不合格，经常缺勤，几乎每周都会请假。章越的情况也和他差不多，不知道这俩人请假去做什么。

江绍羽轻轻挑眉，说道："你们战队的待遇真不错，每周还有双休，加上比赛日不用训练，一周七天当中，也就训练三四天吧？没想到现在当职业选手这么轻松，我们那时候，可是天天都泡在训练室里。"

齐恒的目光立刻冷冷地扫了过来，严肃地说道："某些选手的训练时长严重不足！看不出来啊，你们还挺会弄虚作假，交到联盟的数据一项比一项好看，结果都是作假给我们看的？"

众人吓了一跳。连考勤表都被看见了，这下可麻烦大了！

众人齐齐将目光投向数据分析师，数据分析师也很无辜，他就这一台电脑，数据资料都放在一个文件夹里，没人告诉他国家队会突然来巡查，他也就没另外做一份好看的数据。

江绍羽目光扫向"舒辰"那一栏，上面显示的是整整齐齐的全勤，舒辰每天按时去训练室打卡，风雨无阻，训练时长也是所有选手当中最长的。他强忍着心疼，继续往后看，真是越看越离谱！平时的训练赛，舒辰的数据也明显比章越更好。

江绍羽打开记录日常训练赛的数据表格，看向老徐，问道："你们教练组决定派谁上场比赛，不看日常成绩吗？"

老徐脊背一僵，尴尬地说："当、当然会看的。"

"那医疗兵的主力队员是怎么确定的？"江绍羽放大了表格，指着舒辰和章越的数据，直接将两行数据拉出来做对比，"舒辰在训练赛的救援、助攻次数，比章越高出不少，你们看不见吗？"

老徐不敢回话。

江绍羽直直地盯着老徐，严肃地说道："你是 TNG 战队的主教练，你们选人的标准是什么，说给我听听！"

老徐脑子里"嗡"的一声，一时不知道怎么回答。

教练挑选主力队员的标准当然要看日常训练的表现！舒辰的日常数据比章越更好，他一直都知道。但是，战队要捧章越，他也没办法，他很心虚，他只是个教练而已，战队那些管理人员不满意的话随时都能换掉他……

"除了个人数据，我们还要看、看配合。"老徐硬找出一个借口。

江绍羽没有为难老徐，他知道很多事情老徐不能做主，就跟上一届被骂走的国家队教练一样，权力有限。他回头看向战队的负责人赵经理，一字一句地说道："赵经理，TNG 战队作为华国'枪王'电竞项目的知名战队，挑选队员的标准不是成绩高，而是看谁长得帅吗？"

赵经理愣了一下，脸色顿时难看起来。

章越比舒辰长得帅，更能吸引粉丝，舒辰性格太软，一直红不起来，这就是章越能成为主力而舒辰只是替补的原因，他心里清楚得很。没想到江绍羽说话一针见血，瞬间揭穿了他们战队的暗箱操作！

江绍羽冷冷说道："原来你们战队是靠脸打比赛的？章越这个选手，不是我说话难听，在整个职业联盟的医疗兵中，他的实力只能算是中等偏下的水平。上次国家队打训练赛的时候，团战还没开始，他第一个就死了，今天的训练赛打得乱七八糟，你们也有目共睹。

"还有，陆兴云的成绩里有多少水分，你们心里也有数吧？TNG 战队能赢，主要靠的是庞宇和司文辉这两位选手，陆兴云的大部分击杀都是这两位让给他的，你们管这叫比赛？不如改名叫'四个保镖与陆大少爷'，让陆兴云当主角去拍一部偶像剧吧。"

众人面面相觑。

赵经理在圈内混迹这么多年，今天也是第一次挨训。他一脸蒙的样子，看着倒有些好笑。

江绍羽继续不客气地批评道："作为职业战队，不想着好好打比赛，不去研究对手和战术，天天琢磨怎么捧红选手、怎么吸引粉丝！职业联赛马上就要开始了，别的战队都在紧张训练，你们倒好，去星网平台集体开直播？昨晚主力选手都直播到半夜两点了没错吧？怪不得今天打训练赛时一个个毫无精神。

"既然这样，你们不如改行成立个直播公司，以后也不用辛辛苦苦训练打比赛了，每天开个摄像头直播，感谢一下粉丝送的礼物，岂不是很轻松？"

会议室里鸦雀无声，一群人被说得头皮发麻。他们从没见过这么凶的国家队主教练，训完选手还要批评战队，简直不给他们一点面子！

江绍羽说完后端起桌上的茶，喝了两口，转而淡淡地说道："舒辰在 TNG 战队当替补，你们也不会让他上场打比赛，那我就带他走了，让他去国家队青训营训练，你们没意见吧？"

赵经理下意识地说："没、没意见。"说完后又突然回过神，脸色尴尬地说道，"国家队选拔选手，我们一定会全力配合的！但是，舒辰的合同……"

江绍羽道："他会跟 TNG 战队解约。具体事项，国家队的法律顾问明天会来找你们面谈。"

赵经理脸色难看地说道："这……解约？"

舒辰在 TNG 战队当了这么久替补，他们确实没有给他比赛的机会，但直接解约的话对 TNG 战队的名誉有损。他刚想说可以保留合同到年底自动到期，一对上江绍羽冷锐的目光，便将这句话又咽了下去。

"时间不早了，我们也该回去了。"江绍羽站起来示意大家离开，秦博、俞明湘和齐恒立刻跟了上去。

江绍羽走到门口，又停下脚步，看向赵经理，低声说道："赵经理，今天打扰了。"

赵经理皮笑肉不笑地说："没有没有，江教练您客气了！要不留下吃顿饭吧？"

江绍羽道："不了，我们回去吃。"

直到江绍羽带人下楼，赵经理才低声咒骂一句："你们一个个的反应速度能不能快点？他要数据你就给他数据，你是不是傻？"

数据分析师苦着脸道："那个秦博直接过来复制数据，我总不能拦着不让他复制啊。"

赵经理气得想吐血。

这下可麻烦了，选手们日常出勤、训练的数据非常直观，一旦被公开，他们TNG战队绝对会名誉扫地！早知道就应该准备两台电脑，一台记录真实的数据，一台放修改过的数据……

旁边，有个副教练小声问道："国家队突击检查的事情，其他战队知道吗？"

赵经理回头瞪他一眼："想什么呢？你还想给竞争对手通风报信？最好他们的表现比我们更差，一家比一家烂，说不定最后江教练转完一圈，发现我们还挺好的？"

众人纷纷点头："有道理！"

想到其他战队接下来也会挨训，他们心里这才舒服了些。

楼下，舒辰提着个白色行李箱乖乖等着，见到江绍羽后，双眼一亮，快步跑了过来。江绍羽走到他面前，拍拍他的肩膀，声音温和地说道："走吧，辰辰，跟我去国家队。"

"嗯！"舒辰回头看了眼TNG战队的招牌，当初他来到这里的时候有多期待，离开的时候就有多失望。

再见了，让他坐冷板凳的TNG战队。

以后，他会努力进国家队，成为羽哥的左膀右臂！

TNG战队跟国家队所在的电竞园区距离并不远，开车一个小时就到了。

下午五点半，车子一路开进电竞园区，来到宿舍楼下。裴封正准备去食堂吃晚饭，看见国家队的黑色商务车停在楼下，他立刻快步走过去，笑着说："师父回来了。"

江绍羽点点头，下车后朝车内招了招手。

舒辰乖乖跟着他下来，手里还拖着个白色的行李箱。

裴封愣了愣叫道："辰哥？"

舒辰轻声打招呼："小、小裴，好久不见。"

裴封一脸困惑：怎么师父出去一趟，把舒辰带回了国家队？

俞明湘看出他的疑惑，主动解释道："你师父今天去TNG战队突击检查，让他们打了一场训练赛，结果……你应该能想象吧。"

裴封想了一下，低声问俞姐："他们打得很烂？我师父又训人了？"

俞明湘忍着笑说："是啊，从战队管理人员到职业选手，轮番训了一顿，把人都训傻了，然后趁机把辰辰带了回来。"

裴封哭笑不得，说道："果然是我师父会做的事。这样也好，辰哥在 TNG 战队反正也没机会打比赛，早点来国家队训练，就不用再待在 TNG 战队受委屈。"他说着便主动帮舒辰提起了行李，说道，"辰哥，我帮你提，宿舍楼没装电梯。"

舒辰受宠若惊，赶忙道："啊，我、我自己来……"

裴封道："别客气。"说罢就提着行李往门口走去。这么大的行李箱，他单手拎起来非常轻松，俨然一副"主人招待客人"的热情态度。

江绍羽看向舒辰，问道："一到三楼的宿舍目前都空着，你住哪间？"

舒辰小声问："羽哥住哪间？"

江绍羽答道："我住 404。住在四楼的全是教练组的人……哦，还有小裴。"

裴封回头笑道："辰哥，我来得早，所以抢占了四楼的风水宝地，方便师父以后训我。"

舒辰心底觉得有趣。

他跟裴封多年没见，记忆中那个天天跟在江绍羽后面叫"师父"的小孩，如今长大成年，变得高大英俊，但喜欢跟在师父身后跑的特点依旧没有变。

他居然跟教练组住在同一层楼，胆子也够大的。

舒辰被裴封逗得笑了一下，说："那我住 304 吧。"

裴封点点头："好的，我帮你把行李提上去。"

众人一起上了楼，俞明湘打开密码锁，说道："辰辰，宿舍打扫过了，床单被套都是新的，你可以放心入住，门锁密码自己改。有什么需要尽管跟我说，基地附近就有超市，我可以陪你去买些日用品。"

舒辰心里一暖，点点头说："谢谢俞姐。"

当初他去 TNG 战队的时候，并没有人这样热情地招待他，他连经理的面都没见到，只有一位负责后勤的女生带他去了自己的宿舍。如今羽哥、小裴还有俞姐，都是 ACE 战队的老熟人，舒辰突然有种回到家的感觉。

江绍羽看了眼手表，说："先去吃饭吧，回头你慢慢收拾。"

舒辰点头道："好的。"

一行人来到国家队食堂，正好遇到来吃饭的常荣轩、崔荣和安娜他们，江绍羽依次给舒辰介绍了一下教练组的成员，舒辰不太擅长跟人交流，尤其一遇到陌生人时，他就会手足无措，尴尬得恨不得埋了自己，耳朵也有些泛红。

常荣轩很热情地说道："舒辰，我知道你！当年我还看过 ACE 战队的比赛，你是个很厉害的医疗兵。有一场比赛，队友都死光了，你扛着护盾到处救人，居然连续复活了四个人！"

裴封道："是当年半决赛打 JZ 战队的那一场吧？最后辰哥还拿了 MVP。"

"对对，就是那场！"

舒辰被夸得满脸通红，低着头不知道该说什么。江绍羽看他不太自在，便带着他到食堂窗口，说："国家队伙食还不错，每天都有七八种菜可以选择，喜欢吃什么，自己打就行。"

舒辰端着餐盘打了些饭菜，然后跟在江绍羽的身后来到窗边的位置坐下。

其他人也打完饭过来，众人围坐一桌。常荣轩性格爽朗，很直率地问道："江教练这次去 TNG 战队，看来颇有收获啊，还带了个医疗兵回来。"

"嗯。辰辰你以后跟着老常，先在游戏地图里练习走位。你们都是玩医疗兵的，一起训练还能学习彼此的经验心得。我接下来会比较忙，可能顾不上你。"

舒辰乖乖点头道："好的羽哥。"

吃过饭后裴封和崔荣一起回了训练室，舒辰则被江绍羽带回宿舍。

江绍羽跟着舒辰一起走进 304 房间，亲自帮他收拾房间。舒辰的鼻子微微一酸，要不是江绍羽当年挖掘了他，他根本不可能接触电子竞技，对他来说，江绍羽是改变他命运的伯乐，也是他心里最敬重的兄长。如今来到羽哥的身边，他真的很开心。

江绍羽帮忙收拾完电脑桌，回头对上舒辰湿漉漉的眼睛，忍不住叹了口气："你的性格怎么还是这么软？太软了会被人欺负。"

舒辰红着脸说："我以后，尽量不给羽哥添麻烦。"

江绍羽轻轻拍了拍他的肩膀，温声道："国家队的人，每一个我都会精挑细选。像陆兴云那样输了就怪医疗兵的人根本不可能进得来国家队基地。你以后就把这里当成家，安心训练。小裴、俞姐这些人，你也熟，我跟俞姐不在的话，有什么问题就找小裴。"

舒辰好奇地问道："小裴他不当主播了吗？我看他好几天没有开直播。"

江绍羽解释道："他最近在帮崔教练一起复盘国外的比赛，他的战术意识很强，复盘的工作交给他我会比较放心。他跟新的直播平台签了合同，时间很自由，什么时候开播他心里有数，我也没去干涉。"

舒辰心情复杂。裴封是专业的主播，最近却在国家队帮师父复盘比赛。而

TNG 战队的那群人呢？明明是职业选手，马上就要打比赛了，却一个个的都忙着开直播赚钱。

江绍羽道："走吧，带你去基地转转，熟悉一下环境。"

两人下楼后，江绍羽带上豆豆，一边遛狗一边给舒辰介绍基地内的方方面面。穿过大操场，就是选手们的训练室、会议室。

江绍羽抱起豆豆来到二楼的训练室，裴封正在看比赛录像，听见豆豆的叫声后，他立刻按下暂停键，回头笑道："师父来了？"

江绍羽把豆豆交给俞明湘照顾，和舒辰一起走进训练室，坐在裴封旁边问："这两天看比赛，有没有收获？"

裴封道："欧洲赛区的比赛录像我已经看完了，挑了些有特色的战术做了汇总。师父要现在看吗？"

江绍羽说："不急，等你跟老崔看完所有赛区的录像，到时候再一起分析。"

裴封点头道："好。"

江绍羽说："来，我们三个打几局排位赛。"

舒辰听到这里，便坐去江绍羽旁边，打开了电脑。

裴封问："去哪个服务器？"

江绍羽说："国际区服务器吧。辰辰有账号吗？"

舒辰说："有的。"

裴封看向江绍羽："师父，用我给你的那个账号吧。"

裴封在国际区服务器的账号叫"Sniper002"，意为"2 号狙击手"，他给师父建的账号是"Sniper001"，因为在他心里，师父才是最强的狙击手！

这个账号上买好了所有的枪械皮肤和角色外观，几乎搬空了整个游戏商城，密码是江绍羽的生日，排位赛打到了 2500 分，江绍羽拿过去就可以直接用。

徒弟送给他的账号，江绍羽也没理由拒绝，很干脆地收下了。

舒辰看了眼两人的账号名，默默登录自己的账号"DoctorC"，按下准备键。

江绍羽道："我玩侦察员，小裴玩狙击手，辰辰玩医疗兵，小裴负责指挥。"

裴封道："收到。"

每次一起打排位赛，江绍羽都让裴封指挥，裴封心里清楚，师父是在考察他指挥协调的能力。

很快他们就匹配到了队友，随机得到的地图是"幽灵古堡"，模式是最常见的"无尽血战"。裴封带了两把狙击枪，说："辰哥，你也带把枪吧，治疗用品带个急救箱就足够了。"

舒辰在聊天框里打了个"1"，表示明白。

比赛开始后，裴封迅速安排走位："师父在左侧搜查敌人行踪，我在中路架枪掩护，辰哥躲在我的侧后方。"

江绍羽切换出一把匕首，飞快地从地图左侧绕了过去。在古堡昏暗的光线下，一道身影如风一般在雕像之间快速穿梭。很快，他就找到了敌方的一个玩家，江绍羽向队友汇报位置："十一点方向有人。"

"咔嚓"一声，裴封切换了"巴洛特"重型狙击枪，眯起眼睛瞄准十一点的方向。江绍羽引出敌方玩家，一时间，枪声四起，敌方的冲锋员追着江绍羽疯狂扫射。

可惜，就在他转过弯的那一瞬间，一道清脆的枪声响起，屏幕上弹出骷髅头的图标——

"Sniper002"使用"巴洛特－丛林猎手"一枪爆头击杀了"Happy11"！

江绍羽道："敌方医疗兵在这，我来解决。"

敌方医疗兵冲过来救队友，他刚摸到队友的尸体，江绍羽突然绕到他身后，锋利的刀刃迅速划破了他的喉咙，血花飞溅，医疗兵被江绍羽从背后暗杀了！

另一边，裴封暴露了自己的位置，敌方侦察员和突击手联手包围他，裴封飞快走位闪躲，但还是被乱弹扫射而死。裴封喊道："辰哥救命啊！"

舒辰扛着护盾飞快地跑过去，用急救箱瞬间将裴封复活，紧接着，他把护盾立在两人面前当作掩体，手中的红十字双枪"砰砰"射击，一枪爆头击杀了绕过来的敌方侦察员。

裴封复活后立刻切换出"MSG"轻型狙击枪，打开瞄准镜连续两次扣下扳机，击杀了敌方狙击手和突击手！

裴封赞道："辰哥干得漂亮！"

这场团战是他们二打三，由于他俩配合得好，直接打死了敌方三个人！

舒辰的手指微微发颤，他已经很久没感受过打比赛的乐趣了！

在 TNG 战队，很多时候他冒着枪林弹雨跑过去救队友，结果，复活的队友总是反应慢半拍。作为一个医疗兵，他在赛场上能做的很有限，手枪射程很短，他总不能扛着盾去单挑敌方狙击手吧？

舒辰这些年打比赛真的很累。明明他把队友救了起来，可队友反应慢，做不到第一时间反杀对手，连累他也被杀，然后队友还会怪他"医疗兵在干什么？""医疗兵就不能快点救人？"。好像输掉比赛就是他的错一样。

正如江绍羽所说，他性格太软，容易被欺负。但从小养成的性格不是一朝一夕就能改变的。

今天跟羽哥、小裴一起打排位赛，他总算找回了当年的自信！

第一局，"潜伏者"胜。

第二局裴封改变战术，江绍羽在前方搜查，裴封在后面狙击，舒辰负责保护裴封。三人绕着地图快速游走，转眼间就杀光了敌方全部的玩家。最后一个击杀，还是舒辰打出来的。

裴封赞道："辰哥厉害！"

舒辰越打越自信。第三局他主动当诱饵，飞快走位，引出敌方狙击手，裴封第一时间击杀了对方。这种"队友懂你的意思，知道怎么跟你配合"的比赛，打起来真的太痛快了！

赢了这一场后，三人继续排位赛之旅。

他们一路连胜，舒辰打到后面，眼睛都亮起来了。

江绍羽看着他元气满满的样子，微微扬了扬唇角，说："小裴，我明天还要去别的战队巡查，你留在基地看录像，有空就带辰辰打打排位赛。"

"师父放心，基地这边交给我吧。"裴封知道师父想让舒辰尽快树立自信。舒辰在 TNG 战队受了很多委屈，既然离开了 TNG，那舒辰就可以放心大胆地展示出自己的打法。裴封能主动去配合他，这样舒辰才能迅速调整好心态，意识到自己的水平其实并没有下滑，而是那帮队友跟不上他！

在师徒两人不动声色的鼓励下，舒辰的心情越来越好。连续赢了七局后，他开开心心地回宿舍睡觉去了。这天晚上，他没有做噩梦，一觉睡到次日早晨，起来的时候心里都是暖的。

以后国家队就是他的家，他决定待在这里不走了！

第九章　大小"叶子"

次日早晨，江绍羽召集国家队的工作人员开会。

TNG 战队的事情暂时解决了，江绍羽知道那位赵经理十分精明，肯定不会通风报信让其他战队提前做好准备，在国家队巡查时好好表现。毕竟其他战队对 TNG 战队来说是竞争对手，哪有人希望竞争对手比自己表现得更好呢？

俞明湘好奇地问道："阿羽，你是想按距离走，先去近一点的地方，还是有另外的顺序？我好提前安排行程。"

江绍羽说："抽签吧，随机抽查。"

众人期待地看他抽签，仿佛在挑选"下一位受害者"。

只见他打开全是战队资料的那个文件夹，随便抽出了一页纸出来，纸上赫然写着"YY 战队"。

俞明湘愣了一下，道："是叶子他们战队啊！"

秦博笑道："这下倒是巧了，YY 战队过两天就和 TNG 战队有一场比赛，TNG 战队没好好训练，我们也去看看 YY 战队怎么样吧。"

江绍羽看向俞明湘，说道："俞姐，麻烦你订今天的机票，我们今天下午就过去。"

"好的，阿羽打算在那边待几天？我好订酒店。"

"就订一晚。我们今天下午去，明天上午回，没必要多待。"

中午吃过饭后，国家队的车子便送大家一起去了机场。江绍羽带上秦博、俞明湘，齐恒带上自己的助理，一行共五人，没有多少行李，从帝都机场直接飞到了 YY 战队所在的城市。飞机大约飞行了三个小时，再加上办各种手续的时间，下午五点左右他们就到达了目的地。

俞明湘提前订好了车，准时接众人回到酒店。大家在附近的餐厅随便吃了晚饭，齐恒问道："阿羽，只在这边待一天的话，我们是今晚就过去吗？"

江绍羽点点头："嗯，晚上八点到十一点是大部分战队的训练时间，看看他们在做什么。"

齐恒调侃道："行吧，我们就当一回'晚自习'巡查组！"

俞明湘叫来接送的车辆，将他们送到了 YY 战队。

当年 ACE 战队解散后，叶轻名与 YY 战队签约，直接当了队长，YY 战队的教练组和管理人员都对他非常重视，围绕着叶轻名研究出了一套以侦察员为核心的阵容。但由于侦察员这个职业很难在赛场上稳定发挥，这些年，YY 战队的成绩忽上忽下，拿过冠军，有时候也会遭遇滑铁卢，连季后赛都进不去。

但不管怎样，这种大型战队的人才储备还是挺充足的。江绍羽走这一趟，也是想看看 YY 战队除了叶轻名之外还有没有别的出色选手。

一行五人来到 YY 战队门口，齐恒故技重施，找门卫说联盟负责人例行访问，门卫认出他是副主席齐恒，打了个内线电话就放行了。

YY战队的于经理让助理带他们来到办公室，热情地伸出手："齐主席，好久不见！"他回头一看，对上一双冷淡的眼眸，不由得一愣，"这位是刚上任国家队主教练的……Wing神吗？您大驾光临，怎么不说一声！"

齐恒心道，他就是故意不说，才能进行突击检查。

江绍羽跟对方握了握手，道："于经理你好，我跟齐主席一起到各大战队转转，看看选手们的情况，以后也好挑选国家队的队员。"

于经理刚要拿起手机通知大家做好准备，结果发现手机竟然没有信号！

齐恒看了眼办公桌上的座机电话，皮笑肉不笑地说："经理，打座机电话吧，让教练组的人来一下。还有数据分析部的工作人员，也带上电脑一起过来。"

于经理一脸疑惑，平时这里网络挺好的，关键时刻手机居然没有信号？他回过神来，干笑着拿起座机的听筒，打电话让教练们全部过来。

片刻后，会议室里陆陆续续来了YY战队的主教练、副教练，还有数据分析师。

主教练一眼就认出了江绍羽，惊讶地瞪大眼睛道："江、江教练？"

江绍羽道："你们好，我是国家队的主教练江绍羽，今天跟着齐主席一起来YY战队转转。"

这是搞突击检查啊？一群人顿时紧张起来，有人立刻偷偷拿出手机想通知选手们，结果发现手机没有信号了。

众人正面面相觑，秦博突然拿出包里的信号屏蔽器，闪着红光的屏蔽器就这么光明正大地放在了会议桌的中间。

秦博推了推眼镜，说道："各位不要担心，我们开了屏蔽器，暂时屏蔽了手机信号，别给队员们通风报信，不需要让他们做好准备。"

众人一时无语。

你们这是监考官在查考场吗？居然还带信号屏蔽器！

江绍羽起身道："麻烦各位在这里坐坐，我去训练室看看。"

齐恒起身跟了上去，俞明湘和秦博一左一右坐在门口，面带微笑看着大家，似乎在说——你们谁也别想跑。

一群人坐在会议室里不知道怎么办，生怕某些选手在江绍羽面前闯祸。

主教练低声问身旁的副教练："选手们都在训练吧？"

副教练点了点头，道："嗯，我刚安排他们打一场训练赛，小叶子正在组织呢。"

主教练又问："叶轻名起来了没有？"

副教练摇摇头："不知道啊，我刚才路过训练室的时候，没有看见他……"

两人凑在一起咬耳朵说悄悄话的场面，被俞明湘看得清清楚楚。俞明湘微笑着说道："两位教练，有什么话要偷偷摸摸说啊？"

两人立刻坐直身体，干笑着说："没有没有！我们只是在讨论下一场比赛的战术。"

此时，江绍羽和齐恒已经来到了训练室。齐恒每个赛季都会来各大战队巡查，对每家战队内部的格局了如指掌。YY战队的基地总共有四层，三楼是宿舍，二楼是训练室，两人顺着楼梯走下来，放轻脚步来到训练室的门口。

江绍羽站在窗户旁边，抬眸向训练室内看去。齐恒在他身后强忍笑意。这"默默观察"的模样，还真像是晚自习去班级监督学生的教导主任。

训练室内，一个染着红头发的少年正激动地喊道："啊！我的咖啡，咖啡洒了！"

旁边一个人转过身跟他撞了个正着，一杯咖啡被打翻，将他的白色T恤染出一条蜿蜒的棕色河流，红发少年忍不住哀号："我好不容易泡的咖啡啊！"

撞到他的人急忙道歉："不好意思，小叶子你神出鬼没的，我没看见你。"

少年瞪圆眼睛道："什么叫我神出鬼没？明明是老丁你横冲直撞好吧！"

被叫作老丁的人哈哈笑道："别气，我再去给你泡一杯。"

少年道："我不喝速溶咖啡，我只喝手磨的。哎，算了算了，我还是先去换身衣服吧，哥哥们等我一下，五分钟后再开始训练赛，等我！"

少年快步冲出门，一回头，正好看见站在后门的窗边默默观察的江绍羽和齐恒。他警惕地上下打量着两人，疑惑问道："你们是什么人，躲在这里偷偷摸摸地干吗？"

齐恒有点想笑。

小朋友你要不要这么直接地撞在"枪口"上？

江绍羽挑了挑眉，目光扫向少年的脸。这少年皮肤很白，有一双清澈好看的大眼睛，整个人元气满满，长得倒是活泼可爱，看年龄应该不大，可能是YY战队的青训生？他的T恤被咖啡染上了颜色，显得有些狼狈，那双眼睛里却带着灵气。

江绍羽淡淡地问道："叶轻名呢？"

少年愣了一下，道："你找我师父？你认识他吗？"

"师父？"江绍羽很快反应过来，上下打量着这个小家伙，"你是叶轻名的徒弟？"之前叶轻名提到过，YY战队有一个天赋不错的新人，是他亲手带出来的，看来就是这个小家伙了。

"对啊。"少年也睁大眼睛好奇地看着面前的人，这个人神色冰冷，目光锐利，一看就不太好惹。该不会是师父的情敌之类的跑来战队闹事了吧！

他转身撒腿就跑，想去给师父通风报信。

江绍羽一把揪住他的后衣领："去哪？"

少年干笑道："嘿嘿，去、去厕所。"

江绍羽冷声问："你叫什么名字？叶轻名他人呢？"

少年眼珠子一转，认认真真地说道："我叫叶随安，我师父他……他有急事出去了，我也不知道他去哪，要不您改天再来找他吧？他今天真的不在战队！"

师父，我就帮你到这了。你这个"情敌"看起来真的好凶。

"他不在战队？"江绍羽的声音更冷了。他拿起自己的手机，直接拨通了叶轻名的微信语音。

叶轻名此时正在宿舍睡觉，看见语音来电显示的小狗头像，他立刻一个鲤鱼打挺从床上弹起来，接起电话，笑眯眯地说道："哎，羽哥，怎么有空给我打电话？"

江绍羽面无表情地问："你在哪？"

叶轻名打了个哈欠，回答道："我当然在 YY 战队啊。"

江绍羽扫了眼面前的少年，少年听见师父拆穿了自己的谎言，立刻缩了缩脖子，垂下头想溜，又被江绍羽像抓小鸡一样抓了回来。

江绍羽道："战队的具体位置？训练室里看不见你人影。"

叶轻名疑惑地问道："什么训练室？"

江绍羽一字一句地说道："我在你们战队训练室的门口。"

叶轻名一头雾水："啊？"

江绍羽严肃地说道："给你三分钟，马上过来！"

叶轻名吓得脸色一变，连滚带爬地换了身衣服就往训练室跑。为什么每次江绍羽来找他，他都在睡觉呢？真是倒了大霉！江绍羽怎么会突然来 YY 战队？

挂掉电话后，江绍羽这才放开了叶随安。

叶随安笑容满面地打圆场："大哥，你跟我师父有什么过节吗？我跟你说，感情的事情呢不能勉强，我师父要是有什么得罪你的地方，你也别生气，别把身体给气坏了。"

江绍羽无语地看着他。

311

　　就在这时，叶轻名一阵风似的从三楼跑了下来，一头乱发如同鸡窝，显然是刚睡醒还没来得及梳头。看见江绍羽后，他脊背一僵，满脸堆笑道："羽哥你怎么来了！也不提前通知一声，我好去接你啊。"

　　什么？羽、羽哥？

　　难道面前这位就是传说中的"Wing神"江绍羽？

　　叶随安的脑子"嗡"的一声，瞬间呆若木鸡。他刚才说了些什么啊？感情的事情不能勉强？师父不在战队？他为什么没闭嘴啊！

　　江绍羽扫了眼"小叶子"叶随安，又看向"大叶子"叶轻名，淡淡说道："叶轻名，你这是被禁赛禁习惯了，以后再也不想上场打比赛了是吗？行，那你现在就去写退役申请书，抱着你的床过日子吧。"

　　叶轻名一脸尴尬。

　　旁边的徒弟满身咖啡，一脸呆滞，显然是干了什么蠢事。叶轻名头痛地揉了揉太阳穴，得，这次他们师徒俩一起写检讨吧！他也该给小徒弟传授一些写检讨的经验技巧了。

　　叶轻名当年在 ACE 战队就放荡不羁，就像上学时班级里最调皮的学生。他每次犯错都会被江绍羽逮个正着，然后被勒令写检讨。上次在国家队，他逃了训练赛在寝室睡大觉，被江绍羽一顿训，这次江绍羽来 YY 战队突击检查，本以为他能改过自新，结果他又在睡大觉。

　　江绍羽的目光如同利剑一样在这对师徒的脸上扫过，严厉地说道："上梁不正下梁歪，你既然收了徒弟，不以身作则，给徒弟树立一个好的榜样，反而教他怎么偷懒、怎么撒谎是吧？"

　　叶轻名愣了一下，回头看向徒弟，压低声音问："你撒什么谎了？"

　　叶随安缩着脖子如同一只鹌鹑，小声解释："我看他气势汹汹，一副要杀了你的样子，还以为他是你的情敌，来战队找你算账呢。我这也是为了你好，我就说，我师父不在战队啊，感情的事情不能勉强……"

　　叶轻名听完徒弟的解释，表情一言难尽。

　　齐恒在旁边忍笑忍得很辛苦，该怎么说你呢，叶轻名？每次都撞枪口，反复试探江绍羽的忍耐极限，怪不得成了"检讨大王"，真是活该。

　　江绍羽盯着叶轻名，道："你们不愧是师徒。去吧，师父继续睡觉，徒弟去手磨咖啡，明天你们师徒俩一起退役，找个山清水秀的地方，钓钓鱼，喝喝咖啡，谈谈人生多好，还打什么比赛？"

　　师徒两人都不敢说话。

叶随安一脸茫然，怎么他手磨咖啡的事情也被这位大神知道了啊？

叶轻名迅速回过神，非常积极地说："我今天晚上写一千字的检讨，明天一大清早就交给江教练！"说罢就顺手拍了一把小徒弟的脑袋，"还不认错！"

叶随安也回过神，立刻跟着说："我错了！我也写一千字的检讨……"可是他从来没写过检讨，要怎么凑够一千字？

江绍羽脸上没什么表情，冷冷道："叶随安是吧？去换身衣服，回来打训练赛，我看看你的水平怎么样。"

叶随安立刻转身以百米冲刺的速度跑上楼，换了件衣服又跑下来，来回只花了不到三分钟的时间，这速度倒是跟叶轻名有得一拼。

叶轻名笑眯眯地讨好江绍羽："羽哥，你别生气，小叶子挺机灵的，就是特别会联想。他没见过你，也没见过齐主席，见你们突然来战队找我，还以为是情敌来算账的。"

江绍羽挑眉："情敌？哦，看来你的感情史还挺丰富？"

叶轻名急忙摇头："没有没有，我的感情史非常单纯，连初吻都在呢。我是一个特别保守的人，不到新婚之夜，我都不敢碰别人的手。"

齐恒忍不住笑出声来。

江绍羽丢给叶轻名一个白眼，转身走进训练室。

正好叶随安也换好衣服过来了，垂着脑袋跟在师父的身后。训练室内的人看见叶轻名，都笑着打招呼。

"叶队！"

"叶队睡醒了啊？"

刚才撞翻咖啡杯的青年笑着说："小叶子你动作很快啊，这身衣服挺好看。"

众人正嘻嘻哈哈地开玩笑，见到叶轻名身后那位神色冷漠的青年后，都立刻止住了笑容。这个人的目光怎么有点可怕？看得他们脊背发凉。

叶轻名立刻介绍："这位是国家队的江教练，跟齐主席一起来咱们战队视察的。大家鞠躬。"

众人回过神，齐齐站起来鞠躬："江教练好！"

江绍羽看着面前红色、蓝色、白色、金色的脑袋，淡淡说道："你们的头发颜色倒是挺丰富。"

众人对视一眼。

外界也把 YY 战队叫作"彩虹战队"，因为选手们的头发五彩斑斓的。最近的新星杯比赛上，他们最喜欢的选手是花然，因为他也染了紫色的头发，跟他们是"同路人"。

叶轻名笑容满面地解释："我们战队相对比较自由，只要能好好打比赛，选手的头发染成什么颜色，教练组不会管。当然，正式比赛的时候所有人必须穿队服，破洞牛仔裤、拖鞋之类的衣服是不允许穿到赛场去的。"

电竞选手大部分年龄偏小，审美当然也五花八门。这群选手怎么打扮自己，江绍羽懒得去过问，他转身来到旁边，开了台电脑说："不是要打训练赛吗？现在就打给我看。"

叶随安回过神，急忙说："哥哥们快准备准备！"

十个人迅速在自己的位置上坐好，打开了游戏。

叶轻名坐在江绍羽旁边，殷勤地说道："羽哥，你用旁观视角进，登我的账号。"江绍羽看他一眼，示意他来输密码，叶轻名修长的手指在键盘上噼里啪啦一顿敲击，如同跳舞一样。

其实，叶轻名是 ACE 战队在游戏中操作速度最快的一个选手，他敲击键盘的速度比江绍羽还要快，这也是他能成为顶级侦察员的关键所在。侦察员是非常考验走位和随机应变能力的位置，在比赛中需要帮助队友探查敌方的情况，通常要前往最危险的区域，有时路过一个拐角就会遇到敌方一群人，反应不够快很容易阵亡。

叶轻名的动作如影似风，快得让对手根本看不见他在哪里，他却能绕到敌人后方打出击杀，这样的天赋确实难得一见。

但江绍羽经常跟他说："不要仗着自己有天赋就去偷懒，电竞选手如果原地踏步，总有一天会被人超越。所有人都在努力，或许，比你有天赋的人还要比你更努力！"

第三赛季的时候，国内电竞的环境其实挺好，大家都非常拼。只是这些年各大战队受投资方的裹挟，教练也渐渐没了实权，不再重视比赛，开始玩"造星"这一套。

YY 战队一向管理松散，甚至不管叶轻名睡懒觉，让这家伙养成了懒惰的性子。不过相对来说，YY 战队比 TNG 战队好太多了，至少准备了训练赛，也不怕江绍羽现场观赛。

叶轻名登录自己的账号，在游戏里建房间，把所有人都拉进来，介绍道："我们今天的训练赛是为下一场打 TNG 战队准备的，比赛开始前战术不能外泄，不过羽哥和齐主席想看的话可以随便看。"

江绍羽没有多说，直接说道："开始吧。"

　　十个选手迅速戴上耳机，按下了准备键。一队的队员是 YY 战队的主力选手，除了在侦察员的位置上换了叶轻名的徒弟叶随安，其他人都没换。二队是 YY 战队的替补队员。

　　他们选择的地图是"将军陵墓"，因为游戏设定这里埋葬着几位战死沙场的将军而得名。这张图在联赛中很常见，光线昏暗，岔路非常多，方便侦察员悄无声息地游走，狙击手也有不错的发挥空间。比赛模式是"极限对决"，先打出五十次击杀的一方判定为胜利。

　　比赛一开始，叶随安就一阵风似的跑了个没影，其他人则分散走位，狙击手去远处埋伏，医疗兵和冲锋员、突击手两位近战一起往前冲。

　　双方在前方发生激烈对拼，地图上的枪声不绝于耳。

　　一队的叶随安负责指挥，语音频道里响起少年清脆的声音："找到他们的狙击手了，大家冲啊！"

　　他话音刚落，队员们便同时往前冲。

　　屏幕上弹出击杀提示——

315

　　"小黄叶"使用"玫瑰之刃"一刀毙命击杀了"天天"！

　　叶随安找到敌方落单的狙击手，瞬间击杀了对方。紧接着一队发起全面进攻，众人齐齐开火，直接杀光了二队顶在最前方的近战。一队并没有消耗太多弹药，便收获了五次击杀。

　　接下来，叶随安继续满地图游走，专门找敌方狙击手的麻烦。

　　江绍羽很快看懂了他们的策略，说："你们在针对狙击手？"

　　叶轻名说道："嗯，TNG 战队最强的选手其实是狙击手庞宇，只要限制住他，就可以破掉他们狙击手和侦察员的联动组合，没有了远程狙击手的威胁，他们的近战就是一张纸，随随便便就能击杀。"

　　江绍羽和齐恒对视一眼。

　　叶轻名说得没错，他们刚从 TNG 战队巡查出来，TNG 这支队伍战绩最好看的是陆兴云，但陆兴云的战绩水分很大，真正的核心其实是狙击手和侦察员的"胖瘦组合"。

　　看来，YY 战队这边已经研究出了针对 TNG 战队的打法，而 TNG 战队在干吗？他们正全员开直播挣钱呢。他们真以为 YY 战队的队长叶轻名被禁赛，就不会对他们产生威胁？

接下来的比赛，一队打得非常顺，侦察员叶随安让二队难以处理，他们组织过几次反包围，都被一队通过默契配合再加上叶随安的突然袭击而顺利化解了。

江绍羽看出二队在刻意模仿 TNG 战队的战术，一队在想办法破解。这场训练赛打得还挺专业，明显不是赶鸭子上架，而是之前几天就仔细研究布置过战术。

训练赛打完后，江绍羽道："这是你们作为主场的打法，如果是 TNG 战队的主场呢？"

叶轻名朗声说："大家换图再打一局。"

第二场，他们换了 TNG 战队比较喜欢的地图，选择"血战模式"。

这次一队不再是侦察员暗杀偷袭的打法，而是围绕着狙击手作为核心，医疗兵全程跟在狙击手的身边当保镖，叶随安只负责找到敌人的位置，给队友提供视野。一队的五个人配合得还不错，最后以 3:1 赢下比赛。

江绍羽站起来说："行了，叶轻名你跟我来，其他人继续训练。"

叶轻名迅速起身跟上他，训练室内的少年们面面相觑。

"叶队被叫走了，江教练会不会训他啊？"

"不知道，听说叶队最害怕的人就是 Wing 神！"

门外，江绍羽带着叶轻名来到走廊拐角处，问："这套战术是你想出来的？"

叶轻名点头道："嗯，我不是被禁赛了吗，自己不能上场，只好跟着教练组去研究对手和战术。"

江绍羽是国家队的教练，不能评价某个战队的战术好坏，毕竟过两天 YY 战队和 TNG 战队就要比赛了。他转移话题道："叶随安这个新人，你带了他多久？"

"半年多吧。"提起徒弟，叶轻名不由得微笑起来，"这孩子天赋不错，模仿能力非常强。不过，他年纪小，还没形成自己的风格，一直模仿我也不是什么好事。要不是因为我被禁赛，我也不想让他这么早就扛起主力的重任。"

"早点磨炼磨炼，对他也没坏处。"江绍羽顿了顿，看向他道，"既然 YY 战队的侦察员后继有人，你一天闲着无聊就知道在宿舍睡觉，不如跟我去国家队吧？"

"啊？"叶轻名一脸惊恐，"不要吧？在你眼皮底下，我的日子也太难过了吧？"

"我看你就是日子过得太舒服了！"江绍羽冷冷地盯着他，"那么爱睡觉，你怎么不扛着床去打比赛？"

叶轻名摸了摸鼻子，一脸无辜地说道："人总要睡觉的嘛。我下午睡觉，可以从晚上练到凌晨三点啊，我是夜猫子作息，又不用跟着他们一起集训，我都是自由安排时间的。"

"说这么多，就是不愿意去了？"江绍羽打断了他。

"我……我特别愿意！"叶轻名的表情壮烈得如同要奔赴刑场。

齐恒在旁边强忍笑意，说道："叶子，YY战队没人管得住你，江教练要亲自管管你。你去跟战队说吧。"

江绍羽道："嗯，你既然被禁赛了，不如去国家队当陪练，做点贡献。至于到时候会不会选你进国家队的正式阵容，看你后续的表现再决定。"

叶轻名无奈地揉了揉额头，去找战队的管理人员请假了。

被江绍羽拎回国家队，他岂不是要天天写检讨？

YY战队的一群人心惊胆战地等着江绍羽训人，结果，江教练大发慈悲，并没有训他们，只是叶轻名来请假了，说是明天去国家队挨训，顺便当陪练。

于经理如同恭送大佛一般说道："太好了！江教练，我们就把叶子交给您了！"

叶轻名一脸疑惑。

你们这是在送瘟神吗？

晚上，叶随安心情忐忑地给师父发消息。

叶随安：师父，听说你请假了，要去国家队当陪练啊？

叶轻名：唉，此去前途艰辛，后会无期，师父有些遗产要留给你。

叶随安：遗产？真的要给我吗？有多少啊！

叶轻名：你好像很高兴能分到师父的遗产？

叶随安厚着脸皮回复。

叶随安：嘿嘿，你如果真的给我遗产，我可以改口叫你"爸爸"。

叶随安：你看，咱俩都姓叶，我都不用改姓。

叶轻名翻了个白眼，敲开傻徒弟的门，给他递去了一个小盒子，笑着摸了摸徒弟染了一头红发的脑袋，语重心长地说道："师父明天就要走了，这份珍贵的遗产交给你来保管，你要好好传承下去。"

叶随安一脸感动地打开箱子，只见里面摆着厚厚一叠纸，上面用龙飞凤舞的字迹写满了诚恳的忏悔。

每一张纸的最上方，都是三个大字：检讨书。

叶随安无语地看着叶轻名。

师父去国家队前留给他的"遗产"，居然是厚厚一叠检讨书？

别的师父传给徒弟的都是什么战术秘籍、经验心得，你给我一叠检讨书？

师门传承的是检讨书，这像话吗，师父您能不能稍微靠谱一点？

　　江绍羽一行人考察完 YY 战队后，一起返回了酒店。秦博将复制来的数据交给江绍羽看。

　　YY 战队的数据比 TNG 战队好太多了，平时训练大家都挺认真的。叶轻名虽然爱睡懒觉，但他并没有荒废训练，从考勤表来看，他的训练时间跟其他人不太一样，是下午睡觉，晚上练到凌晨三点，典型的夜猫子。

　　YY 这支战队对选手们的管理是"轻松自由"的模式，头发染成什么颜色，具体什么时间训练，可以由选手自己决定，但战队集训以及正式比赛的时候不能掉链子。YY 战队的选手们个个精神饱满，队员之间相处融洽，对他们来说，打比赛不再是一种压力，反而变成了一种乐趣。

　　齐恒说道："各大战队有不同的管理模式，YY 战队这种自由的模式其实很受选手们欢迎，每年从青训基地签到他们战队的新人特别多，都是慕名而来。"

　　江绍羽点头说道："嗯，怪不得叶子当年会去 YY 战队当队长。"

　　叶轻名这种放荡不羁的散漫性格，也只有在 YY 这样的战队才能好好待下去，去别的战队他自己浑身不舒服，教练组看他这样会更加不舒服。

　　从训练赛来看，YY 战队的选手培养模式也没什么大的问题，老选手担任主力，新人在二队先练一段时间，有机会再上场，叶轻名带出来的新人叶随安就是最好的证明。

　　齐恒问道："阿羽，叶随安这个小孩你觉得怎么样？"

　　江绍羽评价道："他的天赋不错。叶轻名的打法其实很难学，他学了半年就能学到九成像，说明他的操作水平、反应速度、随机应变的意识都非常出色。不过国家队并不需要两个打法一模一样的选手，我想让阵容多一些变化。大叶子和小叶子的打法几乎是完全一样的，他们俩选一个就够了。"

　　俞明湘笑着说："小叶子年纪这么小，以后机会多的是，等成熟一点再去国家队也不迟吧。"

　　江绍羽道："再说吧。叶轻名要是继续这么懒散，我会让他背着床滚回 YY 战队基地！"

　　次日下午，叶轻名提着行李箱跟队员们告别："兄弟们，我上路了啊。"

　　众人齐齐朝他挥手，说道："叶队走好！叶队保重！"

　　叶随安一脸不舍道："师父，我还能再见到你活着回来吗？"

　　叶轻名在徒弟额头上弹了一个脑瓜崩，说："师父把遗产都留给你了，我要是死在国家队，你记得给我烧纸。"

队员们热热闹闹地把叶轻名送走了。

叶轻名提着行李找到江绍羽一行人，跟他们一起坐车来到机场。路上他一直在犯困，脑袋一点一点地如同敲木鱼，最后靠在椅子上睡着了。到机场后，他醒了片刻，打着哈欠跟大家一起登机，上飞机后又睡到终点。

江绍羽真是佩服他的睡觉能力——这家伙真是完全不挑时间和地点，一闲下来就能睡着。

等飞机到达帝都机场时，叶轻名才终于清醒。

齐恒回了联盟总部，江绍羽带着俞明湘、秦博和叶轻名一起返回国家队基地。他们到达时正好是下午，车子直接开到了宿舍楼下。

裴封和舒辰此时正在训练室，通过窗户可以清楚地看见车子开进了电竞园区。

裴封笑道："师父回来了。"

常荣轩好奇地问："不知道江教练这次有什么收获？"

正说着，就见一个高大的青年提着行李箱从车里走下来，脸上笑眯眯的，他抬头看了眼面前的建筑，大喊："国家队，我又回来了。上一届我住 301 号房，这次我继续住 301 行吗？"

319

江绍羽道："随便你。"

叶轻名拎着箱子，熟门熟路地上楼。

裴封和舒辰对视一眼，问道："那个人……是叶哥吗？"

舒辰点头："好像是他。"

裴封哭笑不得道："师父真厉害，去一家战队就带回来一个人。"

江绍羽这突击巡查如同在游戏里打副本一样，每到一家战队，打完副本，就获得一份"战利品"。转眼间，他就把舒辰和叶轻名作为"战利品"带回了国家队。

片刻后，叶轻名来到训练室，热情地打招呼："小裴，想死我了！"说罢就伸出双臂给了裴封一个拥抱。裴封回抱了他一下，笑道："叶哥，好久不见。"

叶轻名看见舒辰，有些惊讶地挑起眉："辰辰怎么也在这？"

江绍羽道："他是我带回来的，你有意见？"

叶轻名急忙摆手道："不敢不敢。"

教练组其他人也来到训练室，叶轻名依次打过招呼，看见常荣轩的时候他不由得疑惑地问："这位是……'世事无常'？你是新星杯比赛里的那个'躲猫猫'医疗兵对吧？"

常荣轩爽快地笑道："没错，就是我。我现在是国家队的副教练。"

叶轻名看向江绍羽，拍马屁道："羽哥你真厉害，办个新星杯还能挖来个副教练……对了，那个'花花大少'呢？我们队的队员一起看新星杯，都很喜欢他。他没来国家队吗？"

"他是大学生，三月份办完休学手续才会过来，等他来了你们就一起训练。"江绍羽顿了顿，看向教练组的几人，说，"我把叶子带来当战术陪练。等花然来了之后，花、叶、裴三个人先去练'三角战术'，看看效果怎么样。"

两动一静的"三角战术"是指，叶轻名和花然作为近战，分别去干扰对手视线，彻底打乱对手的节奏，裴封作为后排的稳定输出，趁机瞄准击杀。

因为叶轻名和花然的游戏风格都不太好与队友配合，所以让他俩各玩各的，吸引敌方注意力，由裴封来做击杀对手的核心，是江绍羽能想到的比较好的战术。

至于这三个人的打法能不能融合起来，还要练过之后才知道。

既然花然还没归队，叶轻名暂时也不用急着训练，江绍羽让他跟舒辰一起打排位赛。

接下来，江绍羽暂停了巡查，因为两天后就是顶级职业联赛的开幕式，很多战队都不在基地，要前往帝都参加开幕式和接下来的第一轮常规赛。

开幕式就在帝都电竞中心举行，江绍羽打算亲自去现场看看。担心带上舒辰和叶轻名会引起其他战队的胡乱猜测，于是他只带了新星杯的冠军裴封一起去。

三月一日晚上七点，第九赛季的顶级职业联赛正式开幕。

江绍羽和裴封走工作人员通道进入电竞中心。上次裴封来这里还是参加新星杯比赛，这次却是以国家队青训生的身份，跟着主教练来看比赛。

江绍羽带着裴封直接走进后台的嘉宾观赛区。这里是独立的房间，有一面墙的大投影屏幕，屏幕前摆着一排沙发，可以一边喝茶一边看比赛，比看电影还要舒服。

裴封主动给师父倒了一杯温水，两人并肩坐在一起看向大屏幕。

此时，后台的选手准备室内，TNG战队的几个人各自坐在一边，庞宇和司文辉坐在一起，陆兴云则和他的两位"保镖"坐在一起，各聊各的。

突然，外面传来一阵爽朗的笑声："哈哈哈，刘队，好久不见啊！"

"老林？你们战队今天没比赛吧？怎么也来现场了？"

"我们提前赶来帝都，反正也闲着，就来看看开幕式。"

休息室内，陆兴云的脸色蓦然一变。

老林？他没听错吧？

他不敢相信地打开门，看着面前满脸笑容的男人，喉咙一阵发紧："老林？"

林浩彦热情地打招呼："小陆，好久不见。"

陆兴云的笑容渐渐凝固，强行保持着平静问："你、你不是退役了吗？"

林浩彦哈哈笑道："我本来是想退役的，后来觉得自己也不算特别老，国外还有二十五岁的选手呢，我还能再战几年！"

陆兴云一时无语。

就在这时，RED战队的选手也过来了。听到这消息后，时小彬激动地跑上前说："林哥，你不退役了，真的吗？"

林浩彦摸了摸时小彬的脑袋，说："真的，不然我怎么会出现在选手后台？这是我的参赛证。"

时小彬双眼发亮，激动道："太好了！"

陆兴云脸色阴沉。

周围的人都在欢笑，陆兴云心里却烦躁不安。时小彬是不是傻？老林不退役，国家队的冲锋员竞争可就更激烈了！他怎么说不退役就不退役了？还能这样随便改决定？

片刻后，YY战队也来了，队员们五颜六色的头发十分醒目。

林浩彦道："彩虹战队，你们叶队呢？"

一个染着红色头发的少年说："我们叶队在闭关修炼，很快就能飞升成仙了。"

林浩彦哭笑不得："你这小孩真是调皮！他被禁赛，不能来是吧？"

叶随安点点头："是的。"

陆兴云扫了他们一眼，沉着脸回到休息室。

唯一让他欣慰的是，YY战队的叶轻名并不在场，对方少了这位主力侦察员，今天的比赛他们TNG战队应该稳赢了。他深吸口气，道："叶轻名被禁赛，今天没来。待会儿大家好好打。"

裴封在休息室里听到外面的动静后，笑着说："陆兴云看见老林没有退役，肯定很震惊吧？待会儿要是遇到小叶子，再输一局，那就是双重打击，彻底崩溃了啊！"

江绍羽淡淡道："他本来就进不去国家队。"

裴封疑惑道："师父是觉得他水平不够？"

江绍羽看向裴封，道："国家队不需要这种心术不正的选手。国家队的成员，实力是一方面，心理素质和人品也是很重要的衡量标准。我不想看到打比赛输了只会怪队友的队员。"

裴封看着师父冷漠的侧脸，不知道师父去 TNG 战队巡查的时候发生了什么，不过，陆兴云的表现肯定非常糟糕，师父心里已经彻底否定了陆兴云。

今天的比赛 TNG 战队大概率会输，他们太轻敌，以为叶轻名被禁赛，YY 战队就一定会输。他们根本不知道，叶轻名虽然不太靠谱，却带出来一个天赋非常高的小徒弟。

开幕式很快开始，几个暖场节目之后，两位主持走上舞台："观众朋友们，欢迎来到第九赛季顶级职业联赛的现场！接下来即将开始的是本赛季的揭幕之战——YY 战队和 TNG 战队的对决！让我们以热烈的掌声有请双方队员入场！"

比赛很快开始，第一场是 YY 战队的主场，他们选的地图和模式都跟江绍羽那天看到的一样。叶随安在队友的配合下绕到后方偷袭，转眼就把 TNG 战队的狙击手击杀了。

裴封低声说道："单人针对战术？他们一直盯着狙击手打。"

江绍羽点了点头，问他："换成你是 TNG 战队的指挥，你会怎么应对？"

裴封想了想，说道："我会围绕对手针对的点，打一场反包围，请君入瓮，诱敌上钩。或者，以最快速度突破敌方的前方防线，让侦察员没有机会找到我方狙击手。"

裴封的战术意识确实很强，反应也足够快，这就想到了破解之法。

可惜，TNG 战队没有这么做，在狙击手庞宇被连续击杀两次后，陆兴云只会埋怨队友，在语音频道叫道："小胖你能不能注意走位啊！"

庞宇心里也有气。你作为近战，不能在前面拖住敌人，也不知道支援队友，队友被击杀就会怪别人，要你何用？

打着打着，TNG 战队的比赛节奏彻底乱了，第一场两队的比分为 50:35，TNG 战队落后了十五分！

第二场 TNG 战队也没能调整好策略。在一次五对五的正面团战中，YY 战队的新人叶随安使用了侦察员经典的"影袭战术"，神出鬼没，悄无声息，甚至拿到了一次五杀！

现场掌声热烈。

解说席的两人激动地说道："YY 战队的'小叶子'叶随安，今天第一次上场打比赛，表现非常优秀啊！最后一局在队友的配合下连续打出了五次击杀！他的打法跟队长叶轻名如出一辙，就像复刻了队长的'影袭战术'一样！"

"他应该是叶队培养出来的接班人吧？没想到大叶子被禁赛了半年，但 YY

还有一位让人惊喜的小叶子！让我们恭喜 YY 战队 2:0 获得常规赛第一场比赛的胜利！"

后台，裴封叹了口气，说道："TNG 战队打得可真烂。"

江绍羽道："意料之中。"

还以为他巡查过后，TNG 战队能迅速调整。事实证明……烂泥扶不上墙。

陆兴云打比赛的心态就有问题，只会一股脑往前冲、抢功劳，赢了就是自己厉害，输了就去怪队友。反正都是别人的错，就他没错。

江绍羽拿出那个黑色的笔记本，在陆兴云的名字后面打了一个大大的红叉。

赛后采访，官方邀请了本场比赛的 MVP 选手叶随安。

染着一头红发的少年笑容灿烂，看向镜头时一点都不紧张，记者先夸了他一番："恭喜小叶获得今天的 MVP，这是你出道以来的第一场比赛，拿到这么好的成绩，你有什么想说的吗？"

叶随安说道："感谢 YY 战队给我机会，感谢师父对我的栽培。"

记者问："你师父是？"

叶随安答道："当然是我们叶队！我是小叶子，我师父是大叶子。我们一个姓，是不是挺有缘的？"

记者哭笑不得，问道："所以你在游戏里的名字叫'小黄叶'，也是这个原因？"

叶随安答道："对，秋天的叶子不就是黄叶吗？我是在秋天出生的！"

台下有观众笑了起来。

记者转移话题道："咳，今天的比赛，你觉得能赢的关键是什么？"

本以为叶随安会说是 YY 战队发挥得很好，队友很团结之类的，结果，这家伙也不知道客气，直白地说道："能赢的原因当然是 TNG 战队打得太乱了，没什么配合啊。"

记者都惊了，赛后采访大部分选手都会给对手留点面子，像叶随安这样直接说出对手缺点的真是头一回见！看直播的 TNG 战队的粉丝们更是怒火冲天。

然而叶随安紧跟着又补了一句："我们一直针对他们的狙击手，但他们的医疗兵不回去保护，前面的冲锋员、突击手也对我们没什么威胁，解决掉狙击手后，我们就赢得挺轻松的。"

TNG 选手们一时无语。

陆兴云的脸色已经黑得不能看了。

后台，裴封忍着笑说："叶哥的徒弟说话这么直，也不怕得罪人？"

江绍羽问道："你见叶轻名怕过谁吗？"

裴封想了想，低声说道："他只怕你。"

江绍羽道："嗯，他的徒弟小叶子进化了，连我都不怕。"

裴封被这句话震惊到了。

当然，采访结束后，叶随安被TNG战队的粉丝们"围攻"了，网上的话特别难听。

小小年纪，居然敢说TNG战队的人对他们没什么威胁？太嚣张了！

YY战队的粉丝们倒是很喜欢叶轻名这个心直口快的小徒弟，纷纷前去维护，网络上，双方粉丝展开激烈的口水战，最终，YY战队的粉丝大获全胜。

赢了比赛的人说什么都是对的。

小叶子没说错啊，这一场确实赢得很轻松呢。

我都要笑死了，落后十五分，YY战队的人要再死十五次你们才能追上比分哦！

冲锋员和突击手确实没什么威胁啊，你们的陆神都被打蒙了，快去安慰他吧。

庞宇本以为这场比赛结束后粉丝们会怪他，毕竟他死的次数最多。结果，YY战队的叶随安主动跳出来吸引了所有人的目光，TNG战队的粉丝都去针对叶随安了，倒是没多少人来说他，弄得他有些茫然。

回到战队后，庞宇将司文辉叫到宿舍，小声商量道："要不我们一起转会吧？咱俩的配合还可以，江教练不也说我们才是TNG战队的核心吗？我不想再这样下去了。"

司文辉有些纠结："问题是，我们一起转会的话，有战队愿意要吗？"

他俩确实形象不好，一个是大胖子，一个是小瘦子，粉丝少，也没什么商业价值。

庞宇挠挠头，压低声音道："HW战队曾经联系过我，问我有没有兴趣转会。"

司文辉双眼一亮，道："你是说有周逸然在的那个队？"

庞宇点头："嗯。周队他们那边的风气肯定比TNG战队好多了。咱俩要是过去，跟周逸然配合，总比配合陆家大少爷爽多了吧！"

司文辉有些心酸，在TNG战队，陆兴云的身边永远都围绕着一堆谄媚、恭维的狗腿子，认真打比赛的人也就只有他和庞宇，或许，只有他跟庞宇还保留着打电竞的初心。他们留在这里不被重视，输了比赛就要被骂，真没意思。

HW战队也是老牌强队，周逸然是圈内最温文尔雅的队长，对人彬彬有礼，礼貌温和，据说当年在ACE战队期间被Wing神教训的次数也非常少。

他还是上一届国家队的主力突击手，表现一直很稳定。

陆兴云输了比赛只会怪队友，他脾气暴躁、满嘴脏话。周队却截然相反，输了比赛会主动把责任揽到自己的身上，微笑着安慰队友，对他们说"没关系"……

两位队长完全不是一个级别的！

每年的上半年，"枪王"职业联赛有两轮常规赛，常规赛结束后会开放一段时间的转会期，选手们可以选择转会，战队也可以想办法去挖人。

HW战队一直围绕周逸然研究战术，队里的狙击手、侦察员实力相对较弱，所以，周逸然才瞄准了TNG战队，向经理提出建议："我猜TNG战队内部肯定会出问题，庞宇和司文辉这对'胖瘦组合'有很多家战队盯着呢，我们下手一定要快。如果把他们挖过来，今年，我们或许有望夺冠。"

这位看似温和好脾气的队长，可没表面上那么简单。

裴封和江绍羽看完比赛后一起回国家队基地，今天裴封开了车，他让师父坐在副驾驶位上。

没想到三月份的帝都居然下起了大雪，刚才比赛时天还是晴的，结果出来的时候，外面的积雪已经非常厚了。比赛结束，各大战队的车子都要回程，还有很多现场粉丝、媒体记者等，果然造成了交通拥堵。

裴封被堵在停车场的出口处，眼看车子排成一条长龙。他叹了口气，只能开着暖气耐心等待交警放行。

见江绍羽正在黑色的本子上写什么东西，裴封不由得开玩笑道："师父，你这个本子怎么有点像'死亡笔记'，被你打了叉的人，就没机会进国家队了吧？"

江绍羽回头看他，道："你很希望我给你打个叉吗？"

裴封笑容满面道："师父舍得吗？"

江绍羽对上徒弟带笑的眼眸，面无表情地将本子翻到裴封那一页，在他的名字后面，干脆地打了一个叉。

裴封的笑容僵在脸上。

什么叫自掘坟墓？

裴封立刻忏悔道："我错了，师父，我不该挑战师父的权威。快画掉，打个又多难看啊？"

江绍羽轻轻扬起嘴角，将红叉给擦掉，说："再给你一次机会。"

裴封讨好地说："改成对勾，对勾好看。"

江绍羽没有理他，自顾自地把本子合上。

这个本子里记录了江绍羽对每一个重点关注的选手的印象，其实，裴封刚才只看见自己的名字，却没看见下面所有项目的评分，包括操作实力、反应速度、稳定性、战术意识、心理素质等，江绍羽全都写了代表着最优秀的S级。

而其他人，哪怕是训练不那么认真的叶轻名，也有不少评分写的是代表优秀的A级。

裴封见师父收起了本子，便转移话题问道："师父最近身体好些了吗？你这样全国到处巡查，今天去A市，明天去B市的，每个地方饮食不一样，你的肠胃能习惯吗？"

江绍羽道："还好。食宿都是俞姐在安排，她很细心。"

"那就行。你太瘦了，得多吃点肉才行。"裴封挪开视线，看向窗外道，"外面下大雪，估计车子要堵很久。唉，早知道我们应该坐地铁过来的。"

江绍羽道："没事，大不了晚点回去。"

车内又一次陷入沉默。

裴封抓抓头发，努力寻找话题来打破尴尬："师父下一站去哪家战队巡查？"

江绍羽道："看赛程安排，从下周没有比赛的几家战队中挑一个吧。"

裴封笑着说："感觉师父像是在打副本拿战利品，去一家战队就带回来一个人。"

江绍羽听到他这形容，解释说："那倒不会。我把辰辰带回来是因为他在TNG战队受了很多委屈，才华被埋没，没必要继续留在那里浪费时间。至于叶子，反正被禁赛了，天天睡觉，YY战队也不管他，不如来国家队帮忙。"

裴封了解地点头道："也就是说，师父接下来不会再带人回来了？"

江绍羽回答道："选手们都在打比赛，我不可能跟战队抢人。距离世界大赛还有八个月，慢慢来吧。"

裴封说道："我记得去年国家队十一月才正式集合，训练了一个月然后去打世界赛。把风格不同的选手放在一起，还要制定复杂的战术，只用一个月很难磨合好吧？"

"是的。"江绍羽道，"今年我会在六月份就确定国家队选手的名单。下半年，他们一边打季后赛，一边参与线上集训。那些不需要打季后赛的选手，就直接搬到国家队来住，多磨合一段时间，战术也能更丰富。"

"师父说得有道理，这届国家队肯定能在世界大赛上拿奖。"裴封自信满满地说。

"华国队前几年连四强都没打进去。你这么有信心？"江绍羽问。

"那是因为当时师父不在。"裴封笑着说，"今年不一样。我们提前集训，用半年时间好好磨合战术，师父又是主教练，我就不信这一届国家队还拿不到前三名。"

江绍羽心情复杂。

对于师父的信任和崇拜，似乎已经刻在了裴封的脑海深处。真不愧是 Wing 神头号粉丝。

不过，徒弟的信任也给了江绍羽充足的动力。不管将来国家队的成员有哪些人，他们会不会服从他的执教方式，他知道，裴封都会一直站在他的身后，全力支持他的决定。

由于下雪堵车，两人回到国家队基地的时候，已经凌晨十二点了。

大雪还没停，裴封将车停在宿舍楼门口，跟江绍羽一起上楼。

江绍羽回到房间后洗了个澡，翻开手机备忘录，看了眼联盟的赛事安排。CIP 战队下周没有比赛，全员都在基地，不如去看看他们日常训练得怎么样？没记错的话，"葫芦娃小分队"的"大娃"莫涵天就在这家战队。

327

第十章　特别的新人

次日早晨，江绍羽把自己要去 CIP 战队的消息发给了俞明湘，俞明湘立刻安排好了行程。由于 CIP 战队所在的城市离帝都不远，众人坐高铁过去，一个小时便到了。

车子送他们去战队的路上，齐恒介绍道："CIP 战队的背后也有投资商，跟 TNG 战队差不多，他们要捧的选手是莫涵天，你还记得吧？"

江绍羽道："当然记得，他是上一届的'枪王形象大使'，还是'葫芦娃小分队'的'大娃'。"

俞明湘"噗"的一声没忍住笑："咳，小莫的头衔还挺多啊！"

齐恒笑着摸了摸鼻子，说道："小莫的天赋其实不差，就是心态挺差的。

上次在国家队打训练赛的时候，你不是安排了高级难度的地图'海盗基地'吗？我记得他全程都没开几枪，打比赛如同梦游。"

江绍羽点了点头："嗯。他有一颗'玻璃心'，被我骂两句都不知道键盘该怎么敲了，只会盯着电脑发呆。"

齐恒哈哈笑道："确实。他这心理素质确实脆弱得跟一碰就碎的玻璃一样。"

当初莫涵天在游戏里打排位赛遇上了江绍羽，战败后拉了一群人过来排队找江绍羽的麻烦，反而全被教育了一番，因此成了国家队"葫芦娃小分队"里的"大娃"，心态彻底崩溃了，在江绍羽突然组织的训练赛中表现稀烂，又被骂了一顿，双重打击之下，含着眼泪离开了训练室。

其实他的天赋并不差，上赛季顶级职业联赛的数据江绍羽也看过，莫涵天在全联盟狙击手中排行第二，仅次于齐恒的徒弟刘少洲。

他的击杀数非常多，肯定不是队友让出来的，因为狙击手这个位置很特殊，能不能打出击杀，靠的是瞬间开镜狙击的枪法精准度。对手又不是木桩原地站着不动让你瞄准，队友也不可能把人打倒后等你来补最后一枪。

狙击手打出的击杀，大部分情况下都是"一枪爆头"的瞬间击杀，反应不够快的话很难做到。

莫涵天的击杀数能在全联盟排第二，说明他还是有两把刷子的。

莫涵天本身实力还可以，加上长得挺帅，战队乐意捧他。他最大的问题是心态太差，输了比赛后很难调整情绪；而陆兴云，本身实力很一般，却自视甚高，靠队友的辅助来强捧他。

这两个人就如同，靠自己能考第一名、考不好就情绪崩溃哭鼻子的好学生，以及靠打小抄作弊考第一名、考不好就骂人的中等生。

所以，莫涵天虽然一开始就撞到了江绍羽的枪口上，但江绍羽并没有直接否定他，还是给了他机会。毕竟心理素质可以通过比赛慢慢磨炼。

江绍羽一边翻看秦博给他总结的资料，一边说："CIP战队是'单核'阵容，全队只有一个核心，围绕狙击手来打。我看他们去年联赛虽然只拿到了季军，莫涵天却成了'枪王形象大使'，这个头衔是CIP战队赞助国家队才争取到的吧？"

齐恒道："不仅是战队赞助，小莫还拿了上个赛季的最高人气奖。这个奖是纯靠网友评选出来的，拿过的选手不能再参加，所以叶子、小周、小刘这些人都没有参选，上一届是莫涵天跟陆兴云争第一，结果，莫涵天的人气小胜一筹，拿下了最高人气奖。这样一来，CIP战队就能光明正大地把他捧成'枪王形象大使'。"

江绍羽总算明白了前因后果。

把电子竞技搞得跟演艺圈一样，还网络票选什么最高人气奖？真是可笑。电竞选手不看成绩，看什么人气？怪不得像庞宇、司文辉这样长相普通的高手会没有机会。

齐恒继续说："这一届国家队，拼人气的话没人拼得过小裴，大主播的粉丝那才叫多。如果真的选形象大使，很大概率就是小裴。小裴不管是长相，还是性格，都挺适合当这个形象大使的。"

江绍羽摇了摇头，冷冷说道："国家队出去打比赛，又不是靠脸打，长得帅有什么用？小裴不会在意这些虚名的。比起什么'形象大使'，他更希望拿到世界大赛的 MVP 选手。这种浮夸宣传，还是免了吧。"

齐恒和俞明湘对视一眼，每一届国家队都有形象大使，这一届直接免了？看来，那些战队想靠赞助捧选手的策略是彻底行不通了。

半小时后，车子停在 CIP 战队的门口。现在是下午四点，战队的训练时间，齐恒故技重施，带着江绍羽三人直接进了经理办公室，CIP 战队的陈经理正在打电话，看见齐恒后，立刻笑眯眯地请他坐下。

齐恒让他把队里的教练们请过来，陈经理也照做了，他好奇地问："齐主席，这是联盟在常规赛期间查纪律吗？您放心，我们战队的所有选手，都严格遵守联盟规章制度，没有人犯错，最近可老实了！"他回头一看，发现齐恒身后还跟着几个人。

俞明湘？国家队的领队跑来这里做什么！她的旁边还有一个戴着眼镜的斯文青年，以及一位皮肤很白、神色清冷的年轻人……这些人都是谁啊？

陈经理心中疑惑，正想问齐恒这几位陌生人是谁，就见教练和数据分析师飞快地来到了办公室。齐恒这才微笑着说："给大家介绍一下，这位是国家队的江教练，还有工程师秦博，领队俞明湘。"

众人齐齐瞪大眼睛。

江教练？那位传说中的 Wing 神？

陈经理满脸堆笑，热情地伸出手："原来是国家队的教练组大驾光临！怎么不提前通知一声，我好派人去接你们！"说罢就看向身旁助理，"快打电话给西苑餐厅，订个贵宾包间，请几位领导吃个饭……"

江绍羽答道："不用麻烦，我们来贵战队，不是来吃饭的。"他目光扫过全场，"麻烦各位在这里稍等，我跟齐主席去训练室看看。"

齐恒皮笑肉不笑地说："突击检查，懂吧？可别想着通风报信啊。"

说罢，两人就一前一后走出了会议室。

俞明湘和秦博如同看守犯人一样守着他们，秦博还光明正大地把信号屏蔽器放在了桌子中间，并朝数据分析师说："你好，江教练想带走 CIP 战队平时的训练数据和考勤表，便于综合评价每一位选手，还请您配合一下。"

数据分析师一脸茫然地打开电脑，任凭秦博把资料全都复制了下来。

江绍羽和齐恒一起来到训练室。

今天 CIP 战队没有安排训练赛。他们下周六才会遇到常规赛的第一位对手BM 战队，时间还很充裕。选手们在各自练习，江绍羽通过后门的玻璃窗，可以清楚地看见大家打开训练软件，在机械化地做精准射击、闪避走位等日常训练。

日常训练也是电竞选手必须要完成的，用来保持操作和反应速度。当年在ACE 战队的时候江绍羽就很重视基础训练，选手们每天都要按时完成练习。

江绍羽目光扫过训练室，很快就找到了坐在角落里的莫涵天。

跟周围的队员在"射击训练场"打靶子不同，莫涵天的电脑界面开着游戏，游戏界面是五颜六色的按钮和一大堆不认识的 H 国文字，江绍羽眯着眼仔细一看，问道："他在 H 国区服务器打排位赛？"

齐恒也凑过去仔细看了看，说："好像是，他不用日常训练吗？一个人去打排位赛？"

江绍羽没有多说，转身走进隔壁的小训练室。

由于选手训练期间都戴着隔音耳机，大家并没有注意到门外有人，也没听见隔壁训练室的门被推开的声音。江绍羽在小训练室里找了个位置坐下，齐恒则去办公室把 CIP 战队的主教练叫了过来。

林教练满头大汗地跑过来，战战兢兢地问："江、江教练，您找我？"

江绍羽答道："嗯。你们有管理员账号吧？我想看看选手们的训练情况。"

林教练忙说："有的。"

"麻烦登录一下账号。"

管理员账号每个战队都会有，用于监控选手们的日常训练情况，可以随意进入任何一个选手的电脑，如果某些选手在训练时间偷偷做与训练无关的事，就会被逮住。

CIP 战队的管理员账号叫"CIP-01"，登录之后，电脑里出现了如同监控室一样的四排小方格，每一个小方格都代表着一位选手的电脑，能清楚地看见电脑画面。

江绍羽一眼就看到左下角某个小方格，有一位选手正在偷偷看小说，章节标题是"星际机甲大赛"。那位选手左边开着训练窗口，右边开着小说窗口，正看得津津有味。

主教练气得想骂人。

你什么时候偷懒不好，偏偏国家队教练来检查的时候偷懒？

江绍羽没有理会这个偷偷看小说的选手，直接放大了莫涵天的电脑画面。

此时，莫涵天刚开始一局排位赛，只见他打开一个翻译软件，然后输入一行字"我玩狙击手，谢谢"，按下翻译键，一行H国文字跳了出来，莫涵天飞快地把这行字复制粘贴到聊天框里发出去。

齐恒看得想笑："这家伙是带着翻译软件勇闯H国区服务器呢？"

江绍羽回头问教练："他不用进行基础训练吗？"

林教练说："当然要的，我们战队要求每个选手每天都要完成三小时的基础训练，但时间可以自由安排，训练软件会自动统计数据，谁没完成都能看得到。小莫大概是在其他时间完成了。"

江绍羽道："给我看看。"

主教练打开统计软件。这个软件将每名队员每周的训练时长统计得非常清楚，其他的队员几乎都是整整齐齐的三小时训练时间，但莫涵天在"射击训练"这一项，每天会花费两个小时，"走位训练"花费两个小时，加起来共四个小时。也就是说，战队要求三小时的基础训练时长，他每天给自己加了一个小时，超额完成了任务。

看来，被江绍羽骂完之后，他默默增加了基础训练的时间。

江绍羽略感欣慰，切回莫涵天的游戏视角。

这一场比赛匹配到的队友和对手接近3000分段，跟寒假期间江绍羽和裴封组队去H国区服务器打排位赛的水平差不多，很容易遇上H国职业选手。

这一局随机得到的地图是"幽灵古堡"。莫涵天飞快地跑去中路架枪守住制高点，江绍羽用旁观视角观察他的操作。敌方有两个人从雕像背后冒头，在瞄准镜中出现对方人头的那一瞬间，莫涵天果断开枪——

砰！砰！

清脆的枪声响起，屏幕上弹出代表"一枪爆头"的红色骷髅图标。

"DSR-天启"是莫涵天最爱的狙击枪。这把枪在他手里的命中率非常高，莫涵天左右开弓连射两枪，直接击杀了敌方冲锋员和突击手！

屏幕上弹出一行 H 国文字，应该是队友在夸他。

莫涵天打得很顺，发现敌方侦察员绕过来偷袭，他立刻从雕像跳下去，丢下一颗烟雾弹快速离开，跑到远处后回头又是两枪射击，阻断对手的追击。

他的队友水平也不错，迅速解决掉了敌方侦察员。

接下来的几局莫涵天打得也很顺，看得出他的基本功还是不错的，枪法非常准。

一场比赛打完后，屏幕右下角弹出好友申请，莫涵天按了通过键，对方很快发来一大串消息，长串的 H 国文字莫涵天看不懂，就将这些 H 国文字复制到翻译软件里面，转换成中文。

你好，我是 H 国 TQ 战队的星探，你打游戏很厉害，有没有兴趣当职业选手？我们战队的待遇非常好，你可以来试训看看哦。

莫涵天在翻译器里打下一行字。

你好，我是来自未来的智能机器人 M007 号，很抱歉，我的程序无法理解您的意思。我即将开始下一局游戏，再见了，人类。

他将这行字翻译成 H 国文字后发了过去。

对方一头雾水。

这是哪来的精神病患者？

电脑前的齐恒忍不住笑出声："哈哈哈，智能机器人莫涵天。"

江绍羽的嘴角轻轻一抬，这位"大娃"不但心态脆弱，怎么还有点搞笑天赋呢？

莫涵天在 H 国区服务器打了这么长时间排位，已经打到 3000 分段，由于战绩亮眼，经常会遇到职业战队的星探。

他不方便说自己是华国的职业选手，所以就胡编乱造，说自己是来自未来的智能机器人，H 国那边的好几个战队的星探都以为他脑子有病，就没再继续跟他聊。

TQ 战队的星探眼睁睁看着好友列表里的"M007"开始了新一轮排位赛，忍不住说道："这人要么是精神病，要么就是哪个战队的职业选手的小号吧？"

他将这局比赛的录像发给 TQ 战队的主教练，主教练迅速看了一遍比赛录像，说道："他的反应速度和枪法精准度，一看就是职业选手的水平，应该是哪个战队的职业选手在开小号练习，先继续关注。"

此时，莫涵天已经飞快地开始了下一局。由于他的胜率太高，这局他匹配到的队友当中，有一个江绍羽非常熟悉的名字"winner02"。

这不是裴封在 H 国区服务器的账号吗？和他一起打排位赛的还有一个叫"chenchen"，应该是舒辰。

江绍羽想到自己前几天对裴封的叮嘱："师父不在的时候，你要是有空就带辰辰打排位赛。"

他想让裴封尽快帮舒辰适应国家队的环境，重新建立起信心。

下午这个时间点，裴封如果不看录像，确实是闲着，正好有时间跟舒辰打排位赛，由于在华国区服务器很容易被粉丝认出来，他便带着舒辰去了 H 国区服务器。

也就是说，莫涵天、裴封和舒辰居然凑巧匹配到了一起！

敌方的人实力肯定不会弱，大概率也有职业选手。

莫涵天在队伍的聊天框里粘贴过去一行 H 国文字。

M007：我玩狙击手，谢谢。

裴封懂 H 国语言，也回复了一行 H 国文字。

Winner002：兄弟，我玩狙击手，谢谢。

莫涵天以为他是 H 国人，继续给他发翻译好的 H 国文字。

M007：我只会玩狙击手，其他职业都不会啊，呜呜呜，哥哥你就让让我嘛……

看到这一幕，江绍羽的表情一言难尽。

旁边的林教练也一脸"孩子我救不了你了"的尴尬表情。

国家队训练室内，裴封轻笑一声，说道："这人装可爱小姑娘装得一点都不像，估计是个大叔。"

舒辰小声问道："那你让狙击手给他吗？"

裴封无所谓地耸了耸肩，取消了原本选择好的狙击手位置。

M007：哥哥你真好，谢谢哥哥！

另外两个队友分别选了冲锋员和突击手，裴封就选了侦察员。

裴封一边飞快地更换武器，一边问道："辰哥，你待会儿跟着我，还是跟着狙击手？"

舒辰道："我先跟着狙击手吧，要是他打得不好，我就去找你。"

裴封点点头："好的。"

两人迅速选好了武器。

莫涵天也飞快地换好了武器，他的主武器依旧是他最爱的"DSR- 天启"，副武器是"M200- 星河"，第三个武器带的是烟雾弹。

他这个带法跟裴封玩狙击手时的风格不太一样。裴封是一把轻型狙击枪加一把重型狙击枪，灵活切换，可以打移动战，也可以守在制高点将敌人逐个狙杀。

莫涵天带的"DSR"虽然不太适合移动战，换子弹的速度比较慢，但命中率更高，很适合远程精准狙杀；"M200"是一把手动狙击枪，火力非常凶猛，可携带两个弹匣共十四发子弹，适合拦截远距离目标。一把枪用来狙杀，一把枪用来拦截敌人，打起来也会非常灵活。

3000以上分段的排位赛当中，比赛模式和比赛地图都是随机出现的，"无尽血战"、"生死爆破"、"极限对决"三种模式出现的概率一样。

裴封怎么也不会想到，师父去考察CIP战队，居然还能远程看他打一局比赛。

莫涵天也不知道，此时他的偶像Wing神正在隔壁的训练室内用管理员账号旁观这一场比赛。

这一局随机得到的模式是比较简单的"无尽血战"，地图是经典的"摩天大楼"。

当初世界大赛小组赛华国队和M国队对决的那一场，莫涵天被M国队的狙击手在这张地图一枪爆头，心态就崩了，用了一整场比赛都没调整过来。

如今再次遇到这张图，江绍羽倒想看看莫涵天在心态稳定的情况下能打成什么样。

比赛一开始，莫涵天就飞快地潜入建筑群中，舒辰主动跟上了他，裴封则走向另一个方向。

莫涵天正好打开了对局面板，面板中出现了本场比赛的对手ID和武器信息。

江绍羽仔细一看，问道："对面的侦察员'KillerJ'，应该是金敏智的小号吧？"

齐恒点头答道："没错，金敏智在H国和国际服务器的账号都是这个名字。"

江绍羽问道："那KillerQ……难道是他哥哥金珉皓？"

齐恒若有所思道："有可能是这对兄弟在一起打排位赛，小莫的战绩和胜率都挺高的，一局遇到两个职业选手，也很正常。"

旁边，林教练早已满头大汗。

小莫啊，国家队教练在这里看着呢，你刚刚一会儿说自己是智能机器人，一会儿又假装女生撒娇叫哥哥，简直像个精神分裂症患者。

遇到对面两位H国国家队的选手，你可千万别死得太惨啊！

金珉皓、金敏智，这两兄弟是H国TQ战队的一对王牌组合，也是上一届H国国家队的主力。他俩的风格非常鲜明，都是玩侦察员的，擅长近身战，是潜伏偷袭的高手。哥哥如同黑夜中蛰伏的杀手，很有耐心，喜欢守株待兔偷袭敌人，出手非常果断；弟弟则像四处游荡的幽灵，专门盯着敌人的后脑勺，时不时蹿出去给一枪，十分狡猾。

TQ 战队在 H 国顶级职业联赛的成绩一直很好，就是靠经典的"双侦察员"战术。他们的侦察员，不是只带刀去杀人，还会带非常灵活的手枪，靠双枪同时射击造成击杀，枪法精准。

齐恒道："这局好看了。"

江绍羽道："嗯，看看小莫能活多久。"

"摩天大楼"的狙击点非常多，世界大赛时，莫涵天曾在地图正中间的狙击点被 M 国队的狙击手瞬间击杀，此后他似乎对这个位置留下了心理阴影，再也不去这个点了。他飞快地转身到左下角找到另一个狙击点，迅速爬上楼，架起枪观察周围。

此时，裴封已经潜入建筑群中。

裴封经常在 H 国区服务器训练，也认出了 H 国队的这对兄弟。面对他们，最好先找到一个侦察员，否则，我方远程职业会被两个侦察员左右夹击，哪怕有辰辰的保护，也很大概率会输。如果找不到敌方侦察员，先击杀敌方狙击手也可以。

他在一个岔路口停了下来，没过多久，就听见附近响起脚步声。

裴封出手非常果断，手中枪栓一拉，对手过来的那一瞬间他立刻开枪——

砰砰！

可惜对方闪得快，这两枪只打掉一半的血量，没能直接造成击杀。

莫涵天听见左前方响起的枪声，立刻调转枪管将瞄准镜对准那边，果然看见我方侦察员和敌方玩家交火，但对方只受了伤，并没有死，从建筑的另一面绕了过来。

莫涵天开着八倍瞄准镜，看得清清楚楚。那个受伤的敌方玩家刚冒头，他立刻扣动扳机——

砰！

"M007"使用"DSR - 天启"一枪爆头击杀了"SS333"！

裴封喊了声："干得漂亮！这个狙击手还行，这一枪补得到位。"

舒辰道："嗯，我继续跟着他。"

裴封说道："让他撤吧，他暴露位置了。"

舒辰在对局内发出撤退信号。

莫涵天看见信号，他发现己方医疗兵从开局就一直跟着自己，看来这也是个水平不错的玩家，知道保护狙击手。莫涵天果断从高楼跳下来，跟医疗兵一起转移。

舒辰扛着防弹光板飞快走位，莫涵天跟在他的身后。敌方狙击手果然朝着舒辰来了一枪，子弹射中防弹光板，传来刺耳的金属摩擦声，裴封眯了眯眼，立刻绕路去找敌方狙击手。

而此时，H国的兄弟两人已经悄无声息地朝这边包抄了过来。

哥哥金珉皓锁定了莫涵天的位置，做了个标记，切换出手枪耐心地在拐角处等待，弟弟金敏智则从另一边绕过来，手里拿着双枪，然后朝莫涵天扔过来一发烟雾弹。

莫涵天心下一惊，知道自己暴露了位置，敌方侦察员找过来了，他急忙朝着烟雾弹的方向连射两枪，想阻断对面追击的节奏。然而，他顾着防守右边，却不知左边也藏着一个侦察员。

就在他朝右边开枪的那一刻，身后同时响起清脆的枪声——

砰砰！

拿着"沙鹰"的金珉皓瞬间将莫涵天一枪爆头！

江绍羽看到这里，也发现了H国这对兄弟的厉害之处。他们一左一右包抄，你不可能同时顾得上两边，很容易被二打一迅速击杀。他俩一直这样交叉走位，出手速度又快，转眼间就能将对手全部杀光。

好在莫涵天的旁边有舒辰。

舒辰的站位非常巧妙，他跟莫涵天保持着两米左右距离，可以互相策应，但他没有和莫涵天站在一条直线上，而是利用建筑拐角作为掩体隐藏了自己的位置。对面能看到莫涵天，却看不到他。

莫涵天被击杀后，舒辰立刻竖起防弹光板，将他复活。

莫涵天知道医疗兵一直跟着自己，肯定会救他，所以在站起来的那一瞬间，他以条件反射一样的速度打开瞄准镜，开枪狙杀。

砰！子弹呼啸而过，瞬间穿透了金珉皓的脑门！

一枪爆头！

可就在这时，右侧烟雾散去，藏在那里的金敏智也过来了，他手里拿着双枪，飞快射击，又一次将莫涵天打倒在地。

舒辰这次没有救人，而是反手一枪——

"chenchen"使用"红十字双枪"一枪爆头击杀了"KillerJ"！

以为医疗兵只会救人？

不，这次他会先杀了对手，再救队友。

拐角处的舒辰开枪开得猝不及防，金敏智瞬间阵亡。莫涵天又一次被他复活，莫涵天激动地在聊天框发出一排"哥哥好厉害"的表情。

另一边，裴封绕到后面解决掉了敌方狙击手。第一局他们赢得还算顺利。

第二局，对面的H国兄弟改变策略，先杀医疗兵，舒辰阵亡后，莫涵天没人保护，虽然他杀掉了一名敌方玩家，但最后还是死在了金敏智的枪下。

第三局，裴封对舒辰说道："辰哥保护好狙击手，我去引走那两个侦察员。"

裴封故意当诱饵，直接冲到敌人正面，飞快地引走了H国两兄弟，莫涵天在远处狙击，先击杀了哥哥，紧接着又掩护裴封撤退，裴封回头解决了弟弟！

这一场比赛打得非常艰难，莫涵天连续被杀了好几次，但他很快发现，"winner02"和"chenchen"这两个人的水平非常高。如果不是医疗兵反复将他复活，他肯定打不过对面的两个侦察员。

他们三人莫名形成了配合，有惊无险地以3:2的比分赢下了比赛！

莫涵天一拍桌子，大叫："太棒了！"

接着他主动给那两个人发去了好友申请，用翻译软件写了条H国文字验证信息。

M007：哥哥带我一起玩吧。

系统提示："winner02"拒绝了你的好友申请。
系统提示："chenchen"未回应你的好友申请。

莫涵天给他们发了一堆"大哭"的表情。

江绍羽扬起嘴角，说："走吧，我们去看看伤心的'小公主'。"

隔壁训练室内，被拒绝好友申请的莫涵天也没在意，他加这两人只是觉得他们有职业选手的水平，多跟H国的职业选手打排位，自己的游戏水平也能得到提升。

不加就不加，我才不稀罕什么游戏好友！

他刚要进行下一局排位赛，就在这时，训练室的门被推开，林教练带着两个人走进来，拍了拍手，大声说道："大家暂停一下，这位是齐主席，这位是国家队的教练江绍羽，来我们战队视察！"

即便戴着隔音耳机，林教练声音够大，众人也齐齐停下动作，回过头。

莫涵天还以为自己听错了，立刻摘下耳机回头，然后对上了一双冷静的眼眸。

那双眼睛正盯着他看。

莫涵天只觉得脊背发凉。

Wing神什么时候来的啊！

CIP战队除了莫涵天，其他人都是第一次见到传说中的国家队主教练。众人纷纷站起来打招呼，只有莫涵天呆呆地坐在那里如同一尊雕像。

旁边的队友轻轻拍了拍他的肩膀，他才回过神，慌忙站起来，低垂着脑袋尽量降低自己的存在感。

然而，江绍羽目光在众人脸上扫了一圈后，又一次定格在莫涵天的身上。

感受到对方的视线，莫涵天的头皮如同被电棒敲了一下，全身发麻。他忍不住想到当初在国家队，江教练第一次见到他时叫他"葫芦娃"的场景，然后他在游戏里被江绍羽打得失去信心，紧跟着就是突如其来的训练赛和检讨书。

今天江教练又盯着他看，难道他又犯了什么错吗？莫涵天紧张地攥住手指。

就在这时，江绍羽突然开口问道："谁是宋明？"

莫涵天旁边的少年立刻清脆地应了声："江教练，是我！"

江绍羽问："周帅跟反派决斗，最后赢了还是输了？"

宋明下意识地答道："当然赢了。"说完后，少年的脸色蓦地一变，脑袋快要垂到胸口——周帅，这不是他刚才看的那本小说的男主角吗？江教练怎么知道他在看小说？他只是偷偷瞄了一眼，不到五分钟！

江绍羽道："训练时间看小说？是不是觉得自己也会变成小说男主角，打遍全世界，登顶世界冠军？多看点小说，就能增加你的实力？"

被批评的少年面红耳赤，垂着头答道："我、我错了……"

江绍羽语重心长地说道："多花点心思在训练上，别动不动就偷懒，你还能在比赛场上偷懒不成？"

宋明忙说："我知道错了，我以后再也不敢了……"

江绍羽没再理他，看向莫涵天："莫涵天，知道我什么时候来的吗？"

被点名的莫涵天立刻端正站好，结结巴巴地说："不、不知道。"

江绍羽道："就在你打排位赛，说你是来自未来的智能机器人的时候。"

莫涵天面露尴尬。

　　周围响起一阵窃笑，又都硬生生忍住了。队友们没有想到莫涵天居然会说这么好笑的话，还被江教练逮了个正着。

　　江绍羽看着他问："这位机器人，你的程序能理解人类的语言吗？"

　　莫涵天面红耳赤，恨不得用脚趾抠出一座城堡把自己给埋掉！为什么每次他都会当着江教练的面做傻事啊！上次是"葫芦娃"，这次是"智能机器人"！他为什么就不能在偶像的面前表现得稍微正常一点？

　　江绍羽看着他问："听不懂？要不要插上电源重启一下？"

　　莫涵天的脸红得快要滴血，答道："听、听得懂。"

　　齐恒快要笑出眼泪了，在旁边轻咳一声才拼命忍住。江绍羽倒是神色冷静，缓缓走到莫涵天面前，问道："第二场比赛遇到的'KillerJ'和'KillerQ'，知道是谁吗？"

　　莫涵天一想到第二场比赛也被江教练旁观了，心态更加崩溃，他发出的那些"呜呜呜哥哥让让我嘛，我只会狙击手"还有"哥哥带我一起玩"岂不是全被江教练看到了啊！

　　莫涵天的脑袋已经垂到胸口，声若蚊蝇："好像是H国的金、金什么兄弟。"

　　江绍羽道："金敏智和金珉皓，上一届世界大赛的时候你没见过他们吗？你连对手的名字都记不住，怪不得世界大赛打得那么烂。"

　　莫涵天的脑子"嗡"的一声，想起世界大赛被M国队击溃的那一场，他的眼眶不由得微微泛红。"怪不得世界大赛打得这么烂"这句话如同一把锋利的刀，直直插在他心底最脆弱的地方！

　　江绍羽继续说："刚才那局，左边有烟雾弹爆炸，你就去打左边，把自己的后脑勺暴露在对方的眼皮底下，不知道在被对面两人包夹的时候应该立刻撤回1号狙击点吗？怎么，M国队的狙击手在1号点杀过你，那里就成了你的禁地，你永远不会再过去了是不是？要不要立个碑说'莫涵天卒于此地'然后每年给你烧点纸？输了一局，这张地图就变成你的心结，你就这么脆弱？"

　　莫涵天死死咬着嘴唇，眼泪不断在眼眶里打转。

　　上次在国家队，有"葫芦娃小分队"的一群人给他作伴，江教练把所有人都骂了一顿，他还不算特别难受。可是今天，江教练亲自来到CIP战队，当着这么多队友的面，将他说得毫无是处，他的心在这一刻几乎碎成了玻璃碴。

　　江绍羽看向红着眼眶的少年，其实刚才那局莫涵天打得还可以，毕竟对手是世界级的侦察员，两人一左一右包夹进攻，大部分选手都逃不掉。莫涵天被医疗兵救起来后立刻反杀掉其中一人，反应已经够快了。

　　江绍羽只是故意这么说。莫涵天最大的毛病就是心理素质太差。在心态稳定的情况下他的实力并不比那些顶尖选手差，可一旦心态崩溃了，打得还不如低分段的普通玩家，比赛都能发呆梦游！

　　江绍羽就是要故意把莫涵天的"玻璃心"给击碎，然后看看这家伙能不能在心态崩溃的情况下有所长进。比赛崩溃一次两次还可以给你机会，次次比赛没打好都崩溃，难道要让所有队友和对手都捧着你吗？

　　周围鸦雀无声。莫涵天的肩膀轻轻抽动，脑袋低至胸口，强忍着眼泪。

　　江绍羽淡淡说道："哭了？比赛的时候输一局你就哭，对手可不会心疼你、让着你，他们只会杀得更凶！收拾好情绪，打一场训练赛给我看看。"

　　莫涵天脑子都是蒙的，他伸出手胡乱擦了擦眼泪，如同雕像一样僵硬地转身坐回电脑前。

　　林教练在旁边脊背发凉，他们平时对莫涵天的态度都是哄着、捧着，毕竟这家伙有颗"玻璃心"，他们为了能让莫涵天保持好的状态，事事都会顺着这孩子。没想到，江绍羽直接反其道而行，劈头盖脸当着这么多人的面，把莫涵天一顿训，训得他眼泪汪汪。

　　莫涵天登录游戏，眼前的画面都是模糊的，脑子更是乱成一团。为什么他会这么倒霉，每次都撞到江教练的枪口上，每次都逮住了训一顿？

　　他明明这段时间已经很努力了啊！每天都比别人多训练一个小时，去 H 国区服务器打排位赛打到 3000 分段，训练到凌晨三点钟才睡觉，眼睛下面都挂着一对黑眼圈。

　　可江教练对他还是不满意。他就这么差劲吗？

　　莫涵天红着眼眶按下了准备键，握住鼠标的手都在发抖。

　　江绍羽冷漠的声音从旁边传来："比赛模式：'极限对决'，地图：'摩天大楼'。"又是摩天大楼！

　　非要跟这张地图过不去吗？

　　江绍羽道："莫涵天，从哪跌倒，就从哪爬起来。听见了吗？"

　　莫涵天哽咽着道："听、听见了。"

　　江绍羽转身坐下来，登录管理员账号，进入旁观视角，对他说："开始吧。"

　　一队由 CIP 战队的主力选手组成，围绕着狙击手莫涵天组织战术；二队队员大多是替补。大部分战队平时的训练赛也是这么打的。正常情况下，主力的实力会比替补要强一些，但是今天，莫涵天被骂了一顿，恐怕又要出现心态崩溃的问题，一队能不能赢下二队还真不好说。

林教练都惊呆了。

训完人不给调整的时间，直接打训练赛？这位江教练真是比传说中的还要可怕！

"极限对决"模式需要计算弹药数量，子弹用一颗少一颗，最终先打出五十次击杀的一方获胜，所以需要选手保持绝对的冷静。莫涵天鼻子一抽一抽的，但随着地图的载入，他也渐渐冷静下来。

如果他还是像以前那样，被训一顿就梦游发呆，他在江教练心里的形象就再也没法挽回了，他就永远没有进国家队的可能了，他这段时间的辛苦努力也全部打了水漂！

他不甘心！

不行，他要让江教练看到他的努力，看到他并不是那么差劲！虽然他在这张地图输给过 M 国队，但他不会一直输！

是的，从哪跌倒就从哪爬起来。

被训一顿又怎么了，至少江教练还记得他的名字！

莫涵天深吸口气，将眼泪全部逼了回去，红着眼睛死死盯着小地图，右手攥紧鼠标，飞快地做出指示："我在 3 号狙击点架枪，侦察员去吸引敌方注意力，医疗兵跟着我。"

队友们都有些惊讶，莫涵天的声音虽然带着明显的哽咽，听上去委委屈屈的，但指令下达得还算清晰，看来这次是调整过来了，不会影响发挥。

众人当然也想在国家队教练的面前好好表现，听见指令后立刻散开走位，互相配合着突进。

很快，左前方传来枪声，队友发出"发现敌人"的信号。

莫涵天急忙打开狙击镜——

砰！

一声枪响，血红色的"一枪爆头"图标出现在屏幕上。

击杀敌方一人后，莫涵天立刻跳下狙击点，往侧面移动。

3 号点的旁边就是 1 号点，熟悉的建筑让莫涵天心底微微一寒。就是在这个位置，他当着全世界观众的面刚爬上建筑物，就被 M 国队的狙击手瞬间击杀，而且还是连续被杀了两次。

就仿佛，他是一个迫不及待爬上去送死的蠢货。

莫涵天的手微微发抖，但他还是硬着头皮爬了上去，因为这个狙击点是此刻最好的防守位置，对面如果来包夹他，他可以同时守住左、右两侧的小巷路口，如同卡住对方的咽喉要道。但同时，这个点也非常危险，对面的狙击手可以看到他，他如果反应不够快，会被瞬间狙杀！

刚想到这里，一发子弹破空而至，莫涵天下意识地闪身躲避，那子弹几乎擦着他的头皮飞了过去！紧跟着，左侧传来脚步声，莫涵天条件反射般听声辨位，扣动扳机，一枪狙死了绕过来想要偷袭他的敌方侦察员！

他瞪大眼睛盯着电脑屏幕，心脏微微发抖，生怕自己反应变慢。好在同队的侦察员很快解决掉了敌方狙击手，这一次他们最终以牺牲两名队友的代价击杀了敌方五人，大赚特赚。

莫涵天声音哽咽："去包抄 A 点！"

"极限对决"模式下，玩家死亡后会立刻复活，"摩天大楼"这张图上的复活点有四个，玩家可以自由选择，这就让战术产生了很多变化。有可能上一场团战你团灭了对手，下一次，对手突然在另一个地点复活，就能迅速绕后将你们包围并击杀。

这一次莫涵天他们运气不错，二队正好选在 A 点复活，双方在复活点一番激战，莫涵天击杀了敌方两个人。

二队选择从另一个复活点卷土重来，专门针对莫涵天，将他击杀，这才中断了莫涵天的攻势。

莫涵天复活后，继续扛着枪冲过去，找了个狙击点架枪观察。

江绍羽看到这一幕，脸上没什么表情，心底却很是惊喜。

莫涵天虽然指挥的时候带着哭腔，眼眶红红的，脸上的眼泪都没擦干净，一副委屈的可怜样子，但随机应变的能力和遇到危险的反应速度，跟之前相比确实有了很大的提升。

上回在国家队被训了一顿后，他一进比赛地图就开始发呆，仿佛大脑已经停止运转了。

这次被训后，他居然能忍着眼泪继续比赛。

一队的配合渐渐默契了起来，他们牢牢掌握住了比赛的节奏。二队组织了几次反攻，都被莫涵天狙杀关键队员从而成功化解。

最终，一队率先打出五十次击杀，赢得了本场"极限对决"的胜利。

江绍羽故意选"极限对决"模式是因为在这种模式下，一旦开局时陷入劣势，选手如果不能尽快调整心态，双方的差距就会像滚雪球一样越滚越大。这种长时间的激烈交锋，也很考验选手的心理素质。

莫涵天这次的表现没有让江绍羽失望。

　　比赛结束，莫涵天依旧低着头，他不知道江教练会不会又挑毛病骂他。没想到江绍羽却走到他旁边，轻轻拍了拍他的肩膀，说道："打得还行，有点进步。"

　　莫涵天一愣，不敢相信地回头看向江绍羽。

　　江绍羽鼓励道："继续努力吧。这一届国家队，狙击手的竞争很激烈。"

　　莫涵天一脸茫然，但很快，他就双眼一亮——江教练的意思是，他可以参加国家队狙击手的选拔对吗？江教练没有否决他，他还有机会是不是！

　　莫涵天激动得声音发颤："谢、谢谢江教练！我一定会努力的！"

　　江绍羽的唇角微微扬了一下，看着面前眼眶红红的小家伙，倒觉得有些可爱。

　　犯错没关系，谁都有可能犯错，知错能改就是好孩子。希望莫涵天能吸取教训，努力调整好心态，继续提升自己的竞技水平。

　　这次巡查 CIP 战队，看见莫涵天努力训练，进步如此之大，算是意外的惊喜。

　　看完训练赛，正好到了晚饭时间，CIP 战队的经理十分热情地请国家队的各位吃饭，本来还想着饭局上私下聊聊这一届赞助的事，看看能不能多争取到一个名额，结果江绍羽很客气地说："不用了，我们回去吃。"

　　他带着同伴非常干脆地走了，留下面面相觑的战队经理和教练组。

　　饭都不吃？这位江教练可真是雷厉风行啊！

　　莫涵天脸上挂着两条泪痕，站在窗边默默目送偶像远去。

　　上次在国家队见到 Wing 神的时候他本来还激动地想要一份偶像签名，结果被 Wing 神劈头盖脸一顿训，就不敢要了。这次他又被训了一顿，好在最后 Wing 神也表扬了他一句"有进步"。莫涵天心情复杂，要签名的话最终还是没敢说出口。

　　算了，他现在也不好意思说 Wing 神是他的偶像。如果他能入选国家队，到时候再厚着脸皮要一份签名？毕竟 Wing 神也是他选择玩狙击手的原因。

　　莫涵天吸了吸鼻子，伸出手揉揉酸涩的眼睛，迅速把眼泪擦干净。他一个男生居然当着这么多人的面哭了……他真是没脸见人了！

　　周围的队友都在看他，莫涵天回过头，凶巴巴地说道："今天的事不许说出去，听见没有！"

　　队友们一边偷笑一边敷衍道："听见了莫哥。"

　　有人及时提醒："莫哥放心，你被训哭的事我们绝对不会说出去，我们莫哥不要面子的吗？"

"就是，小莫好歹是个男生。一边哭一边打比赛这种事就算说出去也不会有人信的。"

莫涵天耳根通红，飞快地转身跑了。

旁边有人偷偷议论："又是'机器人'又是'小公主'的，我刚才一直在忍着没敢笑。"

"嘘，小声点，被他听见，他又要心态崩溃了。"

回到宿舍后，莫涵天看着镜子里眼睛红肿的自己，心里更加不好意思，急忙用冷水洗了把脸。他这个"玻璃心"的毛病从小就有，小时候被爸妈骂两句也很容易哭，或许是传说中的泪腺发达？以后他要尽量忍着别掉眼泪，不然要是入选了国家队，去世界大赛也哭着打比赛，那他就……全球成名了！

洗完脸后，莫涵天拿起手机，给好朋友时小彬发去条消息。

莫涵天：晚上继续一起打排位赛吗，去 H 国区服务器。

时小彬：好的莫哥，八点见！

此时，江绍羽一行人正在酒店附近吃饭。

齐恒笑道："阿羽，你今天是故意把小莫训哭的吧？"

江绍羽点头道："嗯。上一届世界大赛打 M 国队的那一场给莫涵天留下了心理阴影。我发现，他在打'摩天大楼'这张地图的时候总是绕过1号狙击点。不管你在一张地图输了多少次，职业选手都不能有心结，以后比赛再遇到这张地图时如果产生了不好的联想，会影响对比赛的判断。"

俞明湘解释道："那场比赛后小莫被嘲笑上热搜，网友们说得很难听，说他是'枪王劝退大使'、'联盟头号花瓶'，中看不中用。还有人说他是 M 国队派来的卧底，开局就连续被击杀两次……他出道以来一直挺顺的，第一次被这么多人嘲笑，留下了心理阴影，所以看到这张地图和熟悉的死亡地点，才会下意识地绕过去吧。"

莫涵天年龄小，在这张地图输得很惨，又被那么多人嘲讽，留下心结也可以理解。只不过他很有天赋，江绍羽希望他能成为真正优秀的职业选手，所以才会想办法解开他的心结。从哪跌倒，就从哪爬起来，只有这样，莫涵天以后再次面对"摩天大楼"这张图才不会掉链子。

齐恒感叹道："不知道小莫能不能理解你的苦心，如果你不重视他，根本就不会把他单独拎出来训话，还为他量身定制训练赛，治好他的心病。你这也算是对症下了一剂猛药。"

江绍羽道："他不笨，应该能懂我的意思。他这段时间进步很快，希望下次再见他能让我刮目相看。"

秦博推了推眼镜，认真分析道："这届国家队的狙击手竞争很激烈啊。现在能争夺狙击手名额的选手已经有五个人了吧？ BM 战队的队长刘少洲、新星杯冠军裴封和亚军归思扬，还有 TNG 战队的庞宇，再加上 CIP 战队的莫涵天。"

裴封不占狙击手的名额，江绍羽想让裴封当自由人。

不过，这个决定他现在不会跟任何人透露，包括裴封。他对裴封说的也是"不要松懈，师父不一定会选你进国家队"，这样才能让所有人都保持危机感，努力提升自己。

明面上看，秦博说得没错，有实力竞争狙击手的确实是这五个人。

刘少洲出问题的可能性很小，他是齐恒亲自带出来的徒弟，BM 战队的队长，比赛经验丰富，心态稳定，他应该是稳进国家队的。所以，理论上来说，狙击手只剩下一个名额，从莫涵天、归思扬和庞宇之间选一个。

这三个人各有特色。

莫涵天虽然心态很差，但天赋很高，反应也很快，前途无量；归思扬是这一届最强的青训生，从新星杯打进国家队青训营，目标明确，思路清晰，小小年纪有如此魄力确实很难得；庞宇在 TNG 战队被埋没了多年，他其实实力很强，有耐心，还有指挥能力。

这三个选手江绍羽都挺喜欢，但没办法，最终只能选一个进国家队，身为教练也难以取舍，他只能将结果交给客观公平的选拔赛。

江绍羽道："我会给他们公平竞争的机会，谁能把握住，谁就进国家队。"

吃过饭后，俞明湘带大家去了高铁站，返回帝都电竞园区。

今天是三月七日，常规赛第一周的比赛已经结束，第二周的比赛很快就要开始，江绍羽要巡查，只能挑没有安排比赛的战队。

时间还长，他并不急。

回到国家队的时候已经晚上九点了，江绍羽看见两个少年拖着行李箱一起往基地走，正是新星杯的亚军归思扬和季军花然。他俩不知道是约好的还是巧合，一起来国家队报到。

江绍羽让司机停车，摇下车窗道："你们来报到了？"

花然看到江绍羽，立刻笑容满面地说："江教练，我的休学手续已经批下来了，学校没有为难我，我们教导主任还说，让我来国家队加油训练，争取拿个奖回去，给学校争光！"

归思扬站在旁边，十分礼貌地说："江教练好，我是跟花花在门口遇到的。我乘坐的航班延误了，也是刚到。"

江绍羽指向左前方的大楼说："那边就是宿舍楼，不远，你们走过去吧，让俞姐给你们安排住宿。"

两人齐声答道："好的！"

车子开到宿舍楼下，江绍羽下车等待了片刻，两个少年也拉着行李过来了。

俞明湘说："每层楼有五个房间，房号从0到4。最顶层的四楼目前已经住满了，三楼的301和304有人住，一楼和二楼都空着，你们可以自己选宿舍。"

花然一脸兴奋："这么好？居然可以自由选择！"他们当初在学校的时候宿舍都是分配好的，这里居然能自己选？国家队果然是天堂！

花然想了想，说："304有人是吧？那我能住303吗？嘿嘿，303是我的幸运数字！"

俞明湘笑容温和："当然可以。"

归思扬说："那我住一楼吧，最右边那间。"

俞明湘很快将两个青训生安顿好。

江绍羽叮嘱："你们刚来国家队，今晚先好好休息，明天上午跟着俞姐四处熟悉一下环境，下午去找崔教练报到，做一些基础的日常训练。晚上我会过去，给你们安排接下来的训练任务。"

两人齐齐点头，应道："知道了江教练！"

江绍羽说："嗯，宿舍有新电脑，你们可以自由使用。还有什么需要，就找俞姐安排。"

归思扬去了一楼最右边的房间，花然则提着行李去了303。一进门他就在屋里转了一圈，激动地吹了个口哨，感慨道："这条件也太好了吧？一室一厅一厨一卫的大套间！"

他本来以为国家队的住宿是类似酒店那种，摆一张床，有个浴室、卫生间就行了。没想到真正的宿舍竟然是大套房，厨房里还有冰箱，客厅的沙发也收拾得非常干净。

花然兴奋地将行李拖进卧室，看着桌上崭新的电脑，打开试了试。

电脑开机后，桌面上出现了早就下载好了"枪王"的游戏客户端，花然坐下来，飞快地启动游戏。刚登录微信，便有几个大学同学在群里给他发消息。

同学甲：花花，你到国家队了吗？怎么样啊？

花花大少：太爽了，这里简直是天堂。

同学乙：真的吗？

花花大少：宿舍条件可好了，每个房间都配备最新款电脑，浴室二十四小时通热水，厨房还有冰箱、微波炉等一大堆电器。更关键的是，我们领队姐姐和主教练人都特别好，还亲自帮我安排宿舍，让我自己挑。

同学丙：花花，能不能帮我跟 Wing 神要个签名？

同学丁：我想要 Fred 的签名！

花然厚着脸皮发了一行字。

花花大少：你们怎么不找我要签名啊？我的签名不值钱吗？

同学甲：对啊！花花可是潜力股，说不定将来拿了冠军，签名就值钱了。

同学乙：我们可以开一家店，专门卖花花的签名，发家致富指日可待！

这些人全都是帝都大学城那边各大高校的学生，通过校友会、学校论坛等方式加入了花然创建的“铁血军团”游戏公会，平时群里就很是热闹。

花然因为要去国家队，将游戏公会的会长交给了一位师姐。但他并没有直接退群，他是公会创始人，要是去了国家队就退群，感觉像是在摆架子，不太好。

花然当下就开了个五人排位赛的房间，在群里吆喝。

花花大少：来，有没有人想一起玩？

立刻有人嚷嚷着让他带他们打游戏。他作为新星杯的季军，带 2000 分段的校友赢游戏对他来说非常轻松。

他们一直打到晚上十点左右，连赢五局游戏。花然心情愉悦地关掉电脑，就在这时，他听见走廊里传来脚步声，似乎是隔壁 304 的人回来了。

要不打个招呼吧，以后就是队友了！

花然主动打开门，笑容灿烂地伸出手：“你好，我叫花然，是新来的青训生。”

舒辰刚走到 303 门口，门突然开了，冒出来个染了紫色头发的脑袋，他吓得立刻停下脚步，全身僵硬。

花然看见对方这副“见鬼”的表情，困惑地挠了挠头，问道：“我有那么吓人吗？”

走廊里光线昏暗，舒辰定睛一看，这才认出面前这位长得很帅的紫发少年正是新星杯的季军，那个烟雾弹用樱花特效、手榴弹冒着七彩光的“花花大少”。

面对陌生人时的紧张局促让舒辰微微红了耳朵，结结巴巴地打招呼：“你、你好，我、我叫舒辰。”

花然主动握住舒辰的手说："辰哥，你好！以后就是邻居了，多多关照啊！"

舒辰全身冰凉，僵硬地抽回手，红着脸说："我、我先回宿舍了。"

花然笑着朝他挥手道："辰哥再见。"

花然明显是个自来熟，第一次见面就如此大方热情，可舒辰还是很不习惯跟陌生人说话以及身体接触，他靠在门边深吸一口气，这才缓解了心底的别扭。

他刚要转身去洗澡，就听外面突然响起敲门声。

舒辰打开门，就见花然面带微笑地站在门口，主动往他怀里塞了个塑料袋，热情地说道："辰哥，这是我从老家带来的特产，给你尝尝！是我妈亲手做的牛肉干，可好吃了。"

舒辰受宠若惊地接过来，忙不迭地道谢："……谢、谢谢。"

花然接着说道："对了，能借一点你的洗发水和沐浴露吗？我忘记带洗漱用品了，这会儿出去买，时间太晚不太方便了。"

舒辰强忍着心底的别扭，颤声道："好、好的，我去给你拿。"

花然站在门口，看着对方转身离开时僵硬的背影和通红的耳朵，他有些疑惑地挠了挠脑袋。这个叫舒辰的选手，怎么这么容易害羞呢？说句话都脸红。

旁边的 301 房间，刚回来的叶轻名听见走廊那边的动静，笑眯眯地打了个哈欠。

又有新人来了吗？看来，国家队要慢慢变得热闹起来了！

当晚，裴封回宿舍时，江绍羽正好没睡，他打开门叫道："小裴，等一下。"

裴封立刻停下脚步，看向对方问："怎么了师父？"

江绍羽带着裴封来到走廊的拐角处，师徒两人并肩而立，暖色的路灯透过窗户照进来，让江绍羽平日里严肃的神色莫名温和了许多。

他抬头看向裴封，问道："今天下午四点左右，你跟辰辰在 H 国区服务器打排位赛，对吧？"

裴封愣了愣："师父怎么知道？"

没记错的话师父今天去 CIP 战队巡查了，他怎么知道自己在做什么？难道师父还能远程监控他？

江绍羽道："很巧，我看见了。"

裴封疑惑地问道："师父是怎么看见的？"

江绍羽解释道："跟你们一起组队的那个狙击手'M007'，是 CIP 战队的莫涵天。我在 CIP 战队用管理员账号看他打了两局排位赛，正好看到了你跟辰辰的 ID。"

竟然这么巧？

裴封明白了前因后果，差点笑出来，说："那个'呜呜呜我只会狙击手，哥哥让让我嘛'的'M007'就是莫涵天？咳咳，原来他用翻译软件在发 H 国文字装可爱女生呢。"

江绍羽忽略了莫涵天装"小公主"的奇怪行为，认真问："你觉得他的水平怎么样？"

裴封也收起笑容，评价道："他反应挺快的。被 H 国那对兄弟左右包抄后，辰辰将他复活，他立刻反杀了一个，给我击杀敌方其他人争取了时间。"

江绍羽若有所思道："H 国那对兄弟呢？你觉得实力怎么样？"

裴封道："不太好对付，我以前也在排位赛遇到过他们，今天那两兄弟并没有认真去打，而且他俩匹配到的队友比较弱，如果他们有 H 国国家队的队友，我们那局大概率会输。"

江绍羽的想法跟裴封一致。其实那对兄弟真正厉害的打法，并不只是双侦察员的左右包夹，而是 H 国队全队神出鬼没的游击暗杀。

这对兄弟会故意制造出一对一单挑的局面，然后依靠自身过硬的走位技术和枪法，率先击杀敌方一名选手。如果两兄弟都能击杀敌方一人，那局面就会瞬间变成五打三的优势，对手几乎毫无胜算。更可怕的是，你根本不知道这对兄弟会出现在哪里。

靠侦察员偷袭来制造人数差距，是 H 国队惯用的手法。

江绍羽问："怎么破解？"

裴封仔细想了想，回答道："有两个办法，一是我们这边五人一起行动，把医疗兵围在中间保护好，不给他俩偷袭暗杀任何一个人的机会；另一个办法，可以让花花和叶哥两个前去干扰那两兄弟，去主动找他们，彻底扰乱他们的节奏。"

江绍羽欣慰地点了点头。他果然没有白教这个徒弟。当年每次赛后复盘，他都把裴封带在身边仔细分析战术。裴封的战术意识确实是最强的，总能跟江绍羽想到一起去。这样一来，以后的赛场上，至少华国队的指挥能稳住。不管遇到任何困局，裴封都能想办法去解决难题。

江绍羽看着裴封道："花然和归思扬今天都来国家队报到了。明天起，你带着花然和叶子去练'两动一静'的三角战术。这两个人风格特殊，很难配合，而且容易扰乱队友，需要你来指挥调度。"

师父的信任让裴封心里一暖，他点了点头，微笑着说："师父放心，我一定完成任务。"

次日早，花然和归思扬跟着俞明湘在国家队基地转了一圈，熟悉环境，也正式跟国家队签了青训生的合同。

国家队青训生的合同条件还不错，有固定年薪可以拿，跟各大战队的青训生薪资差不多。虽然比起一线选手还差很远，可对这些少年们来说，他们对薪资没有那么高的要求，吃、住都在基地，也花不了多少钱，这笔年薪足够养活自己。

花然见归思扬认真签了名，自己也干脆地将名字签了上去。

中午的时候，两人跟着俞明湘来到食堂，花然端着餐盘在打菜窗口转了一圈，虽然菜品种类不如他们学校的食堂丰富，但有荤有素，看上去挺好吃的。

他打了两荤两素四样菜，要了一碗汤，端着盘子去找座位时正好看见江绍羽和裴封一起进门。花然主动打招呼："江教练好，封哥好。"

裴封说："你们学校效率挺高的嘛，休学手续这么快就办完了？"

"嗯，我亲自拿着申请表到处盖章，一周就搞定了。"花然见舒辰一个人坐在角落靠窗的位置，便端着盘子走过去，大大方方地坐了下来，"辰哥好，你来得这么早？"

舒辰愣了一下，这座位是他给羽哥占的，平时吃午饭他会跟羽哥、小裴和叶子一起坐，都是老熟人，跟熟人在一起他的社交恐惧症不会那么严重。没想到，花然自来熟，居然主动跑来坐在他的对面，还一脸笑容地跟他问好。

舒辰和这位新来的青训生还不算熟，红着耳朵低下头答道："嗯，我、我提前来的。"

花然放轻声音，说悄悄话一样凑过来问道："辰哥，国家队现在有几个人啊？我看除了新星杯的冠亚季军，301好像也有人住！四楼也住满了，都是谁啊？"

舒辰没有回答。

让他依次介绍国家队的成员，真有些为难他。但是，对上少年带着笑的眼眸，舒辰也不好意思一句话都不说，他紧张地吸了口气，结结巴巴道："301住的是、是叶子。"

花然好奇道："叶子？你是说YY战队的队长吗？他为什么会在这里啊？"

舒辰愁得脸都红了。心想，你为什么非要逮住一个有社交恐惧症的人来问问题，这么多人，你就不能另外找一个吗？

就在这时，身后突然响起一声轻笑："哟，这位紫色头发的小朋友，可真像我们彩虹战队的编外选手。"

花然回头一看，对上一双笑眯眯的桃花眼——这人是叶轻名！花然平时也经常看比赛，当然认识这位大名鼎鼎的 YY 战队队长。

毕竟，打完世界赛回来就被禁赛的也独此一人了。

花然热情地打招呼："叶哥好！我叫花然，是新星杯的季军，来国家队当青训生。"

叶轻名伸手跟他握了握，答道："你好，我是叶轻名，我来国家队当陪练。"

花然愣住，道："陪练？"

叶轻名笑眯眯地解释："也就是被江教练抓过来的'壮丁'。"

花然恍然大悟。

江绍羽过来的时候，就见叶轻名和花然正在热络地聊天，舒辰红着脸坐在角落里一副手足无措的样子。江绍羽走过去"解救"舒辰，坐在他旁边问："最近训练得怎么样？"

舒辰如同抓住救星，总算松了口气，说："还好，我跟小裴在组队打排位赛。"

裴封道："师父，辰哥已经冲到 3000 分段了。"

归思扬见这桌已经坐了五个人，有些挤，本想默默坐去旁边，裴封主动招呼他："小鬼，过来坐吧。"

归思扬立刻老老实实地走了过来，心里有些开心 Fred 并没有忘记他。

国家队目前就这些人，江绍羽目光扫过几人，说道："我最近忙着去各大战队巡查，你们留在国家队的人，日常训练就找崔教练，打排位赛就找小裴，他负责组织。正式的国家队集训，等下一届队员到齐后再统一安排。"

众人齐齐点头表示明白。

江绍羽说："先吃饭吧，饭桌上不聊这些，吃完了去训练室再说。"

花然在大学也是学生社团的骨干成员，很会聊天活跃气氛，一顿饭的时间，他就跟裴封、叶轻名混熟了，一口一个"封哥"、"叶哥"叫得无比亲切。归思扬比较斯文，不太爱说话，但别人聊天的时候他会认真听，偶尔点头附和两句。舒辰就从头到尾埋头吃饭，恨不得把脸埋进碗里。

饭后，江绍羽带大家来到训练室，安排道："以后下午两点半到五点半大家就做自由练习，有走位、闪避、射击等项目，觉得自己哪方面欠缺就练哪方面，每天保持三小时的基础练习。晚上是训练赛时间，目前国家队的阵容还不固定，所以，我不会给你们约战队打正式的训练赛。叶轻名、花然、裴封，你们三个组队去打 H 国区服务器。辰辰和小鬼自由训练，每天晚上打巅峰赛，保持手感，也多看看 H 国那边巅峰赛选手们的打法，学习他们的经验。"他顿了顿，目光扫过众人，"我说得清楚吗？"

众人齐齐点头道："清楚！"

江绍羽安排好后就走了，花然感慨道："江教练人真好啊，特别细心温和，一点架子都没有。"

叶轻名惊讶地回头看他，说："你说他……温和？"

花然认真地点点头，道："对啊。Wing 神在第三赛季就成名了，换成一般人尾巴早翘到天上去了，可是他对待我们这些新人，也很包容、细心，前几天他还发消息问我休学手续办好了没有，如果遇到困难，他可以帮我出面去跟校领导或者家长谈一谈。他就像温和的大哥哥一样。"

叶轻名"噗"的一声把嘴里的茶给喷了出去："温和的大哥哥，哈哈哈。"

裴封回头盯着他看，道："叶哥，你对我师父有什么意见吗？"

叶轻名摆了摆手，道："没有没有，羽哥特别温柔，真的，花花说得完全没错。"

花然笑容灿烂地说："对吧？我觉得我能来国家队真的很幸运。"

归思扬认真附和道："我也觉得。"

舒辰没说话，但内心深表赞同。他也觉得羽哥挺温柔的，对他像对亲弟弟一样好。

叶轻名在旁边笑得肚子疼，两个小朋友刚接触江绍羽，没挨过训，也没写过检讨，更没体验过这位"魔鬼教练"的暴风雨式的摧残，等被训哭的时候就知道江绍羽的厉害了。

算了，先别摧毁他们的美梦，能多做几天美梦也是好事。

裴封道："两点半了，大家准备训练吧。"

众人迅速打开桌上的训练软件，开始了基础操作训练。

晚上八点，江绍羽处理完工作上的问题，来到训练室看他们训练的情况。

正好裴封在组织叶轻名、花然一起在 H 国区服务器打排位赛，见师父过来，裴封问道："师父，您要看吗？"

"不用管我，你们打你们的。"江绍羽转身走到旁边，开了台电脑，用管理员账号登入房间，这样可以随时看到裴封、花然、叶轻名三个人的游戏视角。

裴封在 H 国服务器的 ID 是"winner02"。

叶轻名和花然也买了账号，改名叫"winner03"和"winner04"。

三人很快匹配到了队友和对手。

这是他们第一次配合，裴封负责指挥。叶轻名是侦察员，花然是冲锋员，裴封是狙击手，另外两个位置留给匹配到的路人玩家。这一场随机得到的地图是"幽灵古堡"，比赛一开始，裴封就道："叶哥去左边，花花去右边，我在中间架枪守住狙击点。"

花然喊了声"收到"，飞快地窜去地图右边，叶轻名则去左边侦察。

很快，花然就找到了敌方的近战玩家，往对手的位置扔去一颗手榴弹——

轰！

随着手榴弹轰然爆炸，有两个人被炸飞出去。其中一个……好像是叶轻名？

语音频道传来叶轻名的声音："花花你在搞什么！炸我？"

花然道："那边有敌人啊。"

叶轻名道："这个落单的敌人我解决就行了，需要你大老远丢手榴弹来炸？"

花然道："我不知道你躲在那啊。"

叶轻名一时无语。

花然也没再说话了。

裴封的太阳穴突突直跳，这两位真是如同脱缰的野马一样无法控制。本来以为，他们二人一个向左、一个向右，就不会互相冲突，结果，这张地图面积太小，花然一颗手榴弹直接把叶轻名给炸飞了。

你这"捣乱式"打法，乱的是队友的节奏吧？

旁边，坐在电脑前旁观的江绍羽，面无表情地看完了这局乱七八糟、失误不断的三人排位赛。

这些风格各异的选手，想要磨合成好的阵容，形成团队默契……看来真是任重道远啊！

江绍羽认为的"二动一静"铁三角组合，是叶轻名、花然这两个行动能力极强的前近战选手，以最快的速度，如尖刀般插入敌方的阵营，彻底扰乱敌方节奏，裴封远距离找机会造成击杀，将敌人打散。

可惜，真配合起来，这两位"动如脱缰野马"的近战选手，能不能把对面搅乱暂时还看不出来，倒是把自己人给打得一团乱。

一场比赛，叶轻名被花然炸飞了三次。

叶轻名整个人都蒙了。我如果犯了错，请让羽哥骂我，不要让队友炸死我好吗？

这局游戏他打得真是累，不仅0:3输了，而且每次都死在队友的手榴弹之下，叶轻名只觉得太阳穴突突直跳，脑子里始终是"轰轰"的手榴弹爆炸声。

他忍不住回头问道："花然，你跟我有仇吗？"

花然很无辜道："我也不知道啊，为什么你每次都要站在我的地雷上呢？"

叶轻名一脸无语，道："什么叫我站在你的地雷上？是你非要往我的脚下扔地雷好吧！"

花然无辜道："但是你可以躲的啊！"

叶轻名道："我往左走，你就往左扔，我往右走，你就往右扔，我怎么躲？你真是绝了。"

夹在中间的裴封快崩溃了。

师父救救我！

对上裴封求助的眼神，江绍羽冷着脸道："你们继续打，慢慢磨合。"

裴封只好硬着头皮又开了一局。

这次叶轻名有经验了，他知道花然是个"祸害"，干脆远离对方。不过，花然跟他是真的毫无默契，不知怎么的，跑着跑着又跑去了叶轻名的身后，回头一颗手榴弹丢下去——

叶轻名本来在往前追杀敌方侦察员，刚路过拐角，就听见"轰"的一声。

敌方侦察员没被炸飞，叶轻名倒是被炸了个准。

叶轻名怒吼道："你是对面派来的卧底吧！"

花然立刻向他道歉："……对不起！"

叶轻名道："下局开始，我们在地图上画一条中间线，你不要跨越中间线来我这边。"

花然点点头道："哦。"

裴封哭笑不得，你们打游戏还画地图范围，我还怎么指挥配合？并不是所有地图都是正方形，遇到长条形的地图，你们怎么划界限？总不能两个人都走直线吧？

他们三个人一晚上连输三场，裴封都挽救不过来。

江绍羽的脸色越来越冷，看完比赛后，他站了起来，走到花然身后，淡淡说道："明天开始，你每天加练一个小时的基础走位，先熟悉地图，你的走位太乱了。"

花然点头："好的教练！"

叶轻名惊讶地看向江绍羽，用唇语问："不用写检讨？"

江绍羽道："第一次配合，打不好很正常，我给你们时间练习。半个月之后再来验收成果，如果还打成这样……"

他目光扫过叶轻名和花然，后面的话并没有说出口。

叶轻名脊背一僵，急忙说："知道了，我们一定好好练！"

花然点头附和："江教练放心，我们会认真练的。"

江绍羽转身离开，顺手关上门。

花然凑到舒辰的旁边，小声问道："辰哥，江教练刚才没说完的话是什么意思？如果还打成这样，他会怎么处罚我们？"

舒辰紧张地攥着鼠标，回道："我、我不知道。"

你旁边就坐着裴封和叶轻名，为什么老是逮住我这个社交恐惧症患者问问题啊！

花然并不知道舒辰有社交恐惧症，在他看来辰哥长相温柔，一看就知道是脾气很好的人，而且，两人的宿舍挨在一起，他自然要和住在隔壁的邻居处好关系。

花然看了眼舒辰的电脑，继续说："辰哥，你自己用医疗兵打排位赛吗？这样好难赢，还容易被队友抱怨，要不有空了我们俩一起打吧，你晚上几点睡？"

舒辰道："……十二点。"

花然笑道："跟我的作息一样！我在学校的时候也是十二点熄灯睡觉，早上七点起床。要不，从明天开始，上午我们俩一起打排位赛，下午练基础操作，晚上就按江教练的安排训练，好不好？"

舒辰磕磕巴巴地说道："……不、不了吧。"

见舒辰神色尴尬，耳朵通红，花然热情地说道："辰哥你得帮帮我啊，我刚来国家队，对你们的风格也不熟悉。万一以后打比赛，我一个手榴弹过去，炸死了我方医疗兵，那不就惨了？"

听起来是挺惨的。

舒辰脸都红了，勉强点头道："那、那好吧。"

裴封看了两人一眼，这个花然太自来熟了，一直逮着舒辰聊天，舒辰想躲又没地方可躲，快要急哭了。这两个人的性格倒是能中和一下，裴封也乐意看到舒辰认识更多的朋友。

反正师父也没说他必须跟舒辰一起打排位赛，既然花然要和舒辰一起训练，那他闲下来就跟归思扬一起玩吧，也不能把归思扬单独留在那不管。

隔壁办公室内，江绍羽打开联盟的赛事安排表，对照着各大战队的资料，很快锁定了下一家要巡查的目标——RED战队，也被网友们称为"红队"。

RED战队人气最高的选手就是时小彬，他也是上一届国家队年龄最小的队员。

时小彬这名选手非常乖巧懂事，江绍羽从抽屉里翻出他当时写的检讨，字迹工整得像是印刷字体，他说他的偶像是林浩彦，这也是他玩冲锋员的原因。他还说自己在青训营的时候表现并不是特别优秀，跟同期的莫涵天根本没法比，所以，他每天都会加训一个小时。

他从小就相信"笨鸟先飞"，他就是那只天赋不高、只能靠努力的笨鸟。

江绍羽又看了一遍，检讨书中的心路历程写得挺诚恳。

天赋不高靠努力的选手也有很多，时小彬最大的问题，是性格和打法都过于谨慎，畏首畏尾，瞻前顾后，少了一股子冲劲。

他的基础其实非常扎实，走位、枪法都没有问题，这可能跟他青训生时期开始就认认真真地做基础训练有很大的关系。

江绍羽放下资料，跟俞明湘说了接下来的计划，俞明湘很快就安排好了行程。

RED战队所在的城市，跟帝都的距离只有二百公里。次日，大家到达RED战队时正好下午四点，也是日常训练的时间。齐恒跟江绍羽配合这么多次，已经非常熟练了，直接来到办公室找经理。

RED战队的经理是一位戴着眼镜的斯文青年，姓陈，对国家队一行人非常礼貌客气。他先跟齐恒打过招呼，看到齐恒身旁的青年后，他愣了一下，然后微笑着伸出手道："Wing神来了？有失远迎。"

这个人有些面熟……江绍羽仔细一想，这人好像在第三赛季想要投资ACE战队而被江绍羽拒绝过。老熟人见面，江绍羽倒也不尴尬，跟他轻轻握了握手，回道："陈经理，好久不见。"

男人似笑非笑道："Wing神风采不减当年啊，没想到，你居然当了国家队的教练。"

江绍羽没心思跟他叙旧，平静地说："麻烦陈经理将教练组和数据分析师叫到办公室，我有话问他们。"

很快，RED战队的教练组全员就来到办公室集合。

江绍羽问："今天有安排训练赛吗？"

主教练老陈挠了挠头，道："没有安排，今天是日常训练，我们的训练赛安排在周五晚上。"

江绍羽道："我去训练室看看，麻烦把管理员的账号和密码给我一下。"

众人这才明白过来，国家队教练是来突击检查他们的日常训练情况的。陈教练看了眼经理的脸色，见经理点头，这才忐忑地将账号交给了江绍羽。

江绍羽和齐恒出门来到小训练室，登录管理员账号。

屏幕上出现训练室里所有电脑的实时画面，江绍羽一眼扫过去，并没有发现看小说、看电视剧之类的情况，选手们都在训练，有人练走位、射击等基础操作，也有人开着电脑打排位赛。

江绍羽很快就锁定了时小彬的位置，将对方的电脑屏幕放到最大，仔细观察。时小彬的游戏界面居然也全是 H 国文字，江绍羽回头问："他在打 H 国区服务器？"

陈教练道："是的，小彬最近私下训练的时候都是打 H 国区服务器，他跟那个 CIP 战队的莫涵天关系不是挺好的吗，好像一直在一起打排位赛。"担心被江绍羽训，陈教练急忙补充说明，"他俩是下午一起打，其他时间完成日常任务，晚上跟着战队打训练赛，并没有耽误训练。"

江绍羽"嗯"了一声，看向游戏界面。

一局排位赛正好开始，时小彬和莫涵天开着语音聊天，江绍羽管理员的权限可以听到时小彬耳机里的对话。

游戏界面弹出一行 H 国文字，是"M007"发来的。

M007：我玩狙击手，谢谢。

时小彬的账号叫"S008"，他也学着莫涵天的样子，打开翻译软件，将一句翻译成 H 国文字的话发在聊天框里。

S008：我玩冲锋员，谢谢。

然而，他这句话刚发完，就见屏幕最上方的队友选择了冲锋员，第二个人选了突击手，第三个人选了侦察员。

紧着着队伍聊天框里弹出几行看不懂的 H 国文字，莫涵天的声音通过耳机传来："我翻译了一下，他们说他们三个是组队一起玩的，他们有冲锋员、突击手、侦察员，全部是近战职业，方便配合，让我们俩补充剩下的位置。别急，我帮你说。"

M007：哥哥让一下嘛，我们姐妹也是双排，我妹妹只会玩冲锋员，枪械库里也只有冲锋枪……

M007：谢谢哥哥们。

M007：哥哥真好！

齐恒和江绍羽一时无语。

小莫啊，我们换一家战队也能看见你装成女生撒娇，你到底怎么了？

然而"莫公主"这次的撒娇并没有用，对面非常干脆地发来一句H国文字，莫涵天用软件翻译成中文后忍不住怒道："什么？他说我俩装什么小公主，说不定是满脸胡子的大叔！"

时小彬尴尬地咳嗽一声，认真说道："莫哥，你别跟他们吵了。"

莫涵天道："那我玩狙击手，你选医疗兵？你会不会啊？"

时小彬小声说："会一点，我就跟着你好了。"

莫涵天道："行，那进游戏吧。"

两人进入比赛地图，时小彬选了医疗兵，带的武器是"防弹光板"、"医用绷带"和"急救箱"。

齐恒若有所思道："这个武器搭配只能为队友提供治疗功能，他平时练过医疗兵吗？"

陈教练尴尬地挠头道："小彬不怎么玩医疗兵，他一直是我们战队的主力冲锋员。"

江绍羽没说话，眯着眼睛继续看电脑屏幕。

这次他们随机到的地图是"摩天大楼"，莫涵天一开始就直冲1号狙击点，看来，他的心病也快治好了，对这个曾经有心理阴影的位置不再排斥。时小彬小心翼翼地跟在他的身后，躲在旁边蹲了下来。

周围很快响起"砰砰"的枪声，时小彬一动不动地缩在那里。

直到左前方一位队友阵亡，时小彬看见他变成灰色的头像，便发了个"救援正在路上"的信号，然后偷偷摸摸顺着建筑的另一边绕过去，使用急救箱救活队友。

那位队友复活后立刻往前冲，时小彬则迅速后撤，躲在一个敌方的视野死角，蹲下来默默观察。

片刻后，语音频道里响起莫涵天的声音："救命救命！"

时小彬看了眼他在小地图上的位置，飞快地躲开双方的交火地点，绕路过去复活了莫涵天。莫涵天如同猴子一样迅速爬上旁边的狙击点，开镜，反手两枪——

红色的骷髅头图标连续在屏幕中间刷出，莫涵天一口气狙死了敌方两个人。

第一局赢得非常轻松。

莫涵天喊道："干得漂亮！继续加油。"

　　第二局，时小彬依旧跟着莫涵天，他一直静静地躲在距离战场很远的地方，队友死了他就出去救人，队友不死他就悄悄地躲着，不断转换视角，观察战场情况，如同一只小心翼翼探出脑袋的乌龟，一旦附近有危险，就立刻缩起来。

　　真是"龟缩式"打法。

　　但让江绍羽惊讶的是，整整三小局比赛，时小彬总共救了六次队友，却没有中一发子弹！他总能恰到好处地避开战火激烈的地带，以最快的速度到达救援现场，救完人后悄悄撤退，毫无存在感。

　　这局比赛他们以 3:0 的比分获胜，莫涵天拿到了 MVP，时小彬的战绩是零次击杀、零次死亡和六次救援。

　　齐恒和江绍羽对视一眼。

　　江绍羽回头看向陈教练，冷冷问道："时小彬为什么玩冲锋员？"

　　陈教练愣了一下，解释说："他喜欢冲锋员这个位置，加上我们战队正好缺冲锋员，就让他顶上。"

　　江绍羽的目光直直盯着对方的眼睛，道："他喜欢玩什么你就让他玩什么？不知道发掘选手的天赋和潜力，让选手自己决定一切，那还要教练有什么用？"

　　陈教练哑口无言。

　　时小彬是难得一见的天才医疗兵，他真是被耽误得太久了！

　　时小彬平时很少玩医疗兵，他从青训生时期就是玩冲锋员的，因为林浩彦是他的偶像，他觉得像林浩彦那样扛着冲锋枪的模样特别霸气，他也要当一名厉害的冲锋员。

　　带着这样的信念，他去了星城青训基地。

　　莫涵天是江绍羽的粉丝，时小彬是林浩彦的粉丝，两人喜欢的选手都是ACE 战队的传奇队员，粉丝遇到粉丝，私下当然有很多共同语言，加上他们的老家也在同一座城市，两人很快就熟络起来，成了很好的朋友。

　　那一届青训生中，莫涵天的成绩最好，时小彬排名第二。后来，CIP 战队朝莫涵天伸出橄榄枝，时小彬则接到了 RED 战队的邀请，两人虽然签去不同的战队，天各一方，但闲下来也会经常组队一起打排位赛。

　　时小彬怎么也没想到，今天这局排位赛由于队友抢走了他的位置，他无奈之下选择了医疗兵，却被巡查的江绍羽给看到了。

　　退出比赛后，他跟莫涵天又开始了下一局。

　　江绍羽道："让时小彬继续玩医疗兵。"

　　陈教练战战兢兢地拿起了耳麦，用管理员的身份通知道："小彬，你继续玩医疗兵给我们看看。"

时小彬愣了一下，训练室的所有电脑教练都可以实时监控，这是大家都知道的，所以，训练时间没人敢偷懒，教练有时候也会看他们日常练习时的表现。但直接出声让他玩医疗兵，这还是头一次。

时小彬心中疑惑，在语音频道里说："莫哥，我下局继续玩医疗兵吧？"

莫涵天也没多想，道："行啊，开始吧。"

这一局他们匹配到的三位队友，有两个用着情侣头像，一上来就选择了冲锋员和医疗兵。

时小彬道："啊……我要玩的两个位置都没了。"

莫涵天道："看我的！"

他又开始装成女生撒娇，用翻译软件将自己的话转换成 H 国文字，哥哥长哥哥短的，时小彬也配合地发了个"流泪"的表情。

S008：对不起，我只会玩医疗兵啊，选其他位置肯定要输了。

队友大概是不想输，主动换了位置。时小彬立刻选择了医疗兵，顺利进入比赛。

这局随机得到的地图有点难，是有三层结构的"星光公寓"，这张图是立体迷宫，有大量岔路和捷径，队友们一股脑地冲了过去，时小彬小心翼翼地跟在最后，见莫涵天爬到二楼架起狙击枪，时小彬立刻钻进了旁边的管道。

齐恒看得想笑，说："他怎么跟小老鼠似的，居然能躲在这！"

这个管道是"守卫者"的视野死角，敌方有两人从旁边路过，都没发现时小彬躲在里面。而二楼的莫涵天却把敌人的行动看得一清二楚。他打开瞄准镜，毫不犹豫地扣动扳机，一枪爆头秒掉敌方冲锋员。

敌方突击手反应也很快，端起手中的"AK"步枪，朝着莫涵天的位置扫射出去一排子弹，噼里啪啦的子弹打得莫涵天没法冒头，枪声震耳欲聋。莫涵天想开第二枪，结果敌方侦察员不知道从哪爬上了楼，一枪击穿了他的后脑勺。

莫涵天道："敌方肯定有人是组队的，侦察员和突击手这两个人是一起的。"

时小彬问道："楼上的侦察员走了吗？"他钻在管道里看不见对手的动向。

莫涵天道："走了。"

杀完人后，敌方突击手和侦察员继续去搜索其他人。时小彬偷偷摸摸爬上二楼，用急救箱将莫涵天复活，莫涵天正好能看见敌方侦察员的后脑勺，那人跳下一楼，拐过去想要击杀我方队友，莫涵天架起枪，毫不犹豫地一枪爆头！

敌方侦察员一脸震惊。死而复活的狙击手？看来医疗兵在那边！

他急忙在队伍的语音频道喊："杀医疗兵！"

队友听到后，立刻回头来找医疗兵，时小彬又钻进旁边的管道里躲起来，说道："莫哥你保重，我去救冲锋员。"

我方冲锋员刚才和对手激烈对战，死在一楼拐角处。时小彬观察了一下周围的环境，将武器切换成最轻的"医用绷带"，从旁边的栏杆"嗖"的一声滑了下去，踮着脚偷偷摸摸地来到我方冲锋员旁边，用急救箱将他复活。

而此时，二楼的莫涵天已经解决掉了敌方突击手。

敌方医疗兵顶着防弹光板想去救人，我方复活的冲锋员凶悍地扫射出一排子弹，打穿了对方的防弹光板，莫涵天紧跟着一枪爆头"秒"了敌方医疗兵。

第一局他们轻松拿下。

第二局，时小彬继续躲在敌人找不到的位置，耐心地等待。等队友死了，他才从管道里钻出去偷偷摸摸救人。

对面的玩家打着打着，不由得疑惑。

"怎么又复活了？"

"没看到医疗兵从哪冒出来的。"

"找医疗兵！"

敌方五人在第三局时终于达成默契——先杀医疗兵！

这个医疗兵从来不露脸，也不知道躲在哪里，却能偷偷摸摸地救人。他们几名近战的火力压制得再凶、杀人速度再快，只要医疗兵能复活已经阵亡的人，他们就相当于白打。

江绍羽能看见时小彬的第一视角，只见他的屏幕如同地震般飞快地晃动，频繁调整镜头角度观察四周，同时拿着绷带快速奔跑，就像敏锐的小动物在逃避猎人的追杀。

右前方有人，他立刻左拐，缩成一团躲进视野盲区。

左前方有脚步声，时小彬飞快地钻进管道里往二楼爬去。

爬到二楼，听见脚步声，他又爬上了三楼天台。

对手都蒙了，医疗兵人呢？

队友也很茫然。这都什么啊！对面五个人是在玩寻宝游戏吗？

在敌方寻找医疗兵的过程中，莫涵天果断开枪，连续击杀了两个人。我方队友飞快地解决掉其他三人，第三局他们又赢了！

3:0，"潜伏者"获胜。

退出比赛时，莫涵天依旧是MVP，时小彬的战绩为零次击杀、零次死亡、四次救援。

医疗兵打三局救四个人是正常战绩，并不算亮眼，但令人震惊的是他因被敌人击中而受到伤害的"承伤数据"——零！

"零承伤"意味着什么？意味着他在这局比赛中没有受到任何来自敌方的伤害。

他从头到尾，精确地避开了对手所有的子弹，在敌方的视野盲区中快速移动、救人，对方根本找不到他在哪里，他却能第一时间把阵亡的队友复活。

这样的医疗兵很难解决。

而一旦解决不掉他，就容易被打乱进攻节奏，进而输掉比赛。

不同于舒辰主动当诱饵配合队友走位，或者干脆击杀敌方医疗兵的打法，时小彬的打法简直屌到了极致，他没带攻击武器，只是躲起来等待机会，可是每次队友阵亡后需要他救援的时候，他都能及时出现在队友的身边。

陈教练越看越觉得心惊，额头冷汗直冒。

其实时小彬的性格并不适合冲锋员的位置，他太过谨慎，不像其他冲锋员那样扛着枪往前冲，他喜欢躲起来等对面冲过来的时候再杀，说好听一点是"谋定而后动"，说难听点，就是不会主动寻找机会，打得很被动。

江绍羽之前在国家队也说过他，玩得不像冲锋员，倒像"龟缩员"。

但实际上，这不是时小彬的错。他是可以发光的金子，只不过放错了位置。

如果让他转型医疗兵，以他这样的打法和性格，绝对会成为团队最亮眼的一个选手！

医疗兵需要的就是谨慎和细心。只要医疗兵还活着，队友就有希望被救活。

刚才的排位赛，要不是时小彬从管道里爬上去复活莫涵天，那一局必输！第三局他的作用尤为明显，敌方发现医疗兵比较难处理，便开始集五人之力搜查医疗兵，想要击杀他。结果，时小彬躲来躲去，就是没让对方找到自己的位置，反而让对手的节奏彻底乱套。

江绍羽微微扬起唇角，低声说："躲得不错，老常后继有人了。"

齐恒感叹道："是啊，这也是个会'躲猫猫'的选手！没想到时小彬对地图的熟悉度这么高，让他玩冲锋员真是屈才了。"

江绍羽回头看向陈教练，严肃地说："教练的作用就是挖掘每个选手的天赋和潜力，让他们将自己的特长发挥到最大。电竞选手大部分都年纪小，思想不成熟，他们其实并不知道自己擅长什么、应该做什么，凭着一腔热血来打职业比赛，有些还会盲目地跟随偶像的脚步，偶像玩什么，自己就玩什么。你身为教练，应该认真评判战队每一个选手的风格和特色，而不是任由选手们凭个人喜好胡来。"

他这段话说得很平静，却让同为教练的陈教练惭愧地垂下头，无地自容。

齐恒笑道："江教练说得对，其实有些选手你让他换一个位置，他会打得更轻松，对整个团队的实力也能有所提升。有句话叫'人尽其才，物尽其用'！"

陈教练神色尴尬，连忙说："是、是，两位领导说得对，是我们疏忽了……"

就在这时，隔壁训练室突然传来一阵骚动，时小彬捂着额头趴在了桌上，有个队友急忙冲出来喊教练："陈教练，时小彬不太对劲，突然晕过去了。"

江绍羽立刻站起来："去看看。"

三人走进训练室，时小彬的衣服已经被冷汗浸湿，把自己缩成了一团。江绍羽脸色一冷，回头看向陈教练："愣着做什么？还不送他去医院！"

陈教练回过神来马上道："快，快去叫救护车！"

周围的队员们面面相觑，立刻退了出去。

江绍羽转身去叫来俞明湘，道："跟他们一起去医院。"

国家队的车也跟在 RED 战队的车后，飞快地前往附近的医院。

时小彬被送去医院后，医生判断是低血糖导致的晕眩，给他打了一针，时小彬很快醒过来，有些茫然地坐在病床上发呆。

江绍羽看了俞明湘一眼，道："俞姐，你跟我一起进去。"

时小彬看见两人后，瞪大了眼睛道："江、江教练？"

江绍羽走到病床边，看着他问道："好些了吗？"

时小彬愣愣地点头回道："嗯，好多了。"

他发现江教练看他的眼神和身上的气息都非常温柔，时小彬困惑地挠了挠头，问："江教练，您怎么在这？"

江绍羽道："我今天正好来你们战队巡查。"

时小彬反应过来，忐忑地看了江绍羽一眼，小声问道："江教练，我还有机会竞选国家队的冲锋员吗？"

江绍羽道："当然有机会。不过，你为什么一定要玩冲锋员？"

时小彬不好意思地说："因为老林是我的偶像，我觉得玩冲锋员比较帅。"

江绍羽轻笑一声，道："偶像玩什么你就玩什么？你真的喜欢冲锋员这个位置吗？"

时小彬挠头道："我也不知道，我从青训生时期就是玩冲锋员的，其他位置玩的次数比较少。"

江绍羽坐在病床边，轻轻拍了拍少年的肩膀，说："试试医疗兵吧。"

时小彬愣了愣，抬头疑惑地看向江绍羽，只听后者温和地说道："如果你愿意相信我，你就转型医疗兵。你之前努力错了方向，不要继续错下去了。"

医疗兵？时小彬想起刚才跟莫涵天配合的两场比赛。

他玩医疗兵确实更得心应手，也不会被队友们说他屄包。

是的，江教练肯定没错！他玩冲锋员总是拖慢队伍的节奏，队友们嫌他太屄。可是作为医疗兵，屄是应该的啊！他可以从开局屄到最后！

时小彬只觉得豁然开朗，就像一直困扰着他的迷雾被江绍羽轻轻拨开，为他指明了前进的方向。

他一直很困惑，自己是不是天赋太差，怎么努力都没用。他从青训生时期就一直很认真，可他还是比不上联盟顶尖的冲锋员。

其实，不是他天赋太差，而是他努力错了方向！

时小彬激动地攥紧了双拳，用力点头道："好，我听江教练的！"

江绍羽看着少年乖巧懂事的模样，微微扬起唇角。

国家队的医疗兵，他心里已经确定了人选。

玩医疗兵很需要天赋，对选手随机应变的能力要求很高，并且一定要谨慎再谨慎。

舒辰和时小彬，一个能打，一个能躲；一个有社交恐惧症，一个是屄包。舒辰可以灵活地跟着队伍打游击，时小彬可以偷偷躲起来藏到最后找机会。

这两个风格完全不同的医疗兵，能搭配各种阵容。

江绍羽觉得，舒辰应该能跟时小彬成为好朋友。

GOLD MEDAL COACH

番外

师徒之情

　　裴封来找江绍羽拜师的那天正好下着雨，他没有打伞，一路从地铁站小跑到 ACE 战队基地门口，头发被雨淋得湿透，耳朵也冻得通红。南方的冬天，潮湿阴冷的空气冻得人牙齿发颤，他站在屋檐下搓了搓僵硬的双手，大着胆子敲了敲门。

　　俞明湘开门时就见一个染着灰色头发的小少年正站在屋檐下，她还没来得及开口，少年双眼一亮，快步走上前来，笑着说："你是 ACE 战队的领队姐姐吧！请问 Wing 神在吗？"

　　俞明湘疑惑地看着他，道："你找阿羽？你是他什么人？"

　　裴封道："我是他的粉丝，我来找他拜师！"

　　俞明湘微微睁大眼，不敢相信地看着面前的少年。

　　粉丝？拜师？

　　她听说过一些狂热的粉丝来基地找偶像要签名的，倒是第一次遇到粉丝直接冲到基地来"拜师"的。然而，少年认真的神色，不像在开玩笑。

　　俞明湘仔细打量他，问道："你几岁了啊？一个人跑出来，你爸妈知道吗？"

　　裴封道："我爸妈同意了！我是从帝都坐火车过来的。"

　　俞明湘目瞪口呆地看着他手里的行李箱。这孩子是认真的吗？一个人拉着行李箱大老远从最北方的帝都跑到最南方的星城？这胆子也太大了吧！万一走丢了，家人该多担心！

　　俞明湘回过神来，问道："你叫什么名字？"

　　"我叫裴封。"

　　"你知道 Wing 是职业选手吧？找他拜师可没那么简单……"

　　"知道，我也想当职业选手！"少年笑容满面，"姐姐，麻烦你跟 Wing 神说一声，我很有诚意，想认他当师父，他要是不肯收我，我就跪在门口不走了！"

　　俞明湘彻底愣住了，这孩子是武侠小说看多了吗，还用"跪着不走"这种拜师方式？

　　看着眼前一脸固执的少年，俞明湘哭笑不得，说道："外面太冷了，你先进屋吧，我去跟阿羽说一声。"

俞明湘将少年带进会客室，倒了杯温水让他暖暖手，转身去叫江绍羽。

江绍羽正跟队友们一起研究顶级职业联赛的赛程安排，听见俞明湘的描述后，他面无表情地说道："拜师？开什么玩笑？"

叶轻名忍不住扶额道："这是从哪家精神病院跑出来的小孩子？"

林浩彦挠了挠头，说道："羽哥的粉丝，思路可真是异于常人！"

周逸然微笑着问道："他真是从帝都跑过来的吗？小小年纪，胆子挺大。"

舒辰不爱说话，只是好奇地看了江绍羽一眼，那眼神似乎在问"这孩子你打算怎么处理"。

江绍羽淡淡道："既然是来找我的，我去看看。"

江绍羽来到休息室，一眼就看见了坐在屋里的少年。少年打扮得有些奇怪，蓬松的头发如同小刺猬，脸上的笑容却如阳光般灿烂。

对上江绍羽的眼神后，少年立刻站了起来，激动地走到他面前道："Wing神你好！我是你的粉丝，ACE战队的每一场比赛我都看了！我是专程来找你拜师的！"

江绍羽轻轻蹙眉，道："我没打算收徒弟。"

裴封一脸认真地看着他道："您就收下我吧，我一定会听话的！我可以留在ACE战队当青训生，给你们端茶倒水！"

或许是少年的目光太过清澈诚恳，江绍羽莫名有些心软。小家伙大老远地冒雨赶过来，也不容易，何况他是ACE战队的粉丝，满腔热忱找偶像拜师，总不能当头泼他一盆冷水。

江绍羽沉默片刻后，冷静地说："这样，我给你一个机会。电竞选手的要求很高，你需要进行专业的测试，如果测试不通过，你就乖乖回家。"

裴封用力点头道："如果我通过了呢？"

江绍羽道："通过的话，你可以先留下来训练。"

"好，那什么时候考试？"

"现在吧。"

裴封积极地跟着江绍羽去做测试，测试的成绩让江绍羽刮目相看。没想到面前这个冲动地跑来ACE战队基地拜师的小少年，居然是难得一见的天赋型人才。他所有的测试项目成绩全部达到了最高的"S级"评价。

江绍羽若有所思地看着成绩单。

裴封见他神色严肃，不由得忐忑道："Wing神，我通过了吗？"

江绍羽道："嗯，通过了。你可以暂时留下来训练。"

裴封激动地扑过去抱住江绍羽，大叫："太好了，谢谢 Wing 神！"

被抱了个满怀的江绍羽脸色蓦地一僵，他在 ACE 战队是最有威信的队长兼教练，大家对他的态度都很尊敬，这少年倒是一点都不怕他，居然直接扑过来抱住他。

江绍羽脸色僵硬地将热情的小粉丝推开，冷静地说："别高兴得太早，如果你能在 ACE 战队坚持待一周还不想走，我再考虑要不要收你当徒弟。"

裴封笑道："别说一周了！ACE 战队在一天，我就在 ACE 战队待一天！"

江绍羽转身看向俞明湘："俞姐，先给他安排一间宿舍，让他住下吧。"

俞明湘笑着说："好的，小裴你跟我来。"

裴封跟着俞姐去宿舍区，路过会议室时，林浩彦、叶轻名几人齐齐探出头来，好奇地看向他。裴封也不怕生，热情地打招呼："林哥好，叶哥好，周哥好，辰哥好！以后我就是 ACE 战队的青训生了，几位哥哥请多多关照。"

四人一时无语。

这少年也太热情了吧？

看来真是 ACE 战队的粉丝，把他们几个认得很清楚。

林浩彦跟俞明湘使了个眼色，用唇语问："什么情况？"

俞明湘道："阿羽让他留下来训练。"

四人面面相觑。

还真留下了？

俞明湘带着裴封去宿舍安顿好，江绍羽则来到会议室，解释道："小裴天赋不错，不过，我要考验一下他够不够坚定。接下来的一周，你们几个轮番在游戏里和他单挑，打到他想卸载游戏为止。"

叶轻名忍不住道："这么残忍？"

林浩彦道："我们轮流杀他，会打崩他的心态吧？"

周逸然微微一笑："可怜的孩子，会不会对我们 ACE 战队失望？"

江绍羽目光扫过众人，严肃道："全力以赴，不要放水。"

在队长"不要放水"的命令下，ACE 战队的几个人开始了对裴封的轮番"虐杀"。

在游戏里，裴封不断地被叶轻名用匕首刺死，被周逸然用步枪打死，被林浩彦用冲锋枪扫射死……他不知道自己死了多少次，都快死到麻木了。

裴封在"枪王"排位赛的段位很高，可来到 ACE 战队后，他第一次意识到了自己和职业选手的差距——那几乎是难以逾越的鸿沟。

少年的信心被彻底击溃。好几次，他都想放弃，想干脆拎着行李逃离这个可怕的地方，可最终，他还是不甘心就这样认输！

他裴封从小到大什么时候认过输？

白天在游戏地图中，他被队员们击杀了无数次，晚上回到宿舍后，他就咬着牙继续训练。

一周的时间如同噩梦。

裴封在"射击训练场"的死亡次数超过一千次，叶轻名三人把他当成活靶子打，每次少年被打死后，都会立刻爬起来继续送死，三人都快不忍心朝他开枪了。

然而，队长用管理员账号监督他们训练，他们也不敢放水。

有很多次，大家都以为裴封会放弃，少年眼里含着泪，委屈得让人心疼。

可裴封居然顽强地坚持了下来。

江绍羽看着他愈挫愈勇的模样，心里也有了答案。

裴封的天赋极为突出，心智又极为坚定，是难得一见的可塑之才。

这天，江绍羽在"射击训练场"再次以"一枪爆头"的方式击杀了裴封，他看着游戏里裴封的角色毫不犹豫地爬起来，便停下手里的动作，回头问道："还想继续拜师吗？"

裴封回过神来，坚定地点头道："想！"

江绍羽的语气难得温和了下来，说道："好，叫师父吧。"

裴封瞪大眼睛看着对方。

叶轻名在旁边起哄："Wing神要收你当徒弟了，还不敬茶？"

林浩彦拍拍他的脑袋："发什么呆呢？"

周逸然主动将倒好茶的茶杯端了过来。

意识到江绍羽终于肯认他这个徒弟了，裴封激动地跳了起来，接过茶杯，恭恭敬敬地双手捧到江绍羽面前，声音清脆地喊道："师父！"

江绍羽唇角微扬，道："嗯。以后，你就是ACE战队唯一的青训生。你年纪还小，跟着我们好好学吧。"

裴封用力点头，答道："知道了师父！"

当天晚上，几个队员来裴封的宿舍看他，对这位唯一的青训生表示关心。

林浩彦给裴封送了箱零食，周逸然给了他一包自己最爱喝的茶叶，舒辰偷偷给他塞了一包牛肉干，叶轻名则笑眯眯地递给他一个信封。

裴封打开信封一看，纸上赫然写着三个大字：检讨书。

他愣了愣，疑惑地看向叶轻名，问："叶哥，这是？"

叶轻名拍了拍他的肩膀，道："既然你成了 ACE 战队的青训生，这个肯定用得上，先熟悉一下检讨书的格式吧，以后我再教你具体怎么写。"

裴封不敢相信："还要写检讨吗？"

林浩彦笑道："家常便饭。"

周逸然严肃道："习惯就好。"

裴封一脸迷茫。

ACE 队好像跟他想的不太一样，现在跑还来得及吗？

裴封以青训生的身份正式留在了 ACE 战队。

江绍羽对他非常严格，还给他制订了训练计划表，简直比中学生的课程表还要详尽，从早到晚安排得事无巨细。

可裴封毕竟年纪小，贪玩，偶尔也会偷偷懒，跑去游戏里跟普通玩家打排位赛。

没过多久，叶轻名送给他的检讨书就派上了用场——原因是裴封在江绍羽的"阶段性测试"中没有达到要求。

江绍羽让他写检讨反省："你以为当职业选手那么简单吗？职业，就意味着专业！你必须对每一张地图、每一把武器都烂熟于心！别以为你不用打比赛，就松懈大意。职业选手能做到的，你也必须做到。回去写一份检讨，好好反省。"

裴封被江绍羽训得哑口无言。他偷偷来找叶轻名，哭丧着脸问："叶哥，怎么还有阶段性考试啊？"

叶轻名拍了拍裴封的肩膀，语重心长道："习惯就好，你师父可比教导主任还要凶。我早就猜到他会让你写检讨，没想到这么快你就来找我了。"

笑眯眯的叶哥似乎有点幸灾乐祸？

裴封无奈地向他请教了检讨的写法，老老实实写了检讨书交给师父。

江绍羽看完检讨书，摸了摸徒弟的脑袋，道："严师出高徒，我对你要求严格，也是希望你能快点进步，希望 ACE 战队的所有人，以后都能以你为荣。你是我见过的最有天赋的新人，不要浪费了这种天赋，懂吗？"

裴封用力点头，道："我明白了师父，我会好好学的！"

自那以后，他再也不敢松懈大意。他开始以职业选手的身份要求自己，每天都按时完成师父交代的训练任务。

因为，他牢牢记住了师父的那句话——

我希望 ACE 战队的所有人，以后都能以你为荣。

新赛季开始后，ACE 战队正式晋级"枪王"顶级职业联赛。

江绍羽比平时更加忙碌。因为 ACE 战队没有教练，江绍羽不但要打比赛，还要兼职教练，分析对手、制定战术，有时候打完比赛复盘到半夜十二点，回到宿舍后他还会熬夜看录像，研究下一场比赛的打法……

有一次，裴封凌晨四点被噩梦惊醒，发现隔壁师父的卧室依旧亮着灯。裴封有些心疼，师父真的太辛苦了，一个人承担了这么大的压力，也不知道该怎么帮他分忧。

裴封主动给他发消息。

裴封：师父，这么晚了还没睡？

江绍羽：嗯，我在看比赛视频。你怎么还不睡？

裴封：我做噩梦惊醒了。反正也睡不着，我来找你吧！

片刻后，裴封敲开了江绍羽的门。

江绍羽穿着白色的睡衣，正在看比赛录像，裴封抱着个本子走到他面前，笑着说："师父，我陪你一起看吧，顺便跟你学习一下怎么复盘。"

江绍羽见他态度诚恳，便转身将笔记本电脑拿到客厅，让裴封坐在沙发上一起看比赛录像，他一边看一边提问："这场团战，你认为 HW 战队能赢的关键在哪？"

"他们的近战选手的进攻节奏太快了，对手被反包围，有些措手不及。"

"嗯，HW 战队的突击手非常厉害。下周我们打 HW 战队，你跟我一起去现场看比赛。"

"我也可以去吗？"

"当然，你是我们 ACE 战队的青训生，以后每一场比赛你都跟着去吧。"

"太好了，我这就回去准备！"

江绍羽发现裴封不仅学得快、悟性高，还有很出色的战术意识。他想将徒弟培养成一个能力全面的指挥，所以才决定以后每一场比赛都带上裴封。

没想到，裴封去看比赛的那天居然做了个能发光的牌子，上面写着"Wing神必胜"。江绍羽从比赛专用的隔音房往台下一看，看到贵宾观赛区那个举着牌子的少年，心中很是无奈。

这是当粉丝当习惯了吗？

以青训生的身份来看比赛，怎么还不忘举个发光的牌子？

叶轻名调侃道："小裴可真是羽哥的忠实粉丝，不仅牌子做得很精致，还

在 'Wing' 的两边画了两只小翅膀。"

　　周逸然若有所思道："怪不得这家伙找我借透明胶带，原来是做牌子用的。"

　　林浩彦笑道："徒弟来现场加油，羽哥是不是更有动力了？"

　　江绍羽没说话。

　　不过，那一场比赛他一口气打出了五杀。

　　ACE 战队在常规赛中以 2:0 战胜 HW 战队。

　　比赛开始之前，没有人看好这支从次级职业联赛冲上来的"草根战队"，ACE 战队的支持率甚至不到百分之二十，比赛现场也几乎都是豪门强队 HW 的粉丝。

　　没想到，江绍羽干脆利落地以"五杀"终结比赛。

　　周围 HW 战队的粉丝情绪低落，裴封却激动地举起牌子喊道："ACE 战队好样的！"

　　江绍羽看着台下小徒弟兴奋的模样，唇角难得地露出了一丝微笑。

　　后来的每一场比赛，裴封都会来现场观战助威，江绍羽每次低头看向台下，都会看见裴封高高举起的发光牌子，上面写着"Wing 神必胜"，Wing 的两边还有一对可爱的翅膀。

　　他从没跟人说过，裴封那种单纯又热烈的支持，对他而言是多么大的动力。

　　有时候，ACE 战队去外地打比赛，客场作战，现场百分之九十都是对手的粉丝，欢呼声震耳欲聋，只有裴封始终站在距离舞台最近的位置，举着牌子为师父加油。

　　他相信师父会赢。

　　而江绍羽也从来没让裴封失望过。

　　那个赛季，ACE 战队创下了常规赛最高连胜的神话，江绍羽以一把轻便的"MSG"狙击枪，击杀了无数职业联盟高手，成为当之无愧的"狙神"。

　　人们只知道 ACE 战队表面的光鲜亮丽。

　　却不知道，传奇的背后是他们日日夜夜的刻苦练习。

　　多少个深夜里，江绍羽顶着黑眼圈通宵分析对手、研究战术，陪伴他到天亮的，只有苦涩的咖啡，以及认真听他讲解、偶尔也会提出自己看法的小徒弟裴封。

　　裴封喜欢陪师父熬夜。

　　在师父的耳濡目染下，少年进步飞快，渐渐对联盟各大战队的选手都了如指掌。

到了季后赛的时候，江绍羽选择比赛地图、制定战术时，会主动询问徒弟的意见，裴封也能提出一些新颖有趣的想法，为江绍羽打开思路。

师徒二人在这样不断的探讨中，渐渐培养出了无人能及的默契。

那一年他们过得很辛苦。

但江绍羽从来没有忘记过，在 ACE 战队的宿舍里分析对手的那些夜晚，有个少年始终陪伴在他的身边，坚信他可以拿下冠军。

后来，ACE 战队果然创造了奇迹。

在冠军颁奖典礼上，江绍羽看着台下激动地举起牌子的徒弟，默默在心里说——

谢谢你，小裴。谢谢你总是无条件地支持我，相信我，陪着我走过这艰难的一年。

师父没让你失望。

以你的天赋和悟性，总有一天，你会以 ACE 战队新队长的身份，站在最高的领奖台上，亲自捧起冠军奖杯。

到时候，师父也会同样无条件地相信你。

编后记

本书版权由北京晋江原创网络科技有限公司授权，由北京宏泰恒信文化传播有限公司出品。

在此真挚地感谢在《金牌教练》出版过程中参与策划、创作的贡献者。北京宏泰恒信文化传播有限公司参加本书选题策划、封面设计、插图绘制的工作人员有：连慧、李艳、有点态度设计工作室·蜀黍、烦闷鸡米饭、洋仔、天凉 Chiupz、晚风插画。

2023 年 2 月